LES HÉRITIÈRES DE LÖWENHOF

Le Choix d'Agneta

De la même autrice, aux éditions Charleston :

L'Île aux papillons, 2014

Les Héritières de Löwenhof : le secret de Mathilda, 2022

Titre original : *Die Frauen vom Löwenhof – Agnetas Erbe*

Traduit de l'allemand par Corinna Gepner

10, Place des Cinq-Martyrs-du-Lycée-Buffon
75015 Paris – France
www.editionscharleston.fr

ISBN : 978-2-36812-940-1
Maquette : Patrick Leleux PAO

Charleston s'engage pour une fabrication écoresponsable ! Amoureux des livres, nous sommes soucieux de l'impact de notre passion et choisissons nos imprimeurs avec la plus grande attention pour que nos ouvrages soient imprimés sur du papier issu de forêts gérées durablement.

Corina Bomann

LES HÉRITIÈRES DE LÖWENHOF

Le Choix d'Agneta

Roman

Traduit de l'allemand
par Corinna Gepner

CHARLESTON
POCHE

PREMIÈRE PARTIE

1913

CHAPITRE 1

Quelque chose m'éblouit. Lorsque j'ouvris les yeux, je crus être dans ma chambre à Löwenhof. Mais ce que j'avais d'abord pris pour un ornement en stuc se révéla être une longue fissure dans le plafond, autour de laquelle s'étaient formées des taches d'eau. Les plus sombres étaient déjà là lorsque j'avais emménagé, deux ans plus tôt. Les autres étaient récentes. Dans l'appartement du dessus, on avait renversé un seau d'eau, enrichissant l'œuvre d'art d'une nouvelle facette. Les murs des maisons du quartier universitaire de Stockholm étaient troués comme des éponges et aspiraient l'eau aussi vite qu'ils la dégorgeaient ensuite chez les résidents.

Cependant les étudiants trouvaient à s'y loger pour trois fois rien. Ma mère aurait jugé l'immeuble miteux et indigne de moi, mais je pouvais y mener la vie dont je rêvais. J'avais la possibilité de faire des études, ce que la haute société ne voyait pas d'un bon œil, et je n'avais pas besoin de me plier aux conventions. Alors qu'importaient quelques taches au plafond ?

Un souffle de fraîcheur me caressa le visage. Tournant les yeux vers la fenêtre à croisillons, je constatai que le papier journal qui masquait le trou était tombé une fois de plus. La vitre du bas était cassée depuis longtemps. La faute à un gamin turbulent jouant dans la rue qui l'avait brisée par mégarde avec un caillou. Mon propriétaire refusait d'admettre qu'il devait la faire remplacer. Quant à moi, je ne pouvais pas prendre en charge la réparation, cela m'aurait obligée à demander plus d'argent à mon père. Or je n'avais pas remis les pieds à Löwenhof depuis notre dernière grosse dispute, à Noël, et ne m'étais pas non plus manifestée.

Mes parents désapprouvaient mon mode de vie. Lorsque, deux ans plus tôt, j'avais déposé une demande au tribunal pour être déclarée majeure, ils en avaient été contrariés, ayant espéré que je me marierais avant mes 25 ans. Ce qui n'avait pas été le cas. Qui plus est, en prenant en main mon existence, je leur avais clairement fait comprendre que je ne suivrais pas la voie qu'ils avaient tracée pour moi.

De toute façon, ce n'était pas moi qui hériterais du domaine, mais mon frère. Hendrik était un enfant modèle – le comte Thure Lejongård n'aurait pu souhaiter meilleur fils. Ce que mon père, d'ailleurs, ne se lassait pas de me rappeler. Dès lors, n'étant ni un garçon ni l'aînée de ses enfants, je pouvais mener ma vie à ma guise. En tout cas, mes amies et moi en étions fermement convaincues et défendions ce point de vue avec acharnement.

L'odeur pénétrante qui régnait dans l'appartement faisait elle aussi partie de l'existence que j'avais choisie. Les émanations âcres de la térébenthine se mêlaient à celles, moins prononcées, du vernis et de la peinture à l'huile. Elles paraissaient installées à demeure, même quand je ne peignais pas. Si j'ignorais qui avait vécu là avant moi, la personne qui me succéderait, en revanche, pourrait avoir la certitude que la précédente locataire était peintre.

Michael remua à côté de moi. Sa tignasse blond roux émergea des oreillers et je vis son visage chiffonné. Il ouvrit un œil, puis le second, avant de plisser les paupières face à la lumière du soleil qui entrait à flots dans l'appartement.

— Tu te réveilles bien tôt ! dit-il.

Un sourire monta en moi telles des bulles de limonade. J'empoignai son épaisse chevelure, douce comme la fourrure d'un chat. J'aimais y enfouir mes doigts, surtout quand nous nous abandonnions au plaisir et que sa tête reposait entre mes cuisses.

— Il est plus de 9 heures, répondis-je. Nous devrions être levés depuis longtemps.

— Qui a dit ça ? répliqua-t-il en tendant les bras vers moi.

Parmi les militantes de la cause féministe, certaines détestaient les hommes et se seraient refusées à une étreinte. Mais moi cela me plaisait. Ce que je voulais, c'était pouvoir choisir moi-même avec qui partager mon lit. Depuis un an, Michael était le seul à avoir ce privilège et je me surprenais à envisager de ne plus le quitter. Quand il aurait achevé ses études de droit, nous ferions peut-être des projets de mariage. Il était plutôt comique qu'une fille ayant fui le domicile parental songe à se marier, mais cette idée me réchauffait le cœur, même si cela risquait de me faire perdre l'indépendance que j'avais durement acquise. Cependant j'étais certaine que Michael ne verrait aucun inconvénient à ce que je continue à peindre. Le fait que je sois une suffragette ne l'avait pas fait reculer…

— J'ai grandi dans une maison où régnaient l'ordre et la ponctualité, rétorquai-je.

— Vraiment ?

Ses lèvres se posèrent sur mon cou, puis descendirent lentement. Je sentis entre mes cuisses une excitante sensation de chaleur. Quand nous nous aimions peu après notre réveil, cela me donnait de la force pour la journée.

Un coup à la porte me fit sursauter. Michael s'interrompit, m'adressa un regard interrogateur.

— Tu attends quelqu'un ?

Le teint échauffé, il peinait à réfréner son désir. J'aurais préféré moi aussi m'adonner à nos jeux plutôt que m'interroger sur l'identité du visiteur impromptu.

— Mademoiselle Lejongård, vous êtes là ? demanda une voix accompagnée d'un coup plus sonore. Un télégramme pour vous, c'est urgent !

Un télégramme ?

— Un instant, j'arrive ! lançai-je avec un regard à l'adresse de Michael.

— Est-ce vraiment nécessaire ? grommela-t-il.

Il se remit à m'embrasser dans le cou. Malgré mon envie de rester dans ses bras, je me dégageai et sortis du lit. La fraîcheur de ce matin de mars chassa instantanément ma fatigue – et hélas aussi mon désir. Je passai ma robe de chambre en un tournemain pour aller ouvrir.

L'homme, vêtu de l'uniforme de la poste royale suédoise, me regarda avec gêne.

— Bonjour, excusez-moi de vous déranger, mais ce pli devait vous être remis sans délai.

Je pris la petite enveloppe et la retournai. Le télégramme venait de ma mère.

— Un instant, je vous prie.

J'allai chercher dix øres dans la commode, où je gardais toujours un peu d'argent, les donnai au facteur et refermai la porte. Sans que je comprenne pourquoi, la petite enveloppe me paraissait lourde comme du plomb.

— De quoi s'agit-il ? demanda Michael, qui s'était redressé.

Lui, adossé torse nu contre les oreillers, ne semblait pas avoir froid. En voyant l'éclat doré que le soleil donnait à sa peau, je songeai qu'il aurait pu poser pour l'un des nombreux peintres qui habitaient le quartier.

— On va voir ça tout de suite, répondis-je.

Je glissai un doigt sous le rabat et déchirai le pli. Qu'est-ce que ma mère pouvait bien me vouloir ? Nous avions rompu tout contact depuis Noël. Je sortis le télégramme et sursautai en prenant connaissance de son contenu.

Père et Hendrik ont eu un accident Stop Reviens tout de suite Stop Mère

Le cœur battant, je restai figée sur place. Un accident ?

Un instant, je tentai de me convaincre qu'il s'agissait d'une vilaine ruse de ma mère pour me ramener au bercail. Cependant Stella Lejongård ne plaisantait jamais au sujet de la santé et de la vie des membres de la famille.

— Que se passe-t-il ? demanda Michael en se levant.

Hors d'état de répondre, je restais plantée là, le regard rivé sur le télégramme. Les caractères tapés à la machine me paraissaient brûler le papier. Je ne repris mes esprits qu'en sentant la main de Michael se poser sur mon épaule.

— Mon… mon père… bégayai-je. Lui et mon frère… ils ont eu un accident.

— Comment c'est arrivé ?

— Je ne sais pas, à cheval peut-être…

Mes pensées se bousculaient. Mon père et Hendrik étaient des cavaliers remarquables. Un accident qui les aurait blessés tous deux me paraissait improbable. Dans quel état se trouvaient-ils ? Cela devait être grave, sinon ma mère ne m'aurait pas rappelée. Le papier me glissa des mains. Michael se baissa et le ramassa.

— Il faut que je rentre, chuchotai-je.

Il me prit la main et j'eus l'impression qu'elle ne m'appartenait plus.

— Est-ce que je peux faire quelque chose pour toi ? Veux-tu que je t'accompagne ?

— Non, dis-je en m'efforçant de me ressaisir. Je… je dois prendre le train. Ou la diligence.

— La diligence mettrait trop de temps. Mais tu trouveras peut-être un train pour Kristianstad aujourd'hui.

J'acquiesçai, tout en ayant la sensation que mon corps ne m'obéissait pas. Il fallait que je me dépêche, mais je n'y arrivais pas. Comme si je n'étais pas là. Cependant il fallait que je parte. Il le fallait !

Je parvins enfin à m'arracher à ma paralysie.

— Tu veux que je t'aide ? demanda Michael.

Je secouai la tête. Je devais surmonter cette épreuve seule, personne ne pouvait rien pour moi. Et il n'était pas question que j'emmène Michael. Qu'aurait pensé ma mère ?

Lorsque j'ouvris l'armoire à la porte voilée, mon apathie se transforma en fébrilité. Les mains tremblantes, je rassemblai quelques affaires, indifférente à ce que ma mère trouverait sans doute à redire. Mes meilleurs habits étaient restés à Löwenhof, rien de ce que je portais ne trouverait grâce à ses yeux. Je tombai sur un chemisier noir. Pour une raison inconnue, je le fixai plus longuement que nécessaire. *Pas de noir,* me dis-je alors, soudain prise d'angoisse. *Noir, la couleur du deuil.* Emporter ce chemisier m'aurait paru un mauvais présage. Je le jetai tout au fond de la penderie. *Un accident,* pensai-je. *Un accident. Ils sont blessés, mais toujours en vie. Si l'un d'eux était mort, Mère me l'aurait dit.*

En m'habillant, je me sentis fiévreuse. Le tissu me faisait mal. Le manteau que j'enfilai m'écrasa presque sous son poids.

Je me tournai vers Michael, qui, entre-temps, avait enfilé une robe de chambre.

— Voilà, dis-je, comme chaque fois que j'avais terminé quelque chose. Mon sac de voyage est prêt.

Il ouvrit les bras.

— Viens là, dit-il tout bas.

Il m'attira à lui et pressa son visage contre mon cou, tandis que je faisais de même. Je l'étreignis avec une sorte de désespoir et l'embrassai avec passion.

— Je suis à ton côté, chuchota-t-il dans mes cheveux. Peu importe ce qui t'attend, je suis avec toi. Je t'aiderai en pensée.

— C'est gentil, répondis-je. Merci.

Ses paroles auraient mérité une réponse plus chaleureuse, mais désormais, je me sentais tenue de rester sur la réserve. En dépit de tout l'amour que j'avais pour Michael, le télégramme avait refait de moi la fille de la maison Lejongård qui devait rester chaste jusqu'à ce que ses parents lui aient trouvé un mari. Cela me brisait le cœur, mais je n'avais pas le choix. Je me dégageai à regret et pris mon bagage.

— Tu reviendras ? demanda sa voix derrière moi.

Je me figeai. Il me posait cette question chaque fois que je rentrais chez moi. J'avais coutume de répondre oui en riant, mais cette fois, la tristesse m'envahit. Bien sûr que je reviendrais. Cependant il m'était difficile de prévoir à quel moment, et cela m'inquiétait.

— Dès que possible, promis, dis-je en lui envoyant un dernier baiser.

Dehors, je fus accueillie par une fraîche odeur de printemps qui, pour une fois, n'était pas gâchée par des remugles d'urine. Certains avaient l'habitude de se soulager sous l'un des porches avoisinants. Surtout dans la soirée du dimanche, quand des hordes d'hommes sortaient des auberges et des cafés.

Les militants de l'abstinence avaient-ils réussi à convertir les étudiants ? C'était peu probable.

Je me mis rapidement en route. Le lundi matin, le quartier de Norrmalm, avec ses rues larges et ses bâtiments de style classique, était un endroit très animé. Outre les gens qui partaient travailler et ceux qui se rendaient à la gare, on voyait beaucoup d'étudiants.

Ce midi, j'aurais dû assister à un cours à l'Académie royale des beaux-arts, mais cette pensée m'inspira une étrange indifférence. J'avais l'impression qu'autour de moi tout avait reculé dans les lointains, que je me déplaçais dans un brouillard où n'apparaissaient que de vagues silhouettes. Je percevais seulement le poids de mon sac et les tiraillements nerveux de mon estomac. Quand le prochain train partait-il ? Aurais-je le temps d'envoyer un télégramme à ma mère ?

Étonnant de voir ce que le destin nous réservait parfois. La veille encore, la maison de mes parents était bien loin de mes préoccupations. À présent, je ne pouvais penser à rien d'autre. Les odeurs et les impressions, les jours ensoleillés mais aussi les blessures, tout me revenait – scènes et images à jamais gravées dans mon esprit.

— Agneta ! lança une voix, m'arrachant à mes pensées.

Je me retournai. Marit arrivait en courant, sa jupe verte retroussée laissant voir un bout de son caleçon long. Ses bottines marron, qui avaient toujours un aspect un peu fatigué, étaient éclaboussées de boue. Autour de son cou flottait une écharpe tricotée main.

— Tu es sourde ou quoi ? lâcha-t-elle lorsqu'elle m'eut rejointe. Ça fait je ne sais combien de temps que je te cours après !

Elle exagérait, je n'étais qu'à deux cents mètres de mon logement. Mais c'était typique de Marit. Je posai mon sac à mes pieds et la serrai dans mes bras.

— Excuse-moi, j'étais dans mes pensées. Je vais à la gare, une affaire de famille.

— Alors tu ne viendras pas à l'action prévue tout à l'heure devant le bureau du doyen ?

Mon amie paraissait déçue. Elle organisait des manifestations avec beaucoup d'ardeur, se procurait le matériel pour les banderoles et battait le rappel des camarades. Ce jour-là, nous avions prévu de protester devant le bureau du doyen contre les efforts en cours pour réglementer l'inscription des femmes.

— Je croyais que tu n'étais plus en bons termes avec ta famille.

— En effet, mais il est arrivé quelque chose à mon père et à mon frère. Ça a l'air grave, ma mère m'a demandé de rentrer sur-le-champ.

Marit porta la main à sa bouche.

— Mais c'est terrible ! Elle t'a dit ce qui s'était passé ?

— Non, mais elle ne se serait pas manifestée si cela n'avait pas été un cas d'urgence.

— Je suis vraiment désolée. Est-ce que je peux faire quelque chose pour toi ? me demanda-t-elle en m'étreignant avec force.

— Je crains que non, mais merci. Je te donnerai des nouvelles dès que j'en saurai plus, d'accord ?

— Oui. Je prierai pour ton père et ton frère. Je ne raffole ni de Dieu ni de l'Église, mais pour vous je ferai une exception.

Marit se montrait rarement à l'église, trouvant qu'on n'y faisait rien pour promouvoir l'égalité entre hommes et femmes. Sa proposition de prier pour nous n'en avait que plus de prix.

J'aurais souhaité pouvoir l'emmener avec moi. Quelle que soit la situation qui m'attendait, son soutien m'aurait été précieux. Mais c'était hélas impossible.

— Salue les autres de ma part, dis-je en la lâchant. Et bonne chance pour la manifestation.

— Ne t'en fais pas pour ça, répliqua Marit. Pour l'instant, tu ne dois plus penser qu'à ta famille. Mais c'est vrai, tu nous manqueras. Quand je repense à la façon dont tu as cloué le bec au Pr Svensson…

— Merci.

Je la serrai une dernière fois sur mon cœur, puis repris mon sac. Il me parut peser encore plus lourd.

— Bon courage, et sois prudente !

Je passai devant le magnifique bâtiment de l'opéra, devant lequel je m'arrêtais si souvent pour l'admirer. La gare n'était plus très loin.

Il régnait dans l'air une forte odeur de fumée. Une sirène de vapeur retentit dans le port, suivie du sifflet d'une locomotive. Depuis que la Suède avait décidé de ne plus se laisser entraîner dans la guerre, le pays était en plein essor. La situation des femmes commençait également à changer. Nous avions désormais le droit de nous faire déclarer majeures à 25 ans si nous n'étions pas mariées. Et l'on venait de promulguer une loi autorisant les femmes à protéger par un contrat de mariage les biens qu'elles avaient reçus en héritage. C'étaient là d'importantes victoires pour le mouvement féministe. Cependant nous n'avions pas encore atteint notre principal objectif : le droit de vote, que la Finlande avait déjà introduit sept ans plus tôt. En Norvège aussi, on notait des progrès. Mais la Suède restait à la traîne. Les hommes politiques avaient beau faire la sourde oreille, cela ne signifiait pas qu'ils ne remarquaient pas nos actions. Nous voulions poursuivre le combat.

Cela bougeait aussi à l'Académie des beaux-arts. Anna Nordlander avait été en 1864 la première femme à y être admise. Les efforts fournis par quelques étudiants et artistes réunis dans un groupe baptisé Opponenterna pour réformer l'institution avaient échoué, mais les femmes étaient désormais de plus en plus nombreuses à entrer à l'Académie. Il va de soi que cela n'allait pas sans conflits, cependant les difficultés étaient contrebalancées par un sentiment de liberté.

J'arrivai enfin à la gare. Je me félicitai d'avoir mis un manteau : cette journée de mars avait beau être annonciatrice de printemps, l'air n'en était pas moins sournois. Devant le bâtiment blanc de style classique, c'était une cohue de gens affairés. Çà et là, on distinguait un chapeau ou une veste couleur crème. Des fiacres se succédaient pour déposer leurs passagers. Comment faisaient-ils pour ne pas se rentrer dedans ?

L'année précédente, j'avais réalisé une peinture de la gare qui m'avait valu une réprimande de mon professeur, M. Andersen. Sachant qu'il vénérait Van Gogh, j'avais opté pour son style. Andersen s'était planté devant mon chevalet – en présence de tous mes camarades, bien sûr – en dodelinant de la tête. Puis il s'était gratté le menton, avait plissé les paupières et s'était tourné vers moi.

« Joli travail », avait-il dit.

Moi, j'avais eu la bêtise de croire qu'il allait m'adresser des compliments.

« Vraiment bien… pour une imitatrice. »

Sa mine s'était assombrie, et j'avais eu l'impression que le soleil disparaissait.

« Je ne crois pas que vous soyez ici pour apprendre à devenir faussaire. Si tel était le cas, je me verrais dans l'obligation de vous faire renvoyer sur-le-champ », avait-il tonné.

Je m'étais sentie comme paralysée. Les regards de mes condisciples avaient été autant de coups d'épingle. Je n'avais aucune pitié à attendre de la majorité d'entre eux. Il y avait très peu de femmes dans le cours d'Andersen, et la plupart des hommes pensaient, à l'instar de leur maître, que leur rôle était de se marier et de rester à la cuisine. Le professeur avait dû deviner mes pensées.

« Et, avant que vous ne me sortiez une fois de plus vos discours de suffragette, avait-il poursuivi, furieux, je peux vous assurer que, si vous étiez un homme, je vous aurais expulsée de mon cours séance tenante. Si je veux voir un Van Gogh, je vais à Paris. Ce que je veux voir ici, c'est ce que vous êtes ! Et si vous êtes digne de recevoir mon enseignement ! »

J'étais restée figée, incapable d'aligner deux pensées, puis j'avais compris mon erreur. La flatterie n'était pas dans mes habitudes. Pourquoi m'étais-je comportée de la sorte avec Andersen ?

Les larmes m'étaient montées aux yeux, mais je ne voulais pas pleurer devant les autres. Les garçons se seraient assurément moqués de moi. Je m'étais alors demandé ce que ma mère aurait dit et fait en pareille situation. Et l'autoapitoiement avait cédé la place à la colère.

Andersen s'était sans doute attendu à me voir fondre en larmes. Mais je l'avais gratifié du regard le plus furieux dont j'étais capable.

Chassant ce souvenir, j'entrai dans le hall de la gare. Mon regard se porta sur la grande horloge. Il s'était écoulé une heure depuis que j'avais reçu le télégramme. Une longue file s'était formée devant le guichet. Je n'avais pas le choix : je me joignis aux gens qui patientaient. Mes tempes bourdonnaient. Sous les voûtes du hall, les voix se mêlaient en un brouhaha inextricable évoquant les grondements du tonnerre. Autrefois, ce bruit m'avait semblé excitant : après le silence dans lequel j'avais grandi à Löwenhof, il m'était apparu comme le son même du monde, celui de la liberté. Mais ce jour-là, il me gêna, je le trouvai même insupportable.

Le sifflet d'un train entrant en gare me détourna de mes pensées. Les voyageurs continuaient à affluer dans le hall. Certains portaient comme moi des manteaux en loden, d'autres arboraient des fourrures coûteuses. Une femme coiffée d'un énorme chapeau à plume attira mon regard. Ma mère en avait probablement de semblables par dizaines. Pour ma part, je ne faisais pas grand cas de ce type de couvre-chefs. Ils étaient lourds, massifs, et cachaient la personne qui se trouvait dessous.

— Mademoiselle ?

Je me retournai vivement. La file avait avancé et c'était mon tour.

— Excusez-moi. Je voudrais un billet pour Kristianstad. À quelle heure part le prochain train ?

— Dans une demi-heure. Un aller simple ?

— Oui, m'entendis-je répondre instinctivement.

J'avais promis à Michael de revenir au plus vite. Mais mon père et Hendrik avaient sans doute tous deux besoin de mon aide. Et si le pire devait arriver… Je chassai énergiquement cette pensée.

Le guichetier me jeta un bref regard et m'indiqua le prix. Je payai et récupérai mon ticket. Le temps dont je disposais avant le départ me permettait d'envoyer un télégramme à ma mère.

CHAPITRE 2

Je passai tout le voyage à regarder par la fenêtre, perdue dans mes pensées. Je me rappelais très bien la première fois que j'avais craint pour la vie de mes parents. À l'époque, j'avais 12 ans. Mon père et ma mère étaient partis en France et n'étaient pas rentrés à la date prévue. Nous n'avions pas reçu de nouvelles de leur part et Löwenhof était en effervescence. La femme de chambre de ma mère, Mlle Rosendahl, une personne pourtant calme et solide, s'était mise à pleurer sa maîtresse. J'étais inquiète moi aussi, mais moins bouleversée. Mon frère Hendrik, lui, ne paraissait guère ému : selon lui, nos parents étaient sans doute allés faire une visite impromptue à des proches. Et, pour une raison quelconque, le télégramme qui nous en informait ne nous était pas parvenu.

J'avais essayé de me distraire en regardant les poulains ou en courant les prés ; les larmes de la femme de chambre m'avaient fait comprendre qu'ils pourraient ne jamais revenir. Que Hendrik et moi deviendrions alors orphelins. Que nous passerions sous une tutelle étrangère.

J'étais remontée chez moi à l'insu de Mlle Rosendahl et m'étais postée à la fenêtre, en proie à toutes les craintes imaginables. Puis une calèche était arrivée. Celle de mes parents. Mon cœur s'était mis à battre à se rompre et, lorsque je les avais vus descendre de voiture, j'avais ressenti un soulagement inexprimable.

Il était revenu, le couple royal du pays de mon enfance. Conquérir l'amour de ma mère avait toujours été une tâche difficile. Elle me considérait comme une poupée qui devait être joliment accoutrée et garder le silence : à l'époque déjà, cela ne me convenait pas. Mon père, en revanche, m'avait manifesté toute son affection – tant que j'avais été une enfant en retrait des problèmes des adultes. Nous sortions ensemble à cheval. Souvent, aussi, il me promenait dans la maison et, le soir, avant que je me couche, il me racontait des histoires de chevaliers et de brigands.

Mes relations avec mes parents s'étaient dégradées à la fin de ma scolarité à l'école supérieure de jeunes filles de Stockholm. Ils souhaitaient que je me marie au plus vite et que j'aie des enfants. Cependant, même après mes débuts dans la haute société, il ne s'était pas trouvé de candidat approprié, ce qui avait contrarié ma mère et donné à mon père des inquiétudes quant à mon avenir. Ni l'un ni l'autre ne soupçonnaient que je ne voulais pas de l'existence à laquelle ils me destinaient. Je souhaitais faire des études, voir un peu le monde, fréquenter les salons de peinture. Je voulais élargir mes perspectives, accumuler des connaissances et surtout de nouvelles images. J'avais envie de choisir moi-même mon époux. Il n'avait pas fallu longtemps pour que nos désaccords éclatent au grand jour. Mais cela ne m'avait guère affectée, mon frère hériterait un jour du domaine et assurerait la perpétuation de la maison Lejongård. Pour ma part, je serais contrainte de perdre mon nom avec ma liberté – et de quitter le domaine.

Et voilà que...

En mon for intérieur je maudissais ma mère. Elle aurait au moins pu me donner un indice au sujet de l'accident et de l'état de santé de mon père et de mon frère. Repoussant ces pensées, je tentai de me concentrer sur le spectacle que j'avais sous les yeux. Les rayons du soleil éclairaient les troncs puissants qui bordaient le remblai. La forêt avait toujours excité mon imagination. Je rêvais d'elfes et de trolls, de mondes enchantés par-delà les clairières ensorcelées.

Lorsque nous quittâmes la forêt, nous passâmes devant de vastes étendues de champs où quelques taches de neige sale étaient encore visibles dans des endroits ombragés. Sous peu, des tapis vert doré se déploieraient sur les collines aux doux reliefs. Dans le comté de Scanie, le grenier à blé de la Suède, les grands domaines jouissaient de la même notoriété que le paysage. Quelques-uns de leurs propriétaires possédaient le titre de comte, d'autres appartenaient à la petite noblesse. Cependant ils étaient tous d'égale importance pour leur pays et généralement d'accord sur leurs intérêts communs : s'ils voulaient une ligne de chemin de fer, ils l'obtenaient.

À l'époque, je n'étais pas encore née, mais j'imaginais facilement les efforts que mon grand-père avait dû déployer pour cela.

Lorsque le train arriva à Kristianstad, le soir tombant colorait l'horizon de rouge. De nombreux passagers étaient descendus dans les gares précédentes et cela faisait un moment que j'étais seule dans le compartiment. Je récupérai mon sac dans le porte-bagages et me dirigeai vers la porte. Un vent glacial m'accueillit et me mordit les joues. L'hiver n'était pas encore vaincu.

Je ne vis personne sur le quai. Mon télégramme n'était-il pas arrivé ?

Lorsque j'en eus assez de patienter dans les courants d'air, je me dirigeai vers la sortie. La maisonnette du contrôleur était éclairée. Peu après, j'entendis des sabots claquer sur le pavé. Notre calèche arriva devant la gare, bien reconnaissable à sa couleur rouge foncé. Une lanterne se balançait près du siège du cocher. Ma mère avait donc bien envoyé quelqu'un me chercher. Le cocher freina et descendit du véhicule.

— Ah, vous êtes là, Mademoiselle.

Le vieil August ôta sa casquette. Ses épais cheveux blancs rebiquaient légèrement sur les côtés.

— Ça fait longtemps, poursuivit-il.

— Trois mois seulement.

— Pour un vieil homme comme moi, c'est presque une éternité, répondit-il en me débarrassant de mon sac. Où sont vos autres bagages ?

— À Stockholm, répliquai-je en m'efforçant de dissimuler l'inquiétude qui m'avait saisie en entendant cette question.

— Si vous voulez, je ferai le nécessaire pour qu'on aille les chercher.

Qu'est-ce que ma mère avait pu raconter à ce pauvre homme ? Que j'allais rester définitivement à Löwenhof ? Elle plaisantait, j'espère !

— Comment vont mon père et mon frère ? demandai-je tandis que nous montions dans la calèche.

L'haleine des chevaux formait de petits nuages devant leurs naseaux.

— Je ne peux rien vous dire, Mademoiselle, je regrette !

Je fronçai les sourcils.

— Vous ne pouvez rien me dire parce que vous l'ignorez ou…

— Votre mère me l'a interdit, répondit August. Elle veut s'entretenir personnellement avec vous.

— Alors c'est que la situation est grave ?

Il serra les lèvres. Pas besoin de réponse, son regard était suffisamment éloquent.

— Pouvez-vous au moins me parler de l'accident ? Les chevaux se sont-ils emballés ?

— Vous verrez, me dit August avec accablement.

Quelques instants plus tard, la calèche s'ébranlait en brinquebalant.

L'ordre étrange de ma mère et le souci d'August, que je connaissais depuis l'enfance, de ne pas y déroger ne laissaient rien présager de bon. J'étais extrêmement tendue. Et si le pire était arrivé ? Pourquoi ma mère n'était-elle pas venue me chercher pour m'informer immédiatement des événements ? Je ne l'imaginais pas assise avec sollicitude au chevet de mon père ou de mon frère : Stella Lejongård confiait plutôt le soin des malades aux médecins et à ses domestiques.

Une heure plus tard, le domaine apparut devant nous. De la lumière du jour il ne restait plus à l'horizon qu'une mince bande rouge qui éclairait encore le mur de grosses pierres entourant le manoir. Le grand portail de fer aux courbes élégantes avec ses têtes de lion sur les battants avait autrefois tenu à distance voleurs et insurgés. Ce soir, il était ouvert.

Nous passâmes devant les grands tilleuls, encore dénudés à cette période de l'année. L'été, leurs cimes ombrageaient l'allée tel un toit. Les abeilles bourdonnaient dans leur feuillage et il régnait dans l'air une suave odeur de miel. Mais, pour l'heure, rien de tel. Un groupe de corneilles vint se percher sur leurs branches. Quant à l'odeur… Elle était étrange. Je n'arrivais pas à la définir, mais sentis l'inquiétude me gagner.

Les murs blancs du manoir restaient bien visibles dans la pénombre du crépuscule. Les fenêtres du rez-de-chaussée et du premier étaient éclairées, ce qui me procura un curieux sentiment. D'un côté il y avait l'angoisse et l'incertitude, de l'autre de la joie et de la chaleur. Ce n'était pas Löwenhof qui m'avait chassée. Les prés verdoyants, les bois touffus, les pâturages et les écuries, de même que le manoir, s'étaient toujours montrés accueillants et ne m'avaient jamais jugée.

La maison m'avait permis de me cacher des heures durant de notre gouvernante et de ma mère. Et, quand nous étions petits, je passais du temps au grenier avec Hendrik à inventer des histoires. C'était sans doute à cette époque que j'avais décidé de me consacrer plus tard à l'art, peinture ou écriture.

J'identifiai soudain l'odeur que j'avais perçue en passant sous les tilleuls et ce fut comme si j'avais reçu un coup. Une âcre odeur d'incendie entrait par les fenêtres de la calèche. De nombreuses années plus tôt, une grange avait brûlé au domaine. Le vent avait poussé la fumée vers le manoir, et l'odeur en avait persisté plusieurs jours durant, en dépit de la lavande placée en abondance dans les pièces par les domestiques. Y avait-il donc eu un incendie ?

De la calèche, je ne distinguais rien ; la clarté des fenêtres éclipsait tout le reste.

Lorsque August arriva devant la rotonde de l'entrée, je bouillais de nervosité. Sans attendre l'arrêt complet, j'ouvris la portière et sautai du véhicule dès que le cocher eut intimé aux chevaux l'ordre de stopper. Je trébuchai sur le gravier, me rattrapai de justesse et montai le perron au pas de course. La porte étant fermée à cette heure de la journée, je sonnai.

Arno Bruns, le valet de chambre de mon père, vint m'ouvrir. Il devait atteindre la fin de la cinquantaine et sa chevelure, que j'avais connue noire, était à présent presque blanche. Il avait un visage anguleux, des yeux couleur de café et des sourcils broussailleux. Dans mon enfance il m'avait inspiré de la crainte. Il dirigeait le personnel en compagnie de Mlle Rosendahl, devenue gouvernante, et veillait au bien-être de notre famille.

— Bonsoir, Mademoiselle, me dit-il en s'inclinant légèrement. Je suis heureux que vous soyez bien arrivée.

— Merci, Bruns, répondis-je. Où est ma mère ?

— Dans la chambre de Monsieur. Je vous accompagne.

Je me serais volontiers dispensée de sa présence, mais dans cette maison, tout était réglementé. Même le retour de la fille indigne. Nous montâmes l'escalier en silence. S'il avait été inutile d'interroger August, il était plus vain encore d'espérer de Bruns des éclaircissements. Son expression ne laissait rien paraître. Jeune homme, il était parti en Angleterre se former au métier de valet de chambre. Il ne se lassait pas de parler aux domestiques de ce qu'il appelait les « normes anglaises ».

J'étais trop inquiète au sujet de mon père et de Hendrik pour être sensible à la magnificence du vestibule, éclairé par un énorme lustre de cristal. Les visiteurs étaient accueillis par de grands tableaux. Ici, une scène de chasse ; là, un vaste paysage avec un ciel radieux ; et les portraits de quelques ancêtres de grand mérite. Le plus célèbre étant Axel Lejongård, qui avait été un intime de Jean-Baptiste Bernadotte, devenu roi de Suède en 1818, et dont il avait soutenu les prétentions au trône. Avec ses favoris, son regard d'un bleu clair et son uniforme raide, il contemplait le spectateur avec assurance et devait avoir eu beaucoup de succès auprès des dames.

J'adressai involontairement un signe de tête à mon glorieux ancêtre, puis rattrapai Bruns. Ses pas s'entendaient à peine sur le tapis. Il me précédait aussi cérémonieusement que si nous nous étions dirigés vers une salle de bal.

Je fus surprise de remarquer ces détails. J'avais grandi ici, je connaissais tous les coins et recoins de cette demeure. Pourtant, chaque fois que j'y revenais après une longue absence, j'étais saisie par l'étonnement.

Nous fîmes halte devant la chambre de mon père. Ma mère avait également la sienne. Ils ne fréquentaient plus que rarement la chambre conjugale. À l'âge de 4 ou 5 ans, je m'étais souvent blottie dans le lit de mes parents. Puis on me l'avait soudainement interdit. Plus tard, j'avais compris que je n'avais plus le droit d'entrer dans la pièce parce qu'on ne l'utilisait plus.

Bruns frappa au battant, puis, ne recevant pas de réponse, ouvrit la porte. Cela me parut curieux, car en temps normal il attendait que son maître se manifeste. Mais il était possible que mon père dorme, ou que je n'aie pas entendu la voix de ma mère.

J'entrai dans la pièce et restai figée sur place. Ma mère n'était pas là. Mon père, lui, était étendu sur le lit, vêtu de son meilleur costume. Son visage était blême, on l'aurait dit enduit d'une pâte blanche. Cela m'évoqua d'une horrible manière le maquillage d'un clown que j'avais vu au cirque.

Le souffle coupé, je reculai en titubant. La poitrine de mon père était immobile, ses mains reposaient dessus, lourdes et inertes.

— Asseyez-vous, Mademoiselle, dit Bruns en approchant un tabouret.

Un instant, je fus tentée de me laisser choir sur le siège. Mais je me retournai impétueusement et j'adressai au valet un regard stupéfait. Qui avait eu cette idée ? Sûrement pas lui !

— Bruns, bégayai-je, qu'est-ce que ça signifie ? Pourquoi ne m'avez-vous pas avertie ?

Une haine brûlante m'avait envahie. Mon père était mort, et personne ne m'y avait préparée. Personne n'avait essayé de me l'annoncer avec ménagement. Le valet s'était contenté de me conduire dans sa chambre en prétextant que ma mère s'y trouvait. Bruns rougit et pâlit alternativement.

— Excusez-moi, Mademoiselle, je pensais...

— Ne me racontez pas de mensonges ! l'interrompis-je. Pourquoi ne m'avez-vous pas dit que mon père était mort ?

Il regarda autour de lui comme s'il était à la recherche d'un soutien.

— Il n'a fait qu'obéir à mes ordres, dit alors une voix.

L'instant d'après, je la vis. Pâle et vêtue de noir. Ma mère ! Je me mis à trembler de tous mes membres. Les larmes me montèrent aux yeux.

— Je ne savais pas que tu étais arrivée. C'est la raison pour laquelle je m'étais absentée un moment.

Sa voix n'exprimait aucune émotion.

Tout se brouilla devant mes yeux. Comment ma mère pouvait-elle se montrer si cruelle ? Comment avait-elle pu me faire cela ? J'aurais voulu m'enfuir, mais mes jambes se dérobèrent sous moi. Bruns me rattrapa juste à temps et m'aida à m'asseoir. Dès que je me fus reprise, je repoussai violemment sa main. Il sursauta, surpris par ma réaction.

— Vous pouvez disposer, Bruns, lançai-je.

Il s'inclina et sortit.

Je restai là, telle une poupée brisée, le regard rivé sur mon père, sur l'enveloppe vide de cet homme naguère si fier et si fort. La haine que j'éprouvais à l'égard de ma mère et ma colère contre le valet qui n'avait pas eu le cran de m'avertir – au risque de contrevenir à un ordre de sa maîtresse – se déchaînaient en moi et m'affaiblissaient.

— Comme je te l'ai écrit, il y a eu un accident. Le feu a pris dans la grande écurie. Ton père et ton frère ont essayé de faire sortir les chevaux. C'est alors que le toit s'est effondré sur eux.

Je ne bougeais pas. Les paroles de ma mère étaient autant de gouttes d'eau glacée tombant sur une peau fiévreuse : elles ne soulageaient pas, elles faisaient mal.

J'aurais voulu pouvoir crier, lui demander ce que j'avais fait pour mériter pareille bassesse de sa part. Elle ne m'avait pas accueillie pour me dire que mon père était mort, elle ne m'avait pas réconfortée, elle n'avait pas attendu que je me sois calmée pour me conduire devant le corps. Je n'avais jamais rien vécu de tel – elle n'avait encore jamais osé aller si loin.

— Ton frère est à l'hôpital, les médecins essaient de le sauver, poursuivit-elle sans rien laisser paraître.

On aurait dit que Hendrik n'était pas son fils. Le décès de mon père lui avait-il fait perdre la raison ?

Mon frère était vivant. J'en éprouvai un certain soulagement, mais j'étais trop assommée, trop choquée pour réagir.

Je regardais mon père. Il était mort. Mort. Ce mot résonnait sans relâche dans ma tête et, tout à coup, je sentis quelque chose se déchirer en moi. Mais, dans cette maison, je ne pourrais m'abandonner à ma douleur qu'une fois seule.

Ce ne furent pas des larmes de chagrin qui me montèrent aux yeux. Je me levai d'un bond et me tournai vers ma mère. Dans mon enfance, elle n'avait été guère plus qu'une reine des neiges dont on s'efforçait vainement de conquérir l'amour. À présent, elle me faisait l'effet d'une sorcière. Si seulement elle avait pu se trouver dans l'écurie au moment où le toit s'était écroulé !

— Pourquoi tu ne me l'as pas dit ? criai-je. Pourquoi m'as-tu fait conduire dans cette chambre sans me prévenir ?

Stella Lejongård demeura impassible. Ma mère avait toujours été calme et froide, mais en ce moment de deuil je la comprenais encore moins que d'ordinaire.

— Je ne pouvais pas te faire parvenir l'information pendant ton voyage, répliqua-t-elle de manière factuelle, comme si elle parlait d'une liste de courses. Quand je t'ai envoyé le télégramme, ton père était encore en vie.

C'était peut-être vrai, mais rien ne pouvait justifier que Bruns m'ait conduite sans un mot dans une chambre mortuaire.

— Tu aurais dû venir m'accueillir, rétorquai-je tandis que des larmes de chagrin se frayaient enfin un chemin en moi. Ou au moins prier August ou Bruns de m'annoncer la nouvelle.

La rage qui brûlait ma poitrine se transforma en une souffrance insupportable. Mon père était mort. Il avait succombé aux blessures que lui avait occasionnées l'incendie.

— Tu aurais dû m'accueillir ! répétai-je. Tu aurais dû me le dire avant que je le voie ! Quelle sorte de mère es-tu ?

Les reproches semblaient glisser sur elle. Elle n'eut pas même un tressaillement, gardant le silence comme si elle cherchait une réponse.

— Et toi, quelle sorte de fille es-tu ? répliqua-t-elle enfin avec froideur. Tu as cessé de t'intéresser à la famille ! Tu n'en fais qu'à ta tête.

Ses paroles ravivèrent ma colère.

— Alors c'est ma faute ? lançai-je en désignant mon père.

Ma voix dérailla. Notre dispute devait s'entendre jusque dans les chambres des domestiques, au dernier étage.

— Juste parce que je voulais suivre ma propre voie ? On est au xxe siècle, Mère, plus au Moyen Âge. Et ce n'est pas parce qu'une fille ne se conforme pas aux attentes de ses parents qu'une écurie prend feu !

Pourquoi avait-elle dû remettre cela sur le tapis ? Pourquoi ces éternelles accusations, jusqu'en pareil moment ?

— Ton père espérait que tu reviendrais à la raison ! Sur son lit de mort, il t'a attendue, il demandait quand tu arriverais.

Ces paroles me bouleversèrent. Comment osait-elle ? À cet instant, je compris quel choc avait provoqué en moi la vue du défunt. Je me sentis prise de nausée et, les genoux et les mains tremblants, je luttai pour reprendre mon souffle.

— Je suis partie dès que j'ai reçu ton télégramme ! répondis-je d'une voix étranglée.

Voilà pourquoi elle m'avait mise face au cadavre de mon père : elle y voyait sans doute une punition appropriée à mon émancipation de la tutelle familiale.

— Si tu n'avais pas été à Stockholm, tu n'aurais pas eu à faire ce trajet. Tu aurais pu être auprès de lui.

Sa voix était ferme. La mort de mon père n'était pour elle qu'une occasion supplémentaire de me tourmenter.

Je me sentis tout à coup à l'étroit dans cette chambre, ne supportant plus d'être là, avec ma mère qui polluait l'air de ses reproches. Si je l'avais pu, j'aurais cogné sur quelque chose, mais mes bras étaient sans force et mon cœur lourd de tristesse et de colère.

Afin de ne pas m'effondrer devant elle, je me ruai hors de la pièce, sans me soucier du fait que, debout à côté de la porte, Bruns avait écouté notre querelle. Il me fallait un endroit où recouvrer mon calme et pleurer tout mon soûl.

Je suivis la galerie et tournai dans le couloir conduisant aux chambres des enfants. Par le passé, je courais chercher refuge chez Hendrik. Lui non plus n'avait pas compris que je veuille suivre mon propre chemin, mais au moins il m'avait soutenue.

Cette fois, pourtant, il n'était pas là. Je me précipitai dans ma chambre, me jetai sur mon lit et pleurai comme je ne l'avais pas fait depuis longtemps.

CHAPITRE 3

Le lendemain matin, je m'éveillai avec la conviction que la journée précédente n'avait été qu'un rêve. De ceux qui vous laissaient une troublante impression de réalité. Il m'arrivait d'en avoir de cette sorte. Michael pensait que c'était dû à un excès de réflexion. Il m'avait conseillé de m'en débarrasser en peignant.

Mais comment peindre la mort de mon père ?

Alors que cette question me tourmentait, je compris peu à peu que je n'avais pas rêvé. Tout était réel. Je ne me trouvais plus dans mon rez-de-chaussée mal isolé du quartier étudiant de Stockholm. Les fenêtres étaient hautes, et la lumière qui entrait par les vitres réchauffait mon visage. L'odeur, aussi, était différente. La térébenthine et le vernis avaient fait place à un parfum de lavande et de rose. La maison. L'endroit que j'avais fui.

J'étais étendue sur mon lit, encore vêtue de ma tenue de voyage. Michael n'était pas à mon côté.

Comme j'aurais aimé pouvoir l'attirer dans mes bras et sentir sa chaleur ! Lorsque je me redressai, je n'aperçus pas de chevalets vides ni de toiles masquées par des tissus. Je vis la cheminée avec les antiques tableaux, l'armoire dans laquelle sommeillaient mes robes de bal, et les lourds rideaux encore ouverts. La couverture sur laquelle j'étais couchée sentait légèrement le renfermé. Personne n'avait préparé la chambre. Elle paraissait froide, humide et inhospitalière. Mais de toute façon je n'avais pas l'intention de m'attarder après l'enterrement de mon père.

Je me retournai en gémissant. Dormir sur le ventre ne me réussissait pas, cela me donnait toujours mal au dos.

J'avais tout juste défait mes cheveux quand on frappa à la porte. J'eus un instant de surprise, puis me souvins qu'on n'était jamais vraiment seul dans cette maison. Et que ce n'était assurément pas ma mère qui venait demander comment j'allais.

Puisque je n'avais pas sonné et qu'il était déjà plus de 9 heures, les domestiques venaient aux nouvelles. Qui sait ? L'affront que m'avait infligé ma mère aurait pu m'inciter à quitter discrètement les lieux pour retourner à la gare.

— Entrez ! criai-je en commençant à déboutonner les manches de ma robe.

La première domestique qui entra m'était familière. Je l'avais vue lors de mes dernières visites. Ce matin-là, Susanna portait ses cheveux blonds tressés en couronne – une coiffure que j'avais autrefois enviée aux filles du village. La jeune bonne était très jolie, ma mère et Hendrik devraient veiller à ce qu'il ne lui prenne pas l'envie de se marier. Je ne connaissais pas sa compagne, une petite créature pâle et mince dotée de longs membres. Avec sa chevelure brune et ses yeux sombres légèrement craintifs, elle ressemblait à un moineau sur le point de s'envoler.

— Bonjour, Mademoiselle, pardon de vous déranger. Madame aimerait savoir si vous prendrez le petit déjeuner dans votre chambre ou si vous comptez descendre.

Madame… J'eus peine à me retenir de rire. Ma mère se fichait pas mal que je mange ou pas. Cependant, j'étais là et le personnel le savait ; il lui fallait observer un certain décorum. En l'occurrence, demander à la fille de la maison où elle souhaitait prendre son petit déjeuner. J'aurais préféré qu'on me l'apporte dans ma chambre, mais n'en répondis pas moins que j'allais descendre. De toute façon, je n'échapperais pas à la confrontation avec ma mère, alors autant ne pas reculer.

— Très bien, Mademoiselle, répondit Susanna.

Elle paraissait presque soulagée. Il était toujours difficile pour les domestiques de se charger discrètement de leur travail quand l'occupant d'une pièce était présent.

— Au fait, voici Lena Tyske, ajouta-t-elle en tournant les yeux vers sa compagne. Madame voudrait qu'elle soit dès à présent à votre service.

Comme je fronçais les sourcils avec surprise, elle précisa avec un certain embarras :

— Lena n'est là que depuis trois jours, il est possible qu'elle ne puisse pas encore accomplir tout à fait correctement son travail. Mais je l'aiderai au mieux à se familiariser avec ses tâches.

Ah, c'était donc ça… Ma mère m'attribuait la plus jeune domestique. La fille ne devait guère avoir plus de 14 ou 15 ans et, puisqu'on ne lui avait pas encore confié grand-chose, son entrée à mon service ne nuirait pas à la marche de la maison. Je devrais supporter son inexpérience – ou me résoudre à faire les choses moi-même. C'était ce que semblait escompter ma mère.

Cependant le petit moineau n'était pas responsable de la situation.

— Merci, Susanna, c'est très gentil. Lena, je suis sûre que tu te débrouilleras très bien.

— Désirez-vous que nous vous aidions à vous habiller ? demanda Susanna sur un ton légèrement anxieux.

L'heure tournait. Si je voulais descendre, il fallait que je me dépêche. Ma mère était contrainte de patienter par souci des convenances, mais plus le temps passait, plus elle deviendrait insupportable, et les domestiques en pâtiraient.

— Non, ce n'est pas nécessaire. Sors-moi simplement des vêtements propres. J'ai l'intention d'aller voir mon frère.

— Vous voudrez sûrement une tenue sombre, n'est-ce pas ?

Une tenue sombre. Je lui lançai un regard effrayé. *Oui, bien sûr, une tenue sombre.* Ce que je n'avais pas voulu emporter quand j'avais préparé mon sac à Stockholm. Il était prévu que mon père soit mis en bière dans la journée. Il y avait la cérémonie funèbre à organiser. La fille de la maison se devait de participer à ces préparatifs. Mais pouvais-je repousser ma visite à mon frère grièvement blessé ?

— Oui, une tenue sombre, noire.

Je m'interrompis, puis repris :

— J'ignore si j'ai quelque chose qui puisse convenir, tu connais sûrement mieux que moi ma garde-robe. Je n'ai rien apporté de sombre. Si tu ne trouves pas, demande à Linda si ma mère peut me prêter des affaires.

Le regard qu'échangèrent les deux jeunes filles fut éloquent. Si elles priaient la femme de chambre de Stella Lejongård de me procurer un vêtement, celle-ci risquait de leur donner une vieille robe dans laquelle je me couvrirais de ridicule. Linda et moi n'avions jamais eu de différend, mais elle épousait si aveuglément les préférences et les aversions de sa maîtresse qu'elle me haïssait à l'égal de ma mère.

— Bon, repris-je, si vous ne trouvez rien de noir, prenez du bleu foncé.

Susanna se laissa aller à un sourire timide.

— Nous ferons de notre mieux.

— Merci, dis-je en leur signifiant qu'elles pouvaient se retirer.

Pour le petit déjeuner, je choisis un chemisier gris foncé et une jupe sombre à carreaux. Ce n'était pas une tenue de deuil appropriée et je ne pourrais pas la porter pour sortir, mais dans l'immédiat cela ferait l'affaire. De toute façon, quelle que soit la tenue dans laquelle je me présenterais, ma mère se montrerait critique.

Elle était assise à sa place habituelle. La table était aussi généreusement servie que si mon père et Hendrik allaient rentrer sous peu de leur sortie matinale à cheval.

— Bonjour, Mère, dis-je en me dirigeant vers mon siège.

Je fus presque étonnée qu'on ne m'ait pas octroyé des couverts dépareillés ou de la vaisselle ébréchée pour me signifier que je n'avais plus rien à faire ici. Puis je me souvins qu'il n'y avait rien de tel dans notre maison.

Une domestique, Marie, entra avec une cafetière. Un instant, je m'attendis à voir arriver mon père ou Hendrik. Mais, lorsque le café clapota dans ma tasse, je compris que le petit déjeuner avait commencé. Or il ne débutait jamais avant que toute la famille ne soit présente.

Je n'avais pas faim. L'odeur de la bouillie d'avoine, que j'aimais pourtant, me serrait la gorge. Et la vue du sablé avec son œil de confiture rouge m'évoquait une plaie béante. Mais le café était bienvenu. Il me donnerait la force d'affronter la journée. Pendant un moment, on n'entendit que le tic-tac de l'horloge et le léger claquement des talons de Marie. Ma mère semblait avoir de l'appétit. Elle était vêtue d'une tenue noire très simple et avait un programme chargé en perspective. Il fallait qu'elle donne ses instructions à l'ordonnateur des pompes funèbres, qu'elle s'occupe du caveau, puis transmette l'avis de décès aux journaux. Je posai ma main sur la tasse, savourant sa chaleur, puis pris une première gorgée de café. Noir et sans sucre, comme je l'aimais. Michael disait que je le buvais comme un homme. La plupart des femmes l'aimaient avec de la crème, du sucre, parfois même des épices. Cela n'avait jamais été mon cas.

Je tournai les yeux vers la place de mon père. Ma mère avait sans doute insisté pour qu'on mette son couvert. Le journal du matin reposait, plié, à côté de son assiette. Le couvert de Hendrik était là également. Cette vue me fit frissonner.

— Tu as passé une bonne nuit ?

Ces paroles de ma mère me firent l'effet d'un écho résonnant dans la pièce. Je faillis avaler de travers. Levant les yeux, je m'aperçus qu'elle m'observait. Son regard n'exprimait ni affection ni sollicitude inquiète. Ses yeux étaient deux perles noires, elle avait la mine figée.

— Pas vraiment, non.

Mes sentiments n'avaient pas changé depuis la veille. La tristesse était toujours là, mais pour l'instant elle ne faisait que peser sourdement sur ma poitrine. Je savais que la souffrance reviendrait par vagues, qu'elle pouvait se transformer en torrent. Pour l'heure, la mer était calme.

Ma mère m'examina un moment de ses yeux de perle, puis reporta son attention sur son petit déjeuner. J'aurais dû répondre plus longuement, dire que j'avais pleuré. Mais, après ce qui s'était passé la veille au soir, j'en étais incapable.

— Je vais aller voir Hendrik, dis-je enfin. Il est à l'hôpital de Kristianstad, n'est-ce pas ?

— Oui, répondit ma mère en portant sa tasse à ses lèvres afin de ne pas avoir à en dire plus.

Je compris qu'il valait mieux la laisser tranquille. En décidant de partir pour Stockholm, j'avais coupé le cordon. Elle me le faisait clairement sentir.

Avant de remonter, je décidai de faire mes adieux à mon père. La nuit passée, le sommeil était venu trop vite. À présent, je ressentais le besoin de le voir une dernière fois avant que le cercueil ne m'en prive.

La porte de sa chambre me fit l'effet d'un géant menaçant. Je savais ce qui se trouvait derrière. Mon père ne pouvait plus m'adresser de reproches ni formuler d'exigences. Mais j'aurais donné cher pour pouvoir encore subir ses semonces.

— Mademoiselle, entendis-je.

En tournant les yeux, je vis Arno Bruns sortir de la pénombre.

— Bonjour, Bruns, répondis-je mécaniquement, sans le moindre soupçon d'amabilité.

Je ne lui pardonnerais pas d'avoir obéi aux ordres de ma mère.

— Je… je voulais vous présenter mes excuses pour mon comportement d'hier, dit le valet en baissant la tête. J'aurais dû vous avertir, vous laisser entendre…

— Vous avez agi comme l'exigeait ma mère, c'est tout à fait normal, répondis-je, touchée malgré moi par sa contrition.

— Assurément, mais… Je vous ai connue enfant. J'aurais dû vous faire comprendre à demi-mot…

Il s'interrompit, puis reprit :

— Je suis navré. Si l'on m'avait conduit devant le corps de mon père sans m'avoir laissé soupçonner quoi que ce soit, je me serais sûrement effondré.

C'était ce qui m'était arrivé, mais plus tard, quand j'avais été seule dans ma chambre. En public, une Lejongård se devait de sauver les apparences.

— C'est bon, dis-je, un peu comme si je consolais un enfant. Je ne vous en veux pas.

Il acquiesça sans toutefois paraître soulagé. Je ne pouvais rien faire de plus que l'assurer de mon pardon. Mais il n'ignorait pas que le discours des maîtres ne correspondait pas toujours à leurs véritables sentiments.

— Je voudrais voir mon père une dernière fois, poursuivis-je. Après quoi j'irai rendre visite à mon frère. Pourriez-vous dire à August de préparer la calèche ?

— Bien sûr, Mademoiselle, répondit-il en s'inclinant.

Je me tournai de nouveau vers la porte, pris une grande inspiration, puis ouvris.

Les rideaux étaient à demi fermés, comme si l'on avait craint que mon père ne soit tiré de son sommeil. Le mince rayon de lumière qui pénétrait par une des fenêtres effleurait son visage tel un projecteur de théâtre.

Je m'assis sur le lit en essayant de faire abstraction de l'odeur du liquide de conservation et de ne pas regarder le corps en face par crainte de voir les terribles blessures. De nouveau les larmes me vinrent, j'avais la gorge nouée. Mais, cette fois, c'était différent. Le premier choc passé, la souffrance était indéniable, mais restait supportable.

— Je suis désolée, Père, dis-je d'une voix qui résonna sourdement dans la pièce. Je suis désolée de t'avoir causé tant de contrariété, désolée d'avoir une volonté propre. Et de ne pas avoir été présente. Mais je pensais que tu vivrais aussi vieux que Mathusalem. Je pensais qu'il en irait toujours ainsi. Pardonne-moi cette erreur, je n'étais pas préparée à ce qui est arrivé.

Je me tus un instant.

— Je ne voulais pas vous compliquer l'existence, repris-je. Ce n'est pas ce que je souhaite. Mais je vis dans le monde d'aujourd'hui. Nous avons entamé un nouveau siècle, tout change si vite. Je ne crois pas que l'immobilisme soit une bonne chose. Pas pour ceux qui ont encore la vie devant eux. Et toi, tu ne t'es pas rebellé contre ta mère ?

Mon père n'avait jamais beaucoup parlé de ses parents. Notre grand-mère avait été une vieille femme revêche éternellement vêtue de noir et plutôt avare de paroles. Le seul livre auquel elle attachait de l'importance était la Bible, aussi avait-elle sévèrement veillé à l'observance des préceptes divins. Elle n'était pas du genre à s'abandonner à la joie, elle l'avait économisée pour le paradis. Nous autres enfants l'avions toujours trouvée un peu sinistre. Pouvait-on se révolter contre une femme comme elle ? Mon père avait été un homme soucieux d'ordre et je doutais qu'il ait pu commettre un acte susceptible d'assombrir davantage le visage de sa mère.

— Enfin, peut-être pas. Mais je te redis à quel point je suis désolée. Je ne peux pas te promettre de devenir celle que tu aurais souhaité que je sois. Cependant je peux t'assurer que je suivrai ma voie et trouverai le bonheur. D'une manière ou d'une autre.

Un léger bruit m'interrompit. Je tournai les yeux vers la porte. On aurait dit que quelqu'un l'avait ouverte. Était-ce Bruns ? Ou ma mère, qui voulait voir une dernière fois son mari ? Cela me semblait peu probable, mais qui pouvait savoir ?

Quelle que soit la personne qui avait voulu entrer, elle paraissait s'être ravisée. Ses pas étaient très légers, rien d'étonnant à ce que je n'aie rien entendu tandis que je monologuais. Ils s'éloignèrent et disparurent.

Je me levai et regardai enfin mon père en face.

— Je te promets que je serai là pour Hendrik et pour Löwenhof. À ma façon, mais je serai là.

Cette promesse ne lui était plus d'aucune utilité, mais elle me fit du bien. Je me sentis un peu plus calme, et la douleur de mon cœur s'apaisa légèrement.

CHAPITRE 4

Le voyage à Kristianstad fut aussi cahoteux que mon retour à Löwenhof en dépit des efforts d'August pour contourner les nids-de-poule laissés sur la route par l'hiver. Pour un peu, j'aurais souhaité que ma famille ait fait l'acquisition d'une de ces automobiles que j'avais pu observer à Stockholm. Cependant mon père pensait que nul moyen de transport privé ne valait une voiture tirée par des chevaux. Lorsque nous arrivâmes à l'hôpital, je fus soulagée de pouvoir me lever et marcher.

— Je resterai là environ une heure, dis-je à August. En attendant, reposez-vous un peu, promenez-vous.

Le cocher ouvrit de grands yeux. Ma mère ne le libérait jamais quand elle faisait des courses. Parfois, même, il lui servait de porteur.

— Très bien, Mademoiselle.

Je lui fis un signe de tête, pris mon petit sac à deux mains et me dirigeai vers l'hôpital, une grande bâtisse en brique rouge avec de vastes fenêtres.

Il y avait deux entrées. Une sur le devant pour les visiteurs et les patients capables de marcher, et une autre à l'arrière, où l'on conduisait les brancards. J'avais plus d'une fois accompagné mes parents lorsqu'ils venaient en visite dans l'établissement. Ils soutenaient la recherche médicale depuis plusieurs décennies et avaient noué des liens étroits avec cet hôpital et son directeur, le Pr Lindström. Comme ma famille octroyait chaque année un don généreux à l'établissement, ce dernier fréquentait de temps à autre nos soirées et rendait compte à mon père en privé de l'utilisation de cet argent.

Enfants, Hendrik et moi avions l'habitude de nous éclipser lorsqu'on nous emmenait en tournée d'inspection. Nous allions à l'entrée de derrière afin d'observer l'arrivée des patients. Parfois, nous voyions deux ambulanciers sortir sur une civière quelqu'un d'une voiture. Certains malades gémissaient de douleur, d'autres étaient apathiques. Il y en avait qui étaient blessés et montraient un visage écarlate ou un teint livide. En dépit de notre inexpérience nous tentions de deviner de quoi souffrait l'intéressé. Ceux qui avaient des blessures apparentes avaient été victimes d'un accident sur un chantier, les visages rouges avaient la scarlatine, les blêmes, une appendicite. À présent, la pensée que les ambulanciers avaient convoyé Hendrik à cet endroit me faisait froid dans le dos.

À l'accueil, une infirmière m'informa que mon frère occupait la chambre 17 et que le Pr Lindström voulait me parler avant que je le voie. Apparemment, le personnel avait été dûment averti.

Je me rendis au bureau du professeur, mais personne ne répondit lorsque je frappai à la porte. Je m'assis sur un siège et regardai par la fenêtre, qui donnait sur un parc où se promenaient quelques patients, parfois en compagnie d'une infirmière. J'aurais voulu que Hendrik soit déjà parmi eux et suffisamment rétabli pour pouvoir savourer le soleil et plaisanter sur son état. Des pas m'arrachèrent à ma rêverie. Je tournai les yeux.

Le Pr Lindström était grand et maigre. Il me rappelait toujours notre roi Gustave V, lui aussi grand et maigre. Comme lui, il portait la barbe et une moustache aux pointes recourbées. Lindström avait une pile de dossiers sous le bras et un stéthoscope dépassait de la poche de sa blouse. Il revenait d'une consultation. À ma vue, il se figea.

— Mademoiselle Lejongård, dit-il en me tendant la main après s'être ressaisi. Ainsi vous avez pu rentrer de Stockholm.

— Oui, je suis venue aussi vite que j'ai pu. Comment va mon frère ?

Il pinça les lèvres et me regarda d'un air grave.

— Nous ferions mieux de parler de cela dans mon bureau. Madame votre mère est-elle là ?

— Non, elle s'occupe d'organiser les funérailles de mon père.

Cette nouvelle ne parut pas le surprendre.

— Dans ce cas, suivez-moi, je vous prie.

Heureusement, j'avais 27 ans et j'étais majeure aux yeux de la loi. Je pouvais représenter officiellement les intérêts de la famille en l'absence de ma mère et de mon frère et épouser l'homme de mon choix. En théorie. Car dans les milieux de l'aristocratie d'autres règles prévalaient et l'on était encore censé s'assurer de l'accord de ses parents.

Le bureau du professeur était une grande pièce impressionnante dotée de hautes fenêtres qui lui donnaient des allures d'église. Les vitres étaient en verre au plomb coloré avec des motifs symétriques : çà et là de petites fleurs, et des surfaces jaunes et blanches. Le soleil projetait des taches de couleur sur le parquet ciré, tissant comme un tapis rapiécé. Les rayonnages, en revanche, avec leurs volumineux in-folio et leurs classeurs, avaient l'air sombres et menaçants. Je n'étais pas souvent venue dans ce bureau, mais chaque fois que cela m'était arrivé, je m'étais interrogée sur la présence du squelette près de la fenêtre. Était-il censé manifester au visiteur que la mort était un hôte permanent dans un hôpital ? Lui mettre sous le nez sa propre mortalité ?

— Comme vous le savez peut-être déjà, votre frère nous a été amené hier vers 9 heures et demie avec des brûlures du deuxième et du troisième degré ainsi qu'un grave traumatisme provoqué par la chute du toit. Il a également été intoxiqué par la fumée – ce qui est le plus facile à soigner.

À la pensée de la calèche fonçant pour transporter mon frère sur la route défoncée, je fus prise de nausée. Et mon malaise s'intensifia lorsque j'imaginai ses blessures.

— Nous avons immédiatement tenté de chasser la fumée de ses poumons en lui administrant de l'oxygène. Ses fractures ont été éclissées. Le plus grave, ce sont les brûlures. Nous lui avons posé des emplâtres dans la mesure du possible.

Si je m'étais écoutée, j'aurais pris la fuite. Un poids terrible venait de s'abattre sur ma poitrine, ma bouche s'emplit de salive comme si j'étais sur le point de vomir. Une sueur froide perla à mon front. Je me cramponnai aux accoudoirs de mon siège. Je ne voulais pas faiblir. Il fallait que je voie Hendrik ! Remarquant mon état, le Pr Lindström se tut un instant pour me permettre de me ressaisir. Lorsque je me fus reprise, je lui demandai :

— Comment va-t-il à présent ? Il est conscient ? Est-ce que je peux le voir ?

— Oui, il est réveillé, mais il vaudrait mieux que vous ne paraissiez pas devant lui dans cette tenue.

Je haussai les sourcils. La nausée était encore là, mais ces quelques mots m'aidèrent à la refouler.

— Dans cette tenue ?

Susanna et Lena avaient finalement réussi à dénicher une jupe noire passable et un chemisier noir à volants, que je portais sous une courte veste également noire à manches bouffantes. Celle-ci appartenait à ma mère. J'avais été surprise que Linda me la prête. Je repoussai cette pensée ainsi que le ressentiment que j'éprouvais envers ma mère.

— Vous êtes en deuil, précisa le médecin.

— Oui, mon père est décédé hier.

— Toutes mes condoléances, dit-il. Dans ces circonstances, c'est évidemment compréhensible et approprié, mais… votre frère… je ne juge pas indiqué de lui apprendre que votre père est mort.

— Oh, laissai-je échapper en m'affaissant sur mon siège.

— Votre mère a expressément demandé que nous le laissions dans l'incertitude du sort de votre père, du moins jusqu'à ce qu'il aille mieux. Avec ses blessures, c'est un miracle qu'il ait survécu. Nous risquerions de lui porter un coup fatal en le confrontant à l'horrible vérité.

Il me fallut digérer ces paroles : mon frère était trop gravement atteint pour pouvoir supporter la vérité.

— Quelle est l'étendue de ses blessures ? demandai-je.

Je me souvenais que, peu après mon arrivée à Stockholm, il y avait eu un incendie dans le quartier. Une femme avait été arrachée aux flammes, on avait rapporté qu'elle avait une bonne moitié du corps brûlée. Elle n'avait pas survécu.

— Son corps est touché à trente-cinq pour cent environ. Comme je viens de le dire, c'est un miracle qu'il ait passé la nuit. Peut-être est-ce dû au fait que ce sont surtout ses membres qui ont été atteints. Les brûlures du torse sont plus légères parce que votre père a tenté de lui faire un bouclier de son corps.

Mon père avait tenté de le protéger. Ces mots résonnèrent dans mon esprit comme un appel dans la forêt. Je le revoyais devant moi, blême, la figure enduite d'une drôle de pâte. Si mon souvenir était juste, il n'avait pas de blessures aux mains. Mais la pâte dissimulait ses brûlures faciales. Je refoulai cette image de peur de fondre en larmes.

— N'ayant pas été informée de l'état de mon frère, je n'ai pas emporté d'autres vêtements, m'entendis-je dire en espérant que ma réponse ne manifestait pas trop clairement le ressentiment que m'inspirait ma mère. Mais je veux le voir. Ma visite le réconfortera, nous nous sommes toujours bien entendus.

Le Pr Lindström paraissait tiraillé, il essayait visiblement d'évaluer les risques. C'est alors que j'eus une idée.

— Vous serait-il possible de me prêter une tenue d'infirmière ? demandai-je. Au moins une jupe et un chemisier ? Nous pourrions dire à mon frère que c'est pour éviter de le mettre en contact avec la saleté de la rue.

Le médecin me regarda avec un air surpris, puis acquiesça.

— Voilà qui est judicieux, mademoiselle Lejongård. Un instant, s'il vous plaît, je m'en occupe.

Il se leva et sortit avec un peu trop de promptitude, comme soulagé de pouvoir s'esquiver. Quoi qu'il en soit, je n'eus pas longtemps à attendre.

Les instants qui suivirent me semblèrent très étranges. À l'abri du paravent installé dans le bureau du médecin, je me transformai en une autre personne. En un ange blanc pour mon frère. Je ne m'étais jamais vraiment demandé quel métier j'aurais choisi si j'avais grandi dans un autre environnement. Les filles de la bourgeoisie ne travaillaient pas non plus. Comme celles de famille noble, elles attendaient qu'un homme les épouse et leur procure une vie agréable en échange des enfants et de l'accomplissement des tâches domestiques. Pourtant, elles étaient là, les infirmières, les sages-femmes, les bonnes, les couturières, les secrétaires et les enseignantes.

Je me regardai dans la glace. Pour la première fois de ma vie je portais la tenue d'une femme qui travaille. Et, même si je n'avais pas l'intention de devenir infirmière, cela me plut. Cependant le fait de la revêtir pour tromper Hendrik m'était désagréable. Si j'étais grièvement blessée et près de mourir, ne voudrais-je pas connaître la vérité ? Enfants, Hendrik et moi détestions que les adultes nous cachent des choses. Nous finissions toujours par découvrir le pot aux roses, quitte à écouter aux portes. Pourtant, si le professeur était d'avis que la nouvelle de la mort de notre père affecterait la santé de Hendrik, je m'efforcerais d'être aussi bonne actrice que possible. Je ne me distinguais de l'infirmière qui me conduisit à la chambre de mon frère que par l'absence de tablier et de coiffe.

Conformément à son rang, Hendrik bénéficiait d'une chambre individuelle.

— Ne vous effrayez pas, me dit l'infirmière. Sa vue pourrait constituer un choc pour vous. Si vous vous sentez mal, sonnez, une collègue viendra vous aider.

Sonner ? Y avait-il dans la chambre un cordon de sonnette comme chez nous ? Ou une clochette sur la table de chevet ? L'infirmière fouilla dans la poche de sa blouse.

— Tenez, voici du baume chinois. Pour le cas où vous ne supporteriez pas l'odeur.

Ses paroles m'emplirent de crainte. Elle aussi paraissait devoir faire un effort sur elle-même. Pourtant, elle avait l'habitude des blessés. J'acquiesçai, je pris une profonde inspiration et serrai dans ma paume la petite boîte sur laquelle était imprimé un Chinois à l'air joyeux.

J'ouvris la porte. La pièce ne comportait qu'une armoire métallique, une chaise et le grand lit en métal. Au-dessus du lit, invisible aux yeux du patient, était suspendu un ennuyeux tableau représentant un paysage marin. L'ensemble était totalement dépourvu d'attrait, il n'y avait même pas de fleurs sur la table de nuit.

L'infirmière n'avait pas exagéré, l'odeur était indescriptible quoique la fenêtre soit entrouverte. J'étais accoutumée aux relents d'urine ; dans le quartier que j'habitais à Stockholm, on n'était pas très regardant sur la propreté. Cependant je n'avais jamais connu cela. Mon estomac se souleva et j'ouvris en toute hâte la petite boîte d'onguent. L'odeur de menthe était forte, mais valait mieux que celle des chairs brûlées et des blessures purulentes. J'étalai une petite quantité de baume sous mon nez.

Le spectacle qu'offrait mon frère était effrayant, mais pas insoutenable. Après avoir vu mon père mort, ses blessures dissimulées sous le maquillage, je fus presque soulagée de constater que la poitrine de mon frère se soulevait et s'abaissait. Et que du sang et d'autres liquides suintaient dans ses pansements. Il n'était pas mort, même s'il était à peine visible sous ses bandages. Afin d'éviter que ses mouvements n'aggravent ses blessures, on lui avait attaché les bras et les jambes à un support. Il paraissait flotter au-dessus du lit. Cette position devait être terriblement inconfortable, mais il n'y avait pas d'autre moyen pour assurer la guérison de ses plaies et de sa peau.

En tout cas, sa figure était presque indemne. Il avait le front bandé et la joue éraflée, mais c'était mon frère tel que je le connaissais. Hendrik avait les yeux fermés. Avait-il remarqué mon arrivée ?

— Hendrik ? dis-je en tendant la main pour lui caresser la joue.

Elle était brûlante, comme si la chaleur du feu couvait encore sous sa peau. Mais c'était la fièvre, je le savais. Rien d'étonnant avec de telles brûlures.

Au bout d'un moment, il cligna des paupières. Il avait les cils collés et parut désorienté. Quand il me vit, son regard s'affermit.

— Salut, frangin, dis-je en souriant alors que j'aurais plutôt eu envie de fondre en larmes.

— Neta, chuchota-t-il d'une voix faible.

Le surnom qu'on me donnait dans mon enfance.

— Oui, c'est moi, je suis là.

Il tenta un sourire qui se figea aussitôt.

— Depuis quand es-tu là ? s'enquit-il.

— Depuis hier soir.

J'avais le cœur près d'exploser tant j'aurais voulu lui raconter ce que notre mère avait fait. Ce qui s'était passé et à quel point je haïssais Stella Lejongård. Mais cela m'aurait obligée à lui apprendre que notre père était mort.

— Mère m'a envoyé un télégramme et je suis partie immédiatement. Mais tu sais que venir de Stockholm prend du temps. Plus on descend vers le sud, plus le train devient lent.

— C'est vrai, répondit Hendrik en tordant les lèvres en guise de sourire. Comment va Père ?

C'était la question que je redoutais.

— Eh bien, il…

Il me répugnait de mentir à mon frère, mais la vérité pouvait lui coûter la vie.

— On m'a dit qu'il était ici, ajouta-t-il. Dans un autre service.

Ses paroles me firent froid dans le dos. Apparemment, mon père n'avait même pas pu être transporté à l'hôpital. Ma colère m'avait empêchée d'interroger ma mère sur la façon dont les choses s'étaient déroulées après l'accident. Manifestement, le médecin qui lui avait administré les premiers secours s'était prononcé contre son transfert. On l'avait laissé mourir à la maison. Hendrik l'ignorait, sans doute était-il inconscient à ce moment-là.

— Il... balbutiai-je, incapable de prononcer un mot de plus.

Puis je me ressaisis de crainte qu'il ne devine la vérité.

— Père va mieux, me forçai-je à dire. Il... il ne souffre plus.

Aussitôt, je me rendis compte que j'avais failli me trahir. C'était une formule qu'on employait d'ordinaire au sujet des morts.

Cependant mon frère parut soulagé.

— C'est bien. Il a sans doute eu plus de chance que moi.

— Ça tient probablement aux médicaments qu'on lui donne.

À présent qu'il avait avalé ce mensonge et paraissait plus calme, il m'était plus facile de continuer à dérouler l'histoire.

— Il est aussi gravement blessé que toi. D'après ce que m'a dit le médecin, il a cherché à te protéger.

Hendrik pinça les lèvres et aspira en tremblant une goulée d'air par le nez. Il fallait que je veille à ne pas trop en faire.

— L'incendie a été très soudain, expliqua-t-il. Père venait de rentrer de sa promenade matinale. Il a essayé de l'éteindre, mais le feu s'est répandu trop vite. Nous avons fait sortir les chevaux…

Il s'interrompit pour reprendre son souffle.

— Il aurait dû quitter l'écurie quand je le lui ai dit. Il ne restait que quelques bêtes, nous aurions pu les laisser. Et voilà le résultat : ni lui ni moi ne pouvons plus nous occuper du domaine dans l'immédiat. Sans parler du souci que nous vous causons à Mère et à toi.

Il avait les tempes baignées de sueur. Parler devait lui coûter un effort considérable. Je posai le bout de mes doigts sur sa joue, car je n'osais pas le toucher, craignant de lui faire mal. Je le sentis trembler sous ce léger contact.

— Chut, soufflai-je, calme-toi. Tout ira bien. On se débrouillera, Mère et moi. Et Père a eu raison de te protéger, tu es son fils.

Il se détendit légèrement. Un bref instant, je me surpris à croire moi-même à l'histoire que je lui avais racontée. Tout irait bien. Mon frère rassembla ses forces pour tourner légèrement la tête vers moi. Il parut déconcerté par ma tenue.

— Le professeur m'a priée de me changer, expliquai-je. Pour protéger tes blessures de la poussière extérieure.

Hendrik esquissa un sourire.

— C'est ce que répétait Mme Bloomquist, tu te souviens ? Le jour où je me suis brûlé avec une casserole d'eau bouillante.

J'acquiesçai, luttant avec peine contre mes larmes. À l'époque, cet incident nous était apparu comme une catastrophe. Mais la vie réservait parfois de ces coups du sort qui rendaient tout ce qui avait précédé parfaitement insignifiant.

Hendrik me regarda un moment, puis il tourna brièvement les yeux vers la fenêtre, devant laquelle les branches sombres des tilleuls remuaient doucement sous le vent.

— À présent, nos parents savent qu'ils ne te sont pas indifférents, reprit-il.

— Ils l'ont vraiment cru ?

Curieusement, cela ne me dérangeait plus de parler de ce que mes parents pensaient de moi.

Quelques mois plus tôt, je m'étais juré de ne plus participer aux festivités qu'ils organiseraient. À Noël, que l'on fêtait toujours en nombreuse compagnie, ma mère s'était permis une fois de plus d'inviter quelques prétendants avec leurs parents. En soi ce n'était pas un motif de dispute, car j'étais constamment confrontée à ce genre de chose. Et je réussissais toujours à me tirer d'affaire.

Un de ces prétendants était Daniel Oglund. Son père, Pelle Oglund, était fonctionnaire au Conseil d'État. Au cours de la soirée, il avait déclaré que les femmes n'étaient pas aptes à travailler dans la fonction publique et que, en raison de leur manque de maturité intellectuelle, on faisait bien de les priver de certains droits fondamentaux. Il s'était montré méprisant non seulement pour les suffragettes, mais aussi plus généralement à l'égard des femmes douées d'une volonté propre. J'aurais pu feindre de ne pas avoir entendu ces sarcasmes, mais n'y tenant plus, je l'avais vivement apostrophé, lui reprochant d'ignorer par arrogance masculine les bénéfices que la société avait retirés de l'œuvre des femmes.

« Prenez Marie Curie, avais-je lancé. La considérez-vous aussi comme une faible d'esprit ? Ou Mme Kovalevskaïa, qui a occupé une chaire de mathématiques à Stockholm. Si tel est le cas, vous faites la paire avec August Strindberg, qui les voyait comme des monstres. À supposer que vous sachiez qui était Strindberg. »

J'avais le visage empourpré, sans doute avais-je trop bu. Mais cet homme dans son frac peu seyant m'irritait au plus haut point.

« Je ne tiens personne pour un monstre, avait-il répondu pour me calmer en jetant des regards inquiets vers mon père. Je disais juste que les femmes n'étaient pas aptes à exercer des fonctions importantes.

— Vous plastronnez avec votre poste alors que vous l'avez sans doute obtenu par relations », avais-je rétorqué.

Je savais que j'allais trop loin, mais je me sentais d'humeur belliqueuse et voulais montrer à ce petit type et à sa famille en qui ils avaient placé leurs espoirs.

« Dans notre pays, il y a sans doute des dizaines, voire des centaines de femmes dont les compétences seraient supérieures aux vôtres, mais qui n'auront jamais la moindre chance parce que, dans vos clubs masculins, vous continuez à proclamer notre infériorité. Sommes-nous également inférieures quand vous et vos amis montez vos épouses ou vos maîtresses ? »

À cet instant, mon père avait explosé. Il m'avait houspillée et avait tenté de me renvoyer dans ma chambre telle une enfant. Je m'étais évidemment rebellée et lui avais suggéré d'adopter Daniel puisqu'il envisageait déjà de le faire entrer par mariage dans la famille, afin de compenser l'infériorité de sa fille.

Il était devenu écarlate, m'avait attrapée par le bras et traînée hors de la salle de bal.

« Qu'est-ce qui te prend ? avait-il crié. Les Oglund sont nos invités ! Comment oses-tu te montrer si insultante envers eux ? Aurais-tu oublié tes bonnes manières à Stockholm ? Serais-tu devenue une prostituée de bas étage ?

— Mais tu l'as entendu, Père ? avais-je riposté. Pour lui les femmes comme moi sont idiotes et attardées. Il a insulté ta fille ! Comment peux-tu prendre son parti ? Et me traiter de prostituée ?

— Parce qu'il a raison ! La place d'une femme n'est pas à l'université ni dans quelque poste que ce soit. Dieu a destiné les femmes à une chose et une seule. Et une femme a besoin d'un mari, sinon elle n'est guère plus qu'une…

— Qu'une prostituée, c'est ça ? C'est ce que tu penses de moi ? Alors je devrais mettre mes talents au panier au profit d'une vie ennuyeuse dans un manoir quelconque où, à 40 ans, je serais finie et boirais en cachette ?

— Tu oublies que tu es née dans l'un de ces manoirs !

— Je ne l'oublie pas, avais-je sifflé en tremblant de tous mes membres. Mais si mon propre père croit que je ne suis pas capable de prendre ma vie en main, s'il me considère comme une prostituée parce que je veux faire quelque chose de mon existence, alors je regrette d'être née dans une maison comme celle-là. »

Sur quoi j'étais remontée dans ma chambre. En mon for intérieur, j'avais espéré qu'il viendrait s'excuser. Que ma mère me prodiguerait des paroles d'encouragement. Mais rien de tel ne s'était produit. Personne ne m'avait adressé la parole, on m'avait abandonnée à moi-même. Lors de la seconde journée de fête, nos relations étaient devenues si glaciales que j'étais repartie sans même prendre congé d'eux. Le seul avec qui j'avais gardé contact était Hendrik. Il m'avait fait part de l'émoi durable que mon éclat avait provoqué.

Mon père n'avait pas eu l'occasion de revenir sur sa colère à mon égard. Quant à ma mère, toujours si soucieuse de ne pas faire mauvaise impression en société et plaçant l'opinion des autres maisons au-dessus de tout, elle ne me pardonnerait jamais l'affront que je m'étais permis. Ni mes efforts pour m'arracher à l'univers de Löwenhof.

— Ils pensaient que tu voulais rompre les ponts, dit Hendrik, m'arrachant à mes souvenirs. Tu es majeure et tu n'as de comptes à rendre à personne. Mais maintenant que tu es là, ils seront forcés de reconnaître qu'ils se sont trompés. J'aimerais tant te prendre la main ! Mais en ce moment j'ai l'impression de ne plus avoir de mains.

Il tenta un nouveau sourire, qui fut encore moins convaincant que le premier.

— Tes mains sont encore là et tu pourras à nouveau t'en servir, lui dis-je en songeant que lui faire une telle promesse était bien audacieux de ma part.

Ses paupières clignèrent, épuisées.

— Je suis fatigué, dit-il. Tu reviendras me voir ? Ou tu rentres à Stockholm ?

— Pour l'instant, je reste ici et je reviendrai te voir, bien entendu, répondis-je en essayant de maîtriser les tremblements de ma voix.

Quelque envie que j'en aie, je ne pouvais pas retourner à Stockholm. L'enterrement de notre père aurait lieu dans les prochains jours. J'étais tenue de rester jusque-là.

Puisque Hendrik l'ignorait, il fut simplement heureux à l'idée de me revoir bientôt.

— C'est bien, répondit-il. Il faudra que tu me racontes comment ça se passe à l'université. Et si tu as un soupirant.

Lors de mes dernières visites à Löwenhof, je n'avais pas parlé de Michael, pas même à Hendrik. Il fallait déjà que j'affronte les reproches, je ne voulais pas aggraver la situation en faisant état d'un amant, qui plus est au-dessous de ma condition.

— Mes professeurs sont très stricts et je suis très occupée. Il ne reste pas beaucoup de temps pour l'amour et les hommes, répondis-je. Tu dois savoir de quoi je parle, n'est-ce pas ? Père te serre sûrement la vis.

— Oui… c'est vrai.

Hendrik était près de s'endormir.

— Repose-toi. Demain, je te raconterai tout ce que tu veux savoir.

Je me penchai et l'embrassai sur la petite partie de son front demeurée indemne. Puis je me détournai pour quitter la pièce.

— Neta ? dit-il alors.

Je m'immobilisai et la panique m'envahit. Ma maîtrise m'abandonnait. Mon corps réagit par un terrible malaise qui m'inonda de sueur. Il me fallut un effort surhumain pour me reprendre et me retourner. Je ne voulais pas partir sans avoir laissé Hendrik me dire ce qui lui tenait à cœur.

— Oui ?

Je me rapprochai de son lit, car parler l'épuisait de plus de plus.

— Si j'y reste… commença-t-il.

J'aurais voulu pouvoir lui imposer silence. Il fallait qu'il demeure en vie, il le fallait absolument !

— Ne dis pas ça, je t'en prie ! répliquai-je d'une voix saccadée en lui posant les doigts sur la joue.

— Neta, reprit-il en déglutissant avec peine. Écoute-moi, s'il te plaît.

J'opinai, brûlant d'envie de m'enfuir. Mon merveilleux frère ne devait pas mourir ! Il ne devait pas baisser les bras.

— Si j'y reste, il faut que tu prennes ma place dans la famille. Je sais que tu aimerais mieux te couper une main, mais tu es la dernière Lejongård ! C'est toi qui hériteras.

— Il n'est pas question que tu déclares forfait, tu m'entends ? Ne me laisse pas seule.

— Ce n'est pas mon intention. Mais si ça arrivait, je souhaite que tu prennes la tête du domaine. Je sais que tu as d'autres projets, que tu aimerais devenir une peintre célèbre. Mais tu appartiens à ce coin de terre. Tu es une partie du domaine, de notre famille. Ne la laisse pas tomber, d'accord ?

Il avait un air si implorant que je lui aurais promis tout ce qu'il voulait. C'est seulement un instant plus tard que je compris ce qu'il exigeait de moi.

— Tu sais que je ferais n'importe quoi pour toi, dis-je en prenant sa main bandée et en la pressant contre ma joue. Mais…

— Pas de mais, Neta, je t'en prie ! Promets-moi qu'à côté de ta peinture tu t'occuperas aussi du domaine et du manoir. De nos parents. Tu sais combien je tiens à tout ça.

— Tu ne tiens donc pas à moi ?

— Bien sûr que si, petite sœur. Je t'aime pardessus tout. Voilà pourquoi j'aimerais que le manoir devienne ton foyer. C'est ton destin.

Hendrik se montrait de plus en plus agité. À présent, il paraissait désespéré. Je me sentais déchirée. Je ne voulais pas lui faire une promesse que je ne pourrais pas tenir. Mais je ne souhaitais pas non plus le voir dans cet état.

— À une condition, répondis-je enfin.

— Laquelle ?

— Que tu te rétablisses. Le jour éloigné où tu mourras, je monterai en première ligne. Mais pas maintenant. Tu es trop jeune, tu as trop de choses devant toi. Je refuse de te décharger pour que tu puisses te faire la malle.

Un sourire éclaira brièvement ses traits.

— Alors c'est oui ?

— Non. Si. Je te promets que je m'occuperai du domaine. Mais ce ne sera pas nécessaire, parce que tu es encore là.

— Et Père aussi, ajouta Hendrik en fermant les yeux avec un sourire.

Je le fixai avec horreur. Sans le savoir, il venait de m'asséner un coup dans l'estomac. Mais je ne pouvais rien répondre à cela.

— Dors, maintenant, dis-je tout bas en caressant les quelques mèches qui dépassaient du bandage. On reprendra la discussion demain.

— La dispute, tu veux dire.

De nouveau il sourit, mais son expression se figea.

— À demain, Hendrik, dis-je.

Sur quoi je quittai la pièce.

CHAPITRE 5

Je parvins à sortir de la chambre sans rien laisser paraître, mais à peine avais-je fait quelques pas en direction de la salle des infirmières que mes jambes se dérobèrent sous moi. Je tombai à genoux et me mis à pleurer tout haut comme si je venais de voir mourir mon frère. Inquiètes, deux infirmières accoururent et me demandèrent ce que j'avais.

Je fus incapable de leur répondre, les larmes m'empêchaient de parler. À deux, elles parvinrent à me remettre sur mes pieds et me reconduisirent au bureau du professeur. Lindström bondit de son siège en me voyant entrer.

— Qu'y a-t-il ? demanda-t-il à son tour.

— Elle s'est effondrée dans le couloir, expliqua l'une des femmes.

— Ce n'est rien, je vais bien, répondis-je, secouée de sanglots. C'est juste que mon frère me fait tant de peine.

— Allez donc voir le patient, entendis-je le professeur dire aux infirmières.

Celles-ci ressortirent de la pièce, tandis que Lindström s'approchait de moi.

— Croyez-moi, nous ferons tout ce qui est en notre pouvoir pour qu'il se rétablisse. Vous avez été très courageuse.

— Je lui ai menti, dis-je avec une voix entrecoupée. J'ai fait comme si notre père était encore en vie. Il a demandé…

— C'était la meilleure chose à faire. Son état reste critique. Nous ne devons prendre aucun risque.

— Et que ferez-vous quand son état s'améliorera ? Quand il sera guéri ? Vous lui direz que mon père est mort à l'hôpital ? Il n'a pas été amené ici, n'est-ce pas ?

Le professeur baissa la tête.

— Non. Votre médecin de famille, le Dr Bengtsen, a jugé que ses blessures étaient trop graves. Il m'a consulté et j'en suis tombé d'accord. Votre père était brûlé à plus de cinquante pour cent, il avait été intoxiqué par la fumée. C'était déjà un miracle qu'on l'ait récupéré vivant.

Lindström fit une courte pause et prit une profonde inspiration.

— Je suis certain que nous non plus n'aurions pas pu l'aider. Quand les brûlures sont aussi importantes, c'est impossible.

Ses paroles s'abattaient sur moi telle une averse glacée. La décision avait été prise par le Dr Bengtsen – avec l'assentiment de ma mère, bien entendu. Avait-elle escompté qu'il mourrait ? La chambre conjugale délaissée n'était peut-être qu'un aspect d'une union en voie de désagrégation. Qui sait quels coups ils avaient pu secrètement se porter l'un à l'autre ?

— Nous dirons évidemment la vérité à votre frère dès qu'il aura recouvré ses forces. Je ne m'attends pas à ce qu'il le prenne bien. Personne n'aime qu'on lui mente.

Encore moins Hendrik.

— Mais il comprendra peut-être que nous ne pouvions pas agir autrement. Il aurait sans doute pris la même décision si son fils avait été concerné.

J'étais trop épuisée pour poursuivre la discussion.

— Je vous remercie de m'avoir permis de le voir, dis-je en me levant.

J'avais encore les jambes tremblantes, mais ma souffrance était devenue supportable.

— Si vous le voulez bien, je vais me changer. Je reviendrai demain.

Lindström se leva à son tour.

— Bien entendu, mademoiselle Lejongård. Prenez tout votre temps et avertissez-moi quand vous aurez fini.

Sur quoi il sortit du bureau.

Je me tournai vers le paravent. Un instant, je fus tentée de fouiller dans la pile de dossiers posée sur le bureau à la recherche de celui de Hendrik afin de savoir ce qu'il en était vraiment. Il se pouvait que ma mère ait poussé le médecin à me mentir. Mais je m'abstins. En fait, je ne voulais pas savoir. Je préférais garder l'espoir que Hendrik se rétablirait complètement et me préserverait ainsi d'une obligation pour laquelle je n'avais nullement l'intention de me battre.

Pendant le trajet de retour, j'appuyai ma tête contre l'encadrement de la fenêtre de la calèche sans me soucier des cahots. J'avais besoin d'un soutien, quel qu'il soit, car me je sentais épuisée et désemparée.

Les blessures de Hendrik étaient bien plus terribles que ce que j'avais imaginé. J'étais soulagée que ma mère ne soit pas là à m'ordonner de faire bonne figure. Dans notre voiture au moins, je pouvais me relâcher un peu. J'étais tourmentée par l'impossibilité de concilier mes deux existences.

J'avais promis à Michael de rentrer sous peu, mais pouvais-je le faire alors que la vie de mon frère ne tenait plus qu'à un fil ? Alors que mon père était mort ? Pouvais-je un temps laisser de côté le différend qui nous avait opposés, mes parents et moi ? Je n'aurais plus jamais la possibilité de me réconcilier avec mon père. Et ma mère ? Elle continuerait à me faire endurer sa froideur. Cependant je ne pouvais pas balayer d'un revers de main ce que Hendrik avait exigé de moi. Peut-être suffirait-il que je reste quelques jours. Hendrik se remettrait, comme toujours. Lorsqu'il reprendrait la barre, je serais libre. Il allait de soi qu'avec la mort de mon père plus rien ne serait pareil. Toutefois, il y avait quelqu'un qui pouvait s'occuper de Löwenhof. Qui assurerait mes arrières. J'étais déjà en train de rédiger mentalement une lettre pour Michael. Enfin, j'essayais… mais je ne trouvais pas le ton.

Une fois rentrée, je montai immédiatement dans ma chambre. Ma mère attendait sûrement que je lui fasse un compte rendu de ma visite, mais j'étais encore trop bouleversée par ce que j'avais vu et entendu. La promesse que j'avais faite à Hendrik me poursuivait, et je ne savais toujours pas ce que je devais écrire à Michael.

Je me laissai tomber sur mon lit avec un soupir et regardai le plafond. La rosace en plâtre qui surmontait le lustre était demeurée inchangée. Dans les premiers temps de mon séjour à Stockholm, cette vue m'avait un peu manqué. À présent, j'en venais presque à regretter les taches d'eau.

Des images me traversèrent l'esprit : le jour où j'étais partie d'ici. Le jour où j'avais emménagé dans mon appartement, où je m'étais demandé si je n'avais pas commis une énorme erreur. Mes premiers pas à l'Académie des beaux-arts, des toiles vierges sur des chevalets, l'air chargé de l'odeur nauséabonde de la térébenthine.

Puis surgit le visage de Michael. Je l'avais rencontré un dimanche où j'étais allée dans un café de la vieille ville avec Marit et quelques autres filles. Il était avec ses amis et, dans un premier temps, j'avais trouvé leur comportement déplacé. Mais alors j'avais regardé Michael dans les yeux et lui dans les miens, et j'avais compris que je voulais revoir cet homme.

Nous avions mis un certain temps à nous avouer nos sentiments et à céder à notre passion. Cependant je savais déjà que je souhaitais passer ma vie avec lui. Et, quand il avait soutenu mon engagement féministe, allant même un jour jusqu'à me protéger d'un groupe d'hommes furieux qui voulaient en découdre, j'avais abandonné toute résistance et lui avais ouvert mon cœur. Quel n'était pas mon émoi alors ! Quelques hommes m'avaient déjà témoigné leur intérêt, mais, cette fois, je savais que c'était l'amour.

Et voilà que tout était remis en question...

Je me relevai. La réflexion ne m'apportait rien. Il fallait que j'écrive à Michael. Il me répondrait sans doute rapidement et me soulagerait de mes doutes.

En dépit de mon militantisme en faveur des femmes, je rêvais d'une demande en mariage classique. Que l'homme s'agenouille devant moi et me tende un anneau, en fer, en argent ou en or, peu importait. Michael comprendrait-il où je voulais en venir ? Ou valait-il mieux garder le silence ? Cependant il n'aurait sans doute rien à objecter au fait que je souhaitais l'avoir à mon côté. J'avais terriblement besoin de lui...

Je m'approchai de mon bureau, que Susanna et Lena avaient soigneusement épousseté, j'ouvris le tiroir et en sortis une feuille du papier à lettres que je rangeais à cet endroit. Le vieux porte-plume était encore là, lui aussi, et l'encre s'était parfaitement conservée dans son flacon. Je commençai à écrire.

Très cher Michael,

Je t'écris pour te dire que je pense très souvent et passionnément à toi. Il y a un instant, je me remémorais ce jour d'hiver dans le quartier de Gamla Stan, lorsque tu es entré avec tes compagnons dans le petit café où je me trouvais avec mes amies. Que se serait-il passé si, ce jour-là, nous étions allées ailleurs ? Nous serions-nous tout de même rencontrés ? Je me suis plus d'une fois posé la question, heureuse que la Providence nous ait alors conduits au même endroit.

Et c'est encore de la joie que je ressens lorsque je pense à toi. Parce que c'est la seule petite lueur que je porte en moi à cette heure.

Tu te rappelles ce funeste télégramme ? La situation actuelle est encore plus cruelle. Mon père est mort avant même que j'aie pris le train et, à mon arrivée, ma mère m'a mise en face de son corps sans m'avoir prévenue. Peux-tu imaginer chose plus terrible ? J'ai été bouleversée au plus profond de moi-même. Mon frère en a réchappé de justesse, mais il est grièvement blessé. Je reviens tout juste de l'hôpital et ne sais plus où j'en suis. Que dois-je faire ?

Hendrik m'a fait promettre que je m'occuperais du domaine familial. Jamais je n'aurais pensé qu'un jour ce moment viendrait. Je n'ai pu refuser, car quoique j'espère ardemment qu'il sera bientôt rétabli, son état est très grave. Le médecin est si inquiet qu'il a interdit qu'on lui apprenne la mort de notre père. Si Hendrik meurt, je serai la dernière Lejongård, la dernière descendante vivante d'une famille dont les origines remontent à plusieurs siècles, et je devrai alors endosser une responsabilité à laquelle je n'étais pas destinée.

Cependant je trouve du réconfort dans la pensée que tu es à mon côté. À elle seule, la perspective de te revoir bientôt me réchauffe le cœur. Lorsque je me dis qu'un jour nous vivrons tous les deux à Löwenhof, l'avenir m'apparaît tout de suite moins sombre. . .

Entendant des pas dans le couloir, je m'interrompis. Était-ce ma mère ? Ou une domestique ? Non, celle-ci se serait efforcée de faire le moins de bruit possible. Ces pas étaient énergiques et je devinai qu'il s'agissait de Stella, qui voulait savoir comment allait Hendrik.

Je me retournai et me hâtai de terminer ma lettre.

Sois assuré que mon cœur t'appartient. Et ce cœur n'attend que de pouvoir te revoir lorsque les funérailles seront passées. Nous aurons alors le temps de parler de l'avenir. Je sais, nous n'avons cessé de retarder ce moment, mais les événements nous ont rattrapés. Nous sommes l'un à l'autre et rien au monde ne pourrait y changer quoi que ce soit.

En attendant, je te dis adieu et t'assure de mon indéfectible amour.

Ton Agneta

Je venais d'ôter le buvard quand on frappa à la porte. Je pliai rapidement la feuille et la glissai d'une main tremblante dans l'enveloppe avant de dire « Entrez ! ».

La silhouette sombre de ma mère apparut sur le seuil.

— Est-ce que tu aurais un moment ? demanda-t-elle avec froideur. J'aimerais parler avec toi de ta visite à l'hôpital.

Sa vue et ses paroles étouffèrent sur-le-champ l'ardeur et la passion qui m'avaient saisie tandis que je rédigeais ma lettre. Je me sentis prise de peur. Un avenir avec Michael… Qu'en penserait ma mère ? En tant qu'avocat, il ferait un époux respectable, mais il n'était pas noble…

Je repoussai ces pensées. Hendrik était toujours vivant. Il recouvrerait la santé, et alors je pourrais rentrer à Stockholm et me concentrer de nouveau sur ma vie.

CHAPITRE 6

Le lendemain, après avoir pris un petit déjeuner rapide dans ma chambre, je sortis faire une promenade.

La veille, je n'avais guère eu l'occasion de m'attarder à considérer le domaine, mais ce matin-là, je m'arrêtai avec respect devant les puissants murs blancs de Lejongård, qui étaient encore capables de braver les atteintes du temps.

À Stockholm, il y avait beaucoup d'édifices magnifiques, et certains étaient encore plus grands que notre manoir. Cependant la demeure de mes parents m'avait toujours paru intimidante. Mon regard se promena sur les hautes fenêtres, dans lesquelles se reflétaient les nuages. L'aspect du bâtiment avait changé au fil des années. Chaque comte y avait laissé son empreinte. De l'époque du fondateur de la lignée, Axel Lejongård, qui, au XVIIe siècle, avait reçu le domaine du roi Charles XI en remerciement de sa fidélité lors de la guerre de

Scanie, il ne restait que les fondations. Axel avait défriché les terres pour les rendre cultivables, créé l'élevage de chevaux et aidé la puissance suédoise à s'imposer en Scanie, province que son roi avait conquise quelques années auparavant.

Notre maison avait été plus d'une fois attaquée par des francs-tireurs danois, qui menaient une guérilla contre les régisseurs suédois. On avait laissé quelques impacts de balles sur la façade arrière à titre de mise en garde.

Les transformations les plus importantes avaient été effectuées par mon arrière-grand-père, qui avait été un grand ami et un fidèle partisan du premier roi de la lignée des Bernadotte. Il avait fait du vieux bâtiment Renaissance, haï dans la région par certains habitants d'origine danoise qui voyaient en nous des intrus illégitimes, un élégant manoir de style classique admiré par les voyageurs et décrit par les écrivains. Les descendants des familles qui nous avaient témoigné leur haine avaient fait la paix avec nous, sans doute par lassitude.

Le dernier à avoir réalisé des travaux avait été mon grand-père. Afin de donner plus de relief aux lions qui figuraient dans le nom de notre domaine, il avait fait poser de petites têtes de lion au-dessus de toutes les fenêtres. Chacune d'elles avait une expression spécifique.

Hendrik et moi avions attribué un nom à chaque tête et inventé de petites histoires. Dans notre imagination, les lions se parlaient la nuit, il leur arrivait de se plaindre de nous ou de nos parents, ou d'avoir peur lorsqu'il y avait de l'orage.

Je ne pus m'empêcher de sourire en levant les yeux vers Sture, l'un de ceux qui surveillaient les fenêtres de la grande salle de bal. Il avait été mon favori, je l'avais doté d'un caractère grognon mais généreux. Bror, son voisin, curieux et rusé, était le préféré de mon frère. Tous deux nous racontaient les bals organisés chez nous, auxquels nous étions encore trop jeunes pour participer.

Peut-être devrais-je apporter à Hendrik des nouvelles de Bror et de Sture. Se souvenait-il d'eux ? Avait-il pensé à eux ces derniers temps, lorsqu'il passait devant les fenêtres ? Ou bien ses tâches quotidiennes ne lui en laissaient-elles plus le loisir ?

Un peu rassérénée, je me remis en marche et me dirigeai vers les prés réservés aux chevaux. Dans notre enfance, Hendrik et moi y avions souvent joué. Notre mère n'aimait pas que nous vagabondions seuls dans les environs, mais notre père disait toujours qu'il était bon pour nous de découvrir ce dont nous hériterions un jour. Nous devions connaître le domaine et la région avoisinante et ne pas avoir peur de la nature.

Sur le chemin, je passai devant les écuries. La vue des décombres noircis du plus grand bâtiment me bouleversa. Löwenhof avait déjà connu quelques incendies – en général, un champ ou un bout de forêt. Mais aucune des bâtisses de la ferme domaniale n'avait jamais brûlé.

C'en était fait de l'agréable sentiment que m'avait procuré la vue des lions. Un sombre tourbillon semblait aspirer toute la joie que j'avais jamais éprouvée. J'essayai de penser à quelque chose de beau, souhaitant que Michael puisse être là, me prendre dans ses bras. Mais rien à faire : la spirale du désespoir était plus forte.

Mon front se couvrit de sueur et mes mains se mirent à trembler. Pourquoi, bon Dieu, n'avait-on pas encore commencé à évacuer les décombres ?

Je rassemblai toutes mes forces pour m'arracher à ce spectacle, tournai les talons et me lançai dans une course folle. Sous mes pieds, le gravier céda la place à l'herbe balayée par mon manteau et l'ourlet de ma jupe. Le sol se fit plus inégal, les broussailles de l'année précédente me fouettaient les mollets. Au bout d'un moment, le souffle me manqua et je m'arrêtai. Je ne voyais plus à présent autour de moi que des arbres et je recouvrai peu à peu mon calme. De l'obscurité du tourbillon subsistait seulement un écho que le vent se chargeait de dissiper.

Sans m'en rendre compte, j'avais couru vers l'endroit où, adolescente, je me réfugiais pour être seule ou lorsque, une fois de plus, je n'avais pu satisfaire aux exigences de mes parents. La petite clairière se trouvait non loin des pâturages des chevaux. Là, je pouvais me croire dans une chambre d'arbres, protégée du froid du manoir qui m'avait si souvent poursuivie.

J'arrachai quelques touffes d'herbes sèches et les tortillai entre mes doigts. Autrefois, Hendrik et moi jouions à « poule ou coq », faisant glisser les graines jusqu'en haut de la tige afin qu'elles forment un petit paquet. Mais, avant, il fallait deviner ce qu'on obtiendrait. La « poule » était un petit tas sans rien qui dépasse, le « coq », un tas avec une petite « queue ». Ce jeu ne faisait intervenir que le hasard, même si Hendrik avait parfois tenté de tricher. Nous y jouions des heures entières jusqu'à ce qu'il soit temps de rentrer.

Ce souvenir me fit sourire. Je m'attardai un moment dans la clairière, puis revins sur mes pas en direction des prés. Ils étaient entourés de tilleuls et de chênes de grande taille. La clôture avait dû être rénovée très récemment, car les poteaux paraissaient encore neufs. Je la longeai jusqu'à apercevoir les chevaux. Le soir, les bêtes de prix étaient ramenées à l'étable – il fallait les protéger des voleurs. Les chevaux de trait, eux, passaient presque tout le printemps et l'été dehors.

Lorsque je m'arrêtai, l'un d'eux se détacha du groupe. D'abord, je crus qu'il s'agissait d'Edwina, la jument favorite de mon père. Puis je reconnus Talla, celle que j'avais eu coutume de monter. Comme Edwina, elle avait une robe de teinte isabelle, puisqu'elles avaient toutes les deux la même mère. Talla était plus âgée et aussi nettement plus calme, raison pour laquelle mon père me l'avait attribuée comme cheval de selle.

Je fus étonnée qu'elle se souvienne de moi. Elle passa sa grande tête par-dessus la clôture, et des larmes d'émotion me montèrent aux yeux lorsque je sentis l'odeur de son pelage chaud et du foin.

— Hé, Talla, dis-je.

Réprimant un sanglot, je lui caressai doucement le museau. Talla avança encore un peu la tête, puis frotta ses naseaux contre mes cheveux. Notre ancienne façon de nous dire bonjour. J'avais oublié à quel point cela m'avait manqué. Elle souffla et appuya sa tête contre la mienne. On aurait dit que notre dernière sortie datait de la veille.

Elle était désormais trop âgée pour faire partie des bêtes qui avaient le plus de valeur, mais apparemment elle s'était trouvée parmi les chevaux logés dans le grand bâtiment des écuries. En y regardant de plus près, je découvris sur son dos une zone de poils roussis. Elle paraissait avoir échappé de peu aux flammes.

— Alors, ma belle, comment vas-tu ? lui demandai-je en lui passant précautionneusement la main sur les naseaux.

Elle essaya aussitôt de me grignoter les doigts et je me reprochai de ne pas lui avoir apporté une friandise.

— Tu as dû avoir une de ces peurs, hein ?

Talla renâcla – sans doute déçue que je ne lui donne pas de carottes. Puis elle tressaillit et leva la tête.

— Ah, voilà Mademoiselle, dit une voix derrière moi.

L'homme blond qui arrivait, vêtu d'une culotte d'équitation, d'une chemise à carreaux, et chaussé de bottes grossières, était Sören Langeholm, notre écuyer. C'était un des plus grands spécialistes de l'élevage des sangs-chauds suédois. Grâce à lui, nos étalons figuraient depuis des années sur la liste des meilleurs du pays.

— Monsieur Langeholm, dis-je en lui tendant la main. C'est un plaisir de vous voir.

Talla me donna une petite bourrade dans l'épaule – notre façon de prendre congé –, puis elle rejoignit les autres chevaux.

— Tout le plaisir est pour moi, répondit Langeholm. Même si j'aurais préféré que votre visite tienne à d'autres circonstances. La mort de votre père nous a tous profondément affectés. Cela me fait beaucoup de peine pour votre famille.

— Vous êtes très aimable, répliquai-je.

Sa poignée de main énergique me fit du bien.

— Votre père et votre frère ont déployé des efforts héroïques pour sauver les juments. À l'exception d'une, elles ont toutes pu être libérées avant que le toit s'effondre.

Si je savais combien mon père et Hendrik tenaient à nos chevaux, mieux aurait valu qu'ils ne risquent pas leur vie pour les arracher aux flammes.

— Comment cela a-t-il pu arriver ? demandai-je.

Ma mère ne m'ayant rien raconté, j'arriverais peut-être à tirer quelques informations de Langeholm.

— À vrai dire, c'est une énigme. La police est venue peu après la fin de l'incendie. Plus tard, elle a fouillé les décombres, mais personne n'a rien voulu dire. Peut-être est-ce un mégot de cigarette. Il arrive aussi que la paille prenne feu spontanément. Ces derniers jours, nous avons eu un temps très ensoleillé.

Je n'avais jamais entendu parler de paille qui s'enflamme au mois de mars, mais peut-être était-ce possible.

— Y avait-il d'autres hommes dans l'écurie ?

— Oui, deux des palefreniers, Lasse et Sven. Votre père les a obligés à sortir quand la fumée est devenue trop épaisse. Votre frère a tenté de lui faire quitter les lieux, mais comme il refusait, lui aussi est resté. Ils pensaient avoir le temps de sauver toutes les bêtes, hélas le toit s'est brusquement effondré. Il ne restait plus qu'une jument, que votre père ne voulait pas abandonner.

Je fermai les yeux, frissonnant à l'idée de ce qui s'était passé.

— Quelle jument a péri ? demandai-je, la gorge nouée.

— Sigursdottir. On l'a récupérée vivante, mais elle était si gravement blessée qu'il a fallu l'achever.

Ce nom me disait quelque chose. Elle avait donné naissance à quelques bons poulains. C'est un éleveur norvégien qui nous l'avait vendue. Notre famille n'avait plus de contacts avec lui depuis longtemps, mais le cheval nous était resté.

— J'aurais préféré que mon père et Hendrik quittent l'écurie. Une bête se remplace, un être humain…

La perte de la jument norvégienne était lourde, cependant elle ne causerait pas la ruine du domaine. L'écurie pourrait être reconstruite. Mais personne ne nous ramènerait mon père, qui aurait peut-être vécu encore vingt ans. Quant à Hendrik, il serait diminué à vie. Cette pensée m'emplit de colère. Si seulement mon père s'était montré plus intelligent !

— Oui, on ne pourra pas remplacer votre père.

Nous restâmes un instant silencieux. Puis je repris :

— La police est venue, donc. Pourriez-vous m'en dire plus ?

— Le feu s'étant déclenché très soudainement, on ne peut exclure l'éventualité d'un incendie criminel. À mon sens, c'est absurde, mais les enquêteurs ont prévu d'interroger le personnel dans les jours qui viennent.

J'aurais apprécié que ma mère m'informe de tout cela.

— Ça va inquiéter tout le monde, fis-je remarquer. Personne ne voudra encourir le soupçon d'avoir causé la mort de son maître.

Un bruit de pas se fit entendre. Langeholm et moi nous retournâmes d'un même mouvement : Lasse Broderson, l'un des valets d'écurie, accourait vers nous.

Mon cœur fit un bond. Était-il arrivé quelque chose à mon frère ?

Puis je l'entendis crier :

— Ça commence ! Ça y est !

Je poussai un soupir de soulagement. Quoi que ce puisse être, cela n'avait aucun rapport avec Hendrik.

— Aurore va avoir son poulain, précisa Lasse.

— Tu en es sûr ?

— Elle s'est couchée. On dirait qu'elle est prête.

Langeholm se tourna vers moi.

— Mademoiselle, je crois que vous allez vite devoir trouver un nom. Chez les chevaux, la naissance est parfois très rapide et ce n'est pas la première fois qu'Aurore met bas.

En réalité, il appartenait au propriétaire du domaine de donner un nom aux chevaux. En l'occurrence, Hendrik, car dans notre famille le fils aîné héritait du domaine et du titre. Sur ce point, nous suivions l'exemple de la famille royale.

— Ne serait-ce pas à Hendrik de le faire ? C'est lui le maître à présent.

— Je crains que votre frère ne doive passer encore un certain temps à l'hôpital. C'est donc à vous que revient cet honneur…

J'aurais voulu objecter que rien ne pressait, qu'on pouvait tout aussi bien baptiser le poulain dans six mois. Mais j'aurais contrevenu à la tradition familiale. Nos poulains recevaient un nom à leur naissance. Autrefois, on pensait que cela éloignait les esprits maléfiques qui auraient pu vouloir nuire à l'animal. Désormais, on ne croyait plus aux esprits, mais l'usage était resté.

Nous courûmes à l'écurie. Les valets s'y étaient rassemblés, en compagnie du vieux Linus, notre « expert », qui caressait doucement l'encolure d'Aurore. Il lui parlait dans un dialecte ancien qui avait des allures de langage magique.

En levant les yeux vers la petite fenêtre de l'écurie, j'aperçus les débris de miroir qu'on avait répandus sur le rebord afin de protéger les chevaux des spectres nocturnes. Je voyais là une coutume absurde, voire dangereuse. Les débris pouvaient tomber, dans le pire des cas dans la mangeoire. Si les chevaux avaient la réputation de pouvoir trouver de leurs lèvres sensibles une aiguille dans une botte de foin, j'aurais préféré ne pas prendre ce risque.

Mon père n'approuvait pas non plus cette habitude, mais tenter de convaincre Linus d'y renoncer aurait été vain ; il croyait encore aux trolls et aux esprits.

— Ah, mademoiselle Agneta, dit le vieil homme en m'apercevant. Heureux de vous revoir.

— Merci, Linus. Je suis contente de voir que vous allez bien.

— Hum, oui… Les os renâclent et la carcasse ne se fait pas plus jeune. Mais tant que le bon Dieu m'accorde de me réveiller le matin, je ne me plains pas.

Linus n'exerçait pas ses talents uniquement auprès des chevaux. Les gens du village le consultaient quand ils avaient un pépin de santé. Cent vingt ans plus tôt, notre famille avait installé un médecin au village et veillé ensuite à ce qu'il y ait toujours un homme de l'art compétent. Cependant les gens ne juraient que par le vieux guérisseur, qui devait avoir dans les 80 ou 90 ans et connaissait presque chaque villageois depuis sa naissance.

— Combien de temps ça va durer ? demandai-je en m'appuyant contre la barrière.

— Encore une heure tout au plus. Sans doute moins. Cette brave fille n'en est pas à sa première mise bas.

La jument avait posé la tête sur le sol et soufflait. Ses flancs se gonflaient et se creusaient avec force. Inutile d'être un expert pour voir qu'elle souffrait.

Langeholm s'approcha du vieil homme. Il avait enfilé de longs gants – la nouvelle mode, devait se dire Linus. En tout cas, c'est ainsi que j'interprétai son regard. Les deux hommes ne s'aimaient pas, se considérant comme des concurrents. Langeholm avait fait des études et acquis ses compétences en travaillant dans quelques propriétés de renom, tandis que Linus avait tout appris de son père. Les premiers temps, surtout, ils avaient été plus d'une fois en conflit. Jusqu'à ce que Langeholm reconnaisse que Linus apportait quelque chose que l'on n'enseignait pas à l'université : le fruit d'une expérience séculaire. Quant à Linus, il avait pris conscience que certaines de ses méthodes étaient dépassées.

Désormais, ils se respectaient, quoique parfois à contrecœur. Et, quand la situation ne présentait pas de difficulté particulière, Langeholm s'effaçait devant Linus, pour qui mon père avait de l'estime. Jamais il ne l'aurait renvoyé et j'étais certaine que Hendrik ne voudrait pas non plus renoncer à son aide.

— C'est bon, ma fille, tu vas y arriver, dit le vieux guérisseur à la jument en continuant à lui flatter l'encolure.

Puis il se releva et se tourna vers nous.

— Nous ferions mieux de nous écarter et de la laisser seule. Je crois qu'elle ne va pas tarder à se redresser et à se mettre à pousser.

Le vieil homme s'éloigna et se planta devant la barrière. Captivée, j'observais le spectacle.

Ce qui allait se passer m'était familier depuis l'enfance. Hendrik et moi nous glissions souvent dans l'écurie pour observer la naissance des poulains, au mépris des ordres de notre père.

En cet instant, j'aurais tant aimé qu'il soit à mon côté pour constater que la vie continuait. Qu'il y avait de l'espoir.

Aurore agita les pattes avant, tout son corps trembla tandis qu'elle accompagnait les contractions en poussant. Puis elle s'étendit, pour se redresser peu après et continuer à pousser. Pour finir, elle se releva complètement et se mit à courir dans l'enclos, pendant que Linus chuchotait quelque formule conjuratoire – c'était du moins ce qu'il me semblait. Ces paroles m'avaient toujours été incompréhensibles, même à l'époque où le vieil homme avait encore ses dents.

Une des jambes du poulain apparut enfin, noire comme la nuit. Ce qui ne voulait rien dire, car de nombreux chevaux blancs naissaient noirs, et le père du poulain était blanc. Nous aurions probablement un cheval blanc de plus.

Lorsque le poulain fut à demi sorti, la jument s'accroupit derechef. Les membranes de la poche des eaux avaient glissé de la tête du petit, qui bougeait déjà. Mais sa mère, épuisée, soufflait, l'arrière-train sur le sol.

— Voyez-moi ça, un petit étalon, s'exclama Linus, s'attirant un regard incrédule de Langeholm.

— Comment le savez-vous ?

— Je le sais, répondit le vieil homme. Je le vois à la tête, c'est aussi fiable que de regarder entre les jambes.

Le rythme de mon cœur s'accéléra. J'avais oublié quelle excitation me procurait autrefois la naissance d'un poulain, quelle joie j'éprouvais lorsqu'il était en bonne santé et plein d'entrain. Peu m'importait qu'il soit mâle ou femelle. La douce émotion de l'attendrissement chassa pour un temps mon chagrin. À en croire ce que j'en voyais, il était parfaitement conformé. Quatre jambes délicates avec une tache blanche au genou, une tête ornée d'une petite étoile blanche sur le front, une queue humide collée à l'arrière-train, une robe noire, si luisante et mouillée qu'elle paraissait laquée, et des yeux sombres aussi brillants que des billes de verre. Les larmes me vinrent, mais cette fois, sous l'effet du bonheur.

Le poulain – Langeholm ne manquerait pas de vérifier son sexe – tentait à présent de se redresser, mais Aurore l'en empêcha. La jument resta allongée encore un moment, pendant que les mouvements de ses flancs s'apaisaient. Puis elle se leva, débarrassa son petit des derniers restes de la poche des eaux et se mit à le lécher.

— Ça c'est une bonne fille, dit Linus avant de se tourner vers Langeholm. Vous pouvez enlever vos gants, la mère sait ce qu'elle a à faire.

— Il faudra tout de même que je vérifie le sexe du poulain, objecta l'écuyer, lui aussi ému de cette heureuse naissance.

Lorsque Aurore eut fini de lécher son poulain, celui-ci se redressa et nous regarda.

— Bon, quel nom allons-nous lui donner ? demanda Linus, qui était non seulement la « sage-femme » des chevaux, mais aussi celui qui les baptisait.

Ce jour-là, il avait donc rempli sa flasque d'eau bénite en lieu et place de l'habituelle eau-de-vie qu'il distillait lui-même. Cette eau bénite venait de l'église, à ce qu'il affirmait, cependant le pasteur et lui entretenaient d'étranges relations. Linus n'était pas le plus zélé des paroissiens, ce qui ne l'empêchait pas d'insister pour baptiser les chevaux avec de l'eau bénite.

— Que diriez-vous d'Étoile du soir ? demandai-je.

Il s'agissait d'une simple proposition. Si ce nom ne plaisait pas à Linus, il faudrait en chercher un autre.

— Pourquoi ?

— Eh bien, l'aurore est la mère du soleil couchant, compagnon de l'étoile du soir. Sans compter que ce nom conviendrait aussi bien à un mâle qu'à une femelle.

— Vous ne me faites pas confiance, Mademoiselle ? demanda Linus, un peu vexé.

Je secouai précipitamment la tête.

— Non, Linus, ce n'est pas ce que je voulais dire. Je formulais une remarque générale.

Cherchant un soutien, je tournai les yeux vers Langeholm, qui affichait un petit sourire. Personne n'était censé douter ouvertement du jugement de Linus tant qu'il n'était pas avéré qu'il s'était trompé. J'avais les joues brûlantes et tout à coup l'impression d'avoir à nouveau 12 ans.

Linus réfléchit un instant, puis acquiesça.

— Ce n'est pas un nom très original, mais il est beau et il a une signification bénéfique. En général, les gens ont peur de la nuit, ils croient qu'elle signifie la fin de tout. Mais la nuit est la préparation d'un nouveau jour. On ne peut pas les séparer. Alors c'est d'accord.

Il déboucha précautionneusement sa flasque et fit couler quelques gouttes d'eau sur le front du poulain, qui tressaillit.

— Je te baptise Étoile du soir, déclara solennellement Linus.

En sortant de l'écurie, un sourire sur les lèvres et le bas de ma robe couvert de paille, j'aperçus ma mère : une tache noire sur le perron, telle une corneille égarée. Me cherchait-elle ? En tout cas, elle ne pourrait pas me reprocher de me désintéresser du domaine. Ne venais-je pas d'aider à mettre au monde un nouveau poulain ? Euphorique, je courus vers elle.

— Aurore vient de mettre bas ! lui criai-je. Nous avons un étalon de plus !

Ma mère demeura de marbre. Pourquoi se serait-elle réjouie de voir sa fille joyeuse ? Car l'arrivée du poulain m'avait fait brièvement oublier mon chagrin ainsi que mon ressentiment à l'égard de Stella Lejongård.

— Il faut que je te parle, lâcha-t-elle.

— Je monte juste me changer, répliquai-je.

Mais, alors que je m'apprêtais à passer devant elle, elle me saisit par le bras et me força à la regarder.

Je me raidis instantanément et mon euphorie s'évanouit comme le givre sous le soleil matinal.

— Hendrik est mort, dit-elle d'une voix blanche. Un messager de l'hôpital est passé nous en informer. Il est mort il y a une heure.

Je l'entendais parler sans comprendre ce qu'elle disait. Hendrik était mort ? Mais je l'avais vu hier encore !

— Ce n'est pas possible, articulai-je d'une voix étranglée, sentant monter la panique.

Je le revoyais devant moi, les paupières tremblantes. Je l'entendais me prier de lui raconter ma vie à Stockholm. Me dire que ses mains étaient devenues insensibles. Je ne m'en étais pas alarmée, ce phénomène ne m'avait pas paru inquiétant.

Les lèvres de ma mère n'étaient plus qu'un trait mince.

— Tu lui as parlé de votre père ?

— Non, le professeur me l'avait déconseillé. Alors… alors je lui ai dit… que père allait bien…

Non, Mère, tu ne me colleras pas la mort de Hendrik sur le dos, pensai-je. Et alors ce fut comme si j'avais reçu un coup dans l'estomac. Hendrik était mort. Mon frère avait succombé un jour après m'avoir vue et arraché une promesse. Je pressai mon poing sur mes lèvres, quelques larmes coulèrent sur mes joues.

Je rentrai précipitamment et m'effondrai au pied de l'escalier, mes jambes me refusant tout service. La plaie de ma douleur s'était rouverte. Je n'arrivais plus à respirer, ma tête explosait. Un instant, je n'entendis plus que les pulsations de mon cœur et ma poitrine sembla s'engourdir. Je ne percevais même plus mes lamentations.

CHAPITRE 7

La nuit, je ne parvins pas à trouver le sommeil, alors que j'avais pleuré presque jusqu'à épuisement de mes forces. Pour une raison incompréhensible, je craignais que Hendrik me poursuive dans mes rêves pour me reprocher de lui avoir caché la mort de notre père. *Si le ciel existe,* me disais-je, *il a dû l'y rencontrer et s'en étonner.*

Lorsque, m'étant brièvement assoupie, je rêvai que les deux têtes de lion m'adressaient une vive réprimande, c'en fut fini du sommeil. Je restai couchée à fixer l'obscurité, ne voulant pas fermer les yeux afin que Sture et Bror ne s'en prennent pas à moi d'une voix perçante.

Au matin, je me sentis fourbue, mais incapable de rester au lit. La couverture m'étouffait. Que je me lève ou pas, sous mes yeux les ombres bleues témoigneraient de ma nuit d'insomnie.

J'enfilai mon peignoir et mes pantoufles et je sortis de ma chambre. Les domestiques s'activaient au rez-de-chaussée. Une nouvelle journée commençait.

Lorsque j'étais enfant, il m'arrivait de me glisser hors de ma chambre tôt le matin. En général, j'allais embêter Hendrik. Ou me cacher chez lui. Parfois, aussi, nous sortions pieds nus dans l'herbe couverte de rosée, surtout en plein été, lorsque la chaleur était encore supportable.

Cette fois également, mes pas me conduisirent vers la chambre de Hendrik. Je posai la main sur la porte, palpant le bois afin de déceler une trace de mon frère. Quelque chose qui aurait été encore là. Fermant les yeux, je sentis le chagrin m'envahir et ne tentai pas de lui résister. La souffrance s'était ancrée dans mon ventre, elle gagna ensuite ma poitrine et me serra la gorge.

Je revis mon frère enfant, un garçon tout blond avec d'innombrables taches de rousseur. Ses yeux et son rire, sa façon de me remettre sur pied lorsque j'étais tombée. Il avait toujours été mon héros magnifique. Si j'avais peur, il m'ôtait mes craintes. Si je croyais qu'il nous entraînait dans une situation sans issue, il me montrait que je pouvais me fier à lui. Nous nous confiions mutuellement nos secrets.

Pourquoi Dieu nous avait-il ainsi arrachés l'un à l'autre ? Pourquoi ne l'avait-il pas épargné ? Soudain, il me sembla entendre un bruit. Le flot d'images se dissipa et mes larmes se tarirent. Je m'essuyai hâtivement les yeux et tendis l'oreille. Un gémissement étouffé. D'où venait-il ?

Ma mère était-elle dans la chambre de Hendrik, donnant libre cours à son chagrin et pensant que personne ne la surprendrait ? Se laissait-elle enfin aller à déplorer la mort de son fils ? Cette pensée éveilla en moi un curieux sentiment. J'avais si longtemps attendu que ma mère manifeste de l'émotion. Qu'elle se comporte comme un individu normal. La voir pleurer m'aurait donné l'espoir qu'elle avait un cœur et une âme capables de souffrir et d'aimer. J'aurais dû frapper à la porte, mais Stella aurait instantanément repris son masque. Aussi abaissai-je précautionneusement la poignée.

La chambre était assez sombre. Les murs étaient recouverts de boiseries et décorés de magnifiques tableaux représentant des chevaux. Les rideaux crème entrouverts laissaient entrer la lumière du matin. Sur le bord du lit, assise, j'aperçus une silhouette recroquevillée. Elle se moucha, s'essuya les yeux et leva la tête. À ma vue, elle se redressa d'un bond. Ce n'était pas ma mère qui me regardait avec effroi.

— Susanna ? lâchai-je, surprise.

— Excusez-moi, Mademoiselle, je voulais aérer et puis je me suis souvenue…

Elle fondit de nouveau en larmes.

— Tranquillise-toi, Susanna, dis-je en entrant dans la pièce. Nous sommes tous très tristes de la perte de mon frère.

La domestique pressa un mouchoir sur ses lèvres.

— Je vais sortir. Excusez-moi…

— C'est bon.

Je la suivis du regard, le cœur serré. Le lit de Hendrik n'était pas défait et ne le serait plus jamais ; la vue du couvre-lit me fut tout à coup insupportable. Je regagnai ma chambre en sanglotant, m'habillai à la hâte, redescendis, enfilai mon manteau et pris une écharpe. Une promenade m'éclaircirait peut-être les idées.

Ce radieux matin de mars me fit effectivement du bien. Le soleil se levait derrière les forêts. Les cimes des arbres étaient encore enveloppées de brume. À cette heure matinale, quand personne n'était levé, le domaine revêtait un charme très particulier, me donnant l'impression d'être dans un conte de fées, princesse dans un manoir enchanté venue délivrer un prince ensorcelé. Pendant un temps, une gouvernante française nous avait lu des contes de son pays. J'avais toujours eu une prédilection pour *La Belle et la Bête*. La lumière d'un rouge doré caressait mon visage et pénétrait le loden de mon manteau. Mon corps fut baigné de chaleur.

Comme j'aurais aimé que Michael soit à mon côté en cet instant ! Le parc silencieux lui aurait sûrement plu. Mais la pensée que j'allais devoir abandonner mes études et Stockholm m'était douloureuse. J'étais une femme libre, je menais la vie que j'avais choisie, cette vie pour laquelle mes amies et moi luttions. Si je reprenais la charge du domaine en tant qu'héritière, je serais contrainte de renoncer à tout ce que j'avais si durement acquis.

Mais j'avais fait une promesse à Hendrik, et j'avais désormais le devoir d'assurer l'avenir de Löwenhof. Avais-je encore le choix ?

Ma mère ne voudrait pas me laisser repartir, et m'en aller malgré tout m'obligerait à couper les ponts définitivement avec le domaine comme avec elle. Naguère, cette décision m'aurait paru facile.

À présent, j'étais revenue sur le sol où j'étais née, et le lien qui m'y rattachait était puissant. Mais devais-je pour autant renoncer à ma liberté ? D'aussi loin que je me souvenais, j'avais toujours voulu devenir artiste et mener ma vie librement. Serait-ce encore possible ? Accablée, je maudis ces pensées, qui commençaient à me tourmenter. Pourquoi avait-il fallu que mon frère meure ?

Je me dirigeai vers les parterres. En cette saison, ils paraissaient encore bien nus. Ma mère avait voulu que l'essentiel du jardin soit fleuri à l'anglaise. Cependant, outre les roses et les plantes vivaces, il y avait aussi des narcisses, du muguet et, l'été, des coquelicots. Ma mère détestait cette exubérance incontrôlée, mais n'avait pu faire valoir son point de vue. Mon père avait souhaité préserver un coin de nature, ainsi qu'il le lui avait expliqué. Dès lors, à cet endroit, on se contentait de tondre la pelouse sans planter quoi que ce soit.

J'aurais aimé m'asseoir sur le sol, mais l'herbe était mouillée par la rosée. Je m'accroupis, cueillis un perce-neige – ils poussaient ici comme les mauvaises herbes –, et l'approchai de mon nez. La vie avait été si facile lorsque j'étais enfant ! À présent, tout était sombre et lourd de rancune, de tristesse et d'incertitude. Les cartes avaient été rebattues et de ma décision allaient dépendre l'avenir de Löwenhof et le mien.

Quant à Michael, je n'étais pas certaine qu'il apprécie de vivre à la campagne, mais il accepterait sans doute de le faire par amour pour moi. Nous n'avions pas encore explicitement parlé mariage, pourtant je ne voyais pas ce qui aurait pu s'y opposer.

Notre milieu ferait peut-être la fine bouche au motif qu'il n'était pas noble, mais nous vivions à une époque moderne. Et, puisque j'étais majeure, ma mère ne pourrait pas empêcher notre union.

Et mes études ? Serait-il possible de les mener de front avec l'administration du domaine ?

Si je décidais de partir, une seule alternative : soit ma mère reprenait Löwenhof, soit elle le vendait. Hendrik le savait lorsqu'il m'avait fait promettre de prendre sa place. Avant de mourir, il s'était assuré que je serais là. Je ne pouvais pas le décevoir.

Lorsque je rentrai, la magie du silence était rompue. Dans la cuisine, on s'activait à grand bruit et les domestiques allaient et venaient dans les couloirs. À cette heure, la plupart des pièces avaient déjà été aérées et les cheminées allumées.

Je descendis à la cuisine. Dans le temps, Mme Bloomquist, notre cuisinière, me donnait volontiers quelques biscuits avec du lait. C'était exactement ce dont j'avais envie à présent, après les heures sombres que je venais de vivre et en prévision de celles qui m'attendaient.

— Bonjour, dis-je en entrant.

Svea, la fille de cuisine qui rêvait de devenir cuisinière, était en train d'allumer le feu. Marie, qui travaillait au manoir depuis de longues années, pompait de l'eau dans un seau en émail ébréché.

Les deux femmes se figèrent à ma vue.

— Bonjour, Mademoiselle, dit enfin Svea. En quoi pouvons-nous vous être utiles ? Voulez-vous que nous allions chercher Mme Bloomquist ou Mlle Rosendahl ?

Je secouai la tête et m'approchai de la longue table à laquelle les domestiques prenaient leurs repas.

— Non, merci. Je souhaitais juste rester ici un moment, comme je le faisais dans mon enfance.

Je m'assis au milieu du banc. Qui occupait cette place à présent ? Une des domestiques, ou peut-être Bruns ? Il existait parmi eux une hiérarchie tacite qui déterminait également les places à la table commune. Svea et Marie me lancèrent un regard perplexe, puis reprirent leurs tâches sans toutefois y mettre la même spontanéité. Ne voulant pas leur donner l'impression que j'étais venue les inspecter, je tournai le regard vers la fenêtre. De la cuisine on voyait bien les écuries – hélas aussi celle qui avait brûlé.

— Est-ce que ça va, Mademoiselle ? fit la voix de Mme Bloomquist, m'arrachant à mes pensées.

— Bonjour, madame Bloomquist. Oui, je vous remercie.

Ma mine démentait mes paroles, je le savais. Rien n'allait et rien n'irait plus. Pourtant les maîtres se devaient de respirer l'assurance et la confiance, même quand les temps étaient sombres.

— Je me demandais si vous pourriez me faire de la bouillie d'avoine avec des airelles, comme autrefois.

Un sourire passa sur les traits de la cuisinière. Elle se souvenait que ce plat avait toujours été l'un de mes favoris. Elle m'en donnait généralement quand je me glissais très tôt le matin dans la cuisine. Ma mère insistait pour que tous les membres de la famille mangent ensemble. Mais Mme Bloomquist, qui n'avait pas d'enfants, ne pouvait rien me refuser – même si elle risquait des ennuis si à table je n'avais plus faim.

— Bien sûr, mais je dois vous faire remarquer que Madame sera mécontente si vous ne mangez rien au petit déjeuner.

J'eus un demi-sourire.

— Je crois qu'il n'y a pas grand danger. Ma mère a bien d'autres soucis en tête.

La cuisinière acquiesça, prit son torchon et le coinça dans la ceinture de son tablier avant de se mettre au travail.

Quelques minutes plus tard, l'odeur de la bouillie d'avoine sucrée vint chatouiller mes narines. Le parfum de mon enfance, de l'insouciance d'autrefois. Comme j'aurais aimé revivre ces temps heureux où l'on n'avait pas à contenter qui que ce soit ! À l'époque, j'avais tout et n'imaginais pas pouvoir perdre quoi que ce soit. Mais maintenant…

— Voilà, Mademoiselle, dit Mme Bloomquist en posant une assiette devant moi.

La bouillie, qui sentait le lait et le sucre, était surmontée d'une grosse cuillerée de cette compote d'airelles que j'aimais tant.

— Régalez-vous. Si vous en voulez encore, j'ai ce qu'il faut.

— Merci, madame Bloomquist, répondis-je en m'autorisant un instant à replonger dans mes souvenirs d'enfance.

CHAPITRE 8

Une heure plus tard, je regrettai mes deux petits déjeuners. J'avais un poids sur l'estomac tandis que nous roulions en direction de Kristianstad.

Ma mère était assise face à moi dans la calèche, le regard inexpressif, le visage figé, tel un masque. Elle portait ses cheveux enroulés sur la nuque en un savant chignon. Linda manifestait beaucoup de talent pour ce type de coiffure et aurait pu en remontrer aux coiffeurs chevronnés de Stockholm. Parfois, je me demandais pourquoi elle se satisfaisait d'être la femme de chambre de ma mère.

Toutefois, en dépit de sa compétence, elle n'avait pu éviter que la robe noire de ma mère soit un peu large. La veille, je ne l'avais pas remarqué, mais à présent je le voyais clairement : Stella Lejongård avait sensiblement maigri. Ces derniers jours l'avaient minée. Pourtant sa posture très droite possédait une grâce dont bien des jeunes femmes étaient dépourvues. Moi la première. Seul le corset m'empêchait de m'affaisser. Puisque à Stockholm je n'en portais pas, j'avais pris l'habitude d'adopter une position assise décontractée. À présent, il me semblait avoir été fourrée dans un tonneau. Mais, compte tenu des circonstances, je n'avais pas osé risquer une querelle avec ma mère : si je m'étais passée de corset, elle l'aurait sûrement remarqué. Tant pis si mon estomac trop plein me faisait souffrir mille morts, je ne voulais pas me disputer avec elle pour une question vestimentaire alors que nous allions chercher Hendrik pour son dernier voyage.

Nous arrivâmes à Kristianstad bien après midi. La cloche de l'église sonnait mollement. Pour un enterrement ou un mariage, je n'aurais su le dire.

Nous fûmes assaillies par une odeur de phénol. Mère sortit de sa manche un mouchoir et le plaça sous son nez, son visage ne laissant toujours rien paraître. Sans doute avait-elle pleuré plus tôt dans la matinée. À présent, toutefois, elle conservait une entière maîtrise d'elle-même, ainsi qu'on le lui avait inculqué. De mon côté, j'ignorais combien de temps encore je parviendrais à retenir mes larmes. Repensant à ma conversation avec Hendrik, à ma promesse de lui parler de Stockholm, je prenais douloureusement conscience que cet échange n'aurait jamais lieu en dépit de l'ardent désir que j'en avais.

Le Pr Lindström nous attendait dans son bureau. Le soleil avait disparu derrière d'épais nuages menaçants, qui s'amoncelaient derrière les grandes fenêtres.

— Je vous présente mes plus sincères condoléances, dit le médecin en inclinant la tête. Je suis profondément navré de n'avoir pas pu faire plus pour votre fils. Vous le savez, je craignais des complications. Elles sont survenues…

D'un geste, ma mère lui intima silence.

— Vous avez fait tout ce qui était en votre pouvoir, répondit-elle. Je sais qu'il était grièvement blessé. Mon fils était dans la main de Dieu.

La main de Dieu. Je gardais un souvenir vivace de discussions à Stockholm avec des ecclésiastiques soutenant que c'était la volonté de Dieu que la femme reste au foyer et ait des enfants.

Tout en sachant très bien ce qui poussait ma mère à se comporter ainsi, je me demandai ce qu'elle pouvait ressentir. Était-elle en proie à une violente souffrance ? Se sentait-elle anesthésiée ? Dans les familles comme la nôtre, personne ne parlait jamais de ses humeurs ni de ses sentiments. On attendait de chacun qu'il soit apte à fonctionner. C'est l'une des raisons pour lesquelles j'avais quitté ma vie à Löwenhof.

— Souhaitez-vous voir le défunt une dernière fois avant que nous vous remettions le corps ? demanda le professeur.

— Oui, répondit ma mère pour nous deux.

Je lui lançai un regard légèrement surpris. J'aurais préféré garder de Hendrik le souvenir de ce qu'il avait toujours été. Cela dit, lors de notre dernière rencontre à l'hôpital, je l'avais vu couvert de pansements et cela refoulait l'image plus ancienne de mon frère dans toute sa vitalité, courant les prairies avec moi et sautant en selle avec aisance.

Quel spectacle nous attendait ? L'avait-on enduit de la même pâte que mon père ? Cette idée me souleva le cœur et me donna des sueurs froides. Mes oreilles bourdonnèrent, comme lorsque j'étais allée le voir deux jours plus tôt.

— Excusez-moi un instant, dis-je d'une voix saccadée.

Je me précipitai hors de la pièce sans attendre la réaction de ma mère ni celle du professeur.

Je crus que j'allais vomir. La main sur mon corset, je me traînai jusqu'à la fenêtre du couloir et fermai les yeux. Si seulement j'avais pu me débarrasser de cette chose étouffante ! Heureusement, l'air frais me soulagea et chassa la sensation d'oppression qui m'avait envahie. Je me concentrai sur ma respiration, les bourdonnements s'apaisèrent et j'entendis le gazouillement des oiseaux. Je rouvris lentement les yeux. Derrière moi, un bruit de porte.

— Mademoiselle Lejongård ?

La voix du médecin trahissait de l'inquiétude.

— Je me sens mieux. C'est seulement que ça fait un peu beaucoup.

Le professeur acquiesça.

— Peut-être devrais-tu prendre quelques instants de repos, dit ma mère, sur le seuil du bureau.

Je lus dans son regard de la déception. Elle s'était attendue que je fasse aussi bonne contenance qu'elle. Mais je n'avais pas un cœur de glace, elle l'oubliait.

— Non, ça ira, répondis-je. Je suis prête.

Pas question de lui donner motif de se plaindre de moi à notre retour.

— Vous en êtes sûre ?

Le Pr Lindström me considérait d'un œil sceptique et je fus soudain prise de fureur à son égard.

Il avait promis de tout mettre en œuvre pour sauver mon frère ! Et à présent il ne pouvait plus que nous montrer son cadavre !

— Parfaitement sûre, répliquai-je sur un ton un peu plus vif que nécessaire.

Lindström eut un mouvement de recul, mais s'efforça de ne rien laisser paraître. Je ne tournai même pas les yeux vers ma mère.

— Dans ce cas, si vous voulez bien me suivre, dit le professeur.

Je passai la main sur ma robe pour la lisser et cédai le pas à ma mère.

On avait exposé le corps de Hendrik dans la cave de l'hôpital. La lumière électrique qui éclairait la pièce en soulignait la froideur. J'aurais préféré des bougies, les lampes étant impitoyables. Elles faisaient ressortir la moindre blessure, la plus infime dégradation. On avait recouvert mon frère d'un drap blanc. Lindström s'approcha de lui et rabattit le drap de façon à dégager son visage.

— L'ordonnateur des pompes funèbres attend dans la cour, déclara-t-il. Mais vous pouvez prendre tout votre temps.

— Merci, professeur, vous êtes très aimable.

Par simple politesse, ma mère ne resterait pas plus de quelques minutes.

— Alors je vous laisse. Si vous avez besoin de moi, vous n'avez qu'à sonner.

Il désigna un cordon situé près de la porte et sortit.

Ma mère s'assit sur la chaise placée à côté de la civière, les yeux rivés sur le visage de Hendrik. La lumière crue de la pièce accentuait la pâleur de

Stella et ses cernes sombres. Mais aucune larme ne brillait dans ses yeux. Elle conservait son expression figée.

La vue de mon frère me brisa le cœur et je gémis tout bas en voyant qu'on lui avait laissé ses bandages sur la figure. Pourquoi ne les lui avait-on pas ôtés ? Ses blessures étaient-elles trop horribles ?

Je repensai à la pâte blanche qu'on avait appliquée sur le visage de mon père. Perdant tout contrôle de moi-même, je me mis à pleurer. L'image de mon frère s'estompa devant mes yeux ; mes larmes coulaient jusque sur ma robe et le sang bruissait si fort dans mes oreilles que je n'aurais pas entendu ma mère me rappeler à l'ordre.

Mes pleurs finirent par s'apaiser, faisant place à un tremblement intérieur impossible à stopper. J'attendais en vain une marque de réconfort de ma mère. Quand je me fus un peu calmée, elle se leva, s'approcha avec dignité du cordon et sonna. Puis elle alla se rasseoir. Les yeux voilés de larmes je la regardai, mais elle m'ignora. Un jeune médecin nous accompagna dans la cour, où attendait la voiture de l'employé des pompes funèbres. La cérémonie aurait lieu à Kristianstad, après quoi mon père et mon frère seraient inhumés dans le caveau familial, au cimetière du village. Me concentrer sur ces faits m'aida à renfermer ma douleur en moi-même.

— Nous devrions voir avec le pasteur si l'enterrement de Hendrik peut également avoir lieu samedi, dit soudain ma mère quand nous eûmes franchi la porte arrière de l'hôpital.

Je lui jetai un regard incrédule. On transférait sous nos yeux son fils, mon frère, dans le corbillard, et déjà elle pensait aux détails pratiques. N'aurions-nous pas dû être dans les bras l'une de l'autre à nous réconforter ?

— Tu es d'accord ou tu as une objection ?

Sa voix m'arracha à mes pensées.

— Pardon ? dis-je, déconcertée.

— L'enterrement de ton père et de ton frère. Vois-tu une objection à ce que je demande au pasteur s'il peut célébrer une cérémonie commune ce samedi ?

— Parce que les gens sont superstitieux, c'est ça ? rétorquai-je avec plus de sarcasme que je n'en avais eu l'intention. Ils pourraient craindre que ces deux-là n'entraînent d'autres morts si leurs cercueils passent encore la fin de la semaine sur terre ?

Ma mère m'adressa un regard consterné.

— Comment peux-tu dire une chose pareille ? Tout cela t'est-il donc indifférent ?

Je secouai la tête. Avais-je bien entendu ? Elle me reprochait mon indifférence ? De nouveau les larmes me vinrent. Il avait suffi à ma mère de quelques mots pour me blesser profondément.

— Pas du tout ! ripostai-je avec véhémence.

— Modère ta voix ! siffla-t-elle.

Je ne compris pas sa brusque colère. Ma réponse n'avait rien d'agressif. Pourquoi réagissait-elle ainsi ?

— Que je me modère ? explosai-je. Je suis comme toi sous le choc. Et d'autant plus que tu m'as confrontée sans me prévenir au cadavre de mon père. Tu crois peut-être que j'ai hâte qu'on les enterre tous les deux ? Eh bien non !

Ma voix devenait stridente. Il m'était bien égal que les employés des pompes funèbres puissent m'entendre.

— Qui est la plus indifférente des deux ? Moi, qui ne sais que dire en voyant que ma mère veut se débarrasser des funérailles au plus vite, ou ma mère, qui ne semble nullement émue d'avoir vu son fils pour la dernière fois ?

Mes paroles résonnèrent dans toute la cour. Mon cœur battait si fort qu'il semblait vouloir s'échapper de ma poitrine.

Tandis que, toute tremblante, je faisais face à ma mère, je compris que je m'étais de nouveau comportée comme elle s'y attendait. Et ma stupidité m'apparut clairement. N'aurais-je pu dire tout simplement « Oui, je suis d'accord » ? Pourquoi étais-je toujours incapable de tenir ma langue ?

Quelque chose sembla se manifester sur son visage. Curieusement, elle ne trouva rien à répondre. Au bout d'un instant, elle se détourna et regarda le véhicule des pompes funèbres qui avait englouti le corps de Hendrik.

J'essuyai mes joues humides de larmes. À présent, ma mère m'ignorait, bien sûr. Une autre aurait peut-être tenté de se défendre, de protester contre le reproche d'indifférence. Mais Stella Lejongård préférait feindre que cette scène n'avait pas eu lieu.

Quand les assistants de l'ordonnateur eurent terminé, elle s'entretint brièvement avec eux, tandis que je me tenais là comme un meuble inutile. Ma colère céda la place à un sentiment de déception qui m'anesthésia. Lorsque nous retournâmes au bureau de Lindström, elle fit comme si je n'étais pas là. Si je ne l'avais pas suivie, elle m'aurait probablement plantée là. Elle remercia le professeur, qui prit congé de nous. Nous regagnâmes la calèche en silence.

— Un instant, dit-elle à August, qui attendait qu'on lui fasse signe de repartir.

Alors elle se tourna vers moi. Son regard resta glacial, mais sa bouche tremblait lorsqu'elle me dit à voix basse :

— Cela ne m'est pas indifférent. Tu l'as peut-être oublié, mais une famille comme la nôtre a des obligations. Nous devons préserver les apparences. Cela signifie ne pas se laisser aller à ses sentiments, encore moins en public.

Elle marqua une brève pause, comme si elle attendait que je la contredise.

— Tout à l'heure, tu t'es comportée comme une femme de bas étage. Thure n'aurait jamais dû t'autoriser à aller à Stockholm, tu y as oublié les bonnes manières. Cette idée ne serait jamais venue à Hendrik, mais toi, il a fallu que tu obéisses à tes lubies ! Je regrette vraiment que ton frère ait été victime de cet incendie. Il était le fils idéal !

Elle resta un moment à me scruter avec dureté, puis elle cogna des doigts contre la portière. Je la considérai avec effroi, mais elle ne m'accorda plus un seul regard.

Son discours me poursuivit tout le trajet de retour. J'avais envie de lui demander si elle aurait préféré me voir morte plutôt que Hendrik, mais je redoutais sa réponse.

Je ne déjeunai pas avec elle, je ne voulais plus la voir. Je courus jusqu'aux prés où paissaient les chevaux avec le désir d'être le plus loin possible de tout cela. J'aurais voulu rentrer à Stockholm, retrouver Michael. Mais penser à lui ne m'apportait aucun réconfort. Je sentais arriver quelque chose de terrible. Quelque chose qui changerait irrévocablement ma vie.

À présent, il ne restait plus que moi, j'étais l'unique descendante de Thure Lejongård. L'héritière de Löwenhof.

J'entourai mes épaules de mes bras, me sentant soudain terriblement seule. Je ne voulais pas renoncer à la vie que je menais à Stockholm. Je ne voulais pas non plus que Löwenhof périclite ou soit vendu. Avais-je conservé plus de sens des responsabilités que je ne l'avais cru ?

Quand le vent fraîchit et commença à s'en prendre à mes cheveux et à mes vêtements, je me détournai. Des nuages sombres approchaient, mieux valait rentrer. Je retroussai mes jupes et repartis en courant.

Au moment où j'arrivais au manoir, il se mit à pleuvoir des trombes. Je montai le perron en hâte. Une fois à l'intérieur, je retirai mes vêtements mouillés, passai une chemise propre et m'enveloppai dans ma vieille robe de chambre. Me sentant lourde et triste je ne voulais plus qu'une chose : dormir. Dormir en attendant que se lève un autre jour.

CHAPITRE 9

Stella refusant que je prenne part aux préparatifs des funérailles, je dus trouver un moyen de passer le temps. J'attendais une réponse de Michael, mais elle tardait à venir.

Je me réconfortai en pensant que les lettres mettaient du temps à arriver. Peut-être venait-il tout juste de recevoir la dernière que je lui avais envoyée. Je lui en écrivis tout de même une autre, un peu plus courte, dans laquelle je lui faisais part de la mort de Hendrik. Curieusement, cela ne me procura aucun soulagement. La promesse que j'avais faite à mon frère m'accablait de tout son poids, et j'aurais tant aimé que Michael me réconforte. Qu'il m'assure de son soutien ou me dise simplement qu'il m'aimait.

Plus d'une fois, mon regard se posa sur mon vieux chevalet, cependant je ne me sentais pas en état de travailler. Enfant, je m'en étais servie pour peindre de nombreux tableaux, d'abord naïfs et maladroits, puis de plus en plus élaborés. Mais, depuis mon retour, il me semblait avoir les doigts engourdis. Mon esprit n'avait pas de place pour la peinture, il était empli de chagrin, d'ombres et de pensées confuses. On pouvait peindre le cœur lourd, mais moi, le deuil me paralysait.

Sans doute aurait-il mieux valu que j'aie une occupation. Cela m'aurait évité de passer des heures à me demander ce que mon père et Hendrik avaient pu ressentir lorsqu'ils s'étaient précipités dans l'écurie en feu – et quand le toit leur était tombé dessus. En dépit de mes efforts, je ne parvenais pas à chasser ces pensées torturantes.

Je passai les après-midi dans la bibliothèque, sans pouvoir commencer un livre, choisissant un ouvrage, en lisant quelques lignes, le reposant pour en prendre un autre.

Le vendredi, je décidai de me rendre au caveau familial. J'ignore quelle raison m'attirait là-bas. La seule personne de ma connaissance qui y reposait était ma grand-mère, avec qui je n'avais jamais eu de véritables relations. Le caveau étant situé dans le cimetière de l'église du village, Hendrik et moi n'avions jamais été tentés d'en faire un terrain de jeu et n'y étions jamais allés.

Cependant je voulais voir à quel endroit reposaient mes ancêtres, des hommes et des femmes ayant vécu au domaine et voué leur existence à la couronne suédoise. Désormais, Père et Hendrik seraient des leurs.

Lorsque j'arrivai au caveau, placé sur une petite éminence surplombant les croix des tombes du village, je vis que les fossoyeurs avaient commencé à le préparer pour l'enterrement. Dans le cimetière, ils auraient creusé une tombe, puis l'auraient recouverte d'herbe. Mais les Lejongård n'étaient pas confiés à la terre. Ils dormaient pour l'éternité dans des niches de pierre. Au-dessus de l'entrée du mausolée était étendue une femme en pleurs, dont le bras reposait sur le chambranle de la porte. Un ange était gracieusement penché vers elle, une main sur son épaule en signe de réconfort, l'autre levée vers le ciel pour lui indiquer que, après la mort, nous serions tous accueillis au paradis. Autrefois, ces sculptures avaient sans doute été dorées. À présent, elles étaient couvertes d'une patine verte. L'eau reflétait les nuages et au milieu de l'étang flottait une petite colonie de nénuphars en attente de leur floraison. Si l'on ignorait que derrière la grille se trouvaient les sépultures de générations de Lejongård, on aurait pu se croire sur le seuil d'un mystérieux royaume enchanté.

Près de la porte, l'obscurité laissait deviner les pierres tombales.

Les hommes qui ôtaient les feuilles mortes de l'allée se rendraient ensuite à l'intérieur, garniraient d'un tissu deux des niches libres et y disposeraient des bouquets de fleurs et des bougies.

Lors des funérailles, les invités n'entreraient pas dans le mausolée ; seules ma mère et moi le ferions.

Je saluai les hommes et poussai la porte grillagée. Ma mère la tenait généralement fermée, mais elle en avait sans doute confié la clé aux fossoyeurs. Qu'aurait-on pu voler ici ? Chez les Lejongård, il était d'usage de ne pas se faire inhumer avec des biens matériels. Il n'y avait pas de bijoux à dérober. Et les morts étaient revêtus d'habits simples ou de chemises de nuit. Mes ancêtres ne voulaient pas être encombrés par les possessions de ce monde lorsqu'ils arrivaient devant saint Pierre.

Une odeur de poussière et d'humidité m'enveloppa. Je sortis du sac que je portais à l'épaule une allumette et j'éclairai une lanterne posée sur une estrade dans la première pièce. Puis, la lampe à la main, je pénétrai plus avant dans le caveau.

Il n'abritait que la branche principale des Lejongård, à savoir les familles des fils aînés. Chaque couple réuni pour l'éternité dans une niche, fermée ensuite par une lourde plaque de pierre. Le destin s'était montré clément envers nous. Malgré quelques enfants morts en bas âge, il s'était toujours trouvé un fils qui avait vécu suffisamment longtemps pour perpétuer le nom. À présent, c'était fini. Le fils était mort sans laisser d'enfants. L'héritier suivant était une fille – à moins que mon père n'ait pris d'autres dispositions testamentaires.

Cette pensée m'accabla, quand les pierres tombales, elles, ne m'inspiraient pas grand-chose. Ce n'était pas le nom qui unissait les membres d'une famille, mais l'amour. Et de l'amour je n'en avais éprouvé que pour Hendrik et pour mon père.

Un bruit me tira de mes réflexions. Je crus que c'étaient les fossoyeurs, mais derrière moi surgit ma mère, ombre noire au visage blanc.

— Tu es là ? demanda-t-elle comme si elle me prenait pour une apparition.

— Oui, répondis-je.

Elle secoua la tête avec une légère incrédulité, mais s'abstint de tout commentaire et se dirigea vers les niches libres. Celle qui était voisine de la cavité de Thure resterait vide, à son intention. La mort prématurée de Hendrik bouleversait l'ordre habituel puisqu'il n'était plus un enfant que l'on pouvait inhumer dans le renfoncement prévu à cet effet. Et, à son côté, il n'y aurait ni épouse ni fils. Rien que moi.

— Pourquoi ne me laisses-tu pas participer aux préparatifs ? demandai-je.

Ma voix résonnait sourdement dans le caveau. Ce n'était pas l'endroit où parler, encore moins celui où se disputer mais, ici, ma mère ne pourrait se réfugier comme à son habitude dans sa « chambre d'indisposition ».

— Tu as été absente un bon moment et tu menais ta vie à Stockholm, répondit-elle, le regard rivé sur les niches. Tu vis toujours là-bas. Je suis la maîtresse de ce domaine, c'est à moi qu'il incombe d'organiser ces deux enterrements.

— Et cela t'empêche d'accepter mon soutien ?

Comme elle se taisait, je poursuivis :

— Je suis désolée de m'être emportée dans la cour de l'hôpital. Je... j'étais si tendue. Penser qu'il y a encore quelques jours ils se levaient pleins d'espoir et qu'ensuite ils ont dû endurer cette abominable souffrance me dévaste. Si ce n'était pas arrivé, je ne serais pas ici, c'est vrai. Pourtant, crois-moi, le malheur de ma famille ne m'est pas indifférent. Même si j'aspire à la liberté, je continue à lui appartenir. J'aimerais tellement que tu me comprennes, ajoutai-je en baissant la tête.

Ma mère ne bougeait toujours pas, et son visage détourné me cachait son expression. Je l'entendis toutefois renifler comme si elle luttait contre les larmes.

— Il ne reste plus grand-chose à faire, dit-elle en se retournant enfin.

Des larmes brillaient effectivement dans ses yeux, mais elle les chassa d'un clignement de paupières.

— J'ai commencé à mettre les choses en route dès lundi. Le Dr Bengtsen m'avait dit d'emblée qu'il n'y avait aucun espoir pour ton père. Je devais rester à son côté et adoucir autant que possible ses derniers instants. Le médecin lui avait donné de l'opium, si bien qu'il a au moins pu partir sans trop souffrir.

Elle s'interrompit un instant, baissa la tête, puis releva les yeux.

— Les perspectives de Hendrik ne paraissaient guère meilleures, mais Bengtsen pensait que sa jeunesse lui permettrait peut-être de se rétablir. C'est pour cela qu'on l'a conduit à Kristianstad. Mais, au fond de mon cœur, je savais qu'il ne guérirait pas.

— D'où cet ordre de lui cacher la mort de Père.

— Oui. Je voulais que ses dernières heures soient également aussi agréables que possible. Qu'il conserve l'espoir que son Père survivrait. Aurais-tu été assez cruelle pour lui dire la vérité ?

— J'espérais qu'il irait mieux, répliquai-je. Le Pr Lindström a effectivement dit que c'était grave, mais rien dans ses paroles ne m'a laissé penser que Hendrik allait mourir.

Ma mère aurait pu me le dire. Au lieu de quoi elle m'avait réservé une mise en scène barbare pour mon arrivée. Peut-être était-ce le moment de savoir pour quelle raison elle avait agi ainsi.

— Pourquoi n'es-tu pas venue m'accueillir pour m'annoncer que Père était mort ? demandai-je en me contraignant au calme. Pourquoi Bruns m'a-t-il conduite jusqu'à son lit de mort sans que je sois informée de ce qui m'attendait ?

Ma mère pinça les lèvres.

— Je… j'éprouvais tant de chagrin, tant de fureur ! Tu aurais dû être là ! Ta place est ici ! Mais tu étais à Stockholm, à mener une vie frivole…

— Les études d'art n'ont rien de frivole, Mère, répliquai-je en m'efforçant de ne pas céder à la colère. Je donne le meilleur de moi-même et mes professeurs sont contents de moi. Et tu peux me croire, ma vie est tout sauf futile. Je refuse simplement qu'on exerce un contrôle sur moi.

Elle ne répondit pas. Pourquoi ne voulait-elle jamais démordre de son point de vue ?

— En tout cas, tu n'as plus rien à faire ici. À moins que tu ne décides de rentrer pour de bon.

— Si je rentrais, pourrais-je t'aider à préparer la cérémonie ?

— Non, l'enterrement est organisé. Je m'en suis occupée dès la mort de ton père. Mais si tu revenais tu pourrais prendre en charge Löwenhof. L'héritage de ta famille.

Attendait-elle de ma part une réponse positive, là, devant tous nos ancêtres ? Je n'étais pas en mesure de le faire, elle dut le sentir.

— Il faut que je discute avec les employés du cimetière, dit-elle. Tu peux rester si tu veux, mais ta présence n'est pas indispensable.

Je la regardai s'éloigner, le cœur serré. Un instant, j'avais cru qu'elle allait se dégeler un peu, s'ouvrir, peut-être même s'excuser pour son acte abominable. Mais je m'étais trompée. Certes, elle avait paru moins dure, toutefois elle ne regrettait pas d'avoir passé sa colère sur moi. Cela me rendait terriblement triste.

J'attendis qu'elle ait quitté le caveau pour le faire à mon tour. Pendant qu'elle parlait avec les fossoyeurs, je passai devant elle et rentrai lentement au domaine, la tête basse.

Je restai toute la soirée enfermée dans ma chambre, à essayer de me changer les idées.

Le samedi matin, quelqu'un me secoua par l'épaule. Je me réveillai en sursaut et fixai avec un air égaré le visage d'une domestique dont je mis un temps à retrouver le nom.

Lena. Oui, c'était bien ça. Lena.

— Est-ce que ça va, Mademoiselle ? demanda-t-elle, inquiète, en me scrutant comme si j'avais du sang sur le visage.

Je m'aperçus alors que j'étais allongée par terre, sur le livre que je lisais sans doute quand le sommeil m'avait attirée dans son royaume.

Je me relevai péniblement. Enfant, je pouvais dormir n'importe où. Mais cette époque était révolue depuis un certain temps déjà. J'avais le dos ankylosé et la nuque contractée comme si j'avais peint sans relâche des journées entières.

Quand je fus enfin debout, il me parut avoir l'âge de ma grand-mère.

— Vous ne vous sentez pas bien ? demanda Lena. Vous voulez que j'avertisse votre mère ?

— Non, tout va bien. Hier soir, je me suis attardée à lire devant la cheminée.

La jeune fille acquiesça avec un air hésitant, manifestement peu convaincue par ma réponse. Je ne l'étais pas davantage. Qu'est-ce qui m'avait pris de me coucher par terre ? Le chagrin et les larmes m'avaient sans doute ôté tout discernement.

— Bon, commençons la journée, dis-je.

— J'ai apporté de l'eau chaude pour vous préparer un bain.

Ma mère semblait penser que je devais me laver de mes péchés avant de me rendre à l'église. Et qu'un simple morceau de savon n'y suffirait sans doute pas.

— Très bien, je te laisse faire.

Lena fit une génuflexion et disparut dans la petite pièce voisine, occupée par une baignoire sabot pourvue de pattes de lion qui avaient verdi.

Je me regardai dans le miroir de ma coiffeuse. Seigneur, quelle mine épouvantable ! Des cernes sombres sous les yeux, les joues pâles et les lèvres gercées. Si Michael m'avait vue dans cet état, il m'aurait immédiatement mise au lit et aurait appelé le médecin.

Cela dit, je ne ressentais aucune indisposition si ce n'était une sensation sourde dans la poitrine. Sans doute mon cœur s'était-il enveloppé dans son chagrin comme une chenille dans son cocon.

Lors des funérailles, on attendait de moi que je fasse bonne figure. Ma mine n'avait aucune importance, puisque mon visage serait dissimulé derrière un voile noir qui me protégerait de la pitié de ceux qui n'en avaient pas réellement.

La mort de mon père et de Hendrik avait été un grand choc pour nos voisins, notamment les gens du village. Le comte et son fils prenaient régulièrement part à la chasse et aux fêtes estivales, sans se soucier des objections de ma mère. Mon père s'était attaché à établir son fils comme celui qui prendrait sa succession auprès des villageois. Et j'avais le sentiment qu'il avait agi comme il convenait. Tous les regretteraient sincèrement.

D'autres, toutefois, espéreraient tirer avantage de leur disparition : de grands propriétaires terriens qui avaient toujours envié notre position et attendu qu'un malheur nous frappe. Certains avaient été de rudes concurrents en affaires et penseraient sans doute pouvoir profiter de notre infortune. Je n'osais pas imaginer avec quels sarcasmes ils accueilleraient l'arrivée d'une femme à la tête du domaine.

Je repoussai énergiquement cette pensée.

— Tu viens du village, n'est-ce pas ? demandai-je à Lena, qui préparait le bain.

Les seaux d'eau étaient déjà là, elle les avait sans doute montés avant de me découvrir couchée devant la cheminée.

— Oui, Mademoiselle.

Je l'observai dans le miroir. Elle avait une silhouette nerveuse, des bras montrant qu'elle avait appris très tôt à travailler dur, à l'instar de nombreuses filles de paysan.

— Tyske, dis-je. C'est bien ton nom de famille, non ? Est-ce que je me trompe ?

— Non, c'est bien ça, répondit-elle avec un brin de méfiance.

— Alors tu es la fille de Björn Tyske, n'est-ce pas ? Le paysan qui a épousé une Allemande.

Je la vis se crisper. C'est alors que je compris. Les gens de la région regardaient les étrangers avec scepticisme, surtout lorsqu'ils entraient par mariage dans les familles paysannes locales.

Je ne connaissais Björn Tyske que par ouï-dire. Mon père avait un jour mentionné son nom devant notre écuyer. Tyske signifiait « allemand » en suédois. Qu'un homme portant ce nom ait épousé une Allemande témoignait de l'étrange humour que montrait parfois le destin.

— Oui, répondit-elle. J'espère que ça ne vous pose pas de problème.

Je haussai les sourcils.

— Pourquoi ça m'en poserait ?

— La plupart des gens du village ne sont pas à l'aise avec ça.

— Ne t'inquiète pas, Lena, répondis-je sur un ton apaisant. Dans cette maison, l'origine de tes parents n'a aucune importance. Ce qui compte, c'est ton comportement et la façon dont tu accomplis ton travail. Si tu donnes satisfaction, je ne vois aucune raison de te reprocher quoi que ce soit.

Un sourire timide passa sur les traits de la jeune fille. Je me demandai ce qu'elle pouvait penser. À peine était-elle arrivée qu'elle avait été témoin d'un drame. Les conversations devaient aller bon train dans les chambres des domestiques, sous les toits. S'inquiétait-on à l'idée qu'il faudrait peut-être renvoyer du personnel ?

— Comment ça se passe pour toi ? demandai-je en détachant mes cheveux.

— Bien. Enfin, je ne sais pas encore grand-chose, mais la maison me plaît beaucoup.

— Tu t'entends bien avec les autres ?

— Oui. Enfin, il y en a beaucoup que je ne connais pas encore vraiment. Je ne suis là que depuis le jour où…

Elle s'interrompit.

Je mis un instant à comprendre.

— Le jour où l'incendie a éclaté ?

Elle opina.

— Tu étais présente ? poursuivis-je en essayant de réfréner ma curiosité.

— Oui, nous étions tous là et nous avons essayé d'éteindre le feu.

Son malaise était palpable. Quelle frayeur avait-elle dû ressentir en voyant l'écurie dévorée par les flammes ! Je voulais à toute force en savoir plus.

— Peux-tu me dire ce qui s'est passé ? Comment le feu a pris, comment mon père…

Je lui saisis involontairement le bras. Elle me jeta un regard craintif.

— Excuse-moi, dis-je en la lâchant. J'aimerais comprendre ce qui est arrivé à mon père. As-tu vu de quelle manière tout a commencé ? Est-ce qu'on te l'a raconté ?

— Votre père et votre frère… commença Lena avec hésitation. Ils étaient sortis à cheval comme chaque matin. Nous avions préparé le petit déjeuner dans la salle à manger. Et à son retour Monsieur a plaisanté avec Mlle Rosendahl. Quelques minutes plus tard, nous avons entendu un des valets crier « Au feu ! ». Votre père et votre frère ont immédiatement couru à l'écurie pour faire sortir les chevaux. Il y avait apparemment quelques juments pleines ainsi que la jument préférée de votre père.

— Edwina, dis-je d'une voix étranglée.

— Oui, Edwina. Ils ont évacué la plus grande partie des bêtes pendant qu'on essayait de maîtriser le feu sur le toit. On avait même apporté une pompe du village.

Un cadeau de mon père afin que les villageois puissent créer leur propre groupe de pompiers.

— Malheureusement, ça n'a servi à rien. Les flammes ont gagné la charpente et, tout à coup…

Lena s'interrompit, elle semblait revivre ces moments affreux.

— Merci, Lena, dis-je en lui posant la main sur le bras. Le reste, je le sais déjà.

La jeune fille demeura indécise quelques secondes, puis elle prit un des seaux. À présent, l'eau devait être tiède… Lena la vida dans la baignoire, se redressa et me regarda.

— Je peux vous demander quelque chose, Mademoiselle ? Quelque chose de personnel ?

Aussitôt, elle se mordit les lèvres, paraissant regretter son audace.

— Je vous prie de m'excuser, je ne voulais pas me montrer curieuse. Mlle Rosendahl m'a dit que je ne devais pas poser de questions, mais…

— Vas-y, dis-je.

Je ne connaissais que trop bien les règles strictes qui avaient cours, mais pourquoi ne pas faire une exception ce jour-là ? Après tout, Lena m'avait parlé de l'incendie.

— Cet objet, là-bas… Susanna a dit que c'était un chevalet…

Son intérêt me surprit. La plupart des gens ne voyaient là que du bois de chauffage barbouillé de peinture. S'il n'avait tenu qu'à ma mère, il aurait atterri depuis longtemps dans la cheminée. Il était même étrange qu'elle ne s'en soit pas débarrassée depuis longtemps. Sans doute parce qu'il lui était sorti de la mémoire.

— Oui ?

— Pourquoi l'avez-vous laissé ici ?

Je haussai les sourcils avec perplexité, puis compris qu'on avait dû lui expliquer pourquoi Mademoiselle n'était pas restée sagement à la maison comme elle l'aurait dû à attendre que quelques jeunes aristocrates viennent lui faire la cour.

— C'est le vieux chevalet que j'utilisais autrefois. Il était trop petit pour mon travail à Stockholm.

— Ça doit être beau à Stockholm, répondit-elle avec un regard rêveur.

— Tu n'y es jamais allée ? demandai-je.

À peine cette question eut-elle passé mes lèvres que je me serais giflée. Bien sûr qu'elle n'était jamais allée là-bas ! Les enfants de paysan quittaient rarement leur village. On les mettait très tôt au travail et, une fois adultes, ils se mariaient et fondaient leur propre famille, qui les enracinait pour toujours.

— Non, Mademoiselle, mais j'aimerais beaucoup voir la ville. Surtout le château, les théâtres et les magasins. Et aussi le port et tous les bateaux qui s'en vont sur la mer ou reviennent de pays lointains.

— Peut-être le feras-tu un jour, répondis-je. Conserve ton rêve et ne l'oublie jamais.

Ses yeux brillèrent, et je pris conscience tout à coup de la chance que j'avais eue. Mon père n'avait pas vu d'un bon œil que je parte pour Stockholm, mais ne me l'avait pas interdit.

— Merci, Mademoiselle, dit-elle avec une génuflexion.

Et elle disparut pour aller chercher un autre seau.

CHAPITRE 10

Quand je fus habillée, je me regardai dans la glace. La robe que ma mère m'avait prêtée était raide et étroite. Stella Lejongård avait beau être très mince, elle tenait à ce que ses robes fassent toujours une taille de moins que la sienne afin de rendre le port du corset incontournable. Pour ma part, je ne m'habituais pas à être comprimée. Ce matin-là, ma sensation d'avoir le souffle coupé était encore plus vive que le jour où nous étions allées récupérer le corps de Hendrik à l'hôpital.

Je n'avais pas le temps de me changer. August avait déjà avancé la calèche. Ma mère ne tolérerait pas que je sois en retard. Lena me posa le voile sur les cheveux et me coiffa du petit chapeau qui l'accompagnait. Je m'inspectai de nouveau dans le miroir. Je n'étais pas loin de ressembler à une version plus jeune de ma sombre grand-mère, mais au moins j'étais sûre que Stella ne trouverait rien à redire à mon apparence.

Elle m'attendait dans le vestibule et était parvenue à se faire lacer encore plus étroitement qu'à l'ordinaire. Ou avait-elle encore maigri ?

Le voile ne put atténuer le regard scrutateur, perçant, même, qu'elle posa sur moi. Elle m'observa de la tête aux pieds puis, d'un signe presque imperceptible, fit part de sa satisfaction.

— Nous devrions nous dépêcher, dit-elle. Il a plu et nous ne savons pas dans quel état est la route.

— Mais, Mère, aujourd'hui, la plupart des rues sont pavées, et autour de Kristianstad elles sont même goudronnées. Nous arriverons à l'heure sans aucun problème.

— Il serait tout de même bon de partir.

J'acquiesçai, ne voulant pas me disputer avec elle pour une telle broutille. Ce jour-là, nous avions un fardeau autrement plus lourd à porter.

August nous attendait devant le véhicule et nous ouvrit la portière. Il avait mis son meilleur costume et sa chevelure blanche était surmontée d'un haut-de-forme laqué noir que je lui avais vu pour la dernière fois lors de l'enterrement de ma grand-mère.

Nous montâmes en voiture et ma mère lui donna le signal du départ.

Lorsque nous arrivâmes sur la place de l'église de la Sainte-Trinité à Kristianstad, j'aperçus une foule de gens vêtus de noir. Le voile qui me couvrait la figure estompait leurs visages. J'avais trop chaud dans cette robe et, si je l'avais pu, j'aurais ôté ces oripeaux et me serais enfuie pour échapper à toute cette horreur.

Les gens entraient peu à peu dans l'église. Lorsque nous franchîmes le portail, ils se levèrent. Je reconnus des propriétaires de domaines voisins, des partenaires commerciaux et des amis de mon père. Le prince héritier était là lui aussi avec sa femme. Ma mère m'avait informée qu'ils viendraient. Je n'en avais pas été surprise, notre famille entretenant de bonnes relations avec la maison royale. Je me laissai tomber sur le banc et m'efforçai d'ignorer les regards.

Les cercueils de mon père et de mon frère avaient été placés devant l'autel. De grandes compositions de roses aux couleurs de notre maison, jaunes et rouges, étaient posées sur les couvercles. J'aimais ces fleurs, mais leur parfum suave me donna la nausée.

Quand enfin l'assemblée fut au complet, on ferma les hautes portes de l'église. Le brouhaha se tut et céda la place à un silence oppressant qui se répandit dans toute la nef. Le pasteur arriva, s'inclina devant les cercueils et monta en chaire. L'orgue se fit entendre, puis le pasteur entama son discours.

J'avais le regard rivé sur les deux cercueils. J'essayai de me représenter mon père et mon frère reposant sur le coussin blanc, mais je chassai aussitôt cette pensée qui me nouait la gorge. C'est alors qu'il se produisit une chose étrange. Les paroles du pasteur s'effacèrent derrière le souvenir d'un des rares moments où j'avais éprouvé un profond amour pour mon père.

C'était le jour où l'on m'avait permis pour la première fois de monter à cheval. À l'époque, je devais avoir 5 ou 6 ans. Depuis plusieurs mois j'enviais mon frère, de trois ans mon aîné, qui en avait reçu l'autorisation depuis longtemps. On ne cessait de me répéter que j'étais trop petite. Ma mère aurait même souhaité que je ne monte jamais en selle, pourtant mon père avait dit :

« C'est une Lejongård ! Je veux que ma fille soit aussi familière des chevaux que son frère.

— Mais cela ne lui servira à rien, avait objecté ma mère. Un jour, elle partira vivre dans une autre maison, où cela n'aura peut-être pas grande importance. »

À l'époque, j'ignorais qu'elle caressait secrètement l'idée de me marier dans une branche lointaine de la famille royale.

« Une dame doit savoir monter à cheval, avait répliqué mon père. Son apprentissage débutera dès aujourd'hui. Point final. »

Ce jour-là, il m'avait conduite à l'enclos où l'on débourrait les chevaux. Il s'y trouvait un poney marron au pelage hirsute avec une longue crinière et une queue claires. Mon cœur s'était mis à battre d'excitation quand j'avais aperçu la petite selle. Ainsi c'était vrai ! J'allais apprendre à monter à cheval !

Mon père s'était approché de la bête et m'avait invitée à me hisser sur la selle. Hendrik avait remarqué qu'il me fallait de l'aide – j'étais encore très petite. Mais, avant qu'il puisse faire quoi que ce soit, j'avais escaladé la clôture et m'étais précipitée vers le poney. Son nom était Lykke, ainsi que me l'avait dit mon frère, qui avait également appris avec lui. Jusque-là, je n'avais eu le droit que de lui donner du sucre.

Une fois devant lui, je l'avais trouvé gigantesque.

« Agneta, attends ! » avait crié Hendrik.

Mais je l'avais vu si souvent monter en selle. Pourquoi n'en aurais-je pas été capable, moi aussi ?

J'avais glissé mon pied dans l'étrier, puis tenté de me soulever de terre. Je n'en avais malheureusement pas encore la force, mais Hendrik, arrivé à la rescousse, m'avait donné l'impulsion nécessaire. J'avais réussi à attraper le pommeau et, avec un peu d'aide supplémentaire, j'étais parvenue à m'asseoir.

« Bravo, Agneta ! » s'était écrié mon père en applaudissant. Il aurait pu me hisser sur la selle, mais dès cette époque, je savais qu'il préférait qu'on atteigne son but par ses propres moyens.

À présent, je trônais sur Lykke, fière comme une reine, sans me soucier du fait que le poney n'aurait probablement pas bronché même si l'on avait tiré un coup de feu.

Mon père m'avait expliqué ce que je devais faire pour mettre l'animal en mouvement et l'arrêter, et avait commencé à le faire marcher lentement à la longe. En me sentant balancée sur son dos, j'avais éprouvé une légère crainte et m'étais cramponnée à sa crinière, mais ma peur n'était sans doute pas visible, car l'un des hommes qui s'étaient rassemblés autour de l'enclos s'était exclamé :

« La petite ne craindrait même pas le diable en personne !

— C'est une vraie Lejongård ! » avait répliqué mon père avec une expression de joie et de fierté. Par la suite, hélas, il m'avait rarement regardée de la sorte…

L'orgue m'arracha à mes pensées. Je tressaillis : le prêche était terminé. Les porteurs s'approchèrent des cercueils et nous nous levâmes. Je pris alors conscience que j'avais le sourire aux lèvres. Le souvenir des jours anciens était parvenu à calmer mes angoisses et je fus heureuse d'avoir le visage dissimulé par le voile, car personne n'aurait compris mon expression.

Après le service funèbre, nous nous dirigeâmes en un long cortège vers le cimetière du village. Les personnes qui s'y trouvaient déjà, dont de nombreux villageois, se rangèrent le long du chemin menant au mausolée. Ma mère et moi nous arrêtâmes juste devant la grille.

Le pasteur récita la bénédiction puis le Notre Père. Ses paroles résonnaient sourdement contre les murs de pierre. Je perçus un sanglot : quelqu'un paraissait profondément affecté par la cérémonie.

J'ignorais ce que ressentait ma mère, figée à mon côté. Pour ma part, j'avais le cœur déchiré par le chagrin, même si je n'étais pas en état de pleurer. J'attendais d'être seule, à l'abri des regards étrangers qui me transperçaient comme des flèches. De pouvoir me recroqueviller et me lamenter sans qu'on me taxe de faiblesse ou qu'on me juge.

— Pour l'éternité, amen !

Les derniers mots du pasteur retentirent au-dessus de l'assemblée.

Les porteurs soulevèrent les cercueils et franchirent les portes du mausolée. Je les suivis du regard. La pensée qu'ils seraient désormais enfermés à jamais dans une niche m'oppressait. Hendrik avait tant aimé être dehors, dans les champs ou au bord du petit lac qui jouxtait nos terres. Lui qui adorait le soleil était désormais condamné à la nuit éternelle. Nous n'avions jamais parlé de ce qu'il souhaitait pour son enterrement. Tout cela nous paraissait si éloigné. Nous nous sentions immortels. À présent, je me demandais s'il n'aurait pas préféré une tombe dans un coin de verdure, avec peut-être un tilleul et le ciel étoilé par-dessus.

J'éprouvais un léger vertige. Le voile, pourtant très mince, me paraissait étouffant. J'aurais eu tellement besoin d'un bras sur lequel m'appuyer ! Celui de Michael, ou peut-être de mon amie Marit. Celle-ci m'aurait tenue serrée contre elle et réconfortée, quoiqu'elle ne fasse pas grand cas de mes origines familiales. Mais il n'y avait personne et ma mère ne me prit même pas la main. Je ne m'étais pas sentie si seule depuis longtemps.

Lorsque les porteurs reparurent, j'aurais voulu entrer dans le caveau et m'endormir sur le sol. Mais je ne pus pas même rester seule un moment devant les niches funéraires. Ma mère me prit le bras : ce qui pouvait apparaître comme un geste de soutien était seulement une manière de m'entraîner afin que je ne reste pas plantée là quand le protocole exigeait que je la suive.

Je pensai un instant à me dégager de son étreinte, mais me ravisai et me laissai ramener à la calèche.

CHAPITRE 11

Lorsque nous arrivâmes au manoir, le personnel s'était rassemblé sur le perron – une photo de groupe de la domesticité en noir. Ceux qui n'avaient pas de tenue entièrement noire arboraient un brassard. Les femmes avaient les mains jointes devant elles, les hommes avaient ôté leur couvre-chef. Courbé sous le poids de l'affliction, Bruns se tenait auprès de Mlle Rosendahl, qui avait les joues rougies par les larmes. J'aperçus Susanna, Marie et Lena, puis Linda, la femme de chambre de ma mère, à côté de Svea et de Mme Bloomquist. Les valets d'écurie s'étaient regroupés derrière. Il régnait une terrible tristesse.

La calèche s'arrêta et August nous aida à descendre. Un grand nombre de véhicules nous avaient suivies, dont le carrosse du prince héritier. À l'église, ce dernier n'avait pu que nous présenter brièvement ses condoléances, mais j'espérais que nous aurions l'occasion de parler plus longuement.

J'avais de l'affection pour Gustave-Adolphe et sa jeune femme Margaret. La princesse anglaise avait rendu un peu de couleurs à la cour de Suède, qui, depuis l'accession au trône de Gustave V, avait semblé devenir de plus en plus terne. Le roi avait le faste en horreur. Je me rappelais la fureur de ma mère lors de mes débuts à la cour. Pour une fois, ce n'est pas moi qui en avais été la cause, mais le manque d'éclat des festivités. La cérémonie et la fête avaient été très simples et le roi ne s'était pas attardé. La reine, en revanche, était restée jusqu'à la fin du bal, mais paraissait l'avoir fait à contrecœur. On savait que, depuis la naissance de son dernier fils, elle était de santé fragile et supportait mal le climat suédois. Elle s'était fait construire une villa au bord de la Méditerranée, où elle vivait en compagnie de son médecin personnel. Elle se montrait à la cour seulement lorsque ses devoirs l'y appelaient.

Curieusement, de la fête je n'avais gardé en mémoire que les récriminations de ma mère. Je ne me souvenais plus avec qui j'avais dansé ni ce qu'on avait mangé. Mon indifférence à l'égard de cette cérémonie avait sans doute égalé celle du roi. À cette époque, je savais déjà que je ne mènerais pas la vie que ma mère imaginait pour moi.

La réception de nos hôtes se fit dans notre grande salle de bal, une des plus belles pièces du manoir. Nous y avions organisé des fêtes magnifiques : le traditionnel bal des chasseurs, la fête de la Saint-Jean, le bal de Noël. C'était là aussi qu'avaient lieu les réceptions à l'occasion de funérailles. La dernière à laquelle j'avais assisté était celle donnée en l'honneur de ma grand-mère. À ce moment-là, j'étais très jeune, et mon unique souvenir était qu'une foule de gens avait été présente – comme en ce jour.

Peu après que ma mère eut salué les invités et que les domestiques eurent commencé à faire circuler les rafraîchissements, le prince héritier s'approcha de nous.

— Votre Altesse ! dis-je en faisant une génuflexion.

Gustave-Adolphe me tendit la main.

— Laissons là ces cérémonies, répondit-il. Il ne s'agit pas de moi, mais de la terrible perte que vous venez de faire. Mon père et moi avons été dévastés par la nouvelle.

— Je vous remercie de votre amabilité.

Le prince n'était guère plus âgé que Hendrik, mais il avait déjà une femme et des enfants. Pour nous, il était très regrettable que mon frère n'ait pas eu le temps de fonder une famille, mais en cet instant, je fus heureuse qu'il n'ait pas laissé derrière lui une veuve éplorée et de jeunes enfants. Cela étant, s'il avait été marié, il ne se serait peut-être pas précipité dans les flammes…

Le prince s'entretenait à présent avec ma mère. Sa femme m'examinait avec une certaine timidité. Je la connaissais très peu. La dernière fois que je l'avais vue, cela avait été à l'occasion d'un séjour du couple au manoir. L'été, il arrivait au prince et à son épouse de venir passer quelques semaines chez nous. Margaret était la petite-fille de la reine Victoria et se montrait parfois un peu raide. Ma mère elle-même avait ce sentiment. Elle n'était pas antipathique pour autant et, ce jour-là, je fus surprise qu'elle me prenne spontanément la main.

— Je suis profondément navrée, dit-elle avec un accent anglais qui s'était atténué avec le temps. Votre père et votre frère étaient de grands amis de la famille. J'espère que nous ne perdrons pas votre amitié ni celle de votre mère.

— Assurément pas, Votre Altesse, répondis-je, ce qui attira un sourire sur ses lèvres.

Elle me pressa la main et, un instant, j'eus l'impression qu'elle souhaitait me prendre à part pour m'entretenir en particulier. Mais alors son mari se tourna vers nous.

— Si vous avez besoin d'aide, n'hésitez pas à m'écrire. Votre famille a toujours apporté son soutien à la couronne et ce sera pour moi un honneur que d'être à votre côté.

— C'est très aimable à vous, Votre Altesse, je vous remercie, répondis-je.

Je savais toutefois que nous n'aurions garde de nous adresser à lui. Les Lejongård étaient là pour servir la maison royale, pas pour lui demander son aide. Depuis que notre famille avait reçu un domaine dans la province de Scanie, alors fraîchement intégrée au royaume de Suède, nous n'avions jamais sollicité l'appui du roi.

Lorsque le couple princier se fut éloigné, je sentis la main de ma mère se poser doucement sur mon bras. Ce geste me surprit tellement que j'eus un mouvement de recul.

— Au moins tu sais encore comment te comporter à l'égard du prince, fit-elle remarquer.

Je ne sus que répondre.

— Je vais me retirer un peu, poursuivit-elle. Occupe-toi des invités, s'il te plaît, et excuse mon absence le cas échéant.

Ma mère voulait se retirer ? Elle avait l'air fatiguée, mais agir ainsi n'était pas son genre.

— Oui, Mère, répondis-je.

Je la suivis des yeux tandis qu'elle s'éloignait parmi nos hôtes. Je me sentais déstabilisée. Les invités n'avaient pas besoin de moi, la plupart passeraient sans doute un moment à parler de mon père et de Hendrik, puis en reviendraient à leurs affaires. Mais, en me retournant, je vis Samuel Jensen, le notaire de notre famille, se diriger vers moi.

Dans son costume sombre il avait son apparence quotidienne. Il n'appréciait pas les couleurs claires, qu'il jugeait frivoles pour un homme de son état. « Mon bureau n'est pas une villégiature, mais un lieu où règnent l'objectivité et la compétence », disait-il toujours. Et, cette objectivité, il l'affirmait déjà par son allure, qui allait bien avec ses cheveux et sa barbe poivre et sel.

— Ma chère mademoiselle Agneta, toutes mes condoléances pour la perte douloureuse que votre mère et vous avez subie. On pourrait parler de la volonté de Dieu, ainsi que l'a fait le pasteur tout à l'heure, mais, vous le savez, je n'en fais pas grand cas.

Jensen était toujours d'une remarquable honnêteté, au risque de heurter ses semblables. Et cette honnêteté semblait croître avec les années. De ce fait, ses paroles étaient parmi les plus sincères que j'aie entendues ce jour-là.

— Vous êtes très aimable, monsieur Jensen.

Le notaire hocha la tête, puis reprit :

— Je ne sais pas si Madame votre mère vous a déjà mise au courant. Compte tenu du fait que votre domaine est l'un des plus riches et des plus grands du pays, je souhaiterais ouvrir les testaments de votre père et de votre frère dès après-demain.

— Mon frère a rédigé un testament ? m'étonnai-je.

Hendrik ne m'en avait rien dit. D'ailleurs, pourquoi aurait-il fait un testament ? Il était très jeune et ne pouvait deviner qu'un toit en flammes lui tomberait dessus.

— Oui. Il était l'héritier. Au demeurant, il a effectivement été le maître du domaine l'espace de deux jours. Aussi est-ce son testament qui fera foi.

La volonté de Hendrik ferait foi. Étant donné le souhait qu'il avait formulé sur son lit de mort, j'imaginais aisément quelles dispositions il avait pu prendre. L'inquiétude m'envahit.

— Comme vous êtes à présent l'héritière de la famille, vous devriez vous aussi penser à en faire un.

— Ne suis-je pas un peu jeune pour cela ?

Un frisson me parcourut l'échine. Avant de voir le corps de mon père sur son lit, je n'avais guère réfléchi à ma propre mort. Et je me sentais une grande répugnance à le faire.

— On n'est jamais trop jeune pour cela, répliqua le notaire. Surtout lorsqu'on a des souhaits que l'on voudrait voir respecter.

Avais-je des souhaits de cet ordre ? À qui aurais-je pu léguer le domaine ? Je n'avais pas encore d'enfants. Et je ne voyais pas à qui d'autre j'aurais pu le transmettre. Aucune de mes amies n'aurait su quoi en faire. Et Michael ? Si nous nous mariions, il deviendrait de toute façon mon héritier.

— Mais je comprends que vous ayez d'autres soucis en tête dans l'immédiat, concéda Jensen, qui devait avoir remarqué ma perplexité. Je voulais juste vous prier de bien vouloir vous rendre à mon étude lundi à 10 heures. J'ouvrirai le testament et, ensuite, nous parlerons de l'avenir du domaine.

— Merci beaucoup.

En ce jour où je n'avais cessé d'adresser des remerciements à tout un chacun, ces mots me parurent un peu usés.

— Nous serons chez vous à l'heure dite. Si vous souhaitez parler à ma mère…

— Oh non, ce n'est pas nécessaire. J'ai déjà échangé par lettre avec Madame votre mère, elle est au courant. Mais, ne sachant pas ce qu'elle vous avait dit…

J'aurais volontiers répondu qu'en général ma mère m'informait au tout dernier moment des choses importantes et me rendait ensuite responsable de mon ignorance. Mais je me contentai d'opiner en dissimulant mon amertume et remerciai une fois de plus le notaire.

Pourtant, je fus soudain prise d'une violente irritation. Je ne voulais pas être là. J'avais besoin d'air, besoin de faire une pause. Je sortis sur le perron, repoussai mon voile et, pour la première fois de la journée, respirai enfin librement. L'air sentait le frais et la verdure, et je m'efforçai d'en aspirer dans toutes les fibres de mon corps. Tout en regardant les arbres qui bordaient l'allée, puis en contemplant les nuages qui se rassemblaient dans le ciel bleu, je continuais à entendre la voix des invités, qui demeuraient trop proches. Aussi je descendis les marches et contournai la maison.

Dans la cour étaient garées de nombreuses calèches, petites et rapides ou volumineuses et plus lentes. Parmi elles, le carrosse de la maison royale paraissait simple et modeste. Je doutais que Gustave-Adolphe et Margaret aient fait tout le trajet dans ce véhicule. Ils étaient probablement venus en train jusqu'à Kristianstad, où le carrosse les avait attendus. Je m'étonnais qu'ils n'aient pas pris leurs quartiers au manoir puisqu'il leur arrivait de passer du temps chez nous. Sans doute le prince avait-il d'importantes affaires d'État à régler. En tout cas, nous ne pouvions que lui être reconnaissantes de sa venue. Je leur consacrerais davantage d'attention un peu plus tard.

Dans le jardin, je me dirigeai vers le petit pavillon à l'abandon qui se trouvait à la périphérie sud. Pourquoi mes parents l'avaient-ils délaissé ? C'est pourtant là qu'ils avaient fêté leurs noces. Puis je m'aperçus qu'une autre personne avait eu la même idée que moi.

Un homme, que je considérai avec étonnement. Il me fallut une seconde pour le reconnaître : Lennard Ekberg, un ami de longue date de la famille, que je n'avais pas vu depuis plus de trois ans. C'était le fils du comte. Il possédait un domaine voisin du nôtre et devait sa richesse au commerce des céréales. Lennard représentait le grand espoir de sa famille, surtout depuis que son père était gravement malade. Dans notre enfance, Hendrik et moi avions passé beaucoup de temps avec lui. Si je ne l'avais pas vu depuis une si longue période, c'était peut-être parce qu'il avait repris une grande partie des affaires familiales. Ces quelques années avaient suffi pour faire de l'adolescent pâle et mal assuré un homme ne pouvant laisser aucune femme indifférente.

Ses cheveux blonds étaient épais et brillants ; son visage, légèrement bronzé, accusait quelques rides qui le rendaient plus séduisant que ses joues lisses de jouvenceau. Heureusement, il ne portait pas la barbe, car sa bouche n'était qu'un trait mince s'accordant bien avec son long visage et son nez fin.

— Lennard, mais qu'est-ce que tu fais ici ? m'exclamai-je.

— Je pourrais te retourner la question !

Il descendit les marches du pavillon et nous nous serrâmes dans les bras.

— Tu es magnifique, tu sais ? dit-il en m'adressant un grand sourire.

— Vraiment ? répondis-je avec un air de doute. Tu devrais plutôt me voir quand ça va.

Je poussai un profond soupir et me dégageai doucement.

— J'imagine que tu as entendu ça un peu trop souvent aujourd'hui, mais je suis très triste de la disparition de Thure et de Hendrik, dit-il en glissant ses mains dans les poches de son pantalon noir.

— Ça dépend des arrière-pensées de mon interlocuteur. Chez toi, au moins, je sais que ça vient du cœur.

Lennard me considéra avec un air qui me surprit et me troubla légèrement. Avais-je oublié combien son regard bleu pouvait être profond ?

Nous étions des amis d'enfance et nous connaissions depuis une vingtaine d'années. Hendrik et moi étions toujours ravis quand les Ekberg venaient nous rendre visite avec Lennard et sa sœur Lisbeth. Il était peut-être pâlot, et il était resté très mince, mais il respirait la force et c'était un esprit plein de fantaisie. Il nous racontait des histoires de Vikings, car son père prétendait que leur famille descendait des farouches hommes du Nord, et nous parcourions les champs et les prés armés d'épées de bois. Lisbeth restait le plus souvent avec ses parents, mais Lennard se dépensait joyeusement avec nous. J'étais toujours triste quand ils repartaient, et ce même à l'âge où les histoires de Vikings avaient peu à peu fait place aux problèmes de l'adolescence.

— Thure était comme un oncle pour moi, dit-il après avoir contemplé un moment les nuages. Mais tu le sais déjà. Mon père a été très ébranlé.

— Comment va-t-il ? demandai-je. Il est ici ?

Lennard secoua la tête.

— Non, il est resté à la maison. La nouvelle de ce drame l'a complètement bouleversé. Il faut d'ailleurs que j'en reparle à ta mère.

— Elle ne se sent pas très bien, répondis-je. Elle est montée s'étendre un moment dans sa chambre.

— C'est plus que compréhensible.

Lennard marqua une pause, puis reprit :

— Ça fait plusieurs années que Père a des problèmes de santé, mais j'ai l'impression que son état ne cesse de s'aggraver. Même si les médecins le jugent stable.

Gustav Ekberg n'était pas seulement diminué par son ulcère à l'estomac, il était aussi psychologiquement affaibli. Voilà plus d'un an qu'il ne se risquait plus guère à sortir.

— J'espère vraiment qu'il surmontera le choc et que vous n'aurez pas à affronter un chagrin supplémentaire. Tu lui transmettras mon bonjour.

— Je n'y manquerai pas, merci. Il y a tout de même de bonnes nouvelles du côté de Lisbeth. Elle attend son premier enfant !

— Vraiment ? Mais c'est formidable !

Lisbeth avait toujours rêvé d'avoir des enfants, et avait fait un bon choix. Son mari, qui possédait un petit domaine dans la province de Småland, n'était pas seulement un parti avantageux. Ils s'aimaient, ce qui, dans nos milieux, n'avait rien d'une évidence.

— Oui, elle est très heureuse. Tu devrais revenir nous voir.

— J'essaierai de m'arranger. À présent que Löwenhof n'a plus personne à sa tête, il va sûrement y avoir du changement. Pour moi, pour ma famille…

— Tu feras une formidable propriétaire de domaine.

— Peut-être, mais comme tu le sais j'ai choisi une autre profession.

— Oh oui ! s'exclama Lennard. Ça t'a valu une sacrée réputation !

— Ah ?

— Oui, Mme von Löfven rougit chaque fois que ma mère dit que la fille de son amie fait des études d'art à Stockholm.

— Pour elle, ça doit être l'équivalent de la prostitution, non ? dis-je sans pouvoir retenir un sourire.

Hertha von Löfven était une véritable vipère. Elle était amie avec presque toutes les dames d'un certain âge, uniquement pour pouvoir répandre tous les ragots qu'elle collectait telle une Pandore moderne, libérant les maux de l'humanité enfermés dans sa boîte. J'avais sans doute dans son répertoire une place de choix, car les dames de la haute société ne se privaient pas de commenter l'audace dont j'avais fait preuve en me soustrayant aux conventions.

— Et ta mère, qu'est-ce qu'elle en pense ?

— Elle n'aurait pas été ravie qu'il prenne à Lisbeth l'envie de suivre ton exemple. Cela étant, elle ne te juge pas. Elle dit que tu appartiens à une nouvelle génération de femmes qui, un jour, ouvrira grand les fenêtres de toutes ces pièces qui sentent le renfermé.

— C'est presque un compliment.

Lennard haussa les épaules. Nous restâmes un moment à nous regarder en silence. Toutes ces années, il m'avait vraiment manqué. Jusque dans les moments les plus sombres, il parvenait à créer un peu de lumière.

— Si on rentrait ? suggéra-t-il enfin en montrant le ciel. L'orage menace.

— Le temps extérieur n'est guère différent du climat qui règne à l'intérieur.

— Tu exagères. À présent, ils doivent tous être un peu pompettes et raconter de bonnes vieilles histoires sur Thure et Hendrik. Cette journée passera et le soleil ne tardera pas à se lever à nouveau sur Löwenhof.

Sur ces mots, il m'offrit son bras. J'hésitai, ne voulant pas alimenter l'usine à ragots. Puis je passai mon bras sous le sien et me laissai reconduire au manoir.

Le soir, je n'aurais su dire qui m'avait saluée et présenté ses condoléances. J'avais tout de même appris que le couple princier poursuivait ce jour même son voyage vers le Danemark afin de rendre visite au roi. Le fait que Gustave-Adolphe et Margaret ne restent pas dormir au manoir n'était donc pas un signe avant-coureur de disgrâce, ce qui me soulagea. Je me serais volontiers entretenue plus longuement avec Lennard, mais ma mère était revenue et l'avait accaparé.

Lorsque le dernier invité fut parti, je remontai, épuisée. Je n'étais pas accoutumée à tenir le rôle de l'hôtesse. En réalité, il incombait à ma mère, mais après le départ du couple princier et sa discussion avec Lennard, elle s'était de nouveau éclipsée. Alors que je regagnais ma chambre, je la croisai dans le couloir. Elle aussi paraissait exténuée.

— Agneta, dit-elle à voix basse.

— Mère, répondis-je. Est-ce que ça va ?

— J'ai discuté avec Lennard. Il m'a dit que vous vous étiez parlé.

— En effet. C'était bon de le revoir.

— Si seulement son père pouvait se rétablir ! C'est pitié de voir Anna se tuer à la tâche.

Je la considérai avec un certain étonnement. Quand avions-nous bavardé ainsi pour la dernière fois ?

— Il t'a dit que Lisbeth attendait un enfant ? demandai-je.

— Oui. C'est dommage qu'il n'ait pas encore trouvé à se marier.

Elle me lança un regard qui ne me parut pas dénué d'arrière-pensées.

— Tu ne devrais pas trop tarder, poursuivit-elle. Tu n'es plus une jeunesse, tu as déjà 27 ans…

— Pourrions-nous parler d'autre chose, Mère ? l'interrompis-je, peu désireuse de m'engager sur ce terrain. M. Jensen est venu me voir. Il m'a dit que les testaments seraient ouverts dès lundi.

— C'est ce dont nous étions convenus.

Elle marqua une brève pause.

— Tu voudras sûrement retourner sans tarder à Stockholm, n'est-ce pas ?

— Ce n'est tout de même pas pour ça que vous avez fixé le rendez-vous si tôt, j'espère ? répliquai-je.

J'aspirais effectivement à rentrer à Stockholm, où j'avais mené une existence insouciante en dépit de mon manque de moyens. Je brûlais de retrouver les baisers et les étreintes de Michael. J'avais tant à lui raconter.

— Non, ce n'est pas pour ça, reconnut ma mère. Ce domaine a besoin d'être administré. Il a trop de valeur pour demeurer sans personne à sa tête. Qui plus est, les exigences des affaires laissent peu de place aux desiderata personnels.

Je dus paraître étonnée, car elle ajouta :

— Ne crois pas que j'ignore combien ton père a travaillé dur pour maintenir le niveau de vie dont nous jouissons aujourd'hui. Ces dernières années, la concurrence des autres domaines s'est amplifiée. Nous ne pouvons pas nous reposer sur nos lauriers. Mais tout ça t'est indifférent, n'est-ce pas ? Tu ne t'es jamais souciée de ce que Löwenhof allait devenir.

Manifestement, la louve épuisée avait décidé d'attaquer quand même.

— C'est faux, Mère, rétorquai-je. Mais quelle contribution aurais-je pu, moi, la cadette, apporter ? J'ai toujours su qu'un jour Hendrik hériterait du domaine. Alors j'ai cherché autre chose. Quelque chose qui soit à moi et me permette de gagner ma vie.

Ma mère eut un soupir de mépris.

— En devenant une artiste sans le sou ! Si ton père ne t'avait pas versé une allocation, tu aurais atterri dans le caniveau et dû faire une croix sur tes études.

J'étais trop faible pour me défendre contre cette violente offensive. Pourquoi, même en ce jour, ne pouvait-elle me laisser tranquille ?

— Je vais me coucher. Tu reprendras ton réquisitoire demain.

Je me détournai. Les larmes qui me montèrent aux yeux n'étaient plus des larmes de chagrin, mais de colère. Ma mère savait pourtant que Hendrik et moi aurions dû suivre des voies très différentes. Elle savait qu'en temps normal je n'aurais jamais hérité de la propriété familiale. Que mon avenir aurait consisté en une existence ennuyeuse dans un autre domaine. Alors pourquoi soutenait-elle que Löwenhof m'était indifférent ? Cela n'avait jamais été le cas. Même si j'avais parfois tenté de m'en convaincre…

Une fois dans ma chambre, je me laissai choir sur mon lit. Je ne sentais presque plus la pression que le corset exerçait sur mes côtes. Mon corps me paraissait engourdi. Je ne voulais qu'une chose : m'abandonner à l'oubli procuré par le sommeil. Le désir me vint de me réveiller à Stockholm, dans les bras de Michael, mais cela n'arriverait pas. Le lendemain m'attendait une nouvelle journée au cours de laquelle je devrais me battre contre ma mère ou endurer son silence.

Et, lundi, nous apprendrions ce que deviendrait Löwenhof et quelles avaient été les dernières volontés de mon frère. D'une manière ou d'une autre, ma vie s'en trouverait changée.

CHAPITRE 12

Le lundi matin, le temps était frais et ensoleillé, seuls quelques cirrus blancs parsemaient le ciel dégagé. Les oiseaux s'égosillaient et le soleil ne tarderait pas à sécher les dernières gouttes de pluie. Cela faisait à présent une semaine que le drame avait eu lieu. La vie continuait. Quels que soient ceux qui naissaient ou mouraient, chaque jour, le soleil se levait puis se couchait. Tout se répétait.

Ma mère, assise à côté de moi dans la calèche, n'avait rien dit au petit déjeuner. J'en avais été soulagée, car ses reproches m'avaient poursuivie jusque dans mon sommeil et n'avaient cessé de se raviver au cours de la journée du dimanche. Le pire était qu'elle avait raison. L'allocation que je recevais n'était pas énorme, mais sans elle j'aurais été contrainte de chercher un travail – ou de loger dans une chambre encore plus miteuse. Si le testament avait été rédigé en sa faveur, ma mère ne manquerait assurément pas de me la supprimer.

Le changement de bruit produit par les sabots du cheval m'arracha à mes pensées. Sans m'en rendre compte, j'avais légèrement déchiré les extrémités d'un de mes gants. Si ma mère s'en apercevait, cela me vaudrait sans doute une réprimande. Tout en m'efforçant de dissimuler les dégâts, je tournai les yeux dans sa direction. Elle était assise droite comme un *i*, les mains appuyées sur son parapluie. Elle avait insisté pour le prendre alors que le ciel n'annonçait aucune averse. Elle semblait absente, comme dans un autre monde. Sans doute était-elle dans le passé, au temps où sa vie était encore simple et prévisible.

Afin qu'elle ne remarque pas mon regard, je tournai les yeux vers la fenêtre. À présent, nous roulions dans les rues de Kristianstad. Quelques personnes marchaient sur le trottoir, parmi lesquelles on reconnaissait les employés de maison faisant leurs courses. J'avais lu à Stockholm qu'on déplorait dans tout le pays un manque de domestiques. Puisque quelques riches familles citadines s'offraient les services d'une bonne et d'une cuisinière, les familles socialement plus élevées ne trouvaient plus de personnel. Pour notre part, nous avions de la chance, car des filles du cru demandaient à travailler chez nous. Pour beaucoup, Löwenhof était un rêve, l'espoir d'une vie meilleure, indépendante des récoltes et des aléas de l'existence paysanne.

Sans doute en aurais-je moi aussi rêvé si j'avais été à leur place. J'enviais même un peu Lena. Elle était si jeune, si naïve, ses yeux brillaient d'enthousiasme et d'espoir. Elle devait s'inquiéter de ce qu'allaient devenir les domestiques au manoir. Mais elle n'avait certainement pas une mère qui voulait la marier. Stella n'avait plus abordé le sujet, mais une fois que l'entretien avec le notaire serait derrière nous, elle reviendrait à la charge. Devrais-je alors jouer cartes sur table et lui annoncer que je voulais épouser Michael ? Un futur avocat ? Dans les milieux bourgeois, cette profession pouvait susciter l'approbation, mais chez nous il aurait fallu qu'elle s'accompagne d'un titre de noblesse.

La calèche fit halte devant l'étude du notaire. Avec ses colonnes de style classique, la bâtisse blanche évoquait un temple grec. Outre Jensen, un grand nombre d'avocats y avaient leur bureau. August ouvrit la portière et aida ma mère à descendre. Je sortis à sa suite et la rejoignis dans l'escalier.

Un air frais nous enveloppa tandis que nous traversions le hall. Nos pas résonnaient sur les dalles de marbre et nous croisâmes quelques personnes absorbées dans leurs affaires. Ma mère avançait sans regarder à droite ni à gauche, paraissant avoir oublié ma présence. J'aurais aimé regarder de plus près les magnifiques colonnes et les tableaux exposés sur les murs. Mais nous n'étions pas venues pour nous livrer aux plaisirs de l'art. Nous nous arrêtâmes devant l'étude de Jensen. Ma mère prit une profonde inspiration, puis frappa à la porte. Je m'attendais à ce qu'elle m'exhorte à me conduire convenablement ainsi qu'elle en avait l'habitude, mais elle continuait à m'ignorer.

Quelques secondes plus tard, Jensen vint nous ouvrir en personne. Il portait son costume sombre, mais cette fois, avec une cravate bleu saphir.

— Ah, les dames Lejongård. Je suis ravi de vous voir.

— Tout le plaisir est pour moi, monsieur Jensen, répondit ma mère. Je vous remercie de nous recevoir dans d'aussi brefs délais. Quand on a un domaine comme le nôtre, la situation doit être éclaircie au plus vite avant que nos partenaires commerciaux perdent confiance.

Je la regardai avec étonnement. Qui pouvait perdre confiance ? Tout le monde savait que Père venait de mourir. Nos partenaires n'allaient pas déserter en un tournemain. Et puis on avait pu observer de quel crédit nous jouissions auprès de la cour puisque le prince héritier avait assisté à l'enterrement.

Jensen nous fit entrer dans son bureau, où deux confortables fauteuils en cuir marron étaient installés devant sa table de travail, sur laquelle se trouvaient deux enveloppes : les testaments de mon père et de Hendrik.

— Puisque tout le monde est présent, nous pouvons commencer.

Jensen s'installa à son bureau.

— En vertu des pouvoirs qui me sont conférés par mes fonctions de notaire royal, je brise en ce jour, 17 mars 1913 à 11 heures, les cachets de ces testaments afin de faire lecture des dernières volontés de chacun de leurs auteurs.

Il ouvrit le premier cachet et sortit une feuille de l'enveloppe.

Je m'étais attendue à ce que le testament de mon père soit plus long. Et ce d'autant plus que notre famille avait encore une autre branche, qui bénéficierait peut-être d'un legs.

— Le testament est daté du 18 octobre 1911, c'est la version la plus récente que j'aie en ma possession.

En voici le texte : « Moi, Thure August Lejongård, dispose, dans mes dernières volontés, que le manoir et le domaine de Löwenhof, avec tout son cheptel vif et mort ainsi que la maison située près d'Åhus reviendront, après ma mort, à mon fils Hendrik Olaf Lejongård. Ma fille, Agneta Sophie Lejongård, recevra une rente mensuelle de trente couronnes à moins qu'elle ne revienne au domaine. Dans ce cas, sa rente passera à cent couronnes mensuelles jusqu'à son mariage. Elle recevra en outre à titre de dot une somme de quinze mille couronnes versée en une fois. Mon épouse Stella Louise Lejongård bénéficiera d'un droit d'habitation à vie sur le domaine, ainsi que d'une rente annuelle sur les biens d'un montant de deux mille couronnes. »

Je ne fus pas surprise. Mon allocation ne serait augmentée que si je rentrais à Löwenhof. Mais il y avait encore le testament de Hendrik. Je n'en revenais toujours pas que mon frère ait pensé à exprimer ses dernières volontés.

Je jetai un regard à ma mère. Curieusement, elle ne paraissait pas ravie des dispositions prises par mon père. Jugeait-elle les deux mille couronnes insuffisantes ? C'était une fortune. *A fortiori* comparé à ce qui m'avait été accordé.

Jensen prit la seconde enveloppe.

— Je vais maintenant vous lire le testament de Hendrik Lejongård.

Il brisa le cachet et sortit deux feuilles de l'enveloppe. Mon frère semblait avoir établi un testament plus long.

— Le testament date du 29 décembre 1912, c'est la version la plus récente qu'il m'ait remise. En voici les termes : « Moi, Hendrik Olaf Lejongård, dispose que ma fortune, le domaine de Löwenhof, avec tout son cheptel vif et mort, ainsi que la résidence d'été située près d'Åhus, reviendront à ma sœur Agneta Lejongård si je venais à décéder. »

29 décembre 1912. Il devait avoir rédigé son testament juste après ce funeste bal de Noël. Dans quelle intention ? Mon père lui avait-il fait part de sa volonté de me déshériter ? Hendrik avait-il voulu s'assurer que j'hériterais bien un jour de la propriété ?

Je fermai les yeux. Après la promesse qu'il m'avait arrachée, je ne m'étonnais pas de la teneur de ses dispositions. À présent, c'était officiel. Comme, en vertu du testament de mon père, Hendrik avait brièvement été le nouveau comte Lejongård, sa volonté primait.

— Il a également laissé une lettre personnelle, dit Jensen.

Chère Agneta,

Tu te souviens de ce jour, dans le pré, où nous avons parlé de ce que nous voulions faire quand nous serions grands ? À l'époque, tu avais 7 ou 8 ans, et tu étais fermement résolue à devenir la maîtresse du domaine.

« Pourquoi c'est toujours les garçons qui ont tout ? » m'as-tu demandé sur un ton de défi après que Père t'avait une fois de plus fait comprendre que tu ne serais pas l'héritière.

Cet après-midi-là, nous sommes convenus qu'un jour nous deviendrions tous les deux maîtres du domaine.

Je savais déjà que ce ne serait pas possible, sauf si tu renonçais à te marier et restais à Löwenhof. Ce qui n'était pas le sort que je te souhaitais : tu es beaucoup trop jolie pour devenir vieille fille !

Cependant je me suis promis solennellement que, si tu le désirais, tu pourrais prendre une part active aux affaires du domaine. Je n'en ai jamais parlé, parce que je voulais que tu trouves ta voie, mais il en était ainsi. Lorsque tu as commencé à peindre et exprimé le vœu de devenir une grande artiste, j'ai été très fier de toi ! J'espère qu'entre-temps tu as atteint ton objectif.

J'ignore quel âge tu as à présent. Peut-être avons-nous tous les deux réussi à devenir très vieux et à avoir une vie bien remplie avant que Dieu me rappelle à lui. Mais peu importe l'âge que tu auras lorsqu'on te lira cette lettre : j'espère vraiment que tu te souviendras de l'attachement que tu as manifesté autrefois pour Löwenhof. Et que, lorsque tu seras à la tête du domaine, tu en prendras soin et le transmettras en bon état à la génération suivante.

Ton frère aimant, Hendrik

Ces mots flottèrent encore un moment dans la pièce, pénétrèrent en moi et se répandirent comme une onde de choc. J'en avais le souffle coupé. Des paroles d'outre-tombe... Il s'était écoulé si peu de temps entre la rédaction du testament et la catastrophe !

— Vous êtes libre d'accepter ou de refuser l'héritage.

Jensen me scrutait. J'essayais désespérément de garder contenance. Il y en avait au moins un dans la famille qui avait tenté de me comprendre.

Qui s'était montré fier de moi et de ce que je faisais. Pourquoi avait-il fallu que Hendrik meure si jeune ? Avant d'avoir eu la possibilité de fonder une famille… ?

— Je… je vous ferai part de ma décision, répondis-je avec émotion.

— Tu as vraiment besoin d'un temps de réflexion ? m'apostropha ma mère. Mais pourquoi ? Tu as reçu l'intégralité des biens !

Je crus déceler de la colère dans sa voix. Elle jouirait d'une rente considérable et n'avait pas à s'inquiéter de l'avenir. Mais ni Père ni Hendrik ne lui avaient légué le domaine.

— Je présume que, pour votre part, vous acceptez ce que votre époux vous a légué, comtesse ?

— Je l'accepte, oui.

Ma mère me regarda. Je devinais ce qu'elle brûlait d'ajouter : *Moi, au moins, je sais ce qu'on attend de moi.*

Je le savais aussi, mais j'avais du mal à sceller définitivement mon sort en acceptant les dispositions de Hendrik.

— Dans ce cas, nous en avons fini pour aujourd'hui, déclara Jensen. Vous avez quinze jours pour prendre votre décision, mademoiselle Lejongård.

J'acquiesçai d'un signe de tête.

— Je vous ferai parvenir une copie du testament. Si vous décidez d'accepter l'héritage, nous aurons un certain nombre de points à discuter.

J'opinai derechef et serrai mon sac à main contre moi. J'étais désormais la comtesse Lejongård – si je l'acceptais. Cependant, loin de m'inspirer de la joie, cette situation me donnait le sentiment qu'on m'avait enfermée dans notre caveau familial.

Durant le trajet du retour, ma mère regarda par la fenêtre avec indifférence. J'aurais aimé lui demander comment elle se sentait, mais il n'était guère difficile de le deviner. On m'avait tout donné : le titre, le domaine, la faveur du roi et la richesse. Et j'hésitais.

Ma mère aurait préféré que je me mette immédiatement à faire l'inventaire de mes biens avec Jensen. Mais je ne le pouvais pas. Pas maintenant. Il fallait d'abord que je digère le fait que le testament de Hendrik confortait la prière qu'il m'avait adressée. Et qu'il m'avait remis en mémoire cette scène de notre enfance. Ce moment où j'avais autrefois exprimé le désir d'être à la tête du domaine.

Lorsque nous arrivâmes au manoir, entre ma mère et moi le silence était devenu palpable.

— Mère… dis-je sur un ton hésitant.

J'aurais aimé lui expliquer que la situation était compliquée. Qu'il ne m'était pas facile de sacrifier mes propres intérêts.

Stella secoua la tête et m'interrompit d'un geste.

— Je suis fatiguée et souhaiterais me reposer. Tiens-moi informée de la date de ton retour à Stockholm.

Ses paroles me firent l'effet d'une gifle. Je n'avais jamais dit que j'entendais laisser le domaine en plan. C'est vrai, s'il n'avait tenu qu'à moi, je serais rentrée sur-le-champ à Stockholm. Cependant je n'étais pas une écervelée. J'aurais pu refuser l'héritage de mon père, mais pas celui de mon frère bien-aimé.

J'entrai à la suite de ma mère. Marie m'attendait. Son tablier blanc avait été fraîchement amidonné et elle portait une petite coiffe sur ses cheveux noirs.

— Mademoiselle, il y a ici un inspecteur de police qui souhaiterait vous parler. Son nom est Hermannsson.

— Me parler à moi ? dis-je, étonnée, en tournant les yeux vers ma mère, qui s'était engagée dans l'escalier.

Marie s'était probablement d'abord adressée à elle et ma mère avait dû la renvoyer vers moi.

Je me rappelai alors les paroles de Langeholm : la police allait enquêter sur l'incendie. Peut-être y avait-il de nouveaux éléments.

— Où est-il ? demandai-je en me débarrassant enfin de ces épouvantables gants.

— Au salon.

Marie avait sans doute pensé que ma mère souhaiterait le recevoir là. Mais cela ne me convenait pas.

— Conduis M. l'inspecteur dans le bureau de mon père, s'il te plaît, et dis-lui que j'arrive. Je veux juste me rafraîchir un peu.

Marie fit une génuflexion et se retira.

Je la suivis des yeux, puis montai à mon tour. Je souhaitais me passer de l'eau sur le visage afin de chasser la légère migraine qui s'était installée pendant notre trajet de retour. Si je n'avais pas encore accepté officiellement l'héritage, j'allais commencer dès ce jour à endosser mon nouveau rôle.

CHAPITRE 13

Le policier tournait nerveusement son chapeau entre ses mains en passant d'un pied sur l'autre. Il avait à peu près l'âge de mon père, le milieu de la cinquantaine, et ses cheveux grisonnaient déjà sensiblement. Il portait un costume marron légèrement élimé avec un gilet et une chaîne de montre en argent. Sans doute avait-il plus d'une fois regardé l'heure pendant qu'il patientait.

— Inspecteur Hermannsson ? dis-je en m'approchant de lui.

Son regard indiqua que j'étais pour lui une inconnue. Ce qui n'avait rien d'étonnant : jusque-là, nous n'avions jamais eu affaire à la police. Au village, il n'y avait pas de gendarmes, il ne se passait presque jamais rien. Le propriétaire du domaine réglait les petits litiges, et en cas d'incident plus grave la police de Kristianstad intervenait.

— Je suis Agneta Lejongård. Ravie de faire votre connaissance.

S'arrachant à sa perplexité, Hermannsson me serra la main.

— Tout le plaisir est pour moi – si l'on peut dire, compte tenu des circonstances. La mort de votre père a été un choc pour toute la région.

— Merci, inspecteur. Asseyez-vous, je vous prie.

Je lui indiquai l'ensemble de fauteuils en cuir, devant la fenêtre, où mon père avait eu coutume de traiter ses affaires.

— Puis-je vous offrir quelque chose à boire ?

— Oh non, ce n'est pas nécessaire. Je voulais simplement vous informer rapidement de l'état de l'enquête. Madame votre mère n'est pas là ?

« Madame ma mère » avait jugé bon de me charger de cette affaire, puisque je deviendrais peut-être la nouvelle maîtresse du domaine – dans la mesure où, pour le moment, je n'avais pas refusé l'héritage.

— Ma mère est indisposée, répondis-je. Quant à moi, je n'ai qu'une connaissance très superficielle de ce qui s'est passé puisque au moment du drame j'étais à Stockholm.

Hermannsson opina, puis sortit un petit bloc-notes de la poche intérieure de sa veste.

— Si vous le permettez, je vais vous expliquer où nous en sommes.

— Je vous en prie, dis-je en m'asseyant face à lui.

— L'enquête a établi que le feu s'était déclaré vers 8 heures du matin. On a appelé les pompiers locaux et essayé d'éteindre l'incendie. D'après des témoins, votre père et votre frère sont restés tout ce temps dans le bâtiment alors qu'on les exhortait à ne pas se mettre en danger. Ils ont fait sortir les chevaux pendant que le feu redoublait d'intensité.

Puis le toit s'est effondré. Les valets ont réussi à les extraire de l'écurie, mais les blessures de votre père étaient si graves que le médecin appelé n'a pas pu faire grand-chose.

Cet exposé correspondait aux dires de Langeholm et de Lena, mais il réactiva ma douleur. Pourquoi mon père et Hendrik n'avaient-ils pas écouté les appels à la raison qu'on leur adressait ? Les chevaux étaient précieux, bien sûr, mais ce n'était rien en comparaison de leur vie.

— Merci, inspecteur, répondis-je en luttant pour demeurer maîtresse de moi-même. Avez-vous pu clore vos investigations ?

— Malheureusement, nous allons devoir procéder à quelques auditions supplémentaires. Cela étant, nous en avons fini avec les ruines, vous pourrez probablement les évacuer sous peu.

Quelques auditions de plus ? Les témoins ne lui avaient-ils pas encore tout dit ?

— L'examen approfondi des restes de l'écurie nous a amenés à la conclusion qu'il s'agissait d'un incendie volontaire. La façon dont il s'est propagé indique qu'on a dû allumer le feu parmi les bottes de foin stockées dans les lieux. Il a d'abord pris lentement, puis a vite gagné les structures en bois. Nous supposons qu'il y a eu un second foyer d'incendie sur le toit, sans doute pour accélérer l'effondrement du bâtiment.

Je pressai involontairement ma main sur mon ventre. Un spasme me traversa.

Un accident, c'était déjà terrible. Mais que l'incendie ait pu être provoqué me coupait le souffle. Qui aurait pu faire une chose pareille ?

— Vous en êtes sûr ? demandai-je avec étonnement.

— Oui. En cette saison, on peut presque à coup sûr exclure les causes naturelles. Il aurait fallu que la foudre frappe l'écurie. Il ne s'agit pas non plus d'un acte commis par inadvertance, comme une lanterne renversée. Voilà pourquoi nous allons poursuivre l'enquête.

— Alors vous pensez que l'incendiaire serait quelqu'un du domaine ?

— Pour l'heure, nous ne pouvons exclure personne, si ce n'est vous et votre mère, bien entendu. Nous voulons découvrir si quelqu'un avait une raison de mettre le feu à l'écurie.

— Oui, faites-le, je vous prie. Et continuez à nous tenir informées.

— Bien sûr, je vous remercie.

L'inspecteur se leva et me tendit la main. Puis il sortit une carte de visite de sa poche.

— Si vous entendez parler de quelque chose, contactez-moi à cette adresse ou par téléphone.

— Dans ce cas, je vous enverrai un coursier, répondis-je. Malheureusement, nous n'avons pas encore le téléphone.

— Comme vous voudrez, mademoiselle.

Je le raccompagnai à la porte. Après avoir pris congé de lui, je regagnai le bureau. Peut-être était-ce un bon endroit pour réfléchir à tout cela.

Enfant, il m'était arrivé de m'introduire dans la pièce et de me cacher sous la lourde table en chêne. Quand mon père n'était pas à proximité, j'ouvrais les tiroirs et regardais en cachette ce qu'il y rangeait. À la vue des boutons de tiroir, des petites roses en laiton, je me sentis des picotements dans les doigts. Une profonde nostalgie m'envahit. Même si nous n'avions pas eu la possibilité de nous réconcilier, sa chaleur me manquait.

J'eus un dernier instant d'hésitation, puis j'ouvris le tiroir du haut. Mon père avait été un homme très ordonné, trait de caractère qu'il avait hérité de sa mère. Sa pipe, qui dégageait une forte odeur de tabac, était soigneusement posée à côté de sa montre à gousset en argent au couvercle ornementé ; il ne la portait que pour les grandes occasions, par crainte de la perdre. Au-dessous se trouvaient les documents importants qu'il aurait emportés en cas d'incendie. Notre certificat de noblesse, la copie du registre d'élevage et le titre de propriété de Löwenhof étaient à l'abri dans un coffre-fort, mais dans ce tiroir, il conservait nos passeports, les relevés de banque et les actes de naissance. Je les sortis, les étalai sur le bureau, puis ouvris le passeport de mon père, où figurait sa photo. Celle-ci le montrait tel que je l'avais connu enfant – il devait avoir le milieu de la trentaine. Avec son épaisse chevelure noire et son menton énergique, il ressemblait à nos ancêtres dont les portraits étaient exposés dans le vestibule. De lui je tenais mes yeux clairs et mes oreilles, lesquelles étaient heureusement plus petites que les siennes.

Sur la photo, il avait un air sérieux et guindé, mais je savais à quoi il ressemblait lorsqu'il riait et se sentait insouciant. Un visage qu'il ne m'avait plus guère montré. Ces derniers temps, je n'avais eu affaire qu'au père renfermé et sévère, que le simple fait de me voir mettait en colère. Si j'étais retournée au manoir, si je m'étais pliée à ses vœux, j'aurais probablement retrouvé le père aimant, mais alors j'aurais sans doute vécu avec le sentiment de m'être trahie moi-même.

Une larme tomba sur la photo de Thure Lejongård. Je refermai le passeport. En le rangeant, je remarquai une petite enveloppe marron, qui paraissait très récente. Que pouvait-elle contenir ? Pourquoi se trouvait-elle là ? La curiosité chassa le chagrin. Je pris le pli et l'ouvris précautionneusement. Était-ce une lettre d'amour à ma mère ? Ou autre chose de personnel ?

Le papier que je tirai de l'enveloppe n'était pas une lettre, mais un contrat de prêt, établi quelques semaines seulement avant l'incendie. La somme m'effraya : mon père avait emprunté cinq mille couronnes, une fortune !

Abasourdie, je restai là à fixer le document, le cœur battant. Qu'est-ce que cela signifiait ? Le domaine connaissait-il des difficultés ? N'avions-nous pas tout l'argent nécessaire ? Jamais un Lejongård n'avait eu à emprunter !

Et pourtant… J'avais ce document sous les yeux, signé de la main de mon père. Cinq mille couronnes ! Le sang affluait à mes oreilles. M. Jensen était-il au courant ? C'est avec lui que mon père avait discuté de l'héritage. Je me levai. Une seule personne pouvait m'éclairer.

Je me dirigeai vers la chambre où ma mère se retirait lorsqu'elle était indisposée et frappai à la porte. Ne recevant pas de réponse, je glissai un regard à l'intérieur et constatai que le lit n'était pas défait.

Sans doute avait-elle renoncé à s'étendre. Je descendis au salon.

La pièce, aménagée conformément à ses goûts, n'avait curieusement pas grand-chose de suédois. Peut-être avait-elle obéi à un effet de mode, poussée par le désir de soutenir la comparaison avec ses amies. Parfois, je me demandais aussi si derrière sa froideur ne se cachait pas une femme qui rêvait des couleurs éclatantes et du soleil radieux de l'Orient, aimait les plantes exotiques et aurait volontiers traversé l'Égypte à dos de chameau.

Le salon paraissait surchargé avec ses meubles en rotin, ses lourds rideaux, ses armoires asiatiques en laque, ses tableaux et ses coussins de soie colorés. Et, au milieu de tout cela, de robustes palmiers, de fragiles orchidées, et des strélitzias qui, lorsqu'ils fleurissaient, ressemblaient à des becs d'oiseaux exotiques. Avec sa robe noire, ma mère, la reine des neiges, ne paraissait pas à sa place dans ce décor. Pourtant, elle semblait à son aise dans cette pièce.

— Qu'a dit l'inspecteur ? me demanda-t-elle.

Marie avait donc bien commencé par s'adresser à elle.

— Rien de très nouveau, j'imagine. Il m'a retracé le déroulement de l'incendie et expliqué que, dans les prochains jours, il procéderait à des interrogatoires. L'enquête explore à présent la piste de l'incendie volontaire.

Ma mère ferma les yeux. Je n'eus aucune peine à deviner ce qu'elle pensait. Une enquête officielle pour un crime présumé attirerait l'attention publique aussi sûrement qu'une tarte les guêpes. Il ne faudrait pas longtemps pour que la presse régionale se livre à ses propres spéculations.

— Lui as-tu recommandé la discrétion ? demanda-t-elle en rouvrant les yeux.

— Je suis certaine qu'il n'en parlera à personne. D'ailleurs, si l'incendiaire était alerté par la presse ce serait préjudiciable à son enquête.

Ma mère me regarda comme si j'avais commis un acte impardonnable.

— Mais si tu le souhaites, je me rendrai personnellement à Kristianstad pour lui demander de museler ses hommes.

Ma mère ne cilla pas.

— En tant que maîtresse du domaine, tu devrais faire attention à ta façon de t'exprimer. Enfin, si tu tiens à rester ici. Peut-être préféreras-tu reprendre ta vie de vagabondage…

— Mère !

— Y a-t-il autre chose ?

— Oui, dis-je en tirant l'enveloppe de la poche de ma jupe. Voilà ce que j'ai trouvé dans le bureau de Père.

— Qu'est-ce que c'est ?

— Un contrat de prêt.

Je lui tendis le papier.

— Un contrat de prêt ? répéta-t-elle, stupéfaite, m'arrachant presque la feuille de la main.

Elle parcourut le document, s'interrompit un bref instant, probablement à la vue de la somme, poursuivit sa lecture.

— Qu'est-ce que ça signifie ? me demanda-t-elle, indignée.

— Je te retourne la question, rétorquai-je. Le contrat a été signé trois semaines avant l'incendie. Le montant du prêt est très élevé… Connaissons-nous des difficultés financières ?

Ma mère avait pâli.

— Ton père n'a rien mentionné de tel. Tu sais bien qu'il ne m'a jamais tenue informée de ses affaires.

Elle paraissait secouée.

— Il n'a pas parlé d'un projet de construction ou d'un achat à effectuer pour le domaine ?

La somme aurait à tout le moins permis d'édifier un grand bâtiment. Mais pourquoi n'en avait-il rien dit à sa femme ? S'agissait-il d'un projet secret ? Une maison pour une maîtresse peut-être ?

— Non, ces derniers temps, il ne s'est pas montré très bavard avec moi.

Je soupirai. Tout cela était fort mystérieux et inquiétant. J'allais devoir rencontrer sans tarder notre banquier afin qu'il m'expose notre situation financière. D'autant plus que nous aurions besoin d'une somme importante pour faire reconstruire l'écurie.

— À ton avis, où se trouve cet argent ? Il ne l'a peut-être pas encore dépensé, auquel cas nous pourrons rembourser la dette.

— Comme je te l'ai dit, je n'en sais rien.

Ma mère se raidit ; les pensées semblaient se bousculer dans sa tête.

— Je pourrais aller à la banque et demander pourquoi il a contracté cet emprunt, proposai-je.

— Pour cela tu auras besoin du certificat d'hérédité, objecta ma mère.

— Arrête donc de te comporter comme si j'avais officiellement refusé l'héritage, répliquai-je. Je souhaite simplement faire ce qui est juste et pour cela il faut que je réfléchisse.

— Ce qui est juste pour toi ou pour Löwenhof ?

— Les deux.

Je repris le contrat.

— Essayons de découvrir où se trouve l'argent et quelle est la situation du domaine pour que Père ait souscrit pareil engagement. Le mieux serait que tu m'accompagnes à la banque.

Ma mère resta longuement silencieuse, le regard perdu dans le vide, puis elle acquiesça d'un signe de tête.

— Très bien, retournons en ville. Nous irons chez Jensen et à la banque. Ton père a peut-être laissé filtrer quelque chose.

— Merci, Mère, dis-je en me levant.

J'éprouvai un léger vertige – sûrement la tension des derniers jours. Le contrat pesait aussi lourd que du plomb dans ma main. Devais-je m'attendre à d'autres secrets ? Et s'il apparaissait que le domaine se trouvait en fâcheuse posture ? Dans ce cas, ma présence serait encore plus nécessaire !

J'allai trouver Bruns, qui était en train de polir l'argenterie.

— Pourriez-vous prier August d'atteler les chevaux ? Ma mère et moi devons retourner à Kristianstad.

— Bien, Mademoiselle, répondit-il, surpris.

— Merci.

Je repris l'escalier et, sans même attendre d'être dans ma chambre, commençai à me débarrasser de mes vêtements de deuil. J'étais évidemment tenue de les porter encore un certain temps, mais pour aller à Kristianstad j'avais besoin d'habits plus confortables.

Je remis les vêtements dans lesquels j'étais arrivée de Stockholm. Ma mère ne les trouverait peut-être pas à son goût, mais ils me faisaient sentir plus sûre de moi. Et, de l'assurance, j'allais en avoir besoin pour prendre les dispositions appropriées à la situation.

CHAPITRE 14

Lorsque nous arrivâmes en ville, les rues s'étaient largement vidées. Quelques passants effectuaient encore leurs dernières courses, mais certains commerçants avaient déjà commencé à balayer le trottoir devant leur magasin. Que signifiait ce contrat de prêt ? J'étais tenaillée par l'inquiétude, choquée que mon père ait caché une pareille information à ma mère, et celle-ci semblait éprouver le même sentiment, car son expression oscillait entre incrédulité et colère. Adressait-elle des reproches à son époux en son for intérieur ? Se demandait-elle si elle avait commis une faute ? Que pouvait-il s'être passé entre eux au cours des derniers mois ? S'étaient-ils éloignés l'un de l'autre ? En avais-je été la cause ? J'avais peine à le croire, mais j'aurais vraiment aimé que ma mère se dévoile et me fasse part des problèmes qui avaient pu se présenter.

Nous nous arrêtâmes tout d'abord devant l'étude du notaire. Ma mère espérait sûrement que je profiterais de l'occasion pour accepter l'héritage. Et Jensen dut avoir la même pensée lorsque son assistant l'informa de notre visite.

— Bonsoir, mesdames, que puis-je faire pour vous ? demanda-t-il en me regardant avec un air d'expectative.

— Nous avons à vous parler d'un sujet qui concerne mon mari, répondit ma mère en tournant les yeux vers moi. Auriez-vous un moment ?

— Bien sûr, dit Jensen. Je suis toujours prêt à vous recevoir.

Nous retournâmes dans le bureau que nous avions quitté quelques heures plus tôt. L'air était confiné et sentait le cigare. Sur la table étaient posés quelques dossiers.

— Souhaitez-vous nous faire part de votre décision concernant le testament ? s'enquit Jensen.

— Pas encore, répliquai-je. Nous sommes là pour une autre raison.

Du coin de l'œil, je vis le regard de ma mère s'assombrir.

Je sortis le contrat de prêt et le posai sur le bureau.

— Voici le document que je viens de trouver. Étiez-vous au courant ? Mon père vous a-t-il mis dans la confidence ?

Jensen fronça les sourcils. Il sortit la feuille de l'enveloppe et la lut, de plus en plus perplexe.

— Votre père ne m'en a rien dit, répondit-il.

Il tourna les yeux vers ma mère, qui ne laissait plus rien paraître de son étonnement.

— Mon mari vous aurait-il parlé d'une affaire en vue ? demanda-t-elle.

— Non, sans doute n'en a-t-il pas eu le temps. Mais ce contrat aurait dû être inclus dans le testament.

— Il est donc inutile de vous demander s'il connaissait des difficultés financières, insista ma mère.

— Il n'a rien mentionné de tel. Mais je regrette qu'il ne m'ait pas tenu informé de cette démarche.

— Le contrat a été établi trois semaines avant l'incendie. Il aurait eu la possibilité de vous en parler, non ?

Jensen pinça les lèvres et prit le temps de la réflexion avant de répondre :

— Ma porte était toujours ouverte au comte Lejongård. S'il l'avait fallu, je l'aurais reçu de nuit. Ces cinq mille couronnes ne grèveront guère l'héritage, mais…

— Mais en cas de problèmes financiers ma fille pourrait se mettre en difficulté si elle l'acceptait, n'est-ce pas ?

Je lançai un regard surpris à ma mère. Prenait-elle mon parti ? Elle avait raison. En acceptant un héritage grevé de dettes, je me placerais dans une situation malcommode. Cela étant, avais-je le choix ? Ma mère avait sans doute formulé cette objection pour inciter Jensen à parler dans le cas où mon père lui aurait demandé le silence.

Le notaire hésita, puis acquiesça.

— Cela pourrait être le cas s'il y avait d'autres dettes. Je ne le pense pas, mais comme je n'ai pas été informé de… Il vaudrait mieux que vous alliez voir la banque.

— Mais pour cela ma fille aura besoin du certificat d'hérédité.

— Dans la mesure où votre fille n'est pas encore prête à accepter l'héritage, vous devenez automatiquement l'héritière naturelle. Aussi pouvez-vous dans l'immédiat faire des opérations sur le compte. Par ailleurs, votre époux entretenait des liens amicaux avec le directeur de sa banque. Dans un cas comme le vôtre, il comprendra sûrement que vous deviez être au fait de la situation financière du domaine avant toute décision.

Ma mère opina et se tourna vers moi. Elle conservait son expression contrariée, mais la crispation que je lui voyais au coin des lèvres n'était pas le fruit de son exaspération à mon égard.

— Bien, monsieur Jensen, nous vous remercions de votre disponibilité, dit-elle en se levant. J'espère que nous pouvons compter sur votre discrétion.

— N'ayez aucune crainte, s'empressa-t-il de répondre. Rien de ce qui se dit ici ne sort de ces quatre murs.

Nous prîmes congé de lui et quittâmes l'étude. Une fois dehors, nous ne remontâmes pas immédiatement dans la calèche. Ma mère s'arrêta et leva les yeux vers le ciel, qui commençait à se couvrir. On aurait dit qu'elle demandait à son mari pourquoi il lui infligeait cela.

— Mère ? dis-je à voix basse.

Elle tressaillit, comme arrachée à ses pensées.

— Viens, dit-elle. Il faut que nous voyions M. Arenhus avant la fermeture de la banque. Je ne veux pas rentrer sans savoir quelle est notre situation.

À 5 heures passées, la filiale de la Handelsbanken, une des plus puissantes banques d'affaires de la

Suède, était presque déserte. Derrière les guichets, les employés avec leurs gilets rayés et leurs manchettes étaient fatigués. L'ameublement était robuste et sobre. Boiseries sur les murs, peu de tableaux. En revanche, de petites plaques de laiton et des lustres dorés pas trop surchargés conféraient à l'ensemble une certaine élégance. Nos pas étaient atténués par un tapis rouge foncé à motif discret. Je n'étais pas sûre que nous puissions encore voir le directeur, M. Arenhus, mais compte tenu de l'urgence de la situation, nous ne voulions pas attendre un jour de plus. Je me dirigeai vers un guichet, tirai l'employé de son assoupissement et demandai à parler à son supérieur. Il me regarda avec étonnement. Sans doute ne voyait-il pas beaucoup de femmes en ces lieux, car les hommes d'affaires n'avaient pas coutume de venir avec leur épouse. Je me demandai ce que ma mère éprouvait à se trouver là.

Je n'avais jamais été à l'aise avec les chiffres. Pendant ma scolarité, j'avais toujours fait le désespoir de mon professeur d'arithmétique. J'étais encore à peu près capable de faire des calculs, mais les mathématiques étaient toujours demeurées pour moi un mystère impénétrable. Cependant l'atmosphère silencieuse et bien réglée de la banque me fascinait et m'apaisait tout à la fois. Je jetai un regard à ma mère, qui paraissait dans un tout autre état d'esprit. Elle tripotait nerveusement une manche de son manteau.

Jonah Arenhus fit son apparition un instant plus tard. Il avait la fin de la cinquantaine, était chauve, arborait une moustache aux pointes tortillées et de petites lunettes rondes. Son costume marron avait été fait sur mesure, et la chaîne de montre en or qui brillait sur son gilet sombre lui conférait une certaine autorité. J'avais regretté qu'il ne soit pas présent aux funérailles car, comme nombre d'hommes influents, il avait été un ami de mon père.

— Comtesse Lejongård ! lança-t-il en voyant ma mère. Puis, se tournant vers moi : Mademoiselle Agneta ! Seigneur, voilà bien longtemps que nous ne nous sommes vus !

Il n'avait pas non plus assisté à notre bal de la Saint-Jean, si bien que notre dernière rencontre remontait à deux ans.

— Je suis profondément navré de la disparition de votre père et de votre frère, poursuivit-il. Je n'ai hélas pas pu me rendre à leur enterrement, nous étions chez les beaux-parents, dans le Nord.

— C'est tout à fait compréhensible, répondit ma mère. Et je vous remercie de votre sympathie. Je vous ferai parvenir à Betty et à vous une lettre circonstanciée.

Je haussai les sourcils. Ah ? Je n'avais jamais eu l'impression que ma mère entretenait des liens étroits avec les Arenhus.

— Suivez-moi, je vous prie, que nous puissions nous entretenir sans être dérangés. Je suppose que vous venez à cause de l'héritage.

— Oh oui ! m'exclamai-je.

Un regard perçant de ma mère me réduisit au silence. Il était sans doute préférable que je ne me manifeste pas dans l'immédiat.

Arenhus nous fit monter dans son bureau au premier étage. Là aussi, tout était meublé de bois sombre. Mais ce que j'avais trouvé impressionnant dans le hall me semblait ici un peu oppressant.

Nous nous installâmes dans de lourds fauteuils, qui prenaient beaucoup de place et dégageaient une odeur de cuir et de fumée de cigare.

— Puis-je vous offrir quelque chose ? demanda Arenhus. Thé, café ?

— Un verre d'eau, ce sera suffisant, répondit ma mère en me lançant un regard.

— Oui, de l'eau, merci, dis-je alors que je n'avais pas soif.

Le banquier posa sur la table deux verres avec chacun une petite rondelle de citron, puis il s'assit à son tour.

— Que puis-je faire pour vous ? s'enquit-il.

Je lui tendis l'enveloppe.

— Voici un contrat de prêt établi il y a trois semaines. Ni ma mère ni moi n'en connaissions l'existence, aussi nous voudrions savoir si le domaine rencontre des difficultés financières.

Arenhus sortit le document et le lut attentivement.

— Il ne vient pas de chez nous, mais d'un bailleur de fonds privé de Stockholm, dit-il enfin avec étonnement.

— Vous le connaissez ? demandai-je.

— Oui, et parler de lui me gêne un peu.

— A-t-il une réputation d'immoralité ? s'inquiéta ma mère.

— Pas précisément, mais Ohlsson est connu pour ne pas poser de questions sur les motifs de ses clients. Il prête, et celui qui ne rembourse pas en subit les conséquences.

— Les conséquences ? demanda ma mère.

— Vous voulez dire que son débiteur s'expose à se faire rouer de coups ? intervins-je.

J'avais entendu parler d'affaires de ce genre à Stockholm.

— On peut dire ça comme ça. Il vaut mieux pour un homme d'honneur se tenir à l'écart d'individus comme Ohlsson.

— Seigneur ! souffla ma mère, livide. Qu'est-ce qui a pu pousser Thure à s'adresser à lui ?

— Peut-être voulait-il éviter que quiconque soit au courant de cet emprunt ? Moi compris. Vous le savez, votre époux était mon ami et je suis assez surpris que dans cette affaire il ne m'ait pas demandé conseil. J'aurais peut-être pu l'aider.

Mon père s'était commis avec un prêteur louche, qui menaçait ses débiteurs de les faire bastonner. Et tout cela pour quoi ?

— Avait-il une raison de le faire ? demandai-je.

— Non. Cela étant, une grande partie de la fortune de votre père est placée, si bien qu'il ne disposait pas de liquidités importantes. Un retrait de cinq mille couronnes n'aurait pas manqué d'attirer l'attention et de susciter des questions de notre part. J'imagine qu'il voulait éviter cela.

Je tournai les yeux vers ma mère, qui semblait pétrifiée. Quelques gouttes de sueur brillaient sur son front.

— Pouvons-nous rembourser cette somme au plus vite ? voulus-je savoir.

Il était peu probable que cet argent soit encore caché quelque part dans la chambre de mon père.

— Bien sûr, d'ailleurs ce serait souhaitable pour la réputation du comte Lejongård. Personne ne pourra empêcher Ohlsson de claironner les noms de ceux qui ont eu recours à lui si… les relations devenaient un peu tangentes. Qui plus est, vous allez devoir réfléchir aux travaux que vous aurez à entreprendre sous peu. Il va sans doute falloir reconstruire l'écurie et remplacer les chevaux perdus.

— En ce qui concerne les chevaux, les dommages sont relativement minimes, répondis-je. Mais il faudra effectivement rebâtir la grande écurie. Sans même parler des opérations de déblaiement.

— Cela ne devrait pas être un problème. Il vous reste les chevaux, au besoin vous pourrez en vendre quelques-uns. Mais si vous voulez pouvoir vous en occuper, il me faudra un certificat d'hérédité. Je suppose que vous reprendrez les biens de votre famille, mademoiselle Lejongård ?

Je jetai un coup d'œil à ma mère. Cette question n'avait rien que de très naturel.

— Je… j'en informerai sous peu M. Jensen, répondis-je sans m'engager.

— Tant que nous ne savons pas qui est l'héritier du domaine…

— C'est ma fille, intervint ma mère. Et j'espère qu'elle prendra la bonne décision.

— Bien, dans ce cas nous nous reverrons très bientôt.

Nous restâmes un moment dans la calèche sans donner à August le signal du départ. J'avais prié ma mère de patienter, sentant que je ne devais pas repousser plus longtemps ma décision.

Le ciel rougissait peu à peu, l'obscurité ne tarderait pas. La cloche de l'église de la Sainte-Trinité sonna six fois. Mes pensées se bousculaient. Il fallait agir. Mon père s'était mis en difficulté sans aucune nécessité et nous avait légué un secret que nous ne résoudrions sans doute jamais. Nous devions protéger le domaine avant que les sbires d'Ohlsson apparaissent pour réclamer la somme due.

La pensée me traversa qu'Ohlsson était peut-être mêlé à l'incendie. Cependant, à ce moment-là, le contrat de prêt ne datait que de trois semaines. Même le pire des requins n'aurait pas envoyé si vite ses acolytes. Il n'en demeurait pas moins que je devais informer de l'affaire l'inspecteur Hermannsson et ne plus perdre de temps. Il y avait trop à faire et espérer un miracle qui me libérerait du fardeau de la décision n'avait pas de sens.

Je pouvais retourner à Stockholm, reprendre ma vie là-bas, aimer Michael, peindre mes tableaux et compter les taches d'eau au plafond. Mais la mauvaise conscience ne me laisserait sans doute aucun répit. Je ne cesserais de me dire que j'avais trahi mon frère en n'exauçant pas son dernier vœu et que j'avais abandonné ma famille alors qu'elle avait besoin de moi.

La deuxième solution consistait à reprendre Löwenhof et à retrouver ce faisant les obligations et les attentes qui avaient cours dans les cercles de l'aristocratie. Je n'avais aucune idée de la façon dont on administrait un domaine, et il me faudrait sans doute de longues discussions avec ma mère pour lui faire accepter ma décision d'épouser Michael. Cela étant, je devais au préalable le convaincre de quitter Stockholm – au moins lorsqu'il aurait achevé ses études.

Je pesai ces deux solutions. Puis je sus ce que j'avais à faire.

— Mère, dis-je enfin.

— Oui ? répondit-elle distraitement.

Elle paraissait très préoccupée que la banque elle-même ignore la destination de l'emprunt. Heureusement, celui-ci ne représentait pas un danger pour le domaine.

— Je me rendrai sous peu à Stockholm, dis-je, encore réticente à formuler mes pensées.

Stella garda le silence. Afin qu'elle ne reprenne pas son attitude de froideur ni me fasse des reproches, j'inspirai profondément, fermai les yeux et ajoutai :

— J'y réglerai ce que j'ai à régler. Mais avant, nous irons voir M. Jensen et nous lui dirons que…

Je marquai une courte pause, notant que Stella retenait son souffle.

— Que j'accepte l'héritage.

Ma mère tourna alors les yeux vers moi, m'observa, puis un imperceptible sourire apparut sur ses lèvres.

Ce sourire, j'en avais longtemps rêvé. Mais, à présent qu'elle m'en faisait don, je n'en éprouvais aucune joie : le prix que je l'avais payé était exorbitant.

CHAPITRE 15

De lourds nuages pesaient sur les toits de Stockholm lorsque je sortis de la gare, deux jours plus tard. Il me semblait avoir quitté la ville depuis une éternité. Entre-temps, il s'était passé plus de choses que certains n'en vivaient en un an. Le chagrin que m'inspirait la mort de Hendrik et de mon père ne cessait de revenir par vagues et je me demandais si j'avais bien fait d'accepter l'héritage. Mais je commençais à y voir plus clair. Une nécessité pour savoir ce qu'il adviendrait de mes relations avec Michael.

Je renonçai à prendre un fiacre et fis le trajet à pied. Lorsque j'arrivai chez moi, la nuit tombait déjà. Alors qu'autour du château on avait installé l'éclairage urbain électrique, dans mon quartier, c'était encore le falotier qui venait allumer les réverbères. Combien de temps lui restait-il avant qu'il ne doive remiser sa longue perche ? Les changements n'épargnaient rien ni personne. Un jour, sans doute, l'éclairage électrique se généraliserait – y compris à Löwenhof.

En entrant dans l'immeuble, j'entendis des cris à l'étage. J'avais très peu de contacts avec les autres locataires, je savais juste que l'appartement en question était occupé par une femme. Apparemment, elle avait une violente dispute avec un homme. À peine avais-je ouvert ma porte que je sus que Michael n'était pas là. Sa présence était telle que je la percevais avant même de le voir. Il devait être à l'université ou dans une auberge avec ses amis. Je laissai choir mon sac devant le lit et me tournai vers mes chevalets. Sur la petite table où je posais mon matériel, l'essence de térébenthine avait séché, les pinceaux étaient durs. J'aurais dû nettoyer ma palette avec plus de soin, il serait difficile d'ôter les restes de peinture.

Mes tableaux m'apparurent un peu étranges, comme si ce n'était pas moi qui les avais peints. Ce n'était pas la première fois que j'étais surprise par ce que j'étais capable de créer. Quand je travaillais, j'étais dans une sorte de transe.

La porte d'entrée claqua. Il y eut un bruit de pas. Michael. Cela ne pouvait être que lui. Qui d'autre aurait pu entrer dans le logis d'une peintre où il n'y avait rien à voler ?

— Alors tu es de retour, dit-il.

Je me retournai avec un sourire et voulus me diriger vers lui, mais l'expression de son visage m'arrêta. Il ne semblait guère heureux de me voir.

— Oui, répondis-je, déconcertée. J'arrive de la gare.

Il acquiesça. Pourquoi ne me serrait-il pas dans ses bras ? Pourquoi ne m'embrassait-il pas ? Que s'était-il passé pendant mon absence ? Je m'approchai de lui et voulus l'attirer à moi, mais il recula. Je lui lançai un regard surpris.

— Qu'est-ce qu'il y a ? demandai-je. Tu n'as pas reçu mes lettres ?

Dans ce cas, j'aurais pu comprendre qu'il soit fâché. Toutefois la poste n'était plus aussi aléatoire qu'une vingtaine d'années plus tôt. Nous étions tout de même en 1913 !

— Si, je les ai reçues, répondit-il avec froideur. Et je suis profondément désolé de ce qui est arrivé à ton père et ton frère. Mais, à présent, ta vie va changer, n'est-ce pas ? Tu vas retourner dans ta famille ?

Je ne m'étais pas attendue à une réponse si dure. Ma joie de le revoir se dissipa instantanément.

— Michael, je...

— Tu vas accepter l'héritage et rentrer dans ta famille ? répéta-t-il.

J'avais toujours aimé son pragmatisme. Il incarnait la raison et le réalisme face à mes chimères. Nous nous complétions à merveille. Pourtant, cette fois, il me parut beaucoup trop brutal.

— Oui, répondis-je. Je n'ai pas le choix.

— J'aurais dû le savoir, maugréa-t-il.

— Qu'est-ce que tu aurais dû savoir ?

— J'aurais dû savoir que tu ne tournerais jamais le dos aux tiens.

— Michael !

Je lui pris le bras, il se raidit aussitôt.

— Tu as toujours su qui j'étais. Je ne comprends pas pourquoi tu y attaches tant d'importance tout à coup.

— Avant de repartir, tu étais une étudiante qui voulait devenir peintre. Maintenant, tu es l'héritière d'un grand domaine. Qu'est-ce qui restera de ton rêve à ton avis ? Et quelle y sera ma place ?

J'avais fait une promesse à mon frère. À supposer que je refuse l'héritage de mon père, je ne pouvais pas me dédire vis-à-vis de Hendrik.

— Michael, je… je t'emmènerai avec moi. Je t'épouserai. Nous ne sommes pas forcés d'en rester là.

— Mais si.

Il se passa la main sur la figure.

— Tu comprends bien que je ne peux pas partir d'ici. Ce serait un peu beaucoup me demander, non ?

— Mais pourquoi ? répliquai-je, effrayée. Tu refuserais d'accéder à la prière de ton frère s'il était gravement blessé ?

— Mes frères n'exigeraient jamais de moi que je renonce à ma vie !

— Ce n'est pas ce qu'a fait Hendrik ! Je peux très bien continuer à peindre au manoir.

— Tu as bien de la chance ! Et moi, là-dedans ? Tu ne m'as même pas présenté à tes parents. Et maintenant je devrais tout laisser tomber ?

— Mais non ! Une fois tes études terminées, tu pourrais très bien t'établir à Kristianstad. Nous avons des relations chez les avocats, là-bas.

Samuel Jensen nous aiderait certainement.

— Merci, mais je ne veux devoir mes mérites qu'à moi-même et non aux faveurs dont vous semblez avoir l'habitude par chez vous.

— Tu es injuste, Michael !

Ne parviendrais-je donc pas à l'arracher à cet étrange ressentiment ?

— Bien sûr que tu ne devras tes mérites qu'à toi-même ! lui dis-je.

— Et si je n'ai pas envie de vivre à Kristianstad ? Si je préfère rester à Stockholm ? Comment ça se passera si toi tu es au domaine ?

Je ne lui avais jamais vu pareille agressivité et tremblais qu'il ne m'échappe et ne se dérobe définitivement.

— Vous autres aristocrates, vous vous prenez pour le centre de l'univers, hein ? Vous voudriez que tout le monde se plie à vos desiderata. Eh bien, non ! Moi, je veux que ma femme soit à mon côté et pas à des centaines de kilomètres.

— Mais cela ne représente que quelques heures de train, objectai-je avec gêne. Nous nous verrions facilement.

— Et ce pendant toute une vie ?

Il se dégagea en secouant la tête.

— Non, il n'en est pas question. Et de ton côté, tu devrais te demander si c'est ce que tu veux. Parce que si tu rentres à Löwenhof ce sera sans moi.

Sur ces mots, il se détourna et se dirigea vers la sortie.

— Michael, attends ! criai-je. Il faut que nous parlions !

Il ne répondit pas et, un instant plus tard, j'entendis la porte claquer.

Je me sentais comme assommée. Je m'étais réjouie à l'idée de le revoir, tout en sachant que ce serait difficile. Je ne pouvais pas me douter que ces quelques jours avaient suffi à le rendre furieux contre moi. Et tout cela parce que j'avais accepté l'héritage de ma famille ?

Jusque-là, il n'avait jamais été question que je retourne à Löwenhof. Nous rêvions d'une vie à Stockholm : moi courtisée par les galeristes, peut-être même exposée dans une salle du palais royal ; Michael en avocat ayant pignon sur rue, éventuellement appelé à devenir procureur, voire ministre de la Justice. Nos rêves ne connaissaient pas de limites. Et voilà que tout s'effondrait. De quoi avait-il peur ?

Je me laissai choir sur mon lit et restai étendue là, le regard dans le vide, abasourdie par notre discussion. Pourquoi avait-il réagi de la sorte ? Pourquoi ? Je me mis à pleurer, submergée par le sentiment de l'injustice du monde.

Espérant que Michael allait revenir pour s'excuser et m'assurer qu'il ne pensait pas ce qu'il avait dit, je m'efforçai de demeurer éveillée en dépit de ma faiblesse, sursautant au moindre bruit. Les voisins se calmèrent. De temps à autre, un chien aboyait, s'attirant une remarque irritée.

Je ne cessais de repenser à notre curieux échange, me remémorant chacune des phrases de Michael. Et j'aboutissais toujours à la conclusion qu'il était venu dans l'intention d'engager une querelle.

Maudit incendie ! Quel qu'en ait été l'auteur, je lui souhaitais de rôtir en enfer pour m'avoir contrainte à faire un choix auquel je ne pouvais me soustraire.

Au bout d'un moment, j'eus l'impression que j'allais m'effondrer sous le poids du fardeau qui pesait sur moi. Il me fallait quelque chose pour noyer la souffrance, le chagrin et les questions sans réponse. Je me levai péniblement et me mis à la recherche de la bouteille d'eau-de-vie que Therese, une des femmes de notre groupe d'activistes, m'avait offerte pour le Nouvel An. C'était sa grand-mère qui l'avait distillée et Therese soutenait qu'elle aurait réveillé un mort. À l'inverse, on pouvait aussi se transformer en mort-vivant pour peu qu'on en boive une quantité suffisante. Je la trouvai dans la cuisine, où je l'avais rangée parmi les bouteilles d'essence de térébenthine dont je me servais pour nettoyer mes pinceaux. C'était à peu près l'usage que je lui avais attribué. À présent, il était temps de voir si elle avait véritablement la capacité de me libérer de ma déception et d'apaiser ma colère.

J'essuyai la poussière qui maculait l'étiquette manuscrite et je débouchai la bouteille. Je m'assurai qu'elle ne contenait pas de la térébenthine avant d'avaler une gorgée d'alcool. Ce truc avait un goût atroce, il brûlait comme l'enfer et, un instant, j'eus la sensation qu'il allait me décaper le gosier. Mais, à la troisième ou quatrième gorgée, je le trouvai meilleur. Je me traînai jusqu'à ma chambre et me jetai sur mon lit, où je restai un bon moment à boire au goulot. Je n'avais pas grande expérience en matière d'alcool, mais je ne voulais qu'une chose : être vraiment ivre. Loin de toute la souffrance des jours passés.

L'effet ne se fit pas attendre. Le monde s'estompait, sans devenir plus facile. Au lieu de me sentir indifférente à tout, j'étais envahie par la colère.

À quoi servait tout ce que j'avais bâti ici ? Pourquoi n'avais-je pas la force de laisser mes origines familiales derrière moi ? Et Michael ? Pour quelle raison se montrait-il si stupide ? Bien sûr que j'étais l'héritière du domaine ! Mais cela ne faisait pas de moi une autre personne ! Pensait-il que l'argent me changerait ? Je n'avais pourtant jamais été proche de la misère ! J'étais capable de subvenir à mes besoins et, même si j'avais tendance à m'en défendre, je bénéficiais du soutien matériel de mes parents.

Ou bien était-ce justement cela le problème ? Se sentait-il menacé en tant qu'homme par ma richesse ? Craignait-il de ne plus avoir l'ascendant dans nos relations ? Dans ce cas, c'était précisément ce contre quoi les femmes de mon cercle amical étaient en lutte. Peut-être aurait-il mieux valu que je ne l'aie jamais rencontré. Peut-être même n'aurais-je jamais dû venir ici…

Mon regard tomba sur mes tableaux. Les paysages que j'avais peints étaient aussi distordus que mon âme en cet instant. Je n'étais pas une bonne peintre. Je ne le serais jamais ! J'avais couru après un rêve dont j'aurais dû savoir qu'il ne se réaliserait jamais. J'étais l'héritière d'un grand domaine, pas une artiste. Et je n'étais manifestement pas assez aimable pour qu'un homme fasse passer son ego au second plan ou nous permette au moins de parler d'égale à égal.

Soudain, la colère explosa en moi tel un bâton de dynamite. D'un violent revers de main, je me débarrassai de la bouteille presque vide. Elle atterrit sur une toile où elle fit des dégâts. Mais cela ne me calma pas. Puisque Michael m'avait laissé tomber, il ne me restait plus qu'à retourner à Löwenhof et à y végéter le restant de mes jours. Aussi valait-il mieux que je fasse disparaître tout ce qui me rappelait mes années d'insouciance à Stockholm. Je ne toucherais assurément plus jamais à la peinture !

Je renversai le chevalet en poussant un cri de rage. Le tableau qui s'y trouvait tomba par terre, mais demeura intact. Je cherchai fébrilement de quoi l'endommager. Le monde vacillait, l'alcool brûlait dans mes veines. Tout à coup je vis briller quelque chose. Je saisis l'objet et en poignardai la toile. Un instant ma main perçut une résistance, puis il y eut un bruit sec et je vis apparaître une longue déchirure béante. Je m'interrompis quelques secondes – il fallait que j'arrive à me redresser. Puis je poursuivis mon œuvre de destruction. À chaque coup porté dans une toile, ma rage augmentait. Je fendis et déchirai les tableaux jusqu'à ce que le monde aux marges de mon champ de vision devienne rouge, puis noir.

CHAPITRE 16

Je ne revins à moi qu'en entendant frapper à la fenêtre. J'aurais voulu crier « Fichez le champ ! », mais l'espoir que ce puisse être Michael m'incita à me lever. Avait-il réfléchi ? S'en voulait-il de ce qu'il m'avait jeté à la tête ?

J'ignorais comment j'avais pu me retrouver dans mon lit. La nuit passée s'était effacée de ma mémoire. Je percevais l'odeur de la térébenthine et des murs moisis. Je repoussai les cheveux qui me tombaient dans la figure. On continuait de frapper. Je me tournai vers la fenêtre, mais la silhouette que je distinguai n'était pas celle d'un homme.

— Agneta, ça va ? lança une voix féminine. C'est moi, Marit !

Ma déception se teinta de soulagement. Il y avait au moins quelqu'un ici qui s'inquiétait de moi.

Je m'extirpai de sous la couverture, me dirigeai vers la fenêtre d'un pas hésitant et l'ouvris.

— Mais tu as une mine épouvantable ! laissa échapper mon amie.

Je ne pouvais pas lui en vouloir de sa remarque. J'étais effectivement dans un état pitoyable. Un élancement dans les tempes, la tête bourdonnante. Sans parler de la douleur qui irradiait dans mon crâne. Mon estomac se rebellait. Je devais avoir le teint verdâtre, des mèches de cheveux me tombaient dans la figure et ma chemise de nuit sentait le renfermé. Mais quelle tête était-on censée avoir lorsqu'on avait été quittée par l'homme qu'on aimait ? Quand celui-ci vous avait fait clairement comprendre qu'il n'acceptait pas votre décision ?

— Merci du compliment, maugréai-je. Tu veux entrer ?

— Je passais voir si tu étais encore en vie. Puisque c'est le cas, j'accepte ton invitation avec plaisir. Après tout, tu m'épargnes une visite à la police, d'autant plus qu'ils ne m'ont pas particulièrement à la bonne depuis que je me suis enchaînée à la chancellerie.

Je refermai la fenêtre et allai ouvrir, notant ce faisant que la remarque de Marit avait attiré un sourire sur mes lèvres.

— Seigneur ! s'exclama-t-elle. Ne sors pas de ton appartement ! Si les voisins te voyaient !

— La Waller se fiche de quoi j'ai l'air. De toute façon, elle ne quitte pas son lit avant la tombée de la nuit. Quant aux gens qui habitent au-dessus, je ne les connais pas.

— Tu as bu ? demanda Marit en reniflant mon haleine.

— Oui, mais ça fait quelques heures.

— Un jour, rectifia-t-elle. En tout cas, Michael a dit que tu étais arrivée hier après-midi.

Était-ce déjà l'après-midi ? Comment avais-je pu dormir si longtemps ?

— Allez, viens, lança Marit tel un amiral, en me tirant par ma chemise de nuit pour me faire rentrer. Pour commencer, tu vas te laver et t'habiller correctement. Ensuite, on verra.

Son programme ne me disait rien du tout et je n'avais surtout pas envie de réfléchir à quoi que ce soit. Cependant résister à Marit était inutile. Si elle passait à Stockholm pour une des suffragettes les plus enragées, n'hésitant pas à s'enchaîner à moitié nue à un arbre si cela pouvait servir la cause, ce n'était pas pour rien.

Je sortis dans la cour chercher de l'eau à la pompe et traversai l'appartement avec la cruche en entendant Marit s'activer. Je remplis la cuvette et ôtai ma chemise de nuit. Mes bras étaient faibles et lourds, et la fraîcheur de l'eau sur mon corps ne m'aida pas vraiment à me sentir mieux. J'enfilai du linge et une tenue propres, puis me rendis dans l'atelier, où Marit considérait avec perplexité le tas de petit bois auquel j'avais réduit mes toiles dans mon ébriété.

— Bon sang, tu t'es vraiment déchaînée ! lâcha-t-elle. On ne peut même plus parler d'expressionisme.

— De toute façon, ces tableaux ne valaient rien, rétorquai-je. La peinture, c'est fini.

Marit fronça les sourcils.

— Mais pourquoi ? Tu as tout abandonné pour faire des études d'art !

— Les temps ont changé, répliquai-je avec amertume.

Elle s'approcha de moi et m'entoura de son bras avec douceur.

— Qu'est-ce qui s'est passé ? J'ai vu Michael, mais il m'a simplement dit que tu étais très affectée par la mort de ton père et de ton frère.

— Il a oublié un détail : on s'est disputés parce qu'il voulait me quitter pour avoir décidé de reprendre le domaine familial.

Pourquoi disais-je que Michael *voulait* me quitter ? Il l'avait bel et bien fait.

— Il veut quoi ? s'étonna Marit. Mais vous paraissiez sur le point de vous marier. Vous vous lanciez des regards si enamourés que c'en était insupportable !

— Oui… Ç'a duré tant que j'étais la fille rebelle qui avait laissé derrière elle sa fortune. Comme si j'allais changer parce que j'accepte l'héritage de mon père !

— Bien sûr que tu changeras, répliqua Marit. Tu vas devenir un membre de l'aristocratie à part entière. Une femme qui doit respecter certaines règles.

Je me dégageai.

— Alors toi aussi tu crois ça ? ripostai-je. Tu vas vouloir me retirer ton amitié ?

— Est-ce que j'ai dit ça ? Tu devrais peut-être commencer par me raconter ce qui s'est passé ces derniers jours.

Elle m'entraîna dans la chambre, me fit asseoir sur le lit, qu'elle avait refait, me donna un verre d'eau et s'installa à côté de moi.

J'avais toujours une douleur lancinante dans la tête, comme si repenser à ma dispute avec Michael et à tout ce qui l'avait précédée excédait mes forces.

Je commençai par mon arrivée à Löwenhof, le choc qu'avait représenté la mort de mon père et mon chagrin d'avoir perdu également mon frère. Je lui parlai du domaine, de la promesse que mon frère m'avait arrachée de lui succéder, souhait qu'il était allé jusqu'à inscrire dans son testament. Je lui fis part de mes doutes, de mon besoin de rester indépendante, mais aussi des sentiments qu'avait éveillés en moi mon séjour au domaine. Puis j'en vins à Michael.

Marit m'écouta patiemment, en me caressant le dos par moments. Quand j'eus fini, elle me regarda longuement.

— Alors il craignait simplement de ne pas pouvoir se réaliser comme il souhaite ? dit-elle finalement avec une lueur d'incrédulité dans le regard.

Je savais ce qu'elle pensait des hommes. Elle avait décidé de ne jamais se laisser enchaîner. Les hommes vous privent de votre autonomie, de votre moi, avait-elle coutume de dire. Lorsque j'avais commencé à fréquenter Michael, elle m'avait instamment recommandé de faire attention à moi.

Personnellement, je ne voulais pas non plus de ces chaînes, mais je souhaitais quelqu'un qui soit là. Quelqu'un que je puisse aimer et qui m'aime en retour. Cela n'impliquait pas de renoncer à soi... En tout cas, pas quand on avait rencontré la bonne personne.

— Oui, répondis-je. Je n'ai pas encore trouvé le temps d'y réfléchir.

— Parce que tu étais occupée à dévaster ton atelier, répliqua Marit en repoussant une mèche qui me tombait dans la figure. Dans quelques années, tu le regretteras.

— Je ne crois pas.

— Tu es aussi têtue qu'un enfant. Ça ne te ressemble pourtant pas ! Tout n'est pas perdu, tu ne crois pas ? Michael aura simplement surréagi. Toi non plus, tu n'as pas dû sauter de joie en apprenant que tu serais la nouvelle maîtresse de Löwenhof.

— Bien sûr que non. J'ai passé plusieurs jours à tourner et retourner ça dans tous les sens. Mais j'arrivais toujours à la conclusion que je n'avais pas le choix. Et puis j'ai conservé un attachement pour le domaine. Je l'ai longtemps nié, surtout après l'accueil glacial que m'a réservé ma mère. Mais lorsque le notaire m'a lu la lettre de Hendrik, il m'a bien fallu l'admettre. J'aime cet endroit ! J'y ai tant de souvenirs de mon frère ! Je ne peux pas l'abandonner à lui-même. Ce n'est tout simplement pas possible.

— Alors tu as pris ta décision.

— Je le crains, oui. Mais Michael… J'ai cru que c'était l'homme de ma vie…

Marit me prit dans ses bras.

— Je sais. Et je sais aussi qu'un amour perdu est terriblement douloureux. Mais c'est peut-être une bonne chose. Tu n'ignores pas que je ne suis pas une grande amie de la noblesse et de ses excès. Pour moi, les aristocrates sont des fainéants. Mais toi, tu es différente. Tu as vu comment vivent les petites gens. Tu as une chance unique de pouvoir changer quelque chose.

— Qu'est-ce que tu veux dire ?

— Nous descendons dans la rue et nous nous faisons arrêter, c'est tout. Les hommes politiques se moquent de nous. À l'université, on nous regarde comme des bêtes curieuses. Lorsqu'ils voient nos manifestations, les hommes nous frappent ou nous maltraitent verbalement. Ils croient qu'en nous lançant des insultes liées à notre sexe ils peuvent nous priver de notre dignité.

Je sentais Marit s'échauffer. Elle avait raison. Moi aussi, j'avais connu cela. Moi aussi, je savais combien ces insultes étaient douloureuses.

Elle me prit les mains et les serra fortement, comme si elle voulait m'empêcher de tomber dans un gouffre.

— Mais maintenant tu as la chance de pouvoir agir. Ce que nous réclamons, tu auras la possibilité de le mettre en œuvre, sur ton domaine, dans ton village…

— Ça ne changera pas le monde, répliquai-je avec un sourire amer.

— Qui sait ? Tu seras en relation avec d'autres grands propriétaires. Tu pourras transmettre nos idées à leurs femmes et leurs filles. Si elles tombent sur un sol fertile, tu en auras fait plus que nous qui continuerons à manifester devant le Parlement et le château en risquant d'être envoyées derrière les barreaux.

J'étais convaincue que les femmes et les filles des autres grands propriétaires terriens seraient peu réceptives aux convictions des suffragettes. Mais je pouvais toujours essayer. Au moins mon départ de Stockholm aurait servi à quelque chose…

Je serrai Marit dans mes bras.

— Je suis heureuse de t'avoir pour amie. Promets-moi que tu viendras me voir à Löwenhof.

— Je te le promets. Même si je ne supporte pas les aristocrates !

— Mais moi tu me supportes, n'est-ce pas ? Et j'ai plein de gentilles domestiques que tu pourras pousser à la révolte.

— Comme si j'allais faire une chose pareille ! Oui, toi, je fais plus que te supporter.

Elle me scruta un instant, puis m'embrassa sur la joue.

— Tu penses que tu vas pouvoir t'en sortir ?

Je tournai les yeux vers le tas de bois et de toiles lacérées d'où dépassait la bouteille d'eau-de-vie. Ce qui restait de son contenu s'était répandu sur le sol et avait séché, ne représentant plus de danger pour moi.

— Oui, je crois. Et je te promets de ne plus jamais boire d'eau-de-vie.

— Un petit verre de temps en temps, ce n'est pas un problème, répliqua Marit en se levant. Tu sais où trouver Michael ? Si tu souhaites lui dire un dernier mot.

— Il est sans doute à l'université. Ou chez ses amis. Il ne reviendra probablement pas me voir.

— Je suis sûre qu'il regrettera sa décision, répondit Marit avec un sourire. D'ailleurs, c'est peut-être déjà le cas.

J'opinai et nous nous serrâmes une dernière fois dans les bras.

— Merci pour tout, dis-je en la pressant contre moi.

— N'oublie pas que je suis là.

Marit me fit un signe de la main et partit.

CHAPITRE 17

J'arrivai le cœur battant devant l'amphithéâtre de la faculté de droit de Stockholm. Si Michael n'avait pas pris sa journée, il ne tarderait sans doute pas à faire son apparition. Je ne savais pas si lui parler servirait à grand-chose, mais je voulais au moins tenter le coup.

Marit se serait sûrement moquée de moi si elle avait su que, pour l'occasion, j'avais mis ma plus belle tenue, une robe bleu foncé. Je l'avais commandée à une couturière de Kristianstad, deux ans plus tôt, avant d'emménager à Stockholm. Elle ne convenait pas à une étudiante, mais je l'avais gardée parce qu'elle était magnifique. Je ne savais pas si elle aurait un effet sur Michael, mais j'espérais qu'elle me mettait à mon avantage. Et qu'il serait disposé à m'écouter.

Je patientai une demi-heure, puis un brouhaha se fit entendre derrière la porte. Le Pr Rasmussen devait avoir terminé son cours. Je reculai et me postai à côté d'une colonne en face de la salle.

Un flot de jeunes gens se déversa de l'amphithéâtre. Certains portaient leurs livres entourés d'une sangle, d'autres n'en avaient pas. Sans doute avaient-ils profité du cours pour cuver leur vin. Quelques instants plus tard, Michael sortit à son tour. Il bavardait avec un camarade et paraissait enjoué, comme si, la veille, nous n'avions pas eu de dispute. Le voir de si belle humeur me causa un léger pincement au cœur. J'avais détruit mes tableaux après notre querelle. Et lui… Je me secouai et leur emboîtai le pas. Leur conversation était bruyante et animée, mais ma nervosité m'empêchait d'entendre ce qu'ils disaient.

— Michael ! lançai-je lorsqu'ils se furent un peu éloignés des autres.

Ils s'arrêtèrent aussitôt. Le condisciple de Michael me fixa comme s'il avait vu une apparition. Les femmes ne devaient pas être monnaie courante dans ces lieux. Michael avait sans doute reconnu ma voix, car il resta figé sur place sans se retourner.

— Michael, j'aimerais te parler, dis-je. S'il te plaît. Ce ne sera pas long.

Il se retourna enfin, la mine sombre. Son compagnon dut sentir que l'entretien n'aurait rien d'amical, car il s'excusa et s'éloigna.

— Qu'est-ce qu'il y a ? demanda froidement Michael.

— C'est à propos de notre discussion d'hier, répondis-je.

— Qu'y a-t-il à ajouter ? Tu as décidé de renoncer à ton héritage ?

— Non, je… je me disais que si je te présentais à ma mère…

— Oui ?

— Nous pourrions alors réfléchir à la façon d'organiser notre avenir.

Une étrange inquiétude me tenaillait. Le Michael d'autrefois m'aurait attirée dans ses bras. Nos dissensions ne duraient jamais. Cette fois, pourtant, il ne bougea pas.

— Je t'ai dit que nous n'aurions pas d'avenir commun si tu retournais dans ta famille.

— Même si on se mariait ? demandai-je, le cœur battant.

Michael me regarda avec un air consterné.

— Il n'en a jamais été question.

— Alors tout ce que tu m'as dit n'était valable que tant que je n'étais pas l'héritière d'un domaine ? Seulement une petite artiste qui n'arriverait jamais à rien ? Qui te serait toujours inféodée ?

La rage montait en moi.

— Je n'ai jamais dit ça ! protesta-t-il. Mais ne vaut-il pas mieux que ce soit l'homme qui rapporte l'argent au foyer ?

Je fus abasourdie. Quelques semaines plus tôt encore, il avait approuvé mon engagement en faveur des droits des femmes. Avait-il donc menti ?

— Alors c'est ce que tu penses ? Tu as oublié qui je suis ?

— Non, je ne l'ai pas oublié ! riposta-t-il, furieux. Tu es la riche héritière qui a déjà tout. Je te repose la question : tu crois vraiment que j'abandonnerais tout ce que j'ai ici pour aller m'installer dans un grand domaine en province ? En qualité de mari de l'héritière ? Qu'est-ce que j'y ferais toute la sainte journée ? Je passerais mon temps dans la cave à vin ?

J'irais à la chasse ? Tu sais très bien que je ne suis pas fait pour le monde de l'aristocratie. Si tu as décidé de rentrer, je n'ai rien à ajouter à ce que je t'ai dit hier.

L'esprit en déroute, je le regardais fixement. J'aurais dû m'en douter. Je me sentis soudain lourde comme du plomb, mes genoux se mirent à trembler.

— Regarde-toi, poursuivit-il comme s'il pensait ne pas en avoir dit assez. Ta place n'est pas ici. Cette robe est d'un autre temps, comme toi. Tu as eu un aperçu de la vie moderne, mais ça n'a pas suffi pour t'empêcher de retrouver l'univers rétrograde de tes ancêtres. Tu dénicheras bien un homme avec qui tu pourras vivre. Tu n'as pas besoin de moi pour ça.

Je vacillai. J'aurais eu tant de choses à dire, mais j'étais incapable d'articuler un mot.

— C'est fini, Agneta, ajouta-t-il.

— Michael...

— Adieu, dit-il en tournant les talons.

Son image se brouilla devant mes yeux voilés de larmes et je sentis comme une brûlure dans la poitrine. Je me détournai d'un geste vif et me hâtai de quitter le bâtiment de la faculté. Je parvins tout juste à atteindre le petit jardin attenant avant de fondre en larmes.

Par la suite, je fus incapable de me rappeler comment j'avais regagné mon logis. J'avais dû faire le trajet dans une sorte de transe, continuant en pensée de voir le visage de Michael, d'entendre ses paroles. J'avais les joues humides de larmes, les yeux gonflés. Mes pas m'avaient menée sans faillir jusqu'à la ruelle où je vivais. Je repris mes esprits lorsque la porte retomba derrière moi. La pièce me parut soudain très froide. Elle gardait les traces de ma rage de destruction.

Déjà j'étais en train de prendre congé de ma vie à Stockholm. Michael m'avait définitivement quittée. Il était si étroitement lié à ce que j'avais fait ici que je n'aurais sans doute plus le courage de reprendre un jour mes pinceaux. J'avais cru que ma passion pour la peinture l'emportait sur tout le reste, mais Michael m'avait donné la force de m'améliorer et de devenir autre chose qu'une petite artiste du dimanche. À présent, tout cela était du passé.

Je pris une profonde inspiration et sentis revenir la colère. Cette fois, pourtant, ce n'était pas la rage effrénée et destructrice que j'avais éprouvée la veille, mais un sentiment que je pouvais contrôler en agissant sans émotion. En éloignant tout ce qui me rappellerait le temps que j'avais passé ici. Je ne voulais pas détruire le reste de mes toiles. J'en ferais don à Marit, qui pourrait peut-être les vendre utilement.

Je commençai lentement à rassembler mes affaires en deux tas. Sur l'un, je jetai tout que ce que je confierais à Marit afin qu'elle le donne à l'Armée du salut. Sur l'autre, je plaçai le peu de choses que je désirais emporter.

Je ne garderais qu'un seul tableau, celui avec lequel j'avais présenté ma candidature à l'Académie royale des beaux-arts. Il représentait le manoir de Löwenhof, d'une blancheur éclatante sur un ciel qui se couvrait lentement. La lumière, quoique estivale, avait un caractère légèrement menaçant, les fleurs étaient d'une teinte presque trop crue. Je l'avais intitulé *Ambiance d'orage.* Un titre particulièrement approprié. Non seulement parce que je l'avais peint à un moment où un orage se préparait – et voir à quel point j'avais réussi à capter la lumière me procurait encore de la fierté –, mais aussi parce qu'au manoir l'humeur était à l'orage depuis que j'avais informé mon père de ma volonté de me présenter à l'université de Stockholm. La tempête familiale qui s'était ensuivie m'avait sans doute incitée à le terminer dans ma chambre avec passion. Il faisait étrangement écho à mon état. Je le posai à côté de la penderie et repris ma tâche.

Lorsque tous les tableaux restants furent emballés, j'ouvris l'armoire. Je ne voulais pas non plus conserver les vêtements que j'avais portés ici, mais les femmes auxquelles nos compagnes apportaient un soutien seraient ravies d'avoir une jupe, un chemisier ou une nouvelle robe. Je ne gardai qu'une sobre tenue de voyage achetée au grand magasin, et rangeai tout le reste dans ma plus grande valise avant d'aller demander à la voisine de me prêter sa charrette à bras.

Peu après, je partis chez Marit.

Dans certains endroits du quartier du port, les logements étaient bon marché et corrects – pour qui ne s'offusquait pas de voir parfois quelques prostituées flâner sous ses fenêtres. Les immeubles avaient connu des jours meilleurs. Sur certaines façades, le crépi et la peinture s'écaillaient largement. Mais, çà et là, au milieu des cordes à linge et des fenêtres sommairement voilées de pièces de tissu, on remarquait un pot contenant un tournesol ou des rideaux soigneusement brodés à la main.

Le soir approchait. J'avais de la chance, Marit était chez elle. En plus de son action en faveur des femmes, mon amie travaillait pour une soupe populaire de l'Armée du salut et réalisait des travaux de couture pour un atelier. Elle aurait voulu étudier, mais l'université accueillait encore peu de femmes, et Marit ne disposait pas des moyens financiers pour le faire. Elle s'en sortait toutefois très bien avec ce qu'elle gagnait et j'admirais la propreté et l'ordre qui régnaient dans son petit logement, alors que chez moi c'était toujours le chaos. Je frappai chez elle.

— Hé, quel plaisir de te voir ! s'écria-t-elle en ouvrant.

Apercevant la charrette, elle parut déconcertée.

— Qu'est-ce que c'est que ça ?

— Tous mes vêtements. À l'exception de ce que j'ai sur moi.

— Pourquoi tu les trimballes en ville ?

— Je te les ai apportés pour que tu les distribues aux femmes. Je n'en ai plus besoin.

Une lueur d'effroi traversa son regard.

— Tu n'as pas l'intention de faire une bêtise, j'espère ? dit-elle en me saisissant par le bras.

Je secouai la tête.

— Qu'est-ce que tu vas imaginer ? C'est vrai, Michael m'a quittée, mais je n'ai pas pour autant l'intention d'en finir avec la vie. Je veux juste me débarrasser d'un maximum d'affaires. Ces choses sont liées à mon séjour ici et elles me rappelleraient sans arrêt que j'ai failli avoir une autre vie que celle que mes parents m'avaient destinée.

Marit me regarda attentivement, puis dit :

— Viens. Mais d'abord on va rentrer la charrette dans la maison. Sinon elle aura disparu avant qu'on ait eu le temps de dire ouf.

À deux, nous la hissâmes sur le perron. Quand nous fûmes dans l'entrée de l'immeuble, où régnait une odeur de cuisine et de revêtement de sol malpropre, elle attacha solidement la charrette et m'aida à transporter la valise dans son appartement. Au lieu de l'ouvrir, elle m'entraîna vers son canapé, qu'elle avait récupéré dans une maison promise à la démolition. Il était assez grand pour que deux adultes puissent s'y étendre côte à côte.

— Si je comprends bien, votre discussion s'est mal passée ?

— Oui. Il voudrait être celui qui rapporte l'argent à la maison tout en me reprochant d'être rétrograde ! Je ne le reverrai plus jamais.

— Michael est un imbécile.

Je ne tentai pas de la convaincre du contraire.

— Je pensais qu'il verrait les choses autrement. Non : j'espérais que notre amour nous donnerait la force d'affronter la situation ensemble.

— Un jour, tu rencontreras l'homme qu'il te faut.

Marit soupira, puis me prit dans ses bras.

— Alors tu vas rentrer à Löwenhof ?

J'acquiesçai et la serrai contre moi.

— Tu es mon amie la plus chère. Et mon retour dans ma famille n'y changera rien. Tu seras toujours la bienvenue.

Marit se pencha et me posa un baiser sur le front.

— Et inversement. Si ta mère ou le domaine te tapent trop sur le système, écris-moi ou viens passer quelques jours sur mon canapé.

— Ce sera avec plaisir !

Un peu plus tard, je pris congé d'elle et repartis, me sentant tout sauf légère et redoutant ce qui m'attendait. À présent, je ne pleurais plus seulement mon père et Hendrik, mais aussi le temps passé avec Michael. Son rejet m'était une blessure et mettrait longtemps à guérir. Mais peut-être pourrais-je un jour à nouveau envisager l'avenir avec plus d'insouciance.

CHAPITRE 18

J'avais oublié à quel point le tableau que j'avais emporté de Stockholm pesait lourd quand on le gardait un certain temps sous le bras. La sueur me coulait sur le front et dans le dos, j'avais les pieds endoloris. En fait, j'aurais dû télégraphier à ma mère de m'envoyer la calèche. J'avais rejoint le village dans une voiture de laitier et je constatais à présent que j'avais perdu l'habitude des longues marches. Mais j'étais presque arrivée.

La souffrance provoquée par ma rupture brutale avec Michael m'assaillait encore par moments, cependant je m'efforçais de regarder vers l'avenir. Ma décision était prise, désormais il fallait que je tire le meilleur parti de la situation. Je fis une brève halte devant le portail, comme s'il donnait accès à un royaume enchanté. J'étais devenue la maîtresse de Löwenhof. Et je ferais en sorte que le domaine de ma famille connaisse des temps nouveaux. J'inspirai profondément l'air printanier, puis poussai le battant.

En m'apercevant, quelques garçons d'écurie coururent au manoir annoncer mon arrivée. Alors que je montais le perron, Mlle Rosendahl vint à ma rencontre.

— Quel plaisir de vous revoir, Mademoiselle ! Mais pourquoi ne nous avez-vous pas avertis ? August serait allé vous chercher !

— Merci, je voulais marcher un peu, répondis-je avec un sourire crispé.

— Où sont vos bagages ? demanda-t-elle. Dois-je envoyer quelqu'un les récupérer ?

— Je n'ai que mon sac et ce tableau.

Mlle Rosendahl me considéra avec étonnement, puis dit :

— J'ai fait prévenir Madame.

— Merci, mademoiselle Rosendahl ! Je vais d'abord monter dans ma chambre et me rafraîchir. Pourriez-vous veiller à ce qu'on me prépare un bain ? Je veux me débarrasser de cette odeur de train.

— Bien sûr, Mademoiselle. Je vais charger Lena de s'en occuper.

— Merci.

Je montai dans ma chambre, refermai la porte derrière moi et me regardai dans la glace.

Marit m'aurait sans doute encore trouvé une mine épouvantable. Des mèches s'étaient échappées de mon chignon, mes joues étaient pâles, mes yeux ternes et marqués de cernes. En dépit de ma fatigue, je n'avais pas réussi à dormir dans le train. Même un bon maquillage ne parviendrait pas à me redonner un peu d'éclat.

Un instant plus tard, Lena fit son apparition, les yeux brillants comme si elle venait d'apprendre une excellente nouvelle.

— Vous voilà de retour, Mademoiselle !

— Oui, je suis rentrée.

— Nous en sommes tous très heureux. Que puis-je faire pour vous ?

— J'aimerais prendre un bain. Et je me demandais si le chemisier noir que j'avais emprunté à ma mère avait été nettoyé.

— Oui, je l'ai remis hier dans votre armoire.

— Parfait, alors allons-y.

Lena acquiesça et sortit avec empressement.

Je retirai mon costume de voyage, le jetai sur le lit et le regardai. Michael ne m'avait vue qu'une seule fois dans cette tenue et m'avait trouvée ravissante – ce qui était toujours le cas lorsque je portais une robe qu'il pouvait m'ôter facilement. Je n'arrivais toujours pas à croire que mon héritage nous avait séparés. Apparemment, il ne tenait pas à moi autant que je l'avais cru sur la foi de ses déclarations d'amour. Après avoir palpé l'étoffe rêche et chassé la nostalgie qui m'envahissait, je décidai de conserver la robe. Je n'aurais plus l'occasion de la porter, elle trouverait place dans une boîte au fond de la penderie. Et, lorsque je serais devenue vieille et chenue, elle me rappellerait peut-être les temps anciens.

Après avoir pris un bain et m'être changée, me sentant mieux, je descendis au salon, où je pensais trouver ma mère. La toilette m'avait rafraîchie et avait dissipé une partie de mes idées noires. Stella était effectivement là, assise sur son cher canapé en rotin, un livre sur les genoux.

— Mère ? dis-je.

Elle referma l'ouvrage relié de cuir, inspira profondément et leva les yeux vers moi.

— Agneta.

Je ne pouvais savoir ce que ma mère lut sur mon visage. Mais pour ma part je lui trouvai l'air encore plus maigre. Pourtant, Mme Bloomquist faisait tout son possible pour la faire manger comme il se devait.

— Alors tu es de retour. Tu aurais dû demander la calèche.

— J'ai profité de ce que quelqu'un se rendait au village et, ensuite, j'ai voulu marcher un peu. J'avais besoin de réfléchir.

Je vis que ma mère aurait bien aimé savoir avec qui j'avais fait le trajet, mais elle ne posa pas de questions.

— Tu arrives au bon moment. J'ai prié Susanna de m'apporter le café. Tu en prendras bien une tasse avec moi ?

— Avec plaisir, répondis-je en toute sincérité.

Le café me redonnerait sans doute de l'énergie.

— Tu as pu régler tes affaires ? s'enquit-elle.

On aurait dit que j'étais gravement malade et qu'il ne me restait plus longtemps à vivre. Mais, d'une certaine manière, ma vie à Stockholm s'était éteinte.

— Oui, j'ai résilié mon bail et informé l'université.

Cela paraissait anodin, mais en rédigeant ma lettre à l'Académie royale des beaux-arts, j'avais fondu en larmes.

J'étais arrivée deux ans plus tôt avec le fol espoir de pouvoir intégrer l'institution où Anna Nordlander avait été la première femme à faire ses études. Où Carl Larsson était devenu un peintre célèbre. L'acceptation de ma candidature m'avait emplie de joie. Et voilà que je devais renoncer à tout cela. La grande bâtisse blanche située sur la Fredsgatan avec ses allures de théâtre me manquerait.

Ma mère hocha la tête sans pouvoir dissimuler son soulagement.

— Je suis heureuse que tu aies choisi Löwenhof et ta famille. À présent, tu vas devoir te poser un certain nombre de questions.

— Oui, Mère, dis-je, épuisée, en me laissant tomber dans un fauteuil.

J'aurais tant aimé pouvoir trouver du réconfort auprès de quelqu'un, mais ma mère n'était pas la bonne personne.

— Il faudra notamment que tu te mettes en quête d'un mari. D'un mari convenable, ajouta-t-elle comme si elle ne faisait pas confiance à mon jugement.

— Ne devrais-je pas commencer par examiner les livres de comptes et les affaires de Père ? répliquai-je. Je suppose que tu ne sais toujours pas pour quelle raison il a emprunté de l'argent à un prêteur de réputation douteuse.

— En effet, je l'ignore, mais grâce à ton intervention rapide la somme a pu être remboursée.

Après avoir informé Jensen que j'acceptais l'héritage, je l'avais chargé de faire le nécessaire en mon nom. La dette avait été acquittée et il fallait espérer que le trou ainsi causé serait rapidement comblé.

Toutefois on ignorait toujours pourquoi mon père s'était adressé à ce douteux individu.

— Une femme de ta condition n'a pas à se mêler de comptes et d'affaires, poursuivit ma mère. Ton devoir est d'assurer la perpétuation de notre famille.

— En mettant des enfants au monde, c'est ça ?

J'aurais préféré éviter ce sujet dans l'immédiat.

— Ce n'est pas incompatible avec le fait de s'occuper du domaine, tu ne crois pas ?

J'espérais un peu l'entendre dire qu'une mère devait être disponible pour ses enfants. Dans mon souvenir, Hendrik et moi n'avions toujours eu que des gouvernantes et des bonnes d'enfants. Notre mère ne jouait son rôle que pour les grandes occasions ou quand nous avions de la visite. Le reste du temps, nous ne la voyions presque jamais. Les yeux baissés, je pris une profonde inspiration, puis je la regardai bien en face.

— Je pense que mon premier devoir sera de veiller à ce que le domaine ne subisse aucun préjudice, repris-je aussi calmement que possible. J'ai peine à croire qu'un des nobles du voisinage soit au fait des réalités de nos biens. Et puis nous sommes en période de deuil. Crois-tu vraiment que j'aie le cœur à danser au bal et à me laisser courtiser si peu de temps après la mort de Hendrik et de Père ?

— Et le comte Ekberg ? demanda-t-elle. Tu le connais bien. Enfin… Dans le temps, tu l'as bien connu. Il n'est toujours pas marié et j'ai le sentiment que cela ne le dérangerait pas de t'épouser.

— Cela ne le dérangerait pas ? me récriai-je, choquée. Tu crois vraiment que cela suffit pour un mariage ? On devrait plutôt s'aimer, non ?

Allait-elle me dire que, pour sa part, elle n'avait fait qu'obéir à son devoir et que l'amour n'avait joué aucun rôle dans son union ?

— Mère, poursuivis-je plus tranquillement. Tu sais que Lennard et moi sommes des amis de longue date.

— Et alors ?

— Tu ne penses pas que si j'avais vu en lui un candidat possible je le lui aurais fait savoir ? C'est un ami, peut-être le meilleur que j'aie dans notre milieu. Et il restera un ami.

À cet instant, on entendit un bruyant cliquetis de vaisselle dans le couloir.

— Qu'est-ce qu'il y a ? m'écriai-je en bondissant de mon siège, soulagée par cette diversion.

Je n'étais pas encore arrivée à la porte qu'un cri retentissait. Je me précipitai au-dehors. Marie était penchée sur Susanna, étendue sur le sol à côté du plateau qui nous était destiné.

— Grands dieux, que s'est-il passé ? demandai-je à Marie.

Celle-ci secoua la tête.

— Je ne sais pas, Mademoiselle. J'ai entendu un grand bruit et quand je suis arrivée dans le couloir Susanna était par terre.

Je retournai prudemment la jeune fille et lui tapotai les joues.

— Va dire à Peter d'aller chercher le Dr Bengtsen !

Marie partit comme une flèche.

Ma mère me rejoignit dans le couloir.

— Qu'est-ce qu'elle a ? demanda-t-elle.

— Je ne sais pas. Elle est sujette aux malaises ?

— Non, jusqu'à présent il ne lui est rien arrivé de tel.

Susanna ouvrit les yeux et me regarda avec un air désorienté.

— Qu'est-ce qui s'est passé ? demanda-t-elle, hébétée.

Elle voulut se redresser, mais je l'en empêchai avec douceur.

— Tu t'es évanouie, expliquai-je. Tu as mal quelque part ? Tu as trébuché ?

— Non, je… je ne sais pas. Tout à coup, tout est devenu noir devant mes yeux.

Elle sursauta en s'apercevant qu'elle avait fait tomber le plateau avec le café.

— Je suis désolée, Mademoiselle, je ne voulais pas…

— Bien sûr que ce n'était pas ton intention.

Je levai les yeux vers ma mère. Stella Lejongård tripotait son long collier de perles. Elle paraissait moins inquiète qu'étonnée.

Marie revint.

— Peter est en route.

— Bien, aide-moi. Nous allons la conduire dans sa chambre.

— Une des domestiques ne peut-elle s'en charger ? intervint ma mère.

Je secouai la tête.

— Je suis là, je peux l'aider. Ce n'est pas la peine d'en faire toute une histoire.

Je me tournai vers Susanna.

— Tu te sens capable de marcher ?

— Je ne sais pas, répondit-elle en se mettant à trembler de tous ses membres.

— Appuie-toi sur nous ! lui ordonnai-je en faisant signe à Marie de se placer de l'autre côté tandis que je l'attrapais sous le bras gauche.

À deux nous parvînmes à la relever, mais sa faiblesse ne s'était pas dissipée. Nous traversâmes lentement le vestibule. Elle continuait de trembler et ses jambes se dérobaient sous elle. Que lui arrivait-il ? Nous mîmes une éternité à monter l'escalier, mais finîmes par arriver au dernier étage, où se trouvaient les chambres des domestiques. Nous étendîmes Susanna sur son lit ; elle avait le front baigné de sueur et la peau froide.

— Marie va s'occuper de toi jusqu'à ce que le médecin arrive, lui dis-je en lui caressant le front.

Susanna acquiesça, puis elle me regarda avec un air implorant.

— Je ne voulais vraiment pas casser le service à café.

Ma mère s'en remettrait, nous en avions d'autres.

— Ne t'inquiète pas pour ça, ce n'est pas ta faute si tu as perdu connaissance. Essaie de te reposer un peu.

Je lui tapotai l'épaule, puis signifiai à Marie de m'accompagner dehors.

— Marie, tu restes à son côté, d'accord ?

Elle opina.

— A-t-elle dit aujourd'hui qu'elle ne se sentait pas bien ?

— Non, elle était comme d'habitude.

— Et les jours précédents ?

— Elle n'a rien dit. Qu'est-ce que ça peut être ? Le cœur ? Mon grand-père s'est effondré comme ça quand il a eu un problème cardiaque.

— Je ne suis pas médecin, répondis-je. Mais normalement les jeunes filles ne tombent pas comme ton grand-père. Retourne auprès d'elle et avertis-moi immédiatement si son état s'aggrave. Le médecin ne devrait pas tarder.

Marie fit un signe de tête et regagna la chambre.

Je restai encore un moment dans le couloir. Des suppositions de toutes sortes me traversaient l'esprit, mais je ne m'attardai sur aucune. Quoi que puisse avoir Susanna, le médecin le découvrirait.

Au salon, Lena ramassait les débris de porcelaine. Le couloir sentait le café.

— Comment va-t-elle ? demanda ma mère, qui avait repris sa place sur le canapé.

— Toujours pareil. Marie est auprès d'elle.

— Peut-être qu'elle n'a rien mangé. On ne sait jamais avec les jeunes filles d'aujourd'hui.

— Je ne crois pas. Mais attendons de voir ce que dira le médecin.

Une demi-heure plus tard, on sonna à la porte. Bruns alla ouvrir et, peu après, Hanno Bengtsen fit son apparition dans la salle à manger. Je me levai pour l'accueillir.

— Je vous remercie d'être venu si vite, docteur. Si vous voulez bien me suivre.

Je le conduisis au dernier étage et frappai à la porte de la chambre que Susanna et Marie partageaient.

Marie apparut sur le seuil.

— Elle va déjà mieux, nous apprit-elle avec soulagement.

— Ça, ce sera au docteur de le dire, répondis-je avant de me tourner vers Bengtsen. Vous avez besoin de quelque chose ?

— Il me faudrait une cuvette avec de l'eau, une serviette et du savon.

— Marie, tu veux bien aller chercher tout ça ?

— Oui, Mademoiselle.

— Merci, dit le médecin. Je dois vous prier de rester dehors.

— Bien sûr, docteur, je vais attendre à l'extérieur.

Peu après, Marie revint avec les objets demandés, entra les donner au médecin et ressortit aussitôt.

— Tu devrais aller rassurer les autres, dis-je. Ils veulent sûrement savoir ce qui se passe.

— Très bien, Mademoiselle.

Je restai dans le couloir. L'étage des domestiques était un royaume dans lequel les maîtres n'étaient pas censés pénétrer. Il faisait évidemment partie de la maison, nous pouvions nous y rendre à tout moment, mais nous le faisions très rarement. Enfants, Hendrik et moi étions montés de temps à autre jusqu'à ce que la gouvernante nous surprenne. Nous nous étions fait gronder. Au fil des années, nous avions fini par perdre tout intérêt pour ces lieux.

Le temps semblait s'étirer indéfiniment. Lorsque Bengtsen ressortit, j'eus l'impression d'avoir attendu une bonne demi-heure. Il affichait une mine grave.

— Comment va-t-elle ? demandai-je.

Il fronça les sourcils.

— Il n'y a aucun motif d'inquiétude. Médicalement parlant, en tout cas.

— Mais encore ?

Le médecin regarda autour de lui, comme s'il craignait la présence d'oreilles indiscrètes.

— Je suis tenu au secret professionnel. Vous devriez interroger votre domestique. Si elle accepte de vous parler…

— Je vais le faire. Merci encore d'être venu si vite, docteur.

Bengtsen hocha la tête et me tendit la main.

— Au revoir. Je suppose que nous aurons plus souvent l'occasion de nous voir désormais ?

— En effet. Mais pas pour des raisons médicales, j'espère.

— Je l'espère aussi. Vous ferez une bonne maîtresse des lieux, comtesse Lejongård.

Comtesse Lejongård… Cela sonnait étrangement à mes oreilles, comme une discordance. Pourtant, tel était bien mon titre à présent.

Le médecin se détourna et se dirigea vers l'escalier, sa sacoche à la main. Je le suivis des yeux un instant, puis me tournai vers la porte de la chambre, derrière laquelle j'entendis Susanna pleurer tout bas. Que se passait-il ? Si elle était en bonne santé, de quoi pouvait-elle souffrir ? Je frappai au battant et tendis l'oreille.

— Entrez, lança faiblement la jeune fille au bout de quelques secondes.

Vêtue de sa chemise de nuit blanche, elle était assise sur son lit, les bras autour de ses genoux repliés. En me voyant, elle sursauta et baissa la tête.

— Comment ça va, Susanna ? demandai-je en m'approchant du lit.

— Le docteur ne vous l'a pas dit ?

— Les médecins sont soumis au secret professionnel. Et puis je voulais juste savoir comment tu te sentais. Tu n'es pas obligée de m'en parler si tu ne veux pas.

Susanna releva la tête.

— De toute façon je ne pourrai pas le cacher, répondit-elle sur un ton accablé.

— Cacher quoi ? Que veux-tu dire ?

La jeune fille serra les lèvres, des larmes coulèrent sur ses joues.

— Susanna…

— Je suis enceinte, balbutia-t-elle.

Je la regardai avec de grands yeux. Cela aurait dû être un motif de joie, mais Susanna n'était pas mariée. Qui plus est, elle était domestique au domaine.

Un frisson me parcourut à l'idée du sort qui l'attendait. J'avais beau être d'avis qu'on ne devait pas forcer les femmes à se marier dès qu'elles étaient enceintes, j'étais bien consciente de la puissance des conventions sociales. Susanna serait stigmatisée à jamais, et plus personne ne voudrait l'embaucher. Dans sa situation, les femmes n'avaient généralement qu'une alternative : le suicide ou la prostitution.

— Le médecin en est sûr ? demandai-je. Et toi ? Tu as remarqué quelque chose ?

— J'avais mal au cœur, mais j'ai réussi à le cacher, répondit-elle en sanglotant. Et je n'ai plus mes règles.

Un signe qui ne trompait pas. Moi-même, je connaissais l'appréhension que suscitait un retard. Je m'étais toujours efforcée de compter soigneusement les jours et Marit m'avait donné un mélange de plantes qu'elle tenait d'une vieille femme logeant à la périphérie de Stockholm. Mais il arrivait que mes règles surviennent tardivement. À l'époque, j'aurais peut-être été heureuse d'avoir un enfant de Michael. À présent, j'étais soulagée qu'il n'en ait rien été.

— Depuis quand ? demandai-je en m'efforçant de chasser ces pensées.

— Je ne sais pas. Un mois ou deux, peut-être. Quand j'ai vu que je n'avais pas mes règles, je ne me suis pas inquiétée. Ce n'est pas la première fois que ça m'arrive, ça finit toujours par venir.

Je pris une profonde inspiration.

— Tu sais qui est le père ?

Susanna fit un signe d'assentiment.

— C'est quelqu'un du domaine ?

Elle garda le silence.

— Susanna, même si je suis ta maîtresse, tu es libre d'engager une relation avec qui tu veux. Mais tu sais quels problèmes tu auras si le père de ton enfant ne t'épouse pas.

Je n'aurais jamais imaginé qu'un jour je tiendrais ce genre de discours.

— Il… il ne m'épousera pas, répondit-elle tristement. C'est fini entre nous.

— Mais il va devenir père ! Il doit assumer ses responsabilités, même s'il est marié.

— Il ne l'est pas. Mais il ne fera rien. Et je ne veux plus y penser.

Je poussai un soupir. Cet argument ne vaudrait rien aux yeux de la société. Et je préférais ne pas imaginer la réaction de ma mère quand elle serait au courant.

— Je vous en prie, ne le dites pas à Madame ! implora Susanna comme si elle avait lu dans mes pensées.

— Je serai malheureusement obligée de le faire, répliquai-je. Pour l'instant, tu peux encore cacher ton état, mais ton ventre finira par se voir. Car je n'ai pas l'intention de te renvoyer.

— Non ? s'étonna-t-elle.

— Non. Jusqu'à présent, ton travail a été irréprochable et j'ai entendu dire que tu as toujours été consciencieuse. Je n'ai aucune idée de la façon dont les choses se sont passées, mais j'espère vraiment que tu as aimé son père et qu'il ne t'a pas fait violence.

— Non, il n'y a pas eu de violence, répondit-elle en se remettant à pleurer. J'ai vraiment cru un moment que je deviendrais sa femme. Et puis ça ne s'est pas passé comme ça.

Quel salaud, songeai-je. *Il commence par exploiter ses sentiments et ensuite il ne veut plus l'épouser*. Était-ce quelqu'un du domaine ? Cela pouvait aussi être un garçon du village qu'elle avait fréquenté pendant ses jours de congé.

— Bon, je vais voir ce qu'on peut faire. Mais il faudra bien que j'en parle à ma mère à un moment ou à un autre. Ne serait-ce que parce que tu ne dois plus t'épuiser. Je ne tiens pas à ce que tu t'évanouisses à nouveau.

Susanna acquiesça ; elle paraissait tout sauf heureuse. J'aurais tant aimé pouvoir l'aider. Quelques-unes de mes amies suffragettes de Stockholm l'auraient peut-être envoyée chez une faiseuse d'anges, mais cette idée me répugnait. Si elle me le demandait, ce serait différent, mais je ne le lui aurais pas proposé de moi-même.

— Et en ce qui concerne ton enfant, poursuivis-je, je vais essayer de trouver une solution.

— Je vous remercie, Mademoiselle, répondit Susanna en attrapant la couverture.

Une fois ressortie, je m'attardai un instant dans l'escalier. Il était difficile de garder le secret sur une grossesse. Quand ma mère apprendrait l'état de Susanna, elle serait furieuse. Jamais encore une domestique enceinte n'avait travaillé à Löwenhof. Celles qui voulaient se marier quittaient leurs fonctions. Quant à celles qui attendaient un enfant illégitime, elles étaient renvoyées.

Je pouvais peut-être attendre d'avoir trouvé une solution pour Susanna avant d'informer ma mère de la situation. Cela dit, même si je parvenais à la protéger de la colère de Stella, l'affaire demeurerait problématique. Mais nous avions encore un peu de temps. Je découvrirais peut-être une issue.

CHAPITRE 19

Le matin suivant, je descendis de bonne heure dans le bureau de mon père. Autrefois, rares avaient été les jours sans rendez-vous pour lui. Nos principaux partenaires commerciaux avaient été informés des changements survenus à Löwenhof, mais ils attendaient sans doute un signe de ma part.

Depuis ma discussion avec l'inspecteur, on avait fait le ménage dans la pièce. Pourtant l'odeur des cigares que fumait mon père flottait encore dans l'air. Elle imprégnait les in-folio et les caisses de dossiers, les coussins de fauteuil en cuir et le bois des grandes bibliothèques. Des lettres s'empilaient sur la table et certaines avaient glissé. Peut-être était-ce par là que je devais commencer. Je me dirigeai vers le siège à dossier haut placé derrière le bureau. Il était inconfortable. Mon père avait toujours aimé que les meubles utilisés dans le cadre du travail manquent de confort. Je passai le courrier en revue. Des cartes de condoléances tardives, des factures et des lettres d'affaires. Dernièrement, mon père avait dû envisager d'acheter de nouveaux étalons et se renseigner. Les réponses étaient arrivées. Les directeurs de haras sollicités étaient-ils au courant de l'incendie ? Un coup à la porte m'arracha à mes pensées. Ma mère s'était-elle décidée à m'aider à dépouiller la correspondance ?

— Entrez ! lançai-je.

Bruns ouvrit la porte.

— Excusez-moi, Mademoiselle, il y a ici un certain Max von Bredestein qui prétend qu'il avait rendez-vous avec votre père. Souhaitez-vous lui parler ?

— Un rendez-vous ? À quel sujet ?

— Eh bien, il me semble que votre père nourrissait l'idée de recruter un régisseur.

— Un régisseur ?

Mon père était pourtant secondé par Hendrik. Pourquoi aurait-il eu besoin d'un régisseur ? Le dernier avait été le vieux Gridholm. Il était mort alors que Hendrik avait 14 ans. Quelques semaines plus tard, mon père avait commencé à initier mon frère aux affaires du domaine.

— Très bien, faites-le entrer.

Je me levai et lissai ma robe. Encore un projet dont je n'avais rien su. Ma mère en avait-elle été informée ?

M. von Bredestein se révéla être un homme très séduisant ; il devait atteindre la fin de la vingtaine. Sa chevelure sombre et bouclée, légèrement en désordre, était sans doute un peu longue au regard de la mode du jour. Mais elle attira mon attention, de même que les yeux bleus qui brillaient sous des sourcils joliment arqués. Il aurait fait un modèle idéal pour un peintre. Son corps athlétique était vêtu d'un pantalon noir, d'une chemise blanche et d'une veste en tweed beige. Il était venu à cheval car ses bottes étaient constellées d'éclaboussures de boue. Une seconde, je fus si captivée par son apparition que j'en oubliai ce que je devais dire.

Mon interlocuteur parut étonné lui aussi. S'était-il attendu à voir ma mère ?

— Bonjour, monsieur von Bredestein, dis-je enfin. Ravie de vous rencontrer.

— Tout le plaisir est pour moi, répondit-il avec un léger accent. En fait, je pensais trouver votre père.

Il n'était donc pas au courant de ce qui s'était passé.

— Malheureusement, mon père est mort il y a deux semaines, déclarai-je.

Bredestein parut sincèrement affecté.

— Je… j'en suis profondément navré. Je…

Il s'interrompit, désorienté.

— Mes sincères condoléances, reprit-il.

— Merci.

— Dans ces conditions… je tombe plutôt mal, j'imagine ? dit-il, gêné.

— Eh bien… Nous pourrions peut-être nous asseoir, proposai-je. Vous m'expliquerez ce dont vous étiez convenu avec mon père. Cela ne fait pas longtemps que j'ai repris le domaine, en fait, c'est mon premier jour.

— Oh ! répondit-il avec un sourire si désarmant que je regrettai un instant que nous ne nous soyons pas rencontrés en d'autres circonstances. Alors la situation est inhabituelle pour vous comme pour moi, n'est-ce pas ?

J'eus quelque peine à croire que ce splendide jeune homme puisse être embarrassé par les circonstances. Toutefois le léger manque d'assurance qu'il laissait paraître me le rendit sympathique. Ce n'était pas vraiment le genre d'homme que j'avais côtoyé à Stockholm. Je l'invitai à prendre place en face du bureau. J'aurais plutôt dû lui proposer un des fauteuils devant la fenêtre, mais sa présence me rendait nerveuse. Je me sentais plus à l'abri derrière ma table de travail.

— J'ai rencontré votre père il y a un bon mois de cela à Stockholm, expliqua Bredestein. Nous avons engagé la conversation lors d'une vente de chevaux.

— Vous vouliez acheter des chevaux ?

— Oui, pour le domaine de mon père.

Je haussai les sourcils. Si son père avait une propriété, que faisait-il ici ?

— Mon père a donc essayé de vous débaucher ?

— Non, c'est moi qui ai décidé de me présenter chez vous. Mais je comprendrais très bien qu'étant donné la situation vous n'ayez pas besoin de mes services. Votre époux ne tardera sûrement pas à reprendre l'administration du domaine.

Sa réponse était aimable, cependant elle me laissa penser qu'il me sondait pour savoir si j'étais mariée.

— Il n'y a pas d'époux, répliquai-je. Je compte administrer moi-même Löwenhof.

— En tant que fille de la maison, vous avez l'expérience nécessaire pour le faire.

— C'est vrai, mais cela ne signifie pas que je n'aie pas besoin d'être secondée.

Tout en parlant, je l'examinais. Il y avait en lui un soupçon d'arrogance qui le rendait charmant.

— Expliquez-moi donc pour quelle raison vous souhaitez quitter le domaine de votre père, ajoutai-je. Il ne sera sûrement guère ravi de perdre un élément utile.

Un rictus de fureur passa sur ses lèvres et fit étinceler son regard.

— J'espère bien que si, répliqua-t-il. Mon père et moi n'avons jamais réussi à nous comprendre. Et puis je ne suis que son deuxième fils. C'est mon frère aîné qui héritera un jour du domaine. D'une manière ou d'une autre, je ne serai jamais qu'un employé.

— Vous n'avez pas de bonnes relations avec votre frère ?

— Non, elles sont exécrables ! Il sera content que je m'en aille.

Il marqua une pause, puis demanda :

— Vous avez des frères et sœurs ? Votre père n'a pas dit grand-chose sur sa famille.

— J'avais un frère, répondis-je en sentant mon cœur se serrer. Il est mort en même temps que mon père.

— Je suis absolument désolé.

— C'était l'aîné. Nous nous entendions très bien. Il aurait dû reprendre Löwenhof. En conséquence de quoi, c'est moi qui me retrouve à sa place…

— Ça ne semble pas vous plaire.

— Au contraire, mais le prix à payer pour ça est particulièrement élevé.

Nous restâmes à nous regarder et je me demandai ce qu'il lisait dans mes yeux.

— Quoi qu'il en soit, poursuivis-je, j'ai l'intention de prendre ma vie en main.

Je plissai légèrement les paupières. Il y avait en lui quelque chose d'un peu étrange. Il n'était pas suédois. D'où pouvait-il être originaire ?

— Vous êtes allemand, n'est-ce pas ? D'où venez-vous ?

— Des environs de Stralsund, en Poméranie.

— Stralsund, la ville que Wallenstein a assiégée au cours de la guerre de Trente Ans avant d'être défait, dis-je.

Enfant, j'avais entendu raconter comment les habitants s'étaient défendus et avaient remporté la victoire grâce à l'aide de notre Gustave-Adolphe.

— C'est juste, à cet égard nous devons beaucoup à la Suède. Cela étant, par la suite, les troupes suédoises ne se sont pas montrées très tendres avec les paysans. La fameuse « boisson suédoise* » a été un moyen de torture particulièrement perfide qui a dressé bien des gens contre les Suédois.

Sa connaissance de l'histoire me plut. Il ne s'intéressait pas qu'aux chevaux.

— C'est une chance que cette terrible époque appartienne au passé, repris-je. Les Poméraniens paraissent avoir fait la paix avec les Suédois.

— Mon père a même épousé une Suédoise, repartit Bredestein avec un petit sourire. Ce qui explique que je parle un peu votre langue.

— Vous la parlez excellemment.

---

* Cette méthode de torture consistait à forcer la victime à boire en grande quantité un liquide répugnant contenant notamment des excréments. *(Note de la traductrice)*

Il attendait un compliment ; il savait parfaitement qu'il avait une maîtrise remarquable de ma langue maternelle. Mais je jouai le jeu.

— Merci, vous êtes très aimable, répondit-il avec un sourire qui révéla que je ne m'étais pas trompée. C'est aussi en raison de mes connaissances en suédois que mon père m'a envoyé me renseigner sur le selle suédois. Notre haras a besoin d'un peu de sang neuf et ici les bêtes sont magnifiques.

Je penchai la tête de côté.

— Votre père a commis une grossière erreur, n'est-ce pas ? Voilà qu'il court le risque de perdre un soutien de valeur. Avez-vous décidé spontanément de vous faire engager ailleurs ou espériez-vous depuis longtemps pouvoir lui jouer un mauvais tour ?

— Je ne cherche pas à le mettre dans l'embarras. Pourtant, Dieu sait qu'il l'aurait mérité. Tout ce que je souhaite, c'est être indépendant et ne plus avoir à subir de comparaisons avec mon frère. Et comme ma mère est suédoise, j'ai pensé que ce serait une belle idée de prendre un nouveau départ dans sa patrie.

Je me renfonçai dans mon siège. Tout en l'examinant, je réfléchissais. Il ne paraissait pas avoir apporté de références, mais avait évoqué sa mésentente familiale. Mon père semblait l'avoir trouvé suffisamment intéressant pour l'inviter à un entretien. Qui plus est, Bredestein avait exprimé le désir d'être indépendant – un sentiment que nous avions en commun.

Devais-je tenter le coup ? Quelque chose chez lui m'attirait, mais cela ne pouvait constituer un critère. D'autant plus que nous venions de perdre cinq mille couronnes en raison du contrat de prêt signé par mon père. Nous n'avions pas les moyens de nous livrer à des dépenses inconsidérées.

— Vous savez en quoi consiste l'administration d'un domaine comme celui-ci ? demandai-je. Quelle est la taille du haras de votre père ?

— Nous avons dans les trois cents chevaux. Ce qui n'est ni très grand ni particulièrement petit. Votre domaine est nettement plus vaste, mais je ne pense pas que cela change quoi que ce soit sur le fond. Malheureusement, je ne peux pas vous fournir une lettre de recommandation de mon père. Pour des raisons que vous comprendrez aisément, je n'ai pas osé lui en demander une.

J'acquiesçai, me penchai en avant et posai les mains sur le bureau.

— Je vais être franche. Il y a encore quinze jours, j'étais à Stockholm, où je faisais des études. Tout était bien réglé, la voie de chacun était tracée. Maintenant je suis là et je ne vous cacherai pas que j'ai besoin de soutien. Ma mère n'a jamais été associée à l'administration de notre domaine et cela fait longtemps que nous n'avons plus de régisseur. Cela étant, je suis un peu étonnée que mon père ait envisagé de vous recruter puisque mon frère avait été formé pour reprendre Löwenhof.

Je m'interrompis pour laisser à mon discours le temps de faire son effet. Bredestein était tendu et son regard trahissait la curiosité. Il paraissait très désireux d'avoir le poste.

— Mais les choses étant ce qu'elles sont, repris-je, il me faut quelqu'un pour me guider. Aussi je vous pose la question : quand pouvez-vous commencer ?

Surpris, il haussa les sourcils.

— Alors vous me proposez la place ?

— Oui. Six mois à l'essai, puisque vous ne pouvez pas me fournir de références.

— Je vous promets de ne pas vous décevoir.

— Je l'espère. Nous avons une petite maison dans la propriété, vous pourrez y loger dans un premier temps. C'est là que vivait l'ancien intendant. Vous aurez quatre-vingts couronnes par mois, vous serez logé et nourri. Où vivez-vous en ce moment ?

— Je comptais sur le fait d'être embauché et de pouvoir m'installer immédiatement sur place. Mais il serait peut-être préférable que je séjourne d'abord à l'auberge. Il y a certainement des travaux d'aménagement à faire dans la maison.

— Parfait. Venez demain de bonne heure, je vous montrerai le domaine. L'auberge du village est très bien, faites inscrire la note sur le compte de Löwenhof.

— C'est très généreux de votre part, répondit Bredestein, un peu surpris. Je vous remercie.

— Il n'y a pas de quoi. Si vous vous montrez à la hauteur de votre tâche, je n'aurai pas à regretter cette dépense.

— Vous parlez déjà en vraie femme d'affaires.

— Dieu sait que je ne le suis pas, mais je le deviendrai peut-être avec votre aide, répliquai-je en souriant.

— Alors, à demain, comtesse Lejongård.

Mon nouveau régisseur s'inclina, puis se tourna pour sortir.

— Si vous voulez informer votre père de votre embauche, il y a un bureau du télégraphe au village. C'est le moyen le plus rapide.

— Qui a dit que cela devait être rapide ? rétorqua Bredestein avec un sourire.

Après son départ, je restai à fixer la porte sans trop savoir où j'en étais. Mon père avait toujours su discerner le talent, du moins quand il s'agissait du domaine et des chevaux. Avait-il senti en Bredestein un homme de valeur ? Sans doute, sinon il ne lui aurait pas proposé la place de régisseur. Même sans avoir été initiée aux tâches de gestion d'un grand domaine, je savais qu'il était judicieux d'écouter les conseils. Si Bredestein était vraiment aussi bon que l'avait pensé mon père, il pouvait m'être d'une grande aide.

Je n'en revenais pas que mon père m'ait rendu pareil service à titre posthume. Je n'en continuais pas moins à me demander pourquoi il n'avait pas jugé bon de confier les rênes de Löwenhof exclusivement à Hendrik.

On frappa à la porte. Un autre rendez-vous peut-être ? Je ferais mieux de jeter un coup d'œil dans l'agenda de mon père. Ce ne fut pas Bruns qui entra pour m'annoncer un nouveau visiteur, mais ma mère, une enveloppe à la main.

— N'est-ce pas aux domestiques d'apporter le courrier ? demandai-je avec le sourire.

Comme à son habitude, elle se montra insensible à la plaisanterie.

— Le comte Bergen a annoncé qu'il viendrait aujourd'hui, dit-elle en me tendant le télégramme.

— Le maréchal du palais ?

Je ne l'avais pas vu à Löwenhof depuis longtemps.

— Oui, il souhaiterait parler à la nouvelle comtesse Lejongård.

— Comme ça, à l'improviste ?

D'ordinaire, le maréchal nous informait de sa visite plusieurs semaines à l'avance.

— C'est sans doute une réaction à la mort de ton père.

— Mais ce n'était pas pressé, non ? Je ne serai véritablement comtesse de Lejongård que dans deux ou trois semaines.

Je reportai mon regard sur le télégramme, où le motif de la visite n'était pas indiqué.

— Je suppose qu'il veut te voir pour des raisons d'ordre général. Tu es désormais à la tête de notre maison. Il te parlera des requêtes du roi. Il faut que tu te montres sous ton meilleur jour. Je vais demander à Linda de te sortir une de mes robes. Les tiennes font trop enfant, tu devrais en changer.

Comme si je n'avais d'autre préoccupation que de me faire faire une nouvelle garde-robe !

— Linda pourrait peut-être m'acheter quelques affaires au grand magasin de Kristianstad, lâchai-je avec désinvolture.

Je savais combien ma mère détestait ce genre d'endroit. Revêtir une telle robe pour une occasion officielle aurait constitué une catastrophe de moyenne ampleur.

— Tu devrais plutôt faire venir notre couturière. Au moins, tu ne courras pas le risque qu'on te prenne pour une gouvernante. Si tu veux, j'arrangerai un rendez-vous afin qu'elle te montre ses derniers modèles.

Plus jeune, j'avais toujours aimé les présentations que venait nous faire la couturière. Tout ce qu'elle exposait à nos regards en tissus et objets brillait, scintillait, étincelait : taffetas, brocart, soie, perles de cristal, peignes en or. Au milieu de ces belles étoffes et de ces accessoires j'avais l'impression d'être une princesse. À présent, cela me paraissait désuet. Mais je n'avais pas envie de me quereller avec ma mère.

— D'accord, avertis la couturière. De toute façon, il me faut une robe noire puisque nous allons devoir porter le deuil encore un moment. Je ne peux pas avoir continuellement recours à ta garde-robe.

— Très bien. Mais ne me fais pas honte ce soir en apparaissant attifée comme une suffragette.

Sur quoi elle se détourna pour sortir.

J'étais sur le point de lui demander à quoi ressemblait selon elle une suffragette quand elle s'arrêta et se retourna.

— Au fait, qui est le jeune homme que j'ai croisé ?

— Max von Bredestein. Père l'avait rencontré à Stockholm et voulait l'embaucher comme régisseur.

Ma mère haussa les sourcils.

— Embaucher un régisseur ? Mais pour quoi faire ?

— Je ne sais pas, peut-être pour être secondé.

— Mais il avait son fils !

C'est aussi ce que je m'étais dit, la chose me paraissait tout aussi inexplicable que le contrat de prêt.

— Bredestein vient de Poméranie, où sa famille a des terres. Père a fait sa connaissance au marché aux chevaux et a dû penser que c'était un homme compétent.

— Sa famille a une propriété, dis-tu ? Alors pourquoi veut-il travailler ici ?

— Il est le fils cadet. Et puis il n'a pas de très bonnes relations avec son père. Il pense qu'il est temps pour lui de prendre son indépendance. C'est un sentiment que je comprends.

Ma mère me fusilla du regard.

— Il n'est jamais bien de laisser son père dans l'embarras, quoi qu'il ait pu se passer.

Je ne répondis pas à cette provocation.

— Tu vas l'engager ? poursuivit-elle.

— C'est déjà fait. Je n'ai pas la moindre idée de la façon dont on administre un domaine et je suis sûre qu'il me sera d'une grande aide.

Ma mère me regarda d'un œil scrutateur, puis elle acquiesça et se retira.

CHAPITRE 20

Peu avant l'arrivée du maréchal, j'enfilai une robe du soir de couleur sombre et me regardai dans le miroir. Avec ses petites manches bouffantes, son haut rigide et sa jupe étroite, elle avait l'air un peu démodée. À Stockholm, la mode était aux coupes plus larges. On portait des tenues *à la japonaise**, des étoffes fluides enroulées, ornées de dentelle précieuse et maintenues à la taille par une ceinture large, ou des robes avec une sorte de tunique par-dessus. Sous les amples robes de thé, on pouvait sans problème se passer du corset. À l'université, je me montrais généralement en jupe et chemisier. Mais, de temps en temps, Marit et moi allions regarder les vitrines des couturiers pour admirer les derniers modèles. La mode avait cessé depuis longtemps d'être le privilège de la noblesse, aussi Marit

* Les mots et expressions en italique suivis d'un astérisque sont en français dans le texte. *(NdT)*

ne trouvait-elle rien à y redire. Peut-être devais-je tirer profit de la visite de la couturière pour me débarrasser des vieilleries de mon armoire – et tant pis pour ce qu'en penserait ma mère.

En attendant, ce soir, il me faudrait porter cette robe si je ne voulais pas avoir à m'insérer dans une des tenues trop étroites de ma mère. J'enfilai mes longs gants et descendis au rez-de-chaussée.

Ma mère m'attendait déjà au salon, qui était également la pièce où nous recevions nos invités. Elle avait revêtu la plus élégante de ses robes noires, qui n'était pas plus au goût du jour que celle que je portais. Mais essayer de lui faire entendre que la mode allait vers plus de décontraction serait sûrement peine perdue.

— Il est en retard, dit-elle en regardant l'horloge.

Puis elle m'examina d'un œil critique.

— Il te faut absolument de nouvelles tenues. Dans cette robe, on dirait que tu as 16 ans.

— Dans certains cercles, on prendrait cela comme un compliment, répliquai-je.

— Tu ne voudrais pas resserrer un peu ton corset ? Ta taille paraît plus large qu'elle ne devrait.

— Ma taille est très bien comme elle est. Si nous parlions plutôt du retard de Bergen ?

Ma mère fit la grimace. Elle détestait encore plus le manque de ponctualité que les tenues inappropriées.

— Il avait dit qu'il serait là à 8 heures. Or il est déjà 8 heures et quart.

— Il a dû être retenu. Ou bien il aura eu un problème avec sa calèche. Tu sais dans quel état sont parfois les routes.

Ma mère souffla avec dédain et baissa les yeux vers le verre qu'elle avait à la main. La petite tranche de citron paraissait effilochée par le soda. Si j'étais arrivée en retard, je me serais sans doute attiré une remarque acerbe, mais j'étais certaine qu'elle n'oserait rien dire au comte. À cet instant, il y eut un grand fracas suivi d'une bruyante détonation. Nous bondîmes de notre siège. Je connaissais ce bruit pour l'avoir entendu de temps à autre à Stockholm. Telle une enfant, je courus à la fenêtre.

Une automobile remontait l'allée et vint s'arrêter sur la petite place circulaire devant le perron. Sa peinture rouge foncé et les entourages dorés des phares brillaient à la lumière des becs de gaz de la cour. Un jeune homme en uniforme et casquette était assis au volant, sur un siège tendu de rouge qui paraissait très confortable. À son cou pendillait une grande paire de lunettes. Les commandes du tableau de bord scintillaient à l'instar du contenu d'un coffret à bijoux. Le comte Bergen était installé à l'arrière, sur une banquette capitonnée revêtue de cuir sombre évoquant un canapé Chesterfield.

Hendrik n'en serait pas revenu. Moi aussi j'étais émerveillée. Pouvoir longer les prés dans un véhicule comme celui-là et sentir le vent sur son visage devait être divin !

— Phénoménal ! laissai-je échapper.

Ma mère me rejoignit à la fenêtre.

— Regarde-moi cet équipage infernal ! s'exclama-t-elle, outrée. Le voilà qui arrive dans cet horrible engin comme un rustre en quête d'une épouse !

Je réprimai un sourire. Elle n'aurait jamais toléré que je fasse une remarque aussi irrespectueuse sur un membre de la maison royale. Mais la vue de l'automobile paraissait l'échauffer.

— Je ne comprends pas pourquoi le roi s'intéresse à ces véhicules, poursuivit-elle en secouant la tête. Sans doute une de ses lubies, comme le tennis. Tu es au courant qu'il participe à des tournois et se fait appeler Mister G. ?

J'acquiesçai. Les journaux de Stockholm en avaient parlé. J'avais trouvé cela très rafraîchissant.

— J'imagine que ce genre de chose te plaît, non ? C'est la fin de l'Occident.

— Mère, l'Occident ne sombrera pas parce que notre roi joue au tennis ou que son maréchal voyage en automobile. Nous devrions nous préparer à recevoir le comte.

Nous retournâmes à nos places. Ma mère marmonna quelques paroles indistinctes, puis reprit une gorgée de soda. Quelques instants plus tard, Bruns apparut pour annoncer le maréchal.

Entre-temps, le comte Bergen s'était débarrassé de ses lunettes d'automobile et de son manteau. Il portait une élégante redingote grise, sa moustache tortillée lui donnait une touche d'audace qui paraissait un peu osée chez un homme de plus de 60 ans. J'avais gardé un tout autre souvenir de lui.

— Bonsoir, mesdames !

Il s'inclina, baisa la main de ma mère, puis la mienne.

— Je suis ravie de vous accueillir ici, comte Bergen, dis-je.

— Comtesse Lejongård. Je vous présente mes plus sincères condoléances. Cela ne doit pas être facile pour vous deux.

— Merci, répondis-je.

Ma mère, qui était restée remarquablement silencieuse, ajouta :

— En dépit de notre chagrin, nous sommes en mesure de perpétuer la glorieuse tradition de notre maison.

— Nous avons accueilli avec soulagement la nouvelle que vous et votre fille étiez indemnes.

Cela n'était que partiellement vrai. Nous n'avions pas subi d'atteintes physiques, mais cette double mort avait laissé de profondes blessures dans notre âme.

Ma mère se dirigea vers la fenêtre et tira sur le cordon de la sonnette. Lorsque j'étais descendue au salon, j'avais senti une odeur délicieuse venant de la cuisine et j'étais très curieuse de découvrir ce que Mme Bloomquist nous avait concocté.

— La voiture avec laquelle vous êtes venu est très impressionnante, dis-je pour changer de sujet.

Je ne voulais plus parler de mon père et de Hendrik. Le simple fait de penser à eux me nouait la gorge. Et puis il y avait cet étrange contrat de prêt, que j'aurais voulu pouvoir chasser de mon esprit. Bergen était là pour faire la connaissance de la nouvelle comtesse. Pour des raisons pratiques et non sentimentales.

— C'est une Packard Eighteen Touring, répondit le maréchal. Il y fait un peu froid par mauvais temps, mais elle est plus rapide que n'importe quel cavalier. Le roi en a acheté trois, une pour le prince héritier, une pour lui et une pour ses hauts fonctionnaires.

— Qu'est-ce que tu en penses, Mère ? demandai-je avec un brin de provocation. Si on s'en procurait une ? On serait en ville en un rien de temps.

— Löwenhof est réputé pour ses chevaux, pas pour ses automobiles, rétorqua Stella.

— Vous devriez faire un essai à l'occasion. La différence avec la calèche est considérable. On économise beaucoup de temps et le confort est bien supérieur.

— C'est très aimable à vous, comte Bergen, mais pour le moment nous préférons la calèche.

Nous ? faillis-je demander. Car, pour ma part, j'aurais volontiers opté pour un véhicule motorisé.

Bruns vint annoncer que le dîner était servi.

— Merci, Bruns, répondit ma mère.

Elle vida son verre et se leva.

Lorsque nous entrâmes dans la salle à manger, je remarquai un changement. Ma mère avait fait placer mon couvert au bout de la table. Désormais, j'étais le chef de la famille. Mais m'asseoir à la place de mon père me fit un drôle d'effet. Il m'avait toujours paru si loin.

Ma mère me lança un regard d'expectative. Visiblement, j'étais censée porter un toast en l'honneur de notre hôte. Cela aussi me parut étrange. Je baissai les yeux vers mon verre. Il était vide, mais Marie vint le remplir. Susanna était là elle aussi. Encore pâle, mais personne n'aurait pu deviner qu'elle avait eu un malaise.

— Buvons à la santé de la famille royale, dis-je, rompant le silence qui s'était installé jusqu'au départ de Marie. Et ayons une pensée pour Thure et Hendrik Lejongård, mon cher père et mon frère bien-aimé.

— Que les premiers prospèrent à la grâce de Dieu et que les seconds trouvent la paix éternelle, répondit Bergen avant de porter son verre à ses lèvres.

Les domestiques entrèrent avec le potage.

Je ressentis un élancement dans les tempes. Si seulement j'avais été seule avec ma mère ! Nous aurions pu manger en silence. Mais on attendait de moi que je fasse la conversation. Que nous ayons un seul ou cent invités, ma mère jugeait de mon rôle de les divertir. Cela dit, je ne connaissais pas suffisamment bien Bergen pour savoir de quoi j'étais censée lui parler. Dans le temps, pendant que mon père remplissait ses obligations d'hôte, je me livrais secrètement à des concours de grimaces avec Hendrik...

— Quelles sont les nouvelles de la cour, comte Bergen ? demandai-je une fois qu'on nous eut servi le potage.

Les domestiques s'étaient retirées à l'exception de Marie, qui restait là pour répondre à nos besoins.

— En ce moment, il n'y a pas grand-chose de neuf. Le roi est souvent en déplacement et la reine a de nouveau besoin de passer du temps dans une contrée plus chaude. Mais le nouveau petit prince se développe à merveille. Bertil est un vrai rayon de soleil.

— Je suis ravie de l'apprendre. Leurs Altesses reviendront-elles cet été passer quelque temps chez nous ?

— Voilà un point dont nous devrons discuter plus tard en tête à tête, comtesse, répondit Bergen en jetant un bref regard en direction de la domestique.

— Y aurait-il un motif d'inquiétude ? demanda ma mère.

— Nullement. Il s'agit simplement d'un détail dont je souhaiterais m'entretenir avec votre fille. C'est ainsi que je procédais avec feu votre époux.

Je vis le sourire de ma mère se figer. Ainsi, elle continuerait de rester à l'écart. Dans mon souvenir, en effet, mon père avait toujours discuté seul à seul avec Bergen. À l'époque, je n'éprouvais pas grand intérêt pour le maréchal, trop âgé pour retenir mon attention. De son côté, ma mère se retirait avec sa femme, dont je ne me souvenais pour ainsi dire pas.

— Comment va Mme votre épouse ? s'enquit ma mère, tentant ainsi de dissimuler sa contrariété.

— Pas très bien, hélas. Depuis l'an dernier, elle a des problèmes de mémoire. Elle connaît des états de confusion, sort se promener dans le jardin et, ensuite, ne sait plus comment elle s'est retrouvée là. Le médecin pense qu'elle souffre d'une nouvelle maladie qu'on appelle Alzheimer et lui a prescrit quelques semaines de repos en Italie. En ce moment, elle est là-bas avec ma fille.

— Je suis navrée de l'apprendre, dis-je. J'espère qu'elle se rétablira.

Je sentis à son air qu'il ne partageait pas cet espoir. Une nouvelle maladie pour laquelle les médecins n'avaient qu'une cure de repos à proposer n'augurait rien de bon.

Il se ressaisit.

— J'ai entendu dire que, cette année, vous aviez déjà eu vingt poulains. C'est une performance remarquable.

— Oui, mon père a contacté de nouveaux éleveurs. Je n'ai pas encore vu toutes les bêtes, mais le dernier me semble particulièrement réussi.

Un sourire me vint à la pensée d'Étoile du soir. S'il avait existé quelque chose comme une transmigration des âmes à l'instant de la mort, celle de Hendrik serait peut-être passée dans ce ravissant poulain.

— Pensez-vous qu'un jour vous pourriez aussi élever de bons chevaux de course ? Comme vous le savez, Sa Majesté rêve de mettre sur pied une équipe de chevaux de course dont la qualité égalerait celle des Anglais.

Je n'avais pas connaissance de ce fait, mais n'ignorais pas que, même à Stockholm, il y avait à présent des courses de chevaux. Les Suédois n'étaient sûrement pas comparables aux Anglais, mais Hendrik n'avait cessé de me rebattre les oreilles à ce sujet.

— Nos chevaux sont très rapides à la chasse et je doute qu'on puisse en trouver de meilleurs pour cet usage. Quant à leurs capacités sur une piste de course, il faudrait voir. Mais je ne suis pas sûre qu'il vaille la peine de les envoyer en Angleterre pour les faire courir à Ascot.

— Un jour, cela pourrait se révéler fructueux. Imaginez le vainqueur de notre ligue remportant des succès en Angleterre ! Les temps changent si vite, comtesse, il ne faut surtout pas se laisser distancer.

Il parlait au nom de notre pays et de la maison royale, mais je n'étais pas certaine de vouloir que nos chevaux participent à ces terribles courses. À Stockholm, j'avais entendu d'affreuses histoires à propos de bêtes qui s'effondraient sur la piste.

— Si le roi s'y intéresse, nous devrions nous y mettre, intervint ma mère en faisant signe à Marie d'apporter la suite.

— Comment le roi se débrouille-t-il au tennis ? demandai-je.

Je lus sur le visage de ma mère qu'elle trouvait indigne d'un souverain de se démener sur un court. À Stockholm, toutefois, les jeunes gens en étaient ravis.

— Oh, fort bien. Son nouvel entraîneur est très satisfait de lui.

— Participera-t-il au tournoi de Wimbledon ?

— Qui sait ? Il y a déjà été invité à plusieurs reprises et il serait probablement ravi d'affronter des joueurs étrangers.

— Si cela arrive, il faut absolument que vous nous en informiez. Il y a longtemps que je ne suis pas allée en Angleterre et ce serait l'occasion idéale.

La dernière fois que je m'y étais rendue, c'était en 1905, pour le mariage du prince héritier Gustave-Adolphe et de la princesse Margaret au château de Windsor. À l'époque, j'avais 19 ans, et tout cela m'avait paru très excitant. Je devais encore avoir quelque part un croquis du château réalisé pendant mon séjour là-bas.

Les noces avaient été magnifiques et ma mère s'était mis en tête de donner le même éclat à notre fête de la Saint-Jean. Elle y avait réussi en partie, cependant les nouveaux époux n'avaient pu venir parce qu'ils étaient alors en lune de miel en Irlande. Elle avait mis des mois à se remettre de sa déception.

— Si Sa Majesté devait effectivement prendre part au tournoi, nous constituerions bien sûr une délégation pour l'accompagner et je vous solliciterais personnellement.

— Je vous remercie.

On aurait dit que ma mère avait mordu dans un noyau de cerise. Elle préférait sans doute être invitée à un bal à la cour d'Angleterre que rester assise des heures durant sous un soleil brûlant à manger des fraises à la crème tout en courant le risque de voir abîmer sa coiffure par une averse soudaine.

— En tout cas, nous serions ravies d'accueillir comme chaque année Sa Majesté à l'automne pour la chasse au renard, reprit-elle.

— Je pense que Sa Majesté ne voudra pas manquer pareil événement. Mais en attendant concentrons-nous plutôt sur d'autres sujets.

Sa réponse éveilla une lueur d'inquiétude dans le regard de ma mère, et je trouvai étrange moi aussi que le maréchal ne veuille pas se prononcer clairement. Outre le tennis, la chasse était la grande passion du roi. Ses goûts en la matière n'avaient sûrement pas changé. Alors pourquoi Bergen hésitait-il ?

Le dîner terminé, ma mère se retira dans ses appartements. Le comte Bergen lui fit un baisemain dans les règles de l'art et je lui souhaitai une bonne nuit. Puis j'invitai notre hôte à me suivre dans le bureau de mon père. La pièce était encombrée de piles de caisses, mais je ne voyais pas de meilleur endroit pour parler de la famille royale et de son séjour à Löwenhof.

— Excusez le désordre, je vous prie, dis-je.

J'avais employé l'après-midi précédent à passer en revue un certain nombre de papiers.

— Je vois que vous avez déjà commencé à vous familiariser avec les dossiers.

— En effet. Je voudrais avoir les rênes en main au plus tôt. Chaque jour qui passe coûte de l'argent au domaine.

Cette phrase n'était pas de moi, mais de mon père. Il n'avait cessé de la marteler à Hendrik, lequel s'en plaignait à moi.

— Asseyez-vous donc, poursuivis-je en lui indiquant l'ensemble de fauteuils en cuir, épargné par le chaos de documents qui régnait dans la pièce.

— La reprise du domaine et du titre vous fait endosser une lourde responsabilité, déclara le comte Bergen en se calant dans un fauteuil. Votre famille est liée depuis fort longtemps à la maison royale. Mais vous le savez.

J'acquiesçai. Mon père m'avait inculqué dès l'enfance le devoir de fidélité des Lejongård à l'égard de la royauté suédoise.

— Je n'ai pas l'intention d'y déroger, répondis-je en me demandant où il voulait en venir.

Bergen ne se déplaçait à Löwenhof que lorsque la famille royale avait un souhait à formuler : séjour de repos, hébergement d'invités de la couronne ou rencontres confidentielles, de nature privée ou politique. Je ne pensais pas qu'il soit venu simplement pour m'introniser.

Je lui offris un verre de l'aquavit que mon père cachait dans son bar en forme de globe et m'assis à mon tour.

Heureusement, cet homme ne perdait pas de temps en compliments inutiles, aussi aborda-t-il rapidement le sujet qui l'amenait.

— Comme vous le savez, il relève de mes fonctions de coordonner les rendez-vous de Leurs Majestés et Altesses, en concertation avec leurs secrétaires particuliers, cela va de soi. Il y a quelques jours, la princesse Margaret a exprimé le souhait de venir passer une semaine ici avec les enfants, l'été prochain.

— Ce serait pour nous un grand honneur, répondis-je.

La mine soucieuse de Bergen me laissa toutefois penser qu'il y avait un problème.

— Cependant je serais tenu de formuler des réserves concernant ce projet si j'en arrivais à la conclusion que la sécurité de Leurs Altesses ne pourrait être garantie.

— En quoi cela pourrait-il être le cas ?

— Nous sommes en contact permanent avec le préfet de police. Aussi avons-nous appris que les autorités compétentes soupçonnaient d'être d'origine criminelle le funeste incendie qui s'est déclaré chez vous.

Je fus prise d'une sueur froide. Je n'avais pas pensé que le roi et le prince héritier étaient tenus informés de certaines enquêtes policières. Les Lejongård n'étaient pas n'importe qui, aussi l'éventualité d'un acte criminel n'était-elle pas anodine.

— En effet, l'inspecteur Hermannsson est en train d'étudier cette piste, répondis-je. Mais vous pouvez être sûr que nous ferons tout pour assurer la sécurité de Leurs Altesses royales. D'ici là, les ruines auront au moins été déblayées, de sorte qu'elles ne présenteront plus de danger.

— Ce qui m'inquiète, c'est le risque de récidive. S'il y a vraiment eu une intention criminelle, ce genre d'incident pourrait se reproduire.

J'eus soudain la bouche aussi sèche que si je n'avais rien bu depuis des jours.

— J'espère bien que non, répliquai-je.

— Nous l'espérons aussi, bien sûr. Mais pouvez-vous me garantir que cela n'arrivera pas ?

Je secouai la tête.

— Alors pourquoi ne pas organiser le séjour de Son Altesse dans votre villa à Åhus ?

— Cela voudrait dire prendre le double de personnel, répondis-je. Dans le cas où ma mère et moi les accompagnerions. Mais il faut que quelqu'un s'occupe des chevaux. Personnellement, je n'ai pas besoin d'un grand nombre de domestiques, mais…

— Son Altesse royale préférerait aussi séjourner à Löwenhof. Le climat stimulant de la mer lui convient davantage au printemps et à l'automne. Mais si elle-même ou ses enfants risquaient d'être en danger, prendre cette situation en compte ne représenterait pas une grande dépense pour vous.

— Non, bien sûr, répondis-je, accablée.

En fin de compte, engager du personnel était une question d'argent. Je n'avais pas encore une vision précise des finances du domaine, mais la reconstruction de l'écurie serait coûteuse et nécessiterait que nous vendions des chevaux.

— Bien, elle sera ravie de cette nouvelle, déclara Bergen en m'examinant attentivement. Puis-je compter sur vous pour nous tenir informés du résultat de l'enquête ?

Quand les investigations seront closes, vous l'apprendrez sans doute immédiatement par le préfet, pensai-je. Mais je gardai mes réflexions pour moi. On ne contrariait pas le maréchal de la cour si l'on voulait conserver la faveur de la famille royale. Il y a encore quelques semaines, j'aurais ri de ce genre de pensées et les aurais jugées stupides. Mais, à présent, il allait falloir que je m'habitue à cela.

— Il va de soi que je vous tiendrai immédiatement informé. Et je vais prier l'inspecteur de bien vouloir accélérer les choses. Le coupable devrait pouvoir être arrêté rapidement.

— Nous l'espérons tous vivement, répondit Bergen avec un sourire bienveillant. Bien, je ne vais pas vous retenir plus longtemps.

— Ne voulez-vous pas rester pour la nuit ? Nos chambres d'invités sont disponibles et nous serions ravies de profiter de votre compagnie au petit déjeuner.

— Je crains de devoir refuser votre aimable invitation. Je dois repartir dès ce soir.

Il se leva et me tendit la main. Lorsque je la pris, il me fit derechef un baisemain.

Je le raccompagnai à la porte, où Bruns attendait avec son manteau. Bergen s'habilla et je sortis avec lui sur le perron.

— Vous devriez réfléchir à propos de l'automobile, dit-il. Votre mère se méfie un peu du progrès, mais laissez-moi vous dire qu'une fois que vous aurez pris un de ces véhicules vous ne voudrez plus échanger les chevaux-vapeur contre de vrais chevaux.

Sur ces mots, il prit place à l'arrière et fit signe au chauffeur de partir.

Celui-ci alluma le moteur, provoquant un vacarme semblable au rugissement d'un lion. Les domestiques et les garçons d'écurie devaient tous être aux fenêtres pour essayer de voir ce qui se passait. Le chauffeur actionna un levier et le véhicule démarra. Les roues projetèrent quelques gravillons, puis les feux arrière rouges et les faisceaux blancs des phares disparurent dans la nuit.

Bruns était resté à côté de la porte. Lui aussi semblait enthousiasmé par l'automobile du maréchal, car ses yeux brillaient comme ceux d'un enfant.

— Puis-je encore vous être utile, Mademoiselle ? demanda-t-il.

— Non, je vais aller me coucher. La journée a été longue et éprouvante.

— Je vais avertir Lena.

— Ce n'est pas nécessaire, merci.

Je remontai dans ma chambre. J'avais besoin de me retrouver seule un moment. J'avais mal à la tête et la nuque crispée. Je me déshabillai, fis ma toilette à l'eau froide et enfilai ma chemise de nuit.

Je venais de me laisser tomber sur mon lit quand j'entendis frapper à la porte. Lena était-elle montée en dépit de mes ordres ?

— Entrez, dis-je, épuisée, en me relevant avec effort.

C'était ma mère. Son regard fit rapidement le tour de la pièce, dans laquelle elle n'avait pas dû pénétrer depuis des années, puis elle se tourna vers moi.

— J'espère que l'entretien avec le comte Bergen s'est déroulé à la satisfaction de chacun ?

— Oui. Le couple princier assistera à notre fête de la Saint-Jean et la princesse Margaret viendra passer une semaine chez nous avec les enfants au mois d'août.

— Formidable ! s'exclama ma mère, rassérénée.

— Cela étant, Bergen souhaiterait que les raisons de l'incendie aient été élucidées d'ici là. Il a eu vent que la police soupçonnait un acte criminel. Ils ne veulent faire courir aucun risque à la princesse et à ses enfants.

J'ôtai quelques-unes de mes barrettes. Je détestais porter mes cheveux relevés. Au bout d'un moment, on avait l'impression d'avoir sur la tête une perruque mal ajustée. Pourquoi les femmes faisaient-elles tant de chichis à propos de leur coiffure ? Si je m'étais écoutée, je me serais fait couper les cheveux, mais pour le moment, j'avais tant de combats à mener que je n'avais pas envie d'y ajouter une querelle avec ma mère à ce sujet.

— C'est compréhensible, répondit-elle, agacée. A-t-il fait une suggestion à cet égard ?

— Il a rappelé que nous pouvions aussi proposer notre résidence d'été à la princesse. Sur quoi je lui ai fait remarquer que cela nécessiterait davantage de personnel.

— Ce qui est tout à fait dans nos moyens. J'espère que tu ne lui as pas donné l'impression que…

— Pas du tout. C'était juste une remarque, qui n'avait rien d'une objection. À ce que je crois du moins.

— Je l'espère ! Si l'on pense que notre maison n'est même pas en état d'organiser le séjour de la princesse, notre réputation ne s'en remettra pas. Le roi actuel n'est plus celui qui nous a fait don du domaine.

— J'en suis bien consciente. Mais je ne pense pas que nous ayons motif à nous inquiéter. La princesse préfère Löwenhof. Mais pour l'accueillir ici il faudrait être sûres qu'il n'y aura pas d'autre incendie.

— Je vais écrire à Hermannsson de presser le mouvement. D'ailleurs je me demande pourquoi son enquête n'a pas encore abouti.

— Cela ne fait que deux semaines. Les investigations exigent du temps.

Ma mère ne paraissait pas de cet avis, mais elle s'abstint de dire tout haut qu'elle tenait les fonctionnaires pour négligents.

— Bergen t'a-t-il dit autre chose ?

— Non, c'est tout. Cet incendie inexpliqué semble les inquiéter. C'est probablement pour cela qu'il a également hésité en ce qui concerne la chasse.

Je m'interrompis un bref instant.

— Le roi viendra, ajoutai-je. Il aime beaucoup trop nos bois pour manquer notre chasse.

Ma mère acquiesça et se détourna.

— Bonne nuit, Agneta.

— Bonne nuit, Mère.

Je la suivis des yeux tandis qu'elle quittait la pièce, puis me laissai retomber sur mon lit. J'éprouvai soudain une intense nostalgie de Stockholm. J'aurais tant aimé retrouver mon appartement avec ses taches au plafond, être dans les bras de Michael. Mais tout cela appartenait désormais au passé. Il était préférable de se ressaisir et de tirer le meilleur parti de la situation.

CHAPITRE 21

— Vous êtes ponctuel, dis-je en sortant sur le perron.

Posté au pied de l'escalier, Max von Bredestein leva les yeux vers moi.

— Et vous, vous êtes très élégante ce matin, répliqua-t-il.

Se moquait-il de moi ? Je portais une robe noire ceinturée par un large ruban et un peu trop ruchée à mon goût. Mais, ainsi que ma mère m'en avait informée au petit déjeuner, elle comptait prendre contact avec la couturière ce jour même. Mme Larsson était très empressée et soucieuse de donner satisfaction au plus vite à sa cliente. Cela dit elle ne pouvait pas accomplir de miracles. À supposer qu'elle puisse venir aujourd'hui prendre mes mesures, ma nouvelle robe ne serait pas prête avant plusieurs jours, même si elle utilisait des machines à coudre modernes.

Bredestein semblait n'avoir pas d'autre bagage que le petit sac posé sur les dalles à côté de lui.

— Ce sont là toutes vos affaires ? demandai-je.

— Oui, et je crains de devoir m'en contenter. Quand j'aurai informé mon père que je quitte notre domaine, je ferai mieux de ne plus reparaître devant ses yeux.

— Vous pensez vraiment qu'il vous en voudra à ce point ?

— Plus encore que vous ne l'imaginez, répondit-il en ramassant son sac. Où se trouve mon nouveau domicile ?

Il souriait, mais une lueur assombrissait son regard, et ce n'était pas l'expression d'un homme heureux d'échapper à son père. En dépit de tout, il semblait préoccupé.

Nous longeâmes l'aile des domestiques en direction de la maisonnette dont mon père ne s'était plus guère occupé depuis la mort de Gridholm. Les garçons d'écurie nous lancèrent des regards emplis de curiosité.

En chemin, nous croisâmes Langeholm.

— Bonjour, Mademoiselle, je voulais justement vous voir. Cette nuit, nous avons eu deux nouveaux poulains.

— Bonjour, monsieur Langeholm, je vous présente Max von Bredestein, notre nouveau régisseur. Monsieur von Bredestein, voici Sören Langeholm, notre écuyer.

Les deux hommes se serrèrent la main.

— Ravi de vous rencontrer, dit Langeholm avec un large sourire.

La veille, j'avais informé le personnel que j'avais engagé un régisseur, ce qui avait été bien accueilli.

— Vous vous plairez ici. Si vous avez besoin de quoi que ce soit, n'hésitez pas à me solliciter.

— Vous êtes très aimable, merci, répondit mon nouvel intendant avec un sourire engageant.

L'ancien logis de Gridholm était une petite maison de bois peinte en rouge et entourée d'une clôture. Lorsque nous étions enfants, Hendrik et moi profitions de ce que Gridholm était au manoir pour piller en cachette le pommier planté à côté de la bâtisse. L'intendant accusait les corneilles, mais à présent j'étais sûre qu'il nous avait percés à jour.

— C'est un peu isolé, dis-je en ouvrant la porte du jardin. Si cela ne vous convient pas, dites-le-moi et je vous procurerai un autre logement.

— Ce ne sera pas nécessaire. L'endroit me plaît. Et je serai content d'être un peu seul. Je n'ai jamais pu l'être chez mon père.

Je sortis la clé pour ouvrir la porte.

L'odeur des cigares de Gridholm semblait toujours flotter dans les lieux. Les murs de bois s'en étaient imprégnés. J'avais oublié combien la maison était accueillante. Le petit âtre avec la cheminée maçonnée promettait de la chaleur en hiver, et les fenêtres étaient assez grandes pour laisser entrer le soleil en été. Il y avait deux pièces : un salon avec un coin pour faire la cuisine et une chambre comportant un grand lit à côté duquel, séparée par un rideau, était installée une baignoire. Les réserves pouvaient trouver place à l'extérieur, dans une petite annexe. Le personnel profitait de l'excellente cuisine de Mme Bloomquist, mais Gridholm avait entreposé chez lui son tabac, son schnaps maison et le poisson séché qu'il affectionnait. À vrai dire, les conserves de raie malodorantes que son cousin lui envoyait de Norvège ne pouvaient guère être ouvertes qu'ici, loin du manoir.

— C'est très simple, mais vous vous installerez comme vous le souhaitez, dis-je.

Je l'observai tandis qu'il examinait la table de cuisine avec les deux chaises, la vieille armoire venant du manoir et le banc jouxtant la cheminée, sur lequel était posée une vieille peau de mouton.

— Je crois que j'ai tout ce qu'il me faut ici, répondit-il. J'ai été élevé dans un grand domaine, mais je ne suis pas exigeant. Du moment que je mange à ma faim et que j'ai mes heures de sommeil, je suis un homme heureux.

Je le regardais avec attention. Il n'avait effectivement pas l'air d'un jeune homme gâté. Ses traits étaient clairs et bien marqués. Sans être particulièrement musclé, il avait un corps nerveux. Ses épaules, ses bras et sa démarche montraient qu'il avait grandi à la campagne et que maîtriser un cheval récalcitrant ne lui posait pas de problème.

Un amoureux des chevaux, comme Hendrik.

— Si vous avez besoin de quelque chose, n'hésitez pas à vous adresser à moi ou à M. Langeholm. Les repas du personnel sont servis au manoir, je vais informer Mme Bloomquist qu'elle devra désormais préparer une portion supplémentaire. Je vous attends cet après-midi dans mon bureau. Je vous montrerai les livres de comptes et je commencerai à vous parler de quelques affaires.

Lorsque j'eus achevé mon petit discours, je m'aperçus qu'il m'avait écoutée avec le sourire. Ne me prenait-il pas au sérieux ? Trouvait-il étrange de recevoir des ordres d'une femme ?

— Je vous remercie, comtesse Lejongård, dit-il en me prenant la main pour la baiser. Et je suis ravi à l'idée de travailler avec vous.

— Moi de même.

Nous échangeâmes un regard, puis je me détournai. De curieux picotements animaient soudain mon ventre ; ils ne s'atténuèrent pas lorsque la maisonnette eut disparu derrière les arbres.

CHAPITRE 22

Au cours des semaines suivantes, le temps changea et la nature s'épanouit. Le mois de juin fut estival. L'air vibrait de doux parfums, le soleil brillait dans un ciel d'un bleu intense, et abeilles et bourdons se disputaient les fleurs.

Max von Bredestein se révéla d'une grande aide dans l'administration du domaine. Il me montra comment tenir des livres de comptes et m'expliqua patiemment les us et coutumes du commerce des chevaux. Une fois, même, j'allai avec lui et Langeholm à Stockholm au marché aux chevaux. Nous n'avions pas besoin d'autres bêtes, mais je pensais nécessaire de connaître aussi cette partie de nos affaires. Dans mon enfance, ma mère avait toujours insisté pour que je reste à la maison quand les hommes s'y rendaient.

L'élevage était un domaine exclusivement masculin, aussi fus-je considérée avec étonnement. Je portais une tenue simple et m'efforçais de manifester le moins possible de féminité, mais cela n'y changea rien. Plus d'une fois, on me crut l'épouse de Max, comme je l'appelais désormais en mon for intérieur, ou de Langeholm. Quand j'expliquais alors que j'étais l'acheteur, cela me valait des regards stupéfaits. C'était presque comme à Stockholm, lorsque j'étais arrivée pour la première fois au cours de peinture.

Mais je trouvai peu à peu plaisir à mon rôle. La nuit, il m'arrivait certes encore de pleurer en pensant à Hendrik, parfois aussi à Michael, ou de faire des cauchemars. Mais le jour je me maîtrisais plutôt bien et ma mère paraissait s'adoucir un peu. Ce qui tenait simplement à mon retour à Löwenhof, et à mon application à faire dans l'ensemble ce qu'on attendait d'un membre de la famille.

Désormais, je disposais d'une nouvelle garde-robe, dont une tenue d'équitation qui me permettrait de participer aux chasses que nous organisions à l'automne. Ma mère la trouvait scandaleuse et m'avait exhortée à ne pas me montrer ainsi en public. Elle ne voulait tout de même pas que je chasse le renard en amazone ?

Susanna m'inquiétait de plus en plus. Après m'avoir promis début avril qu'elle se mettrait en quête d'un mari ou au moins d'un médecin discret, Marit ne m'avait plus donné de nouvelles. Or Susanna ne pourrait bientôt plus cacher son état. Les rares fois où je l'avais vue, je lui avais trouvé très mauvaise mine. Elle avait des cernes sous les yeux et paraissait perdre du poids alors que Mme Bloomquist veillait sûrement à ce qu'elle mange bien. Les autres filles avaient-elles des soupçons ? L'évitaient-elles, répandaient-elles des rumeurs ? Tout cela me paraissait de mauvais augure.

Nous arrivions au solstice d'été, à l'occasion duquel nous organisions toujours un grand bal. Compte tenu des circonstances, j'avais hésité à engager les préparatifs et à envoyer les invitations. La mort de mon père et de mon frère datait de trois mois à peine. Pouvait-on s'autoriser à donner un bal et à danser ?

« Bien sûr que oui, avait répondu ma mère lorsque j'avais abordé la question avec elle au début du mois de mai. Nous avons des obligations à l'égard de notre cercle. Les maisons amies ainsi que la famille royale ont rendu les derniers honneurs à mon époux et à mon fils. Elles attendent à présent que nous accomplissions notre devoir en organisant ce bal. »

Je ne comprendrais sans doute jamais pourquoi une maison qui avait dépêché ses ambassadeurs pour assister aux obsèques de mon père et de Hendrik attendait de nous que nous dansions sur les tables trois mois plus tard…

« Très bien, Mère, je vais y réfléchir.

— Y réfléchir ? s'était échauffée ma mère. J'espère que tu n'es pas sérieuse ? La fête du solstice d'été est une tradition chez nous. Nous n'y avons jamais dérogé.

— Mais ne trouvera-t-on pas irrespectueux que nous donnions un bal ? Il ne s'est même pas écoulé assez de temps pour que nous puissions passer au demi-deuil.

— Nous devons le faire. De façon peut-être un peu plus calme et posée, mais la fête doit avoir lieu. »

J'avais poussé un soupir et reposé ma tasse. Que faire ? M'engager dans une dispute ? Ou me plier à sa volonté ? Dans cette fête, j'appréciais tout au plus le hareng frais et le *nubbe*, du schnaps maison.

« C'est d'accord, Mère, avais-je cédé. Nous organiserons la fête.

— Parfait ! Nous…

— Mais ce sera le plus simple possible. Pas de grand tralala, juste un agréable moment à passer ensemble, avec une bonne table. Peut-être aussi devrions-nous renoncer à danser.

— Une fête sans danse ? s'était-elle récriée. Ce ne sera plus une fête ! Les gens du village ne nous le pardonneraient pas.

— Nos invités danseront, bien entendu. Mais quant à nous, nous devrions nous abstenir. »

Il ne m'en coûterait guère, sachant très bien que je serais le point de mire des célibataires de la région.

Ma mère m'avait regardée, sceptique, puis avait acquiescé.

« Très bien. Nous nous interdirons de danser. Mais il faudra inviter un orchestre.

— Pourquoi pas le violoneux du village ? avais-je suggéré. Il connaît bien son métier. Les villageois seraient ravis.

— Tu as perdu l'esprit ou quoi ? Tu voudrais que Leurs Altesses royales dansent comme des paysans ? »

J'avais eu un petit sourire.

« Tu te moques de moi ! s'était exclamée ma mère, furieuse. Pourquoi ? Tu as déjà terrorisé la couturière avec tes exigences bizarres ! Pour un peu, elle n'en serait pas venue à bout.

— Quel mal y a-t-il à avoir une garde-robe moderne ? La mode est si éphémère, mieux vaut investir dans le dernier chic.

— Dans nos cercles, il est préférable de veiller à la qualité que de s'intéresser au dernier chic.

— Pourquoi ne pourrait-on pas avoir les deux ? Je ne pense pas que tes vieilles crinolines et tournures reviennent jamais à la mode. Les jeunes femmes essaient justement de se débarrasser de ces accessoires inconfortables.

— Oui, en allant au grand magasin, c'est ça ? Je m'y vois déjà. »

Je n'avais pu m'empêcher de rire.

« Allez, oublions ça. Invite l'orchestre. Mais j'insiste pour avoir le violoneux. Je suis sûre qu'il aura beaucoup de succès auprès de nos invités. »

Ma mère avait poussé un profond soupir.

« Soit. »

CHAPITRE 23

Le matin du bal, il régnait au manoir une atmosphère d'affairement. Chacun voulait contribuer de son mieux à la réussite de la fête. Dans le même temps, j'entendais glousser les domestiques. Quant à Mlle Rosendahl et M. Bruns, ils paraissaient un peu moins sévères que d'habitude. Le soleil du solstice devait posséder des vertus magiques.

Lena entra dans ma chambre, les joues empourprées. Ses cheveux étaient tressés d'une manière que je ne lui avais jamais vue. Sans doute était-ce Susanna qui avait réalisé cette ravissante coiffure.

— Bonjour, Lena, dis-je. Vas-tu aller cueillir les sept fleurs, aujourd'hui ?

D'après les vieilles femmes du village, lorsque, la nuit de la Saint-Jean, on cueillait sept fleurs différentes et qu'on les plaçait sous son oreiller, on voyait en rêve son futur époux. Lena n'avait que 14 ans, mais elle avait certainement déjà un garçon en tête.

— Oui, Mademoiselle, c'est mon intention. Les autres filles du village sont tout excitées elles aussi.

— Y a-t-il quelqu'un dont tu souhaiterais rêver ? demandai-je tout en sachant qu'on ne devait pas révéler le nom de celui qu'on désirait épouser.

— Peut-être, gloussa Lena. Mais je ne crois pas qu'il veuille se marier avec moi.

— Si ton rêve le dit, alors ça se réalisera.

— Vous en êtes sûre ?

— Et si ce n'est pas lui, sois attentive à qui tu verras en rêve. Tu auras peut-être une surprise.

— Je ne suis pas du tout certaine que quelqu'un veuille de moi.

— Tu es jeune, Lena. Toutes les possibilités te sont ouvertes.

— Mais si je veux garder ma place ici, je ne pourrai pas me marier.

— Qui a dit ça ? Par le passé, c'était peut-être comme ça, mais les temps changent. En attendant, occupe-toi donc de mes cheveux.

— Vous aussi, vous irez cueillir les fleurs ? demanda la jeune fille en préparant les peignes et les brosses.

Si seulement je pouvais me débarrasser de cette chevelure ! songeai-je en me regardant dans le miroir. Ça m'épargnerait ce fastidieux recours au peigne et aux épingles.

Cependant le moment aurait été mal choisi. Si la société vous pardonnait d'être en deuil, une coiffure malencontreuse alimenterait en revanche longtemps les ragots. Personnellement, je ne m'en souciais guère, mais ma mère n'aurait pu souffrir d'entendre dire par une des dames que je me montrais négligée en public.

— Je ne sais pas, peut-être trouverai-je un moment pour aller cueillir une fleur ou deux, répondis-je.

Curieusement, ce fut l'image de Max qui m'apparut lorsque j'ajoutai :

— Peut-être même se trouvera-t-il au bal quelque gentil jeune homme dont je rêverai ?

Après le petit déjeuner, je fis mon tour habituel du domaine. Ce jour-là, toutefois, je laissai les écuries de côté. Le jardin était magnifique, le pavillon avait l'air comme neuf. Pourquoi ma mère n'avait-elle jamais organisé la fête dans cette partie du jardin ? *Midsommar* était une fête archaïque, turbulente, un hommage à la nature. S'il y avait un endroit du domaine où celle-ci se donnait véritablement libre cours, c'était bien là. Alors que je m'apprêtais à rebrousser chemin, je vis arriver Max.

— Bonjour, dit-il. Vous réjouissez-vous déjà à l'idée de la fête ?

— Comme le ferait une hôtesse, répliquai-je. Mes propres sentiments sont secondaires.

— Je ne dirais pas cela. Ma mère a toujours été d'avis que pour la réussite d'une fête l'hôtesse ne devait pas être mal disposée.

— Fêtiez-vous aussi la Saint-Jean ?

— Non, mon père ne voulait pas. Et puis ça n'aurait pas rencontré beaucoup d'écho auprès des villageois. En Poméranie, on ne nourrit pas toujours des sentiments amicaux à l'égard des Suédois. Ils ont tout de même annexé une partie du pays.

— Et les gens leur en tiennent encore rigueur ?

Je savais bien sûr que Gustave-Adolphe avait conquis quelques villes de Poméranie. Après la signature des traités de Westphalie, ces territoires étaient restés suédois, ce qui avait privé les princes locaux du libre accès à la Baltique.

— Ça arrive. La mainmise de la Suède n'est pas bien vue chez nous. Heureusement, il ne reste plus aucun survivant de l'époque de la guerre de Trente Ans. Les gens se contentent de rapporter ce que leurs grands-parents ont entendu de la bouche de leurs propres grands-parents.

— Je dois avouer que je ne suis jamais allée en Poméranie, dis-je. Comment est-ce là-bas ?

Max eut un large sourire.

— Dans l'ensemble, ce n'est pas très différent d'ici, du moins en ce qui concerne le paysage. Peu de relief, mais de vastes étendues de champs et de forêts. Je crains toutefois que nos villages soient nettement plus arriérés que les vôtres.

— Vous auriez peut-être dû rester suédois, répliquai-je en manière de plaisanterie.

— Peut-être.

Il me regarda un moment comme s'il voulait ajouter quelque chose, mais garda hélas le silence.

Nous fîmes un long bout de chemin ensemble et je me demandais s'il ne valait pas mieux le renvoyer à ses tâches quand il reprit la parole :

— Comment cela se présente-t-il avec l'écuyer du roi ? Vous a-t-il répondu au sujet des chevaux qu'il souhaitait acquérir ?

— Oui, il m'a écrit et me paraît tout à fait ouvert à nos propositions. Ce qui n'est pas très surprenant : ce sont nos meilleures bêtes.

— Avons-nous des concurrents ?

— Bien sûr ! Il y en a toujours. Mais je suis sûre que nous parviendrons à l'emporter.

— Vous parlez déjà comme votre père, répondit Max avec un sourire.

— Je suis sa fille !

— En tout cas, nous devrions lui demander une somme un peu plus élevée. Les autres sont peut-être moins chers, mais nos chevaux sont sans égal.

— Vous êtes là depuis quelques semaines seulement et vous vous êtes déjà fait votre idée sur nos bêtes ?

— Si j'ai appris une chose de mon père, c'est bien la capacité à reconnaître un bon cheval. Les vôtres sont les meilleurs de toute la Suède. Vous les vendez à certains au-dessous de leur valeur.

— Mon père a toujours veillé à conserver la faveur de la maison royale. Ainsi que l'ont fait tous les Lejongård.

— J'entends bien, mais les temps changent. Tout devient plus cher et l'argent perd de sa valeur. Nous ne devrions plus établir de prix qui étaient valables en 1880.

— Ils datent vraiment de cette époque ?

— Oui. Même les grands domaines de Poméranie vendent déjà leurs chevaux plus cher. Surtout les pur-sang. Quand vous en aurez le temps, je vous propose que nous réfléchissions aux prix que nous pouvons viser.

— Très bien, répondis-je en mettant ma main en visière au-dessus de mes yeux pour les protéger du soleil. Nous pourrions même le faire dès maintenant.

— Et le bal ?

— Nous avons encore plusieurs heures devant nous. Et, contrairement à ma mère, je n'ai pas eu de mal à choisir ma tenue pour la soirée.

— Il est regrettable que la fête soit assombrie par la mort de votre père et de votre frère.

— J'ai même envisagé de l'annuler. Mais les gens de la région l'aiment et ma mère m'a fait comprendre que nous ne devions pas leur faire porter le poids de notre chagrin en donnant la priorité au deuil sur la tradition.

— Votre mère est une femme fascinante. Je regrette de ne pas avoir encore eu l'occasion de m'entretenir plus avant avec elle.

Je faillis laisser échapper qu'il était préférable qu'elle continue de l'ignorer, mais je me retins. D'ailleurs ma mère pouvait se montrer tout à fait charmante quand elle le voulait bien.

— Vous êtes là depuis peu. Les choses prennent du temps.

À cet instant, je vis Lena arriver en courant dans notre direction.

— Qu'y a-t-il ? demandai-je.

— Madame souhaiterait vous parler à propos du menu, expliqua-t-elle tout essoufflée. Certaines choses sont différentes des autres années.

— C'est ce que j'ai voulu. Mais j'arrive, bien sûr.

Je me tournai vers Max avec regret.

— Comme vous voyez, le devoir m'appelle.

— Moi aussi, répondit-il également avec regret. D'ici ce soir, j'aurai terminé de revoir les registres de comptes de l'année passée.

— Vous verrai-je à la fête ?

— Vous oubliez que je ne suis pas suédois, je n'attache pas autant d'importance que vous à la Saint-Jean, répliqua-t-il avec une lueur de malice dans le regard.

Il aurait bien voulu amorcer une de nos querelles pour rire. Mais Lena m'attendait. Ma mère avait dû lui ordonner de ne pas revenir sans moi.

— Je suis sûre que vous ne direz pas non à un bon repas accompagné de schnaps. Mêlez-vous tout simplement aux gens, vous y trouverez plaisir.

Sur ce, j'emboîtai le pas à Lena pour rentrer au manoir.

CHAPITRE 24

Lorsque le soir arriva, les prix des chevaux étaient fixés et l'affaire du menu éclaircie. J'étais restée inflexible en ce qui concernait les nouveaux aménagements : les mets traditionnels tels que le hareng, les pommes de terre nouvelles et le gâteau aux airelles étaient appréciés de tous et nous n'avions pas besoin de dresser deux tables séparées pour les gens du village et nos hôtes.

Une fois habillée, je m'accordai une pause. Les premiers invités ne tarderaient plus. De la fenêtre, je regardai l'orchestre installer ses instruments sur l'estrade montée devant le pavillon. Les hommes paraissaient très sérieux, comme s'ils s'apprêtaient à jouer un morceau de Beethoven et non des musiques dansantes. Lorsqu'ils eurent terminé, ils commencèrent à s'accorder. Je les écoutai un moment, avant d'entendre un bruit de sabots. Nos premiers convives arrivaient, il fallait que je descende.

Dans l'escalier je tombai sur ma mère. Sa robe lui allait à merveille et Linda lui avait fait une coiffure ravissante rehaussée de peignes en laque noire.

— Ta coiffure me semble un peu négligée, me fit-elle observer. Tu aurais dû demander à Linda de s'en charger.

Je ne partageais pas son avis. Lena avait fait de son mieux. Il allait de soi qu'elle ne possédait pas le savoir-faire de la femme de chambre de ma mère, mais elle se débrouillait très bien et, dans quelques années, elle parviendrait sûrement à égaler Linda.

— Je voulais un effet plus flou, répondis-je. Réjouis-toi que je ne me sois pas fait couper les cheveux.

— Couper les cheveux ? se récria ma mère, horrifiée. Tu as perdu l'esprit ? Tu n'es pas un homme !

— Je sais et c'est bien dommage, soupirai-je.

Elle grommela quelques paroles indistinctes, puis ajouta :

— On dirait que tu t'apprêtes à poser pour un barbouilleur de croûtes de mauvais goût. Il ne manque plus que l'épaule dénudée.

— Merci, Mère, je prends cela pour un compliment, car nous n'avons pas le temps de nous disputer. Regarde, les Gundersen sont là !

Nous nous dirigeâmes vers la porte, que Bruns avait déjà ouverte. Les Gundersen étaient connus pour leur ponctualité. Ils arrivaient toujours les premiers au bal de la Saint-Jean. Malheureusement, ils avaient également été présents lors de mon éclat à Noël. En me voyant, ils affichèrent un air piqué.

— Bienvenue à Löwenhof ! dis-je en tendant la main à Madame, puis à Monsieur. Je suis ravie que vous ayez trouvé le temps de venir à notre fête.

M. Gundersen me considéra d'un œil légèrement offusqué, comme si ma robe avait effectivement glissé de mon épaule. Puis il se reprit.

— Merci pour votre invitation. Je vois qu'on continue d'honorer les traditions de la maison.

Non mais que croyait-il ? Que j'allais transformer le domaine en maison close ? Que racontait-on à mon sujet dans « nos » cercles ?

— Je n'ai pas l'intention d'y déroger, répondis-je avec un aimable sourire. Entrez donc, Marie va vous conduire aux rafraîchissements.

Mme Gundersen m'adressa un sourire, tandis que son mari conservait son air de souffrir d'un ulcère de l'estomac.

Parmi les invités, certains étaient des habitués de nos fêtes et réceptions, d'autres étaient là parce que ma mère avait appris de ses amies qu'ils s'étaient distingués par leurs activités caritatives.

« On a toujours besoin de nouveaux alliés », avait-elle déclaré en me présentant la liste.

Puis arriva quelqu'un que j'aurais préféré ne jamais revoir : Pelle Oglund était venu avec sa femme. Je constatai avec soulagement que Daniel ne les avait pas accompagnés. Leur présence tenait déjà du miracle.

La simple vue du visage de Pelle me donna envie de rentrer sous terre. Lorsqu'il m'aperçut, son regard lança un éclair belliqueux. Qui s'était-il donc attendu à voir ? Il devait pourtant être au courant que j'avais repris Löwenhof. Était-il là pour se venger ?

Je fus heureuse d'être vêtue de noir : au moins Oglund ne pourrait-il percevoir que je transpirais d'anxiété.

— Je suis ravie que votre épouse et vous-même ayez accepté notre invitation, monsieur Oglund.

— Tiens donc, la fille rebelle de M. le comte, lâcha Oglund en me scrutant de ses yeux réduits à deux fentes. Je me souviens bien de vous. Il est regrettable qu'il n'y ait eu personne d'autre pour reprendre le domaine après la mort de votre père.

— Que voulez-vous dire ? répondis-je en serrant les mâchoires.

J'aurais volontiers remis ce misogyne à sa place, mais nous recevions pour un bal et d'autres invités attendaient.

— Monsieur Oglund, intervint alors ma mère à voix basse, sur un ton de menace que je ne lui connaissais que trop bien. Nous ne vous avons pas invité pour que vous insultiez ma fille et notre domaine. Désormais, Agneta est la comtesse Lejongård. Et, à moins que vous n'ayez l'intention de repartir sur-le-champ, vous la traiterez avec le respect qui lui est dû !

Je lui lançai un regard stupéfait. Les yeux étincelants de colère, elle affichait un sourire glacial.

Oglund la regarda comme s'il avait été frappé par la foudre. Je m'attendais à ce qu'il prenne sa femme par la main et s'en retourne illico. Cela aurait peut-être mieux valu. Mais sa mine se détendit légèrement.

— Excusez-moi, comtesse Lejongård. Nous sommes bien entendu ravis de pouvoir prendre part à votre fête. Soyez remerciée pour votre invitation.

J'avais les joues en feu et les yeux brûlants. Je n'en revenais pas. Ma mère avait pris fait et cause pour moi !

Elle leur indiqua où se trouvaient les rafraîchissements et chargea Susanna de les y conduire.

Mon cœur battait la chamade. Les yeux de ma mère avaient perdu leur éclat furieux. Elle s'était ressaisie étonnamment vite.

— Merci, dis-je à voix basse, tandis que les invités suivants montaient le perron.

— Il n'y a pas de quoi. Il s'en est pris à un membre de la famille, qui est en outre la maîtresse de notre domaine. Cela ne change rien à ce qui s'est produit à Noël et j'aurais préféré que cette altercation n'ait jamais eu lieu. Mais on ne peut revenir sur le passé et, en un jour comme celui-ci, il faut éviter de raviver les querelles.

Sur ce, elle s'avança vers les Södermalm, dont les deux filles tout excitées avaient les joues cramoisies comme si elles avaient été invitées par le prince de Cendrillon. Heureusement, ils furent suivis par Lennard, que je fus surprise de voir seul. Ses parents avaient eux aussi été invités, de même que sa sœur, son mari et leur enfant. Mais peut-être ne tarderaient-ils pas à arriver ?

— Bonsoir, mon cher, lançai-je tandis que nous nous embrassions sur la joue. Comment vas-tu ? Ta mère te suit ?

Il secoua la tête.

— Elle a voulu rester avec Père. Son état ne s'est pas amélioré.

— Je suis désolée. J'avais espéré les voir.

— J'aurais trouvé ça bien, moi aussi, soupira-t-il. Mais je suis là. Si jamais tu t'ennuies, je peux te raconter quelques histoires.

— Je les entendrai très volontiers, dis-je en l'envoyant rejoindre les autres invités.

Le Pr Lindström arriva à son tour avec son élégante épouse. Elle avait quinze ans de moins que lui et était ravissante avec ses cheveux sombres et ses yeux gris. Le professeur s'était marié sur le tard. Irma était la fille d'un collègue. Comment en était-elle venue à s'éprendre de Lindström, elle qui aurait pu avoir tous les jeunes gens qu'elle voulait ? Nul ne le savait. Mais leur amour était manifeste.

— Comtesse Lejongård, dit-il en me faisant un baisemain.

Ma mère était encore occupée avec les Södermalm, mais la soirée leur laisserait tout le loisir de bavarder ensemble.

Une heure plus tard, je n'étais plus capable de dire qui nous avions accueilli. Les couples avec ou sans enfants défilaient devant nous, le jardin se remplissait et s'animait. L'orchestre jouait des airs légers et le soleil brillait. Je consultai l'horloge du vestibule. Il était à présent 8 h 10, et le couple princier n'était toujours pas là.

Ma mère commença à montrer de l'impatience.

— J'espère qu'il ne leur est rien arrivé en route. Bergen nous aurait informées s'ils avaient eu un empêchement.

— Un incident familial a dû retarder leur départ, dis-je pour la tranquilliser.

— Ou alors c'est cet incendie qui inquiète la cour au point qu'ils ont décidé de ne pas venir.

Malheureusement, l'enquête n'avait toujours pas abouti. L'inspecteur Hermannsson continuait de suivre quelques pistes et avait promis de nous informer s'il y avait du nouveau.

— Les Bernadotte ne sont pas comme ça, répliquai-je. On nous aurait averties. Ils vont certainement arriver d'un instant à l'autre.

À peine avais-je prononcé ces mots qu'on entendit une bruyante pétarade qui finit par couvrir la musique.

Peu après, trois magnifiques automobiles s'engagèrent dans l'allée, qu'elles remontèrent rapidement. Les invités qui n'avaient pas encore rejoint les autres se retournèrent et regardèrent avec de grands yeux les véhicules, qui s'arrêtèrent enfin sur la place circulaire. Il y avait trois voitures rouges, dont l'une affichait les armoiries de la famille royale. C'était celle dans laquelle se trouvait le couple princier – sans les enfants, ainsi que je le remarquai aussitôt. Les années précédentes, ceux-ci étaient toujours venus. Cette fois, le prince et son épouse s'étaient déplacés en compagnie de plusieurs gardes du corps, vêtus de costumes sombres en dépit de la chaleur. Le comte Bergen sortit de la première voiture. Il échangea quelques mots avec les gardes, puis rejoignit le prince et la princesse.

— L'incendie, chuchota ma mère tout en s'efforçant de sourire. Ils craignent que cela se reproduise au cours de la fête.

— C'est absurde, répondis-je tout bas. Le bal se déroule à bonne distance des écuries. Et le vieux pavillon ne prendra pas feu, j'en suis certaine.

Ma mère n'eut pas le temps de répondre, car le couple se dirigeait à présent vers nous. Gustave-Adolphe portait un élégant costume noir avec une cravate bleu et jaune aux couleurs de la maison royale. La princesse Margaret, une robe de satin bleu avec une cape en dentelle, de longs gants et des bijoux en or.

— Excusez-nous, je vous prie, comtesse Lejongård, dit le prince en nous tendant la main. Notre voiture est tombée en panne au sortir de Kristianstad. Et, malheureusement, dans la région, il n'y a pas beaucoup de mécaniciens compétents pour ce genre de véhicule.

— Ne vous inquiétez pas, Votre Altesse, la fête ne fait que commencer, le rassura ma mère.

Elle était passée maître dans l'art de dissimuler sa rancœur, du moins lorsqu'elle ne voulait pas que cela se voie.

— Agneta, vous êtes ravissante ! s'exclama Gustave-Adolphe en me baisant la main.

— Merci, Votre Altesse, vous êtes trop aimable.

Je tendis la main à la princesse et fis une petite génuflexion.

— Je suis ravie de vous accueillir à notre bal de la Saint-Jean.

— Après les temps si difficiles que vous avez traversés, il est agréable de venir vous voir dans des circonstances festives, répondit-elle avec un sourire amical.

Ses paroles n'en trahissaient pas moins un soupçon d'anxiété. S'inquiétait-elle pour ses enfants, qui n'étaient pas de la partie, cette fois ? Nous les conduisîmes dans le jardin, où nos invités les saluèrent en s'inclinant ou, pour les dames, en fléchissant le genou. Quelques visages affichaient une expression d'envie non dissimulée. Certains avaient peut-être pensé que l'incendie ou mon arrivée à la tête du domaine avaient nui à la réputation des Lejongård.

Oglund, surtout, paraissait avoir mordu dans un citron et être contrarié que nous ayons conservé la faveur de la maison royale. Mais j'avais décidé de l'ignorer. Mon opinion à son sujet n'avait pas varié. Et peut-être cesserions-nous désormais de l'inviter.

Une fois que ma mère se fut assurée que le prince et sa femme avaient été conduits à leur place, je me préparai à prononcer le discours de bienvenue. Je n'étais guère ravie d'avoir à le faire. À Stockholm, je m'étais trouvée plus d'une fois dans la situation de formuler haut et fort nos revendications féministes lors de nos manifestations. J'argumentais, je discutais, et ce faisant je m'étais souvent attiré des ennuis. Une fois, même, j'avais failli être arrêtée, et seule mon éloquence nous avait évité, à mes compagnes et à moi, de nous faire embarquer. À présent, je me sentais comme une collégienne contrainte à passer un examen qu'elle n'avait pas révisé. Et je ne pouvais pas faire attendre nos hôtes. Ignorant le tremblement de mes mains, je montai sur l'estrade placée devant l'orchestre. Les musiciens cessèrent de jouer, ce qui interrompit les conversations. Tous les regards se tournèrent vers moi. Le cœur battant, j'inspirai à fond, m'éclaircis la gorge et entamai mon discours.

— Altesses, mesdames et messieurs, je suis très heureuse de vous accueillir à Löwenhof, lieu riche d'une longue tradition où la couronne suédoise s'est implantée il y a bien longtemps et où son règne s'est perpétué. Depuis plusieurs siècles, cette demeure sert à ma famille de résidence, elle y a connu la prospérité, la croissance et la joie. Bien que l'absence de mon père et de mon frère soit pour nous une cause de profond chagrin, nous avons décidé, ma mère et moi, de célébrer avec vous tous ce jour important où le soleil ne se couche pas. Levons nos verres et buvons aux absents ainsi qu'à l'avenir de cet endroit et de toute la Suède. Vive le roi ! Vive la Suède !

Lorsque je pris la coupe de champagne, ma main tremblait encore, mais je me calmai un peu en constatant que nos hôtes obéissaient à mon invitation. Nous trinquâmes en l'honneur de mon père et de Hendrik, puis du couple princier. Je redescendis de l'estrade et l'orchestre se remit à jouer. Je me dirigeai vers ma mère et vis qu'elle parlait avec Lennard.

— Joli discours, dit-il.

— Merci, tu me remontes le moral, répliquai-je en souriant.

Je lui trouvai l'air fatigué, ce que je n'avais pas remarqué lorsqu'il était arrivé.

— Vous avez bien discuté ?

Ma mère affichait un sourire de conspiratrice.

— Très bien, répondit-elle. Je vais dire aux domestiques qu'elles peuvent servir le dîner.

— Tu as l'air nettement plus en forme que la dernière fois que nous nous sommes vus, fit observer Lennard quand ma mère se fut éloignée. Tu veux que j'aille te chercher un verre ?

— Est-ce que quelque chose en moi fait fuir les gens ? demandai-je en manière de plaisanterie. Je ne dois pas avoir l'air si en forme que ça.

— Je te promets de revenir, je vais juste piquer un verre sur le plateau du majordome, répliqua-t-il en disparaissant parmi les convives.

Bruns et quelques-unes de nos domestiques déambulaient parmi nos visiteurs avec des plateaux de boissons.

— Bruns sera pris de la folie des grandeurs si tu l'appelles majordome, dis-je lorsque Lennard revint avec un verre de limonade. Pour lui qui a fait ses classes en Angleterre, cela reviendrait à un adoubement.

— Alors c'est une chance qu'il ne m'ait pas entendu, répondit Lennard avec un large sourire. Tiens, ton verre.

— Merci, c'est très gentil.

J'avalai la limonade d'une traite, seule Mme Bloomquist savait la faire aussi pétillante et sucrée.

— J'ai l'impression d'avoir pris plusieurs années.

— Administrer un domaine n'est pas de tout repos, n'est-ce pas ?

— À qui le dis-tu ! Cela étant, tu as encore ton père, tu peux lui demander conseil.

Aussitôt, la mine de Lennard se ferma.

— Qu'y a-t-il ? demandai-je. J'ai dit quelque chose d'indélicat ?

— Non. C'est juste que… mon père ne peut plus vraiment m'aider. Ma mère s'occupe de lui presque toute la journée.

— Et tu as quand même pu te libérer ?

— Il a bien fallu. Ma mère m'a littéralement forcé à venir. Et puis, dans le coin, il n'y pas de bal de la Saint-Jean plus réputé que le vôtre.

— Si j'avais su…

— Non, ça ne fait rien. D'ailleurs, c'est bien que je m'éloigne un peu de temps en temps. Mon père me fait tellement de peine. Le voir dépérir jour après jour sans pouvoir l'aider me pèse de plus en plus. J'aimerais tant que la vieille croyance selon laquelle, au lendemain du solstice d'été, la rosée du matin aurait le pouvoir de guérir soit vraie ! J'aimerais que père ait encore quelques années devant lui. Mais ce ne sera pas le cas. Le médecin lui donne un an au plus. Et quand on voit son état cela paraît plausible.

— Mais c'est terrible, Lennard !

Si je m'étais écoutée, je l'aurais serré dans mes bras.

— Oui, apparemment, je ne tarderai pas à lui succéder à la tête de notre domaine.

Était-ce de cela qu'il s'était entretenu avec ma mère ? Elle n'avait pourtant pas eu l'air de qui vient d'entendre une histoire aussi triste.

Lennard jeta un regard autour de lui.

— Penses-tu que nous pourrions prendre un instant pour parler en tête à tête ? Avant que la fête ait vraiment démarré ?

— Bien sûr !

Je le pris par la main et l'entraînai à l'écart de la foule en direction des prés.

— Voilà, ici, personne ne nous écoutera, dis-je.

Je ressentais une légère inquiétude. Lennard voulait-il entrer dans le détail en ce qui concernait son père ? Avait-il besoin de quelque chose ?

— Agneta… dit-il à voix basse en me regardant comme il ne l'avait encore jamais fait.

— Oui ?

— Nous nous connaissons pour ainsi dire depuis toujours et…

Il s'interrompit.

Où voulait-il en venir ?

— Si tu as besoin d'aide, tu sais que tu peux compter sur moi, répondis-je.

— Je sais, mais ce n'est pas de cela qu'il s'agit.

— De quoi alors ?

— J'ai beaucoup réfléchi ces derniers temps. Sur la suite des événements. Nous sommes devenus si semblables toi et moi. Mon père est en train de mourir et le tien vient de disparaître. Nous sommes tous deux face à la nécessité de préserver nos domaines. Que… que dirais-tu de faire ce chemin-là ensemble ?

— Serait-ce une demande en mariage ? lâchai-je, effrayée.

— Non… je…

Il était brusquement redevenu le garçon mal assuré des débuts de nos relations enfantines.

— Enfin, si… Il me semble que nous irions bien ensemble. À deux nous y arriverions et nous ne serions pas si seuls.

Il s'interrompit et me regarda avec expectative. Désorientée, je promenai mon regard autour de moi. Qu'est-ce qui lui faisait penser que nous ferions un bon couple ? Était-ce sa mère qui lui avait soufflé cette idée ? La mienne ? Lennard était mon plus vieil ami. Sans doute aussi le meilleur que j'aie ici. Mais quant à devenir sa femme c'était tout autre chose.

— Tu ne penses pas qu'on devrait éviter de se marier par désespoir ou par désarroi ? répondis-je. Oui, nous avons l'un et l'autre de lourdes tâches à assumer. Et nous nous connaissons bien, mais…

— Il y a quelqu'un d'autre ? demanda-t-il. Si c'est le cas, je peux comprendre. Je… je pensais juste…

— Il y a eu quelqu'un. À Stockholm. J'ai caché cette relation à ma famille et elle n'a pas résisté à la mort de mon père et de Hendrik. Je… je ne suis pas encore en état de me concentrer sur la recherche d'un autre homme à épouser.

Je lui pris les mains.

— Tu es un de mes meilleurs amis. Mais je suis convaincue qu'on doit se marier par amour.

— Et tu ne crois pas qu'un jour tu pourrais m'aimer ?

— Mais je t'aime ! Comme un ami, pas comme un homme avec qui je pourrais imaginer vivre en couple. Peut-être réaliserai-je un jour que tu es l'homme de ma vie. Mais maintenant… Je n'ai pas envie de me lier à quelqu'un simplement parce qu'en ce moment je mène une vie nouvelle et un peu difficile. Tu n'as pas mérité ça, et moi non plus.

— D'accord, répondit-il, déçu.

Je ne savais que faire. Peut-être m'étais-je montrée un peu dure, mais c'était l'expression de mes sentiments du moment. Et après ma rupture avec Michael, Lennard ne pouvait tout de même pas s'attendre à ce que je me précipite joyeusement dans les bras du suivant. D'autant plus que celui-ci était un très bon ami, que je ne voulais pas perdre. Je lui pris le bras et fus soulagée qu'il ne cherche pas à se dégager.

— Comprends-moi bien, repris-je. Tu es mon ami. Si j'avais besoin d'aide, j'irais te trouver sans hésiter. Et je t'offrirais tout aussi naturellement mon soutien. Mais un mariage serait une grosse bêtise.

Lennard se força à sourire.

— Tu as peut-être raison. Mais ça ne m'empêchera pas de retenter ma chance. Un jour.

J'étais sûre et certaine qu'il ne deviendrait jamais mon mari, mais ce n'était pas le moment de le lui dire.

— Me feras-tu tout de même le plaisir de danser avec moi ?

— Lennard, je… Ma mère et moi avons décidé de ne pas danser aujourd'hui. Nous portons encore le deuil. Nous n'avons pas voulu annuler la fête, mais nous resterons un peu en retrait. Je sais que je te cause une nouvelle déception…

— C'est bon, répondit-il en m'attirant à lui et en m'embrassant sur le front. Nous avons toute la vie devant nous. Nous aurons encore plus d'une fois l'occasion de danser ensemble, n'est-ce pas ?

— Oui, tu as raison.

Nous nous regardâmes, puis il se détourna et rejoignit la fête. J'offris mon visage aux rayons du soleil et fermai les yeux. Ne voulant pas que nos invités remarquent mon agitation, je m'attardai un moment dans le bruissement de la forêt et des herbes hautes, afin de recouvrer mon calme.

Lorsque j'arrivai au manoir, le personnel avait commencé à servir le dîner. Le schnaps avait déjà mis quelques-uns des convives en joyeuse humeur. Je me rendis à notre table, où ma mère m'attendait. Heureusement, le couple princier et Lennard, qui devaient manger avec nous, n'étaient pas encore là.

— Le Pr Lindström m'a priée de bien vouloir financer de nouveaux équipements techniques pour l'hôpital, m'apprit-elle. Je lui ai dit de s'adresser à toi. Tu es la comtesse à présent.

— Mais tu sièges au comité consultatif de l'hôpital, rétorquai-je, peu désireuse ce soir-là de m'intéresser à quelque achat médical que ce soit. Tu peux sans problème donner suite à sa demande dès lors que ça ne met pas nos finances en péril.

— Je préfère qu'il ait affaire à toi, insista-t-elle.

Elle me considéra un instant, puis me demanda avec une arrière-pensée manifeste :

— Tu as eu une conversation agréable avec Lennard ?

Était-il allé la trouver pour lui demander l'autorisation de me faire une demande en mariage ?

— Oui, enfin, si on peut appeler agréable le fait d'apprendre que son père est mourant, répliquai-je.

Le sourire de ma mère s'éteignit.

— Son père…

— Si on en croit le médecin, il ne lui reste guère plus d'un an à vivre. Il se pourrait alors que Lennard doive reprendre le domaine.

— Curieux, il ne m'a pas du tout parlé de ça.

Ma mère baissa les yeux et resta un moment à fixer ses couverts.

— De quoi avez-vous donc discuté ?

— Il voulait t'adresser une demande en mariage, avoua-t-elle. Il souhaitait obtenir mon autorisation.

La nouvelle de la mort prochaine du comte Ekberg semblait lui avoir porté un coup. Pourquoi Lennard n'avait-il pas expliqué ses raisons à ma mère ? Sans doute n'avait-il pas osé.

— Apparemment, il souhaite m'épouser parce qu'il estime que nous devrions nous soutenir mutuellement. Je lui ai fait comprendre que nous pouvions le faire sans avoir à nous marier. Les Ekberg ont toujours été nos amis et ils le resteront.

— Tu as donc refusé ?

— Non, je l'ai détourné de ce projet. Se marier pour ce motif me paraît une mauvaise idée.

Avant que ma mère ait pu répondre, Lennard rejoignit notre table avec le sourire. Le connaissant aussi bien que naguère mon frère, je vis aussitôt que c'était une façade.

— Ah, te revoilà, dit-il en posant le schnaps devant lui. Tu as prolongé un peu la pause ?

— Oui, répondis-je, et elle m'a donné faim. Si vous voulez bien m'excuser.

Sur quoi je me levai pour me rendre au buffet. Au moins, l'excellente cuisine de Mme Bloomquist me dédommagerait des tracas de la soirée.

CHAPITRE 25

Dans les heures qui suivirent, même les plus guindés et les plus décents de nos invités furent gagnés par la gaieté ambiante et se mirent à danser ensemble aux sons du violon sous l'arbre de mai. Ma mère et moi nous en tînmes à notre résolution, laquelle nous valut quelques regards étonnés mais approbateurs quand nous expliquâmes pourquoi nous n'acceptions aucune invitation à danser.

Le prince héritier et la princesse Margaret rejoignirent notre table. Ils nous donnèrent des nouvelles de leurs parents et des enfants, comme s'ils étaient des gens ordinaires retrouvant de vieux amis. Désormais, ceux qui s'étaient imaginé que l'incendie avait nui à notre réputation ne pouvaient plus douter du crédit dont nous jouissions auprès de la famille royale. Et les inquiétudes de ma mère s'apaisèrent un peu.

Quand je fus lasse de toutes ces conversations, je me levai et m'éclipsai. Alors que je passais devant les villageois en liesse, je me rendis compte que je n'avais pas encore vu Max. Se terrait-il vraiment chez lui en cette magnifique soirée ? Langeholm et Mlle Rosendahl, eux, participaient aux festivités. Une lanterne à la main – j'en aurais besoin pour le retour –, je pris la direction de la maisonnette.

Je trouvai Max adossé à la clôture de son logis, le regard levé vers le ciel trop clair pour que les étoiles soient déjà visibles. Mais elles finiraient par apparaître car, contrairement à ce qui se passait dans le nord de la Suède, chez nous la nuit et le jour polaires étaient moins marqués.

— Bonsoir, monsieur von Bredestein ! lançai-je. Que faites-vous donc tout seul ? Vous attendez la première étoile ?

— Vous me prenez sur le fait, comtesse, répliqua-t-il en affichant son sourire impertinent. Qu'est-ce qui vous amène ici ? Il me semble qu'il y a un grand bal au château. Cherchez-vous à fuir le prince ?

— Si vous pensez au prince héritier, il ne constitue aucun danger pour moi. Mais je n'en dirais pas autant de certains de nos invités.

— À ce que je vois, vous avez encore vos deux souliers. Vous n'avez donc pas à craindre que l'un d'eux retrouve votre trace.

Amusée par son allusion à *Cendrillon,* je réprimai un gloussement – la *bowle* m'était légèrement montée à la tête.

— J'avais besoin de prendre un peu l'air. Et puis vous me manquiez. Je pensais qu'en dépit de ce que vous aviez dit vous vous joindriez à nous.

— Pour vous sauver ? répondit-il avec un regard étincelant.

Je me demandai tout à coup si c'était vraiment la *bowle* qui me faisait ce drôle d'effet.

— Pour rencontrer les gens, répliquai-je. L'aristocratie poméranienne ne le cède en rien à celle d'ici.

— Je suis un noble sans terre, me rappela-t-il.

Il m'invita à l'accompagner dans sa maison.

— J'ai quelque chose qui pourrait vous rendre la soirée un peu plus facile, dit-il avec un air éloquent.

— De l'alcool ?

Max sourit.

— Vous l'apprécierez. Venez, vous aurez même la place d'honneur.

Les deux chaises de cuisine étaient installées sur la véranda. Manifestement, Max aimait rester assis dehors à contempler le bois sombre et puissant qui montait la garde à la frontière ouest de nos pâturages.

Je m'assis sur une chaise tandis que Max entrait dans la maison.

— Tenez, dit-il en revenant avec deux tasses remplies d'un liquide qui dégageait une forte odeur d'alcool.

Je repensai soudain à ce moment où j'avais détruit mes tableaux sous le coup de l'ivresse. Depuis, j'avais veillé à ne jamais boire jusqu'à perdre le contrôle de moi-même.

— De l'alcool de grains, précisa-t-il en réponse à mon regard interrogateur. Je l'ai fait venir de mon pays. J'ai vu un ami à Kristianstad dernièrement.

— Vous ne m'en avez rien dit.

Je pris une gorgée du breuvage et me sentis aussitôt la gorge en feu.

— Nous parlons rarement de notre vie privée, non ?

— C'est juste.

J'en éprouvai un certain regret. Max semblait être quelqu'un de bien, mystérieux quand il s'agissait de son passé et de sa patrie, mais c'était un trait de son caractère qui me plaisait.

— Pourquoi ne vous êtes-vous pas montré au bal ? demandai-je quand il se fut assis à côté de moi.

— Je vous l'ai dit, je n'aime pas ce genre de chose. Je préfère être seul.

Il but à son tour une gorgée d'alcool.

— On n'organisait pas de fêtes chez vous ?

— Si, c'est justement la raison de mon aversion.

— Voulait-on que vous jouiez au prince ?

Un homme tel que lui avait dû être très courtisé par les dames. La demande en mariage de Lennard me revint soudain à l'esprit.

— En quelque sorte. Et puis j'en avais assez de cette hypocrisie. On vous souriait une pierre cachée dans le dos, si vous voyez ce que je veux dire.

— En effet.

Les faux-semblants n'étaient pas non plus absents de notre soirée. Heureusement, il y avait assez d'invités avec lesquels j'avais eu plaisir à parler.

— Avant de rencontrer votre père, je m'étais souvent demandé ce que ce serait de tout quitter pour commencer ailleurs une nouvelle vie. Mais je n'en avais jamais eu la possibilité.

— Les voies du destin sont étranges, n'est-ce pas ? dis-je en reprenant une gorgée d'alcool.

Je me sentais lourde. Rien de comparable avec l'ivresse que j'avais connue à Stockholm, mais il est vrai que j'étais alors sous le coup d'une rage folle. À présent, j'étais simplement fatiguée.

— Et qu'en est-il de vous, comtesse Lejongård ?

— Agneta, dis-je. Appelez-moi Agneta.

— Pensez-vous que ce soit une bonne idée ? Ça pourrait faire jaser parmi les autres employés.

— Appelez-moi comme ça quand nous serons seuls.

— D'accord, répondit-il en me tendant la main. Max.

C'est ainsi que je le nommais déjà par-devers moi, aussi ne vis-je aucune objection à toper là.

— Alors, Agneta ? La première fois que nous nous sommes vus, vous avez évoqué vos études. Quelle voie auriez-vous suivie si la situation avait été différente ?

Mon cœur se serrait toujours douloureusement chaque fois que je repensais à ma vie à Stockholm. Trois mois s'étaient écoulés depuis mon départ.

— J'aurais certainement été là aujourd'hui pour la Saint-Jean, répondis-je. C'est une tradition familiale. Mais sans doute pour me disputer une fois de plus avec mes parents. Ma mère persiste à penser qu'elle doit m'apprendre la vie, mais en l'occurrence elle se montre plutôt pacifique.

— Et en dehors de cela ?

— Après la fête, je serais rentrée à Stockholm. Retrouver mes cours à l'Académie des beaux-arts et…

— Et un homme ?

Mon expression m'avait-elle trahie ?

— Oui, répondis-je, avec le sentiment que je n'avais pas besoin d'avoir de secrets pour lui. Michael. Nous étions ensemble depuis près d'un an.

— Que s'est-il passé ?

— Il n'a pas supporté l'idée de vivre avec une femme qui avait hérité d'un grand domaine. Il ne voulait pas de la vie que nous menons ici. Alors nous nous sommes séparés.

— C'est lui qui vous a quittée ou l'inverse ?

— Cela a-t-il de l'importance ?

J'éprouvai de nouveau une poussée de contrariété. Pourquoi Michael s'était-il montré si peu compréhensif ?

— Il me semble, oui. Vous ne semblez guère heureuse de cette décision.

— Je ne le suis pas. Mais c'est ce qu'il a voulu. Il m'a laissé tomber, craignant d'être phagocyté par notre milieu et de se retrouver pour toujours prisonnier de la province.

— Et vous, vous n'éprouviez pas cette crainte ?

— J'ai grandi ici. Et le testament de mon frère ne me laissait pas le choix. À l'hôpital déjà, il m'avait fait promettre que je prendrais sa place. Pour y échapper, il aurait fallu que j'abandonne à tout jamais Löwenhof.

— Et vous n'avez pas pu.

— J'aimais beaucoup mon frère. Et j'aime aussi cet endroit. C'est mon foyer.

— Il semblerait que cet homme n'ait pas pu vous offrir ce qui était le mieux pour vous. Vous devriez l'oublier.

J'observai le profil de Max. Il avait de nouveau le regard levé vers le ciel, comme s'il était toujours dans l'attente de la première étoile.

— C'est plus facile à dire qu'à faire.

Il tourna les yeux vers moi.

— La vie est trop courte pour que nous la passions en compagnie de gens qui ne nous font pas de bien, vous ne croyez pas ? Qui vous dépouillent de l'énergie dont vous avez besoin pour accomplir des tâches plus importantes. Comme administrer Löwenhof, par exemple.

— Vous avez sans doute raison.

Je baissai les yeux vers ma tasse. Elle était presque vide, mais je ne voulais pas risquer des lendemains difficiles en demandant à Max de me resservir.

— Je crois qu'il est temps que je rentre, dis-je.

— Déjà ? s'étonna Max. J'ai dit quelque chose d'inapproprié ?

— Non, mais je vois que je n'arriverai pas à vous convaincre de m'accompagner à la fête. Alors je vais vous laisser à votre ciel.

Il me prit le bras avec douceur.

— Ne m'en veuillez pas, Agneta.

— Je ne vous en veux pas.

— Alors restez encore un instant. Au moins jusqu'à l'apparition de la première étoile. Ou bien êtes-vous attendue ?

J'eus une seconde d'hésitation. Si ma mère découvrait que je négligeais nos invités, elle serait folle de rage. Et Lindström devait errer à ma recherche afin d'obtenir mon accord pour acheter de nouveaux équipements. Mais dans la véranda il régnait une telle paix et la nuit était si tiède que je ne pus faire autrement que de céder.

— Nous pouvons discuter ou simplement contempler le ciel, dit Max. Comme vous voulez.

— Contemplons le ciel, répondis-je en me rasseyant.

Nous restâmes un bon moment à regarder la voûte céleste, qui commençait à rougir.

— Tout à l'heure, j'ai reçu une demande en mariage, m'entendis-je soudain dire à ma grande surprise.

— C'est le genre de nuit qui s'y prête.

— Vous ne voulez pas savoir quelle a été ma réponse ?

— Je ne suis que l'intendant de ce domaine. Que je travaille pour vous ou pour votre mari ne doit faire aucune différence pour moi.

Étonnée, je haussai les sourcils. Décelais-je un soupçon d'irritation dans ses paroles ?

— Oui, mais cela vous tranquillisera peut-être de savoir que, dans l'immédiat, il n'y aura pas d'homme à la tête de Löwenhof. Seulement une femme.

Ses traits se détendirent.

— Pour être honnête, il me plaît bien d'être au service d'une femme.

— Et, pour être honnête, il me plaît bien de rester maître chez moi. Même si parfois l'absence de soutien me perturbe.

Je secouai la tête.

— Mais qu'est-ce que je raconte ? Vous êtes mon régisseur et vous avez vos propres soucis.

— Si vous avez besoin de parler, je suis là.

Était-il sincère ? Son regard le confirmait en tout cas. Mais celui de Michael avait fait lui aussi beaucoup de promesses.

— Merci, répondis-je.

— Vous voyez ? dit-il en pointant le doigt en l'air. Voici la première étoile. Elle veut sans doute vérifier si le soleil va ou non se coucher.

Je regardai dans la direction qu'il indiquait et aperçus une étoile. Elle était presque invisible sur le bleu profond du ciel, mais sa lumière croîtrait à mesure que le soleil descendrait vers l'horizon. Et, lorsque le solstice serait passé, elle se remettrait vraiment à briller. Les choses avaient besoin de temps, elles croissaient, disparaissaient, puis renaissaient.

Je retournai au jardin, où, entre-temps, le buffet s'était passablement dégarni, tandis que les frontières entre les villageois et les aristocrates paraissaient s'être légèrement estompées. Soudain, une main se planta dans mon bras.

— Où étais-tu passée ? siffla ma mère.

Je me retournai. Elle paraissait furieuse ; son regard étincelait de colère.

— J'ai fait une petite promenade pour me rafraîchir les idées, rétorquai-je. Nos invités me paraissaient capables de se débrouiller tout seuls.

— Tu as bu !

— Comme tout le monde ici.

Que voulait-elle encore ? Elle avait raison, une bonne hôtesse ne s'éclipsait pas pendant une heure. Mais c'était la fête du solstice, qui se prolongerait jusqu'à tard dans la nuit.

— Viens avec moi, nous avons un problème.

Ma légère ivresse se dissipa sur-le-champ. Que s'était-il passé ? Y avait-il eu un souci avec un convive ?

Nous nous rendîmes au fumoir, pièce que ma mère avait plutôt tendance à éviter d'ordinaire. Elle détestait avoir un différend dans les endroits qu'elle aimait, comme si cela risquait de léser leur confort et leur intimité. Le fumoir avait été la pièce de mon père, et Stella exécrait l'odeur de cigare qui y régnait. Ce lieu ne semblait lui évoquer aucun souvenir agréable.

— Susanna, dit-elle après avoir refermé la porte derrière elle.

Ce nom me fit l'effet d'un coup de fouet.

— Que lui est-il arrivé ?

S'était-elle de nouveau évanouie ? Avait-elle fait une fausse couche ?

— Elle est enceinte, n'est-ce pas ? demanda ma mère.

Je fermai les yeux et inspirai à fond. Bon Dieu !

— Comment sais-tu…

Je n'eus pas le temps de terminer ma phrase.

— Je ne suis pas aveugle ! lança-t-elle d'une voix stridente. Seigneur, j'aurais dû m'en douter quand elle a eu ce malaise.

Mes mains se mirent à trembler.

— Pourquoi ne me l'as-tu pas dit ? Tu sais pourtant que je ne tolère pas la débauche dans ma maison.

— Mais enfin, Mère, le fait qu'elle soit tombée enceinte n'est pas un signe de débauche ! Nous ignorons quelles promesses on lui a faites.

— Des promesses ? Elles ne devaient pas avoir grande valeur si elle a jugé nécessaire de faire main basse sur mes bijoux.

— Quoi ?

J'eus soudain l'impression que le sol se dérobait sous mes pieds. Susanna avait volé ? Pourtant, je lui avais promis de l'aider.

— Qui a prétendu qu'elle était une voleuse ?

— Personne ne l'a prétendu. Linda l'a prise sur le fait.

Linda. À cette heure, elle préparait la chambre pour le coucher, même les jours où il y avait une fête et où ma mère montait plus tard. Susanna connaissait les habitudes de la maison, elle aurait dû savoir qu'elle se ferait surprendre. Linda essayait-elle de la discréditer ? Avait-elle remarqué la grossesse de la jeune fille ? Elle devait en être au quatrième ou au cinquième mois…

— Il faut appeler la police ! continuait de pester ma mère. En plus d'être une fille de mauvaise vie, c'est une criminelle !

J'aurais aimé pouvoir la contredire, malheureusement elle avait raison, le vol était un crime. Même si Linda avait déjoué la tentative.

— Elle doit quitter les lieux sur-le-champ !

— Pas avant que je lui aie parlé, rétorquai-je. Tu ne peux pas attendre de moi que je la renvoie sans avoir entendu sa version des faits.

— Très bien. Elle se trouve dans ma chambre, Linda est avec elle.

Je me levai et sortis du fumoir. Dehors, j'entendais rire nos invités. Pourquoi la jeune fille s'étaitelle laissée aller à commettre cet acte stupide ?

Je trouvai Susanna recroquevillée sur un tabouret, sa position laissait deviner son ventre naissant. Linda la surplombait tel un gardien de prison. La femme de chambre de ma mère était une personne mince et brune, aux traits sévères. Autrefois, elle avait occupé chez nous un emploi de bonne. Sa loyauté envers ma mère avait fait d'elle son plus proche soutien, du moins en ce qui concernait les intérêts de la maison. Elle semblait sermonner Susanna, mais à mon entrée elle se tut.

— Susanna, m'exclamai-je, que s'est-il passé ?

La jeune fille tressaillit.

— Je suis montée préparer le lit pour Madame, intervint Linda sans laisser à Susanna le temps de répondre. Quand je suis entrée, je l'ai vue qui prenait quelque chose dans le coffret, sur la coiffeuse, et le mettait dans sa poche. Je l'ai interrogée, elle a commencé par nier. Mais quand je lui ai ordonné de vider les poches de son tablier, j'ai vu la broche de Madame. Celle en or avec le saphir.

La broche préférée de ma mère. Comment Susanna avait-elle pu imaginer que personne ne s'en apercevrait ?

— C'est vrai, Susanna ? demandai-je.

— Bien sûr que c'est vrai ! répliqua Linda.

D'un geste, je lui intimai l'ordre de se taire.

— Je voudrais l'entendre de sa bouche.

— C'est vrai, répondit Susanna d'une voix qui se brisait. Je… J'ai voulu voler la broche.

Sa sincérité me choqua plus que ne l'aurait fait une dénégation. Linda avait dû sacrément la cuisiner.

— Pourquoi as-tu voulu faire ça ? demandai-je, profondément déçue. Craignais-tu d'être dans le besoin ?

Elle serra les lèvres et baissa la tête.

Je tournai les yeux vers Linda, qui la scrutait avec un regard furieux.

— J'aimerais lui parler seule à seule.

Linda parut avoir envie de répliquer, mais se rappelant qui j'étais, elle se contenta d'une génuflexion.

— Très bien, Mademoiselle.

Elle s'empresserait sans doute de descendre faire son rapport à ma mère.

— Susanna, dis-je en me plaçant devant elle. Regarde-moi, s'il te plaît.

La jeune fille releva la tête à contrecœur.

— Pourquoi as-tu fait ça ? Par crainte de ne pas arriver à t'en sortir ? Par manque d'argent ?

— Je ne sais pas…

— Tu ne sais pas ?

Je sentis une bouffée de colère m'envahir. Pas parce que Susanna avait tenté de commettre un vol, mais parce qu'elle ne m'avait pas fait confiance.

— Ne t'avais-je pas promis de t'aider ? Ne t'ai-je pas protégée de ma mère ?

Je me mis à faire les cent pas devant elle.

— Tu aurais dû t'adresser à moi si tu étais dans le besoin ou si tu avais peur.

— Vous n'auriez pas pu empêcher que j'aie cet enfant, répondit-elle avec un air sombre.

— Les autres l'ont découvert ?

Susanna baissa de nouveau la tête.

— Susanna ?

— Oui, répondit-elle d'une voix presque inaudible.

— Linda ?

Elle acquiesça. J'aurais pu m'en douter. Ma mère ne posait jamais assez longtemps les yeux sur ses employées pour remarquer quoi que ce soit.

— Quand s'en est-elle aperçue ?

— Aujourd'hui. J'ai eu un étourdissement et… quand je me suis assise, elle m'a demandé ce que j'avais en regardant mon ventre. Je le lui ai dit.

Remarquant alors que j'avais retenu mon souffle, je vidai lentement l'air de mes poumons. Ce que nous avions tenté d'éviter était finalement arrivé. J'aurais dû le savoir, c'était ma faute.

— T'a-t-elle menacée de le dire à ma mère ou à moi ?

Elle fit de nouveau un signe d'assentiment.

— Alors tu as pensé que j'allais te flanquer à la porte, que dorénavant tu n'avais plus rien à perdre, et tu as voulu au moins partir avec quelque chose qui t'aide à joindre les deux bouts.

Susanna éclata en sanglots.

— Je suis désolée, je n'ai pas réfléchi…

— C'est le moins qu'on puisse dire, ripostai-je en haussant involontairement le ton. Tu aurais dû venir me trouver et m'informer que Linda était au courant. Tu aurais dû me demander mon aide. Je ne t'aurais pas renvoyée en raison de ta grossesse, je te l'avais dit. Mais là, je ne peux pas faire autrement…

À cet instant, la porte s'ouvrit, livrant passage à ma mère. Je ne pouvais évidemment pas la prier de quitter sa chambre…

— Alors, cette personne t'a-t-elle répondu ? s'enquit-elle sur un ton acerbe.

— Oui, mais même si je peux comprendre la raison de son acte, je n'ai pas d'autre choix que de la renvoyer.

Ma mère, qui s'était attendue à ce que je défende Susanna, se détendit.

— Tu comprends ce qui a motivé son acte ? demanda-t-elle tout de même avec acrimonie.

— Elle craignait de perdre sa place parce qu'elle était enceinte.

Je tournai les yeux vers Linda, qui avait reparu sur le pas de la porte. Sans doute avait-elle également menacé Susanna d'avertir les autres domestiques.

— En pareille situation, les femmes commettent parfois des sottises. Mais il faudra tout de même qu'elle parte.

Susanna se mit à pleurer de plus belle.

— Tu quitteras la maison dès demain matin, lui dis-je.

— Pourquoi pas tout de suite ? s'échauffa ma mère. Voudrais-tu lui laisser une occasion supplémentaire de se remplir les poches ? Et si elle s'en prenait à Leurs Altesses ?

— Elle ne le fera pas. N'est-ce pas, Susanna ?

La jeune fille secoua la tête.

— Bien. Sinon je serais obligée de signaler cette tentative de vol et les suivantes à la police. Je ne porterai pas plainte. Mais uniquement s'il n'y a plus d'incidents d'ici demain.

Penchée en avant, Susanna pleurait. Elle avait la peau pâle, les vertèbres saillantes. Était-ce l'enfant qui piochait dans ses réserves, était-ce la peur qui la rongeait ? Je ne pouvais hélas rien faire de plus pour elle.

— Ramenez Susanna dans sa chambre, ordonnai-je à Linda. Qu'elle fasse son bagage et qu'elle prenne du repos. Et ne l'accablez pas davantage de reproches, je vous prie, elle est suffisamment punie comme cela.

Linda fit un signe d'assentiment, mais je vis à sa mine qu'elle ne se priverait pas de la réprimander. Sans doute l'accuserait-elle d'ingratitude envers la famille qui lui avait donné du travail, de quoi se nourrir et se loger.

— Satisfaite, Mère ? demandai-je quand les deux femmes eurent quitté la pièce.

— Tu as été bien trop indulgente avec elle, maugréa-t-elle.

— La broche a retrouvé sa place dans ton coffret à bijoux, n'est-ce pas ?

— Grâce à Linda.

— Bien, nous lui donnerons une prime. Mais je ne pense pas que nous devions nous montrer plus dures avec Susanna. Non seulement elle attend un enfant hors mariage, mais en plus elle vient de perdre ignominieusement sa place de domestique. J'ai vu à Stockholm ce que devenaient les filles dans sa situation.

— Ce n'est pas ton problème.

— Si ! Mes amies et moi avons lutté pour que ces filles et ces femmes ne soient pas stigmatisées leur vie durant à cause d'un écart dont elles ne sont pas seules responsables. J'aurais aidé Susanna. Mais maintenant je ne peux plus le faire.

Alors que je me dirigeais vers la porte, je me retournai vers ma mère.

— Linda te l'a dit, n'est-ce pas ? Que la jeune fille était enceinte.

— Il était impossible de ne pas le remarquer. Mais pour répondre à ta question : non, elle ne me l'avait pas dit.

— Alors elle l'aurait fait ce soir. Susanna l'a prise de vitesse.

Je quittai la chambre et sortis dans le jardin. Ma colère subsistait et je me sentais étourdie par l'alcool qui circulait dans mes veines. Je n'avais jamais particulièrement aimé la fête de la Saint-Jean, mais celle-ci les surpassait toutes en désagréments. Je repensai à Max dans sa maison, qui serait informé de la situation seulement le lendemain. J'aurais tant aimé pouvoir retourner le voir afin de contempler les étoiles en sa compagnie !

CHAPITRE 26

Je fus réveillée par une migraine accablante, et la lumière du soleil qui traversait les rideaux me parut beaucoup trop crue. Si je m'étais écoutée, je serais restée au lit. Cependant le prince et sa femme, ainsi que le comte Bergen et quelques amis de ma mère avaient passé la nuit au manoir et nous devions prendre le petit déjeuner ensemble.

Je me levai en gémissant, me passai de l'eau sur la figure et jetai un regard sur la pelouse, à présent désertée. Les domestiques étaient déjà en train de ranger. Bruns avait fait appel à quelques garçons d'écurie pour remporter les tables.

On frappa à la porte.

— Entrez ! lançai-je.

— Bonjour, Mademoiselle.

Lena paraissait abattue. Ce qui n'avait rien d'étonnant : elle allait perdre une amie.

— Bonjour, Lena.

Et, comme je ne voulais pas lui demander d'emblée si Susanna était déjà partie, je commençai par m'enquérir d'elle.

— Comment vas-tu après cette fête ?

— Bien, mentit-elle.

Elle semblait avoir passé la nuit à pleurer avec Susanna.

— Susanna t'a mise au courant, n'est-ce pas ? demandai-je, sachant qu'il était inutile de tourner autour du pot.

— Oui, répondit-elle. Elle est partie très tôt ce matin.

— Linda ou une autre personne ont-elles fourni une explication à son départ ?

Je jugeais la femme de chambre tout à fait capable d'avoir répandu la nouvelle dans l'aile des domestiques.

— Il paraît qu'elle a volé. Et elle est enceinte.

Je sentis mon corps s'affaisser légèrement. Ainsi, Linda s'était montrée sans pitié. Tout à coup, la peur me prit. Et si Susanna décidait de mettre fin à ses jours ? Elle ne serait pas la première à se jeter dans la rivière pour pareil motif. Au village, elle deviendrait désormais une paria, la fille qui avait un enfant bâtard. Aucun garçon ne voudrait d'elle, sauf à avoir perdu la raison.

— Écoute-moi, Lena, dis-je en lui prenant la main. Je n'avais pas le choix, j'ai été obligée de la renvoyer, parce qu'elle s'était mal comportée. Un vol, ce n'est pas une bagatelle, tu le sais. Je ne pouvais pas agir autrement.

Lena acquiesça.

— Cependant sache que ce n'est pas à cause de l'enfant que je l'ai renvoyée. Je ne le ferais avec aucune de vous. Même si je te conseille très vivement d'attendre d'être mariée pour tomber enceinte. Notre société ne tolère pas les femmes qui ne peuvent se réclamer d'un père pour leur enfant. Penses-y chaque fois qu'un garçon te fera des avances. Et n'hésite pas à venir me trouver si on veut te forcer à quoi que ce soit. Tu as toujours le droit de dire non, tu as compris ?

Lena me lança un regard étonné, mais fit un signe d'assentiment.

— Et en ce qui concerne Susanna…

Je m'interrompis, hésitant à poursuivre.

— Quand tu iras voir tes parents au village, jeudi prochain, repris-je, renseigne-toi pour savoir où elle est, d'accord ? Je voudrais juste avoir de ses nouvelles, rien de plus.

— Et si elle va mal ?

— Alors je trouverai un moyen de l'aider.

Lena opina et un petit sourire apparut au coin de ses lèvres.

— Bon, merci.

Je la lâchai.

— Et maintenant, dis-moi donc si tu as cueilli les sept fleurs.

— Non. Mme Bloomquist m'a permis de boire du *nubbe* et je… je me suis endormie sur la pelouse.

Je réprimai un sourire. Je l'imaginais bien avoir passé la nuit dans l'herbe et se faire réveiller à l'aube par une des domestiques. Le schnaps était sans doute pour quelque chose dans son manque d'entrain.

L'absence de Susanna était palpable. Toute la journée, le silence régna dans la maison ; le bavardage des domestiques s'était tu. Mlle Rosendahl voulut reparler de l'incident, mais je m'y refusai, ne voulant pas ajouter mes commentaires à cette affaire, même si je me demandais ce qui attendait Susanna à présent qu'elle avait regagné le village.

Le lundi, Bruns entra dans mon bureau.

— Un messager a apporté une lettre que je dois vous remettre en main propre.

Il me tendit l'enveloppe.

Elle venait de l'inspecteur Hermannsson. Son enquête avait-elle enfin abouti ? Nous serions bientôt en août et je n'avais guère envie de dire au maréchal de Sa Majesté que l'incendiaire courait toujours.

— Merci, Bruns.

J'ouvris l'enveloppe avec impatience.

Le contenu de la lettre m'inspira une vive émotion. Je me levai et courus dans la chambre de ma mère.

Celle-ci était en train de se faire coiffer par Linda.

— Il y a du nouveau ? demanda-t-elle. De qui est cette lettre ?

— Vous voulez bien nous laisser un instant, Linda ? dis-je à la femme de chambre.

Je ne souhaitais pas qu'elle soit là quand je parlerais de l'incendie avec ma mère. De toute façon, celle-ci lui raconterait probablement tout un peu plus tard.

Linda regarda sa maîtresse, mais puisque ma mère ne disait mot, elle salua et sortit de la chambre.

— Qu'y a-t-il de si important ? s'enquit ma mère en ajustant une mèche.

Je lui tendis la lettre.

— Elle est de la police. Il semblerait qu'ils aient un suspect. Mais leurs investigations se poursuivent.

Ma mère la prit et la lut rapidement.

— Dieu soit loué ! Ce n'est plus qu'une question de temps avant que cet individu n'avoue son crime !

— Espérons qu'ils ne se soient pas trompés.

Je me demandais qui cela pouvait bien être. Quelqu'un du village ? Hermannsson n'avait pas mentionné de nom, ce qui était normal dans la mesure où il n'avait pas encore rassemblé toutes les preuves.

— Comme tu le vois, il me prie également de venir à Kristianstad afin que je rencontre le suspect.

— Oui, mais… Il ne s'attend tout de même pas à ce que la comtesse Lejongård…

— À ce que je parle au suspect ? Je n'en sais rien. Sans doute souhaite-il simplement que je lui dise ce que je sais de lui. D'ailleurs, il serait peut-être bon que tu m'accompagnes. Tu connais les gens d'ici mieux que moi.

— C'est ton père qui les connaissait. Je ne te serais pas d'une grande utilité. Tu devrais peut-être emmener Langeholm. Il est familier des villageois.

— Parfait, je lui demanderai de m'accompagner.

J'aurais nettement préféré y aller avec Max, mais il n'aurait pas pu m'aider.

— Nous partirons demain matin à la première heure.

— Ce serait une bonne chose qu'ils l'aient arrêté, n'est-ce pas ? dit ma mère avec une aménité inhabituelle. Nous pourrions enfin mettre un point final à cette histoire.

— Oui, mais cela ne ramènera ni Père ni Hendrik.

— Même Dieu n'en aurait pas le pouvoir, toutefois il peut au moins nous offrir la justice.

— Je l'espère.

Nous échangeâmes un long regard et je crus voir un léger sourire apparaître au coin de ses lèvres.

CHAPITRE 27

Le matin suivant, alors que la calèche nous conduisait, Langeholm et moi, avec moult secousses à Kristianstad, je repensai au maréchal Bergen et à la pimpante automobile qui l'avait convoyé à Löwenhof. La somme que mon père avait empruntée aurait sûrement permis d'acheter au moins deux de ces véhicules.

Langeholm était particulièrement taciturne. Je l'avais informé que la police avait arrêté un individu qu'elle soupçonnait d'être à l'origine de l'incendie. Cette nouvelle aurait dû le réjouir, pourtant il paraissait pensif. L'écuyer n'était pas un grand bavard, mais d'ordinaire il était nettement plus communicatif.

— Puis-je vous demander ce qui vous préoccupe ?

— Je ne peux m'empêcher de penser à votre père et à votre frère, répondit-il. Ce qui s'est produit est terrible.

— Si la police tient effectivement le coupable, ils pourront au moins reposer en paix.

— J'espère sincèrement que c'est le cas. Mais peut-être ne tardera-t-on pas à s'apercevoir que la personne appréhendée est innocente, et alors il faudra tout reprendre depuis le début.

— Hermannsson n'est pas du genre à arrêter quelqu'un à la légère. Je suis sûre qu'il avait de bonnes raisons de le faire ; il ne m'obligerait pas à me déplacer pour rien.

— Espérons-le, Mademoiselle.

Langeholm tourna de nouveau les yeux vers la fenêtre, en proie à une mélancolie qui ne voulait pas céder.

Une demi-heure plus tard, nous arrivâmes au commissariat. Un soleil clair faisait briller le bâtiment blanc au-dessus duquel flottait le drapeau suédois. Je distinguai du mouvement derrière les fenêtres grillagées, sans pouvoir déterminer s'il s'agissait de policiers ou de détenus.

En entrant, nous fûmes accueillis par le claquement des touches d'une machine à écrire. Il régnait dans la pièce une odeur de renfermé, de laine humide, de graisse pour cuir de bottes – et d'autres choses que je ne parvins pas à identifier. Le fonctionnaire de service nous informa que l'inspecteur nous attendait.

Un policier nous conduisit à son bureau et annonça notre présence.

Hermannsson portait le costume marron que je lui avais vu lors de notre première rencontre, mais dans l'intervalle, il s'était laissé pousser la barbe.

J'eus envie de lui demander si son enquête ne lui avait pas laissé le temps de se raser, mais je ne voulus pas paraître irrévérencieuse.

— Je vous remercie d'être venue si vite, comtesse Lejongård, dit-il en me serrant la main.

— Je n'ai pas voulu vous faire attendre. Voici Sören Langeholm, notre écuyer. Je lui ai demandé de m'accompagner parce qu'il connaît mieux que moi les gens de la région.

— Parfait, répondit Hermannsson en lui tendant la main. Cela nous sera utile. Si vous voulez bien me suivre.

Il nous conduisit dans l'aile du bâtiment qui abritait la prison. Celle-ci n'était pas grande. Elle accueillait dans le meilleur des cas une dizaine de malfaiteurs contraints de patienter jusqu'à leur procès dans une cellule commune. Pour l'heure, la police ne semblait pas débordée. Outre un homme qui cuvait son vin et un jeune gars qui lança aux policiers un regard de défi, il n'y avait qu'un individu déguenillé assis sur une couchette, la tête baissée.

— Vous avez de la chance, fit remarquer l'inspecteur. En temps normal, c'est beaucoup plus animé. Ce n'est pas le genre de spectacle que j'infligerais à une dame. Garde, faites sortir Hellersund.

L'un des policiers acquiesça, ouvrit la cellule et se dirigea vers l'homme recroquevillé sur le lit.

— Venez, nous dit Hermannsson. Nous avons une salle spéciale pour ce genre de chose.

Il nous mena vers une pièce plutôt sombre. Était-ce l'endroit où l'on procédait aux interrogatoires ? Je fus soudain prise d'une vive répugnance. S'il n'y avait pas de carrelage sur les murs, cet endroit me rappelait la cave de l'hôpital dans laquelle le corps de Hendrik avait été exposé.

Au milieu de la pièce se trouvaient une petite table et quatre chaises. L'homme qui s'appelait Hellersund fut poussé à notre suite dans la salle et assis sur une chaise.

— J'ai rien fait, déclara-t-il aussitôt comme s'il était déjà devant le juge. C'est vrai, j'ai mis le feu aux balles de foin de Larsen, mais le reste, c'est pas moi !

Hermannsson ne lui prêta aucune attention.

— Comtesse Lejongård, connaîtriez-vous cet homme ? Il dit s'appeler Ole Hellersund, né à Ystad, actuellement sans travail ni domicile. Il a été arrêté après avoir mis le feu à des bottes de paille au nord de Kristianstad, et nous le soupçonnons fortement d'avoir également sévi chez vous.

— J'ai rien fait ! pleurnicha l'homme. Je voulais juste que les voix s'arrêtent ! Ces voix me rendent fou ! Elles disaient que je devais le faire.

Je fronçai les sourcils. Ce Hellersund ne paraissait pas avoir toute sa tête. Mon père et mon frère avaient-ils été victimes d'un fou ?

— Vous le connaissez ? répéta l'inspecteur.

Je secouai la tête et tournai les yeux vers Langeholm. Celui-ci considérait le vagabond avec un certain dégoût.

— Il n'est pas impossible qu'il ait traîné par chez nous. Il nous arrive d'apercevoir des individus ici ou là, mais nous n'allons pas y voir de plus près.

— En l'occurrence, vous auriez été bien avisés de le faire. On l'accuse d'avoir incendié trois piles de ballots de paille aux environs de Kristianstad. Ce n'est pas à proximité immédiate de Löwenhof, mais il aurait très bien pu passer chez vous.

— Pour cela, il aurait fallu qu'il s'introduise dans le domaine.

Löwenhof était protégé par des murs et des clôtures, et jusque-là il n'avait pas été nécessaire de poster des gardes. Ceux qui voulaient entrer le faisaient tout simplement par la porte. La pensée que quelqu'un aurait pu pénétrer chez nous pour commettre un crime me procura un profond malaise.

— Peut-être y est-il parvenu, répondit Hermannsson. En ce moment, en tout cas, il n'y a pas d'autre incendiaire dans la région. Voilà pourquoi nous supposons que c'est lui qui a mis le feu à votre écurie.

— Les chevaux auraient sûrement flairé sa présence, objecta Langeholm. Ils auraient henni.

— Hellersund a réussi à se glisser devant deux féroces chiens de garde. Je suis certain qu'il aurait pu passer inaperçu de vos chevaux.

— Je suis pas entré dans votre écurie, je le jure ! lança l'homme en bondissant soudain de sa chaise et en tendant les mains vers moi.

J'eus un mouvement de recul effrayé. Le policier qui se trouvait derrière lui le plaqua aussitôt sur son siège. Mais Hellersund continuait de hurler.

— Les voix m'ont pas parlé d'une écurie, elles disaient juste qu'y fallait que je mette le feu à la paille !

Il avait perdu la raison. Mais était-il l'assassin de mon père et de mon frère ? Tout cela était d'une logique imparable : il avait incendié des piles de bottes dans la région, qu'est-ce qui aurait pu l'empêcher de commencer par une écurie ? Pouvait-on savoir ce que ses voix lui avaient ordonné ?

Je n'y croyais pas. Cet homme était un pauvre diable qui avait commis des actes répréhensibles, mais incendier de la paille n'avait rien à voir avec mettre le feu à une écurie.

— Monsieur Langeholm, dis-je en me tournant vers l'écuyer. Vous avez été sur place pendant toute la durée de l'incendie.

Surpris que je m'adresse à lui, Langeholm se raidit légèrement.

— En effet, comme tous les valets.

— Avez-vous vu cet homme sortir de l'écurie juste avant le départ du feu ?

L'écuyer plissa les yeux et réfléchit.

— Non, répondit-il finalement en secouant la tête. Je n'ai vu personne.

Je reportai mon regard sur le vagabond.

— Comment avez-vous enflammé les bottes de paille ? Vous les avez regardées brûler ?

Les yeux de l'homme se mirent à briller.

— Oui, et quand je regardais les flammes j'entendais plus les voix. C'était tellement bien !

— Et que disent vos voix, maintenant ?

— Que je dois tout faire brûler ici, tout !

Il se releva et se mit à tirer frénétiquement sur ses menottes.

— Emmenez-le ! ordonna Hermannsson. Remettez-le en cellule.

Le policier empoigna le vagabond et le traîna vers la sortie.

— C'est pas moi ! hurla-t-il. J'ai pas incendié l'écurie. Les voix, elles disent que c'est pas moi !

La porte se referma et les cris s'éloignèrent. Je tremblais de tous mes membres. Ma mère avait eu raison de s'interroger : pourquoi Hermannsson m'avait-il confrontée à ce fou ?

— Alors vous pensez que c'est lui ? demandai-je. Même si mon écuyer ne l'a pas vu au moment de l'incendie ?

Hermannsson afficha un air sceptique et quelque peu frustré.

— Cela ne signifie pas qu'il n'ait pas pu être sur les lieux.

— Nos gens l'auraient remarqué, intervint Langeholm. Si un étranger était venu rôder dans le coin, nous nous en serions aperçus.

— Nous allons tout de même poursuivre notre enquête. Il a sans doute procédé autrement. Le dispositif qu'il a utilisé n'a peut-être pas marché tout de suite. Par conséquent, voyant que ça n'allait pas, il s'est enfui. Et le feu s'est déclenché plus tard.

Il y eut un silence, puis l'inspecteur se leva.

— Je vous remercie de m'avoir sacrifié de votre temps. Vos remarques m'ont été très utiles.

— Même si vous devrez peut-être réorienter votre enquête ?

— Nous voulons découvrir la vérité, comtesse Lejongård, peu importe combien de temps cela prendra. Je le dois à votre famille.

— Je vous en remercie.

Nous nous serrâmes la main, puis je sortis du commissariat avec Langeholm.

Je restai un moment devant la calèche à contempler les arbres à l'autre bout de la rue. Que devais-je penser de cette rencontre ? Quelque chose me disait que nous n'étions pas encore au but.

— Mademoiselle ? lança Langeholm, m'arrachant à mes pensées. Est-ce que ça va ?

— Oui, rentrons.

Je passai tout le trajet à me remémorer les détails de la confrontation avec l'incendiaire. Et, plus j'y pensais, moins celui-ci me paraissait susceptible d'être notre coupable. Il avait avoué sans détour ses autres crimes, mais se refusait à reconnaître sa culpabilité dans l'incendie de notre écurie ? Peut-être craignait-il de passer le restant de ses jours derrière les barreaux. Là au moins il ne serait plus en mesure de faire ce que les voix lui ordonnaient. Toutefois, ses autres méfaits ne demeureraient pas impunis. D'une manière ou d'une autre, il atterrirait en prison – ou dans un asile d'aliénés.

Lorsque nous fûmes arrivés, je rentrai immédiatement au manoir. J'étais en sueur et j'avais absolument besoin d'une pause. Je me changeai et mis une robe plus légère.

Après m'être reposée, je descendis au salon, où je trouvai ma mère en train de faire une réussite.

— Alors, comment ça s'est passé ? demanda-t-elle sans lever les yeux de son jeu.

— Ils ont arrêté un vagabond qui a brûlé des meules de foin dans la région. Il prétend que ce sont des voix qui lui ont ordonné de le faire.

— Un dément ? Que Dieu nous protège !

— Cela dit, il a nié être l'auteur de l'incendie de notre écurie. Les voix ne le lui auraient pas demandé.

— Et Hermannsson ajoute foi à ses dires ?

— Je ne sais pas. Compte tenu de ce que cet homme a fait par ailleurs, il devra le garder en détention. Mais, sur la fin, il ne paraissait plus si certain de tenir le coupable. D'autant plus que Langeholm a affirmé ne l'avoir jamais vu à Löwenhof.

— Qui sait, peut-être quelqu'un l'a-t-il caché ? Depuis quelque temps, il se passe de drôles de choses chez nous. Les domestiques tombent enceintes sans être mariées, la maîtresse des lieux estime que ça ne pose pas de problème et qu'elles peuvent très bien rester…

— Mère, tu ne vas tout de même pas comparer l'incendie et la grossesse de Susanna ?

— Elle aussi voulait commettre un crime.

— Parce qu'elle était désespérée !

Je regrettais d'être descendue voir ma mère. J'avais la migraine, et la chaleur qui augmentait me mettait à rude épreuve.

— Linda l'avait menacée de tout révéler ! Elle a eu le sentiment de ne plus avoir d'échappatoire…

— Mais pourquoi avait-elle peur ? Tu étais au courant et, pour autant que je sache, tu es la maîtresse de ce domaine. C'était à toi qu'il revenait de prendre une décision.

— C'est bien ce que j'ai fait. Je ne l'aurais pas renvoyée parce qu'elle était enceinte. Mais le vol n'était pas acceptable.

Ne pouvions-nous en revenir à la question de l'incendie ? Nous nous engagions sur la voie d'une violente dispute.

— Le personnel aurait fini par s'en apercevoir, ce qui serait revenu au même. Tu n'aurais pas pu empêcher qu'elle soit socialement ostracisée. Ou peut-être espérais-tu que le père de l'enfant finirait par se raviser et l'épouser ?

— Ce que j'espérais, c'était que mon amie de Stockholm trouve un moyen de faire partir Susanna d'ici. Nous avons l'habitude de ce genre de chose et cela a toujours fonctionné.

— Oui, mais tu n'es plus à Stockholm et ton amie semble avoir perdu ses contacts. En espérant qu'elle soit en bonne santé et que ces femmes que vous fréquentez ne lui aient pas refilé une maladie.

— Mère, elles sont enceintes, elles n'ont pas la peste !

Il fallait que je m'en aille avant d'avoir envie de jeter un bibelot contre le mur.

— Et maintenant si tu veux bien m'excuser, j'ai à faire.

Voilà qu'elle avait réussi à éveiller mes inquiétudes à l'égard de Marit.

— Demande à Linda de revenir, s'il te plaît !

Ravalant un commentaire, j'ouvris la porte. Linda se tenait à quelque distance, mais elle n'avait pu manquer d'entendre nos dernières paroles.

— Vous pouvez entrer, lui dis-je en passant devant elle.

Je n'avais pas prévu de passer la journée à l'extérieur, mais dans l'après-midi, je fis seller Talla et me rendis au bureau du télégraphe à Kristianstad.

L'employé sursauta à mon entrée et laissa échapper le journal dans lequel il était plongé.

— Bonjour, madame, que puis-je pour vous ?

Il paraissait heureux d'avoir enfin de l'occupation.

— Je souhaiterais envoyer un télégramme, répondis-je en sortant quelques pièces de la poche de ma jupe. À Stockholm, à l'intention de Mlle Marit Andersson.

— Très bien, madame. Si vous voulez bien m'indiquer l'adresse et ce que je dois écrire.

Je sortis le message que j'avais rédigé. Je ne voulais ni mentionner le nom de Susanna ni me montrer explicite. Je demandais en quelques phrases courtes à Marit comment elle allait et ce qu'il en était de notre projet. J'écrivais également que la situation s'était aggravée et que je souhaitais avant tout savoir si tout se passait bien de son côté.

L'homme se mit au travail. Pendant que le téléscripteur cliquetait, je laissai mes pensées vagabonder dans les rues de Stockholm. Était-il effectivement arrivé quelque chose à Marit ? Avait-elle été malade ? Ou bien une manifestation avait-elle mal tourné, si bien qu'elle s'était retrouvée en prison ? Je n'avais rien lu de tel dans le journal, mais cela ne voulait rien dire. Les journalistes du coin ne jugeaient pas toujours utile de rapporter ce genre d'incident.

— Voilà, c'est fait, déclara l'employé du télégraphe en me tendant un reçu.

À présent, il n'y avait plus qu'à patienter, en espérant que tout irait pour le mieux.

En ressortant, je levai les yeux vers les cimes des épicéas, où des oiseaux gazouillaient à grand bruit. Tout cela se calmerait-il un jour ? Ou les soucis seraient-ils désormais mon lot quotidien ?

Lorsque j'arrivai à Löwenhof, Max m'attendait avec les registres de comptes et un large sourire qui fit temporairement passer mes préoccupations au second plan.

— Bienvenue, Mademoiselle. J'ai terminé de revoir les fermages et je dois dire que vous ne demandez pas assez cher à vos fermiers. Les grands propriétaires de Poméranie ne se montreraient pas si timorés.

— Nous venons d'augmenter les prix de nos chevaux. Je ne voudrais pas risquer de voir les fermiers débarquer avec des torches et des fourches, répliquai-je avec plus de mauvaise humeur que je ne l'aurais voulu.

Si j'avais eu ce jour-là une discussion avec un fou et si ma mère m'avait horripilée, il n'y était pour rien.

— Est-ce que ça va ? s'enquit-il. Vous paraissez un peu lasse. Si vous le souhaitez, nous pouvons reporter l'examen des dossiers à demain.

— Non, allons-y. Cela me distraira peut-être de mes soucis.

— De vos soucis ? Cela a-t-il à voir avec le suspect ?

— Langeholm vous en a parlé ?

— À moi et aux autres. Il a rapporté que cet homme entendait des voix.

— En effet. Et je crains que ce ne soit pas le vrai coupable.

Je poussai un profond soupir.

— J'aimerais pouvoir au moins clore ce chapitre. Tout est en suspens ! Et en outre voilà des semaines que mon amie de Stockholm n'a pas donné de nouvelles. Cela ne lui ressemble pas.

— Elle le fera, répondit Max sur un ton compatissant. Et si je peux vous aider en quoi que ce soit, n'hésitez pas.

— Vous m'êtes déjà d'un grand soutien.

Mon cœur se serra tandis que je le regardais. C'était d'un homme comme lui que j'avais besoin. Pas seulement en tant qu'intendant, mais aussi dans ma vie.

— S'il le faut, j'en ferai davantage.

— Merci, j'apprécie.

Il me fit un signe d'encouragement.

— Bien, dis-je, rentrons. Un café et quelques biscuits devraient me remettre d'aplomb.

Le soir, peu après avoir donné congé à Lena, je me souvins que je n'avais pas remis mes papiers dans le tiroir. Je les avais pris pour aller au commissariat. Je cherchai mon sac à main, mais ne pus le trouver. Comme je ne l'avais pas emporté quand je m'étais rendue à Kristianstad, il devait être resté dans la calèche. Il ne contenait pas beaucoup d'argent, mais je ne voulais pas laisser traîner mes papiers. Cette vigilance remontait aux nuits d'orage durant lesquelles ma grand-mère nous ordonnait de rester éveillés au cas où la foudre frapperait le manoir et provoquerait un incendie.

Ces nuits m'avaient toujours inspiré une crainte terrible, sans doute aussi parce que Hendrik avait une propension à jouer au fantôme et à me faire peur à la moindre occasion. Par la suite, j'étais restée debout de mon propre chef afin de contempler les éclairs, entre autres dans l'idée de les peindre. Malheureusement, mon souvenir s'estompait trop vite pour que je puisse les coucher sur la toile.

L'obscurité tombait déjà, mais je descendis au rez-de-chaussée, où les domestiques finissaient la vaisselle. Elles ne tarderaient pas à terminer leur journée.

La porte du hangar était entrouverte. Cela n'avait rien d'inhabituel : il arrivait qu'August fasse encore quelque réparation, même à une heure tardive. Pourtant je ne voyais pas de lumière à l'intérieur. Avait-il oublié de fermer ? J'entrai et voulus allumer quand j'entendis parler.

— Je crois que je ne pourrai plus venir, dit une voix de femme qui me parut familière. C'est sans doute pour bientôt.

— Bien, dans ce cas, tu reviendras après. Notre accord tient toujours, tu as compris ?

L'autre voix était indiscutablement celle de Langeholm. Que faisait-il ici ? Et pourquoi la femme semblait-elle être Susanna ? Pendant que je me dissimulais derrière la calèche, j'entendis qu'on rajustait une ceinture de pantalon. Il y eut un froufrou de jupe, puis le bruit qu'on aurait produit en se rechaussant maladroitement. Je jetai un coup d'œil par-dessous la calèche, mais ne distinguai qu'une jupe et un pantalon.

La femme semblait avoir acquiescé en silence, car ils se mirent tous les deux en mouvement. Langeholm avait-il les clés ? Dans ce cas, il risquait de m'enfermer dans le hangar !

Mais je ne pouvais plus m'éclipser sans me faire remarquer. La femme était bien Susanna ; je reconnus aussi Langeholm, puis la porte retomba. Comme je l'avais craint, l'écuyer donna un tour de clé et partit. J'aurais pu le héler, mais la scène à laquelle je venais d'assister m'empêcha de le faire. Le sang battait à mes tempes.

Langeholm était-il l'amant de Susanna et le père de l'enfant ? Les paroles qu'il avait prononcées n'avaient pourtant guère laissé paraître de sentiment. Il avait parlé d'un accord. De quoi pouvait-il s'agir ? De se retrouver une fois par semaine ? Susanna devait-elle cacher qu'il était le père de son enfant ? Langeholm ignorait-il qu'il risquait sa place à laisser entrer au domaine une personne qui en avait été renvoyée ?

Je restai un moment à m'interroger, puis compris que je devrais sans doute passer la nuit dans le hangar. Il y avait deux vitres en haut des portes, mais elles ne s'ouvraient pas. Devais-je appeler à l'aide ? À l'exception de Langeholm, à qui je préférais ne pas avoir affaire, à cette heure il ne devait plus y avoir personne dehors.

Après être demeurée indécise, je m'approchai de la portière de la calèche et l'ouvris. Les coussins étaient tout sauf confortables, mais cela valait mieux que de dormir sur le sol. Au matin, je signalerais ma présence, si tant est qu'August ne m'évite d'avoir à le faire. Je montai dans le véhicule, refermai la portière et m'installai.

Qu'est-ce que cela signifiait ? Pourquoi Susanna était-elle revenue au domaine ? Avait-elle demandé son aide à Langeholm ? Voulait-elle qu'il l'épouse ?

Non, quelque chose clochait. Je me promis de découvrir de quoi il retournait. Dès que quelqu'un m'aurait fait sortir de là.

CHAPITRE 28

— Seigneur Dieu, Mademoiselle ! fit la voix du cocher, me tirant de mon sommeil. Pourquoi avez-vous passé la nuit ici ?

Je clignai des yeux. Il me fallut un instant pour me rappeler où j'étais. Mes épaules crispées me ramenèrent à la réalité. La scène à laquelle j'avais assisté la veille au soir me revint alors.

— Votre mère est malade d'inquiétude, poursuivit August.

J'eus quelque mal à le croire. Lena avait dû s'apercevoir ce matin que je n'étais pas dans ma chambre.

— Elle a pensé que vous aviez disparu au cours de la nuit. Elle s'apprêtait à m'envoyer à votre recherche.

— J'en suis navrée, mais heureusement vous êtes venu tout de suite au hangar, dis-je tandis qu'August me tendait la main et m'aidait à descendre. Je vous remercie. Alors mieux vaut que je commence par rassurer tout le monde avant de repartir.

— Repartir ? s'étonna August. Mais pour aller où ?

— J'ai une affaire à régler. Vous voulez bien prier les valets de seller Talla ?

— Très bien, Mademoiselle. Mais, si je puis me permettre : que faisiez-vous ici ?

J'ai vu que Susanna fabriquait je ne sais quoi avec l'écuyer et entendu qu'ils avaient tous deux passé un accord... Cela, je ne pouvais pas le dire à August.

— J'avais oublié mon sac à main, répondis-je en soulevant ledit sac. Je suis allée le chercher, mais la porte s'est refermée et quelqu'un a dû la verrouiller sans que j'aie l'occasion de faire remarquer ma présence.

August me lança un regard légèrement incrédule. Sans doute se demandait-il qui pouvait avoir la clé du hangar, dont il était normalement le seul à disposer.

— Heureusement, il ne vous est rien arrivé, dit-il avec un bon sourire. Et pour ce qui concerne la clé je dirai deux mots aux gars.

— Non, August, n'en faites rien. Et, s'il vous plaît, ne dites à personne où vous m'avez trouvée.

— Mais pourquoi ?

— Je...

Que devais-je lui dire ? Je voulais éviter de donner des soupçons à Langeholm, il fallait que le cocher tienne sa langue.

— J'ai vu une chose que je voudrais tirer au clair.

August me regarda avec un air d'incompréhension, mais il opina.

— Vous pouvez compter sur moi, Mademoiselle.

— Merci, August.

Je me hâtai de regagner le manoir. Par chance, les domestiques devaient être occupées, car je n'en croisai aucune. Le cœur battant, je montai furtivement l'escalier en tentant de mettre de l'ordre dans mes idées. Il fallait que je calme ma mère, que je me montre au personnel, puis que je me rende le plus discrètement possible au village afin de voir Susanna.

— Agneta, mais où étais-tu donc passée ? s'écria ma mère alors que je longeais le couloir qui conduisait à ma chambre.

S'était-elle postée à cet endroit pour m'attendre ?

— Je me suis endormie dans la calèche, répondis-je faute de mieux.

— Dans la calèche ? Mais qu'est-ce que tu y faisais ? August a pourtant dit qu'il n'était pas sorti hier soir !

— C'est juste. Au fait, je ne prendrai pas le petit déjeuner. Il y a une chose que je dois régler.

— Et pourrais-tu dire à ta mère de quoi il s'agit ? demanda-t-elle sur un ton acerbe.

— Quand ce sera fait, oui, rétorquai-je en entrant dans ma chambre.

Peu après, Lena fit son apparition, bouleversée.

— Dieu merci, vous êtes de retour ! Nous étions si inquiets !

— J'étais allée me promener, c'est tout, répondis-je en jetant mon sac à main sur le lit. Aucune raison de s'en faire. Pourrais-tu me donner ma tenue d'équitation noire ?

Lena me lança un regard étonné. Quand je prévoyais de sortir tôt le matin, je la prévenais toujours la veille. Cette fois, il m'aurait fallu posséder une boule de cristal pour deviner de quoi j'allais être témoin.

La jeune fille s'empressa d'aller me chercher ma robe. Je procédai à une toilette rapide, m'habillai et me fis coiffer.

— Dois-je vous apporter quelque chose à manger ? demanda Lena.

— Non, je prendrai le petit déjeuner à mon retour. Pour le moment, j'ai plus important à faire.

J'attrapai ma cravache et redescendis en toute hâte.

Tim amenait justement Talla. Je le remerciai, montai en selle et me mis aussitôt en route.

Je pris à travers champs. J'aimais beaucoup sortir à cheval, en outre le temps était magnifique. Mais je n'arrêtais pas de penser à ce que j'avais vu la veille, et j'en oubliais presque la beauté des bois, où le soleil se glissait entre les troncs puissants, enveloppant tout d'un vert lumineux.

Je ne savais pas où trouver Susanna. Le seul moyen d'apprendre où elle logeait était d'interroger ses parents. Les Korven vivaient en bordure du village, où ils avaient une petite ferme. Ils ne seraient sans doute pas ravis de me recevoir après ce qui s'était passé au domaine. Ils nous avaient confié leur fille parce qu'ils avaient espéré qu'à Löwenhof elle serait en sécurité et gagnerait correctement sa vie. Et voilà qu'elle était enceinte, qu'elle s'était livrée à une tentative de vol et se retrouvait impliquée dans Dieu sait quelle histoire.

En arrivant devant chez eux, je fus accueillie par des aboiements furieux. Le chien de la ferme tirait comme un fou sur sa chaîne, au point que je craignis qu'il finisse par l'arracher. Depuis quand les Korven avaient-ils un chien si enragé ?

Sven Korven apparut sur le pas de la porte.

— Bonjour, monsieur Korven, dis-je en criant pour essayer de me faire entendre malgré les jappements de l'animal. Je suis Agneta Lejongård…

— Je sais qui vous êtes ! rétorqua le fermier avec colère. Allez au diable !

Son accueil ne me surprit guère.

— S'il vous plaît, monsieur Korven, je dois parler à votre fille, c'est important.

— Ma fille ? Si vous l'aviez pas jetée dehors, vous auriez pu lui parler.

Je tournai la tête. S'il n'y avait eu les aboiements, notre échange aurait sûrement attiré les voisins aux fenêtres.

— Sven ! lança soudain une voix de femme.

Mme Korven faisait une bonne tête de plus que son mari et avait sans doute été aussi jolie que sa fille dans sa jeunesse. Mais les années paraissaient l'avoir durcie.

— Rentre, je m'en occupe.

Je ne savais si je devais me réjouir de son intervention. En tout cas, elle ne semblait guère mieux disposée que lui.

Son mari obtempéra et, la mine belliqueuse, la femme vint vers le portail.

— Pourquoi vous voulez parler à ma fille ? demanda-t-elle. Vous lui avez pas causé assez de tracas comme ça ?

— J'ignore ce que Susanna vous a raconté, mais…

— Elle a pas eu besoin de raconter quoi que ce soit, riposta la femme. J'ai bien vu qu'elle était enceinte. Vous auriez dû empêcher ça !

— Je ne vois pas comment j'aurais pu. Je n'étais pas au domaine au moment où ça s'est passé !

— Alors c'est votre père ou votre mère qu'auraient dû faire plus attention. Qu'est-ce qu'ils auraient dit, vos parents, si vous étiez rentrée chez eux avec un bâtard dans le ventre ?

Je ne serais sans doute pas retournée chez moi, songeai-je. Mais je m'abstins de cette réponse afin de ne pas jeter de l'huile sur le feu.

— Ce qui est fait est fait, répondis-je. J'aimerais aider votre fille, mais pour cela il faut qu'elle accepte de me parler. Ça concerne le père de l'enfant.

— Vous savez qui est le salaud qui a fait ça ?

— Non, mais j'ai des soupçons.

— Alors qui c'est ? Un de ces vauriens que vous employez à l'écurie ? Ça peut pas être quelqu'un du village. Ou bien c'est-y votre père qui s'en est pris à elle ?

Ces paroles me firent l'effet d'un coup de poing dans l'estomac. Pour autant que je sache, mon père n'avait jamais approché une domestique. Cela étant, il y avait ce contrat de prêt dont on ignorait la raison. Avait-il utilisé cet argent pour s'assurer le silence de Susanna ?

Cette simple pensée me donna la nausée. Mais je ne devais rien laisser paraître.

— Laissez mon père en dehors de ça, ripostai-je. Tant que je n'aurai pas parlé à Susanna, il est inutile de se perdre en conjectures.

— Si c'est votre père, vous nous le paierez ! beugla Marga Korven en brandissant le poing avant de se détourner pour regagner sa maison.

— Où est votre fille ? lançai-je.

— Qu'est-ce que j'en sais ? se borna-t-elle à répondre.

Entre-temps, le chien avait cessé de tirer sur sa chaîne et se bornait à grogner sourdement.

Découragée, je remontai en selle et fis faire demi-tour à mon cheval.

— Mademoiselle ! entendis-je alors.

Pour un peu, je serais passée sans la voir à côté d'une vieille femme qui se trouvait sur le chemin et avait suivi notre échange.

— Si vous voulez parler à Susanna, elle est dans la cabane près du lac. Elle s'est réfugiée là-bas, elle supportait plus les cris de sa mère. Je suis passée la voir hier.

Je la regardai de plus près. Il me semblait la connaître. La dernière fois que je l'avais vue devait remonter à mon enfance…

— Vous êtes Ida, la guérisseuse, dis-je.

La femme sourit. L'âge l'avait privée de quelques dents, ce qui donnait à celles qui restaient un aspect un peu effrayant.

— Oui, c'est moi. C'est vraiment terrible ce qui est arrivé à la jeune fille. C'est dommage qu'elle soit pas venue me voir plus tôt… Tout ce que je peux encore faire, c'est veiller sur elle jusqu'à l'arrivée de l'enfant.

Ida n'était pas seulement la guérisseuse herboriste du village. Elle s'occupait aussi des femmes enceintes qui venaient lui demander conseil et, parfois, elle parvenait à mettre un terme à leur grossesse. Personne au village n'aurait admis ouvertement qu'elle était une faiseuse d'anges, mais je savais qu'elle possédait ce savoir. Certains villageois la tenaient pour une sorcière et, quelques siècles plus tôt, il se serait sûrement trouvé quelqu'un pour s'efforcer de la faire monter sur le bûcher. Heureusement cette sombre époque était révolue. Même s'il restait encore bien des progrès à faire. Quoi qu'il en soit, c'était une bonne chose qu'elle s'occupe de Susanna. Elle l'empêcherait d'attenter à ses jours.

— Je voudrais l'aider, expliquai-je en mettant pied à terre. Mais pour cela il faut qu'elle m'en dise plus.

— Allez-y, répondit Ida avec un sourire indulgent. Elle est pas aussi en colère que ses parents. En fait, elle attend qu'une chose : que vous veniez la voir. Qui d'autre pourrait l'aider ? Personne le fera ici, vous savez comment sont les gens.

— Vous a-t-elle aussi raconté qu'elle avait tenté de voler ma mère ?

— Oui, et elle le regrette énormément. Parlez-lui. Et de mon côté je vais voir ce que je peux faire.

La vieille femme posa sa main ridée sur la mienne.

— Vous êtes une bonne personne, jeune comtesse. Votre père, il aurait pas agi comme vous faites. Vous avez de la clémence. C'est pas pour dire que je suis pas désolée de ce qui est arrivé au vieux comte et à son fils, mais avec vous Dieu a fait le bon choix.

Sur ces mots, elle me lâcha la main et reprit sa route en boitillant.

Je restai figée sur place à la suivre du regard, comme si elle m'avait lancé un sort. Cette impression se dissipa seulement lorsqu'elle eut disparu.

Je remontai en selle et pris la direction du lac.

CHAPITRE 29

La cabane était petite, toute de guingois, et n'offrait aucun confort. Mais au moins Susanna avait un toit au-dessus de la tête et échappait aux commérages des villageois.

J'attachai Talla à un arbre avant de traverser les hautes herbes en direction de la maisonnette. Un train siffla au loin. La voie ferrée n'était qu'à une faible distance. Je frappai à la porte.

Il n'y eut pas de réponse. *Elle doit être sortie*, songeai-je.

C'est alors que la porte s'ouvrit brusquement. J'eus un sursaut en voyant que Susanna avait encore plus mauvaise mine que quelques jours auparavant. Elle avait la peau grisâtre, le visage gonflé, le regard et les cheveux ternes. L'enfant qu'elle portait paraissait miner sa santé. Depuis qu'elle avait quitté Löwenhof, elle ne semblait pas avoir fait de repas correct. Et sans doute n'avait-elle pas eu son content de sommeil au cours de la nuit précédente. À quelle fréquence Langeholm exigeait-il de la voir ?

— Comtesse Lejongård, souffla-t-elle en me regardant avec appréhension. Que… Que voulez-vous ?

— Bonjour, Susanna, j'aurais souhaité te parler, répondis-je sans faire mine d'entrer afin de ne pas avoir l'air d'une intruse.

— Mais je…

— Hier soir, tu es venue au domaine, n'est-ce pas ? Je t'ai vue par hasard avec Langeholm.

Susanna recula d'un pas chancelant. Un instant, je craignis qu'elle ne tombe, mais elle se ressaisit et me fixa comme si j'étais venue la trouver avec de mauvaises intentions.

— Je ne suis pas là pour te punir, poursuivis-je. Mais il faut que tu acceptes de me parler. Qu'as-tu à voir avec l'écuyer ?

— Pourquoi ? répliqua-t-elle avec un regard hostile.

— Je veux t'aider. Et t'empêcher de commettre une bêtise de plus.

— Mais regardez-moi ! Quelle autre bêtise je pourrais faire pour me mettre encore plus en difficulté ?

Elle ouvrit les bras et exhiba son ventre. À présent, il apparaissait dans toute son ampleur.

— Peut-être essayer de nuire à Löwenhof ? Commettre un acte que tu pourrais regretter par la suite ?

— Aux yeux des gens je suis déjà une voleuse et une putain, rétorqua-t-elle avec amertume. Alors quelle importance ?

— Mais, Susanna, tu n'es pas une putain ! Ôte-toi cette idée de la tête, c'est complètement faux ! Les hommes cherchent à nous faire croire que nous sommes seules coupables lorsqu'ils nous ont mises enceintes. Ce n'est pas vrai.

Je soupirai et baissai la tête.

— J'aimerais vraiment t'aider. À ce qu'il semble, tu ne devrais pas tarder à accoucher. Tu as besoin au moins d'une bonne sage-femme. Quant à ta tentative de vol, je peux la comprendre. Une femme dans ta situation…

— Vous ne comprenez rien du tout ! Vous n'avez jamais été dans cette situation !

— Non, mais à Stockholm j'ai rencontré quelques femmes comme toi. Elles ont rejoint notre mouvement parce qu'elles voulaient faire changer les choses. Et souvent nous avons pu améliorer leur sort.

— Alors vous voulez que je me batte pour les droits des femmes ? railla Susanna.

— Non, j'aimerais que tu me laisses t'aider. Je ne suis plus ta maîtresse, tu es libre de tes décisions. Mais j'ai gardé mes amies et mes contacts à Stockholm. Elles pourraient t'assister.

— Et pour ça il faudrait que je vous dise le nom du père ?

Susanna secoua la tête et serra les lèvres. Des larmes brillèrent aux coins de ses yeux.

Langeholm était-il le père ? Était-ce pour cela qu'elle avait peur ? Après la scène dont j'avais été témoin, cela me paraissait plausible.

— Nous mettrions tout en œuvre pour que cet homme soit obligé de rendre des comptes, lui assurai-je en me promettant de faire personnellement la leçon à Langeholm. Nous avons des avocats qui veilleront à ce qu'il te paie une pension. On ne peut évidemment pas le contraindre au mariage, mais il faut au moins qu'il assume ses responsabilités.

Elle me lança un étrange regard, puis s'affaissa sur elle-même.

— Je crains que ce ne soit pas possible, dit-elle. Il ne pourra plus rendre de comptes.

— Mais pourquoi ? m'étonnai-je. Langeholm…

— Langeholm ? Qu'est-ce qui vous fait croire que c'est lui ?

— Je pensais…

Elle secoua la tête.

— C'était votre frère, dit-elle alors. Le père de mon enfant est Hendrik Lejongård.

Le temps sembla s'arrêter. Les paroles que Susanna venait de prononcer m'avaient atteinte comme des balles et il me fallut un moment pour me ressaisir.

— Hendrik et toi… ?

Une expression dédaigneuse s'afficha sur ses traits.

— Oui, c'est difficile à croire, hein ? Que votre noble frère se soit commis avec une domestique !

— Ce n'est pas ça, m'empressai-je de répondre. Hendrik… Il ne m'en a rien dit.

— Il voulait le cacher jusqu'à ce que…

— Quoi ?

— Jusqu'à ce qu'on se marie. Il avait l'intention d'imposer sa volonté à son père.

De nouveau je me retrouvai sans voix. Hendrik avait promis à Susanna de l'épouser ! Et tel que je le connaissais, il aurait essayé de parvenir à ses fins.

Une terrible pensée me traversa l'esprit. Mon père avait-il été au courant ? Le contrat qu'il avait signé devait-il servir à dédommager Susanna ? À s'assurer son silence ? Mais alors pourquoi n'avait-elle pas pris l'argent et quitté Löwenhof ?

— Susanna, j'ai... j'ai une question très délicate à te poser.

— Oui ?

Je ne savais pas comment aborder la chose.

— Excuse-moi si mon propos te paraît déplacé, mais il faut que je sache. Mon père était-il au courant de vos relations ? A-t-il essayé de t'offrir de l'argent pour que tu te taises ou que tu quittes mon frère ?

Susanna ouvrit de grands yeux effrayés.

— Non ! Hendrik ne lui avait encore rien dit. Il voulait qu'on attende le printemps. Et je n'ai pas reçu d'argent. Personne ne le savait, je vous le jure !

— Merci.

Nous restâmes un bon moment sans parler. J'essayais d'imaginer la réaction de ma mère. Son fils modèle avait engrossé une domestique ! Et en plus il voulait l'épouser ! Mais était-ce bien la vérité ?

Je fus prise de doute, puis je me souvins que le premier amour de Hendrik avait été la fille du maréchal-ferrant. Il était attiré par le naturel des femmes de condition simple. Et Susanna était vraiment jolie. Je compris aussi pourquoi j'avais trouvé la jeune fille en pleurs dans la chambre de mon frère. Ce n'était pas une affection romanesque pour son maître qui l'avait attirée en ce lieu, mais le chagrin d'un amour disparu.

— Pourquoi tu ne m'as rien dit ?

— Je ne pouvais pas. Vous ne m'auriez probablement pas crue.

Une larme roula sur sa joue. Son regard trahissait le désespoir.

— Quand j'ai appris qu'il était gravement blessé, ça m'a bouleversée. Je n'ai pas cessé de prier et d'espérer qu'il s'en sorte. J'avais bien compris qu'il ne m'épouserait pas, votre mère est beaucoup trop stricte. Mais il avait promis de s'occuper de moi, quoi qu'il arrive. Et il n'était pas prévu que je tombe enceinte… La passion a été plus forte que tout. Il m'avait dit qu'il ferait attention… mais voilà, c'est arrivé.

Marit se serait arraché les cheveux. Son reproche favori à l'endroit des hommes était qu'ils promettaient aux femmes d'être prudents, mais qu'ils se laissaient emporter et leur faisaient prendre des risques.

J'observai Susanna. Dans un monde sans distinctions sociales et sans arrogance, elle aurait sans doute fait une bonne épouse pour Hendrik. Peut-être même mon frère se serait-il montré révolutionnaire et l'aurait-il effectivement épousée. En tant que maître du domaine, il aurait été libre de le faire.

— Susanna, écoute-moi, s'il te plaît, repris-je, le cœur navré de lui voir tant de douleur dans le regard. Mon frère se serait certainement occupé de ton enfant. Comme il n'est plus là pour le faire, c'est moi qui m'en chargerai le mieux possible.

— Vous voulez me le prendre ?

Je secouai la tête et levai les mains en un geste d'apaisement.

— Non, tu m'as mal comprise. Je disais juste que j'allais t'aider. Est-ce que je peux entrer pour t'expliquer comment je vois les choses ? Si ça ne te convient pas, tu es libre de refuser. Dans ce cas, je m'en irai et je te laisserai tranquille. Mais donne-moi au moins la possibilité de réparer la faute de Hendrik.

— Très bien, entrez.

À l'intérieur, il régnait un certain désordre, mais ce vieux logis décati n'offrait guère de possibilités de s'installer correctement. L'idée que Susanna puisse vouloir y élever son enfant était presque inconcevable.

Ah, Hendrik, qu'as-tu fait !

Repoussant la pensée de mon frère, je m'assis sur un tabouret.

— Je ne peux rien vous offrir, je n'ai même plus d'orties pour préparer une infusion.

— Ça ne fait rien. Où en es-tu de ta grossesse ?

— Au sixième mois, peut-être. Je ne suis pas très sûre, nos rencontres étaient fréquentes et…

— Je n'ai pas besoin de connaître les détails. Supposons que tu en sois à ton sixième mois. Tu as besoin d'un médecin ou d'une sage-femme qui ne poseront pas de questions lors de l'accouchement.

— Je… je n'ai pas les moyens… bafouilla la jeune fille.

— Ne t'inquiète pas, c'est moi qui prendrai ça en charge. J'ai demandé à mon amie Marit Andersson de nous aider. Elle connaît beaucoup de gens. Sans compter qu'il y a des sages-femmes parmi nos militantes et des médecins qui soutiennent notre cause.

— Donc je devrai accoucher en cachette. Et ensuite ?

— Je ne sais pas ce que Marit envisage, elle n'a pas encore donné de nouvelles. Tu devras probablement contracter un mariage blanc afin de ne pas apparaître comme une mère célibataire. Vois si tu es prête à faire cette démarche. Sans doute aussi serait-il bon que tu déménages à Stockholm, loin des ragots du village. Je ne te fais pas cette proposition pour me débarrasser de toi, mais parce qu'à Stockholm tu pourras te débrouiller. Là-bas, on a besoin de domestiques. Tu pourrais prendre un nouveau départ et utiliser ce que tu as appris ici.

Elle secoua la tête.

— Je ne veux pas de mari ! Pas après ce que j'ai vécu ici.

Je la comprenais. Mais les règles de la société étaient sévères. Une femme qui avait un enfant hors mariage ne parvenait jamais à gagner correctement sa vie. Or c'était la seule chose qui pouvait sauver Susanna.

— Ce ne serait pas un véritable mariage, expliquai-je pour la rassurer. À Stockholm, on trouve des hommes qui… disons, ne sont pas intéressés par le mariage avec une femme. Ils s'offrent à aider celles qui sont en difficulté parce qu'ils connaissent bien les représailles exercées par la société. Un homme comme ceux-là ne risquerait pas de te tourmenter ni d'exiger que tu remplisses tes devoirs conjugaux. Et si tu venais à tomber amoureuse de quelqu'un, il s'empresserait de divorcer.

— Mais ne serait-ce pas un péché ? On se marie pour la vie, non ?

J'eus un petit sourire.

— Les temps ont changé, surtout dans les grandes villes. De nos jours, les femmes établissent des contrats de mariage stipulant qu'en cas de divorce leur époux ne peut pas les dépouiller de tous leurs biens. D'ici que ce soit également possible à la campagne, il faudra encore un certain temps. Mais, dans les villes, ça bouge beaucoup. Des femmes comme mes amies œuvrent dans ce sens.

Susanna acquiesça et observa un moment de silence. Sans doute avait-elle besoin d'assimiler tout ce que je venais de lui dire.

— Maintenant, pourrais-tu m'expliquer ce qui se passe avec Langeholm ? repris-je au bout d'un instant. Voulais-tu le convaincre de t'épouser ?

— Épouser l'écuyer ? se récria-t-elle avec colère. Je ne le ferais pas pour tout l'or du monde !

— Alors pourquoi l'as-tu retrouvé au hangar ?

— Parce que… nous avions un accord.

— C'est-à-dire ?

Je ne voyais pas pour quelle raison Susanna avait pu rejoindre un homme pour lequel elle éprouvait une aversion manifeste.

— Je devais…

Elle s'interrompit en rougissant de honte et serra les lèvres.

— Tu devais… coucher avec lui ?

Était-ce possible ? Langeholm était pourtant un homme honnête. Se pouvait-il qu'il ait l'âme assez noire pour exiger d'une domestique tombée en disgrâce qu'elle se livre à lui sexuellement ?

— Oui, répondit Susanna, les yeux humides de larmes. Je sais ce que vous devez penser, mais je n'avais pas le choix. Et après il a exigé que je vole pour lui.

— Mais pourquoi ? demandai-je avec colère.

— Comme ça, il ne dirait pas de qui était l'enfant.

— Pardon ?

— Il savait, dit-elle en baissant la tête, pleine de confusion. Un soir, il m'a interceptée pour me dire qu'il nous avait vus, Hendrik et moi… Il m'a menacée de le révéler à Madame. Et à tout le monde au village. Je ne voulais pas qu'il traîne Hendrik dans la boue.

Je n'en croyais pas mes oreilles. L'écuyer avait fait chanter Susanna ? Et l'avait obligée à coucher avec lui, puis à voler à son profit ?

Je me sentis prise de fureur.

— Désormais, tu n'iras plus le retrouver, c'est bien compris ? déclarai-je avec sévérité.

— Oui, mais s'il…

— Il ne dira rien à ma mère, parce que je prendrai les devants.

— Mais elle va…

Je posai les mains sur les épaules de la jeune fille.

— Elle ne va rien du tout. Elle sera peut-être en colère, mais tu n'as pas à t'en inquiéter. Et les gens du village n'en sauront rien non plus.

— Ne faites pas ça, je vous en prie ! implora Susanna. Il essaiera de me nuire. Et Hendrik…

— Il ne t'arrivera rien, je te le promets, dis-je en lui prenant les mains. Et je veillerai à ce que tu manges comme il faut.

Je donnerais à Ida l'argent nécessaire pour qu'elle fournisse à Susanna tout ce dont elle avait besoin tant qu'elle logerait dans la cabane. Et je savais pouvoir compter sur son silence.

CHAPITRE 30

Je confiai Talla à Tim, le valet d'écurie, et me dirigeai à grands pas vers le manoir.

J'étais choquée que Hendrik soit le père de l'enfant. Il aurait dû être au fait des conséquences de ses actes ! Il n'était pourtant pas une brute dépourvue d'égards !

La calèche que j'aperçus dans la cour signifiait que ma mère recevait des amies au salon. Tant mieux ! Cela me donnerait le temps de digérer ce que je venais d'apprendre et de mettre de l'ordre dans mes pensées.

— Bonjour, mademoiselle Lejongård, lança une voix.

Langeholm. La cravache que j'avais à la main se mit à frémir. Si je m'étais écoutée, je l'en aurais frappé au visage pour lui faire passer ce sourire hypocrite.

— Bonjour, monsieur Langeholm, répondis-je avec tout le calme dont j'étais capable.

Bouillant de colère, j'entrai dans le vestibule. Comment se pouvait-il que cet homme me soit apparu si digne de confiance alors qu'il avait agi sans le moindre scrupule ? Faire du chantage à une domestique, la contraindre à lui accorder des faveurs sexuelles et l'obliger à voler !

Il était possible que Susanna ait menti, mais cela me paraissait peu probable.

Je me rendis compte que je connaissais mal celles et ceux qui travaillaient au domaine. La femme qui en savait le plus sur tout un chacun devait être à la cuisine à cette heure. Mlle Rosendahl, comme les autres domestiques, appréciait beaucoup la petite pause de la matinée.

Effectivement, elle se trouvait à la longue table de la cuisine avec Mme Bloomquist, Linda, Marie, Svea et Lena. Il flottait dans l'air une délicieuse odeur de café et de pâtisserie.

À mon entrée, les conversations s'interrompirent.

— Bonjour, Mademoiselle, dit Mme Bloomquist. Puis-je vous servir quelque chose ? Je viens de faire du café et les premières plaques de petits gâteaux pour l'après-midi sortent tout juste du four. Si vous voulez goûter…

Les pensées qui se bousculaient dans mon esprit avaient chassé en moi toute idée de manger, mais je ne pus résister à cette odeur si tentante.

— Merci, madame Bloomquist, je monterais volontiers avec une petite cafetière et quelques biscuits.

Les gâteaux secs de notre cuisinière étaient un poème. Elle rivalisait avec ses collègues des domaines voisins à qui inventerait la meilleure recette. À Löwenhof, il était de tradition de servir sept sortes de biscuits avec le café de l'après-midi. Mme Bloomquist veillait jalousement sur ses recettes et interdisait aux domestiques extérieurs qui accompagnaient les invités d'approcher de l'armoire où elle conservait ses trésors.

— Oh, mais je peux vous les apporter, Mademoiselle, lança Lena en se levant avec empressement.

— Merci, Lena, ce ne sera pas nécessaire. Tu as ta pause. Je monterai le plateau moi-même.

Lena tourna les yeux vers Mlle Rosendahl, qui l'observait avec un regard sévère. Il me sembla toutefois qu'il n'y avait rien à redire au comportement de Lena. Et à Stockholm je faisais moi-même le café.

— Mademoiselle Rosendahl, je venais vous prier de monter me voir un peu plus tard. J'ai à vous parler.

— Tout de suite, si vous le souhaitez, répondit-elle.

— Non, profitez de votre pause comme je profiterai de la mienne. Vous me trouverez dans le bureau. Venez quand vous serez disponible.

Je pris le petit plateau d'argent sur lequel Mme Bloomquist avait posé une montagne de gâteaux secs et sortis de la cuisine.

L'arôme du café parvint temporairement à supplanter l'odeur de cuir et de bois de cèdre qui régnait dans le bureau. Je me calai contre le dossier du fauteuil en cuir capitonné et pris un biscuit. Il était fourré à la confiture de myrtille et fondait dans la bouche. Sa saveur et l'effet revigorant du café me détournèrent un temps de ma colère. Je tournai les yeux vers la fenêtre, contemplai les nuages et m'efforçai de mettre de l'ordre dans mes pensées.

On frappa à la porte. Mlle Rosendahl semblait avoir écourté sa pause. Ou était-ce ma mère qui souhaitait me parler ?

Non, ses amies étaient sans doute encore là et elle n'était pas du genre à négliger ses devoirs d'hôtesse. Elle m'enverrait plutôt une domestique chargée de me rappeler de descendre au salon. C'était bien Mlle Rosendahl, qui entra avec inquiétude.

— Suis-je montée trop tôt ? demanda-t-elle en jetant un regard sur mon assiette encore presque pleine.

— Pas du tout, répondis-je en lui indiquant le siège en face du mien. Asseyez-vous, je vous prie, mademoiselle Rosendahl.

La gouvernante s'exécuta avec une légère hésitation.

— J'espère qu'il n'y a pas eu d'ennuis avec le personnel.

— Non, rien de tel, répondis-je.

Le terme « ennui » était tout sauf approprié…

— Que savez-vous de M. Langeholm ?

— Notre écuyer ?

— Oui. Il travaille pour notre famille depuis un certain temps déjà, mais ces deux dernières années, je n'ai pas souvent été là. Y a-t-il eu des… incidents avec lui ?

La gouvernante me regarda comme si je lui avais soumis une énigme insoluble.

— Non, pas que je sache. À vrai dire, il s'est toujours montré correct.

— À vrai dire ?

Je haussai les sourcils. Quelqu'un qui décidait de faire chanter une domestique devait bien avoir quelques antécédents. Avait-il fait des avances à Susanna auparavant ?

— Oui, enfin… Je ne sais pas si votre mère vous a parlé de cette histoire avec Juna.

— Juna ?

Ce nom ne me disait rien.

— Elle était entrée chez nous en janvier. Peu après, elle a entamé une liaison avec l'écuyer. L'affaire a été découverte et votre mère a renvoyé la jeune fille.

Pourquoi Hendrik ne m'en avait-il pas fait part dans ses lettres ? Cet événement lui avait-il paru insignifiant ? Ou bien ce renvoi l'avait-il incité à la prudence en raison de ses relations avec Susanna ?

— Vous avez parlé de « liaison ». Pour autant que je sache, l'écuyer n'est pas marié. Et les employées sont libres de se chercher un époux.

L'expression de Mlle Rosendahl s'assombrit.

— Ni votre mère ni feu votre père ne voyaient d'un bon œil les relations entre domestiques. Ils étaient d'avis qu'on ne pouvait pas faire bien son travail si l'on était distrait par des préoccupations personnelles.

— Mais il n'y a rien de plus normal que de vouloir se marier !

Je regardai la gouvernante. Enfant, j'avais toujours admiré sa beauté. Parmi les femmes de l'entourage de mon père, elle aurait été la candidate idéale à une liaison. Son comportement avait toutefois toujours été au-dessus de tout soupçon. Cela voulait-il dire qu'elle avait donné la priorité à son devoir sur ses aspirations et ses désirs ?

Je poussai un soupir.

— Apparemment, je vais devoir introduire quelques changements au domaine.

Mlle Rosendahl me regarda avec incrédulité.

— Que voulez-vous dire ?

— Je ne vois pas pourquoi les domestiques ne pourraient entretenir une relation amoureuse sérieuse. Il va de soi que le travail ne doit pas en souffrir et je ne veux pas non plus encourager les infidélités. Mais si les deux partenaires sont célibataires et songent au mariage je ne vois pas de raison de leur mettre des bâtons dans les roues.

Marit aurait applaudi ce discours. Parmi nos sœurs, il s'en trouvait qui étaient domestiques et à qui l'on interdisait de chercher un mari tant qu'elles étaient chez leurs maîtres. Elles pouvaient évidemment quitter leur place, mais il arrivait qu'une relation ne tienne pas jusqu'au mariage. Les femmes se retrouvaient alors à la rue.

— Mais ce serait totalement contraire à ce que votre père a toujours voulu ! se récria la gouvernante. Que penseraient nos invités s'ils voyaient toutes les domestiques se promener avec un ventre rond ? Sans compter qu'une fois mariées elles devraient s'occuper de leur propre foyer.

— Mademoiselle Rosendahl, je suis désormais à la tête de ce domaine, dis-je le plus calmement possible.

L'argument consistant à assigner les femmes aux fourneaux parce qu'elles ne pouvaient accomplir leurs tâches ménagères si elles travaillaient avait le don de m'irriter depuis fort longtemps et il avait souvent fait l'objet de nos manifestations.

— Il y a treize ans, un nouveau siècle a commencé. Ne pensez-vous pas qu'en dépit de tous les progrès que nous avons pu observer les femmes sont demeurées en reste ?

— Mais ces règles ont une raison d'être.

— Oui, brimer les femmes. Leur faire croire qu'elles ne peuvent prétendre à mieux.

Visiblement, mon interlocutrice n'avait jamais éprouvé de regrets de n'avoir ni mari ni enfants.

— Cela fait très longtemps que vous êtes au service de notre famille.

— Presque trente ans.

— Ce n'est pas rien, n'est-ce pas ? Et, pour autant que je puisse m'en souvenir, mes parents ont toujours été satisfaits de vous. Dites-moi, votre travail vous procure-t-il du plaisir ?

— Je... je ne sais pas si un travail est censé procurer du plaisir. Nous avons chacun notre place, que nous devons occuper.

— En effet, mais cette place, nous devrions l'occuper en y mettant tout notre cœur, n'est-ce pas ?

— Bien sûr.

— Alors est-ce le cas ?

— Bien entendu, Mademoiselle, répliqua la gouvernante, fâchée. Si vous êtes d'avis que...

Je levai la main d'un geste apaisant.

— Je vous ai toujours vu accomplir votre tâche avec zèle et conscience. Mais j'aimerais savoir une chose : n'avez-vous jamais eu envie d'avoir un mari et une famille tout en effectuant votre travail ?

— Non, je… j'ai toujours voulu donner professionnellement le meilleur de moi-même.

En la voyant rougir, je compris qu'elle ne disait pas toute la vérité.

— Et vous l'avez fait. Mais soyez sincère : n'avez-vous pas eu cette pensée à un moment de votre vie ? Toute femme rêve de l'amour, non ?

— C'est une question d'ordre privé… répondit-elle avec quelque hésitation.

J'opinai. Ses sentiments personnels ne me regardaient effectivement pas. Mais je ne pouvais croire qu'à aucun moment de son existence elle n'avait souhaité se marier.

— Quoi qu'il en soit, je vais instaurer quelques nouvelles règles. Entre autres, que les domestiques pourront se marier à condition de continuer à accomplir leurs travaux comme il convient.

Mlle Rosendahl acquiesça et, pensant l'entretien terminé, voulut se lever.

Je la retins.

— Pour en revenir à M. Langeholm : avez-vous remarqué quelque chose à son sujet dans la période qui a suivi le départ de la domestique ? A-t-il manifesté de la mauvaise humeur, était-il en colère contre mon père ?

— Eh bien… Il a témoigné de la contrariété, en effet, mais jamais à l'égard de votre père. Et puis les choses ont fini par se calmer. La jeune fille est retournée au village et a rompu tout contact avec lui.

— Où habite cette Juna ? Quel est son nom de famille ?

Peut-être serait-il bon que j'aille la voir. Cette histoire ne me paraissait pas très catholique. Il n'était pas impossible que Langeholm ait voulu avoir la broche afin de dédommager son ancienne maîtresse.

— Holm, répondit Mlle Rosendahl. Juna Holm. Mais je ne sais pas si elle vit encore au village.

— Je vous remercie, mademoiselle Rosendahl. Je n'ai pas d'autres questions pour le moment.

La gouvernante fit un signe d'assentiment, puis elle se leva et sortit.

Je tournai les yeux vers la fenêtre, tenaillée par l'inquiétude. Cette affaire sentait décidément très mauvais.

CHAPITRE 31

Lorsque les amies de ma mère furent reparties, je me rendis au salon, où elle passerait encore un moment afin de savourer le retour du calme.

Je la trouvai assise sur son canapé en rotin, une limonade d'airelle à la main.

— Mère ? dis-je. Je peux te déranger un instant ?

— Ah, te voilà ! s'écria-t-elle en tournant lentement la tête vers moi. Je pensais que tu étais à l'extérieur.

— Oui… Il y a quelque chose dont il faut que je te parle.

— Ça fait longtemps que tu es rentrée ?

— Non, répondis-je, peu désireuse qu'elle me reproche de ne pas être venue saluer ses amies. Tu as passé une journée agréable ?

Stella me regarda comme si elle me prenait en flagrant délit de mensonge. Linda lui avait peut-être dit à quel moment j'étais arrivée.

— Oui, ç'a été très divertissant. De quoi voulais-tu me parler ?

Ma mère ne m'aurait jamais rapporté les ragots de ses amies. Sans doute y avait-elle contribué en leur racontant le refus que j'avais opposé à la demande en mariage du comte Ekberg.

Je m'assis sur un siège. Le parfum de la dame qui m'avait précédée flottait encore dans l'air.

— Je suis allée voir Susanna, dis-je.

Aussitôt ma mère se raidit.

— Cette dévergondée ? Mais pour quoi faire ?

— Hier, j'ai été témoin de quelque chose qui ne m'a pas laissée en repos.

— Aurait-elle de nouveau tenté de voler ?

— Non, mais elle était à Löwenhof.

Les fins sourcils épilés de ma mère formèrent deux pointes furieuses.

— Elle était là ? Non mais pour qui se prend-elle ? Pourquoi ne l'as-tu pas fait chasser ? Tu aurais dû m'avertir immédiatement !

— Je n'en ai pas eu le temps, la rencontre a été très brève et… disons, inhabituelle.

— Une rencontre ? Avec qui ?

— Langeholm.

— L'écuyer ?

— Oui, et il semblerait que nous nous soyons grandement trompés sur le compte de cet homme.

— Mais encore ?

Je rapportai à ma mère la scène à laquelle j'avais assisté dans le hangar, ainsi que le récit de Susanna – en m'abstenant pour l'instant de lui révéler que Hendrik était le père de l'enfant. Je gardais cela pour plus tard.

Ma mère m'écouta avec une vive irritation. Si nous avions encore eu des limiers, comme notre ancêtre Axel, elle les aurait sûrement lancés aux trousses de la malheureuse Susanna.

— Ainsi elle a prétendu qu'il l'avait forcée à voler et à… pécher avec lui ?

— Oui.

— Mais c'est absurde ! Langeholm est un de nos meilleurs employés ! Il a fait beaucoup pour notre maison.

— Après cette histoire avec Juna, je n'en suis plus si sûre. Tu n'as pas oublié qu'il a eu une liaison avec la bonne, n'est-ce pas ?

Ma mère fit une grimace de dégoût.

— C'était ridicule ! Cette fille espérait sans doute décrocher un bon parti.

Je penchai la tête. La contrariété me gagnait, et je sentis mon estomac se contracter.

— Un bon parti ? Il arrive que les gens s'éprennent les uns des autres, y as-tu déjà pensé ? Et parfois l'amour leur fait commettre des sottises.

— Arrête ! Dans une maison comme la nôtre, il y a des règles. Les relations entre domestiques ne sont pas interdites, mais elles ne doivent pas heurter la morale.

— Le seul à avoir contrevenu à la morale est Langeholm avec son chantage à l'égard de Susanna. Et qui sait à qui d'autre il a pu s'en prendre.

Le prêt suspect contracté par mon père me revint en mémoire. Cinq mille couronnes pour s'assurer que Langeholm n'irait pas révéler la liaison de Hendrik avec une domestique ?

— Susanna n'aurait pas dû se comporter comme elle l'a fait, rétorqua ma mère, dépassée par la situation.

— Dans ton monde, les femmes sont toujours coupables. Quand un homme leur fait un enfant, c'est parce qu'elles l'ont séduit. Et s'il se livre au chantage c'est qu'elles l'ont bien cherché.

— Le fait est qu'en général elles sont responsables de la situation.

— Qu'est-ce qui te permet de dire ça ?

Un muscle tressaillit sur la joue de ma mère.

— Il n'y a qu'à voir Susanna. Elle s'est commise avec le premier venu.

— Je ne pense pas que Hendrik mérite ce terme, rétorquai-je, faisant exploser la bombe.

Ma mère devint livide, et j'avoue que cela me causa une certaine satisfaction. Même si je savais que notre entretien allait prendre un tour difficile.

— Qu'est-ce que tu as dit ?

— Que Hendrik n'était assurément pas le premier venu, répondis-je. Oui, tu as bien entendu, l'enfant de Susanna est de lui.

— C'est ce qu'elle a déclaré ?

— Oui, et en tant que mère de l'enfant elle doit savoir de quoi elle parle.

— C'est un mensonge ! bondit Stella. Elle veut se venger de nous et en tirer profit !

Sa réaction ne m'étonna guère.

— Si c'était vraiment le cas, pourquoi n'a-t-elle rien dit quand on a découvert qu'elle était enceinte ? Ou au plus tard lorsque nous l'avons chassée ? Elle a gardé le silence afin de ne pas compromettre Hendrik.

— Mais elle juge bon de le révéler quand tu viens la trouver ? riposta ma mère, qui tremblait de fureur. Elle manigance sans doute quelque chose en se servant de l'écuyer pour avoir accès au manoir.

— Et ce serait pour cette raison qu'il exige ses faveurs ? Qu'il la menace de crier sur les toits qui est le père de l'enfant ? Qu'il a espionné Hendrik afin de savoir quelle était la femme qu'il voyait en cachette ?

Nous nous affrontâmes du regard, aussi furieuses l'une que l'autre. Entre nous l'air crépitait comme si l'on avait allumé une mèche.

— Tu sais, Mère, repris-je plus calmement, quand Hendrik est mort, j'ai surpris Susanna dans sa chambre en train de pleurer. Elle a prétendu qu'elle était venue aérer et que le souvenir de sa mort l'avait frappée. Mais la réalité était sans doute différente.

— Hendrik et elle… Mais c'est grotesque !

— Mère, je t'en prie !

Pourquoi fallait-il toujours hausser le ton avec elle ?

— Si je n'étais pas allée la voir, Susanna n'aurait jamais rien dit. Elle aurait très bien pu révéler à ses parents qui était le père et nous aurions vu alors débarquer Mme Korven. Or elle s'en est abstenue. Au lieu de l'accabler, nous ferions mieux de nous demander ce que Langeholm manigance ainsi à ne pas vouloir la lâcher.

— Mais pourquoi s'en prendrait-il à elle plutôt qu'à nous ? Nous faire chanter lui rapporterait davantage. S'il voulait nous punir à cause de cette petite coureuse, n'aurait-il pas tenté de nous nuire ?

— Pourrais-tu me certifier que cela ne s'est pas déjà produit ? Ou que cela n'arrivera pas ?

Soudain, une idée me traversa l'esprit en un éclair. Il y avait une chose que je devais faire sans attendre dès que j'en aurais fini avec ma mère.

— Tout ça est parfaitement absurde ! déclara Stella. Mais tu ne veux pas m'écouter. Tu ne l'as jamais fait !

— Tu sais très bien que c'est faux. Mais je ne peux pas ne pas chercher à savoir ce qui s'est passé.

— Alors demande-toi s'il est vraiment approprié d'accuser Langeholm de chantage ! Mais en voilà assez. Je suis fatiguée, je vais aller m'étendre un moment. Si tu veux bien m'excuser.

Sur ces mots, elle se leva, se dirigea vers la porte, l'ouvrit d'un geste brusque et la laissa retomber derrière elle avec plus de force qu'il n'aurait été nécessaire.

Avais-je gagné la bataille ? Je n'aurais su le dire.

Au bout d'un moment, je quittai le salon à mon tour. Ma mère devait être sur son lit, son masque de sommeil sur les yeux, à essayer de digérer ce qu'elle avait appris. Qu'elle ajoute foi ou non à mes propos, cela l'occuperait un certain temps.

Je regagnai le bureau. Je n'étais pas encore tout à fait à l'aise quand j'entrais dans cette pièce. Il me semblait que mon père allait faire irruption à tout instant et me demander ce que je faisais là. Mes mains tremblèrent lorsque je sortis du tiroir le papier à lettres aux armoiries de la famille. Mon regard se posa sur le contrat de prêt, rangé avec d'autres documents. Il n'en existait pas d'autre exemplaire et l'expédier à Kristianstad n'était pas dépourvu de risques. Cependant il fallait que Hermannsson le voie et sache ce qui se passait. Une lettre portant le sceau de notre maison ne se perdrait sans doute pas en route.

Je fis un résumé aussi bref que possible de ce qui s'était passé avec Susanna et Juna et priai l'inspecteur de bien vouloir prendre ces faits en considération dans le cadre de son enquête. Quand j'eus terminé, je glissai ma lettre dans une petite enveloppe, que je mis dans une autre, un peu plus grande, sur laquelle j'inscrivis l'adresse figurant sur la carte de visite du policier. Après quoi je descendis rapidement l'escalier et sortis dans la cour.

Heureusement, Langeholm avait à faire ailleurs, si bien que je n'eus pas à le voir. Notre garçon de courses curait les sabots d'un cheval.

— Peter, apporte cette lettre à l'inspecteur Hermannsson à Kristianstad, s'il te plaît. C'est très important.

— Bien, Mademoiselle.

— Ce serait bien que tu partes immédiatement. Et s'il te donne une réponse, viens me trouver dès ton retour.

Peter acquiesça, puis il mit la lettre dans la poche intérieure de sa veste et alla chercher une selle à l'écurie.

Je le suivis du regard, les mains glacées de colère et de nervosité. Si mes soupçons se vérifiaient, nous pourrions bientôt accueillir la princesse sans avoir à craindre une récidive.

CHAPITRE 32

Durant la nuit, je ne parvins pas à trouver le sommeil. Je n'arrêtais pas de repenser à ce que Susanna avait dit. Et à l'incrédulité de ma mère, qui soupçonnait la jeune fille d'avoir raconté des histoires sur l'identité du père de l'enfant.

Ses objections n'étaient pas complètement infondées. Nous n'avions pas de preuves que l'enfant était bien de Hendrik. En revanche, je ne parvenais pas à croire que Susanna tentait de se réintroduire au manoir en offrant ses faveurs à l'écuyer.

Le lendemain matin, ma mère se fit excuser et ne parut pas au petit déjeuner. Je n'en fus pas étonnée. Elle n'arrivait sans doute pas à se faire à l'idée que Hendrik avait eu une liaison avec une domestique. Tandis que je buvais mon café, je me demandai ce que l'inspecteur Hermannsson ferait des informations que je lui avais communiquées.

Le bruit de la porte me sortit de mes pensées. Levant les yeux, je vis Bruns entrer avec un plateau d'argent. *Une lettre ? De si bon matin ?*

— Un télégramme vient d'arriver, dit-il en s'inclinant légèrement.

J'ouvris l'enveloppe avec impatience. Venait-il de Hermannsson ? Non, c'était Marit qui m'avait enfin répondu.

Pouvons commencer Stop Arrive demain vers 5 heures du soir à Kristianstad et t'expliquerai tout Stop Espère que tu es contente Stop Marit

Pour être contente, j'étais contente ! Apparemment elle allait bien et arriverait le lendemain.

— Merci, Bruns, dis-je en me levant avec le télégramme pour descendre à la cuisine.

Les domestiques étaient en train de préparer le déjeuner.

— Où est Mlle Rosendahl ? m'enquis-je.

— Votre mère souhaitait lui parler, répondit Mme Bloomquist. Elle doit être dans sa chambre.

— Merci.

Je repris l'escalier. Que dirait Marit si elle apprenait que, pour ma mère, s'occuper de femmes en détresse était une source potentielle de maladies ? Il valait mieux que je ne lui en dise rien…

J'eus la chance de tomber sur Mlle Rosendahl dans le couloir menant à la chambre d'indisposition de ma mère.

— Mademoiselle Rosendahl, nous aurons de la visite demain soir. Pourriez-vous faire préparer notre meilleure chambre d'amis, s'il vous plaît ?

— Très bien, Mademoiselle. Puis-je vous demander qui est la personne que nous attendons ?

— Il s'agit de mon amie Marit Andersson, de Stockholm. August ira la chercher demain à 17 heures à la gare de Kristianstad. Telle que je la connais, elle n'aura pas beaucoup de bagages, mais je souhaiterais qu'elle soit installée le plus agréablement possible.

— Nous préparerons tout à votre entière satisfaction.

Je serrai le télégramme sur mon cœur. J'étais si heureuse de revoir Marit et d'entendre tout ce qu'elle aurait à me raconter ! J'étais impatiente d'avoir des nouvelles des autres. Et, tout en sachant que c'était ridicule, j'espérais un peu qu'il serait aussi question de Michael.

Notre rupture m'était encore douloureuse, mais les devoirs que m'imposait l'administration du domaine me laissaient peu de temps pour céder au chagrin. Et il y avait Max, dont j'appréciais beaucoup la compagnie. Il fallait que je le présente à Marit. Et je lui parlerais aussi de la demande en mariage maladroite de Lennard. Quelle joie de la revoir !

Le lendemain soir, je passai un moment à faire nerveusement les cent pas devant la fenêtre en espérant que la calèche ne tarderait plus. Il serait bientôt 6 heures et demie. Il fallait évidemment un certain temps pour faire le trajet depuis Kristianstad. Sans compter qu'après l'orage de la matinée les routes devaient être boueuses – et August n'était pas du genre à prendre des risques. Peut-être aussi le train avait-il eu du retard. Qui sait, un arbre avait pu tomber sur la voie.

— Tu es sûre que ton amie a bien pris le train ? demanda ma mère.

Assise à un petit bureau dans le vestibule, elle évoquait une propriétaire de comptoir commercial dénombrant les sacs de farine qui arrivaient.

— Bien sûr. Sinon je ne vois pas pourquoi elle m'aurait écrit qu'elle arrivait aujourd'hui.

— Elle a pu changer d'avis. Il est bien connu que les suffragettes n'ont aucun respect pour les règles.

Je levai les yeux au ciel. J'aurais mieux fait de ne rien dire à ma mère du militantisme féministe de Marit.

— Il se peut, en effet, que nous ne voulions pas reconnaître certaines règles, notamment celles qui nous sont imposées par les hommes.

J'appuyai volontairement sur ce « nous », au cas où ma mère aurait oublié que je me comptais aussi au nombre de ces femmes.

— Mais, pour autant que je sache, l'heure n'a pas été inventée par un homme. Marit n'a donc aucune raison d'y déroger. Cela dit, je ne vois pas comment elle pourrait être ponctuelle si son train a eu du retard.

À cet instant, des sabots claquèrent sur le pavé. August avança la calèche jusqu'à la place circulaire et s'arrêta devant le perron.

— Qu'est-ce que je disais ! La voilà !

Je passai ma main sur ma robe pour la lisser, repoussai une mèche derrière mon oreille et me dirigeai vers la porte.

— Il serait plus indiqué que ce soit Bruns qui l'accueille, non ? lança ma mère.

— C'est mon amie, rétorquai-je. Pourquoi ne pourrais-je pas le faire moi-même ?

Au moment où j'ouvris la porte, Marit montait déjà le perron, un petit sac en tapisserie à la main. Je constatai avec plaisir qu'elle portait quelques-uns des vêtements que je lui avais confiés pour qu'elle les donne. Le chemisier blanc de coupe stricte et la jupe bordeaux lui allaient bien mieux qu'à moi.

— Hé, ma chérie ! m'écriai-je en la serrant si impétueusement dans mes bras que je fis tomber le petit chapeau rouge foncé sous lequel elle cachait son chignon. Comme je suis contente de te revoir !

Marit répondit avec chaleur à mon étreinte, puis s'écarta légèrement et me regarda.

— Il semblerait que la comtesse Lejongård n'ait pas vraiment changé.

— Tu crois ? Et moi qui pensais avoir déjà des cheveux blancs.

Marit plissa les yeux.

— Non, je ne vois rien. Tu les caches bien.

— Allez, viens, je vais te présenter à ma mère.

— J'espère que je suis habillée comme il faut, plaisanta Marit en glissant son bras sous le mien.

Je pensais que ma mère se serait retirée dans ses appartements, mais elle était restée dans le vestibule et nous observait.

— Mère, voici mon amie Marit Andersson. Marit, puis-je te présenter ma mère, Stella Lejongård ?

Marit s'approcha d'elle, fit une génuflexion et lui tendit la main.

— Je suis ravie de faire votre connaissance. Agneta m'a beaucoup parlé de vous.

Ma mère m'effleura brièvement du regard.

— Je n'ai pas grand-peine à imaginer ce qu'elle a pu vous raconter. Mais je suppose que ce n'est pas l'objet de votre visite.

Marit parut déstabilisée. Ce que je lui avais dit sur ma mère était manifestement très en dessous de la réalité.

— Je vais t'accompagner dans ta chambre. Et il faudra que tu me racontes tout ce qui s'est passé ces derniers mois.

Marit et ma mère restèrent encore un instant face à face, puis j'arrachai mon amie à ce cerbère qui semblait prêt à mordre.

Mlle Rosendahl avait préparé la chambre d'amis selon mes vœux. La pièce offrait un aspect douillet et confortable. Sur la cheminée se trouvaient des bougies accompagnées de pétales de rose qui emplissaient l'air d'un doux parfum. Les fenêtres avaient été nettoyées, on avait garni le lit de draps de batiste et d'une couverture rouge damassée sur laquelle on avait posé une robe de chambre moelleuse. Au pied étaient disposées des pantoufles délicatement brodées. Le bouquet de tournesols placé sur le secrétaire, à côté de la fenêtre, brillait à la lumière du soleil déclinant.

À Löwenhof, on pratiquait l'hospitalité sans distinction de classe sociale.

— C'est incroyable, chuchota Marit lorsqu'elle vit la chambre. Alors c'est ici que tu as grandi ?

— Pas dans cette chambre en tout cas. Elle est réservée aux invités.

— Et les autres ressemblent à celle-ci ? demanda Marit en regardant autour d'elle avec étonnement.

— Plus ou moins, oui. Mais nous faisons un effort particulier pour les invités. On ne sort ces bougies et ces pantoufles que pour les hôtes de marque.

— Alors je suis une hôte de marque ?

— Si tu n'en es pas une, qui peut l'être ?

Nous nous serrâmes de nouveau dans les bras.

— Tu t'es bien acclimatée, on dirait, fit observer Marit en me regardant attentivement. En dépit de toutes les difficultés.

— Je fais mon maximum. Mais, chaque jour, j'ai l'impression de devoir soulever des montagnes et me prémunir contre les mauvaises surprises. Il y a sans arrêt du nouveau. Cela dit, je commence à m'y habituer. Tout comme je m'habitue aux disputes avec ma mère.

— En tout cas, la description que tu m'avais faite d'elle n'était pas exagérée.

On frappa à la porte.

— Entrez !

Marie fit son apparition avec des serviettes de toilette.

— Excusez-moi, je voulais juste savoir si notre invitée avait besoin de quelque chose.

— Merci, Marie, je suis sûre que Mlle Andersson fera appel à toi si nécessaire.

Marit me regarda avec ébahissement.

— Il faudra aussi que tu t'habitues à être continuellement entourée de domestiques. Marie sera à ton service, elle va t'apporter une robe convenable pour le dîner.

— Une robe convenable ?

— Ce serait une provocation à l'égard de ma mère si tu descendais dîner dans ton accoutrement de suffragette.

Je lui fis un clin d'œil et sortis de la chambre.

Lorsque Marit fit son apparition dans la salle à manger, une demi-heure plus tard, c'était une tout autre personne. La robe lui allait à merveille, Marie lui avait tressé les cheveux et avait agrémenté sa coiffure de petites fleurs. Ainsi vêtue, elle aurait certainement attiré bien des regards lors de la fête de la Saint-Jean. Elle manquait un peu d'assurance, cependant même ma mère n'aurait rien trouvé à redire à son apparence.

Quand on eut apporté le potage, Stella se tourna vers Marit.

— Ainsi vous êtes de Stockholm, dit-elle en guise d'entrée en matière.

Aussitôt je me raidis dans l'attente de ce qui allait suivre.

— Étiez-vous à l'université avec ma fille ?

— Non, je n'en ai malheureusement pas les moyens. Je travaille à l'Armée du salut et fais des travaux de couture. C'est notre intérêt commun pour les droits des femmes qui nous a rapprochées, votre fille et moi.

Ma mère tressaillit imperceptiblement, mais se ressaisit aussitôt.

— Et vous avez un mari ?

Marit avala de travers et se mit à tousser. Elle porta promptement sa serviette à ses lèvres et s'excusa.

— Non, je n'ai pas de mari, je me débrouille seule dans la vie.

— Mais ne serait-ce pas plus facile si vous étiez mariée ?

— Mère, je crois que Marit s'en sort très bien, intervins-je. Qui plus est, il appartient à chacune de décider si elle souhaite ou non se marier.

— À l'époque que nous vivons, assurément. Peut-être que j'ignore tout du monde.

Il y avait dans le regard de Marit une lueur belliqueuse. Dans ce genre de conversation, elle donnait le meilleur d'elle-même.

— Le monde est en mutation, répondit-elle en s'efforçant de rester polie. Les femmes ne sont pas incapables de mener leur vie toutes seules. C'est la société qui leur met des bâtons dans les roues. Certaines femmes ne connaissent rien d'autre parce que c'est ainsi qu'elles ont été éduquées. D'autres se voient contraintes par la nécessité de chercher un mari. Et il y en a qui, comme moi, veulent essayer de vivre par elles-mêmes.

— Et combien de temps serez-vous capable de le faire ? répliqua ma mère.

Je me sentis prise d'appréhension. Je ne voulais surtout pas de querelle à table. Or Stella Lejongård faisait tout pour ouvrir les hostilités. Aurait-elle agi ainsi si mon amie lui avait paru être d'un milieu social acceptable ?

— Longtemps, j'espère. Les salaires de l'Armée du salut sont maigres et les travaux de couture ne m'apporteront pas la richesse, mais tout cela m'appartient en propre. Je suis indépendante. Je ne suis pas obligée d'accepter les infidélités ou les coups d'un époux comme cela arrive à tant de femmes de notre classe.

— Alors vous êtes d'avis que tous les hommes sont des brutes ?

— Mère, intervins-je, nous devrions peut-être changer de sujet.

Mais elle ne l'entendait pas de cette oreille.

— Non, mais je pense qu'ils ont toujours été mal éduqués, repartit Marit. Dès l'enfance, on leur inculque que les femmes ne valent rien. Qu'elles sont là tout au plus pour s'occuper de la maison et mettre des enfants au monde.

— C'est la loi de la nature ! riposta ma mère. Il en est ainsi depuis des millénaires.

— Peut-être est-ce effectivement la loi de la nature. Les femmes ont des enfants et les élèvent. Les femmes s'occupent de la maison. Mais elles devraient être libres de choisir. Une femme a le droit d'avoir des enfants et de rester chez elle si cela la satisfait. Mais celle qui espère autre chose de la vie devrait se voir donner les moyens de réussir.

Ma mère la fixa un instant sans rien dire. Sans doute pensait-elle avoir découvert l'origine du discours que j'avais tenu à Noël.

— Et que voulez-vous dans la vie ? reprit-elle. Passer votre temps à vous occuper de gens pauvres et malades ? Être éternellement pauvre et malade ?

— Je ne rêve pas de trouver un riche mari qui m'enlève pour me conduire à son château. Je souhaite façonner moi-même mon existence. J'ai plaisir à aider les autres et à m'occuper de ceux qui sont dans le besoin. Les activités de bienfaisance sont pourtant très appréciées dans vos cercles, non ?

— Nous les pratiquons autrement, en donnant de nos richesses.

Marit poussa un soupir d'irritation. Un instant, elle parut avoir envie de jeter sa cuillère et de quitter en courant la salle à manger. Pourtant elle se ressaisit.

— Croyez-vous donc que je sois forcée de travailler à l'Armée du salut ? Ce n'est pas le cas. Je le fais parce que je suis convaincue que mon travail peut être utile. C'est pour cette raison que des femmes comme votre fille et moi descendent dans la rue et se battent pour nos droits. Et, puisque vous me demandez de quoi je rêve : je voudrais pouvoir un jour aller en Amérique. Cela prendra du temps, je le sais, et, après ce qui s'est passé l'année dernière avec le *Titanic*, je n'ai pas l'intention de voyager dans le pont inférieur. Mais j'y arriverai. Par moi-même et sans avoir à passer par un homme.

Il y eut un instant de silence. Puis un sourire éclaira le visage de ma mère. Je n'en compris pas la signification. Quand je tenais ce genre de discours, elle me fusillait du regard. Marit, elle, paraissait l'amuser. Peut-être parce qu'elle pensait que mon amie échouerait.

— Je crois que nous ne parviendrons pas à nous entendre, répondit-elle enfin. Mais j'admire les gens qui veulent se forger leur propre vie. S'ils échouent, ils pourront toujours se dire qu'ils ont essayé.

Je fixai ma mère avec incrédulité. Ainsi, elle admirait les gens qui obéissaient à leur volonté propre ? Pourquoi ne me l'avait-elle jamais dit ? Pourquoi avais-je dû subir toutes ces discussions épouvantables sur mon entêtement à vouloir me rendre autonome ?

Marit paraissait surprise elle aussi. Elle respira avec nervosité, et je compris qu'elle s'était préparée à un long et fastidieux affrontement. Or la querelle semblait terminée.

Ma mère prit la clochette qui se trouvait à côté d'elle. Peu après, Marie et Svea entrèrent avec le deuxième plat. Susanna n'étant plus là, la fille de cuisine aidait au service. Nous avions absolument besoin d'une remplaçante. Encore une chose dont il fallait que je m'occupe.

Après le dîner, je sortis avec Marit dans le jardin. La soirée était douce et claire, les grillons chantaient. Nous nous dirigeâmes vers le petit pavillon où subsistaient encore les guirlandes de la Saint-Jean.

La suite du dîner avait été étonnamment paisible. Ma mère avait fait poliment la conversation et nous l'avions imitée. Après quoi elle s'était retirée dans ses appartements.

— C'est magnifique ici, dit Marit en regardant autour d'elle. Tu ne m'avais pas parlé du jardin.

— Je ne me souvenais pas qu'il était si beau. Ça m'est revenu lorsque j'ai revu Lennard ici, le jour des funérailles.

— Lennard ?

— Un vieil ami d'enfance, que je n'avais pas vu depuis des années. Quand nous sommes rentrés, après l'enterrement, j'ai eu besoin de prendre l'air. Je me suis rendue au pavillon, et il était là. Je me suis souvenue alors de nos jeux d'enfants. Figure-toi qu'il m'a demandée en mariage.

— Quoi ? Et tu ne me l'as pas dit ?

— Excuse-moi. D'ailleurs il ne parlait pas sérieusement. Son père est très malade. Il n'avait pas toute sa tête.

— Il devait bien y avoir une autre raison, non ?

— Il pensait que nous aurions l'un et l'autre la tâche plus facile si nous faisions route commune. Je ne vois pas les choses comme ça. Je l'apprécie en tant qu'ami, mais pour se marier il faut être amoureux.

Devais-je l'interroger sur Michael ? Perdue dans mes pensées, je tendis la main vers une guirlande.

— Tu aurais dû venir plus tôt, dis-je lorsque nous eûmes monté l'escalier et pris place sous le toit octogonal. La fête de la Saint-Jean a été intéressante.

— À t'entendre, elle ne paraît pas avoir été très gaie.

— Elle l'a été jusqu'à ce que la jeune fille au sujet de laquelle je t'ai écrit tente de s'approprier la broche de ma mère.

— Je suis désolée de ne pas avoir été disponible plus tôt. Il a été très difficile de trouver un médecin qui accepte de l'accoucher sans poser de questions.

— Tu n'as pas fait appel au Dr Strondheim ?

— Il est mort soudainement il y a quelques semaines.

— Quoi ? Mais il avait tout juste 60 ans !

Je me rappelais son visage bienveillant. Alors qu'il était issu d'une tout autre époque, il s'était montré disposé à aider les femmes en difficulté et à se taire.

— Le cœur, répondit Marit. Nous avons toutes été bouleversées. De ce fait, nous nous sommes retrouvées sans soutien du jour au lendemain. Et même parmi les jeunes médecins il n'a pas été facile d'en trouver un qui n'obéisse pas aux principes bornés de la société. Et en l'occurrence nous avions aussi besoin d'un candidat au mariage.

— Et alors ? Vous en avez déniché un ?

— Oui, un comptable du nom de Sigurd Wallin, qui a été arrêté il y a quelques semaines, accusé de sodomie. Il aurait fait des avances inconvenantes à un homme à la gare. Heureusement, il a pu réfuter cette accusation. C'est Elsa qui nous l'a dégoté. Il est prêt à épouser Susanna pour éviter un scandale avec ses parents.

— Un mariage à nos conditions ?

— Il n'exigera rien d'elle, sinon qu'elle s'occupe de la maison et sourie gentiment quand ses parents viendront les voir. La fille est jolie ?

— Quelle importance ?

— Une jolie fille aura plus de chances d'être acceptée par les parents – surtout si elle est déjà enceinte.

— Et qui se chargera de l'accouchement ?

— Tu vas rire, c'est une femme. Elle vient juste de décrocher son diplôme de médecine et tu imagines ce qu'elle peut entendre à Stockholm. Ça a stimulé son désir de nous aider. Espérons qu'elle ait le cœur bien accroché.

— Oui, espérons. Merci pour toute la peine que tu t'es donnée. Je craignais déjà qu'il te soit arrivé quelque chose.

— C'est le cas. J'ai eu la grippe, et le médecin a cru un temps que ça pouvait être la grippe espagnole.

— Pourquoi tu ne me l'as pas écrit ? me récriai-je, effrayée. J'aurais…

— Tu n'aurais rien pu faire. En plus, j'étais beaucoup trop faible pour écrire. Tout ce que je voulais, c'était rester en vie – et j'y suis arrivée. Beaucoup de gens ont été malades, c'est une chance que tu n'aies pas été là.

— Tout de même, en pareil cas il faut que tu me préviennes.

— Pour t'accabler encore plus ? Tu as déjà suffisamment à faire. Et, comme tu le vois, ton amie a fait la nique à la mort. Elsa et les autres se sont occupées de moi et, crois-moi, je ne laisserai plus jamais la mort m'approcher de si près.

La pensée que Marit aurait pu succomber me fut intolérable. Après le décès de mon frère, je n'aurais pas supporté de la perdre elle aussi. Je la pris dans mes bras.

— As-tu eu des nouvelles de Michael ? m'entendis-je soudain demander.

Le simple fait de prononcer son nom me déchira le cœur.

— Au fait, merci de ne pas avoir parlé de lui devant ma mère.

— Après la discussion sur les femmes et le mariage ? Je ne voulais pas m'enferrer définitivement.

Elle se tut un instant, puis me prit la main, comme pour adoucir ce qu'elle allait me dire.

— L'annonce de ses fiançailles a été publiée dans le journal il y a quelques jours.

Je fermai les yeux. Ses fiançailles. Il en avait rencontré une autre qu'il avait jugée digne de devenir sa femme.

— Tu veux savoir de qui il s'agit ? demanda prudemment Marit.

— Non.

Mon amie hocha la tête, puis tourna les yeux vers le manoir.

— Je sais que tu l'aimais. Mais, vu de loin et compte tenu des circonstances, il me semble que tu as pris la bonne décision. Tu es une femme libre et puissante. Même si tu as dû renoncer à Stockholm, tu as maintenant la possibilité de mener ta vie comme tu l'entends.

— S'il ne tenait qu'à ma mère, je serais déjà passée devant l'autel.

— Pour ça tu as besoin d'un homme. D'un homme fort, mais qui ne t'étouffe pas. Il te faut quelqu'un qui puisse exister à ton côté. Michael n'était pas la bonne personne. Il n'aurait pas tenu le coup ici. Ou alors vous auriez rompu pour une autre raison. Qui sait ?

— Oui, qui sait, répétai-je en l'attirant contre moi.

Si quelqu'un d'autre m'avait tenu ce discours, je l'aurais peut-être contredit. Mais Marit avait raison. Michael aurait été malheureux à Löwenhof, il n'aurait pas supporté la vie au domaine. Et, quand on voyait combien il s'était consolé rapidement, il m'aurait sûrement trompée un jour ou l'autre.

Pour ma part, je n'aurais jamais pu devenir une gentille et docile épouse d'avocat. La comtesse Lejongård était faite pour tracer sa propre voie.

— Et en dehors de ton ami d'enfance, celui qui voulait absolument t'épouser, il n'y a personne qui parle à ton cœur ?

Je secouai la tête.

— Une femme comme moi n'a apparemment besoin de personne.

— Qu'est-ce que tu racontes ? Moi, éventuellement, je peux vivre sans homme, mais pas toi ! Il n'y en a aucun qui soit à peu près potable ? Qui pourrait te plaire ?

Je m'apprêtais à répondre par la négative quand un visage m'apparut en pensée. Des yeux bleus brillants, un sourire assuré, des traits marqués… Max ! Nous nous entendions à merveille et j'avais parfois le sentiment qu'il me comprenait vraiment. Même si nous n'étions jamais allés plus loin. Et, pour être honnête, je redoutais un peu de m'engager dans une nouvelle relation. Sans compter que, quoique noble, Max était mon employé.

— Il y aurait peut-être quelqu'un. Mais je n'ai aucune idée de ses sentiments. Je ne voudrais pas me lancer dans une histoire sans issue. Mon cœur n'est pas encore remis de ma rupture avec Michael.

— Mais si tu vois une possibilité, ne la laisse pas passer, hein ? insista Marit en me considérant avec un air grave. Ne laisse pas le devoir et le militantisme te priver de ton bonheur.

— Non, mais j'ai besoin de temps. Et s'il y a quelqu'un dans ma vie tu seras la première à l'apprendre.

Marit sourit et me pressa la main.

Nous restâmes un bon moment dans le pavillon, puis rentrâmes au manoir. Une dure journée nous attendait le lendemain et nul ne pouvait dire ce qui se passerait.

CHAPITRE 33

Comme Marit avait peur des chevaux et ne savait pas monter, nous décidâmes, le matin suivant, de prendre le vieux landau, un véhicule léger que je pouvais conduire moi-même, mais qui ne permettait pas de rouler à travers champs ou sur une prairie cahoteuse.

Marit dut se frayer péniblement un chemin parmi les hautes herbes.

— Je ne comprends pas comment tu peux vivre dans cette région sauvage, grommela-t-elle.

— Si tu avais bien voulu prendre un cheval, nous n'aurions pas eu à faire une partie du trajet à pied, répliquai-je.

Je me rendais compte une fois de plus du plaisir que j'avais à vagabonder en pleine nature. Mais nous n'étions pas là pour notre plaisir.

— Je ne suis pas une fille de la campagne et ne le serai sans doute jamais. Mais c'est pour la bonne cause.

— Et je t'en serai éternellement reconnaissante. J'espère que ça marchera. Après tout, je suis la tante de l'enfant.

Marit s'arrêta brusquement.

— La tante ?

— L'enfant est de Hendrik. Apparemment, Susanna et lui avaient une relation.

Marit souffla avec dédain.

— La liaison typique entre maître et servante, hein ?

— Marit…

Je connaissais son opinion sur les maîtres qui profitaient de leur position pour attirer les femmes dans leur lit en leur faisant des promesses mensongères.

— Quoi, c'était différent ? demanda-t-elle. Tu sais quelle affection j'ai pour toi, mais je n'ai pas pour autant changé d'avis sur ta famille.

— Sauf que maintenant j'occupe la position qui aurait dû être celle de Hendrik.

— J'en suis bien consciente et ça me fait grand plaisir, crois-moi. Si tu n'avais pas été là, cette pauvre femme aurait fini dans le ruisseau.

— Tu n'en sais rien et, pour ma part, je ne peux émettre aucun jugement sur leurs relations. Mais je sais une chose : Hendrik n'aurait jamais eu la mesquinerie d'abandonner Susanna et l'enfant à leur sort. Elle m'a dit qu'il voulait l'épouser. Il n'en a malheureusement pas eu la possibilité.

Marit serra les lèvres ; elle avait envie de répondre, mais s'en abstint par égard pour moi.

— C'est encore loin ? demanda-t-elle.

— Non, on y est presque, dis-je en pointant la cabane à peine visible dans les hautes herbes.

— Quel endroit ! marmonna Marit.

— J'aurais bien voulu pouvoir lui épargner ça, mais après sa tentative de vol il m'était impossible de la garder au manoir.

— Ta mère sait que l'enfant est de ton frère ?

— Oui, mais on dirait que ça lui est indifférent. Elle n'en a pas reparlé depuis que je le lui ai appris.

— Pourquoi la jeune fille ne l'a-t-elle pas dit plus tôt ?

Je lui résumai à grands traits ce qui s'était passé avec Langeholm.

— Elle ne voulait sans doute pas attirer le discrédit sur Hendrik.

Lorsque nous arrivâmes à la cabane, la porte était grande ouverte, mais il n'y avait pas trace de Susanna.

Où était-elle ? Partie chercher à manger ? Ida était-elle passée la prendre ?

J'éprouvais une drôle d'impression.

— Continuons encore un peu, dis-je en me tournant vers le lac. On la croisera peut-être en chemin.

Nous rejoignîmes un étroit sentier qui menait au lac.

— C'est là que j'ai appris à nager, racontai-je à Marit. Quand on était enfants, on y allait souvent, mon frère et moi. Une fois, on avait construit un radeau avec de vieux troncs et on était sortis se promener sur le lac en pagayant. Notre embarcation a coulé en plein milieu. Par chance, on savait déjà nager tous les deux, mais on s'est payé une sacrée trouille.

— Si seulement j'avais eu un lac comme ça dans mon enfance ! J'ai vécu toute ma vie à Stockholm.

— Tu avais la Baltique pour lac.

— Oui, mais ça n'a pas suffi pour que j'apprenne à nager.

— Tu devrais venir ici un été. Je te montrerais.

Je m'arrêtai brusquement en apercevant une silhouette sur le ponton. Ses cheveux blonds flottaient au vent et elle avait les bras tendus comme si elle allait s'élever dans les airs. Je la reconnus aussitôt.

— Attends, dis-je à Marit en lui indiquant de rester là où elle était.

Je m'approchai lentement de la passerelle. Susanna voulait-elle entrer dans l'eau ?

— Hé, Susanna ! lançai-je.

Surprise, la jeune fille baissa les bras et se retourna en sursaut. Quelle qu'ait été son intention, l'instant était passé, je le vis tout de suite.

— Mademoiselle, dit-elle, désorientée. Je… Qu'est-ce que vous faites ici ?

— Tu m'as posé la même question il y a quelques jours. Je suis venue te rendre visite.

Voyant que son regard s'était porté sur Marit, je fis les présentations.

— Voici l'amie dont je t'ai parlé, Marit Andersson. Elle est là pour t'aider. Si on parlait de tout ça dans la cabane ?

Susanna scruta Marit un instant, puis acquiesça.

Mon amie lui tendit la main.

— Je suis Marit. Je peux t'appeler Susanna ?

La jeune fille acquiesça.

— Bien ! poursuivit Marit avec ce ton engageant qui m'avait conquise lors de notre première rencontre. Alors discutons. Nous savons maintenant comment t'aider. Si tu en es d'accord, tu peux m'accompagner sans délai à Stockholm.

— À Stockholm ?

Susanna nous regarda alternativement avec un air déconcerté.

— Oui, tu es libre d'accepter ou non, c'est ta décision.

La jeune fille approuva craintivement et nous conduisit dans son logis, où nous prîmes place autour de la table de cuisine branlante. Marit lui exposa son plan et lui montra une photo de Sigurd Wallin. Je dus reconnaître qu'il présentait bien. Si son caractère était à l'avenant, il se montrerait sûrement respectueux des termes de l'accord.

Susanna ne paraissait pas convaincue. Sceptique, elle écouta Marit lui expliquer qu'elle la logerait chez une amie et que, la semaine suivante, elle lui présenterait son futur mari et sa doctoresse.

— Le Dr Strömstad te suivra pendant ta grossesse et t'accouchera. Sigurd reconnaîtra l'enfant, ce qui devrait permettre d'éviter le pire.

— Et si ce Sigurd… S'il ne me traite pas bien ? demanda Susanna en tournant les yeux vers moi comme si elle cherchait une garantie que je ne pouvais guère lui fournir.

— Il le fera, nous y veillerons. Tu n'as rien à craindre.

— Et ma famille ? Mes parents ? Est-ce que je les reverrai ?

Cette question me surprit : n'avait-elle pas fui les vitupérations de sa mère ? Elle semblait tout de même avoir de l'affection pour eux.

— Ils pourront venir te voir à tout moment. S'ils le souhaitent et si c'est ce que tu veux. Tu peux aussi ne pas leur révéler l'endroit où tu vivras. Tu n'as pas besoin d'en décider tout de suite.

— En tout cas, plus personne ne médira de toi, intervins-je. On te laissera tranquille, et tu seras la respectable épouse d'un comptable.

Cette perspective ne paraissait pas particulièrement plaisante à Susanna.

— Réfléchis. Tu connais le second terme de l'alternative. Il ne te sera pas facile de subvenir à tes besoins, mais si tu penses pouvoir y arriver, tu peux tout à fait dire non.

La jeune fille gardait le silence. Avait-elle réellement l'intention de refuser cette proposition ? Je priai pour qu'il ne lui vienne pas cette idée.

Après être restée un long moment à fixer la table, elle tourna le regard vers moi.

— Et vous, qu'en pensez-vous ? demanda-t-elle. Cet enfant est celui de votre frère... Votre famille fera-t-elle valoir ses droits sur lui ?

Je jetai un coup d'œil à Marit, je ne m'étais pas attendue à cette question.

— Non, Susanna, cela dépendra de toi. Révéleras-tu à ton enfant qui est son vrai père ? Lui laisseras-tu croire que c'est ton nouvel époux ? Cette décision t'appartiendra.

Susanna acquiesça.

— Donc tu es d'accord ? demanda Marit.

— Oui. Je n'ai pas vraiment d'autre possibilité, n'est-ce pas ?

— Aucune qui vous permette de vous en sortir sans préjudice, toi et ton enfant.

Marit lui posa la main sur le bras.

— Tu te plairas en ville. Là-bas, personne ne te connaît et tu pourras prendre un nouveau départ. Tu mèneras une vie agréable, bien meilleure que si tu restais seule ici avec un enfant, livrée au bon vouloir des villageois.

Nous retournâmes en silence au landau. Marit était convenue avec Susanna que nous passerions la chercher le lendemain de bonne heure en nous rendant à Kristianstad. Cela lui laissait le temps de rassembler ses affaires et, si elle le souhaitait, d'informer ses parents.

— Elle y arrivera, dit Marit en glissant son bras sous le mien. Nous avons pris la bonne décision.

— Oui, répondis-je. Et j'en suis heureuse... Même si...

— Quoi ? demanda Marit.

— C'est aussi l'enfant de Hendrik. Ma nièce ou mon neveu. Je ne saurai jamais à quoi il ou elle ressemble.

— Sur ce point, je te tiendrai volontiers au courant. Je pourrai peut-être même t'envoyer une photo. Ça m'étonnerait que Susanna soit contre. Après tout ce que tu as fait pour elle.

— Qu'est-ce que j'ai fait ? Je l'ai flanquée à la porte.

— Et tu as veillé à ce qu'elle puisse mener une nouvelle vie par mon intermédiaire. Je ne connais pas beaucoup de maîtres qui auraient agi comme ça.

J'opinai sans pour autant ressentir de satisfaction. Évidemment, les conventions sociales l'interdisaient, mais j'aurais préféré que nous puissions trouver une autre manière de pourvoir à ses besoins.

— Quand une femme pourra-t-elle enfin sans honte élever seule un enfant ? Quand la société comprendra-t-elle que cet enfant a autant de valeur que les autres et que le travail de sa mère doit être reconnu ?

— Je crois que les femmes obtiendront plus rapidement le droit de vote que la possibilité d'avoir un enfant hors mariage sans perdre leur réputation. L'Église prône le mariage, les mentalités ne changeront pas si facilement.

— Mais l'Église ne pèche-t-elle pas contre la vie en incitant les gens à ne laisser aucune chance à ces femmes et à ces enfants ? Tu sais très bien que la plupart d'entre elles finissent un jour ou l'autre par devoir se prostituer. Et que nombre de ces enfants ne parviennent jamais à sortir de leur milieu.

— Oui, et c'est aussi contre ça que nous nous battons. Mais cet objectif, il nous faudra au moins un siècle pour l'atteindre.

Nous remontâmes dans le landau et repartîmes. Des nuages passaient au-dessus de nous, menaçant le soleil. Il y avait une drôle de lumière sur les champs. Allait-il pleuvoir ? Il était préférable de rentrer sans tarder.

Nous effectuâmes le trajet en silence, chacune plongée dans ses pensées.

Lorsque nous arrivâmes au domaine, Max revenait des champs, chaussé de grandes bottes et une sacoche sous le bras. Il était accompagné du responsable de nos ouvriers agricoles. Tous deux discutaient avec animation, ce qui m'étonna un peu, car

Torne Breken ne se laissait pas facilement approcher. Mais il avait dû sentir qu'ils étaient faits du même bois.

— Voilà un homme bien intéressant, fit remarquer Marit en inclinant la tête de côté.

— Max von Bredestein, notre nouveau régisseur. Mon père l'avait engagé peu avant sa mort.

— Et comment est-il ?

— Très sympathique et plutôt solitaire. Il ne s'entend pas bien avec son père et aime observer les étoiles.

— Et il t'est déjà arrivé de les observer avec lui ?

— Une fois, le soir où je m'étais rendue chez lui pour l'inviter à rejoindre notre fête de la Saint-Jean. Mais il n'y avait pas beaucoup d'étoiles. Et je n'ai pas réussi à le convaincre de venir.

— Tu devrais réessayer, répondit-elle avec un regard entendu. Les étoiles ont la réputation d'être à l'origine des relations amoureuses les plus durables.

— Dit celle qui a juré de ne jamais se marier ! répliquai-je en éclatant de rire.

— Peut-être ne suis-je plus tout à fait aussi fidèle à mes principes que tu pourrais le croire. Quand on a échappé de peu à la mort, on commence à voir les choses autrement.

Je haussai les sourcils. Je n'avais jamais entendu mon amie parler de la sorte.

— Tu as quelqu'un en tête ?

— Non, répondit Marit sur un ton qui me fit douter de sa sincérité. Et, que je trouve un homme ou pas, je ne cesserai jamais de me battre pour nos droits. Il faudra bien qu'il s'en accommode.

À cet instant, Max nous aperçut et se dirigea vers nous.

— Bonjour, comtesse Lejongård, dit-il en me tendant la main. Qui est donc la jolie dame qui vous accompagne ?

Je vis rougir Marit, ce que je n'aurais jamais cru possible.

— C'est mon amie Marit Andersson. Marit, mon intendant, Max von Bredestein.

— Ravi de faire votre connaissance.

Max lui baisa la main, ce qui m'inspira un soupçon de jalousie que je m'empressai de chasser. C'était ridicule !

— Vous vous plaisez à Löwenhof ?

— Oui, beaucoup, répondit Marit. Mais je ne voudrais pas y vivre. Je suis une citadine.

— D'où venez-vous ?

— De Stockholm.

— Stockholm est une belle ville, mais elle a aussi ses côtés sombres. Vous devriez être prudente.

— Je le suis.

— Alors me voilà rassuré, conclut-il avant de s'adresser à moi. M. Breken et moi sommes allés inspecter les champs. Ça se présente bien.

— Voilà une bonne nouvelle ! Vous savez qu'après une visite d'inspection M. Breken a l'habitude de boire un petit schnaps avec ceux qui l'ont accompagné ?

— Il me l'a dit, répondit Max en riant. Quand je lui ai fait valoir que boire pendant les heures de travail n'était pas indiqué, il m'a répondu que c'était la tradition.

— En effet, et dans ce cas c'est permis. C'est mon trisaïeul qui a instauré cette coutume, il croyait pouvoir ainsi tenir les champs à l'écart du mauvais temps.

— Et ça a marché ?

— Plus ou moins.

Max se remit à rire. Nos yeux se rencontrèrent un instant et je fus traversée par un agréable sentiment. Depuis que j'avais appris les fiançailles de Michael, tout paraissait différent. Je me sentais libérée d'un fardeau, d'une obligation. Et, pour la première fois, je sentis de nouveau que mon corps désirait la présence d'un homme. Heureusement, personne ne savait rien de mes pensées ni de mes rêves. Engager une relation avec un employé était risqué.

— Alors amusez-vous bien, ajoutai-je. Et accrochez-vous. Le schnaps que fait Breken est plus fort que celui qui vient de chez vous.

— Je survivrai. Et puis vous saurez où me trouver si je n'arrive pas à ressortir de chez lui sur mes deux jambes. Soyez prudente, mademoiselle Andersson, ajouta-t-il en se tournant vers Marit avant de lui faire de nouveau un baisemain et de s'éloigner.

Marit resta un instant à le suivre des yeux comme si elle avait vu une apparition. Visiblement, même la plus fervente des suffragettes pouvait faiblir face à un homme qui parlait à ses sentiments.

— Tu es raide dingue de lui, déclara-t-elle quand il fut hors de portée de voix.

— Moi ? Tu es folle ! rétorquai-je avec un manque de conviction dont je fus moi-même consciente.

— Non, non. Il y a quelque chose de tellement intime dans la façon dont vous vous parlez. On dirait un couple qui se connaît depuis une éternité.

— On se connaît depuis trois mois. Je n'appellerais pas ça une éternité.

— Ça suffit largement pour s'éprendre de quelqu'un. Parfois, c'est l'affaire d'un instant.

Marit me prit la main.

— Oublie Michael. En dépit de ce que tu as pu croire, il n'a pas été ton grand amour. Celui-ci est encore à venir, j'en suis certaine.

Je tournai les yeux dans la direction où était parti Max. Il avait disparu, mais j'avais encore son image devant les yeux.

Étais-je vraiment en train de tomber amoureuse ? Avec Michael les choses avaient été si claires. À présent, tout paraissait confus. Mais, à cet égard, mon amie avait peut-être de meilleurs yeux que moi.

CHAPITRE 34

Une légère brume matinale flottait au-dessus des champs. Mais le soleil la chasserait et nous aurions une journée magnifique. Marit dormait encore et le personnel n'était pas levé.

Je fis ma toilette, m'habillai rapidement et sortis. Je n'étais pas retournée au caveau familial depuis un moment et, avant de conduire Susanna à Stockholm, je voulais dire à Hendrik que son enfant serait en sécurité.

Pendant le trajet, j'essayai d'imaginer ce qu'il aurait répondu à cela. Et à quoi aurait pu ressembler sa vie. Je refusais toujours de voir en lui un vulgaire séducteur. Peut-être aurait-il vraiment fait son possible pour épouser Susanna. Cela aurait provoqué un scandale, mais mon père n'aurait sûrement pas envisagé de le déshériter à mon profit. Au bout d'un moment, les esprits se seraient calmés. Et, même si la bonne société avait fait la grimace, Susanna serait devenue la prochaine comtesse Lejongård. Ce triomphe de l'amour resterait à tout jamais impossible.

Au bord du chemin qui menait au cimetière, l'herbe humide de rosée paraissait constellée de diamants. Deux personnes d'un certain âge étaient mortes quelques semaines plus tôt. Nous avions entendu le son des cloches. J'étais allée rendre visite à leurs proches afin de leur présenter mes condoléances ainsi que l'exigeait mon titre.

À présent, les fleurs se flétrissaient sur leur tombe. Notre caveau se trouvait en hauteur. La grille grinça légèrement lorsque j'entrai. Je me dirigeai vers la niche où reposait mon frère. Entre-temps, on avait installé les deux nouvelles pierres tombales. C'était moi qui avais dessiné la rose figurant au-dessus du nom de Hendrik. Le tailleur de pierre avait heureusement réussi à tirer quelque chose de mes griffonnages. Je posai la main sur la plaque pour essayer de sentir la présence de mon frère, chose évidemment impossible.

— Je…

Ma voix enrouée résonna sourdement dans le caveau.

— J'aurais été contente que tu me parles d'elle.

Je ne prononçai pas son nom, comme s'il fallait encore garder le secret vis-à-vis de mon père.

— Je t'aurais probablement compris. Il aurait fallu que tu t'occupes d'elle, repris-je après un silence. À moins qu'elle ne t'ait été indifférente. Mais je ne peux le croire. Tu es mon frère. Tu n'avais pas le cœur mauvais. Ton enfant grandira à Stockholm et ne saura sans doute jamais qui était son vrai père. Il ne te connaîtra pas et ça me brise le cœur.

Les larmes me vinrent aux yeux et je dus m'interrompre. Le sang bruissait dans mes oreilles. Une seconde, je retrouvai toute la douleur que j'avais ressentie à l'annonce de la mort de mon frère.

Puis je respirai profondément et me relevai. La vie continuait. L'enfant de Susanna ne deviendrait jamais un vrai Lejongård, mais quelque chose de mon frère survivrait en lui. Et peut-être parviendrais-je à ne pas le perdre de vue.

— Adieu, Hendrik, dis-je pour finir en passant une dernière fois le doigt sur les contours de la rose.

Puis je me détournai et ressortis du caveau.

Les oiseaux chantaient dans les arbres qui entouraient le cimetière. Captivée, je fis halte, fermai les yeux et me laissai pénétrer de leur ramage. Pour un peu, j'aurais cru avoir franchi le seuil d'un royaume féerique, un royaume habité par des oiseaux qui soit me souhaitaient la bienvenue, soit me percevaient comme une intruse, je n'aurais su le dire. Cependant, lorsque je rouvris les yeux, j'étais toujours dans le cimetière du village, le caveau familial derrière moi. Je quittai les lieux sans savoir quelle heure il était, mais mon intuition me disait que je n'avais pas besoin de me presser.

Lorsque j'eus fait un bout de chemin et que j'arrivai en vue de nos pâturages, je vis soudain une silhouette venir à ma rencontre. Elle était vêtue d'une veste sombre et marchait lentement, comme absorbée dans ses pensées. Quand elle fut plus près, je reconnus Max. Que faisait-il là ? Se rendait-il au village ? Peut-être pour poster une lettre ?

En me voyant, il s'arrêta.

— Bonjour, Agneta.

Il n'avait pas oublié notre arrangement.

— Bonjour, Max, répondis-je, retrouvant instantanément cette sensation de chaleur dans la poitrine que me procurait son regard.

— Que venez-vous faire ici à pareille heure ? s'enquit-il. Je ne vous ai jamais vue à cet endroit de si bon matin.

— J'étais sortie faire une promenade. Et voir mon frère.

Il acquiesça d'un signe de tête.

— Et vous ? demandai-je. Vous vous promenez tous les matins à travers les prés et les champs ?

— Oui, ça me donne de la force pour la journée.

— Vraiment ? Ou bien essayez-vous une fois de plus de me faire marcher ?

Je souris en mon for intérieur. Sa propension à me taquiner avait souvent embelli plus d'une journée grise.

— Non, cette fois, je suis sérieux.

Il s'approcha de moi tandis que je me sentais comme sous le coup d'un mystérieux sortilège.

— J'aime bien sortir faire un tour. J'apprends à mieux connaître les environs. Et puis c'est un sentiment intéressant d'être éveillé quand tant d'autres dorment encore.

— Vous ne serez plus longtemps seul, répondis-je. Les paysans sont sûrement déjà à pied d'œuvre.

— Mais, ici, on ne croise que des renards et des lièvres, répondit-il en me considérant un instant avant d'ajouter : Que diriez-vous d'une promenade commune, la prochaine fois ? Vous pourriez me raconter quelques histoires. Sur les trolls et les elfes, par exemple.

— Je croyais que vous aviez besoin d'un moment de tranquillité avant que je ne recommence à vous casser les pieds avec mes instructions et mes questions.

Il me prit la main et la garda dans la sienne. Sa chaleur se répandit en moi et, une seconde, j'eus l'impression de me dissoudre dans la lumière du soleil. Mon corps était tout léger et mon cœur battait à coups redoublés.

— Vous ne me cassez pas les pieds, Agneta. Ni en tant que comtesse Lejongård ni en tant que vous-même. Je pourrais passer des heures, des journées entières avec vous, que ce soit dans la forêt ou au fond d'une grotte. Et je serais très heureux que vous m'accompagniez de temps à autre dans ma promenade matinale. Ce serait une manière idéale de débuter la journée.

Nous nous regardâmes et, tandis que mon esprit tentait désespérément de trouver une réponse à la hauteur de ses paroles, je me rapprochai involontairement de lui. Comme il serait facile de l'embrasser en cet instant ! Ou de recevoir un baiser de lui.

Cependant il recula légèrement.

— À moins que ma compagnie ne vous soit insupportable.

Déconcertée, je secouai la tête.

— Oh, non, pas du tout ! Je ne vous trouve pas insupportable. Et je… je serais ravie de me promener avec vous.

Il poussa un soupir de soulagement et sourit.

— Vraiment ?

— Oui, vraiment. Si vous voulez, nous pouvons commencer tout de suite.

— Avec grand plaisir. Mais vous rentriez au domaine. Avez-vous le temps ?

— J'ai encore un moment, répondis-je en l'entraînant dans les prés. Je parie que vous ne connaissez pas ce sentier. Avec un peu de chance, nous y verrons des trolls.

— Pour de bon ?

— Mon frère et moi en étions convaincus lorsque nous étions enfants. Peut-être nos cœurs sont-ils encore suffisamment purs pour que nous puissions les voir.

Nous marchâmes un moment dans l'étroit sentier, qui conduisait à un bosquet de grands épicéas. Je cheminais en tête, sentant dans mon dos le regard de Max, sa chaleur, attentive à ne pas me laisser aller à glousser comme une sotte. Il était si agréable qu'un homme s'intéresse à moi, ne serait-ce que pour se promener en ma compagnie. Je pris alors conscience de l'attachement que j'avais pour Max. Je ne savais pas encore si je l'aimais, mais sans doute aurais-je sous peu l'occasion de le découvrir.

Je rentrai au domaine une heure plus tard. Max m'avait quittée un peu plus tôt afin de pouvoir repasser chez lui. Je me sentais légère et pleine d'entrain, presque comme si nous n'avions pas connu de drame. Mais à peine avais-je mis le pied au manoir que je sentis de nouveau le poids de mes responsabilités.

Susanna. Ma mère. Löwenhof. Retrouverais-je un jour un peu d'insouciance ?

Après le petit déjeuner, Marit et moi montâmes dans la calèche.

— Vous ne souhaitez pas que je vous conduise ? demanda August.

Je voulais éviter qu'un de nos employés soit au courant que nous allions chercher Susanna. On pouvait toujours demander à August de garder le silence, cependant mieux valait qu'il ne sache rien. Tôt ou tard, les domestiques apprendraient que Susanna n'était plus là, mais il ne fallait pas qu'on découvre où elle se trouvait. À cause de Langeholm et des gens du village. Aucun souhait malveillant ne devait accompagner la jeune fille dans son départ pour une nouvelle vie.

— Non, August, laissez. Il faut que je m'entraîne à conduire. Mon père le faisait très bien.

— C'est vrai. Mais soyez prudente, Madame votre mère m'arracherait les yeux s'il vous arrivait quelque chose.

— Enfin, August, je suis grande maintenant ! répliquai-je.

Après que Marit eut mis son sac dans le landau, je fis claquer le fouet au-dessus de la tête des chevaux.

Nous prîmes un chemin détourné pour rejoindre le lac afin que personne ne nous voie. Susanna nous attendait déjà sur le bord de la route. En dépit de la chaleur, elle portait par-dessus sa robe une veste en laine à grosses mailles. Ses cheveux étaient soigneusement tressés. Elle avait les yeux toujours aussi cernés, mais la perspective de se rendre à Stockholm semblait la rendre un peu plus confiante. Nous l'aidâmes à monter, puis je pris son sac.

— Tu n'emportes rien d'autre ? demandai-je.

— C'est tout ce que j'ai. Je ne pense pas que mes parents me donneraient quoi que ce soit.

— Tu leur as parlé ?

— Non, je leur écrirai quand je serai arrivée.

Je jetai un coup d'œil à Marit, qui m'indiqua du regard qu'elle s'occuperait de tout.

Je remontai sur le siège du cocher. Le trajet se déroula sans encombre, le sol était sec et le soleil répandait sa chaleur. Je fis halte sur la place de la gare, à Kristianstad, et relevai le levier de frein. Les passants nous considéraient avec curiosité. Un landau occupé par trois femmes, dont une sur le siège du cocher, constituait un spectacle inhabituel.

Nous aidâmes Susanna à descendre et je serrai Marit dans mes bras.

— La prochaine fois que ça n'ira pas, fais-le-moi savoir, dis-je. Je t'enverrai les meilleurs médecins. Et, si tu veux, tu peux aussi venir chez moi le temps de te rétablir.

— Merci, c'est très gentil, répondit-elle. Mais j'ai beaucoup de travail qui m'attend.

Elle tourna les yeux vers Susanna, qui se tenait à côté de nous, un peu effrayée.

Lorsque je voulus la serrer à son tour dans mes bras, elle eut un recul.

— Mais, Mademoiselle…

— Tu n'es plus une domestique. Maintenant, tu es une femme libre, qui sera bientôt l'épouse d'un comptable, dis-je avec un sourire d'encouragement.

Elle acquiesça et ne m'opposa pas de résistance.

— Veille bien sur l'enfant et sur toi. Je vous souhaite bonne chance !

Marit prit son sac et celui de Susanna. Peu avant d'entrer dans la gare, elles s'arrêtèrent et se retournèrent. Je leur fis signe de la main, puis remontai dans la calèche.

Peu après mon retour, ma mère passa me voir, agitée.

— Le train était à l'heure ? demanda-t-elle en ajustant les manches ruchées de sa robe.

— Oui, tout s'est passé pour le mieux.

— Dommage que ton amie ait dû repartir si vite. Elle m'a plu. Ce n'est pas le genre de femme que tu devrais fréquenter, mais elle est forte et volontaire. Elle va son chemin sans compter sur qui que ce soit. Si elle rencontre l'homme qu'il lui faut, elle pourra tout à fait s'élever socialement. Elle en a la capacité.

— Peut-être le fera-t-elle sans l'aide d'un homme, répliquai-je.

J'étais sincèrement ravie de cette appréciation positive. La petite dispute à table avec Marit paraissait l'avoir fait changer d'avis.

— Elle a emmené Susanna, poursuivis-je. C'était la raison principale de sa venue.

L'expression de ma mère se durcit.

— Eh bien…

— Mère, je t'en prie, l'interrompis-je, désireuse qu'elle comprenne. C'est pour l'enfant. L'enfant de Hendrik. Je sais que nous n'avons que la parole de Susanna sur ce point. Et qu'à tes yeux elle est sans doute une voleuse. Mais tu aurais dû la voir quand nous avons parlé de Hendrik. Elle l'a vraiment aimé.

Ma mère ne disait toujours rien, mais les pensées se bousculaient dans son esprit.

— Elle épousera un comptable et accouchera avec l'aide d'un bon médecin. L'époux reconnaîtra l'enfant, tu n'as donc pas à craindre que celui-ci revendique quoi que ce soit par la suite.

— Et qu'en est-il de nous ? Si l'enfant est vraiment de Hendrik, alors ce serait un Lejongård.

— Même s'il est des nôtres par le sang, il n'en restera pas moins l'enfant du comptable. C'est le seul moyen si nous voulons éviter un scandale.

— Et s'il est le seul descendant de notre famille ? demanda-t-elle avec inquiétude.

— Nous trouverons toujours une solution. Je prendrai la décision qui servira les intérêts de notre maison.

Nous restâmes un moment à nous regarder, puis ma mère acquiesça.

— Tu as raison, c'est ce qu'il y a de mieux à faire. Je ne te dérangerai pas plus longtemps.

Sur ces mots, elle se retira. J'eus l'impression qu'elle n'avait pas exprimé ce qu'elle voulait vraiment dire.

CHAPITRE 35

Trois semaines passèrent. Le mois d'août approchait et avec lui la visite de la princesse. J'avais informé le comte Bergen que l'enquête se poursuivait sans faillir et, comme il attendait du nouveau, je lui avais également appris qu'on avait un suspect. J'aurais préféré pouvoir lui dire que le coupable avait enfin été arrêté, mais je n'avais pas eu de nouvelles de l'inspecteur Hermannsson. Que Langeholm ait eu ou non quelque chose à voir avec l'emprunt contracté par mon père, il ne pouvait plus exercer son chantage sur Susanna. Il n'oserait pas aller voir les Korven pour s'enquérir de l'endroit où vivait désormais la jeune fille. Je gardais un œil sur lui. Il ne laissait rien paraître, mais un soir, je le vis quitter le domaine à une heure tardive. Partait-il à la recherche de Susanna ? Ou se rendait-il simplement à l'auberge ?

Quelques jours plus tard, alors que j'étais en train d'écrire une lettre à un négociant en fourrage, j'entendis soudain un bruit de pas précipités.

Nous nourrissions nos chevaux avec ce que produisait le domaine, et Max avait proposé d'ajouter aux rations des juments pleines une espèce particulière d'avoine qui les rendait plus résistantes face aux besoins de leurs poulains. L'instant d'après, on frappa à la porte.

— Entrez !

— Mademoiselle, venez vite, je vous prie ! s'écria Lena, le visage cramoisi. Il y a des messieurs de la police qui veulent emmener M. Langeholm !

Ces mots me transpercèrent comme une flèche. Hermannsson avait-il découvert des preuves de sa culpabilité ?

— J'arrive ! dis-je en bondissant de mon siège.

En sortant sur le perron, je vis deux policiers qui essayaient de maîtriser Langeholm, lequel leur opposait une résistance farouche. Rassemblés devant les bâtiments de l'écurie, les valets se parlaient tout bas.

— Mademoiselle, s'écria l'écuyer en m'apercevant, c'est une terrible méprise ! Dites-leur que je n'ai rien fait !

Je serrai les lèvres. Les policiers l'entraînèrent vers leur véhicule.

— Je suis innocent ! beugla Langeholm.

Ses protestations ne m'impressionnèrent pas. J'avais du mal à croire que, quelques semaines plus tôt, je m'étais rendu avec cet homme à Kristianstad afin de rencontrer l'individu soupçonné par l'inspecteur d'être l'auteur de l'incendie.

— Comtesse Lejongård, dit la voix de Hermannsson.

Je me tournai vers lui. Son expression était grave.

— Inspecteur Hermannsson ! Alors, ce dont je vous ai fait part dans ma lettre était fondé ?

— Et comment ! Peut-être pourrions-nous faire un tour ? Je crains que cette affaire n'ait plus de portée que vous ne l'imaginiez.

Je lui jetai un regard interloqué. Que voulait-il dire ? J'agrippai ma jupe à deux mains pour essayer de dissimuler mes tremblements.

Nous nous rendîmes dans le jardin anglais, un peu à l'écart du manoir. Ma mère semblait témoigner quelque négligence avec le jardinier, car le trèfle proliférait sur les pelouses.

— Après avoir lu votre lettre, nous avons examiné Sören Langeholm d'un peu plus près. À cette occasion, nous avons découvert qu'il avait, et a toujours, des dettes dans un établissement de jeu de Stockholm. Nous sommes également allés voir son ancienne maîtresse, Juna Holm, qui vit à présent dans une maison à la périphérie de Kristianstad.

— Et qu'avez-vous appris ?

Manifestement, mon père lui aussi s'était trompé sur le compte de notre écuyer. Pourtant, Langeholm était une sommité en son domaine. Pourquoi s'était-il laissé aller à faire des dettes de jeu ?

— La jeune femme a déclaré que Langeholm avait acheté la maison à son intention, pour une somme de mille couronnes !

— Mille couronnes, c'est bien plus que son salaire annuel à Löwenhof.

Désormais, j'étais au fait de ce que gagnait chacun des employés du domaine.

— C'est bien ce que nous nous sommes dit. Et l'affaire est encore plus mystérieuse. Au casino, il a accumulé une montagne de dettes s'élevant à quatre mille couronnes.

— Quatre mille couronnes ! me récriai-je.

C'était une petite fortune.

— C'est allé si loin que le propriétaire du casino l'a menacé de recourir à la force s'il ne payait pas. Langeholm a réglé ses dettes en février, environ trois semaines avant l'incendie des écuries.

— C'est en février que mon père a signé ce contrat de prêt.

— Précisément. Nous avons pris contact avec le prêteur, qui n'a cependant rien pu nous dire sur les motivations de votre père. Cela dit, la somme de cinq mille couronnes me semble tout à fait cohérente avec ce qui est ressorti de notre enquête.

— Et pourquoi Langeholm a-t-il voulu forcer Susanna à voler une broche de prix ? Il aurait tout aussi bien pu faire chanter ma mère.

— Il lui a sans doute paru plus facile de menacer la jeune fille. Votre mère se serait probablement mise en rapport avec nous.

— Et mon père ? Lui aussi avait de bonnes relations avec vous, n'est-ce pas ?

— Oui, mais il est possible que Langeholm l'ait menacé d'une autre manière.

— D'une autre manière ?

Je jetai un coup d'œil sur le manoir par-dessus l'épaule du policier. Ce qui s'était passé derrière ses murs en mon absence dépassait de loin en immoralité ce que j'avais rencontré à Stockholm.

— Nous avons cuisiné un peu la jeune femme et, comme elle craignait de se voir impliquer dans l'affaire, elle a fini par dire que, sous l'effet de la colère, Langeholm avait exprimé un jour le désir de s'en prendre à son bon maître en incendiant la baraque.

— Et vous ne pensez pas qu'elle a pu inventer ça ?

— Nous l'ignorons, mais le chantage avéré et les menaces proférées en présence de Mlle Holm nous ont convaincus de la nécessité d'enquêter sur M. Langeholm.

Je me laissai tomber sur un banc de marbre qui avait revêtu une fine couche de mousse. Un des anges paraissait pleurer des larmes vertes.

— Et donc vous pensez que c'est lui qui a causé l'incendie ?

— Nous manquons encore de preuves pour l'établir, mais résumons les faits : le salaire que vous versez à Langeholm ne lui suffit plus. Peut-être parce qu'il s'est épris d'une domestique et envisage de vivre avec elle. Peut-être parce qu'il veut fanfaronner. Il croit pouvoir s'enrichir au jeu, mais il s'endette et se retrouve en difficulté. Le propriétaire du casino veut récupérer son argent, au besoin par la force.

— La liaison de Juna et de Langeholm est découverte, ce qui entraîne le renvoi de Juna.

— En effet. Il est fou furieux, menace en présence de Mlle Holm de s'en prendre à son maître. Entretemps, il est probable que les sbires du propriétaire du casino ont découvert où il logeait. Et, lorsqu'il surprend le fils de son maître avec Mlle Korven, il a une idée. Il va trouver votre père et lui extorque une somme qui couvre le montant de ses dettes ainsi qu'un supplément qui lui permettra d'installer sa maîtresse dans ses meubles. Votre père paie.

— Mais ça n'explique pas pourquoi il a fait chanter Susanna. Ni pour quelle raison il aurait incendié l'écurie.

Hermannsson haussa les sourcils avec un air éloquent.

— Vraiment ?

Ma mère était étendue sur son lit, les mains jointes sur le ventre, les yeux couverts d'un masque lilas. Elle aurait pu passer pour morte si sa poitrine ne s'était gonflée et creusée au rythme régulier de sa respiration.

— Mère, il faut que je te parle, dis-je, sentant qu'elle ne dormait pas.

Lorsque j'étais enfant, j'avais remarqué qu'il arrivait à ma mère de ronfler à l'instar de mon père. Sinon, c'était qu'elle ne dormait pas. En pareil cas, le masque lui servait de simple protection contre le monde et tout ce qu'elle ne voulait pas voir.

— Je fais ma sieste, répondit-elle. Ça ne peut pas attendre ?

— Langeholm a été emmené par la police.

Elle se redressa brusquement et ôta son masque.

— Mais pourquoi ? demanda-t-elle, stupéfaite.

— J'avais fait part à Hermannsson de ce qui s'était passé avec Susanna. Ainsi que de l'étrange contrat de prêt signé par Père. Il a enquêté et…

— Tu as parlé à l'inspecteur des dettes de ton père ? m'interrompit-elle. Comment as-tu osé faire ça ?

— J'avais des soupçons, répliquai-je. Quand je suis tombée sur le contrat de prêt, je me suis demandé si Père n'avait pas eu besoin de cet argent pour une transaction dont personne ne devait rien savoir. S'il avait prélevé la somme sur les biens du domaine, Hendrik s'en serait aperçu.

Ma mère tressaillit au nom de son fils. Elle continuait de faire porter la faute à Susanna, mais commençait aussi à se rendre compte que son fils n'avait pas été si irréprochable qu'elle l'avait cru.

— Ce n'est pas une raison pour aller trouver la police. Qu'est-ce qui se passera si on l'apprend à Kristianstad ?

— Personne n'en saura rien.

— Oh si, au plus tard quand les journaux exposeront l'affaire.

— Qu'est-ce que tu aurais voulu que je fasse ? Que je regarde en silence passer les mois sans que l'incendiaire soit inquiété ?

— Quel rapport avec l'incendie ?

Je poussai un soupir.

— Tu voudrais bien me laisser finir, Mère ?

Stella pinça les lèvres et garda le silence.

— Hermannsson a parlé à Juna, la domestique que tu as renvoyée à cause de sa liaison avec Langeholm. Notre écuyer a sorti de son chapeau mille couronnes pour lui acheter une maison. Et il y a encore plus fort. Il avait fait quatre mille couronnes de dettes dans un casino de Stockholm. La police pense que lorsqu'il a découvert les relations de Hendrik et de Susanna il a forgé le projet de faire du chantage à Père.

— Ton père n'aurait jamais cédé.

— Ah non ? Je pense pourtant qu'il l'a fait, afin de protéger son fils. Il a sans doute payé Langeholm. Mais celui-ci n'a pas arrêté de jouer pour autant et a réitéré son chantage. Cette fois, Père a dû se dire qu'il avait assez donné. Personne ne sait ce qui a pu se passer alors, mais il est possible que Langeholm ait mis le feu à l'écurie pour punir Père et lui nuire. En tout cas, il a proféré devant Juna des menaces allant dans ce sens.

— Cette fille pourrait avoir menti.

— Pourquoi donc ? Langeholm lui a fait cadeau d'une belle maison. Jamais une domestique n'aurait pu s'en offrir une pareille.

— Mais, si elle lui en est reconnaissante, pour quelle raison a-t-elle parlé ?

— Parce qu'elle avait peur de la police !

Je pris une profonde inspiration et tentai de détendre mes épaules crispées.

— Les hommes de Hermannsson sont en train de fouiller le logement de Langeholm. Et ils vont faire de même avec celui de Juna. Cela signifie sans doute que l'incendiaire a été démasqué et qu'il s'agit de l'écuyer.

Je regardai ma mère, attendant sa réaction ; elle ne laissa rien paraître. Je savais qu'elle avait toujours eu beaucoup d'estime pour Langeholm. Mais pouvait-on soupçonner l'inspecteur de vouloir lui nuire ? Il se fondait seulement sur les faits.

— C'est donc ton père qui a provoqué notre malheur, dit-elle enfin, comme assommée.

— À proprement parler, oui.

Pour être plus précis, c'était Hendrik qui, par sa liaison avec Susanna, avait donné à Langeholm la possibilité d'exercer son chantage.

— Si cela t'intéresse de le savoir, repris-je, Susanna n'a tenté de voler ta broche que pour la donner à notre écuyer. Heureusement, nous n'aurons plus à payer ses dettes. Et la princesse pourra venir chez nous sans avoir à craindre quoi que ce soit. J'en informerai Bergen.

Ma mère acquiesça, puis elle se laissa retomber sur son oreiller et remit son masque. Je m'étais attendue à plus de soulagement de sa part, mais sans doute avait-elle besoin de digérer ce que je venais de lui apprendre. En tout cas, j'étais contente d'en avoir fini avec tout cela.

CHAPITRE 36

Le soir, je me mis en route pour me rendre chez Max. Il avait assisté à l'arrestation comme tout le monde, mais nous n'avions pas eu le temps d'en parler. Comme nous avions un certain nombre de points à discuter et que je voulais aussi fêter ce moment, j'avais pris une bouteille d'aquavit prélevée dans le bar de mon père.

Tandis que je longeais les prés, je levai les yeux vers les étoiles. J'avais encore dans l'oreille les paroles de Marit. Pouvais-je m'engager dans une relation avec Max ?

Lorsque nous nous étions rencontrés derrière le cimetière, il y avait eu un moment où j'avais failli l'embrasser. J'avais éprouvé une grande attirance pour lui. Peut-être pourrais-je découvrir ce soir s'il y avait plus que cela…

Max était assis dans sa véranda, à la lumière d'une grosse bougie qui se reflétait dans les verres de ses petites lunettes cerclées de nickel. Il ressemblait à un étudiant préparant ses examens.

— Bonsoir, Max ! lançai-je, ce qui le fit sursauter.

— Agneta !

— Qu'est-ce que vous lisez de beau ?

Il leva son livre. August Strindberg. Un frisson me parcourut l'échine – ce nom m'avait remis en mémoire l'incident de Noël. La dispute me semblait avoir eu lieu il y a un siècle. Et ma vie d'étudiante à Stockholm avait reculé dans un passé lointain.

— Vous savez que Strindberg n'éprouvait guère de sympathie pour les femmes modernes, dis-je en entrant dans la véranda. J'espère que vous n'adopterez pas son point de vue.

— À vrai dire, je le trouve fastidieux. Mais c'est tout ce que j'ai sous la main. Et je veux élargir mon vocabulaire.

— Vous pouvez emprunter des livres au manoir. Je crains que la bibliothèque de mon père ne soit pas très moderne, mais elle contient quelques œuvres passionnantes. Curieusement, mon père avait aussi un faible pour les romans policiers.

— Merci, je profiterai volontiers de votre invitation. Mais qu'est-ce qui vous amène ? Vous veniez arroser avec moi l'événement du jour ? demanda-t-il en désignant la bouteille.

— Je voulais fêter avec vous la fin de la peur. Vous avez sûrement appris de quoi M. Langeholm était accusé.

— Oui, et pour être franc cela m'a beaucoup étonné. Il n'a jamais laissé entendre qu'il avait une dent contre votre famille.

— Pas directement, c'est vrai, mais par des voies détournées. Vous vous rappelez Susanna ?

— La jeune fille qui a été renvoyée ?

— Oui. Il l'a poussée à voler. Heureusement, nous avons pu agir avant que cela n'aille plus loin.

Je me demandai si je devais lui en dire plus sur Susanna, mais décidai de n'en rien faire. Marit m'avait écrit qu'elles étaient bien arrivées à Stockholm et que Susanna commençait lentement à s'acclimater.

— Asseyez-vous donc, dit Max en désignant le siège voisin du sien. Je vais aller chercher de quoi boire.

Depuis trois semaines nous nous retrouvions de temps à autre pour une promenade matinale, mais je n'avais pas encore pu me résoudre à lui proposer de passer au tutoiement. Chaque fois qu'il semblait se dégeler un peu, il faisait aussitôt marche arrière. Comme si mon titre représentait un mur auquel il se heurtait.

Il revint avec deux tasses qu'il posa devant moi.

— Il faudra que je demande à Mme Bloomquist de vous apporter des verres, fis-je remarquer.

— Pas la peine. Ces tasses conviennent très bien. Et puis elles ont pour moi une valeur sentimentale.

— Sentimentale ? m'étonnai-je. Si je me souviens bien, nous nous en sommes débarrassés il y a longtemps parce qu'il n'en restait plus assez pour constituer un service complet.

— Mais vous avez bu dans l'une d'elles, répliqua-t-il avec un sourire taquin. Ainsi, je peux imaginer que vos lèvres en ont effleuré le bord.

— Pour ça, il faudrait que vous tombiez sur la bonne, ripostai-je. Elles sont toutes identiques !

— C'est pour cette raison que je vous en donne une chaque fois que vous venez. Au bout d'un moment, vous aurez bu dans chacune d'elles.

J'ouvris avec un sourire la bouteille, l'une des dernières de la réserve de mon père.

— Elle vient du globe de mon bureau, expliquai-je tandis que je nous servais. Cet aquavit n'est peut-être pas aussi fort que votre schnaps, mais il est adapté à la circonstance.

— Il y a de l'alcool dans le globe ? releva Max avec surprise.

— Vous ne connaissiez pas cette habitude ? Toute maison qui se respecte a son bar en forme de globe. En tout cas, c'était vrai autrefois.

— Mon père ne possède pas ce genre de chose. Son schnaps, il le cache dans sa chambre, à laquelle seul son valet a accès.

Je le regardai. Ce qu'il venait de dire me paraissait si familier. De son vivant, mon père n'avait jamais autorisé qui que ce soit à entrer dans sa chambre, à l'exception de Bruns et de ma mère. Le fait est qu'il ne pouvait le leur interdire…

Max savait ce que c'était de grandir dans un grand domaine. À l'inverse de Michael, il comprenait ce que signifiait appartenir à une famille noble. Et combien il était difficile de rompre les liens. Ce n'était possible qu'à condition de couper complètement les ponts.

— Si on se disait « tu » ? proposai-je en levant ma tasse. Trinquer ensemble est une bonne occasion de le faire.

— Serait-ce une bonne idée ? répliqua-t-il. Ça pourrait faire jaser parmi les domestiques et les employés.

— Pas si nous nous tutoyons uniquement lorsque nous sommes seuls.

— Ce qui signifie qu'il n'y aura jamais de véritable proximité entre nous ?

— Non, je…

Sa question m'avait troublée. Je voulais simplement pouvoir m'adresser à lui sur un pied d'intimité. Et lui… Je rougis.

— Nous pouvons aussi nous tutoyer en permanence. Après tout, nous sommes socialement de même rang.

— Mais votre famille entretient des liens d'amitié avec la couronne suédoise. La mienne est issue de la noblesse campagnarde.

— La nôtre aussi !

Sa réserve me déstabilisait. M'étais-je montrée trop hardie ? Nos conversations si personnelles et si confiantes lors de nos promenades ne signifiaient peut-être rien.

— Si vous ne le souhaitez pas, restons-en au statu quo.

Je baissai les yeux, en proie à une profonde déception. Dire que j'avais cru qu'il éprouvait des sentiments pour moi… M'étais-je trompée ?

— Si, je le souhaite, répondit-il en me prenant la main.

Dans son regard brillait la flamme que j'avais vue chez Michael dans les premiers temps de notre rencontre.

— J'aimerais simplement éviter que vous n'ayez à souffrir des ragots, ajouta-t-il. Vous n'avez vraiment pas besoin de ça.

— Je sais. Mais je n'aurais rien contre le fait que nous devenions un peu plus proches… Au contraire.

Max me regarda avec un œil scrutateur.

— Bien. Alors tutoyons-nous. Dans un premier temps en privé. Et pour le reste on verra plus tard.

Nous trinquâmes. Puis il pencha la tête et m'embrassa.

Surprise, j'eus un mouvement de recul. Puis je posai ma tasse et mis mon bras autour de sa nuque. Notre baiser fut un peu gauche, comme il arrive chez deux personnes ayant besoin d'apprivoiser cette forme d'intimité. Mais je sentais toute la passion qui couvait derrière la maîtrise dont il faisait preuve. Un doux élancement me traversa, je me sentis prise du désir d'être tout près de lui, peau contre peau.

— N'allons pas trop vite, dit-il en se dégageant soudain, s'efforçant de réfréner son désir. Je sais que tu es une femme moderne. Mais j'aimerais faire les choses à l'ancienne. Te courtiser, prendre le temps de voir ce que nous voulons l'un et l'autre.

— Je suis d'accord, répondis-je, le souffle court.

Pour la première fois depuis longtemps, je me sentais de nouveau femme. Les désirs que le chagrin et la colère avaient refoulés faisaient enfin leur réapparition. Une partie de moi longtemps enfermée semblait s'ouvrir à nouveau, prête à se déployer.

— Bien.

Un sourire hésitant mais soulagé passa sur les lèvres de Max. Il leva sa tasse.

— À ta santé, belle comtesse, reine des chevaux.

— À ta santé, noble cavalier.

Nos tasses firent entendre un tintement harmonieux et nous bûmes une longue gorgée d'aquavit.

Max m'entoura de son bras et me permit de poser la tête sur son épaule. Ensemble, nous regardâmes les étoiles, qui se faisaient de plus en plus nombreuses. Le ciel s'assombrissait, des étoiles filantes traversaient la voûte céleste.

— Quand on pense que chacune de ces étoiles est un monde en soi, dit Max, rompant le silence. Je me demande combien de gens regardent le ciel comme nous en ce moment.

— Es-tu sûr que ce sont d'autres mondes ? demandai-je pour le taquiner. Peut-être n'est-ce qu'un grand rideau brodé de pierres précieuses.

— Non, assurément pas. Chacune de ces étoiles est un soleil, et chaque soleil possède des planètes. Et, qui sait ? Peut-être qu'il y a là-bas des gens comme nous.

— Le pasteur ne serait pas d'accord avec toi.

— L'Église a déjà essayé de faire dire à Galilée que la Terre n'était pas une sphère et ne tournait pas autour du Soleil. Elle n'y est pas parvenue. Personne n'arriverait à m'empêcher de croire qu'il y a de la vie ailleurs dans l'Univers. Et de l'amour.

Je poussai un profond soupir. Il y avait tant d'intelligence, tant de douceur dans ses propos… J'aurais pu l'écouter pendant des heures. Et, alors que je m'étais juré de ne plus jamais reprendre mes pinceaux, j'eus soudain envie de peindre ces mondes lointains dont il parlait et que personne ne connaissait. Peut-être le ferais-je un jour.

— Au fait, j'ai besoin d'un nouvel écuyer, dis-je. Langeholm n'est plus là et je ne vois pas qui pourrait reprendre son poste parmi les valets d'écurie.

— Lasse me paraît très capable. Il est nettement plus vif et plus malin que les autres. Il est jeune, c'est vrai, mais connaît très bien les chevaux.

— Peut-être, mais je préférerais quelqu'un qui ait de l'expérience. Une personne comme toi.

— Mais je suis ton régisseur, tu ne l'as pas oublié, j'espère ?

— Bien sûr que non. Cependant je me demandais si tu ne pourrais pas former Lasse. Juste le temps qu'il soit capable de se débrouiller seul.

Max fit la grimace. Cela signifierait deux fois plus de travail. Mais je ne voyais vraiment pas qui d'autre aurait pu remplacer Langeholm.

— Ça va faire beaucoup, dit-il.

— Je sais, mais je pense être maintenant capable d'assurer une plus grande partie des tâches d'administration. Tu recevras évidemment le salaire de Langeholm en sus.

— Bon, céda-t-il. Temporairement, jusqu'à ce que Lasse soit opérationnel.

Ravie, je l'embrassai.

— Merci ! Tu es mon sauveur !

Il eut un sourire flatté.

— Cela veut-il dire que je dois déménager ? demanda-t-il. Tu sais combien je tiens à cet endroit.

— Tu n'auras pas besoin de le quitter, répondis-je en me blottissant de nouveau contre lui. C'est magnifique, ici. Et puis je doute que nous ayons la possibilité de nous voir dans le logement de Langeholm. D'ailleurs, je ne le souhaiterais pas. Je garde un trop mauvais souvenir de lui.

— Merci !

Max m'embrassa à nouveau et me serra contre lui comme si son bras avait été fait pour cela. Nous demeurâmes ainsi un long moment, jusqu'à ce que le large ruban de la Voie lactée se mette à scintiller.

— Il faut que j'y aille, dis-je enfin en me levant.

J'aurais de loin préféré rester avec lui, mais cela n'aurait guère été indiqué. Je ne voulais pas susciter une fois de plus l'inquiétude de Lena au petit matin.

— Si tu veux, tu peux dormir ici, proposa-t-il.

— Non, il vaut mieux que je rentre. Rien ne presse, n'est-ce pas ? Si je restais, il pourrait me venir d'autres idées.

Max sourit, puis m'embrassa sur le front.

— Je serais ravi de découvrir un jour ces idées.

Lorsque je m'écartai, il me caressa doucement le bras. Pour un peu, je lui aurais montré sur-le-champ où me portaient mes désirs. Mais je ne voulus pas détruire la magie de cet instant.

— À demain, dis-je à voix basse en quittant la véranda.

Je fis quelques pas, puis me retournai. Il était toujours là, le regard fixé sur moi.

Je lui adressai un signe de la main, puis m'enfonçai dans l'obscurité. J'avais l'impression de ne pas toucher terre. Mon corps était en ébullition et, en chemin, j'essayai de retrouver la sensation des baisers et des caresses de Max. Je fermai les yeux et tout me revint, chaud, doux, empli de désir. Je n'attendais plus que de pouvoir me coucher et rêver de tout cela.

CHAPITRE 37

Quelques jours plus tard, peu avant que la princesse ne se mette en route pour Löwenhof, je reçus une nouvelle missive de l'inspecteur Hermannsson. Il nous informait que Langeholm avait reconnu être l'auteur de l'incendie et avoir fait chanter mon père. Le soir, je lus la lettre à ma mère.

— « Il a souligné qu'il ne l'avait pas fait dans l'intention de tuer le comte et son fils, écrivait-il. Il voulait juste leur donner une leçon parce qu'ils n'avaient pas cédé à ses exigences. En revanche, le juge considérera probablement qu'il a agi en sachant pertinemment que son méfait pouvait provoquer leur mort ainsi que celle d'autres personnes. Nous vous tiendrons informées de la date d'ouverture du procès. Vous serez vraisemblablement appelées à témoigner. »

Je laissai retomber la lettre et regardai ma mère. Elle avait l'air d'une colonne de marbre, mais ses yeux brillaient de haine.

— Il aurait mérité la peine de mort, chuchota-t-elle enfin. Quel ignoble individu… ! J'ai honte de l'avoir accueilli dans cette maison.

— Malheureusement, quand on voit quelqu'un pour la première fois, on ne peut pas savoir ce qu'il a derrière la tête, répondis-je en repliant le courrier.

Je ressentais un profond soulagement. Nous étions désormais en sécurité. Susanna l'était aussi, de même que l'enfant de Hendrik. La perte que nous avions subie était irréparable, mais nous avions la possibilité de tourner la page.

— En tout cas, il n'y a plus de danger désormais. Et le comte Bergen n'a plus à s'inquiéter pour la princesse Margaret.

Ma mère ne parut guère rassérénée par cette perspective, même si j'étais sûre que, lorsque sa haine se serait dissipée, elle en serait satisfaite.

— Tu as agi comme il le fallait, dit-elle soudain. À propos de Langeholm et de l'enfant. Pardonne-moi de ne pas avoir voulu le reconnaître. Les mois… les années… qui viennent de s'écouler ont fait de moi quelqu'un qui n'attend plus rien de bon.

Ces paroles me surprirent. Elles avaient un accent que je ne leur connaissais pas. Ma mère ne m'avait jamais parlé ainsi, pas même dans mon enfance. J'aurais voulu pouvoir conserver cet instant dans un bocal de verre.

— Je ne ferais jamais rien qui puisse nuire à notre maison, répondis-je quand je fus revenue de mon étonnement. Lorsque j'ai pris la décision de quitter Löwenhof, je l'ai fait en sachant que Hendrik serait là. Qu'il reprendrait les rênes du domaine. Maintenant, je suis de retour et je veillerai sur notre famille.

— Quand tu te marieras…

Je levai la main pour l'interrompre.

— Ne gâche pas cet instant, s'il te plaît. C'est la première fois que nous sommes à peu près d'accord, tu ne trouves pas ? Repoussons à plus tard la dispute sur un éventuel mariage. Nous aurons encore de nombreuses occasions de nous quereller. Mais laisse-moi un peu de temps. Je prendrai les décisions qu'il faut. La famille Lejongård ne disparaîtra pas.

Ma mère ravala les paroles qu'elle s'apprêtait à prononcer.

— Bien, dit-elle finalement. Restons-en là pour l'instant. Désormais, ton père et ton frère peuvent reposer en paix. Quant à nous, nous sommes encore là. Chez les Lejongård, les femmes n'ont pas tenu une grande place dans l'histoire, mais il est peut-être temps que ça change.

Sur ce, elle leva son verre de vin pour trinquer. Je l'imitai. En cet instant, j'étais tout entière à ma fierté et à ma satisfaction.

DEUXIÈME PARTIE

ÉTÉ 1914

CHAPITRE 38

La fin de l'été, fraîche et ensoleillée, fut suivie d'un automne brumeux. Corbeaux et corneilles s'en donnaient à cœur joie dans les champs nus, et les arbres se teintaient de rouge et de jaune tandis que les sapins et les épicéas se transformaient en sombres gardiens se préparant à affronter la neige.

Le procès de Langeholm eut lieu peu après la fin de l'enquête, ce qui tenait sans doute au prestige dont jouissait notre famille. Nous ne pûmes échapper à la pénible obligation de le revoir et de témoigner contre lui, mais au moins nous n'eûmes pas à le faire publiquement. Lorsque nous apprîmes qu'il avait été condamné à la prison à vie, ce fut l'allégresse à Löwenhof, et nous organisâmes une petite fête. Officiellement, nous célébrions la fin des travaux de la nouvelle écurie, mais personne n'ignorait que nous voulions saluer le verdict.

J'informai Marit de ces nouvelles en la priant de les communiquer à Susanna. Fin novembre, je reçus de mon amie une longue lettre où elle m'apprenait que Susanna avait accouché d'une petite fille en bonne santé, qui avait reçu le prénom de Mathilda. Marit me promettait de s'arranger pour que je puisse la voir.

Susanna menait avec son époux une vie paisible. L'homme travaillait dur et, à la fin de la journée, passait souvent du temps à l'extérieur. En général, Susanna avait la petite maison de Södermalm pour elle toute seule. Apparemment, elle s'investissait dans son rôle d'épouse et Marit ne l'avait pas entendue se plaindre. Au terme de cette année si mouvementée, nous pûmes fêter Noël tranquillement et organiser une belle réception pour le Nouvel An.

Cette fois, il n'y eut pas de conflits avec les invités. Et, comme Max n'avait pas voulu assister à la soirée, j'étais allée le retrouver dans sa maisonnette. Il ne s'était pas passé grand-chose en dépit de ce que j'aurais souhaité. Nous avions trinqué, nous nous étions mutuellement tenu chaud. Mais il était demeuré sur la réserve, conformément au souhait qu'il avait formulé l'été précédent.

Le printemps fut froid et humide et la chaleur arriva en mai. Notre année de deuil prit fin, si bien que ma mère et moi-même pûmes ressortir nos tenues claires. Nombre d'entre elles étaient désormais passées de mode, mais la couturière de Kristianstad fit ce qu'il fallait pour assurer notre élégance en vue de la fête du solstice d'été.

De nouveaux poulains naquirent à Löwenhof, nous vendîmes des bêtes. Certains de nos partenaires commerciaux continuaient de trouver étrange la présence d'une femme à la tête de Löwenhof, mais grâce aux remarquables compétences de Max je parvins à dissiper leurs derniers doutes. L'un après l'autre, ils furent forcés de reconnaître que la fille de Thure Lejongård avait hérité de son sens des affaires et que le domaine n'était nullement en danger.

Au matin du 1er juin, je fus appelée à l'écurie par Tim, qui semblait en proie à une vive agitation. Le valet m'expliqua qu'il y avait un problème avec Étoile du soir. Celui-ci, qui avait à présent un an, était en passe de devenir l'un des meilleurs chevaux que le domaine avait produits.

Max était déjà là. L'abdomen d'Étoile du soir se gonflait et se creusait à un rythme rapide et ses naseaux avaient une teinte bleuâtre.

— Je crains qu'il ne puisse pas sortir aujourd'hui, dit Max avec un air de grande inquiétude. Ça fait déjà quelques jours qu'il est un peu faible, ce serait trop lui demander.

J'examinai Étoile du soir. Sa faiblesse n'était guère visible. Tout juste pouvait-on, en examinant ses yeux de près, y déceler un semblant de fatigue. Mais Max le connaissait mieux que moi.

— Il a maintenant un an, répliquai-je. Et jusqu'ici il a toujours été en bonne santé.

— La santé n'a rien à voir avec l'âge. Même un très jeune cheval peut tomber malade. Il s'agit parfois d'une affection passagère. Mais il se pourrait aussi qu'Étoile du soir ait développé une insuffisance cardiaque. Nous devrions appeler un vétérinaire.

— Avez-vous eu des cas d'insuffisance cardiaque dans votre haras ? demandai-je en caressant la crinière du poulain.

Nous continuions de nous vouvoyer en public, ce qui me paraissait de plus en plus étrange ; nous n'avions pas encore osé adopter officiellement le tutoiement.

— Non, nos chevaux avaient plutôt des ennuis de sabots. En revanche, j'ai vu chez nos voisins des bêtes qui donnaient tout à coup des signes de faiblesse et auxquelles on diagnostiquait un jour un grave problème cardiaque. Aussi je pense qu'il vaudrait mieux faire examiner Étoile du soir sans attendre qu'il s'effondre au cours d'une sortie.

Ses paroles me causèrent un vif souci. Entre-temps, j'avais lu et relu les notes de mon père et de mon grand-père sur tous les chevaux qui avaient été élevés à Löwenhof. Les graves problèmes de santé remontaient à loin. Une fois, il y avait eu une épidémie de fièvre aphteuse ; en une autre occasion, d'étranges coliques. Mais il n'y avait nulle mention d'un cas d'insuffisance cardiaque, même si tout était possible.

— Nous devrions appeler Linus. Il connaît les chevaux mieux que quiconque dans le coin.

— Et même mieux que moi ? demanda Max avec un sourire provocant.

J'avais beau bien le connaître à présent, il parvenait toujours à me désarçonner.

— Linus est un vieil homme très sage auquel mon grand-père vouait déjà une grande estime. Son savoir n'est peut-être pas au niveau des connaissances actuelles de la science vétérinaire, mais il a un instinct très sûr. S'il s'agit d'une insuffisance cardiaque, il sera en mesure de le dire.

— Et est-il capable de diagnostics plus poussés ?

— Pourquoi pas ?

— Disons que je suis un peu sceptique en ce qui concerne ces « sages ». Dans notre village, il y avait une guérisseuse, que les gens préféraient consulter plutôt que d'aller chez le médecin. Jusqu'au jour où la vieille a commis une erreur qui a failli coûter la vie à une femme. Par chance, le médecin a pu la sauver.

— Qui était la femme ?

— Ma mère. La vieille a prétendu que les médicaments ne serviraient à rien parce qu'elle n'y croyait pas. Moi, je pense qu'elle ne pouvait guérir que les maladies dont il était possible de venir à bout en ayant recours aux herbes médicinales. Pour le reste, c'est du ressort des médecins.

J'opinai en me demandant de quoi sa mère avait pu souffrir. Jusque-là, Max n'avait jamais évoqué ce sujet. Mais il n'était pas bavard en ce qui concernait sa famille.

— Faisons tout de même venir Linus. J'ai confiance en son jugement. Jusqu'à présent, il ne s'est jamais trompé.

— Très bien, comme vous voudrez.

Max n'avait pas l'air enchanté. Comme Langeholm en son temps, il ne faisait pas grand cas de lui.

Peut-être le vieil homme parviendrait-il à le convaincre de ses talents.

Quand je rentrai au manoir, je trouvai la pile de courrier habituelle : factures, demandes d'information adressées par des éleveurs et lettres de la banque. Puis mon attention fut attirée par une missive qui se détachait du lot. Elle était en papier marbré tirant sur le jaune et passablement lourde pour une si petite enveloppe. Surprise, je la retournai. L'expéditeur n'avait pas indiqué son nom, mais avait tout de même rédigé son adresse d'une écriture un peu maladroite. L'espace d'un instant, je craignis que cette lettre ne vienne de Langeholm. En prison, on avait le droit d'envoyer du courrier. Qu'est-ce qui aurait pu l'empêcher de nous maudire du fond de sa cellule ? J'ouvris l'enveloppe et, avant que j'aie pu en sortir la lettre, une photo s'en échappa.

On y voyait une petite fille couchée sur un coussin, vêtue d'une robe à volants et d'un béguin en dentelle. Elle adressait un grand sourire au photographe. Ce sourire m'atteignit en plein cœur et me fit venir les larmes aux yeux. C'était celui de Hendrik.

Je restai un moment à contempler le cliché, le caressant tendrement du pouce. Mathilda. Ma nièce. Cette douce pensée me réchauffa l'âme. La fille de Hendrik. C'était si merveilleux de la voir ! Il me fallut plusieurs minutes pour pouvoir m'en séparer. Je sortis la lettre, écrite par une main inexpérimentée qui devait être celle de Susanna.

Chère Mademoiselle,

J'espère que vous allez bien. Je vous ai joint une photo de Mathilda, qui se porte à merveille et commence à marcher à quatre pattes. Elle est toute ma joie et j'ai encore du mal à croire à ce bonheur que vous avez rendu possible.

Sigurd est un homme très agréable. Quand il est avec Mathilda, on croirait presque qu'il est son père. Il s'occupe très bien d'elle et de moi. Parfois, je souhaiterais qu'il puisse me témoigner son affection d'une autre manière, mais il ne faut pas y compter.

Il y a quelques semaines, j'ai invité mes parents à venir me voir, mais ils ont répondu qu'ils ne voulaient pas. Ça m'a rendue très triste. Je sais bien que je les ai beaucoup déçus, mais qu'ils ne veuillent même pas voir leur petite-fille, je trouve ça encore plus douloureux.

Je sais que c'est beaucoup vous demander, mais est-ce que vous voudriez bien montrer la photo à ma mère si vous la rencontrez ? J'aimerais qu'elle puisse voir Mathilda au moins une fois.

Comment va Lena ? Elle doit se sentir mieux, maintenant. Je me rappelle comme elle était intimidée au début. Et Marie ? Et Mme Bloomquist ? J'ai même pensé à Mlle Rosendahl dernièrement. Parfois, j'aimerais bien leur écrire, mais ça causerait sans doute trop d'agitation.

Je vous souhaite plein de bonnes choses et j'espère que la joie est revenue à Löwenhof.

Respectueusement,

Susanna

Je reposai la lettre, heureuse que tout aille si bien pour la jeune femme, et j'espérai qu'elle jouirait encore longtemps de son bonheur. Mais que ses parents aient rompu toute relation avec elle me rendait triste. Étaient-ils donc incapables de pardonner à leur fille ? Ne se réjouissaient-ils pas qu'elle n'ait pas été rejetée par la société ? Qu'elle ait même accédé à un rang supérieur à celui qu'elle aurait pu occuper ici ?

Je pensai à ma mère. Nos relations s'étaient améliorées, même si nous avions encore des désaccords. Elle n'abordait plus l'époque où j'avais vécu à Stockholm que quand je voulais introduire une nouveauté qui lui déplaisait.

Mais quelles étaient ses dispositions à l'égard de Susanna et de Hendrik ? Elle en voulait à Susanna, pas à son fils. Le simple fait de prononcer le nom de la jeune fille suffisait à provoquer sa colère. En reportant mon regard sur la photo, je me demandai si ma mère aurait envie de savoir à quoi ressemblait Mathilda. Je décidai d'attendre un moment plus propice, où elle se montrerait peut-être plus ouverte.

Linus arriva dans l'après-midi, comme toujours sur son volumineux poney. Max était contrarié que je l'aie fait chercher. Pourtant seul un individu ayant presque un siècle d'existence était en mesure de découvrir certaines choses.

— Bonjour, Linus, dis-je en tendant la main au vieil homme.

Il paraissait très fragile à présent. Le temps n'épargnait rien ni personne, pas même lui.

— Bonjour, jeune comtesse. Ça fait un petit moment qu'on ne s'est pas vus. Il n'y a donc plus de poulains qui naissent chez vous ?

— Si, si, répondis-je en tournant les yeux vers Max.

Il ne voulait pas qu'on laisse des éclats de verre sur le rebord des fenêtres quand les juments poulinaient. Je lui avais fait observer que c'était une tradition, à quoi il avait objecté que la présence de verre brisé augmentait le risque d'un nouvel incendie. Au moment du procès de Langeholm, il était apparu que l'écuyer s'était également servi de ces morceaux de verre pour déclencher le feu. Après son départ, j'avais confié la naissance des poulains à Max. Aucune bête n'avait été blessée, les petits s'ébattaient joyeusement dans les prés.

— Nous ne voulions pas vous surcharger, poursuivis-je. Après tout, vous n'êtes plus de la première jeunesse.

— Bah ! C'est à cause du nouveau, là. Il se croit plus compétent que nous, les vieux.

— C'est faux, protesta Max. Mais j'ai grandi avec les chevaux, comme mon père, mon grand-père et mon arrière-grand-père. J'ai ça dans le sang !

— Si on lui pressait le nez, il en sortirait du lait, me glissa Linus à l'oreille. Mais allons voir ce cheval.

J'invitai Linus à m'accompagner. Max nous suivit à quelque distance.

Lorsque nous arrivâmes auprès d'Étoile du soir, il s'était affaissé sur les genoux, incapable de se redresser. Je l'encourageai à faire un effort, mais il tremblait, privé de forces.

— Est-ce que ça pourrait être le cœur ? demanda Max de loin.

Le vieux ne lui prêta aucune attention. Il s'approcha du poulain, se pencha et lui parla dans la langue archaïque qu'il utilisait lorsqu'il s'occupait des chevaux. Puis il lui ouvrit la bouche, examina ses muqueuses et renifla son gosier. Il ausculta ses naseaux, ses yeux et ses oreilles. Après quoi il se releva et sortit quelque chose de sa poche.

— Posez ça sur le rebord de la fenêtre pour éloigner les esprits malfaisants. Je vais aller cueillir quelques herbes qui lui redonneront de la force.

— C'est le cœur ? demandai-je.

— Non, non, juste un peu de faiblesse. Il a dû manger quelque chose qu'il ne fallait pas.

— Manger quelque chose qu'il ne fallait pas ? répétai-je, perplexe, en tournant les yeux vers Max.

Que pouvait-il y avoir dans le fourrage ?

— Probablement une plante vénéneuse.

— Ou alors un morceau de verre ? demandai-je avec crainte.

— Non, ça me paraît exclu. Les chevaux sont beaucoup trop prudents. Je pencherais plutôt pour une plante toxique. On en retrouve parfois dans le foin. Mes herbes le débarrasseront du poison et le fortifieront.

Max fronça les sourcils avec scepticisme.

— Je proposerais tout de même de consulter un vétérinaire.

— Vous ne me faites pas confiance ? répliqua Linus, offensé.

— Si, si, Linus, m'empressai-je de répondre. Tout va bien. Apportez-nous votre remède.

Je pris l'amulette qu'il me tendait. De petits caractères étaient gravés sur le bord – des runes d'un autre temps. Elle était probablement inefficace, mais les herbes seraient peut-être utiles. Le vieil homme garda le silence, cependant je vis qu'il savourait sa victoire.

— Je reviendrai ce soir, dit-il enfin. Et je vous demanderai de bien vouloir lui faire prendre le remède avant minuit.

— J'y veillerai. M. von Bredestein s'en chargera.

Linus parut sceptique, mais il ne fit aucun commentaire et ressortit de l'écurie.

— Voulez-vous que je vous raccompagne ? demanda Max après avoir levé les yeux au ciel.

— Non, fiston, je trouverai la sortie tout seul.

Sur ce, il remonta sur son poney et repartit.

— Tu es sûre de vouloir t'en remettre à son seul jugement ? demanda Max. Je comprends son scepticisme à mon égard. Après tout, ici, le nouveau, l'étranger, c'est moi. Mais il est vieux et fait appel à la magie. Ce charabia et cette amulette…

— Je sais que tu n'y crois pas, et moi non plus. Du moins en ce qui concerne les formules magiques, l'amulette et les débris de verre. Mais ses herbes ont toujours été bénéfiques à nos bêtes. Et il a toujours bien accouché les juments.

— Ouais, à l'aide de formules magiques, grommela Max. En réalité, les juments n'ont pas besoin de nous pour mettre bas. On n'intervient qu'en cas de complications. Ces derniers mois, je n'ai eu à le faire que deux fois.

— Et tu t'en es remarquablement tiré. Mais essayons tout de même les herbes de Linus. Si elles ne font aucun effet, il sera toujours temps d'appeler un vétérinaire.

— Très bien, faisons comme ça. Mais j'aimerais qu'il soit consigné que je penche pour une insuffisance cardiaque.

— Peut-être y a-t-il des deux, répondis-je, contrariée par mon ignorance. Certains poisons végétaux sont sans doute nocifs pour le cœur.

— Assurément, j'en connais, mais je doute qu'Étoile du soir ait mangé de ce type de plante.

D'ailleurs, je vais regarder de près ce que le vieux nous apportera. Si j'y découvre quelque chose d'anormal, je te le dirai.

— Merci, je n'en espérais pas moins de toi.

Je le regardai avec une folle envie de l'embrasser. Mais, à cet instant, deux valets firent leur apparition.

Je reculai d'un pas et m'éclaircis la gorge. Comprenant la signification de mon geste, Max s'écarta légèrement de moi.

— On se voit ce soir ? demanda-t-il.

— Oui.

— Bien. J'espère que Linus va se dépêcher. Ça me fend le cœur de voir cette bête souffrir.

— Moi aussi. Mais nous ferons ce qu'il faut.

En passant, j'effleurai la main de Max. Le contact de sa peau chaude chassa un instant mon inquiétude, qui revint dès que j'eus quitté l'écurie. Je ne voulais à aucun prix perdre Étoile du soir !

CHAPITRE 39

— Tu as l'air distraite, il y a un problème ? demanda ma mère le lendemain, au petit déjeuner.

Dehors, la journée s'annonçait magnifique, l'été commençait à s'installer.

— C'est Étoile du soir, il a un problème, répondis-je.

Comme promis, Linus avait apporté son remède, mais celui-ci n'avait produit aucun effet. Étoile du soir semblait s'affaiblir et Max avait insisté pour qu'on appelle un vétérinaire.

— C'est-à-dire ?

— Max… Je veux dire M. von Bredestein pense que cela pourrait être une insuffisance cardiaque. Linus est venu, lui est d'avis que la bête a mangé une plante vénéneuse.

— Il y a une malédiction sur ce cheval, dit ma mère à voix basse. Il est né le jour de la mort de Hendrik.

— Je sais, mais je ne crois pas en une malédiction. Il a dû se passer quelque chose ces derniers jours. Peut-être quelqu'un qui s'est introduit à l'écurie et lui a fait avaler du poison.

— Tu as vérifié si une des domestiques avait un problème ?

Ma mère n'avait pas oublié ce qui s'était passé avec Susanna et Langeholm.

— Pas que je sache. Mais, si c'était le cas, pourquoi irait-elle empoisonner un cheval ? Quoi qu'il en soit, si j'attrape celui qui a fait ça, il passera un mauvais quart d'heure !

— Si tu es si sûre qu'il s'agit d'un empoisonnement, tu devrais refaire appel à cet inspecteur. Il découvrira le responsable.

— Je pense que Hermannsson a autre chose à faire que chercher qui pourrait bien avoir empoisonné un de nos chevaux.

Je me tus un instant, une pensée m'avait traversé l'esprit. Si c'était vraiment du poison, pourquoi les autres chevaux étaient-ils indemnes ? Un des valets éprouvait-il de la haine pour Étoile du soir ? Voulait-il se venger d'avoir été mordu ? Ou bien Linus avait-il tort et Max raison ? Était-ce un problème cardiaque ?

Cela aurait été une première à Löwenhof. La mère d'Étoile du soir était en bonne santé. La déficience serait donc du côté de l'étalon. Si notre hypothèse était juste, il faudrait que je prévienne l'éleveur afin qu'il ne l'utilise plus pour des saillies.

— Mais nous ne sommes pas n'importe qui, protesta ma mère. Pour nous, Hermannsson se déplacera.

Je secouai la tête.

— Non, il est préférable d'attendre encore un peu. Peut-être en apprendrons-nous davantage.

À cet instant, nous entendîmes à l'extérieur une sonnette de vélo. Je me levai et m'approchai de la fenêtre.

— Ça doit être le petit livreur de journaux, dit ma mère.

Désormais, elle ne s'énervait plus quand il m'arrivait de bondir de mon siège avant la fin du repas en entendant arriver le livreur. Une habitude de mon père qui l'avait toujours horripilée.

J'eus tout juste le temps d'apercevoir un gamin en costume marron et knickerbockers monter le perron en courant.

— On dirait plutôt le garçon du bureau du télégraphe.

Un instant plus tard, la porte de la salle à manger s'ouvrit, laissant passage à Bruns, un plateau en argent sur la main.

— Un télégramme pour vous, Madame, dit-il en se dirigeant vers ma mère.

Un télégramme pour ma mère ? Était-il arrivé quelque chose à un vieil ami ? Les télégrammes, ainsi que je le savais désormais, contenaient parfois des nouvelles dont on se serait volontiers passé.

Ce qui paraissait être le cas, car ma mère porta la main à sa bouche avec consternation.

— Qu'y a-t-il ? demandai-je.

— Gustav est mort, dit-elle tout bas au bout de quelques secondes.

— Quel Gustav ?

Un instant, je craignis qu'il puisse s'agir du roi. Puis je me rappelai que c'était aussi le prénom du père de Lennard.

Je fis le tour de la table afin de regarder par-dessus l'épaule de ma mère ce qui figurait dans le télégramme.

— Pauvre Lennard, chuchotai-je après avoir lu et relu les quelques mots si lourds de sens qu'il contenait.

À présent, l'heure était venue pour mon ami d'enfance de prendre à son tour la responsabilité du domaine familial.

La dernière fois que je lui avais parlé, c'était à Noël. Comme il n'avait pas voulu sortir à cause de son père, je m'étais rendue chez eux.

Cette visite m'avait bouleversée. Gustav Ekberg, autrefois si fort et si élégant, n'était plus que l'ombre de lui-même. Il semblait tout juste encore percevoir ce qui l'entourait. En me voyant, il avait demandé : « Stella, qu'est-ce que tu fais ici ? »

Je n'avais jamais noté de ressemblance particulière entre ma mère et moi, pourtant le père de Lennard y avait été sensible. Sa femme lui avait expliqué que j'étais Agneta, la fille de Stella, sur quoi il avait affirmé ne pas me connaître. J'avais vu combien la situation était douloureuse pour Lennard et souhaité pour son propre bien que le cruel état dans lequel se trouvait son père ne se prolonge pas. De fait, le médecin avait vu juste en pronostiquant qu'il ne restait guère plus d'un an au vieux comte Ekberg.

— La pauvre Anna, dit ma mère en repliant la feuille. La mort de son mari sera un drame pour elle.

— C'est vrai, mais Lennard est à son côté.

— Peut-être. Il n'a toutefois aucune direction ferme dans la vie. Et je suis sûre qu'il sera incapable d'administrer le domaine comme le faisait son père.

— Lennard ne m'a pas du tout paru désorienté, répliquai-je.

Je sentais où elle voulait en venir. Mais, même en cet instant, je lui aurais dit ce que j'avais dit à Lennard au moment de la Saint-Jean : je ne voulais pas perdre mon meilleur ami en m'engageant dans un mariage qui risquait d'être malheureux. Et jamais je ne trahirais les sentiments de mon cœur.

— Il remplirait mieux ses fonctions s'il avait à son côté l'épouse qui lui convient.

Le regard de ma mère s'était fait plus qu'insistant. Je regagnai mon siège.

— Je suis certaine que Lennard se mettra en quête d'une femme dès qu'il le jugera bon. Ces trois dernières années, il n'a pour ainsi dire pas pu mettre le pied dehors.

— Nous savons très bien toutes les deux qui serait pour lui la meilleure épouse.

— Non, Mère, tu crois peut-être le savoir, mais tu te trompes. Je n'épouserai pas mon meilleur ami. Que deviendrait Löwenhof ?

— Vous pourriez vous épauler. J'ai toujours rêvé de vous voir un jour mari et femme.

Vraiment ? Était-ce à cela qu'elle pensait lorsqu'elle nous voyait revenir de la forêt, Hendrik, Lennard et moi, avec des rameaux et des feuilles dans les cheveux, les genoux verdis par la mousse ?

— Lennard pourra toujours compter sur moi, répliquai-je. Les membres de notre famille sont ses plus vieux amis. Et, quelle que soit la femme qu'il choisira, je serai de son côté. Du moment qu'il ne s'agit pas de moi, parce que je ne veux pas l'épouser.

— Et avec qui veux-tu donc te marier ? demanda ma mère, un peu agacée.

— On verra bien.

— Tu as déjà 28 ans.

— C'est fou, hein ? rétorquai-je.

Je me rappelais très bien mon vingt-cinquième anniversaire, en novembre 1910. Il avait été un peu étrange, car je n'avais pas l'habitude de le fêter avec une centaine d'invités. Lennard n'avait pas pu y assister en raison de la maladie de son père. En revanche, il y avait un certain nombre de personnes que je ne connaissais pas. Cela avait été l'occasion idéale d'annoncer que j'avais obtenu d'être déclarée majeure. Mes parents en avaient été choqués, de même que la plupart de nos hôtes. Il n'y avait pourtant rien d'inhabituel à ce qu'une femme célibataire fasse cette démarche, mais on avait sans doute espéré que j'annoncerais plutôt mes fiançailles avec un jeune homme plein d'avenir. Le jour de mes 28 ans avait été nettement plus agréable.

Lorsque Max avait appris que c'était mon anniversaire, il m'avait procuré un almanach du ciel.

« Pour que tu me croies enfin quand je te dis que ce qu'on voit là-haut ce sont des soleils et pas des pierres précieuses privées de vie », avait-il dit.

Et il m'avait menacée de m'interroger sur les noms des étoiles, qui étaient pour la plupart d'origine arabe ou grecque. Il ne l'avait pas fait, mais je gardais le livre dans ma chambre, caché sous mon lit à l'instar d'un trésor secret. Je pouvais ainsi m'imaginer que Max était auprès de moi.

— Avant de nous lancer dans des projets de mariage pour moi – à supposer que tu ne m'aies pas déjà cataloguée comme une vieille fille –, demandons-nous plutôt ce que nous devons faire au sujet de Gustav. Nous assisterons aux funérailles, cela va de soi, mais peut-être faudrait-il aller voir les Ekberg avant l'enterrement. Si ce n'est pas déplacé.

Ma mère me jeta un regard surpris.

— Tu te soucies des conventions sociales maintenant ?

— Oui, répondis-je. Du moins lorsqu'il s'agit de la mort d'un vieil ami, par exemple. Tu penses qu'une visite les dérangerait ? Ils ne sont pas venus nous voir après la mort de Père et de Hendrik, cependant c'était plutôt dû à l'état de santé de Gustav.

— Je vais y réfléchir. Mais tu devrais d'ores et déjà penser à ce que tu emporteras comme tenues.

C'était un oui clair et net. Sans doute voulait-elle simplement s'assurer auprès de son amie que cela lui convenait.

— Combien de temps on va rester ? s'enquit Lena tout excitée, lorsque je l'informai du séjour que nous allions faire chez les Ekberg.

Il fallait compter une journée de trajet. Comme elle était ma femme de chambre, Lena serait du voyage, de même que Linda. J'avais d'autant plus besoin d'elle que ma mère insisterait pour que je fasse des efforts vestimentaires en présence de la comtesse Ekberg.

— Cinq jours, répondis-je en m'efforçant de dissimuler ma contrariété à cette perspective.

Ce serait une éternité passée loin de Max. Et puis je m'inquiétais pour Étoile du soir.

— Mais ce ne sera pas un voyage d'agrément. Le comte a souffert d'une longue maladie et nous allons là-bas pour présenter nos condoléances à la famille et assister aux funérailles. Alors montre-toi aussi réservée qu'ici, s'il te plaît.

Lena m'en fit la promesse, mais son regard trahissait la joie anticipée que lui inspirait ce voyage. Je m'en réjouissais pour elle, mais ne partageais malheureusement pas son plaisir. D'une part, parce que j'étais vraiment triste de la mort du vieux comte. Et d'autre part, parce que je craignais qu'il soit de nouveau question de mariage entre Lennard et moi. Mais ce n'était pas le problème de Lena. Nous choisîmes ensemble ce que j'allais emporter dans ma garde-robe de deuil, que je venais juste d'abandonner. Un frisson me prit à la vue de la robe que j'avais portée pour l'enterrement de mon père et de Hendrik.

— Ça non, dis-je en la donnant à Lena. Range-la où tu voudras, je ne la mettrai plus jamais.

La jeune fille acquiesça et s'empressa de la faire disparaître.

Lorsque nous eûmes fini, je libérai Lena et me postai à la fenêtre. Je vis passer quelques-uns des garçons d'écurie en grande conversation avec Max.

Chassant mon inquiétude au sujet d'Étoile du soir, je descendis dans mon bureau. Avant de partir, j'avais encore deux ou trois choses à régler. Il fallait que je réponde aux lettres les plus importantes et que j'indique à Mlle Rosendahl ce qu'il y avait à faire durant notre absence. D'ici la soirée, je n'aurais sans doute pas le temps de passer aux écuries voir comment se portait notre malade.

La lune éclairait mon chemin lorsque je me rendis chez Max. Après notre court entretien de la matinée, je voulais discuter avec lui du programme des jours à venir. Le remède de Linus demeurait toujours sans effet et notre séjour chez les Ekberg m'empêcherait de veiller à ce qu'Étoile du soir reçoive les soins appropriés.

Lorsque j'arrivai à la maisonnette, tout était éteint. Dormait-il déjà ? J'entrai dans la véranda et frappai à la porte. Le bruit résonna sourdement, mais il n'y eut pas de réaction. Le verrou était mis. Max était-il absent ? Je rebroussai chemin et retournai au manoir. J'espérais le rencontrer en route, mais ce ne fut pas le cas. Avant de regagner ma chambre, je fis un détour par les écuries.

Alors que j'ouvrais la porte, accueillie par une chaude odeur de chevaux et de paille, j'aperçus une faible lueur. En m'approchant, je vis Étoile du soir étendu sur le flanc. Max se trouvait à son côté dans la paille.

Il s'était sans doute assoupi car, lorsque je me raclai la gorge, il eut un sursaut.

— Agneta ! s'exclama-t-il, sans penser que je pouvais ne pas être seule. Qu'est-ce que tu fais ici ?

— Il est 10 heures et demie passées, répondis-je en m'asseyant à mon tour.

— Sapristi, et moi qui voulais juste me reposer un instant, dit-il en se passant la main sur la figure.

Je lui ôtai un brin de paille des cheveux.

— Le moins qu'on puisse dire, c'est que tu as fait un bon somme. Je suis allée chez toi et repartie bredouille.

— Excuse-moi, je voulais rester encore un moment auprès de lui. Il va de plus en plus mal. Ses naseaux sont brûlants, il a de la fièvre.

— Dans ce cas, il faut vraiment qu'on fasse venir le vétérinaire.

J'étais un peu fâchée contre moi-même de ne pas avoir écouté Max plus tôt. Mais pourquoi Linus avait-il mal évalué la situation ? Étoile du soir avait-il tout compte fait avalé des bouts de verre ? Ou souffrait-il effectivement d'une affection cardiaque ?

— Je le contacterai dès demain, promit Max en caressant le pelage du poulain.

— De mon côté, je pars pour le domaine d'Ekberg. Le vieux comte est mort.

— Le père de ton ami d'enfance ?

— Oui. Il était très malade depuis longtemps. L'an dernier à la même époque, le médecin avait dit qu'il ne lui restait guère plus d'une année à vivre. Il avait vu juste.

— Ça a dû être très dur pour ton ami, répondit Max avec un air songeur.

Ce n'était pas la première fois que je lui voyais cette expression lorsqu'il était question de Lennard.

Entre Max et moi, la relation demeurait sans engagement. Nous n'étions pas encore devenus intimes : il ne voulait pas que je coure le risque de me retrouver dans la situation de Susanna. Je lui avais dit que je me connaissais et savais à quel moment je risquais de tomber enceinte, mais il n'avait pas voulu me croire. « Nous attendrons d'être sûrs de nos sentiments mutuels », avait-il dit.

J'avais senti alors combien il faisait violence à son désir.

Cependant, dès que je mentionnais le nom de Lennard, il paraissait craindre d'avoir un rival.

— Oui, ç'a été très difficile. Et, je te l'ai déjà dit, il m'a demandée en mariage.

Je jugeais cette franchise nécessaire entre nous. Je ne voulais pas avoir de secrets pour lui. Je lui avais également parlé de Michael.

— Mais à supposer qu'il réitère sa demande, je la refuserai. Il n'y a pas d'autre homme que toi dans ma vie.

Je lui pris la main et perçus l'intensité de son désir, mais je savais qu'il respecterait sa promesse. Je me penchai et l'embrassai, puis me laissai aller contre son épaule. Nous restâmes ainsi un moment sans parler.

— Tu as besoin de repos, dit enfin Max. Tu ferais mieux de rentrer. Je t'avertirai s'il y a un changement.

Comme j'aurais voulu pouvoir le ramener au manoir ! Mais il avait raison.

— Très bien, répondis-je. Bonne nuit !

— Bonne nuit, Agneta. On se verra demain avant ton départ ?

— Oui, bien sûr.

Nous nous embrassâmes une dernière fois avec passion, puis il me laissa partir.

CHAPITRE 40

Je montai dans la calèche le cœur lourd. Max m'avait assuré que Lasse et lui feraient le nécessaire mais je craignais que mon erreur de m'en remettre à Linus ne cause la mort d'Étoile du soir. C'était absurde, pourtant il me semblait que ce serait comme perdre mon frère une seconde fois. Aurais-je éprouvé le même sentiment s'il s'était agi d'un autre cheval ?

J'écoutai d'une oreille distraite ma mère se plaindre, une de ses meilleures robes noires avait une déchirure que Linda n'avait pas eu le temps de réparer. Le regard rivé sur les écuries, j'espérais apercevoir Max une dernière fois. En vain.

August mit les chevaux en route. Les funérailles étant fixées au vendredi, notre absence serait de cinq jours en tout avec le trajet. Je me retournai pour jeter un coup d'œil nostalgique au manoir. Max me manquerait. Plus tôt dans la matinée, nous nous étions retrouvés pour notre promenade, mais nous n'avions guère parlé, préférant employer ce temps à nous embrasser et nous étreindre. J'aurais tant voulu pouvoir l'aimer dans les prés ! Sans doute ne serions-nous véritablement l'un à l'autre qu'une fois mariés, ce qui m'irritait.

— Tu n'es pas bavarde, ce matin, fit observer ma mère au bout d'un moment. C'est cette histoire de cheval qui t'inquiète ?

— Oui, répondis-je, quoique ce ne soit pas tout à fait vrai. Linus n'a pas pu l'aider. J'ai demandé à M. von Bredestein de faire appel au vétérinaire.

— Ce n'est qu'un cheval, répondit ma mère en tournant le regard au-dehors. S'il meurt, il en naîtra d'autres. Comme chez les humains.

— Mais sa mort me causerait beaucoup de chagrin, répliquai-je. Je lui suis particulièrement attachée.

— Ce n'est rien du tout. Juste un cheval. L'âme de ton frère est au ciel. N'essaie pas de croire autre chose, ce serait blasphématoire.

Je détournai les yeux. Lena rentra la tête dans les épaules, comme si ces paroles lui avaient été destinées. Quant à Linda, elle fit semblant de ne pas avoir entendu. Les affaires de sa maîtresse ne la concernaient que lorsque celle-ci s'adressait directement à elle. Ce qui ne l'empêchait pas d'ouvrir grand ses oreilles. Je préférai donc ne pas m'engager dans une querelle et continuai de regarder par la fenêtre. Nous nous trouvions toujours sur nos terres, mais le manoir était loin. Tout comme Max. Il ne fallait pas que je m'abandonne au regret que m'inspirait son absence. En tout cas pas devant d'autres personnes.

Nous arrivâmes au domaine des Ekberg dans la soirée. Les rayons du soleil couchant se reflétaient dans les vitres du bâtiment rococo. Le manoir avait été en grande partie reconstruit à la fin du XVIIIe siècle après un gigantesque incendie. Partout apparaissaient les motifs de coquillages caractéristiques de ce style : au-dessus des portes et des fenêtres, dans la chevelure des têtes de femmes qui abaissaient leur regard sur les visiteurs depuis les murs, et dans les vrilles de fleurs qui grimpaient le long des colonnes. Le lierre épais qui couvrait les façades faisait aussi comme un ornement naturel. À l'inverse de notre maison avec ses robustes lions, la bâtisse produisait une impression de grâce fragile. Mais, si elle avait été plus grande, elle aurait eu des allures de château.

À peine August avait-il arrêté la calèche que le majordome, Thomas Lundt, accourut à notre rencontre. C'était un homme de petite taille qui avait à peu près l'âge de Bruns, mais il avait déjà une chevelure d'un blanc éclatant.

Il était suivi de deux jeunes domestiques qui devaient être nouveaux. En tout cas, je ne les avais encore jamais vus. Lena rougit lorsque l'un d'eux, un blond au nez constellé de taches de rousseur, lui adressa un sourire. On ouvrit la portière et je descendis en réprimant un gémissement. Je me sentais tout endolorie et j'avais l'impression d'avoir les genoux et les chevilles rouillés.

— Bienvenue au domaine d'Ekberg, dit Lundt en s'inclinant. Ces messieurs dames vous attendent.

À cet instant, Lennard et sa mère apparurent à la porte.

La comtesse Anna Ekberg avait été autrefois une très belle femme. Il y avait d'elle un portrait peint qui m'avait toujours émerveillée et inspiré le désir de pouvoir un jour lui ressembler. Anna avait conservé sa beauté, mais la longue maladie de son mari et le chagrin de sa mort l'avaient marquée. Au moment du décès de mon père et de Hendrik, ma mère avait fait preuve de plus d'énergie. Les deux femmes étaient d'un tempérament très différent.

— Anna, ma chère, dit ma mère en la serrant dans ses bras, je suis de tout cœur avec vous.

— Merci, répondit la comtesse avec accablement. Merci d'être venues. Cela me distraira au moins de mes pensées.

Elle me salua en me prenant dans ses bras comme si j'étais sa fille.

Lennard avait lui aussi les traits empreints d'une profonde tristesse, mais après avoir baisé la main à ma mère dans les règles de l'art, il m'adressa un sourire.

— Je suis si content de te revoir, dit-il en m'étreignant.

— Moi aussi, répondis-je en m'efforçant d'avoir l'air naturelle.

Depuis sa demande en mariage, je me sentais toujours un peu embarrassée en sa présence. Je redoutais qu'il ne la réitère – n'avait-il pas annoncé qu'il le ferait ? Or la situation n'avait pas changé. À cela près que mon cœur appartenait désormais à un autre. Aurait-il été utile que je le lui dise ? Me seraisje alors sentie plus à l'aise ? Je chassai ces pensées.

— Nous espérions bien que vous seriez là pour le dîner, déclara la comtesse. J'ai demandé à Lundt de dresser la grande table. Martha se réjouit de pouvoir enfin cuisiner correctement.

— Si vous avez besoin d'aide, nos domestiques vous seconderont volontiers, proposa généreusement ma mère.

Je réprimai un sourire, me demandant ce que Linda pouvait bien penser de cette offre. Lena avait l'habitude de donner un coup de main partout où l'on avait besoin d'elle, mais la femme de chambre de ma mère occupait une position privilégiée parmi les domestiques. Quoi qu'il en soit, si elle fut irritée par ce propos, elle n'en laissa rien paraître.

Anna et Lennard nous conduisirent à nos chambres.

— Où est Lisbeth ? demanda ma mère, qui avait glissé son bras sous celui d'Anna.

Je marchais derrière elle à côté de Lennard et nous nous sentions aussi empruntés l'un que l'autre.

— Elle arrive demain. Les obligations de son mari ne lui ont pas permis de venir plus tôt.

— Et comment va ton petit-fils ?

— Il se porte à merveille. Mais Gustav ne le verra pas…

Elle s'interrompit et pressa son mouchoir sur ses lèvres. Lennard posa sa main sur l'épaule de sa mère avec une telle tendresse que j'en fus émue.

— C'est bon, ça va aller, dit-elle. Ces pensées ne cessent de revenir, c'est normal. Quand Gustav était encore vivant, je n'ai pas arrêté de me cramponner à l'espoir d'un miracle. Mais la mort nous montre la limite de nos espérances.

Elle avait raison, même si cette vérité nous déchirait le cœur.

Une fois que nous nous fûmes changées et que Linda et Lena furent descendues à la cuisine, nous nous rendîmes dans la salle à manger. Les deux grands miroirs qui s'y trouvaient étaient masqués, une tradition qui n'était plus en usage à Löwenhof. Les tissus qui les recouvraient avaient l'air de deux grands fantômes désireux de nous observer pendant le repas.

La cuisinière avait effectivement déployé tout son talent et préparé de succulents pâtés, un rôti bien juteux et un plat de légumes variés servi avec des pommes de terre nouvelles au beurre.

— Ces derniers temps, Gustav mangeait comme un moineau et ne supportait presque plus aucun aliment, fit remarquer Anna avec tristesse. J'aurais tant souhaité qu'un plat puisse lui redonner des forces !

— Tu sais bien que c'était impossible, répondit Lennard avec douceur. Les médecins nous l'avaient dit. Cesse de te tourmenter, Mère. À présent, Père est dans un monde meilleur, où il est libéré de ses souffrances.

Anna acquiesça, tandis que ses yeux se remplissaient de larmes. Lennard nous jeta un regard d'excuse, mais je le rassurai d'un geste. Ma mère et moi avions eu nous aussi nos moments de tristesse autour de la table.

— Tu as raison, Lennard, approuva ma mère. Ton père ne souffre plus, cela devrait être un réconfort pour vous. Il est mort en sachant que l'avenir de votre maison était assuré.

— Oui, sanglota Anna. Mais j'aurais souhaité que Lennard ait trouvé une épouse.

— Mère, protesta Lennard, ce n'est pas le moment de parler de cela.

Il me lança un rapide coup d'œil et rougit. Je réprimai un sourire. Sur ce point, nos mères se ressemblaient. Elles voulaient l'une et l'autre caser leur progéniture.

— Je suis certaine que ton fils prendra la bonne décision, déclara Stella en nous regardant alternativement, Lennard et moi.

— Excusez-moi, dit Anna. C'est l'émotion. Tout a changé du jour au lendemain, nous redoutons l'avenir et voudrions avoir des garanties.

— N'oublie pas que tu as déjà un petit-fils, reprit Lennard. Élisabeth serait blessée que tu ne l'intègres pas dans tes plans d'avenir.

— Peut-être, mais l'héritier du domaine, c'est toi, intervint Stella. Une mère espérera toujours que la succession se fasse en ligne directe.

— Mais, à supposer que Lennard ne se marie pas, l'enfant de Lisbeth étant lui aussi un Ekberg il reprendrait le domaine, fis-je observer.

— C'est vrai, mais avec lui disparaîtrait le nom de notre famille, répliqua Anna. Sauf si l'époux de Lisbeth acceptait de le porter.

Est-il besoin de réfléchir pour prendre le nom d'une famille noble ? me demandai-je. Puis je me rappelai que Michael avait refusé de rester à mon côté lorsque j'avais accepté mon héritage. Titre ou pas, il semblait difficile pour un homme de renoncer à son nom pour adopter celui de ses beaux-parents. Je jetai un regard à Lennard en espérant qu'il sentirait quelle gêne m'inspirait cette discussion. Si j'avais exprimé ma pensée, dont la modernité était si éloignée de ces traditions, je n'aurais fait que choquer mes interlocuteurs. Ce qui n'aurait guère été de mise en la circonstance.

— Mais chez vous c'est pareil, déclara Anna en se tournant vers moi. Si tu te maries, le nom des Lejongård disparaîtra. À moins que…

— Nous ferons en sorte d'assurer la pérennité de notre nom, répliqua ma mère. Si le futur époux d'Agneta vient d'une maison importante, il comprendra.

— Bien sûr, répondit Lennard, comme si ce propos lui avait été adressé.

Je me raidis involontairement. Être témoin du chagrin d'Anna n'était déjà pas facile, mais les écouter, ma mère et elle, s'entretenir de notre avenir à Lennard et à moi était franchement désagréable.

— En pareil cas, il serait également possible que les deux époux conservent chacun leur nom et leur titre et choisissent un nom pour la famille, ajouta Lennard.

— En effet, répondit Stella, mais cela nécessiterait un accord des deux parties.

Je me crispai un peu plus. Quand ma mère lancerait-elle l'offensive et aborderait-elle le sujet qui la taraudait ? J'attendais la tempête qui ne manquerait pas de survenir.

Heureusement, Lennard fit diversion.

— Où en êtes-vous de vos préparatifs pour la Saint-Jean ? s'enquit-il.

— Cette année, les circonstances ne nous permettront malheureusement pas de venir, objecta Anna.

Il ne m'en incombait pas moins de répondre à Lennard. Je profitai avec soulagement de cette opportunité d'échapper à la question des changements de nom lors des mariages entre familles nobles.

— Nous avons presque terminé. Il nous manque encore une ou deux réponses, mais elles arriveront, j'en suis sûre. Vous ne voulez vraiment pas venir, comtesse Ekberg ? Ce ne sera pas une grande fête, juste une occasion agréable de se retrouver tous ensemble. Cette année, nous ne portons plus le deuil, mais nous n'en avons pas moins décidé d'observer une certaine retenue.

Nous avions eu une longue discussion, ma mère et moi. Alors qu'elle souhaitait en revenir aux fastes des années passées, je pensais préférable d'organiser une fête aussi simple que la précédente. À cela près que, cette fois, nous nous autoriserions à danser.

« Les gens penseront que la maison connaît des difficultés, avait-elle objecté sur un ton contrarié.

— Non, ils se diront que je me montre avisée et économe dans l'administration du domaine. Notre maison se porte bien, la nouvelle écurie est plus grande que l'ancienne et rien ne pourrait laisser croire à des problèmes financiers. Si nous proposons une fête plus simple et plus traditionnelle, on se dira que nous ne jetons pas l'argent par les fenêtres et que la nouvelle comtesse est une bonne administratrice. Je ne pourrais pas souhaiter plus grand compliment.

— Espérons que ce sera compris », avait marmonné ma mère.

Elle avait envie d'un bal fastueux, mais les temps avaient changé, et l'évolution était de plus en plus rapide.

« Je suis sûre que ce sera le cas. Et si les gens cassent du sucre sur notre dos, nous les ignorerons, c'est tout. »

Cela ne me dérangeait pas, j'avais l'habitude qu'on ne fasse pas grand cas de moi. Nous nous étions donc rangées à mon avis. Et l'expression d'Anna Ekberg m'indiquait que j'avais pris la bonne décision.

— Dans ce cas, nous allons réfléchir, dit-elle.

— Cela te ferait peut-être du bien de sortir et de te distraire, déclara ma mère.

En son temps, elle-même n'avait pas voulu s'éloigner, alors qu'elle aurait eu la possibilité d'un séjour au bord de la mer. Cela dit, je trouvais moi aussi raisonnable qu'après tout ce qu'ils avaient enduré les Ekberg prennent un peu de repos hors de chez eux.

— Nous serions ravis de vous accueillir si vous souhaitez venir nous voir afin de vous changer les idées, ajoutai-je. Vous n'aurez qu'à le dire.

— C'est très gentil, Agneta, me dit Anna avec un sourire. J'en discuterai avec mon fils.

Nous passâmes le reste de la soirée à parler des jours anciens. Anna eut plus d'une fois les larmes aux yeux, mais puisque nous n'échangions que de bons souvenirs la journée ne s'acheva pas dans la tristesse.

Après le dîner, nous montâmes dans nos chambres. Lennard aurait aimé faire quelques pas avec moi, mais je lui expliquai que le voyage m'avait fatiguée et que je souhaitais me reposer.

« Alors faisons une petite sortie à cheval demain matin, si cela te convient », avait-il proposé.

J'avais accepté, car je ne pouvais pas demeurer enfermée dans ma chambre. Et je ne voulais pas non plus rester au salon avec Anna et ma mère à pleurer Gustav.

Lena me rejoignit un instant plus tard.

— Comment s'est passée ta soirée ? lui demandai-je.

Au même instant, j'entendis quelque chose tomber par terre. En me retournant, je vis qu'il s'agissait d'un livre, qui avait dû glisser de la poche de Lena.

— Je... je ne l'ai pas volé, s'empressa-t-elle d'expliquer en ramassant le petit ouvrage et en me le montrant d'une main tremblante. C'est la cuisinière qui me l'a prêté. Pour que j'aie de quoi lire si je m'ennuie, elle a dit.

J'examinai le livre, c'était un recueil de nouvelles policières.

— Tu aimes ce genre de chose ? demandai-je, amusée. Je croyais que c'était plutôt une lecture d'homme et que les filles préféraient les histoires plus sentimentales.

— Oui, j'aime bien, répondit-elle, rouge comme une écrevisse. Mon père en a aussi. Je les ai lus et relus jusqu'à les connaître par cœur.

À ce souvenir, Lena ne put s'empêcher de sourire. Du coup, je me sentis un peu moins mélancolique.

— Je devrais peut-être essayer, moi aussi, déclarai-je.

— Mais vous ne vous ennuyez jamais, Mademoiselle !

— En effet, mais toi non plus. D'ailleurs nous ne devrions pas lire pour passer le temps, mais pour enrichir notre esprit. Aussi je suis heureuse que tu aimes la lecture. Les livres sont la clé d'une vie meilleure.

Oh, comme Marit me manquait ! Cette phrase venait d'elle. Et, même si je la soupçonnais de ne pas en être l'auteur, elle avait entièrement raison.

— Si tu veux, je t'en prêterai, repris-je. Tu n'auras pas besoin de sacrifier tes économies pour t'en procurer.

— Mais, Mademoiselle, je ne sais pas si…

— Ce ne sont que des livres, pas des bijoux. Je le ferai très volontiers. À la condition, bien sûr, que tu les rendes en bon état.

— Mais les autres, qu'est-ce qu'ils diront ? demanda-t-elle craintivement.

Je discernais dans son regard l'envie que lui inspiraient les ouvrages qu'elle voyait quotidiennement dans la bibliothèque.

— Les autres n'auront pas besoin de le savoir. Et, si quelqu'un t'interroge à ce sujet, dis-lui de s'adresser à moi. Je lui expliquerai.

Je lui pris la main.

— Il n'y a rien de mal à ça. Tu en deviendras plus intelligente, c'est tout. Et Dieu sait si ce pays a besoin de femmes intelligentes.

Lena acquiesça, soulagée.

— Merci, Mademoiselle, c'est très aimable à vous.

— Réfléchis par quoi tu voudrais commencer, puis dis-le-moi.

Je vis que la jeune fille risquait fort de passer une nuit blanche – mais pas pour les mêmes raisons que moi, qui me sentais oppressée par le silence de la maison.

Après le départ de Lena, je me relevai pour m'approcher de l'armoire. Lena y avait suspendu avec soin la tenue que j'avais mise pour le voyage. Dans une des poches de la robe se trouvait la photo de la fille de Hendrik. Je la pris et retournai m'asseoir sur le lit. Quelle ravissante enfant ! Ma mère ne se doutait pas que son fils avait laissé derrière lui une si belle créature. Oui, je savais ce qu'elle pensait. Le comptable ayant reconnu la fillette, celle-ci n'était plus sa petite-fille. Mais elle ne l'en était pas moins devant Dieu et la nature.

Je n'espérais guère trouver ma mère encore debout, mais j'allai tout de même frapper à sa porte.

— Entrez ! lança-t-elle à ma grande surprise.

En pénétrant dans la pièce, je vis que Linda s'était retirée. Ma mère avait fait allumer dans la cheminée un petit feu qui brûlait paisiblement. Sa lumière entourait sa silhouette assise à l'instar d'une aura.

— Est-ce que tu as un instant, Mère ? demandai-je.

— Bien sûr. Qu'y a-t-il ? s'enquit-elle. Assieds-toi.

Je pris place dans le fauteuil voisin du sien et sortis la lettre, que je portais constamment sur moi. Ma mère ne serait sans doute pas intéressée par ce que Susanna avait écrit, mais j'espérais qu'elle voudrait voir la photo.

— Il y a quelques jours, j'ai reçu une lettre, tu devrais peut-être regarder ça, dis-je en lui tendant le cliché. J'ai pensé que ça te ferait plaisir de voir ta petite-fille. Regarde, tu ne trouves pas que Mathilda ressemble à Hendrik enfant ?

La mine de Stella se figea. Elle ne fit aucun geste pour prendre la photo.

— Elle t'a envoyé ça ? demanda-t-elle avec froideur.

— Oui, et elle m'a remerciée de tout ce que j'avais fait pour elle. C'est gentil, tu ne trouves pas ?

Elle tourna les yeux vers l'âtre. Il me sembla qu'elle n'avait même pas accordé un regard à la photo.

— Au moins c'est correct de sa part, se contenta-t-elle de dire.

— Mère, repris-je avec douceur en me rapprochant légèrement d'elle. Regarde-la, enfin ! C'est ta petite-fille ! Tu as entendu ce qu'a dit Anna. Gustav ne verra pas grandir son petit-fils.

— Cette enfant n'est pas ma petite-fille. C'est la fille du comptable, l'aurais-tu oublié ? D'une manière ou d'une autre, je ne la verrai pas grandir.

Je respirai profondément, soudain envahie par une déception écrasante. Rien ne servait de vouloir la forcer à regarder la photo. Et je n'avais pas non plus envie de me quereller avec elle à ce sujet.

— Non, je n'ai pas oublié. Mais cette paternité est de pure forme. C'est le sang de Hendrik qui coule dans les veines de cette enfant.

— Oui, cependant elle ne fera jamais partie de notre maison. Elle ne le saura jamais. Et il aurait mieux valu qu'elle ne soit jamais née. Je ne comprends pas Hendrik, je ne le comprendrai jamais.

Il y avait tant d'amertume dans ces paroles. Outre la colère, j'éprouvai aussi de la compassion pour ma mère. Elle avait placé de si grands espoirs en son fils, et voilà qu'il l'avait déçue tout autant que moi. Peut-être plus encore, car, pour ma part, j'avais fini par me plier à la volonté familiale.

Que se serait-il passé s'il n'y avait pas eu l'incendie ? À ce moment-là, Susanna était déjà enceinte. D'une manière ou d'une autre, l'avenir de Löwenhof en aurait été changé.

Toutefois je ressentais aussi de la peine pour la fillette. Sa grand-mère ne voulait pas d'elle, allant même jusqu'à souhaiter qu'elle n'ait jamais vu le jour. N'était-ce pas terrible ?

Naguère, je me serais mise en colère. Mais j'avais appris que cela ne servait à rien ; ma mère ne changerait pas d'avis. Et, au fond, peut-être valait-il effectivement mieux que la petite ne vienne jamais à Löwenhof. Qu'elle reste la fille d'un comptable sa vie durant. Je remis la photo dans ma poche et restai encore un moment assise à côté de ma mère, qui contemplait le feu sans parler.

— Il est temps que j'aille me coucher, dis-je enfin en me levant. Tu devrais faire de même.

Ma mère acquiesça silencieusement. Elle semblait voir dans les flammes quelque chose qui m'était invisible. Peut-être un avenir plus brillant pour Löwenhof ? Une autre vie, dans laquelle il n'y aurait pas eu d'incendie mortel ni de petite-fille illégitime ? Le monde ne répondait malheureusement pas à nos attentes, mais on n'y pouvait rien.

Je me dirigeai vers la porte.

— Tu as raison, dit la voix de ma mère derrière moi. Elle ressemble vraiment beaucoup à Hendrik.

Ce fut tout. Je me retournai, mais elle continuait de fixer le feu.

— Bonne nuit, Mère.

— Bonne nuit, répondit-elle.

CHAPITRE 41

Une aube couverte et plombée se leva sur la maison de maître. Lorsque je m'éveillai d'un sommeil sans rêves, j'eus l'impression de ne pas avoir fermé l'œil de la nuit. La couverture me paraissait froide et humide, et les bruits habituels de Löwenhof me manquaient. Le deuil qui enveloppait la demeure semblait également assourdir le gazouillis des moineaux, le chant des oiseaux du matin et l'activité des domestiques.

J'avais pour habitude de me lever très tôt. À Löwenhof, j'aurais rejoint Max pour une de nos promenades matinales. Je fus prise d'une grande nostalgie en pensant à lui. Encore trois jours ! Les funérailles devaient avoir lieu le lendemain, après quoi nous resterions une journée supplémentaire afin que ma mère puisse être au côté de son amie. Au bout d'un moment, ne supportant plus de rester couchée, je repoussai la couverture et me levai.

En dépit des températures estivales, il faisait frais à l'intérieur. Lennard y était sans doute habitué, mais moi je grelottais et me demandais si ce froid venait des esprits qui hantaient la maison.

Quelques-uns des ancêtres de Lennard étaient morts dans des circonstances douteuses. L'un d'eux avait été abattu d'une balle dans le dos par des rebelles scaniens, parce qu'on avait cru qu'il avait vendu ses compatriotes aux Suédois. À l'origine, la famille Ekberg était danoise, puis avait fait allégeance au roi de Suède. L'ancêtre assassiné hantait probablement les lieux en compagnie de quelques autres Ekberg qui avaient quitté prématurément ce monde.

Lena étant encore au lit, aussi je fis ma toilette en me servant du broc d'eau froide posé sur un tabouret à côté de la petite table. Puis j'enfilai une de mes robes noires toutes simples. Elle avait beau être en mousseline, elle me donna l'impression de porter une armure. Celle du deuil, que j'avais ôtée à peine quelques mois plus tôt. Mais heureusement elle ne m'alourdirait que le temps de notre séjour en ces lieux.

Une fois prête, je sortis de ma chambre. Je connaissais la maison comme ma poche. Autrefois, il nous était arrivé, à Lennard, Hendrik et moi, de monter au grenier à la recherche de fantômes. Je descendis l'escalier pour rejoindre le vestibule, où j'allai me placer sous le lustre. La lumière du matin luisait faiblement à travers les hautes fenêtres et effleurait le parquet.

— Tu es déjà prête à sortir ? dit une voix venant de la pénombre.

Je me retournai brusquement et vis Lennard se lever d'un siège à côté de l'escalier. Pourquoi était-il assis dans le noir ?

— Qu'est-ce que tu fais là ? demandai-je.

Il paraissait fatigué, avait les yeux gonflés, mais il n'en souriait pas moins.

— Je ne pouvais plus dormir. Alors, plutôt que d'étouffer sous la couverture, j'ai préféré descendre dans le vestibule pour regarder le jour se lever.

— C'est aussi ce que je comptais faire, répondis-je. Mais à l'extérieur.

— Voilà une bonne idée. Cela t'ennuierait-il que je me joigne à toi ?

J'aurais préféré sortir seule afin d'imaginer que je me promenais avec Max. Mais je ne pouvais refuser la proposition de Lennard. Il était chez lui et pouvait agir à sa guise.

— Pas du tout, mais mets des chaussures, répondis-je en désignant ses pieds nus.

— Oh ! s'exclama-t-il, je ne m'en étais pas aperçu.

— Et, tant que tu y es, change-toi. Les gens prendraient peur en te voyant en peignoir, qui plus est en compagnie d'une dame.

Il remonta rapidement dans sa chambre, puis revint un instant plus tard, chaussé de bottes et vêtu d'un pantalon sombre et d'une chemise blanche dont il avait remonté les manches.

— Là, dis-je, comme ça c'est mieux.

Il m'offrit son bras et nous sortîmes de la maison.

La température était encore fraîche, mais la journée serait chaude. Nous marchâmes un moment en silence, et soudain je fus un peu troublée. D'un côté, je craignais que Lennard ne me reparle mariage, de l'autre, je me sentais bien et en sécurité avec lui. Pourquoi étais-je ainsi tiraillée intérieurement ? Craignais-je de tomber amoureuse de lui ?

Mon attachement pour lui remontait à loin. Il était mon ami et, depuis la mort de mon frère, le seul lien qui me restait avec mon enfance. Si Max n'avait pas fait son apparition dans ma vie, aurais-je pu m'éprendre de Lennard ?

— Dehors, c'est vraiment plus beau, dit ce dernier, m'arrachant à mes pensées. J'avais complètement oublié ce que c'était de sortir regarder le soleil se lever.

— Ces dernières semaines ont dû être très dures. Il y a des moments où observer le lever du soleil peut paraître futile.

— Tu as raison. Je ne pensais plus qu'à mon père. Ç'a été… affreux.

— Je veux bien le croire.

— Je t'avouerai que j'aurais préféré qu'il connaisse une mort soudaine. La nouvelle de son décès a dû t'attrister, mais ici nous vivions dans le chagrin depuis des années. Et cela n'a fait que croître. Les dernières heures ont été insoutenables. Père voulait que nous soyons avec lui quand il mourrait, mais si j'avais pu, je me serais enfui à toutes jambes. Je ne souhaite à personne d'être témoin d'une agonie aussi lente et douloureuse.

— Pourquoi ta sœur n'était-elle pas là ?

Élisabeth semblait s'abriter derrière sa famille pour ne pas avoir à endosser de responsabilités.

— Tu sais ce que c'est : la famille, son mari, son enfant.

Lennard haussa les épaules. Son ton trahissait de l'amertume. Je n'avais pas de peine à imaginer ce qu'il pensait.

Sa mère le pressait de se marier et peut-être étais-je à ses yeux la candidate idéale. Mais Lennard n'avait guère eu le temps d'y réfléchir. Il n'avait pas eu le loisir de se mettre en quête d'une épouse et de tomber réellement amoureux. Cela me rendait triste et m'inspirait une certaine colère. Élisabeth, qui avait un mari et un enfant, aurait dû être plus présente, donner à Lennard une chance de mener sa propre vie, de se ménager un soutien dans les moments difficiles. Aussi n'avait-il eu d'autre ressource que d'adresser une demande en mariage maladroite à une amie d'enfance qu'il n'avait pas vue depuis des années.

Je fus heureuse de lui avoir opposé un refus et par là même de l'avoir empêché de commettre une grossière erreur.

— Même si le moment est mal choisi pour le faire, je te rappelle que toutes les possibilités te sont désormais ouvertes.

— J'aurai le domaine à administrer, répliqua Lennard avec un air abattu.

— Mais ça, tu le savais ! Tu t'y es préparé. Et tu l'as déjà fait pendant la maladie de ton père. Ne me dis pas maintenant que tu aimerais mieux devenir capitaine de paquebot.

Un bref sourire passa sur ses traits, l'évocation du capitaine paraissait l'amuser.

— Bien sûr que non, répondit-il. Excuse-moi, je parle comme un vieillard pleurnicheur.

— Tu parles comme un fils qui a peur de ce que l'avenir lui réserve. Mais laisse-moi te dire que tu auras la tâche plus facile que moi. Il y a encore un certain nombre de gens qui me soupçonnent de ne rien entendre aux affaires. Beaucoup m'accepteront seulement lorsque j'aurai un homme à mon côté. Tu n'as pas ce problème. Ta mère te presse de te marier, comme la mienne le fait avec moi. Et nous devrions l'un et l'autre tenir bon. Jusqu'à ce que nous ayons trouvé la bonne personne.

— Et si je l'avais déjà trouvée ?

Je me sentis envahie par une vague de contrariété.

— Non, tu ne l'as pas encore trouvée. C'est impossible, tu n'as rien vu du monde.

Je tournai les yeux vers lui et lui vis un regard implorant.

— Une fois que la période de deuil sera passée, je te conseille de voyager un peu. Accepte les invitations. Vois qui sont les filles des maisons avec lesquelles vous entretenez des relations amicales. Et passe du temps à Stockholm. Tu y rencontreras tant de femmes que tu en auras le tournis. Et tu réaliseras qu'il n'y a pas au monde que ton amie d'enfance. Je suis sûre qu'il existe quelque part une jeune femme ravissante qui rêverait de t'épouser. Et, si tu te maries avec elle, je serai ton témoin.

Je me haussai sur la pointe des pieds et l'embrassai sur la joue.

Il opina, manifestement peu convaincu. Mais je ne pouvais pas lui rendre les choses plus faciles.

Nous rentrâmes après avoir fait un tour du jardin.

— On se voit un peu plus tard pour une sortie à cheval ? demanda-t-il, abattu.

Je me sentais un peu cruelle, mais la sincérité n'était-elle pas de mise entre amis ?

— Bien sûr, répondis-je. À moins que tu ne veuilles te mettre immédiatement en quête d'une femme.

Lennard se mit à rire et secoua la tête.

— À tout à l'heure, dit-il.

— On se retrouve au petit déjeuner.

Après le petit déjeuner, je mis la robe qui se prêtait le mieux à une promenade à cheval. J'aurais dû emporter ma tenue d'équitation. Celle-ci avait provoqué un certain étonnement lorsque je l'avais étrennée, l'automne précédent, mais elle m'avait aussi valu de nombreux compliments. J'avais hélas oublié de prier Lena de la joindre à mon bagage.

Une fois prête, je descendis. Lennard m'attendait et bâilla copieusement à ma vue.

— Je t'ennuie à ce point ? demandai-je railleusement.

— Excuse-moi, dit-il, je n'ai pas beaucoup dormi.

— Pas étonnant, vu l'heure à laquelle tu t'es levé.

— Comment peux-tu avoir l'air si en forme ? demanda-t-il en se remettant à bâiller.

— J'ai l'habitude. Je me lève tous les matins à 4 heures et je sors faire une petite promenade avant de démarrer la journée.

Je l'observai avec attention. Mes paroles de ce matin lui avaient sans doute infligé un chagrin supplémentaire.

— Tu n'as pas besoin de me divertir, tu sais, lui assurai-je.

— Non, crois-moi, mon invitation était parfaitement intéressée. J'ai besoin de sortir de cette maison, d'y voir plus clair.

— Bien, dans ce cas je t'accompagne avec plaisir.

Moi aussi j'étais contente de pouvoir m'échapper. Lorsqu'on était soi-même en deuil, on ne remarquait pas la tristesse qu'un décès apportait dans une maison. Mais, quand on n'était pas directement concerné, on la sentait dans les moindres recoins. Et cette atmosphère me déprimait terriblement.

Lennard me conduisit aux écuries. Le domaine d'Ekberg était connu pour ses terres agricoles. Les revenus de la famille de Lennard provenaient de la culture des céréales : blé, seigle, orge, avoine. Il ne devait pas y avoir un seul Suédois qui n'ait mangé un pain préparé avec de la farine issue du domaine. Si les Lejongård étaient les maîtres de l'élevage de chevaux, les Ekberg l'étaient incontestablement de la culture céréalière.

Et, au regard de la fortune, les Ekberg nous étaient même supérieurs. On avait toujours besoin de céréales, alors que les chevaux perdaient de leur importance avec l'avènement progressif des machines. Et les temps où la Suède avait mené des guerres nécessitant de nombreux régiments de cavalerie étaient largement révolus. Je n'en éprouvais aucun regret, mais j'avais conscience qu'à un moment donné notre maison devrait trouver d'autres moyens de subsistance. Cela dit, pour le moment, je ne voulais pas y penser.

Devant l'écurie nous attendaient un cheval bai et un pommelé déjà sellés.

— Quel est le moins capricieux ? demandai-je.

Un pincement au cœur me rappela Étoile du soir. Quel dommage que l'usage du téléphone ne se soit pas encore répandu dans la région ! Il aurait été si rapide d'appeler et de prendre des nouvelles ! Si je voulais introduire à Löwenhof une nouveauté, c'était bien le téléphone.

— Prends le pommelé. C'est un amour de cheval.

— Comment s'appelle-t-il ?

— Raja. Mon père lui a donné le nom d'un Indien qu'il avait rencontré.

Le voyage en Inde effectué par le comte Ekberg avait longtemps fait l'objet de nos conversations lors de nos visites mutuelles.

— Et le bai ?

— Troll, et il fait honneur à son nom. Dans ses mauvais moments, il mord les garçons d'écurie. Mais il n'y a pas meilleur cheval de selle. Si, un jour, je reprends la chasse, c'est lui que je choisirai.

— Alors on ne te verra pas non plus pour la chasse d'automne ?

— Non. L'année prochaine, peut-être. La vie continue, n'est-ce pas ?

Un sourire mélancolique passa sur son visage. À ce moment-là, il serait à la tête du domaine familial depuis un an. Ses nouvelles responsabilités le changeraient, comme cela avait été mon cas.

Nous nous hissâmes en selle et partîmes.

Les champs se déployaient sous nos yeux tel un tapis doré où l'on distinguait çà et là des nuances allant du jaune au vert, comme un bijou dont on aurait éclairé différentes facettes.

Il ne m'était jamais venu à l'idée de peindre ces champs, mais à présent que nous les longions je réalisais qu'ils feraient un magnifique tableau.

— À ton avis, quand pourrez-vous rentrer le colza ?

La propriété des Ekberg étant située au nord de Löwenhof, ils étaient toujours un peu à la traîne pour la moisson.

— Dans un mois, peut-être plus. Ça dépendra de l'ensoleillement.

Je lui jetai un coup d'œil. Lorsqu'il m'avait demandée en mariage, lors de la Saint-Jean, il avait paru dépassé et peu sûr de lui. Mais à présent il parlait déjà comme son père. Il avait changé depuis la dernière fois que nous l'avions vu, lorsque nous étions allés rendre visite aux Ekberg pour Noël. Il venait d'évoquer sa difficulté à prendre la suite de son père, mais ce rôle lui serait plus aisé à endosser qu'il ne l'avait été pour moi. Il se sentait déjà parfaitement à l'aise.

Nous poursuivîmes notre chemin au travers d'un bois jusqu'à un petit lac.

— Tu te souviens ? demanda Lennard en montrant une maisonnette qui dépassait à peine des roseaux.

Je fronçai les sourcils, puis cela me revint : la petite cabane de pêcheur. À l'époque de notre enfance, elle n'était pas encore masquée par les herbes. Lorsque nous venions en visite au domaine, nous nous retirions dans ce lieu pour nous raconter des histoires de pirates sanguinaires et de monstres marins. Le lac nous apparaissait comme une mer et notre imagination effaçait les limites imposées par ses rives.

— Je parie qu'on ne peut plus s'asseoir à cet endroit, dis-je en m'approchant prudemment du bord.

La végétation était sournoise, avant même de s'en rendre compte on avait les pieds dans l'eau.

— Malheureusement pas. Mais il m'arrive tout de même de revenir ici. Après la mort de Hendrik, je l'ai fait souvent. Je me remémorais nos aventures d'enfance.

— Moi aussi, je suis allée plus d'une fois dans les endroits où nous nous retrouvions à Löwenhof, avouai-je. J'espérais sans doute que l'esprit de mon frère m'apparaîtrait, mais je n'y ai trouvé que la solitude.

— Tu n'es pas seule, je suis là. Même si nous vivons à bonne distance l'un de l'autre.

— Lennard… dis-je avec une certaine gaucherie.

Je ne voulais pas qu'il recommence – le discours que je lui avais tenu plus tôt dans la matinée avait été clair.

— Ne t'inquiète pas, je n'ai pas l'intention de te refaire une demande en mariage, répondit-il en me prenant les mains et en m'examinant avec attention.

Verrait-il dans mon regard qu'il y avait un autre homme dans ma vie ? J'aurais voulu détourner les yeux, mais ne pouvais le faire. Lennard était mon ami, pas un étranger dont les sentiments m'importaient peu.

— Je veux juste que tu saches que tu pourras compter sur moi en cas de besoin. Quoi qu'il te faille, je serai là.

— C'est vraiment très gentil. Mais ce n'est pas à toi qu'il faudrait de la consolation en ce moment ?

Lennard émit un rire bref.

— Je crains que tu ne sois la seule à t'en soucier. Ma mère est prisonnière de sa souffrance. Je suis heureux que Stella soit venue, elle lui apportera peut-être du réconfort.

— Je suis là pour toi, répondis-je. Comme nous nous en étions fait la promesse autrefois, Hendrik, toi et moi.

— Ah, tu t'en souviens ? La vieille idole au bord de la mer ?

— Bien sûr !

Cette année-là, nos familles avaient passé l'été ensemble à Åhus, dans notre villégiature. À vrai dire, nous n'étions pas au complet, nos pères n'ayant pu se libérer de leurs tâches. Les deux comtesses s'étaient donc retrouvées là-bas avec enfants et domestiques. Quelque part dans les bois, non loin de la plage, nous avions découvert une vieille stèle sculptée d'un visage.

Hendrik avait affirmé que c'était une très ancienne idole viking : l'endroit idéal pour se jurer une fidélité éternelle. Ce que nous avions fait, Lennard, Hendrik et moi. C'était une alliance qui ne pouvait être brisée.

— Tu crois qu'elle est encore là ? demanda Lennard, perdu dans ses pensées.

Lui aussi semblait se remémorer ce moment où nous avions entrelacé nos mains et nos bras.

— Je ne sais pas. Probablement. À l'époque, le bois avait déjà l'air pétrifié. On devrait aller vérifier. Quand tu auras un peu de temps, on pourrait se rendre sur la côte. Rien que toi et moi, à la recherche de l'idole – et d'une épouse pour toi. À Åhus aussi, il y a de très jolies filles.

Le regard de Lennard s'illumina, ma proposition paraissait lui plaire.

— Ce serait avec grand plaisir. Mais je crains que ce ne soit pas possible cette année.

— Alors l'année prochaine. Et en attendant promets-moi s'il te plaît de prêter attention aux femmes de ton environnement. Sans les comparer à moi. Nous sommes toutes différentes. S'il y en a une qui te plaît, montre-la-moi. Je verrai si elle est digne de toi.

Lennard me prit dans ses bras et m'embrassa sur le front.

— D'accord, je le ferai.

Je n'étais pas sûre qu'il tienne parole. Mais je n'en fus pas moins soulagée.

CHAPITRE 42

Lors des funérailles de Gustav Ekberg, on pleura beaucoup. Et l'on parla tout autant. Je fus étonnée d'entendre toutes les anecdotes plaisantes que les gens avaient à raconter sur le vieux comte. Au bout d'un moment, Anna elle-même s'était remise à sourire. Les larmes aux yeux, il est vrai, car ces histoires l'émouvaient. Mais elle souriait. S'il y avait une chose que j'avais apprise de cette longue année de deuil, c'était que la joie revenait lorsque le chagrin se transformait en souvenir et en gratitude.

Le surlendemain matin, je tombai sur ma mère dans le couloir. Elle était déjà prête pour le voyage de retour, mais avait des cernes sombres. Ses conversations avec Anna paraissaient l'avoir épuisée.

— Je ne comprends pas pourquoi tu tiens Lennard à distance, dit-elle tandis que nous nous dirigions vers l'escalier. Je vois bien comme il te regarde. Il t'épouserait sur-le-champ. Le refus que tu lui as adressé l'an dernier n'y a rien changé.

— Mère, je t'en prie. Nous pourrons en reparler une fois rentrées.

— Nous disputer, tu veux dire, répliqua-t-elle avec un soupir. Anna souhaite ardemment que vous vous mariiez, je le sais. Elle en a toujours rêvé.

— Peut-être. Mais je te demande d'éviter le sujet ce matin. Je ne voudrais pas lui causer une nouvelle déception. C'est déjà un miracle qu'elle m'ait accueillie si chaleureusement après que j'ai envoyé promener son fils.

— Ce n'est peut-être pas ainsi que Lennard l'a interprété. Tu lui as dit que tu n'étais pas prête. À présent, il a ce deuil à surmonter, mais ensuite… Je n'aurais pas de peine à imaginer qu'il te refasse une demande.

— Je lui en ai parlé et lui ai vivement recommandé de regarder autour de lui. Ces dernières années, il est si peu sorti qu'il ne peut pas savoir si je suis vraiment la femme qu'il lui faut.

— Tu veux qu'il en trouve une autre ? se récria ma mère.

— Oui, je serais ravie qu'il rencontre une femme qu'il puisse aimer. Notre principal souci ne doit pas être que j'épouse un bon parti. Nous n'en avons pas besoin.

— Mais il ne faut pas non plus que tu te maries en dessous de ta condition. Les Ekberg et nous sommes socialement de même rang. On ne pourrait pas en dire autant des autres maisons de la région.

— Dans ce cas, je pourrais peut-être épouser quelqu'un du Nord ? répliquai-je en manière de plaisanterie. Là où le soleil ne se couche jamais en été et ne se lève jamais en hiver.

Cette suggestion parut causer un effroi sincère à ma mère.

— Quelqu'un du Nord ? Mais qui s'occuperait de Löwenhof alors ?

— C'était pour rire, Mère.

— Tu ne trouveras aucun homme qui accepte que tu vives dans ton propre domaine en le laissant seul chez lui.

— Les temps changent. Qui sait, peut-être que sous peu il ne sera plus aussi important que les époux vivent ensemble ou portent le même nom. Et puis je ne vois pas pourquoi, en se mariant, une femme devrait perdre son foyer tandis que l'homme récolte tous les bénéfices.

— Ça a toujours été comme ça.

— Oui, et les biens de la femme ont toujours été transférés à son époux. En ce qui me concerne, ça ne se passera pas ainsi. Si un jour je me marie, j'exigerai un contrat.

Je m'étais exprimée avec toute la force de ma conviction, mais alors la pensée de Max me traversa l'esprit. Comment verrait-il la chose ? Et d'ailleurs voudrait-il se marier ?

— Un contrat de mariage ? répéta ma mère.

Voyant arriver les domestiques des Ekberg, elle se tut et nous entrâmes dans la salle à manger.

Anna semblait fatiguée et malade. Tout ce qui lui restait de forces paraissait l'avoir quittée après les funérailles. Lennard n'avait pas l'air en meilleure forme, cependant sa tristesse avait peut-être aussi une autre cause. Ne voulant pas poser de questions, je fus soulagée quand nous eûmes terminé le petit déjeuner et que nous pûmes penser au départ.

Alors que nous nous dirigions vers la porte, Anna me prit par la main et m'attira un peu à l'écart. Nous nous retirâmes dans une des niches prévues par l'architecte pour permettre à ceux qui le souhaitaient de s'entretenir en toute discrétion.

— Agneta, je voulais juste te dire que tu étais toujours la bienvenue chez nous. Stella m'a expliqué que la mort de ton père et de ton frère t'avait tellement bouleversée que tu refusais pour le moment toute idée de mariage.

— Il y a aussi toute l'administration du domaine, répliquai-je.

Je me sentis prise d'une violente contrariété. Ainsi, ma mère n'avait pu s'empêcher de mettre son grain de sel. Cela expliquait notre étrange conversation un peu plus tôt.

— Il est difficile de se faire sa place dans le commerce des chevaux lorsqu'on est une femme.

— Alors, quand ton chagrin se sera calmé, essaie de voir si tu pourrais agréer une demande en mariage de mon fils. Je sais qu'il t'a déjà sollicitée, mais à ce moment-là, tu n'étais pas en état de lui donner une réponse positive. Fais-lui savoir si tu juges qu'une nouvelle demande serait appropriée. Tu sais que mon mari et moi t'avons toujours aimée comme si tu étais notre fille. Tu es la femme qu'il faudrait à Lennard, et je suis sûre qu'il voit les choses de la même façon.

Je brûlais d'envie de me dégager et de m'enfuir à toutes jambes. Mais j'étais comme figée sur place. Que pouvais-je lui répondre ? Que je ne voulais pas épouser mon meilleur ami ? Que je souhaitais lui donner une chance de trouver la femme qui lui convenait ? Au moins, j'aurais dit la vérité.

Et puis je trouvais passablement déplacé qu'une mère fasse ainsi la promotion de son fils. Lennard n'en avait pas besoin. Son tempérament aimable et son physique avenant lui permettaient assurément de conquérir n'importe quelle fille. D'ailleurs, je ne savais toujours pas vraiment si ce projet de mariage venait de lui ou s'il n'avait fait que céder au vœu de sa mère.

— Je… je vais y réfléchir. Et je le lui ferai savoir quand je me sentirai prête à envisager le mariage.

Anna me sourit. Cette réponse ne la satisfaisait probablement pas, mais elle savait qu'on ne pouvait pas forcer la main à la nouvelle comtesse Lejongård.

— Rentre bien, Agneta, et prends soin de ta mère.

— Oui, je n'y manquerai pas.

Stella Lejongård n'avait assurément pas besoin qu'on veille sur elle, c'était une femme d'une autre trempe qu'Anna. Cependant l'assurance que je lui donnais fut manifestement agréable à la comtesse Ekberg. Nous prîmes enfin congé l'une de l'autre.

Alors que la calèche s'ébranlait, je me retournai avec des sentiments mêlés pour jeter un dernier regard sur la maison des Ekberg. Quand j'étais enfant, cette bâtisse m'avait toujours fascinée. À présent, je repartais avec une certaine angoisse, ne souhaitant pas y revenir de sitôt. Ce n'était pas l'ombre de tristesse qu'avait jetée dessus la mort du comte qui m'inspirait cet éloignement, mais les espérances formulées par Anna.

Si seulement j'avais pu faire part à quelqu'un de mon accablement ! Je tournai les yeux vers ma mère, mais elle avait contribué à me rendre la situation intenable. Sans doute fourbissait-elle déjà les arguments qu'elle pourrait m'opposer plus tard au sujet du contrat de mariage. Il allait de soi qu'on ne pouvait discuter de cela devant les femmes de chambre.

Dès que nous fûmes arrivées, je me rendis à l'écurie où était logé Étoile du soir. La porte était ouverte et l'on entendait des voix, dont l'une m'était inconnue.

En entrant, je vis un homme d'une cinquantaine d'années en manches de chemise, portant un pantalon sombre avec des bretelles. Il était en train de se laver les mains. Sa chevelure blonde grisonnante était clairsemée, ses lunettes à monture en nickel posées légèrement de travers.

Ainsi, on avait finalement jugé bon d'appeler le vétérinaire.

— Ah, voici la maîtresse du domaine ! s'exclama Max, qui se tenait à son côté. Docteur Falk, je vous présente la comtesse Agneta Lejongård. Comtesse, voici le Dr Arvid Falk, qui est sans doute le meilleur vétérinaire de Stockholm.

— Ravie de vous rencontrer, dis-je au médecin en lui tendant la main.

Je lançai un regard interrogateur à Max. Il avait l'air soucieux.

— Tout le plaisir est pour moi, comtesse, répondit le vétérinaire en s'inclinant. Allons voir notre patient, ajouta-t-il en me faisant signe de le suivre.

Étoile du soir était couché sur le flanc. Il avait les yeux exorbités, la respiration sifflante. Était-il à l'agonie ? La peur m'envahit. J'aurais mieux fait de ne pas écouter Linus et d'appeler immédiatement le vétérinaire.

— Qu'est-ce qu'il a ? demandai-je avec crainte.

La pauvre bête me faisait pitié : elle endurait mille morts. La voir dans cet état me fendit le cœur, comme si j'avais eu mon frère sous les yeux.

— Il souffre d'une myocardite, une inflammation du muscle cardiaque provoquée par une infection. Le cœur a beaucoup grossi, il est très affaibli.

Ce n'était donc pas une insuffisance cardiaque, ainsi que l'avait supposé Max, mais le diagnostic du médecin ne me semblait pas plus rassurant.

— Peut-on faire quelque chose ?

— J'ai déjà pris quelques mesures. Votre écuyer m'a expliqué que vous teniez beaucoup à ce cheval. Plus d'un propriétaire déciderait de l'achever, car son cœur pourrait avoir subi des lésions irréversibles qui l'affaibliraient durablement.

Le mot « achever » me fit sursauter.

— Pour que nous donnions le coup de grâce à un cheval, il faut vraiment qu'il n'y ait plus d'autre issue. Nous l'avons rarement fait. Et, oui, je tiens énormément à cette bête.

Le médecin opina.

— Je ne suis pas non plus partisan du coup de grâce dans ce type de maladie. Les chances de guérison existent.

— Vraiment ? demandai-je, envahie par une vague d'espoir.

— Oui. Votre cheval doit éviter tout effort. C'est la raison pour laquelle je lui ai donné un léger sédatif. Ça l'aidera aussi à surmonter ses angoisses.

— Il a peur de mourir ?

— Bien sûr. Qui n'aurait pas peur de sentir que son cœur ne bat pas comme il faut ? Il faut qu'il se repose. J'ai demandé à un homéopathe de mes amis de me préparer un remède que vous lui ferez prendre pendant quinze jours. Il est tout à fait possible que, par la suite, ses performances s'en ressentent définitivement. Mais, si vous suivez mes instructions, je pense que cette bête peut retrouver une vie normale.

— Et pourra-t-on lui faire porter une charge ?

— Vous voulez dire le monter ? Cela dépendra de son degré de rétablissement. Dans le meilleur des cas, vous aurez un cheval avec lequel vous pourrez sortir en promenade sans avoir rien à craindre.

— Et pour la chasse ?

— Cette année, je ne lui ferais pas forcer l'allure afin de ne pas compromettre le processus de guérison, mais l'automne prochain, cela ne devrait pas être un problème.

J'acquiesçai, déçue que l'un de nos meilleurs chevaux ne puisse pas prendre part à la prochaine chasse. Mais au moins Étoile du soir semblait être en mesure de guérir.

— Bien, je vous remercie, docteur.

— Si vous le permettez, je resterai jusqu'à l'arrivée du médicament. Votre intendant a aimablement accepté de m'héberger.

Je tournai les yeux vers Max, qui se tenait légèrement en retrait. Il souriait et avait l'air aussi soulagé que moi.

— Ce ne sera pas nécessaire, docteur. Vous êtes bien évidemment notre hôte et vous serez logé au manoir.

Je voulais pouvoir retrouver Max sans que nous soyons dérangés.

— Vous êtes très aimable, je vous remercie.

— Alors rentrons, si vous le voulez bien. Je vous présenterai à ma mère. À moins qu'on ait encore besoin de vous ici ?

Falk secoua la tête.

— Pas dans l'immédiat. M. von Bredestein et M. Broderson s'occuperont parfaitement de votre cheval.

Les trois hommes se saluèrent, puis le vétérinaire m'accompagna au manoir.

— Docteur Falk, je vous présente ma mère, Stella Lejongård. Mère, voici le docteur Arvid Falk, l'un des meilleurs vétérinaires de Stockholm. Il s'occupe d'Étoile du soir.

Ma mère considéra le médecin avant de lui tendre la main.

— Je suis ravie de faire votre connaissance.

Falk lui baisa galamment la main.

— C'est un plaisir de pouvoir bénéficier de votre hospitalité. Le logis de votre régisseur n'est pas inconfortable, mais je profiterai volontiers des agréments de votre demeure puisque vous me l'avez si aimablement proposé.

Son discours parut plaire à ma mère, car un sourire que je ne lui avais pas vu depuis longtemps éclaira son visage.

— C'est bien agréable d'avoir un hôte si spirituel, dit-elle. Si votre présence à l'écurie n'est plus requise, je vous accueillerai très volontiers dans mon salon.

— J'en serais fort honoré !

Tandis que je les observais, je me rendis compte qu'ils se regardaient l'un l'autre comme nous aurions pu le faire, Max et moi. Je ne croyais plus vraiment au coup de foudre, cependant il semblait se passer quelque chose entre ma mère et ce médecin, alors qu'ils venaient tout juste de se rencontrer.

— Venez, docteur Falk, je vais vous montrer votre chambre. M. Bruns, notre valet, vous apportera ce dont vous avez besoin.

Le médecin s'exécuta un peu à contrecœur. Je vis du coin de l'œil que ma mère restait sur place et le suivait du regard. Une folle pensée me traversa l'esprit. Que se passerait-il si elle s'éprenait d'un autre homme ? Cesserait-elle alors d'échafauder des projets de mariage pour moi ?

CHAPITRE 43

Après le dîner, durant lequel ma mère eut quelque peine à se retenir de flirter trop ouvertement avec le médecin, je me rendis à l'écurie. J'espérais que Max était rentré chez lui, mais il pouvait très bien être resté auprès d'Étoile du soir, comme la veille de mon départ pour le domaine d'Ekberg.

Je ne trouvai que Lasse, endormi dans la paille à côté du poulain. Celui-ci ne bougeait pas, cependant je vis qu'il respirait. Je me mis donc en route pour rejoindre Max. En chemin, les paroles d'Anna me revinrent. Peut-être devrais-je mettre ma mère devant le fait accompli et lui avouer que j'aimais Max ?

Lorsque je vis qu'il y avait de la lumière chez lui, ces réflexions cédèrent la place à ma joie de le revoir et de pouvoir l'embrasser. Je frappai à la porte. Attendait-il ma visite ?

Il mit un petit moment à ouvrir.

— Excuse-moi, je faisais rapidement un peu de ménage. Merci de t'être chargée de mon hôte. Je ne savais pas quoi faire. Je ne me voyais pas le loger de mon propre chef au manoir, ta mère m'aurait arraché les yeux.

— Ne t'inquiète pas, elle s'entend si bien avec lui qu'elle ne t'aurait rien fait.

Max pencha la tête de côté avec un air interrogateur.

Je lui rapportai avec quel entrain ils s'étaient entretenus au dîner.

— On aurait presque dit l'amour au premier regard.

Je me mis à rire et Max s'approcha de moi.

— Vraiment ? demanda-t-il en me serrant dans ses bras. Ça existe, ce genre de chose ?

— Je me suis laissé dire que oui.

— Et alors, m'as-tu aimé au premier regard ? poursuivit-il en m'embrassant.

Comme chaque fois, je fus traversée par un trait de feu qui me laissa en proie à un doux tremblement.

— Je dois avouer qu'il y avait une certaine attirance, répondis-je. Mais ce n'est devenu de l'amour qu'au second regard.

Il fit mine d'être déçu, sur quoi je l'embrassai.

— Mais j'ai entendu dire que cet amour-là était nettement plus durable et solide que ce feu de paille.

— Alors me voilà rassuré.

Nous nous embrassâmes de nouveau et, alors que j'ouvrais brièvement les yeux, je vis que le lit avait été refait. Ces draps propres me parurent être une invite. Comme j'aurais aimé m'étendre sur ce lit avec Max et sentir son corps tout près du mien !

Mais sa résistance n'avait pas disparu.

— Je suis heureuse que tu aies fait venir le vétérinaire, dis-je en m'écartant légèrement de lui.

— Je ne voulais pas avoir à t'annoncer à ton retour que le cheval auquel tu tenais tant était mort, répondit Max avec un sourire soulagé. Alors j'ai fait appel au meilleur vétérinaire que j'ai pu trouver.

Il repoussa une mèche qui me tombait sur le front, ce qui m'occasionna un agréable frisson.

— Tu savais qu'Étoile du soir était né le jour de la mort de mon frère ?

Max secoua la tête. En dehors de ma mère et de moi, Langeholm avait été le seul à le savoir, et cela ne s'était visiblement pas ébruité.

— J'étais là à sa naissance. Il était déjà magnifique au moment où il est venu au monde. C'est Linus qui a aidé sa mère à mettre bas.

— Si tu le souhaites, Linus pourra continuer à nous apporter son concours pour les naissances.

— Ce n'est pas la question, dis-je en posant deux doigts sur ses lèvres. Je voulais juste t'expliquer pourquoi je suis si attachée à cette bête. C'est stupide, je le sais, mais j'aime bien imaginer qu'à l'instant où mon frère est mort son âme est passée dans le corps de ce poulain. Il aurait vraiment apprécié, tu sais ? Il lui arrivait de dire que, s'il était possible de renaître, il aurait bien aimé revenir sous la forme d'un cheval.

— Le pasteur n'apprécierait sûrement pas cette idée.

— C'est bien pour ça que Hendrik m'en a parlé à moi et pas à lui. Dans le temps, on avait tous les deux des lubies passablement romantiques. Sous quelle forme aimerais-tu renaître ?

— Je n'y ai jamais réfléchi. Je préfère vivre dans le présent.

— Tu n'as jamais imaginé ce que ce serait d'avoir une seconde chance ?

— Je referais sans doute les mêmes erreurs. Et je ne me tromperais probablement pas sur ce qui est important.

Sur ces mots, il m'attira à lui et m'embrassa à nouveau. Cette fois, pourtant, son baiser était différent, plus impétueux, plus pressant. Sentant monter en moi le désir, je me pressai contre lui. En temps normal, à cet instant il aurait fait machine arrière. Mais sa maîtrise l'avait brusquement quitté. Il abandonna mes lèvres pour embrasser mon cou. Ses mains caressèrent mon dos avec ardeur.

Je fus comme prise de vertige et, même si je l'avais voulu, je n'aurais pas pu résister. Mes mains ouvrirent les boutons de sa chemise tandis que je respirais l'odeur de sa peau. J'éprouvais la crainte continuelle qu'il mette fin à ce moment et m'abandonne à ma douce fièvre sans espoir d'apaisement. Mais alors il me prit dans ses bras, m'étendit sur son lit et se mit à dégrafer ma robe.

Frémissante de désir et d'impatience, je l'entourai de mes jambes, mais il ne céda pas. Lorsque nous fûmes complètement nus l'un et l'autre, il commença à promener ses lèvres sur mes seins et mon ventre.

Ses baisers avivaient mon désir et, lorsque enfin il pénétra en moi, tout mon corps se tendit comme un arc. Le premier orgasme survint avec plus de force et de rapidité que je ne m'y étais attendue, mais je lui indiquai de poursuivre.

Tantôt il était sur moi, tantôt c'était moi qui étais sur lui. J'aimais le chevaucher, il aimait exacerber mon désir jusqu'à l'extrême en se mouvant lentement en moi. Lorsque le plaisir nous submergea sans crier gare, nous nous cramponnâmes l'un à l'autre comme si nous avions risqué de tomber dans un gouffre. Je n'avais jamais rien connu de tel avec Michael. Nous avions vécu un amour passionné, mais m'abandonner à Max était comme être entraînée dans un tourbillon dont je n'aurais plus voulu sortir.

Nous ne nous sentîmes comblés que tard dans la nuit. Épuisés, nous restâmes étendus côte à côte, contemplant les moustiques qui dansaient au clair de lune devant la fenêtre.

J'avais les paupières lourdes, mais l'esprit parfaitement réveillé. Mon corps vibrait d'énergie et il me semblait reprendre possession de lui pour la première fois depuis fort longtemps.

— Je sais sous quelle forme j'aimerais renaître, dit Max en caressant mon cou.

— Il m'avait semblé que tu ne croyais pas à ce genre de chose, répliquai-je avec malice.

— Depuis, j'ai changé d'avis. J'aimerais bien revenir sous la forme d'un papillon. Et me poser à cet endroit-là.

Il se pencha et embrassa mon sein gauche.

— Et cela te suffirait ? demandai-je.

— Je pense que oui. Cela vaudrait mieux que rôtir dans cet enfer que nous promet le pasteur, non ?

— Il se pourrait aussi que nous atteignions tous deux un âge avancé et que nous mourions au même instant.

— Dans ce cas, il faudrait que tu reviennes sous la forme d'une femme ravissante. Et alors je te retrouverais, quel que soit le temps que ça prendrait.

Il se pencha de nouveau vers moi. Je l'enlaçai et nous nous abandonnâmes une fois encore à la douce ivresse de l'amour avant de nous endormir, enfin satisfaits.

La nuit nous enveloppait de son voile et je serais volontiers demeurée au pays des rêves, mais la force de l'habitude m'arracha au sommeil. Je n'avais pas besoin de vérifier quelle heure il était.

— Debout, dis-je en secouant légèrement Max par l'épaule. Il va bientôt être 4 heures. Il faut que je rentre avant que les domestiques ne se lèvent.

Max se redressa, m'attira dans ses bras et m'embrassa.

— J'aimerais beaucoup mieux te garder auprès de moi, répondit-il.

— Je sais. Peut-être qu'un jour tu n'auras plus besoin de me laisser repartir. Mais aujourd'hui il le faut.

Il grommela quelques paroles indistinctes, puis il me lâcha et roula sur le dos. Je le regardai en souriant. Un premier rayon de lumière tombait sur sa poitrine, là où ma tête avait reposé un instant plus tôt.

Ma mère réagirait sans doute avec indignation lorsque je l'informerais que j'aimais mon régisseur. Mais quelle importance puisque j'avais rencontré l'homme de ma vie ? Et que je coulerais avec lui des jours heureux jusqu'à la fin de mon existence ?

Lorsque je fus habillée, Max se leva et passa sa vieille robe de chambre. Celle-ci était reprisée en maints endroits et donnait l'impression d'avoir été confectionnée avec des chutes de tissu de toutes les couleurs. Elle aurait assurément fait un beau costume de magicien dans un cirque.

— Pourquoi gardes-tu cette pitoyable chose ? demandai-je. Nous pourrions en acheter une neuve.

— Je ne m'en séparerais pour rien au monde, répliqua Max en en resserrant plaisamment les pans autour de lui. Elle a appartenu à mon arrière-grand-père.

— Ton arrière-grand-père ?

— Oui, un sacré gaillard ! Il buvait comme un trou, jurait comme un charretier, se jetait sur tous les jupons qui passaient, et idolâtrait ses enfants. Il est mort presque centenaire, ce qui fait que j'ai eu la chance de le connaître. Il me prenait sur ses genoux, la plupart du temps il était vêtu de cette robe de chambre, et me demandait : « Alors, fiston, ça va-t-y comme tu veux ? » Et quand je répondais : « Pour ça oui ! », il jouait à dada avec moi jusqu'à ce que je crie de joie. Le jour de sa mort a été le plus triste jour de ma vie.

— On semble vivre vieux chez vous.

— Oui, les hommes en tout cas. Mon grand-père est encore vivant, quoiqu'il ait l'esprit confus. Il lui arrive de ne pas reconnaître mes parents. En revanche, il s'intéresse aux choses les plus étranges. Je regrette de ne pas avoir de fils qui puisse le connaître.

En disant ces mots, il me jeta un regard appuyé, mais je n'étais pas prête à avoir des enfants. L'administration du domaine m'accaparait. Or je n'aurais pas voulu les abandonner à une gouvernante. Je souhaitais pouvoir m'occuper d'eux.

— Nous verrons ça, répondis-je en lui soufflant un baiser.

Il l'attrapa avec espièglerie et le mit dans sa poche.

— Ton arrière-grand-père en aurait sûrement été ravi, fis-je remarquer.

— C'est bien pour ça que je le fais ! À tout à l'heure, mon amour !

Je quittai la maisonnette le sourire aux lèvres. Le soleil pointait déjà à l'horizon et je ne touchais pas terre. Je levai les bras, poussai un cri d'allégresse et me mis à courir avec l'impétuosité d'un enfant.

Lorsque j'arrivai en vue du manoir, je mis un frein à ma joie turbulente. Il ne fallait pas qu'un des valets me voie dans cet état. Il se serait demandé pourquoi je me conduisais si sottement. Il y avait de quoi saper mon autorité…

Je me glissai dans la maison sans me faire remarquer. En montant, j'entendis des pas à l'étage supérieur. Les domestiques étaient déjà levés. Lena n'entrerait pas dans ma chambre avant deux bonnes heures, mais il ne fallait pas qu'on me voie dans l'escalier. En un autre jour, cela ne m'aurait pas dérangée, je serais simplement rentrée innocemment d'une promenade matinale. Mais là, je craignais que mon apparence trahisse les plaisirs auxquels je m'étais livrée lors de ma nuit d'amour. On me trouverait un éclat qui éveillerait les soupçons et je ne voulais pas risquer qu'on se pose des questions.

Je regagnai ma chambre, me déshabillai, posai ma robe sur le dossier de la chaise. Puis je me glissai sous la couverture. Ma peau me picotait et je me sentais heureuse comme je ne l'avais pas été depuis longtemps.

CHAPITRE 44

Toute la matinée, j'eus grand-peine à réfréner le sourire radieux qui me venait constamment aux lèvres. Il était irrépressible et naissait des élans renouvelés de mon cœur.

Ma mère ne remarqua rien : elle n'avait d'yeux que pour le Dr Falk. Celui-ci se révéla être un conteur hors pair et il nous régala de mille et une anecdotes de son quotidien de vétérinaire. Ma mère l'écoutait avec délice et l'encourageait à poursuivre. Puis elle s'éclipsa avec lui au salon, où ils restèrent jusqu'à ce que le médecin retourne à l'écurie.

Max et moi nous y trouvions déjà depuis un bon moment, échangeant des regards et des sourires à la dérobée.

Le médicament avait été livré. Falk en administra une dose à Étoile du soir et nous attendîmes ensemble de voir comment il réagissait.

— Il peut s'écouler un jour ou deux avant qu'on remarque une amélioration, nous avertit le vétérinaire. Il faut que le remède ait le temps d'agir.

Le miracle survint pourtant plus rapidement qu'il ne l'avait prévu : au bout de quelques heures seulement, Étoile du soir se redressa. Il commença par s'asseoir, puis se releva complètement. Il ne ressentait pas encore l'envie de marcher, mais c'était déjà un signe clair qu'il combattait victorieusement le mal.

— Donnez-lui son médicament matin et soir, et empêchez-le de bouger. Dans deux semaines, vous pourrez recommencer à le faire sortir tranquillement. Et, pour ce qui est de le monter, je vous suggérerais d'attendre quinze jours de plus.

Pour un peu, je lui aurais sauté au cou. Étoile du soir allait guérir ! Je ne me sentais plus de joie.

Sa présence n'étant plus nécessaire, le vétérinaire repartit le lendemain. Après m'avoir assuré qu'il reviendrait dans quelques semaines voir comment se portait son patient, il prit congé de nous. August le conduisit en calèche jusqu'à la gare de Kristianstad. Le domaine retrouva son rythme habituel quoique ma mère semble regretter le départ de son nouvel interlocuteur.

Au dîner, je brûlais d'impatience de rejoindre Max. La veille, je n'avais pu me rendre chez lui, car ma mère avait tenu à ce que nous tenions compagnie au Dr Falk jusqu'à tard dans la soirée. Lorsque j'avais enfin pu remonter dans ma chambre, je m'étais endormie sur-le-champ. Mais, ce soir, il en irait autrement. L'excitation me coupait l'appétit. Je me forçai toutefois à avaler quelques bouchées afin de ne pas éveiller les soupçons.

— Tu as bien discuté avec Falk, fis-je remarquer.

— Très bien, même, répondit-elle. C'est un homme intelligent. On pourrait penser que les vétérinaires sont des gens un peu bizarres, après tout ils opèrent toutes sortes d'animaux, n'est-ce pas ? Mais ce n'est pas le cas.

— À croire qu'il a su parler à ton cœur.

— Je le trouve divertissant, c'est tout. Mon cœur appartient à ton père. Il n'y aura jamais personne d'autre que lui.

— Mais pourquoi ? Tu pourrais très bien trouver un nouveau compagnon ! Notre période de deuil est terminée, et ce médecin semble très gentil.

— Il est gentil – et marié. Il a beaucoup parlé de sa femme et de ses deux filles. L'une d'elles attend son premier enfant, l'autre va bientôt se marier.

Je haussai les sourcils.

— Il t'a parlé de ça ?

— Oui, et moi je lui ai parlé de mon mari, de Hendrik et de toi.

— Aïe, j'espère que tu as laissé de côté les détails fâcheux !

L'idée qu'elle ait pu évoquer mes études et nos multiples querelles me donna des sueurs froides.

— Ne n'inquiète pas, je connais les règles de la bienséance. Il y a les choses qu'on raconte et celles qu'on garde pour soi. Je serais ravie que le Dr Falk revienne à Löwenhof. Il pourrait examiner les chevaux une fois par an.

— C'est une bonne idée.

Elle prétendait le trouver simplement divertissant : je ne la croyais pas. Mais même le bourreau le plus efficace n'aurait pu lui faire avouer qu'elle le jugeait séduisant.

— Si, un jour, tu rencontres un homme qui te plaît vraiment, ne crains pas que cela me gêne. Ce serait bien de te voir à nouveau heureuse.

Ma mère resta un instant sans rien dire et je lui vis plisser le front en signe de désapprobation ; elle ne fit toutefois aucun commentaire et s'abstint aussi de m'inviter à trouver moi-même un mari.

CHAPITRE 45

Lennard et sa mère n'assistèrent pas à notre fête de la Saint-Jean. Ce fut une belle soirée avec arbre de mai, harengs et *nubbe.* De même que l'année précédente, Max n'y participa pas et je m'éclipsai telle une voleuse pour aller le rejoindre. Cette fois, nous ne contemplâmes les étoiles qu'après nous être aimés tout notre soûl.

— Que dirais-tu d'emménager au manoir ? lui demandai-je une semaine plus tard, tandis que j'étais dans ses bras.

— Au titre d'amant, tu veux dire ?

— Au titre d'époux.

Je me retournai et posai le bras sur son torse. Mes cheveux tombèrent sur son ventre. J'aimais les porter dénoués au lieu d'avoir à les emprisonner avec des pinces.

— Tu crois vraiment qu'il est bon de parler dès maintenant de mariage ? répondit-il. Ne vaudrait-il pas mieux savourer le présent ?

— Ça te convient peut-être, mais moi je suis quotidiennement confrontée à la nécessité de trouver enfin un mari. Notre visite chez les Ekberg a déjà été une épreuve. Et aujourd'hui, j'ai eu l'impression d'être au marché aux chevaux. J'ignore ce que ma mère a manigancé avec ses amies, mais leurs fils se sont montrés très intéressés. Si je l'avais pu, j'aurais fait à chacun la même réponse qu'à Lennard.

J'avais rapporté à Max que Lennard avait réitéré son désir de m'épouser et que je lui avais conseillé de chercher une autre femme.

— Tu aurais peut-être dû le faire, répondit Max en enroulant une de mes boucles autour de son doigt.

— Il n'est pas trop tard. Qu'en penses-tu, serait-ce pour toi un terrible fardeau de devenir mon époux ?

— Bien sûr que non ! Cela étant, je me demande comment ta mère le prendrait.

— Oh, mais elle en serait charmée.

— C'est ce qui s'appelle un mensonge, répliqua Max en se mettant à rire.

— Il faudrait bien qu'elle s'y fasse. Elle ne pourrait rien redire à ta naissance, tu es un baron poméranien.

— Sans terre ni fortune. Sans doute penserait-elle que je cherche à m'approprier ton titre. Et ton argent.

— Oui, sauf que c'est moi qui te fais cette proposition, n'est-ce pas ?

Je posai ma tête sur sa poitrine. Les battements de son cœur étaient puissants et paisibles.

Il me caressa les cheveux.

— C'est vrai, ça vient de toi. Mais je ne sais pas quoi te répondre.

Je me redressai. Quelque chose se réveilla tout au fond de moi. Le souvenir de Michael et de son refus de m'accompagner dans ma nouvelle vie.

— Alors tu ne veux pas de moi ?

Une petite ride apparut entre les sourcils de Max.

— Je te veux plus que tout au monde. Mais… c'est compliqué. Ma famille…

— Seraient-ils contre le fait que tu épouses une Suédoise ?

J'avais peine à l'imaginer étant donné les origines de la mère de Max.

— Non, pas du tout, et ils te trouveraient tout à fait charmante, mais…

— Mais…

— Mais alors tu appartiendrais à notre famille.

Je ne compris pas. Quel mal y avait-il à cela ?

— Mon père insisterait pour que tu vives chez nous. Ce qui m'obligerait à reparaître devant eux.

— Alors on se mariera en secret ! Si tu ne veux plus avoir de rapports avec ta famille, personne ne peut t'y forcer. Il te serait même possible de prendre mon nom.

— Agneta, dit-il tout bas avec tristesse. Je ne veux pas prendre de décision maintenant. Nous pouvons continuer comme nous le faisons. Laisser tranquillement les choses suivre leur cours. Qui sait si dans six mois tu voudras encore de moi ?

Je me redressai complètement. Ma déception était aussi brûlante que l'avait été mon plaisir quelques instants plus tôt. Je repoussai nerveusement mes cheveux en arrière. Mon regard se promena dans la pièce, cherchant quelque chose à quoi se raccrocher. Je ne pouvais plus regarder Max.

— Il vaudrait peut-être mieux que je m'en aille, dis-je en m'apprêtant à me lever, mais sa main me retint.

— Ne m'en veux pas, s'il te plaît. Reparlons-en plus tard. Dans quelque temps, dans six mois.

— Parce que, dans six mois, ton père n'exigera plus que je vienne vivre chez vous ? Parce qu'à ce moment-là ta famille n'aura plus d'objections à formuler ? Et ma mère non plus ?

La colère montait en moi. Cela me gênait et me donnait l'impression d'être une enfant mal élevée. Les larmes me vinrent aux yeux.

— Agneta, essaie de comprendre, dit Max. Je ne veux pas te faire une promesse que je ne pourrais peut-être pas tenir.

Je haussai les sourcils.

— Une promesse de mariage que tu ne pourrais pas tenir ? Tu as quelqu'un d'autre ?

— Non.

— Tu veux repartir ? Tu en as assez de Löwenhof ?

— Ce n'est pas ça.

Il était terriblement mal à l'aise.

— Alors quoi ?

— Je ne peux pas te le dire… Ça ne me paraît pas une bonne décision.

— Si c'est ce que tu penses… m'écriai-je en me dégageant, excuse-moi d'avoir été importune. Ce n'était pas mon intention.

Il parut soulagé. De mon côté, j'étais tendue à craquer. À mes yeux, le mariage était au contraire une bonne décision. Cependant, pour la deuxième fois, je me heurtais à un homme qui ne voulait pas partager sa vie avec moi. Je ne pouvais pas me recoucher à son côté comme si de rien n'était. Il fallait que je réfléchisse, que je me débarrasse de ma colère. Il fallait que je revienne à moi. Que j'accepte de partager des moments de plaisir et de discussion, sans jamais vivre avec Max.

Je me rhabillai en silence, attentive à sauver les apparences. J'espérais en mon for intérieur que Max prendrait la parole, mais lui aussi se taisait.

— On se verra tout à l'heure pour la promenade ? demanda-t-il lorsque je me dirigeai vers la porte.

— Non, je me mettrai tout de suite au travail.

Il se leva et s'approcha de moi, me prit dans ses bras et m'embrassa, mais je n'étais pas en état de répondre à son baiser.

— Essaie de me comprendre, dit-il tout bas. Nous en reparlerons. Plus tard. Quand nous serons certains de ce que nous voulons.

— Bien sûr, répondis-je en me dégageant.

Je parvins à refermer la porte derrière moi avant de céder aux pleurs. Cette fois, pourtant, je ne m'effondrai pas. Je me mis à courir afin d'instaurer le plus de distance possible entre la petite maison de Max et moi. Je pris à travers champs jusqu'à être sûre que personne ne pourrait me voir ni m'entendre. Puis je m'abandonnai à mes larmes.

Je rentrai à l'aube, rompue et épuisée par cette nuit d'errance et de réflexion. Je pensais avec appréhension aux tâches qui m'attendaient en ce lundi matin et ma déception ne s'était pas calmée. Pour moi, il ne pouvait y avoir que deux raisons au refus que Max m'avait opposé. Soit il ne m'aimait pas vraiment et ne voyait dans notre relation qu'une amourette passagère. Soit il avait peur de la position que j'occupais et du fait qu'il ne serait pas le chef de famille.

Mon attitude m'étonnait. Que m'était-il arrivé ? Jusque-là, c'est toujours moi qui avais refusé l'idée du mariage ! Si je n'étais pas devenue l'héritière du domaine, j'aurais sans doute continué à vivre en union libre avec Michael. Löwenhof m'avait-il à ce point changée ?

Une fois remontée dans ma chambre, j'ôtai ma robe et me couchai. J'avais mal à la tête et les paupières lourdes comme du plomb. Un instant encore mon corps résista au sommeil, puis l'épuisement l'emporta.

Je me réveillai en sursaut – quelqu'un me secouait par l'épaule. J'avais rêvé que je courais encore la forêt. À présent, le soleil m'éblouissait et je me rendis compte que j'étais dans ma chambre.

— Excusez-moi, Mademoiselle, dit Lena. J'ai voulu vous réveiller plus tôt, mais votre mère a insisté pour qu'on vous laisse vous reposer…

Je me redressai en sursaut.

— Quelle heure est-il ?

Le soleil était haut dans le ciel et la chaleur déjà grande.

— Onze heures.

— Quoi ? Grands dieux !

Je bondis hors de mon lit, j'avais dormi presque toute la matinée !

— L'eau est-elle prête ? demandai-je en me précipitant dans la salle de bains.

En dépit de l'heure tardive, je voulais me laver le plus complètement possible de ma nuit.

— J'ai tout préparé, répondit Lena en revenant un instant plus tard avec des serviettes.

Lorsque l'eau mouilla ma peau, la fatigue me quitta. Mais je n'en eus pas le cœur plus léger. La réaction de Max m'avait profondément affectée. Je m'étais ridiculisée. Peut-être était-il réellement trop tôt pour penser au mariage.

Il n'y avait personne dans la salle à manger. Je descendis à la cuisine.

— Bonjour, dis-je en entrant. Serait-il encore possible d'avoir un petit déjeuner ?

— Bonjour, Mademoiselle, répondit Mme Bloomquist en posant sa cuillère en bois. Madame votre mère m'a dit que vous viendriez me trouver.

Je haussai les sourcils. Ma mère avait prié la cuisinière de mettre quelque chose de côté pour moi ? Voilà qui était nouveau.

— Après une si longue nuit, vous avez besoin d'un petit déjeuner consistant, ajouta-t-elle en sortant un couvert et en posant sur la table de la confiture et une corbeille de pain.

— Pardon ? dis-je, désorientée.

Mme Bloomquist afficha soudain un air très embarrassé.

— Je veux dire… Vous vous êtes réveillée si tard. Madame a ordonné qu'on vous laisse dormir. Vous travaillez tellement !

Je fus prise de sueurs froides.

— Oui, répondis-je. Je me suis couchée très tard.

— Feu Monsieur votre père travaillait lui aussi jusqu'à une heure avancée. Il m'arrivait de lui préparer un petit déjeuner après tout le monde.

Elle s'efforçait de donner à ses propos un tour innocent, mais je me sentis soudain très mal à l'aise. Et si les domestiques s'étaient rendu compte que j'avais une liaison avec Max ? S'ils bavardaient sur mon compte ?

Et pis encore : que se passerait-il si ma mère l'apprenait ?

— Merci, madame Bloomquist, c'est très aimable de votre part, répondis-je en prenant place à la table de la cuisine. Qu'est-ce que mon père mangeait après ses longues nuits de travail ?

— Trois œufs au plat avec du lard, du pain avec de la compote de myrtille ou de prune et un café bien fort.

— Formidable, dis-je en bâillant à m'en décrocher la mâchoire.

J'entendis les domestiques glousser dans le couloir, mais m'efforçai de ne pas le prendre pour moi. Dorénavant, je veillerais à ne plus laisser passer l'heure de me lever, quel que soit le moment auquel je rentrerais de chez Max.

Après le petit déjeuner, je montai au grenier. Je n'avais pas encore croisé ma mère et n'avais pas non plus envie de fournir une explication à mon réveil tardif.

Les marches de l'étroit escalier gémissaient sous mon poids, comme elles le faisaient autrefois lorsque Hendrik et moi nous rendions en cachette au grenier. En général, nous nous isolions quand il y avait du monde et que nous n'avions plus envie de perdre notre temps avec les enfants de nos visiteurs. Là, nous étions à l'abri des jeux auxquels nous ne voulions pas jouer et des paroles que nous ne voulions pas entendre.

En ouvrant la trappe et en passant la tête à l'intérieur, j'eus l'impression de voir nos ombres errer encore parmi les caisses et les coffres. Nous inventions des histoires qui parlaient de pays lointains ou de fantômes. Nous imaginions être nous-mêmes des fantômes. Et, tandis que nous entendions rire et parler les invités, nous savourions notre invisibilité temporaire.

Les rayons du soleil passaient à travers les petites fenêtres et dessinaient des taches de lumière sur le sol sans toutefois chasser les ombres. Je contournai un coffre massif contenant des vêtements très anciens, des robes habillées de mes arrière-grands-mères, des costumes de fête de mes grands-pères. Parfois, nous nous en revêtions, Hendrik et moi, et chahutions dans la pièce. Ces tenues étaient évidemment beaucoup trop grandes pour nous et notre mère nous aurait réprimandés si elle avait su ce que nous faisions. Elle ne nous avait jamais surpris. Arrivait-il à quelqu'un de venir ici contempler ces vieux trésors ? Il n'y avait sans doute que les domestiques qui montaient afin d'y entreposer les objets mis au rebut.

J'aurais eu très envie de passer la journée là, mais le temps de l'enfance et des fantômes était révolu. Je me dirigeai vers un petit coffre caché derrière une grande malle cabine et j'en soulevai le couvercle, fouillant à l'intérieur pour trouver rapidement le réveil qui avait appartenu à ma grand-mère. Elle insistait toujours pour que nous soyons ponctuels, qualité à laquelle elle attachait le plus d'importance en dehors de la stricte observance des préceptes chrétiens. Ce grand objet légèrement cabossé m'avait toujours paru menaçant, mais à présent c'était exactement ce dont j'avais besoin. Je soufflai dessus pour ôter la fine couche de poussière dont il était couvert, le remontai et réglai les aiguilles à la bonne heure. Il se ranima en faisant entendre un léger tic-tac. Un sentiment de bien-être m'envahit. Ma grand-mère n'avait jamais été une femme chaleureuse. Elle voulait que ses petits-enfants soient bien élevés. Mais j'avais l'impression qu'à présent elle veillerait sur moi et ferait en sorte que je n'oublie jamais mon devoir.

CHAPITRE 46

Je passai tout l'après-midi penchée sur les livres de comptes. Ma mère recevait une fois de plus ses amies, mais je ne voulais pas me montrer à elles dans l'état où j'étais. Je me sentais fatiguée, lourde comme du plomb, et je n'arrivais pas à me concentrer. Ma discussion avec Max me poursuivait. Si je n'avais pas abordé la question du mariage, tout se serait déroulé comme d'habitude.

Faire comme s'il ne s'était rien passé m'était impossible. Je savais à présent que Max ne souhaitait pas m'épouser. Du moins pas tout de suite. Plus tard, peut-être. Ou jamais. Nous pouvions faire l'amour, nous promener ensemble, mais s'il ne tenait qu'à Max cela n'irait jamais plus loin. J'avais beau me dire que j'étais une femme moderne et que je n'avais pas besoin d'une relation sentimentale stable, ma déception persistait.

Un coup frappé à la porte m'arracha au chaos de mes pensées. Un instant, je craignis que ce soit Max, mais il s'agissait de Marie.

— Qu'y a-t-il ? demandai-je en me frottant les yeux et en réprimant un bâillement.

— Madame souhaiterait vous parler au salon, elle dit que c'est important.

Important ? De quoi pouvait-il bien s'agir ? Une de ses amies était-elle venue avec un fils qu'elle souhaitait me présenter ? Je voyais à la mine de Marie qu'elle se ferait réprimander si je ne descendais pas sur-le-champ.

— Très bien, j'arrive, dis-je.

Marie se retira. Je me levai et étirai les bras. Cela ne me donnerait pas l'air plus alerte… Pas question non plus que je me change pour l'occasion. Ma mère dirait ce qu'elle avait à dire, je boirais un café et je remonterais travailler.

— Enfin te voilà ! dit-elle lorsque je franchis la porte vitrée du salon. Viens, nous t'avons gardé une place.

Elle désigna le canapé en rotin sur lequel elle était assise. Les trois autres personnes présentes étaient Mme Söderlund, Mme Axelson et Mme Niebro. Ce n'étaient pas les plus proches amies de ma mère, mais elles entretenaient avec elle des relations suffisamment étroites pour être invitées une fois par mois à Löwenhof.

Tandis que je les saluais, je remarquai leur expression grave – on aurait dit qu'on venait d'annoncer la mort du roi.

Je m'assis à côté de ma mère, soulagée de ne voir aucun jeune homme parmi elles.

— J'espère que vous passez un moment agréable, mesdames, dis-je.

— Oh, tout à fait, dit la première.

— Vous avez l'air fatiguée, fit remarquer la deuxième.

— Ces derniers temps, ma fille travaille jusqu'à tard dans la nuit, répondit ma mère en me jetant un regard critique.

Avait-elle conçu des soupçons ? Il n'aurait plus manqué que cela.

Heureusement, aucune de ses amies ne me conseilla de trouver un époux qui puisse me décharger en partie de mes tâches.

— Il y a de graves nouvelles, déclara Mme Söderlund.

— Que se passe-t-il ? m'enquis-je. Je n'ai pas encore lu le journal aujourd'hui.

— Vous devriez le faire. Hier, l'héritier du trône d'Autriche a été assassiné à Sarajevo. Avec son épouse. Toute l'Europe est sous le choc.

J'ouvris des yeux effrayés. À notre époque, les attentats contre les membres des familles royales étaient heureusement très rares. Mais, lorsqu'il en survenait un, on avait le sentiment qu'un proche avait été touché.

— Mais c'est affreux ! m'exclamai-je. Sait-on qui en est l'auteur ?

— Il semblerait que ce soit un Serbe appartenant à un groupe d'opposants à la monarchie autrichienne. Je crains que cela n'ait très vite de terribles répercussions.

— Appelons les choses par leur nom, intervint ma mère. Il y aura la guerre. L'Autriche ne tolérera pas que cet acte demeure impuni.

— L'empereur exige que les autorités serbes diligentent une enquête impitoyable, reprit Mme Söderlund. Mais si le résultat ne le satisfait pas l'Autriche prendra des mesures.

— L'assassinat d'un prince héritier suffirait à justifier un acte de vengeance, déclara Mme Niebro. Autrefois, les responsables de ce type de crime étaient écartelés.

Je tentais de suivre les propos échangés. Le meurtre devait effectivement être puni, mais cela signifiait-il pour autant qu'il y aurait la guerre ? Et, si tel était le cas, quelles en seraient les conséquences pour la Suède ? Notre pays n'avait pas été impliqué dans un conflit depuis plus d'un siècle. Nous faisions l'éloge de la neutralité. Cependant le roi changerait-il d'avis dès lors que la famille d'un chef d'État avait été victime d'un attentat ?

Tandis que je réfléchissais aux répercussions de l'événement, nos invitées s'étaient mises à évoquer diverses sanctions possibles, toutes plus horribles les unes que les autres. Ma mère, qui s'était tenue sur la réserve, finit par les rappeler à l'ordre.

— Nous ne vivons plus au Moyen Âge, asséna-t-elle. On ne punit plus les assassins comme autrefois.

— Que pensez-vous de tout cela ? me demanda Mme Söderlund.

— Déclencher une guerre ne me paraît pas une solution. Et j'espère que l'empereur partage ce point de vue. La guerre fait le malheur de milliers de gens. Et je parie qu'aucun paysan serbe ne voulait la mort du prince héritier. Or ce seraient ces innocents qui pâtiraient d'un conflit.

— Mais la vie d'un prince n'a-t-elle pas plus de valeur que celle d'un paysan ? demanda Mme Axelson, qui semblait fascinée par l'idée de pouvoir connaître une guerre sur ses vieux jours.

— Tous les êtres humains ont par nature la même valeur, répliquai-je. Chacun est investi de la même responsabilité. Un paysan cherche à protéger sa famille. Un roi, son peuple. Si un de ses enfants est attaqué par un ours, le paysan essaiera de tuer l'ours ou de le tenir à distance, mais il n'entreprendrait jamais d'éliminer tous les ours. De même, un roi ou un empereur ne devraient pas déclarer la guerre à un peuple dont quelques représentants ont commis un crime épouvantable. En cas de meurtre, il faut traduire le coupable en justice et l'envoyer en prison. Mais le monde n'a pas besoin d'une nouvelle guerre.

Je sentais mon cœur battre à se rompre. Les amies de ma mère me regardaient avec de grands yeux. C'était comme autrefois, lors de nos manifestations, quand tant les femmes que les hommes ne voulaient pas comprendre qu'on ne pouvait donner tous les droits à une partie de la population et en priver l'autre.

— Excusez-moi, mais j'ai du travail, dis-je en me levant.

Je ne voulais pas attendre qu'elles se soient ressaisies.

En passant, je jetai un coup d'œil à ma mère. Elle avait l'air sombre, mais je lui vis un petit sourire au coin des lèvres. M'avait-elle fait appeler pour que je secoue ses belliqueuses amies ? Que je leur adresse une semonce ? Eh bien, c'était chose faite.

Lorsque je sortis du salon, je sentis une douleur me vriller les tempes. Tous ces discours offensifs ! Notre maison avait toujours combattu au côté de ses rois, je le savais par ce qu'avait raconté mon père. Moi-même, je n'avais jamais connu de guerre, mais les récits paternels m'avaient suffi. Ils parlaient de nos ancêtres des XVIIe et XVIIIe siècles, l'époque où la Suède n'avait cessé de mener des guerres et de les exporter dans d'autres pays. C'étaient des histoires pleines de sang et de souffrances. Et, souvent, les destructions dépassaient les gains. Des rois mouraient au combat, des milliers de familles perdaient un père ou un fils. Des milliers de femmes étaient violées par des soldats. Des milliers d'enfants succombaient à la faim.

Une fois dans l'escalier, je recouvrai mon calme. Le soleil brillait, les oiseaux chantaient. J'entendis au loin un cheval hennir. L'air chaud vibrait au-dessus des pavés de la rotonde. Rien n'avait changé. On aurait dit que la guerre ne pouvait pas nous atteindre.

Mais je sentais que quelque chose allait changer dans les mois à venir. S'il y avait un conflit armé, tout dépendrait de la réaction de notre roi. S'en tiendrait-il à son principe de neutralité ou interviendrait-il ? Notre vie en serait-elle bouleversée du jour au lendemain ?

Le soir, je décidai d'aller voir Max. L'annonce de l'assassinat de l'archiduc m'avait dissuadée de lui en vouloir plus longtemps. Lorsqu'on pensait à ce qui pouvait résulter de cet événement, peut-être valait-il effectivement mieux ne pas parler de mariage.

Je voulais lui présenter des excuses et j'avais absolument besoin d'une conversation avec quelqu'un.

Arrivée devant la maisonnette, je frappai à la porte. Pas de réponse.

— Max ? lançai-je dans le noir.

Cette fois, pourtant, l'absence de lumière ne signifiait pas qu'il avait préféré demeurer assis dans l'obscurité pour réfléchir.

Il n'était pas là. S'était-il rendu au village pour s'enivrer à l'auberge ? Je restai un instant sans savoir que faire, tentée de me rendre à cheval au village afin de voir s'il y était. Puis je me ressaisis. Sans doute avait-il appris par les valets d'écurie ce qui s'était passé. Ou par les cochers des amies de ma mère. S'il était à l'auberge, c'était probablement pour s'informer. L'empereur d'Autriche n'était pas son souverain, mais c'était un allié de l'empereur allemand Guillaume. S'il y avait une guerre, il prendrait le parti de l'Autriche. Je préférais ne pas penser à la réaction en chaîne qui en résulterait.

En me détournant, je vis une silhouette déboucher du bois. C'était lui. Il marchait à grands pas et accéléra le rythme à ma vue.

— Bonsoir, Agneta, lança-t-il.

— Bonsoir.

Il y eut un silence gêné. Au cours de la journée, nous n'avions ni l'un ni l'autre essayé de nous voir pour discuter. Pour ma part, j'avais même éprouvé de la crainte à l'idée de le croiser.

— Tu as entendu la nouvelle ? dis-je enfin. L'archiduc François-Ferdinand d'Autriche a été assassiné à Sarajevo.

— Oui, un des cochers en a parlé. Et maintenant tout le monde se demande s'il va y avoir la guerre.

— Ça fait longtemps que la Suède n'a pas été impliquée dans un conflit et, tel que je connais notre roi, il ne s'en mêlera pas.

— Peut-être, mais pour l'Allemagne la situation est différente. Si l'empereur François-Joseph décide d'attaquer les Serbes, Guillaume le soutiendra.

— Alors espérons qu'on n'en arrivera pas là.

Nous nous tûmes de nouveau. Puis ce fut Max qui rompit le silence.

— À propos de la nuit passée… Je suis vraiment désolé que…

— Chut, dis-je en lui posant un doigt sur les lèvres. Tu n'as pas à l'être, c'est moi qui le suis. Je n'aurais pas dû te presser. D'ailleurs je ne sais même plus comment j'en suis venue à parler de ça. C'est à cause de ma mère et de ses discours sur le mariage… Tout le monde semble n'attendre qu'une chose : que je prenne enfin un époux. Je crois que je voulais régler cette histoire et c'est ce qui m'a poussée à te poser la question. Mais c'était une erreur, je le vois bien, et je te prie de me pardonner.

Max garda le silence, cependant la ride avait reparu entre ses sourcils. Je ne m'y arrêtai pas. J'étais revenue sur ma demande, je m'étais excusée. Je ne pouvais pas faire plus.

C'est alors qu'il s'approcha de moi et me prit dans ses bras.

— Il n'y a rien à pardonner, répondit-il. Tu as obéi aux élans de ton cœur. Quand le moment sera venu, c'est moi qui te ferai une demande en mariage. Mais accorde-moi ce temps, s'il te plaît.

J'acquiesçai tout en sentant qu'une fêlure s'était produite en moi. Je l'aimais et je ne me serais que trop volontiers perdue dans ses yeux. Son refus était pourtant comme une ombre contre laquelle j'étais impuissante. Nous nous embrassâmes, nous nous aimâmes et tout parut comme à l'ordinaire. Mais ensuite je demeurai longtemps à regarder par la fenêtre en me demandant ce qui nous attendait.

CHAPITRE 47

Si le mois de juin avait été chaud, juillet le fut encore plus. Les céréales mûrissaient, les chevaux cherchaient l'ombre des arbres, sous lesquels ils attendaient paresseusement l'arrivée de la brise du soir.

Je sortais souvent observer Talla et les autres. Étoile du soir se remettait bien de sa maladie, mais j'hésitais encore à le bâter. Je le laissais courir librement dans le pré et ne le monterais probablement jamais, cependant j'espérais qu'on pourrait le dresser.

La vie suivait son cours, toutefois l'on sentait une inquiétude générale. Je lisais très attentivement la presse. Comme notre publication locale ne fournissait pas beaucoup d'informations, je m'étais procuré un journal de Stockholm qui proposait un aperçu plus vaste de la situation.

J'étais scandalisée que le gouvernement serbe n'ait manifesté aucune intention de poursuivre les coupables. On pensait même que ce meurtre avait suscité son approbation, car la Serbie voulait chasser les Autrichiens de Bosnie et s'approprier le pays. Les journaux parlaient de la « crise de juillet » et prédisaient que, si l'on ne trouvait pas rapidement une solution, la guerre serait inévitable. Les amies de ma mère paraissaient avoir vu juste.

Le soir du 28 juillet, je vis de la fenêtre de mon bureau notre garçon de courses, Peter, arriver en courant. Je l'avais envoyé chercher quelque chose au village. En le voyant gravir le perron à toute allure, je me demandai ce qui se passait. Un des champs brûlait-il ? Cela se produisait de temps à autre et provoquait en général un vif émoi dans la région. Je sentais pourtant qu'il y avait autre chose. Je retournai m'asseoir à mon bureau et j'attendis en contemplant le ciel. Si c'était important, il monterait me voir. Ou un domestique le ferait. Un instant plus tard, on frappa à la porte.

— Entrez ! lançai-je.

Peter s'inclina, sa casquette à la main.

— Mademoiselle, dit-il, les Autrichiens viennent de déclarer la guerre à la Serbie. Je l'ai entendu chez l'épicier.

— Qui en a parlé ? demandai-je.

Depuis quelques jours, il se trouvait toujours quelqu'un pour affirmer que la guerre avait commencé sans que les journaux aient confirmé le fait.

— Olsson, il est garçon de courses pour le bureau du télégraphe. C'était dans un télégramme. Son chef était sens dessus dessous, il a immédiatement appelé toute sa famille. Olsson a pris son vélo et il est arrivé au village juste avant moi. Les gens sont sous le choc.

Je l'étais aussi. À l'école supérieure de jeunes filles, j'avais dû apprendre les alliances passées entre les maisons royales et les pays. Pour sa part, la Suède n'en avait conclu aucune, mais notre professeur jugeait important que nous sachions quels étaient les pactes d'assistance et les antagonismes en Europe.

Une déclaration de guerre de l'Autriche à la Serbie signifierait l'intervention de l'Allemagne au côté de l'Autriche. Les Serbes étaient alliés au tsar russe, qui pour sa part avait signé un accord avec la France. De ce fait, cinq pays européens se retrouveraient d'un coup en guerre. Et d'autres suivraient, car la France était alliée à la Belgique et à l'Angleterre. On aurait dit que quelqu'un avait fait tomber le premier élément d'une file de dominos et que tous chutaient les uns après les autres.

Combien de temps la Suède parviendrait-elle à se tenir en dehors de cette réaction en chaîne ? Notre roi entretenait de bonnes relations avec l'empereur allemand, mais aucune alliance n'avait été signée. Les Danois se laisseraient-ils entraîner à soutenir leur voisin allemand ? Et qu'en serait-il de la Norvège, qui, depuis 1905, n'était plus gouvernée par notre roi ? Et de la Finlande, qui se verrait exposer à la menace de la Russie ?

— Est-ce que ça va, Mademoiselle ? demanda Peter avec inquiétude.

Je me rendis compte alors que j'étais restée silencieuse et figée sur mon siège.

— Oui, merci, Peter. Et merci également d'être venu m'informer de cette nouvelle.

Il s'inclina et sortit.

Je demeurai encore un moment immobile, puis me levai et quittai la pièce. Je descendis au rez-de-chaussée, sortis du manoir, traversai le jardin et pénétrai dans le petit bois en pente qui marquait la limite de notre propriété.

Là, je m'assis sur un coussin de mousse et levai les yeux vers le toit de feuilles vertes.

Une guerre commençait.

Rien ne paraissait avoir changé. Les feuilles bruissaient au vent, les oiseaux chantaient leurs mélodies d'été et apprenaient à leurs petits à voler. Le soleil brillait et les nuages traversaient le ciel. L'herbe s'inclinait doucement sous le souffle de la brise. Dans le sous-bois, fourmis et coléoptères cherchaient de quoi se nourrir.

Rien ni personne en dehors de l'être humain ne savait ce que signifiait une déclaration de guerre. Nul autre que lui ne savait quel poids pouvait avoir une décision prise par quelques-uns.

Le soir venu, un grand silence régna au manoir. Les domestiques s'entretenaient à voix basse du conflit qui débutait, M. Bruns et Mlle Rosendahl échangeaient des regards lourds de signification. On voyait à leur mine qu'ils auraient bien voulu en savoir davantage, mais je ne pouvais rien leur dire. Ma mère se taisait, elle aussi, et demeurait absorbée dans ses pensées.

Lorsque les domestiques se furent couchés et que la maison fut plongée dans l'obscurité, je sortis rejoindre Max. Les valets lui avaient sans doute appris la nouvelle.

Il y avait de la lumière chez lui et je pris un instant pour l'observer par une des fenêtres avant de signaler ma présence. Il était assis à son bureau, concentré sur la lecture de ce qui ressemblait à une lettre. Quand l'avait-il reçue ?

Il paraissait très attentif et n'avait pas eu le temps de se changer. Ses bretelles semblaient lui scier les épaules et sa chemise était froissée. Un sourire passa sur mes lèvres. Je montai l'escalier, une des marches craqua – notre signe de reconnaissance.

Avant même que je puisse frapper à la porte, il ouvrit. Une mèche lui tombait sur la figure, et son sourire avait quelque chose de forcé.

— Bonsoir, Agneta, entre.

— J'espère que je ne te dérange pas, répondis-je avec une hésitation.

Il me prit dans ses bras et m'embrassa.

— Tu ne me déranges jamais. Et puis je sais que tu viens tous les soirs.

Il me tint serrée contre lui un moment. Son cœur battait plus vite qu'à l'ordinaire. Était-ce le fait de ma présence ou de ce qu'il venait de lire ?

— Tu as reçu du courrier ? demandai-je.

Max avait replacé la feuille dans l'enveloppe, qui se trouvait encore sur le bureau. Il me lâcha, se retourna, prit la lettre et la glissa dans la poche de son pantalon.

— Oui, mais rien d'important, répondit-il avec un regard légèrement troublé.

— Tu as l'air ébranlé.

Il avait beau parler très peu de lui et de sa famille, je voyais généralement clair en lui.

— C'est la guerre. Tu imagines bien ce qu'on peut ressentir.

— Oui, mais ici, tu n'as rien à craindre. Ils ne pourront pas te mobiliser, et à supposer qu'ils le fassent je m'arrangerai pour que tu n'aies pas à partir à l'armée.

Je m'approchai de lui et voulus le prendre dans mes bras, mais il se déroba.

— Et si je voulais y aller ?

— Tu souhaiterais partir te battre ? m'étonnai-je.

— Et pourquoi pas ? répliqua-t-il avec brusquerie. Beaucoup d'hommes de mon âge s'engagent de leur propre chef. Nous avons le devoir de soutenir l'Autriche.

— Nous ? Tu es à moitié suédois, l'aurais-tu oublié ?

— Non, mais si le roi de Suède ordonnait la mobilisation générale ?

— Ça fait un siècle que nous n'avons participé à aucune guerre. Je doute que les Suédois brûlent d'envie d'aller en Serbie se mêler d'un conflit dans lequel ils ne sont pour rien.

— Ce n'est pas nécessairement la question, rétorqua-t-il avec une exaltation sauvage que je ne lui avais encore jamais vue.

Une violente déception se fit jour en moi. Je ne m'étais pas attendue à ce qu'il manifeste autant d'enthousiasme pour la guerre. Il dut le remarquer, car ses épaules s'affaissèrent et il parut soudain las.

— Excuse-moi, on ne devrait pas se disputer à propos de ce genre de chose.

Il m'enlaça, mais je n'eus pas la force de répondre à son étreinte, me sentant raide comme un bout de bois.

J'étais venue chercher un peu de tranquillité auprès de lui, la possibilité de parler, mais l'envie m'en était passée.

— Je suis fatiguée, dis-je enfin. Il vaudrait mieux que je rentre.

Max opina. Un instant, j'espérai qu'il m'inviterait à dormir chez lui, mais il ne fit pas mine de me retenir, aussi je me dirigeai vers la porte.

— Agneta, lâcha-t-il.

Je me retournai, la gorgée nouée par les larmes, mais m'efforçai de n'en rien laisser paraître.

— Donne-moi un peu de temps, s'il te plaît.

La même prière qu'un mois plus tôt, lorsque je lui avais parlé mariage.

— Très bien, répondis-je.

J'étais trop fatiguée pour discuter ou même l'interroger sur le sens de sa demande.

— Bonne nuit, ajoutai-je en sortant.

L'obscurité était toute bruissante et des milliers d'étoiles flamboyaient dans le ciel. Un spectacle que nous avions maintes fois admiré ensemble. Mais à présent, j'étais dehors et lui à l'intérieur. En me retournant, je vis qu'il s'était rassis à son bureau et replongé dans sa lecture.

Sans vouloir l'admettre, j'avais le sentiment que la fin était proche. Ou alors me faisais-je des idées à propos de cette lettre ? S'il n'avait pas voulu m'en dévoiler le contenu, c'était peut-être afin de ne pas m'inquiéter. Cependant, tandis que mon esprit cherchait des faux-fuyants et des excuses à Max, une petite voix me chuchotait que j'étais sur le point de le perdre. Pouvais-je faire quelque chose pour éviter cela ?

Je l'ignorais. Mais peut-être me viendrait-il une idée lorsque je serais étendue sur mon lit, bercée par le tic-tac du réveil de ma grand-mère.

CHAPITRE 48

Une semaine plus tard, l'Allemagne entrait officiellement en guerre. Lorsque je lus la nouvelle dans le journal, je sus que le sort de l'Europe serait scellé sous peu et repensai au jeu de dominos. Quel serait le prochain à tomber ?

Notre roi se montrait très réservé. Il n'avait pas l'intention de prêter assistance aux Allemands, rappela que la Suède n'avait participé à aucune guerre depuis 1814. Il ne voulait pas mettre fin à un siècle de paix. On l'accusa de faiblesse, et je fus soulagée qu'il ne réponde pas à ce reproche par un ordre de mobilisation. Il aurait été insensé de se mêler d'un conflit déclenché par la Serbie et l'Autriche.

Max avait changé. Il lui arrivait de ruminer pendant des heures. Quand je lui adressais la parole, il me regardait par moments comme s'il me voyait pour la première fois. Si je lui demandais à quoi il pensait, il gardait le silence.

Il n'avait pas abandonné l'idée de s'engager volontaire. Je me rendis compte alors qu'il m'en avait encore moins dit sur son compte que je ne l'avais cru. L'homme qui avait quitté le domaine de sa famille pour échapper aux contraintes qui pesaient sur lui voulait maintenant se soumettre au joug de l'armée. Alors qu'il menait une vie agréable à Löwenhof, il souhaitait endurer les horreurs des combats. Je n'arriverais sans doute jamais à le comprendre.

Nous nous retrouvions désormais rarement pour nos promenades matinales. Au début, j'avais essayé de forcer ses résistances, mais il avait érigé autour de lui un mur qui ne cessait de grandir. À un moment, il ne se donna même plus la peine de venir à notre lieu de rendez-vous, si bien que je cessai moi aussi de m'y présenter. Il m'expliqua qu'il avait besoin de temps pour lui ; il suffisait que nous nous voyions le soir. Ses paroles me blessèrent profondément, car j'en pressentais le sens : il ne voulait plus de moi. En dépit de nos rencontres nocturnes, notre relation touchait à sa fin.

J'en souffrais beaucoup et, souvent, en rentrant chez moi dans la nuit, je me couchais en pleurant. Mes questions demeuraient sans réponse et j'ignorais comment faire pour regagner son amour. Je me plongeai dans mon travail et m'efforçai de lire tout ce que je pouvais trouver sur la guerre.

Fin août, je reçus une demande d'Allemagne. Un certain comte de Kranitz annonçait sa visite, il était intéressé par nos sangs-chauds suédois. « J'ai entendu dire que vos chevaux étaient les meilleurs, les plus robustes et les plus résistants de tout le pays », m'écrivait-il flatteusement.

Comme je suivais attentivement les débuts de la guerre, cette requête m'inspira aussitôt un sentiment de malaise.

En Allemagne, une euphorie inquiétante semblait s'être emparée des hommes au cours du mois qui venait de s'écouler. Beaucoup voyaient dans la guerre un événement extraordinaire et l'on aurait dit que l'objectif suprême de leur existence consistait désormais à se précipiter sur les champs de bataille. L'enthousiasme qui régnait dans ce pays paraissait déteindre sur Max : il pouvait parler de la guerre pendant des heures, s'extasiant sur la chance qu'elle offrait aux hommes de témoigner de leur virilité. Cela me déconcertait, mais je pensais qu'il n'irait pas jusqu'à abandonner Löwenhof pour se ruer dans la mêlée des combats.

En dépit de mon inquiétude, j'acceptai de rencontrer le comte et me préparai à l'accueillir avec ceux qui l'accompagnaient. Il arriva dans un landau ouvert tiré par quatre beaux chevaux pommelés. En voyant quatre hommes en uniforme descendre du véhicule, je fus interloquée. Kranitz ne m'avait pas informée qu'il agissait pour le compte de l'armée. Ou bien le bellicisme allemand allait-il si loin que les hommes portaient tous l'uniforme ? Cela me paraissait difficile à croire.

Je m'avançai à leur rencontre, soulagée d'avoir choisi ce jour-là une robe sobre d'un gris foncé. Face à des interlocuteurs de ce type, il ne fallait surtout pas donner l'impression d'être naïf et de ne rien entendre aux affaires. Une tenue de mousseline blanche aurait été parfaitement déplacée.

— Bienvenue à Löwenhof, dis-je en allemand.

Grâce à Max, j'avais eu amplement l'occasion de m'exercer au maniement de cette langue.

— Je suis Agneta Lejongård, la propriétaire du domaine.

Le comte claqua crânement des talons, s'inclina et me baisa la main. J'eus de la peine à dissimuler l'antipathie immédiate que je ressentis à son égard. Nous avions rarement affaire à des militaires, mais je ne me sentais jamais à l'aise en pareil cas, même lorsque nous recevions la visite de représentants de l'armée suédoise. Ils dégageaient une agressivité contre laquelle je me sentais impuissante. La virilité ostentatoire du soldat était un sujet de colère récurrent pour mes amies de Stockholm.

— Comtesse Lejongård, je vous présente Weber, mon écuyer, Köster, mon aide de camp, et mon ami le baron von Stein.

Les trois hommes me firent un salut.

— Je suis très heureux que vous ayez bien voulu nous recevoir, poursuivit le comte. Vos chevaux ont une réputation remarquable.

— Vous êtes très aimable, répondis-je. Puis-je vous proposer un petit rafraîchissement ?

— Avec plaisir.

Je les conduisis au fumoir, la pièce que j'utilisais généralement pour les discussions d'affaires. L'odeur de tabac dont les murs étaient imprégnés renforçait ma crédibilité et influait favorablement sur les négociations, même les plus difficiles. Si cela fonctionnait avec les Suédois, pourquoi n'en aurait-il pas été de même avec les Allemands ?

Visiblement conquis, mes hôtes jetaient autour d'eux des regards admiratifs. Ils s'attardèrent tout particulièrement sur un tableau représentant des faisans, une nature morte de chasse, présentant des faisans suspendus par le cou à un lacet. Au-dessous, un cerf abattu et les habituels feuillages et rameaux de sapin. J'ignorais si cette toile avait été du goût de mon père, il n'avait jamais émis d'avis à son sujet. Enfant, ces images m'avaient inspiré des cauchemars épouvantables. Si je m'étais écoutée, j'aurais remisé ce tableau au grenier. Mais j'avais constaté qu'il produisait de l'effet sur certains de mes visiteurs masculins. La mort et le sang paraissaient les stimuler, ce qui ne nuisait pas forcément à nos discussions.

Je priai ces messieurs de prendre place dans les fauteuils de cuir et sonnai Bruns, qui entra un instant plus tard avec du café et une coupe remplie de gâteaux secs confectionnés par Mme Bloomquist.

— En Suède, il est de tradition de servir sept sortes de biscuits avec le café, expliquai-je. Chez nous, l'heure du café est sacrée. Servez-vous, messieurs. Si vous en laissiez, notre cuisinière ne vous le pardonnerait pas.

Mes invités s'exécutèrent, tandis que Bruns remplissait les tasses. J'en pris une gorgée et son arôme se répandit sur ma langue et dans ma gorge.

— Il est très inhabituel de voir une femme diriger seule un grand domaine, fit remarquer Kranitz après avoir goûté le café.

J'avais prié Mme Bloomquist de le faire bien fort. Les discussions d'affaires étaient souvent longues et laborieuses et je ne voulais surtout pas être fatiguée.

— Mais en Suède, les femmes ont toujours été robustes, n'est-ce pas ?

Les hommes se mirent à rire. Cette hilarité n'avait rien pour me plaire, cependant je n'avais pas l'intention de céder à l'irritation. Certains de nos partenaires commerciaux avaient besoin de formuler ce genre de remarque pour se départir de leur timidité à mon égard.

— Si vous faites allusion à notre passé d'hommes et de femmes du Nord, vous avez tout à fait raison, répondis-je. Ce n'est pas un hasard si ce sont les femmes qui, dans notre mythologie d'autrefois, conduisaient jusqu'au Walhalla les guerriers tombés au combat.

— Oui, nous avons entendu parler des walkyries. Vous avez de magnifiques légendes.

— Merci.

J'aurais aimé entrer sans attendre dans le vif du sujet, mais je n'ignorais pas qu'il fallait toujours commencer par parler de choses et d'autres avant d'en venir au fait.

— Notre maison a plus de sept cents ans d'histoire. Nous ne sommes maîtres de ce domaine que depuis deux cent cinquante ans environ, mais avant cela mes ancêtres possédaient déjà des terres et étaient au service du roi.

— Pour ma part, je suis fier que mes ancêtres aient servi Charlemagne, répondit Kranitz. Il est intéressant de voir que l'un de vos plus grands rois portait le même nom.

— Je suppose que vous pensez à Carolus Rex. Oui, il a été l'un de nos rois les plus belliqueux. Malheureusement, le destin lui a fait croiser la trajectoire d'une balle. Certains témoins de l'époque n'ont manifesté aucun regret de sa mort, car les guerres qu'il avait menées avaient fait plus de mal que de bien à son pays.

Kranitz m'observait. Et je me doutais à présent qu'il n'était pas venu acheter des chevaux pour un usage courant. Il n'avait pas fait allusion par hasard au passé guerrier de la Suède, même s'il semblait avoir oublié que nous avions résolu de ne plus nous mêler d'aucune guerre.

— Pensez-vous que Gustave V apportera son concours à l'empereur allemand dans le conflit actuel ? demanda-t-il enfin.

L'atmosphère se tendit.

— C'est au roi lui-même que vous devriez poser la question, répondis-je. Notre famille a beau être amie de la maison Bernadotte, nous n'exerçons aucune influence sur les décisions politiques. Mes ancêtres ont préféré se concentrer sur l'élevage des chevaux.

Kranitz mordilla sa lèvre inférieure et prit le temps de réfléchir.

— Je suis très impatient de voir vos bêtes, dit-il enfin. Seriez-vous disposée à me montrer vos écuries et vos prés ?

— Avec le plus grand plaisir, répondis-je. Mais pas avant que nous n'ayons bu le café et fait honneur à tous ces biscuits.

Une demi-heure plus tard, je conduisis mes visiteurs vers les pâturages, puis les emmenai aux écuries. Kranitz se répandit en éloges sur nos chevaux et laissait déjà entendre que l'empereur en avait grand besoin pour son armée.

— Des chevaux comme ceux-là, déclara-t-il en désignant les prés d'un ample geste, comme s'ils lui appartenaient.

Nous ne ferions pas affaire, je le savais à présent, mais je n'en dis rien sur le moment. Aux écuries, nous tombâmes sur Max. Je lui avais annoncé la venue de ses compatriotes et la vue de ces hommes en uniforme lui fut manifestement agréable.

— Max von Bredestein, se présenta-t-il.

— Heureux de faire votre connaissance, répondit Kranitz. Vous êtes allemand ? Que pensez-vous de ce qui se passe en ce moment dans notre pays ?

— Je trouve que l'empereur a pris la bonne décision. L'Autriche ne pouvait pas laisser impuni ce lâche attentat.

Kranitz le regardait attentivement.

— Vous m'avez l'air d'un homme compétent. Vous êtes de la noblesse. Quelqu'un comme vous, qui s'y connaît en chevaux, nous serait fort utile à l'armée.

Max me jeta un regard et j'eus peine à réfréner ma contrariété en entendant le comte tenter si ouvertement de débaucher un de mes hommes. Je n'attendais plus que le moment opportun pour les éconduire, lui et ses compagnons.

— Merci, répondit Max, mais j'ai décidé de me consacrer à l'élevage de ces chevaux. Et puis je ne pourrais pas abandonner le domaine pour partir.

Je me trompais peut-être, mais il ne parut guère enthousiaste de prononcer ces mots. Et, quand il pensait que je ne le voyais pas, il observait nos hôtes avec une sorte d'envie. Mais ce n'était pas le moment de m'interroger là-dessus.

— Les chevaux seraient donc employés à des fins militaires ? demandai-je. Où cela ? Sur le front ?

Mon intonation s'était faite involontairement tranchante, mais Kranitz mettrait sans doute cela sur le compte de mon accent étranger.

— Ils serviraient à diverses tâches, mais pour l'essentiel dans la cavalerie.

— Où ils seraient exposés au feu de l'artillerie ? ajoutai-je en sentant une boule de fureur se former dans ma poitrine.

— Nous ferons évidemment des tests pour que les bêtes ne s'effraient pas sur le champ de bataille. Mais la plupart d'entre elles se débrouilleront sans doute très bien face au vacarme de l'artillerie.

— Combien de chevaux souhaitiez-vous acheter et à quel prix ? demandai-je après avoir respiré à fond.

Si j'avais pu, je lui aurais reproché de m'avoir menée en bateau en me dissimulant ses véritables motifs. Et j'estimais que l'empire allemand cherchait par ce biais à acheter l'aide de la Suède dans la guerre qu'il menait.

— L'empereur vous offre cinquante mille marks pour un troupeau entier.

— Cinquante mille ? répétai-je.

C'était une somme très élevée.

— Pour cinq cents chevaux, ajouta Kranitz avec assurance. Ce qui fait cent marks par bête.

Il semblait penser que j'étais incapable d'effectuer moi-même le calcul.

Je le laissai mariner, puis me tournai vers Max.

— Qu'en pensez-vous, monsieur von Bredestein ? demandai-je. Cent marks vous paraissent-ils un bon prix pour un de nos chevaux ?

— Un très bon prix même, répondit-il, ravi de cette offre.

Une satisfaction que je ne partageais malheureusement pas. Je regardai Kranitz avec son visage anguleux aux yeux sombres.

— Je vous remercie de cette offre généreuse, dis-je enfin. Je crains cependant que les chevaux suédois, si longtemps tenus éloignés des champs de bataille, ne puissent plus s'habituer à l'artillerie. Remerciez votre empereur de son intérêt, mais je ne vendrai pas mes chevaux. Je ne les pense pas aptes à servir à des fins militaires.

— Mais, comtesse, je ne comprends pas… Je disais pourtant…

Kranitz tourna les yeux vers ses compagnons, tout aussi surpris que lui. Ils s'étaient sans doute attendus à ce que leur offre soit acceptée.

— Nous pouvons vous proposer davantage, si vous le souhaitez. Soixante-dix mille !

Je secouai la tête. Je n'étais pas disposée à envoyer mes chevaux se faire tuer à la guerre.

— Je suis désolée, monsieur von Kranitz, mais ma décision est prise. Je vous remercie de votre visite et de l'intérêt que vous avez manifesté à nos chevaux. Je vous souhaite un bon retour.

Le comte me fixa comme si j'avais perdu l'esprit. Un muscle tressaillit sur sa mâchoire. Il semblait espérer que je changerais d'avis malgré tout. Mais il en fut pour ses frais. Furieux, il se détourna et rejoignit son landau à grands pas. Je le suivis, mais aucun des quatre hommes ne se donna la peine de prendre congé de moi.

À peine les Allemands étaient-ils repartis que Max monta me voir dans mon bureau. Il paraissait nerveux, comme s'il venait de manquer une bonne affaire.

— Pourquoi as-tu refusé leur offre ? demanda-t-il.

— J'ai expliqué mes raisons, non ? Je ne veux pas que mes bêtes soient envoyées sur le champ de bataille. Elles sont trop précieuses pour ça.

— Il t'en offrait pourtant une somme énorme !

— Aussi énorme que le danger auquel seraient exposés nos chevaux. Et puis, en Suède, on se tient désormais à l'écart de la guerre.

— Mais ce n'aurait pas été une façon d'y prendre part !

— Ah non ? Ces chevaux seront expédiés sur le front ! Ils seront montés par des soldats allemands ! J'appelle ça participer à la guerre !

Mon cœur battait la chamade. Je n'éprouvais plus depuis un moment déjà l'amour que j'avais eu autrefois pour Max. Mais qu'il soit prêt à envoyer nos chevaux se faire massacrer m'emplissait d'une rage sourde.

— Ces chevaux sont importants pour la guerre ! riposta-t-il. Et puis nous avons besoin de cet argent ! C'est une fortune, tu ne devrais pas la refuser ! Je vais prendre un cheval et rattraper Kranitz !

— Pour autant que je sache, c'est encore moi qui commande ici, répliquai-je sur un ton glacial. Or je refuse que mes bêtes servent de chair à canon !

Les yeux de Max se rétrécirent. Ses mâchoires tressaillirent et il serra involontairement les poings. On aurait dit qu'il allait se jeter sur moi. Je ne l'avais encore jamais vu dans cet état et j'en fus quelque peu effrayée. Que lui arrivait-il donc ? Pourquoi brûlait-il d'aller faire la guerre ? Pourquoi voulait-il que nous envoyions nos chevaux se faire massacrer ? Les bêtes que nous mettions au monde, que nous élevions et dont nous prenions soin.

— Est-ce que tu dirais la même chose si ton roi avait décrété la mobilisation générale ? demanda-t-il. Si les Anglais vous attaquaient ?

— Pour le moment, notre roi n'a rien fait de tel et il est suffisamment intelligent pour s'en tenir là. Crois-tu vraiment que ce soit servir son pays que de lui faire perdre des milliers d'hommes ? Ces temps sont révolus. Chez nous, les enfants apprennent à l'école tous les malheurs engendrés par la guerre. Nous devrions avoir dépassé le stade où nous nous réjouissons qu'il y ait un conflit !

Max me regardait avec des yeux étincelants. Puis, sans rien dire, il tourna les talons et ressortit d'un pas ferme.

Je le suivis des yeux, puis m'affaissai sur mon siège. Je l'avais toujours tenu pour un être doux, aimable, capable de parler avec sensibilité des étoiles, des papillons et des mondes lointains.

Or je ne reconnaissais plus l'homme qui venait de quitter mon bureau. Quoique la guerre n'ait pas été proclamée en Suède, elle avait tout de même réussi à atteindre un individu et à le changer au point que son cœur en était devenu méconnaissable. Cela m'était bien plus douloureux que les soixante-dix mille marks que je venais de perdre.

CHAPITRE 49

La semaine suivante, je cessai d'aller retrouver Max, tant le matin que le soir. Je ne souhaitais pas le voir, lui en voulant de son attitude à l'égard de la guerre et de son indifférence pour le sort de nos chevaux. Je ne traitais avec lui que sur un pied professionnel. Comment un homme tel que lui pouvait-il manifester de l'enthousiasme à l'idée que nos bêtes conduisent des soldats à la mort ?

Un matin de début septembre, peu avant la grande chasse au renard, Tim se précipita vers moi alors que je me rendais aux écuries.

— Mademoiselle, M. von Bredestein ne s'est pas présenté, ce matin ! lança-t-il avec un air affolé. On l'a cherché partout et comme on ne le trouvait pas on est allés chez lui, mais là-bas tout est fermé. On n'a pas voulu forcer la porte, j'ai préféré vous demander…

Mon cœur se mit aussitôt à battre à coups redoublés. Que s'était-il passé ? Avait-il tiré prétexte de notre dispute pour disparaître sans préavis ? Était-il rentré dans sa patrie pour s'engager volontaire ? Cette pensée me donna la nausée.

— Tu as très bien fait, répondis-je. J'ai une deuxième clé, allons voir ensemble ce qui se passe.

Je ne voulais pas laisser paraître ma peur, mais je n'en menais pas large.

Il était déjà arrivé qu'un homme se suicide après avoir reçu une mauvaise nouvelle. Un paysan du village s'était pendu dans sa grange après que le médecin lui avait diagnostiqué un cancer ; je m'en souvenais encore.

S'était-il produit quelque chose de similaire ? Je repensai à la lettre qui avait tant secoué Max dernièrement. Pourquoi ne s'était-il pas confié à moi ? Je plaquai ma main sur mes lèvres, mais me ressaisis aussitôt. Je ne voulais pas donner à Tim l'impression que le sort de Max me tenait particulièrement à cœur.

Je m'efforçai de me comporter comme je l'aurais fait à propos d'un autre de mes employés. Ce n'était pas facile, mais j'avais la clé et j'étais accompagnée de quelques hommes. Ceux-ci se livraient aux spéculations les plus folles, imaginant que Max avait commis un délit et pris la tangente. Lorsque l'un des valets émit l'hypothèse qu'il était peut-être recherché par la police, j'en eus assez.

— Arrêtez donc de raconter n'importe quoi ! le réprimandai-je. Nous devons découvrir ce qui s'est passé. Après, nous aurons tout le loisir d'en parler.

Les hommes me regardèrent avec étonnement, je n'avais pas l'habitude de hausser le ton. Cependant je ne pouvais pas les laisser traîner Max dans la boue. Avec Langeholm la situation avait été différente, mais Max n'avait rien à se reprocher. Quand nous fûmes arrivés, je montai l'escalier de la véranda, frappai à la porte et appelai Max. Comme il ne répondait pas, je fis usage de la clé.

En entrant, j'éprouvai une sensation de fraîcheur et de vide. Les meubles étaient là, mais les quelques effets personnels avaient disparu.

J'entrai dans la chambre. Là aussi, on aurait dit qu'il n'avait jamais vécu en ce lieu. Le lit avait été fait. La robe de chambre de son arrière-grand-père n'était plus suspendue dans l'armoire. Le sac avec lequel il était arrivé n'était plus là. Pièce principale et chambre avaient été soigneusement balayées, sans doute pour effacer toute trace de son passage.

Derrière moi j'entendis chuchoter les hommes. Ils avaient tout de suite compris ce que je ne voulais pas reconnaître : Max était parti.

Je restai un moment comme paralysée, le cœur battant, les tempes douloureuses. Je n'arrivais pas à croire que Max ait ainsi disparu sans rien dire. Nulle part une lettre d'adieu. Ne méritais-je pas au moins une explication ? S'il était parti en raison de la guerre, n'aurait-il pu me laisser un mot ?

Je me sentis prise de remords. L'avais-je chassé en cessant d'aller le voir ? Ou bien la proposition du comte von Kranitz avait-elle fini par l'emporter ? Au bout d'un moment, je me rappelai que je n'étais pas seule. Les valets attendaient que je réagisse ; il n'était pas question d'envoyer un groupe à sa recherche pour le traquer comme un animal. Il avait pris une décision, sans m'en avertir, et avait quitté Löwenhof. Le choc était tel que j'étais incapable de ressentir quoi que ce soit.

— Il semble être parti, dis-je enfin en me retournant. Lasse, tu te sens prêt à assurer les fonctions d'écuyer ?

— Bien sûr, Mademoiselle.

Il parut désorienté, mais Max l'avait formé et cela faisait douze ans qu'il était à Löwenhof.

— Bien, alors retournons travailler. Et si l'un d'entre vous apprend où se trouve M. von Bredestein, qu'il m'en informe immédiatement.

— Oui, Mademoiselle, répondirent-ils en chœur avant de se disperser.

Je restai encore un moment sur place. *Max, qu'as-tu fait ?* demandai-je silencieusement aux poutres du toit. *Pourquoi ne m'as-tu pas dit ce qui t'inquiétait ?* Avait-il fui parce qu'il avait senti que je n'approuverais pas son engagement volontaire ? Parce que j'avais parlé mariage ? Dans ce cas, pourquoi avoir tant attendu ?

Je me détournai avec un soupir et me pinçai le dos de la main, espérant contre toute raison me réveiller de ce qui m'apparaissait comme un cauchemar. Mais l'absence de Max était aussi réelle que le silence et le lointain bruissement des frondaisons.

Je fermai la maison et demeurai un temps dans la véranda à contempler le bois. L'effroi m'envahit. Et si Max avait porté la main sur lui-même ?

Non, me raisonnai-je, *jamais il ne ferait ça.* Cette lettre et le début de la guerre l'avaient déstabilisé, mais il n'était pas fatigué de vivre.

Je retournai au manoir afin de réfléchir à ce qui s'était passé.

— Quelle est la raison de cette agitation ? demanda ma mère alors que j'arrivais à la porte.

— Notre régisseur est parti, répondis-je brièvement en passant devant elle.

— Parti ?

— Oui, parti, répliquai-je sans me retourner. J'ai confié à Lasse les fonctions d'écuyer. Quant aux tâches administratives, c'est moi qui m'en chargerai.

Sur ces mots, je me précipitai dans l'escalier. Le choc se dissipait lentement, faisant place à un océan de larmes qui menaçait de me submerger. J'eus tout juste le temps d'atteindre mon bureau avant d'éclater en sanglots. Pliée en deux sous l'effet de la souffrance, je m'efforçai de faire le moins de bruit possible et me traînai tremblante jusqu'à mon fauteuil. Là, je laissai libre cours à mes larmes, les mains pressées contre mon front, les oreilles bourdonnantes.

Pourquoi Max était-il parti ? Que s'était-il passé ? Mon chagrin et mon incompréhension faisaient peu à peu place à la crainte et à l'inquiétude.

On frappa à la porte. La frayeur tarit immédiatement mes larmes. Personne ne devait me voir dans cet état ! Ni Bruns ni Mlle Rosendahl, et encore moins ma mère. Je respirai profondément et m'essuyai hâtivement les joues. S'il s'agissait de Bruns ou de la gouvernante, ils n'insisteraient pas en constatant que je ne répondais pas. Mais c'était plus probablement ma mère, qui souhaitait une explication. Elle s'était rarement entretenue avec Max, on ne pouvait dire qu'ils avaient établi de véritables relations. Ce qui n'empêchait pas qu'elle veuille savoir pourquoi il avait disparu.

On frappa derechef, puis la porte s'ouvrit, livrant passage à Stella, qui affichait un air inquiet.

J'avais les yeux brûlants et me rendis compte que je ne pourrais feindre l'indifférence.

— Est-ce que ça va ? demanda ma mère en refermant la porte derrière elle.

— Oui… Non.

J'aurais voulu que Marit soit là pour m'aider. Je ne lui avais pas écrit au cours des étranges semaines qui venaient de s'écouler. À présent, je le regrettais. J'aurais eu besoin de quelqu'un à qui me confier. Ma mère ne pouvait remplir ce rôle.

— Je n'arrive pas à croire qu'il ait disparu comme ça.

Elle fit le tour du bureau pour m'examiner de plus près. Il ne servait plus à rien de faire comme si je n'avais pas passé ces dernières minutes à pleurer toutes les larmes de mon corps.

Elle sortit un mouchoir et me le tendit.

— Tiens, prends ça.

— Merci.

— Tu sais ce que je pense des hommes qui quittent la demeure familiale par rancune envers leur père, commença-t-elle à voix basse. Et, visiblement, ce Bredestein était quelqu'un d'instable. Ce n'est pas pour dire qu'il n'a pas fait du bon travail ici. Mais qu'il ait laissé le domaine de son père en plan aurait dû te mettre la puce à l'oreille. Ça semble être une habitude chez lui. Et toi, tu ne lui es même pas apparentée. Quelle raison aurait-il eu de te témoigner plus de considération ?

J'aurais voulu pouvoir lui rétorquer que j'avais représenté pour Max beaucoup plus que son père. Que j'avais tenu une place importante dans sa vie. Mais la colère que m'inspiraient les paroles de ma mère eut pour étrange effet de m'éclaircir les idées.

Elle avait raison. Max ne se sentait pas d'obligations envers sa famille et, pour ma part, je n'avais été que son employeur. J'avais cru que les liens qui s'étaient tissés entre nous résisteraient à notre querelle. Apparemment je m'étais trompée. S'il m'avait laissé ne serait-ce qu'un mot, j'aurais vu les choses autrement. Mais là j'étais bien forcée de croire qu'il m'avait traitée comme il l'avait fait avec sa famille.

— Quand tu recruteras un nouveau régisseur, tu devrais prendre quelqu'un que tu connais, poursuivit ma mère.

— Mais père lui avait parlé, il lui avait proposé le poste.

— C'est du moins ce que cet homme a affirmé.

— Si ce n'était pas le cas, comment aurait-il su que père cherchait quelqu'un ?

Je ne voulais pas croire que Max s'était introduit chez nous en fraude. Cela m'aurait obligée à mettre en doute la sincérité de ses sentiments pour moi et à me demander qui aurait pu ourdir pareil plan. Je ne le croyais pas capable de cette duplicité.

Quoi qu'il en soit, ma mère ne pouvait rien répondre à cela.

— Ton père a tout de même cédé au chantage de son écuyer, reprit-elle enfin avec une dureté que je ne lui avais jamais entendue lorsqu'elle parlait de son époux. Il a contracté un prêt sans même prendre la peine de m'en informer.

— Il voulait protéger Hendrik. À sa place tu aurais sûrement fait la même chose.

— J'aurais instamment prié Hendrik de mettre fin à cette liaison.

— Cela n'aurait pas empêché Langeholm de traîner notre famille dans la boue.

— Il n'y serait pas parvenu. Mais Thure n'en faisait qu'à sa tête. Malheureusement, les hommes agissent en fonction de ce qu'ils croient juste même quand ils se trompent. Et les efforts des femmes pour les ramener dans le droit chemin sont voués à l'échec. Ils font comme s'ils comprenaient, mais ils courent à leur perte tout en nous jugeant faibles et stupides.

En l'entendant parler ainsi, je me demandai si elle avait remarqué ma liaison avec Max. Pourtant, j'avais été prudente et, jusque-là, elle n'avait fait aucune allusion à ce sujet.

— Merci, Mère, dis-je en froissant le mouchoir dans mon poing.

— Tu es ma fille, tu es à la tête de ce domaine. Tu parviendras à surmonter cette perte et à poursuivre ton travail. Les Lejongård ne se laissent jamais abattre, quoi qu'il arrive.

Cela faisait si longtemps que j'attendais de sa part une marque de soutien. Et voilà qu'elle me la donnait. Sans effusions, sans chaleur, mais je n'en sentais pas moins qu'elle était de mon côté.

Je la suivis des yeux tandis qu'elle sortait du bureau, la tête haute. Lorsque la porte fut retombée, je regardai mes mains. Pourquoi l'amour me filait-il ainsi entre les doigts ? N'avais-je rien qui puisse retenir un homme ? Était-ce une punition ? Parce que je me trompais systématiquement dans mes choix ?

CHAPITRE 50

Tourmentée par le départ de Max et les reproches que je me faisais de l'avoir chassé par mon attitude, je passai une nuit agitée. Au matin, je me rendis à cheval au village. Ne sachant pas à qui m'adresser, j'espérais que quelqu'un pourrait m'indiquer où il était allé.

Je commençai par l'auberge, dont Friedjof, le patron, était là depuis des lustres. Lorsque nous étions enfants, Hendrik et moi, il nous offrait parfois de la limonade. Adulte, je n'avais plus eu l'occasion de fréquenter son établissement. J'entrai comme s'il s'était agi d'un lieu ensorcelé, avec ses murs imprégnés de fumée.

— Tiens donc, qu'est-ce qui me vaut l'honneur ? entendis-je grommeler dans un coin, à côté du comptoir.

Puis Friedjof fit son apparition. À présent, c'était un vieil homme, à la chevelure toujours aussi épaisse mais d'un blanc de neige, comme sa barbe. Il était resté trapu, cependant le poids des années l'avait courbé.

— Bonjour, Friedjof, dis-je. Ça fait longtemps que je n'étais pas venue.

— Bien trop longtemps. Mais on ne peut pas attendre d'une jeune femme qu'elle ait plaisir à boire une chope et à écouter les propos grossiers des hommes, hein !

— Mon père était souvent là, n'est-ce pas ?

— Oui, un peu moins ces derniers temps, mais sinon il venait une fois par semaine. Quelle pitié qu'il soit parti si tôt !

J'essayai sans grand succès d'imaginer mon père au milieu des paysans et des ouvriers agricoles qui se reposaient à l'auberge de leur dur labeur. Quand j'avais eu 12 ans, il avait cessé de m'y emmener au motif que je serais bientôt une femme et que ma place était ailleurs.

— Mais vous n'êtes pas là pour parler de votre père, n'est-ce pas ? dit Friedjof en posant sur moi son regard bleu clair.

— Non, en effet. Hier, mon régisseur n'est pas venu travailler, il a disparu. Je voulais vous demander si vous l'aviez vu.

L'aubergiste plissa les paupières. On aurait dit qu'il fouillait dans sa mémoire comme si les visages de ses clients y figuraient sur des rayonnages de bibliothèque.

— Ah, oui, l'Allemand, dit-il enfin. Il est venu ici une fois ou deux. Un type aimable, qui discutait avec les gens. J'ai été étonné de l'entendre parler si bien suédois.

— Sa mère est suédoise.

— Ah bon ? Il ne l'a pas dit. Mais en vérité il n'a pas beaucoup parlé de lui. Il s'intéressait plutôt à la région et aux gens. Il lui est arrivé aussi d'évoquer Löwenhof. Il admirait la façon dont vous aviez repris seule les affaires de votre père.

Je réprimai un tremblement et m'empêchai de fermer brièvement les yeux. Je ne voulais pas me trahir devant cet homme que la longue fréquentation de ses clients avait rendu très perspicace. La nouvelle que la dame de Löwenhof était éprise d'un de ses subordonnés se répandrait dans le village comme une traînée de poudre. Et je préférais ne pas imaginer quels ragots s'ensuivraient.

— A-t-il dit qu'il devait se rendre quelque part ? Chez lui, peut-être ? Est-il venu à l'auberge ces derniers jours ? A-t-il parlé avec des Allemands en uniforme ?

J'étais sûre que Kranitz ne s'était pas arrêté à l'auberge, mais je ne voulais négliger aucune piste.

— Non, la dernière fois que je l'ai vu, c'était il y a une semaine. Il faut dire qu'il ne venait pas régulièrement, ce qui fait que je ne me suis pas posé de questions.

— Donc vous ne savez pas où il pourrait être ?

— Désolé, répondit Friedjof en secouant tranquillement la tête. Et je n'ai rien entendu dire à son sujet.

Une question me brûlait les lèvres. Avait-il vu Max avec une femme ? Celui-ci aurait-il pu aller la rejoindre ? Si tel était le cas, un de mes employés finirait par l'apprendre et m'en informerait. Max se serait-il montré si irréfléchi ? Je ravalai ma question. Inutile de me ridiculiser devant l'aubergiste.

Je le remerciai et ressortis. Une fois dehors, je regardai la rue sableuse marquée de nombreuses traces de passage. S'y trouvait-il celles de Max ? D'ailleurs avait-il traversé le village ? Ou avait-il pris par les bois ? Peut-être n'était-il pas loin ? En tout cas, il ne manquait aucune de nos bêtes. Mais l'idée me vint alors qu'il avait très bien pu acheter un cheval à un paysan. Dans ce cas, il était peut-être déjà à Stockholm ou sur un bateau qui le ramenait dans sa patrie.

Je remontai sur Talla et repartis. Le vent faisait voler mes cheveux, mais cela ne me procurait pas la même sensation que d'habitude. Ma peau semblait devenue curieusement insensible. En revanche, la brûlure que je ressentais dans mon corps s'était faite plus intense.

Il fallait que je tienne. Une fois déjà, j'étais parvenue à surmonter une rupture douloureuse. Mais comment pourrais-je oublier un homme que je considérais comme mon grand amour ? Un homme dont je ne pouvais comprendre le changement d'attitude ?

Ce jour-là ainsi que ceux qui suivirent, je me rendis de nuit à la maisonnette, poussée par l'espoir que Max referait son apparition. J'arrivais à m'abuser moi-même un temps, mais lorsque je voyais les fenêtres sombres, lorsque je frappais sans recevoir de réponse, lorsque j'entrais et ne trouvais que les meubles, je savais qu'il n'était pas revenu. Je fouillai les lieux de fond en comble à la recherche d'une lettre d'adieux, sans résultat. C'était comme si Max n'avait jamais été là. Comme si ce que nous avions vécu là n'avait été qu'un rêve. Seule l'odeur des draps me rappelait son souvenir. Je m'étendais sur le lit et la respirais avec ferveur, mais au lieu de m'apaiser cela aggravait ma souffrance et ma déception.

À présent, je menais une double vie. D'un côté, j'étais la dame de Löwenhof, qui employait toute son énergie à administrer le domaine. De l'autre, l'amante éplorée, postée à la fenêtre et espérant voir revenir son bien-aimé.

J'avais déclaré à la police la disparition de Max, mais compte tenu des circonstances on m'avait laissé peu d'espoir.

« Étant donné qu'il a emporté ses affaires, il ne fait aucun doute qu'il est parti de son propre chef. Tant qu'il n'a commis aucune infraction, nous ne pouvons pas lancer une opération de recherche. »

Chaque jour, je passais en revue d'une main tremblante la pile de courrier, espérant y découvrir une lettre sans nom d'expéditeur, portant l'écriture de Max ou maladroitement tapée à la machine afin qu'on ne puisse déterminer sa provenance.

Pourtant rien ne venait. J'avais l'impression de me mouvoir dans une obscurité croissante. Le travail me coûtait de plus en plus et le reste ne m'atteignait plus. J'étais comme une somnambule attendant qu'on la réveille.

Finalement, je décidai d'écrire à son père. J'avais vu son adresse sur une enveloppe non décachetée posée sur le bureau de Max. C'était une lettre très ancienne, qu'il avait apportée de Stockholm. Son père croyait alors qu'il logeait chez son ami, ainsi qu'il le faisait toujours lorsqu'il était de passage. Max m'avait expliqué qu'il ne voulait pas la lire, car il en connaissait déjà le contenu : son père maudissait son absence et le priait de rentrer. Comme il n'avait pas l'intention de lui obéir, il avait fini par se débarrasser de la missive. J'avais gardé en mémoire l'endroit où se trouvait le domaine des Bredestein. Si Max ne s'entendait pas avec son père, il était peut-être tout de même rentré dans sa famille.

Je restai très évasive, me bornant à l'informer que Max avait travaillé chez moi et avait disparu sans laisser de trace. Je le priais de me donner des nouvelles afin d'apaiser nos inquiétudes.

Je fermai l'enveloppe d'une main mal assurée, nourrissant une fois de plus l'espoir que Max me reviendrait. Mais écrire à son père m'emplissait également de crainte. Et si, entre-temps, il avait appris la mort de son fils ? Si Max avait été tué au combat ? Dans ces conditions, je ne saurais jamais pourquoi il était parti, mais je serais fixée sur son sort. Et j'en aurais le cœur brisé. Cela vaudrait toujours mieux que vivre dans l'incertitude. Je me levai, sortis de mon bureau et me rendis à la cuisine, où je trouvai Peter en train de discuter avec Marie. Je lui remis l'enveloppe en lui ordonnant de se rendre sur-le-champ au bureau de poste. Et en formulant intérieurement le vœu de recevoir au moins un signe de vie de la part de Max.

CHAPITRE 51

Les deux semaines suivantes ne furent pas meilleures. L'automne approchait et colorait les bois de lumineuses teintes rouges. En temps normal, j'aimais cette ambiance, je l'avais très souvent peinte. Mais à présent j'avais l'impression que le rouge, le jaune, l'orange étaient couverts d'un voile gris qui les privait de leur éclat.

À ma souffrance s'était ajoutée une faiblesse physique que je ne m'expliquais pas. Je me fatiguais rapidement, je n'avais pas d'appétit. Cet état s'aggravait de jour en jour et, si je l'avais pu, je serais restée toute la journée au lit. Cependant je m'efforçais de le surmonter et le travail me permettait généralement d'oublier mes tourments.

Un matin de la fin septembre, quelques instants après mon réveil, je fus prise d'une violente nausée. Je me sentis baignée d'une sueur froide et mon cœur s'emballa sous l'effet de l'affolement. Le tic-tac du réveil me vrillait le crâne. Que m'arrivait-il donc ?

Je n'eus pas le temps de m'interroger davantage. Je bondis hors du lit. Une saveur amère me remonta dans la gorge et je parvins *in extremis* à me pencher sur un seau vide qui avait servi à mon bain de la veille. Ce ne fut pas grand-chose, pour l'essentiel de la bile, mais je dus attendre un certain temps avant de pouvoir me redresser. Haletante, je restai accroupie à côté du seau, tandis que tout dansait devant mes yeux. Incapable de penser, je me sentais envahie par la peur.

Était-ce le résultat de mon inquiétude à propos de Max ? Avais-je réussi à me rendre malade ? Je me relevai et voulus sortir de la salle de bains, mais je fus aussitôt prise de vertige. Je m'appuyai contre le rebord de la baignoire pour attendre que l'accès se dissipe. Mes genoux tremblaient, j'étais en sueur et éprouvais une terrible angoisse. Mais Lena n'allait pas tarder et elle découvrirait le seau.

Je parvins enfin à me redresser, pris le seau pour aller le vider dans les toilettes. Ce faisant, je fus la proie d'une nouvelle nausée. Une fois de retour dans ma chambre, je m'assis devant le miroir de la coiffeuse et, à cet instant, le voile de mon chagrin parut se dissiper brusquement.

Je vis soudain ce que les dernières semaines avaient fait de moi. Mes yeux étaient marqués de cernes sombres comme si, depuis la disparition de Max, le sommeil m'avait fuie. J'avais le cheveu rebelle, les lèvres sèches, et ma peau avait pris une teinte grisâtre.

Comment Lena était-elle parvenue à m'arranger de telle sorte que personne ne remarque mon pitoyable état ? Je pris toutefois conscience d'avoir déjà vu un visage semblable. Naguère, dans la chambre des bonnes. Susanna… Les nuits que j'avais passées avec Max avaient-elles produit leur effet ? Se pouvait-il que je sois enceinte ?

J'eus l'impression de recevoir un coup dans la poitrine et un instant la peur me paralysa. À Stockholm, lorsque j'étais avec mes compagnes de lutte, j'avais maintes fois entendu des femmes qui rapportaient avoir vomi tant et plus avant qu'on leur diagnostique une grossesse. Mais comment cela avait-il pu arriver ? Je m'étais surveillée et m'étais donnée à Max seulement lorsque je pensais ne courir aucun risque. Mes règles… Distraite par mon chagrin, je n'avais pas vérifié si je les avais eues. Les semaines avaient filé sans que je compte les jours. Et voilà que…

On frappa à la porte. Je sursautai. Lena.

— Entrez ! lançai-je en m'efforçant de rester calme.

Il ne fallait pas que Lena conçoive le moindre soupçon. Je lui faisais confiance, mais une remarque, un mot lâchés par inadvertance pouvaient avoir des conséquences désastreuses. Avant de faire quoi que ce soit, je voulais être sûre de mon état. Et seul le Dr Bengtsen pouvait me le confirmer.

Le cabinet médical se trouvait dans le sud du village, presque à la périphérie. Le premier médecin qui s'était installé dans la maison de bois peinte en rouge était arrivé en 1795. Depuis, le cabinet avait toujours trouvé un successeur. La bâtisse aurait eu besoin de quelques réparations, mais le Dr Bengtsen avait trop à faire avec ses patients pour s'en occuper.

J'examinai la maison avec un sentiment de malaise croissant, torturée par la crainte que ma supposition soit juste, et j'espérais ardemment que le médecin réfuterait mes soupçons. À cet instant, j'aurais préféré être gravement malade qu'enceinte d'un homme qui m'avait quittée sans un mot. Si ma mère l'apprenait, l'enfer que je croyais avoir derrière moi reprendrait de plus belle.

Je m'étais sans doute attardée un bon moment car, lorsque j'ouvris la porte du cabinet, la salle d'attente était vide. Un silence vibrant régnait dans la maison ; pas le moindre bruit. Bengtsen était-il en consultation à domicile ? Se reposait-il après le déjeuner ? L'horloge murale indiquait 2 h 10. Non, l'heure de la sieste était passée. Peut-être n'avait-il pas encore ouvert ?

Alors que je me dirigeais vers la porte pour vérifier les horaires de consultation, une marche craqua derrière moi et je me retournai vivement. Le médecin descendait l'escalier. En me voyant, il marqua une brève halte.

— Comtesse Lejongård, dit-il, surpris. Qu'est-ce qui vous amène ?

Dans nos cercles, il était d'usage que le médecin vienne chez nous et non l'inverse. À l'idée d'attendre au milieu d'autres patients ma mère serait tombée raide morte. Moi, la perspective d'être assise à côté d'un pestiféré me semblait encore préférable à la nécessité d'informer ma mère que j'avais un problème.

— Bonjour, docteur, j'aurais souhaité vous parler. Si vous en avez le temps, bien sûr.

Bengtsen fronça les sourcils, puis acquiesça.

— Suivez-moi, Mademoiselle.

Il ouvrit une porte donnant dans la salle de consultation, qui comportait une table d'examen ainsi qu'un placard vitré dans lequel étaient rangés de nombreux flacons marron.

— Alors, comtesse, que puis-je faire pour vous ? s'enquit le médecin avec un air soucieux en enfilant sa blouse.

La pièce m'inspirait une certaine frayeur. Au mur était accrochée la représentation d'un homme dont on avait ôté la peau, si bien qu'on voyait ses muscles et ses veines. Une autre exposait une tête en coupe transversale. Les plantes placées sur le rebord de la fenêtre paraissaient sinistres et poussiéreuses, les inscriptions sur les étiquettes des flacons m'étaient incompréhensibles. Le clou de ce petit cabinet des horreurs était un squelette disposé à côté de la fenêtre, tout près d'un rideau, qui souriait aux patients de sa bouche sans lèvres. Un frisson me parcourut l'échine. Puis je me ressaisis. En cet instant, mon état me paraissait plus inquiétant que n'importe quel squelette.

— Vous êtes tenu au secret médical, n'est-ce pas ? demandai-je sur un ton mal assuré, me rappelant que c'est ce qu'il avait invoqué lorsque je lui avais demandé de quoi souffrait Susanna.

Je pouvais encore repartir. Mais alors que ferais-je de mes angoisses ? Où pourrais-je trouver une certitude ?

— Bien entendu. Quel que soit le sujet qui vous amène, je n'en dirai rien à personne.

— Pas même à ma mère ?

— Si vous ne le souhaitez pas, non.

— Bien, conclus-je en prenant place sur la petite chaise qui faisait face au bureau. Voilà un certain temps que je ne suis pas en forme et que je me fatigue rapidement. Et, ce matin, j'ai vomi.

Le médecin hocha la tête et prit des notes.

— Aviez-vous déjà ressenti des nausées ?

— Oui, une fois ou deux, mais elles avaient immédiatement disparu.

— Survenaient-elles uniquement le matin ou aussi à d'autres moments ?

Je réfléchis. Quand avais-je le moins d'appétit ?

— Le matin, m'entendis-je répondre. C'est ça, le matin. Je me passerais volontiers de petit déjeuner, mais ma mère n'y consentirait pas.

Bengtsen acquiesça et j'eus le sentiment que son diagnostic était déjà arrêté.

— Je dois vous poser une question délicate. Avez-vous eu dans les semaines précédentes des contacts avec… avec un homme ?

Des contacts ? J'en avais avec de nombreux hommes. Mais je savais évidemment ce qu'il entendait par là.

— Vous voulez dire, si j'ai couché avec quelqu'un ?

Il fit une grimace embarrassée.

— Hum… C'est cela.

— Oui, répondis-je, effectivement.

Il n'aurait servi à rien de nier. Il n'y avait pas d'Immaculée Conception…

— Quant à mes règles, je ne les ai pas eues le mois dernier. Plus exactement, je n'y ai pas fait attention, j'ai eu beaucoup à faire au domaine et puis, il y a la guerre…

— Bien, répondit Bengtsen en fronçant les sourcils. Pour être absolument sûr, je dois vous demander à présent de me fournir un échantillon d'urine. Je vais vous donner un pot et vous vous retirerez derrière le paravent.

Un échantillon d'urine ? Je lui jetai un regard surpris. Avait-il procédé de même avec Susanna ?

Le médecin quitta la pièce et revint avec le pot. Puis il me laissa seule. Je me glissai derrière le paravent et me mis en demeure de produire l'échantillon souhaité. Au début, je me sentis paralysée par la nervosité, puis je réussis à m'acquitter de ma tâche. En me redressant, je fus saisie d'un léger vertige. Tout devint noir devant mes yeux, puis de petites étoiles explosèrent dans mon champ de vision. Mais, avant que j'aie pu appeler le médecin, tout était rentré dans l'ordre, tel un cauchemar qui se dissipe de lui-même.

Je remis le pot à Bengtsen, qui me pria de patienter, puis disparut dans son laboratoire. Quels examens pouvait-il bien faire ? Observait-il la consistance de l'urine ? Y plongeait-il un chiffon pour vérifier s'il était inflammable ?

Au bout d'un assez long moment, il reparut, la mine grave.

— Bien, comtesse, je peux vous tranquilliser, vous n'êtes pas malade. Mais vous attendez un enfant.

Je me figeai, le souffle coupé. Mon cœur fit un bond et mes mains se mirent à trembler. Ce n'était pas une surprise, mais cette annonce me fit tout de même l'effet d'un coup. Et, quoique n'étant pas en état de réfléchir, je savais ce que cela signifiait.

— J'ignore si les félicitations sont de mise, aussi je m'abstiendrai, poursuivit le médecin après avoir repris place à son bureau. Mais je vous conseillerais de venir régulièrement me voir dans les prochains mois afin que je puisse assurer le bon déroulement de votre grossesse. Par ailleurs, je vous recommanderais de ne plus monter à cheval, cela pourrait provoquer une fausse couche.

Ses paroles glissaient sur moi telle la pluie sur une feuille. *Le bon déroulement de ma grossesse.* J'étais enceinte d'un homme qui avait disparu sans rien dire du jour au lendemain. J'étais enceinte !

— Merci, docteur, dis-je en me levant, assommée.

Je parvins je ne sais comment à assurer à Bengtsen que je ferais appel à lui, pris congé et ressortis du cabinet d'un pas mal assuré.

Dehors, je croisai quelques femmes, qui s'étonnèrent peut-être de voir la comtesse en ces lieux. Je les saluai en m'efforçant de faire comme si de rien n'était et remontai en selle.

Qu'avait dit le médecin ? Que je devais éviter de monter à cheval ? Et si je défiais le sort ? Je laissai aller Talla, quittai le village et pris par le bois. Cela ne poserait pas de problème, je le sentais. Il n'y avait plus de retour en arrière possible. À moins que je n'aille trouver la vieille Ida. Mais le résultat n'était pas garanti. Et puis voulais-je vraiment me débarrasser de l'enfant ? C'était celui de Max, l'homme que j'aimais encore. Impossible de l'abandonner à la faiseuse d'anges.

Je ne pouvais pas non plus aller trouver ma mère pour lui annoncer l'heureuse nouvelle. Quoique de noble naissance, je serais confrontée au même opprobre que Susanna. On essaierait de traîner mon nom dans la boue. Ce qui se répercuterait sur le domaine et tous ceux qui y vivaient.

Que pouvais-je faire afin de ne pas perdre la face ? Ces pensées m'accaparaient à tel point que je ne prêtais pas attention à la route. Talla dut trouver seule le chemin du retour. Je ne me ressaisis qu'en voyant apparaître Löwenhof, mais ne savais toujours pas à quoi me résoudre.

Il fallait que j'écrive à Marit, j'avais besoin de ses conseils. Elle qui avait aidé tant de femmes pourrait peut-être m'apporter son soutien. Quelle ironie, tout de même, que sa meilleure amie ait commis la même bêtise que tant d'autres ! J'aurais pourtant dû le savoir. Maudit cœur, pourquoi m'avait-il poussée à croire à un avenir avec Max ?

Une fois arrivée, je mis pied à terre et montai promptement le perron. En entrant, je manquai bousculer Mlle Rosendahl, qui se rendait au salon. Je m'excusai et rejoignis en hâte ma chambre, où je me mis à faire les cent pas. J'étais dévorée par l'inquiétude et la peur, mais n'avais personne à qui me confier. Ma mère ne m'aurait témoigné aucune compréhension ; je ne pouvais pas en parler aux domestiques, pas même à Lena. Lennard… Il serait terriblement blessé d'apprendre que j'en avais aimé un autre. Quant à Marit, elle était à Stockholm, ce qui me paraissait affreusement loin.

Jamais encore je n'avais éprouvé un tel sentiment de solitude. Les murs de ma chambre m'écrasaient, mais je ne voulais pas la quitter, redoutant que mon état se voie, que l'on commence d'ores et déjà à me juger.

Il me fallut un bon moment pour me résoudre à descendre dans mon bureau. J'avais les genoux en coton et me déplaçais comme si j'avais été sur un bateau. Marit représentait mon seul espoir. Je m'assis à ma table de travail et, d'une main tremblante, commençai à rédiger une lettre à son intention. J'aurais également pu lui envoyer un télégramme, mais cela ne m'aurait pas permis d'écrire tout ce qui m'agitait.

Cependant pouvais-je réellement le faire sur le papier ? Ne valait-il pas mieux que je me rende à Stockholm ? Que je le lui raconte de vive voix et qu'elle me prenne dans ses bras ? Je m'interrompis et reposai ma plume dans l'encrier. Mon regard tomba sur ce que je venais d'écrire.

Non, ces mots n'exprimaient vraiment pas ce que je ressentais. J'avais peut-être du talent pour peindre, mais j'étais incapable de décrire mes sentiments avec précision. Je ne pourrais le faire qu'en présence de mon amie. En la voyant devant moi, en sentant sa proximité, en sachant qu'elle me comprenait de tout son cœur.

Je froissai la feuille de papier et la jetai à la corbeille. Après un instant de réflexion, je me dirigeai vers la fenêtre et sonnai Bruns.

— Vous désirez, Mademoiselle ?

— Je partirai demain matin pour Stockholm. Faites le nécessaire, s'il vous plaît, et priez Lena de monter m'aider à préparer mon bagage.

Bruns me lança un regard surpris.

— Avez-vous une raison particulière de faire ce voyage ?

— Non. Ou plutôt si. Une raison d'ordre professionnel.

Il fallait bien dire quelque chose.

— Très bien, je m'occupe de tout cela, répondit-il.

Lorsqu'il se fut retiré, je m'approchai de la fenêtre. Cela donnerait lieu à des spéculations et ma mère ne manquerait pas de m'interroger. Mais je me jurai de ne rien lui dire avant d'avoir parlé à Marit.

CHAPITRE 52

J'arrivai à Stockholm sous un ciel couvert. Ma dernière visite me semblait remonter à une éternité. Rien ne paraissait avoir changé, et pourtant tout était différent. Je n'étais plus la même, j'étais devenue une femme. J'étais enceinte. Je n'étais pas en meilleure posture que toutes celles qui s'abandonnaient inconsidérément à un homme en espérant un avenir meilleur à son côté et se voyaient brusquement désabuser. Ma naissance faisait-elle une différence ? En fin de compte, je n'étais qu'une femme…

À la gare de Kristianstad, j'avais envoyé un télégramme à Marit. J'espérais qu'elle n'était pas trop occupée. Quelques semaines plus tôt, elle m'avait écrit qu'elle avait rencontré un jeune médecin. Il était un peu plus âgé qu'elle et travaillait depuis peu dans le cabinet d'un collègue proche de la retraite. Sans doute prendrait-il sa succession. Connaissant son opinion sur les hommes, j'avais été surprise qu'elle paraisse si amoureuse. Mais j'en avais été heureuse pour elle et le lui avais écrit. Même si cela m'avait une fois de plus confrontée à ma propre perte. Depuis, nous n'avions pas échangé de lettres, ce qui n'avait rien de surprenant : elle ne pensait sans doute plus qu'à son médecin. Tout comme j'avais été accaparée par Max. Cependant je savais qu'elle serait là si j'avais besoin d'elle.

Je pris mon sac et remontai le quai. Il avait été illusoire d'espérer qu'elle viendrait me chercher à la gare. Je traversai le hall avec le curieux sentiment de rentrer chez moi. À quoi mon existence aurait-elle ressemblé aujourd'hui si mon père et Hendrik avaient été encore en vie ? Si cette terrible journée de mars dernier n'avait jamais eu lieu ?

— Agneta ! lança soudain une voix.

Quelques secondes plus tard, j'aperçus une main émerger au-dessus de la foule des voyageurs. Marit mit un moment à se frayer un chemin, puis je la vis enfin.

À présent, elle portait les cheveux un peu plus courts, ce qui me parut presque osé. Sa robe d'été gris foncé sur sa combinaison blanche lui allait à merveille. Elle n'avait plus l'air d'une femme qui travaillait à l'Armée du salut et gagnait sa vie en faisant du raccommodage. Son jeune médecin semblait prendre soin d'elle.

Un an plus tôt, je n'aurais jamais imaginé qu'elle puisse un jour mener une existence bourgeoise. Ce qui ne m'empêchait pas de lui souhaiter tout le bonheur possible.

— Marit ! m'écriai-je en courant à sa rencontre.

Lorsque nous nous serrâmes dans les bras, ce fut comme si nous nous étions quittées la veille.

— Tu m'as tellement manqué ! dis-je en la serrant contre moi.

C'était si réconfortant. Pourquoi avais-je attendu d'être en difficulté pour la revoir ?

— C'est bon de te retrouver, répondit-elle en me scrutant.

— Ne me dis pas que j'ai bonne mine, répliquai-je en la prenant de vitesse. Ce n'est pas le cas et je ne me sens pas bien du tout.

— Que s'est-il passé ?

— Il vaut mieux que je te raconte tout ça au calme, répondis-je en lui prenant le bras. Excuse-moi, je ne viens te voir que lorsque j'ai un problème.

— Les amies sont faites pour ça. Allez, je t'emmène dans un café. Ensuite, je te montrerai mon nouveau logement. Si tu souhaites rester quelques jours, tu es la bienvenue.

— Un nouveau logement ?

— Oui, dans la vieille ville. Peer a insisté pour que je quitte l'ancien.

— Ton jeune médecin ?

— C'est ça. Je lui ai dit que je ne voulais pas dépendre de lui, mais pour ce qui est de l'appartement il n'a rien voulu entendre.

— La vieille ville, dis-je en souriant. Aurais-tu pu croire qu'un jour tu vivrais là ?

— Non, tout comme je n'aurais jamais imaginé rencontrer un homme qui me plaise. Mais c'est comme ça. Ce qui ne veut pas dire que j'aie changé. Nous continuons à organiser des manifestations et je travaille toujours à l'Armée du salut. C'est là qu'on s'est connus. Peer est un fervent socialiste et soutient mes efforts en faveur des droits de la femme.

— Tu as vraiment de la chance.

Tout en étant très heureuse pour Marit, je me sentais au bord des larmes en pensant à mon propre sort.

— Viens, on va prendre un fiacre, dit-elle en m'entraînant vers un des véhicules qui attendaient devant la gare.

Pendant que nous roulions en direction du quartier de Gamla Stan, je remarquai qu'il y avait un peu plus d'automobiles dans les rues. Nombre de riches citoyens semblaient suivre l'exemple du roi en s'achetant une voiture.

— Tu ne trouves pas terrible ce qui se passe de l'autre côté de la Baltique ? demanda Marit tandis que nous empruntions les ruelles étroites. Le déclenchement de la guerre a été un choc pour nous.

— Pour nous aussi, dis-je. Tout ce que j'espère, c'est que le roi restera ferme et n'interviendra pas dans ce conflit.

— Peer dit qu'il ne pourra pas faire autrement. Parmi les membres du gouvernement, beaucoup veulent que la Suède soutienne les Allemands. Mais s'il se range à leur avis il perdra l'appui de son peuple.

— Ton Peer semble être un homme intelligent.

— Oui, et surtout il ne veut pas me cantonner à la cuisine.

— Il t'a déjà présentée à ses parents ?

— Pas encore. Mais c'est au programme des deux prochains mois.

— Il vient d'un milieu bourgeois ?

— Non, d'une famille d'artisans. Son père est menuisier et possède son propre atelier. Il en a voulu à son fils de faire des études de médecine. Il aurait préféré qu'il reprenne son affaire.

— Il n'a pas de frères et sœurs ?

— Une sœur, mais dont le mari est employé.

— C'est dommage pour le père de ton ami.

— Il a un très bon compagnon. S'il en fait son successeur, ce sera tout à son avantage. D'après Peer, il travaille mieux le bois que son père.

— Peut-être, cela dit il ne fait pas partie de la famille.

— C'est vrai, mais ce n'est pas ça qui compte, n'est-ce pas ?

Je secouai la tête en essayant d'imaginer mon père contraint de remettre le domaine aux mains d'un étranger. Cela aurait été inconcevable. Toutefois Löwenhof n'était pas un atelier de menuiserie.

— Tu as raison, ce n'est pas ça qui compte, répondis-je. Et puis peut-être que ses petits-enfants auront plaisir à travailler le bois.

— Il faudrait déjà que les parents acceptent que Peer m'épouse. Sa sœur a deux enfants, mais ce sont des filles. Le père pense que les femmes ne sont pas capables de faire de la menuiserie.

— Peut-être en feront-elles un jour, répliquai-je avec un sourire confiant.

Nous nous arrêtâmes devant un petit établissement situé à deux pas de chez Marit, nous installâmes dans une niche, et Marit commanda du café. Quand nous fûmes servies, je commençai à expliquer à mon amie les événements de ces dernières semaines.

Je lui racontai comment je m'étais rapprochée de Max ; nous nous étions aimés et j'avais un temps rêvé de mariage. Je lui parlai de son changement d'attitude au moment du déclenchement de la guerre, de la visite des militaires allemands, de sa disparition et de ma consultation chez le Dr Bengtsen.

— Voilà, et il semblerait que je sois enceinte, dis-je en conclusion. Je n'aurais jamais pensé me retrouver dans cette situation.

Une petite ride apparut sur le front de Marit. Son expression se fit grave.

— Ce type est vraiment en dessous de tout, déclara-t-elle. Je ne l'aurais pas cru capable de ça.

— Moi non plus. Je lui faisais confiance. J'imaginais l'avenir avec lui. Il était si rebelle, si libre… Je pensais vraiment que nous avions des affinités.

Les larmes me montèrent aux yeux. Étais-je condamnée à passer le reste de mon existence sans un homme aimant à mon côté ?

Marit posa sa main sur mon bras.

— Il est dans la nature de l'être humain de faire des erreurs, dit-elle. Tu sais que je n'ai jamais voulu me marier. Mais voilà que Peer est apparu dans ma vie. Je suis sûre que tu rencontreras toi aussi un homme qui t'aime et ne te laisse pas tomber comme l'ont fait Michael ou ce Max.

— Cela impliquerait que je me trouve un époux de complaisance, comme Susanna, chuchotai-je en me mettant à pleurer.

— Nous trouverons une solution, répondit Marit.

Elle se pencha et m'embrassa sur le front.

Plus tard, quand nous fûmes installées chez elle, sur le canapé rouge qu'elle avait conservé de son ancien logement, nous passâmes en revue toutes les options possibles.

— Tu pourrais t'adresser à une faiseuse d'anges, dit Marit. Cela étant, c'est très dangereux. Tu risquerais d'y laisser la vie. Ou d'accoucher d'un enfant mutilé.

— C'est exclu, répondis-je.

Cette simple idée m'inspirait une horreur sans nom. À Stockholm, nous avions connu plusieurs cas de décès. Les décoctions de plantes ne produisaient pas non plus toujours le résultat escompté. Et la pensée de faire mourir mon enfant… Non, je n'aurais jamais le cœur d'en arriver là.

— Il y aurait aussi la solution de l'adoption. Tu accoucherais clandestinement et donnerais l'enfant à une autre femme. Personne n'en saurait rien.

— Je ne pourrais pas.

— Tu veux cet enfant même si cela te met en difficulté ? demanda Marit avec douceur.

— Oui, je le veux, répondis-je presque avec défi. Et je trouve inconcevable qu'une femme perde sa réputation dès lors qu'elle a un enfant sans pouvoir produire le mari qui va avec. S'il ne tenait qu'à moi, je ne me marierais jamais.

Je me sentais soudain bouillir de rage. Pourquoi les femmes étaient-elles soumises à toutes ces contraintes ? Pourquoi ne leur permettait-on pas de prendre leur vie en main ?

— Tu as raison, dit Marit en soupirant. Normalement, ça ne devrait pas être un problème, surtout pour une femme comme toi. Tu pourrais engager une nourrice, offrir à ton enfant un foyer riche et confortable. Si l'on excepte la question de la lignée familiale. Mais la société est sans pitié. Ça porterait préjudice au domaine de ta famille, notamment parce que vous dépendez de la vente de vos chevaux.

— Si j'étais un homme, je cacherais tout bonnement ma maîtresse dans un logis annexe ou dans un jardin secret.

— Mais tu es une femme. On attend que tu te maries conformément à ton rang. Que tu accomplisses ton devoir. Le simple fait que tu diriges le domaine sans homme à ton côté est déjà en soi un scandale.

— Alors je devrais peut-être essayer d'en provoquer un deuxième. Qui m'empêcherait de mettre mon enfant au monde et de l'instituer mon héritier ? C'est d'ailleurs ce qui aurait dû se faire avec la fille de Susanna.

— Ta nièce ne manque de rien. Si tu le souhaites, va donc leur rendre visite demain pour faire sa connaissance.

Marit me caressa la main.

— Et il va de soi que personne ne pourrait t'empêcher de mettre ton bébé au monde. Le mariage fictif n'est pas une nécessité. Tu es d'un autre milieu et tu disposes des moyens de subvenir aux besoins de ton enfant.

— Oui, mais ma réputation serait ruinée.

— Les gens ne viendraient plus à tes réceptions et ne t'inviteraient plus. Et alors ?

— Pour moi, ce ne serait pas une punition, c'est vrai, répondis-je avec un sourire en coin.

— Mais ça le serait pour Löwenhof, n'est-ce pas ? Ta famille serait déconsidérée. On pourrait croire que c'est plus facile pour l'aristocratie, mais c'est faux. Toi aussi tu dois tenir compte de cette réalité.

Marit me prit dans ses bras et me serra contre elle.

— Je crains que la seule solution soit le mariage, reprit-elle enfin. Mais tu auras sans doute du mal à trouver un homme de ton rang. Les femmes de condition inférieure ont la tâche plus facile.

— Je crois que même Lennard ne voudrait plus de moi s'il l'apprenait.

— Lennard ?

— L'ami d'enfance qui m'avait demandée en mariage. Cela étant, c'est bien le dernier à qui je voudrais faire endosser une paternité qui n'est pas la sienne. Il n'a pas mérité ça.

— Tu devrais tout de même y penser, répliqua Marit. S'il est ton ami, il acceptera peut-être un marché. Tu pourrais lui proposer qu'il continue de mener sa vie de son côté. Ou de divorcer au bout d'un temps raisonnable.

— Lennard n'acceptera jamais. Et puis j'ai le sentiment qu'il ne veut pas d'autre femme que moi.

— Alors qu'est-ce qui te retient ?

— Je ne le vois pas comme un homme dont je pourrais tomber amoureuse.

— Il y a beaucoup de couples pour qui l'amour n'est pas l'essentiel. Je l'ai constaté autour de moi. Ceux qui, l'âge venu, étaient heureux ensemble ne s'étaient pas toujours mariés par amour. Mais ils se ressemblaient, par le tempérament, la force et la volonté de vivre en bonne intelligence. Pourquoi cela ne serait-il pas possible avec Lennard ?

Je considérai mon amie avec étonnement. Depuis un an que j'étais partie de Stockholm, elle avait changé. Elle avait mûri, était devenue nettement plus posée. Face à elle, je me faisais l'effet d'être une enfant immature.

— Je ne sais pas, soupirai-je. C'est juste que… je ne veux pas perdre ma liberté.

— Parce qu'il serait du genre à t'en priver ?

— Non, mais…

— Alors tu devrais au moins essayer. S'il refuse, on trouvera autre chose. Et parle à ta mère !

Cette remarque me fit sursauter. Oui, il y avait encore cette épreuve à surmonter. Et je la redoutais davantage que la perspective de voir quelques nobles de notre entourage déserter notre fête de Noël ou de la Saint-Jean.

— Ma mère sera horrifiée. Elle fera ses valises séance tenante. Cela étant, je ne verrais pas ça comme une punition.

— Ça m'étonnerait. Et elle serait sûrement ravie que tu lui fasses miroiter le mariage avec ton ami d'enfance, avec qui elle voulait déjà te faire convoler.

— Il y aurait une autre possibilité, m'entendis-je dire. Je pourrais fuir. Tout comme Max.

— Très mauvaise idée. Tu n'irais pas loin. Et puis que deviendrait Löwenhof ? Depuis que tu as pris la succession de ton frère, tu ne peux plus penser uniquement à toi. Tu as la responsabilité de tous ceux et celles qui vivent au domaine. Ils comptent sur toi, ils ont besoin de toi. Si Löwenhof sombre, ta famille s'éteindra et tous ces gens perdront leur gagne-pain. Les répercussions iraient au-delà de ce que tu peux imaginer. Pense aussi à tout ce que tu veux accomplir, ajouta-t-elle après une pause. À l'heure qu'il est, Susanna serait à la rue avec son enfant si tu ne l'avais pas aidée. Et sans toi l'incendiaire qui a provoqué la mort de ton père et de ton frère courrait toujours. Qui sait quels nombreux changements tu pourrais encore apporter ! Peut-être qu'un jour le domaine de ta famille sera un lieu de refuge pour les femmes, un endroit où les règles qui gouvernent aujourd'hui la société pourront évoluer.

Les paroles de Marit m'emplirent de confusion. Elle avait raison. Je m'étais une fois de plus comportée en égoïste. Je cherchai l'appui de son épaule, prête à fondre à nouveau en larmes.

— Allez, buvons une limonade, proposa-t-elle. Ensuite, on continuera à réfléchir.

J'acquiesçai, tout en sachant que je n'avais pas d'autre option que l'adoption ou le mariage. La première était hors de question. Mon enfant ne connaîtrait peut-être jamais son père, mais sa mère serait à son côté. Je repensai à Susanna. Sa fille non plus ne saurait jamais qui était son vrai père. Peut-être serait-il utile que j'aille les voir.

CHAPITRE 53

Le matin suivant, les oiseaux chantaient lorsque je me rendis chez Susanna. Marit m'avait expliqué que son mari partait travailler à 8 heures. À ce moment-là, je pourrais parler avec elle sans être dérangée. Sigurd était un homme attentionné, mais il n'appréciait pas qu'on évoque le vrai père de l'enfant. Susanna m'écrivait en son absence. Je ne voulais pas la mettre en difficulté.

La maison se trouvait dans la Brännkyrkagatan. Une partie de la rue était en pente raide, et les immeubles se succédaient telles des marches d'escalier. Celui où vivait Susanna était d'un jaune intense. C'était un bâtiment étroit qui comportait tout de même deux étages. Les fenêtres étaient décorées de motifs de vrille démodés. Les rideaux installés par la jeune femme produisaient une impression de confort douillet. Le jardinet était très soigné, très coloré. Glaïeuls, roses et tournesols se disputaient l'attention des passants.

Susanna n'aurait jamais vécu dans un endroit comme celui-là si elle n'était pas tombée enceinte et avait pu rester au domaine. Mais était-elle réellement heureuse ? Pensait-elle parfois que sa vie aurait dû prendre un tout autre tour ? Je restai un temps devant la porte, puis, rassemblant mon courage, frappai au battant. Un chien se mit à japper, ce qui me fit reculer.

— Ça suffit, Petterson ! Retourne dans ton coin ! lança une voix.

C'était Susanna. Je souris en mon for intérieur. Sa voix avait gagné en force et en assurance. La porte s'ouvrit.

Depuis la dernière fois, elle avait pris un peu de poids, ce qui lui allait bien. Elle était ravissante. Elle parut d'abord ne pas me reconnaître, puis ouvrit de grands yeux.

— Mademoiselle !

Je secouai la tête.

— Appelle-moi Agneta, dis-je en lui tendant la main. Bonjour, Susanna, comment vas-tu ?

Elle se figea, puis expulsa une longue goulée d'air.

— Très bien ! Je… je ne vous attendais pas.

— Je voulais vous faire une surprise à toi et à la petite. J'espère que je ne vous dérange pas.

— Non, bien sûr que non, répondit-elle tandis que ses doigts enserraient maladroitement ma main. Entrez donc.

À peine à l'intérieur, j'entendis babiller un bébé. Puis quelque chose tomba sur le sol.

Susanna se tourna vers moi avec un regard d'excuse.

— La petite est très en forme en ce moment. Elle raconte des choses incompréhensibles et jette ses cubes. Dernièrement, l'un d'eux a atterri sur le chien. Heureusement j'étais là, je l'ai empêché de la mordre.

Elle traversa la pièce en hâte pour se rendre à la cuisine, où Mathilda était assise à la table dans sa chaise de bébé. La petite battit des mains, puis s'interrompit à ma vue. Ses yeux s'écarquillèrent et le spectacle de ses traits, si semblables à ceux de Hendrik, m'atteignit en plein cœur. Il était merveilleux de la voir et de savoir qu'il survivait quelque chose de mon frère.

Et voilà que cette adorable petite créature allait avoir un cousin ou une cousine.

— Venez, Agneta, dit Susanna en me conduisant au salon.

Les fauteuils étaient vieux, ils appartenaient sans doute à Sigurd. Mais l'ensemble, d'une propreté méticuleuse, produisait une agréable impression de confort.

Susanna posa une cafetière et deux tasses sur une petite table située entre des fauteuils, puis s'installa en face de moi.

— Alors tu vas bien ? demandai-je, sachant que l'apparence était souvent trompeuse.

Le sourire qu'elle m'adressa offrait en tout cas le témoignage sans équivoque de son bonheur.

— Oui, très bien, répondit-elle. Mathilda se porte comme un charme et de mon côté j'ai tout ce dont j'ai besoin. Et puisque la petite commence à faire ses nuits je dors mieux.

Ses yeux brillaient, toute sa personne exhalait chaleur et affection.

— Je ne pourrai jamais assez vous remercier, ajouta-t-elle, retrouvant un instant les accents de son ancien état de domestique.

Je ne voulais pas de cette soumission. Susanna était désormais une femme libre, elle appartenait à la bourgeoisie. Elle n'avait plus à être au service de quiconque sinon d'elle-même.

— Je ne suis pas venue quêter tes remerciements, répondis-je avec douceur. Tu t'es déjà largement exprimée sur le sujet. Et quand je te vois, quand je vois ton enfant, la façon dont vous vivez, je me sens amplement récompensée. Tu as pris la bonne décision il y a un an.

— C'est vous qui l'avez prise.

— Je n'ai rien fait, protestai-je. C'est toi qui as choisi, tu aurais très bien pu refuser notre aide.

— Non, il n'y avait pas d'autre possibilité. Je ne voulais pas qu'on m'enlève Mathilda. Ou qu'il nous arrive pis encore. À l'instant où vous êtes arrivées, Marit et vous, j'ai su que vous m'apportiez la solution dont j'avais absolument besoin. Si vous n'aviez pas été là, je ne serais peut-être plus de ce monde. Et Mathilda non plus.

Elle tourna le regard vers sa fille, qui triait paisiblement ses cubes.

— Comme je l'ai dit, tu as pris la bonne décision, insistai-je.

Je me tus un instant, me demandant comment présenter ma requête sans trop en dire. Susanna n'éprouverait sûrement pas un malin plaisir à me savoir dans la même situation qu'elle il y a peu. Toutefois je craignais qu'elle en parle à son mari et que la nouvelle s'ébruite par ce biais.

— J'ai une question très personnelle à te poser, dis-je enfin. Si elle t'est désagréable, tu n'es pas obligée d'y répondre. Et si tu la juges déplacée…

— Allez-y, Agneta, répondit-elle comme si elle avait deviné ce qui m'agitait.

— Dis-moi, comment est-ce d'être mariée à un homme tel que Sigurd ? Un homme que tu ne connaissais pas et pour qui tu n'éprouvais pas d'amour ?

Mon cœur battait jusque dans mes tempes. Pour ma part, je n'étais pas sûre que j'aurais répondu si l'on m'avait interrogée de la sorte. Susanna prit le temps de la réflexion.

— Sigurd est un homme très attentionné. Il est aimable, il s'occupe bien de nous. Mais…

Elle s'interrompit et une ombre passa sur sa figure.

— Mais ses dispositions ne permettent pas que nous nous rapprochions. Parfois, ça me cause vraiment du chagrin, parce qu'il a su gagner mon cœur. Il faudra que j'accepte de ne jamais avoir de place dans ses sentiments.

— Tu ne peux pas dire ça, répliquai-je. Il a sûrement de l'affection pour toi.

— Oui, peut-être, mais d'une manière totalement différente de la mienne. Nous ne serons jamais un vrai couple. Je ne saurai sans doute plus ce que c'est d'être aimée, ni moralement ni physiquement.

Ses paroles trahissaient une formidable solitude. En la sauvant de la déconsidération sociale, nous l'avions condamnée à renoncer à l'amour physique. Son époux ne remplirait jamais ses devoirs conjugaux. Et elle ne pouvait pas le quitter, car il avait offert un père à son enfant et un foyer à toutes deux. Ils avaient passé l'un avec l'autre un marché qui leur avait rapporté des avantages mutuels.

En irait-il de même entre Lennard et moi ? Lui n'était pas un étranger, et, si je le souhaitais, les relations physiques ne nous seraient pas interdites. Mais pourrais-je l'aimer un jour, ou notre union demeurerait-elle purement utilitaire ?

Le rire de Mathilda m'arracha à mes pensées. Un objet tomba par terre, ce qui lui arracha un piaillement de plaisir.

— Un instant, je vais la chercher, dit Susanna en se levant.

Je la suivis des yeux tandis que les questions continuaient de se bousculer dans mon esprit. Peu après, elle revint avec sa fille dans les bras. La petite gesticulait et ouvrit à nouveau de grands yeux en me voyant. Je crus un instant qu'elle allait fondre en larmes. Mais Susanna la plaça sur mes genoux.

— Regarde, lui dit-elle. C'est Mlle Lejongård, elle est venue te rendre visite.

Le bébé m'examina avec un air sceptique, sans savoir quoi penser. Puis il tendit une de ses menottes vers mon visage.

Il dégageait une telle impression de chaleur et de douceur qu'on ne pouvait faire autrement que l'aimer. Sans doute était-ce ce que Sigurd ressentait lorsqu'il le tenait sur ses genoux. Et ce qu'aurait éprouvé Hendrik s'il avait eu la possibilité de connaître son enfant.

La pensée de mon frère me fit venir les larmes aux yeux. Il avait disparu depuis bientôt un an et demi. Le temps adoucissait les blessures, mais ne les guérissait pas complètement.

Susanna posa une main sur mon bras.

— Je vous promets que, le moment venu, je lui parlerai de son père.

J'essuyai mes larmes d'un geste hâtif.

— Penses-tu que ce soit une bonne idée ? demandai-je. Ça la déstabilisera.

— Elle a le droit de savoir qui était son père. Qui était le seul homme qui m'ait vraiment aimée et qui l'aurait aimée elle aussi.

Pouvait-on savoir ce qui se serait passé si Hendrik avait survécu à ses blessures ? Si les écuries n'avaient pas été incendiées ? Les paroles de Susanna étaient pourtant empreintes d'une telle sincérité que je ne voulus rien dire. La nuit, elle rêvait peut-être de Hendrik, elle rêvait peut-être qu'elle était la dame de Löwenhof. Mais il se pouvait aussi qu'elle se soit accommodée de son sort. L'idée qu'un jour Mathilda apprendrait qui était son père, même si elle ne retirait rien de cette révélation, me remplit de joie.

Je passai encore une heure avec Susanna à parler du domaine, de ses anciennes compagnes, puis de choses et d'autres. En prenant congé d'elle et de Mathilda, je me demandai quand nous nous reverrions. Sans doute pas dans l'immédiat. Mais je me promis de ne pas les perdre de vue.

CHAPITRE 54

— Tiens-moi informée au plus vite du résultat de ta démarche, dit Marit tandis que nous nous rendions à la gare.

Le train allait arriver ; nous n'avions plus beaucoup de temps. En revanche, nous avions longuement discuté pendant la nuit. Je n'étais pas encore tout à fait sûre de moi, mais les paroles de Marit m'avaient donné du courage pour affronter les dures journées qui m'attendaient.

— Oui, je le ferai. Et j'essaierai d'écrire plus souvent.

— Ce serait formidable. Et si le ciel s'écroule sur ta tête, reviens me voir.

— Même chose en ce qui te concerne. Et la prochaine fois que tu viendras, amène donc Peer. Un médecin a toujours besoin d'une pause à la campagne.

— S'il trouve le courage de se rendre au célèbre domaine de Löwenhof.

Marit se mit à rire et me serra dans ses bras.

— Tout ira bien, je le sais.

À cet instant, le train entra en gare dans un nuage de vapeur d'eau.

Nous nous embrassâmes, puis je montai dans le compartiment et m'installai à ma place. Marit était sur le quai et, à cet instant, je réalisai que, lorsque nous nous reverrions, je serais une autre femme. D'une manière ou d'une autre. Je lui fis signe de la main en m'efforçant de ne rien laisser paraître de l'angoisse que m'inspirait cette perspective.

Lorsque le train s'ébranla et que Marit disparut, je me renfonçai dans mon siège, me sentant fatiguée, vidée. Au réveil, j'avais de nouveau eu des nausées, toujours avec ce goût de bile. Combien de temps cela durerait-il ? Où en était l'enfant que je portais ?

Tout en réfléchissant, je ne cessais de triturer une manche de mon chemisier, m'attirant des regards perplexes des passagers assis face à moi. Sans doute s'interrogeaient-ils sur la raison de ma nervosité. Mais cela m'était indifférent.

Je voyais défiler des champs moissonnés. Un groupe de corneilles prit son envol et suivit le train un moment. Le matin céda la place au soir et, lorsque le soleil ne fut plus qu'une mince bande rouge sur l'horizon et que nous approchâmes de Kristianstad, je savais ce que j'allais faire.

À mon arrivée, August m'attendait devant la gare avec la calèche.

— C'est bon de vous revoir, Mademoiselle, dit-il en me débarrassant de mon sac. Votre mère sera ravie de vous retrouver.

— Nous ne rentrons pas à Löwenhof, répondis-je. Conduisez-moi au domaine d'Ekberg.

August tourna vers moi un regard surpris.

— Au domaine d'Ekberg ? Maintenant ? Mais…

— Ne posez pas de questions, August, faites ce que je vous demande, c'est tout. C'est très important.

— Mais votre mère vous attend ! Elle s'inquiétera si je ne rentre pas avec vous. Et puis il fait déjà sombre. Ça voudrait dire rouler toute la nuit.

— Ça ne me dérange pas. Et, pour ce qui est de ma mère, nous ferons halte au bureau du télégraphe pour lui envoyer un mot. Je dois absolument parler au comte Ekberg.

August opina, souffla, puis s'inclina.

— Très bien, Mademoiselle.

— Ne vous inquiétez pas, ma mère ne vous sanctionnera pas. Je lui expliquerai.

Sur ce, je montai dans la calèche avec un tiraillement d'anxiété dans la poitrine. Mon projet était risqué, mais je ne voyais pas d'autre solution pour me sortir de cette situation.

Lorsque nous arrivâmes, le domaine d'Ekberg était enveloppé d'une brume matinale. J'aurais pu envoyer également un mot à Lennard et à Anna, mais après réflexion je m'en étais abstenue. Je ne voulais pas qu'ils se perdent en spéculations sur le motif de ma visite.

— Reposez-vous, vous avez le temps, dis-je à August. Ma discussion avec le comte durera un bon moment.

Je lissai ma robe et montai le perron. Lundt ouvrit à mon coup de sonnette. Il ne paraissait pas encore très réveillé, mais sa fatigue se dissipa à ma vue.

— Comtesse Lejongård ! Quel bon vent vous amène ? demanda-t-il.

— Bonjour, répondis-je. Il faut que je parle au comte, c'est très urgent.

À peine Lundt était-il parti chercher Lennard qu'Anna fit son apparition à la porte.

— Agneta ! Seigneur, que se passe-t-il ?

Oh, une foule de choses, aurais-je bien voulu répondre.

— J'aimerais voir Lennard. Est-il là ?

— Bien sûr. Ta mère a un problème ? S'agit-il de Löwenhof ?

— Non, pas du tout. Il faut juste que je lui parle.

Et alors, tout rentrerait dans l'ordre. C'était du moins ce que j'espérais.

— Très bien, entre donc. Nous allions prendre le petit déjeuner.

Elle me conduisit dans la salle à manger, où régnait une odeur délicieuse, mais je doutais de pouvoir avaler ne serait-ce qu'une bouchée en présence de Lennard.

Anna m'examinait avec un air sceptique.

— J'avoue que tu me fais un peu peur, dit-elle.

— Anna, je vous en prie, je vous expliquerai tout, mais d'abord il faut que je parle à Lennard.

— Bien sûr.

Peut-être s'empresserait-elle d'envoyer un télégramme à ma mère pour lui demander si sa fille avait perdu la raison…

Heureusement, Lennard arriva rapidement.

— Agneta ! Qu'y a-t-il ?

Il jeta un regard interrogateur à sa mère, qui haussa les épaules.

— Il faut que je te parle, répondis-je en lui prenant le bras. Sortons faire quelques pas, je t'expliquerai.

— Très bien.

Je l'entraînai dans le jardin. Je me sentais comme un animal traqué, et peut-être avais-je perdu l'esprit. Mais je n'avais pas le choix. Personne ne devait entendre ce que j'allais dire à Lennard.

— Pourquoi es-tu venue ? demanda-t-il lorsque nous fûmes à une certaine distance de la maison.

Tout à coup, je ne sus plus par où commencer. Je me sentais accablée et j'éprouvais une peur terrible.

— Sommes-nous encore amis ? demandai-je.

Lennard fronça les sourcils.

— Bien sûr ! Pourquoi aurions-nous cessé de l'être ?

— Alors écoute-moi, s'il te plaît.

Je tournai les yeux vers le manoir, comme si je craignais que des oreilles indiscrètes puissent nous écouter.

— Tu m'as offert de m'aider si j'étais en difficulté. Eh bien, c'est le cas.

Lennard ne semblait toujours pas comprendre où je voulais en venir.

— Tu es en difficulté ? Que s'est-il passé ? Un problème financier ?

— Non, il s'agit d'autre chose. Et à ce sujet j'ai également une prière à te faire. Quelle que soit la réponse que tu me donneras, promets-moi de ne jamais révéler à qui que ce soit ce que je vais te dire.

— Ça devient de plus en plus mystérieux. Enfin quoi, Agneta, qu'y a-t-il ?

— Tu me promets de garder le silence ?

— Oui ! Et maintenant parle !

Je n'aurais jamais cru que cela puisse être si dur.

— Je... je voulais savoir... Serais-tu toujours prêt à m'épouser ?

Lennard ouvrit de grands yeux.

— Pourquoi ce changement d'attitude ? Il y a quelques mois, tu me conseillais encore de chercher quelqu'un d'autre.

— Oui, et en réalité je n'ai pas changé d'avis, mais... les circonstances sont différentes.

Je fermai les yeux un instant, souhaitant en mon for intérieur être ailleurs, dans un endroit où l'on ne se souciait pas de savoir si une femme était mariée ou pas. Mais existait-il un tel lieu sur cette Terre ?

Les trois mots qu'il me fallut alors prononcer me coûtèrent plus d'efforts que toutes les disputes que j'avais pu avoir avec mes parents.

— Je... suis enceinte.

Lennard en resta bouche bée. Il mit un moment à recouvrer l'usage de la parole.

— Tu plaisantes, j'espère ? Comment...

Je pris une grande inspiration. Je jouais mon va-tout.

— Il y avait une raison au refus que je t'ai opposé. J'étais amoureuse d'un autre homme, mon régisseur, et...

Lennard émit un bruit qui me réduisit au silence. Était-ce un rire ? Raillait-il ma situation ? Ou une manifestation de dégoût ?

— Ton régisseur ? Le type qui se trouvait trop bien pour assister à votre fête de la Saint-Jean ?

— Il n'était pas d'ici, et puis ce n'est pas le propos. Nous nous sommes aimés. Et maintenant il a disparu et moi je suis enceinte.

Lennard me regarda d'un air sombre.

— Tu as une idée de la situation dans laquelle tu t'es fourrée ? demanda-t-il. Comment tu as pu te commettre avec un individu pareil ?

Ma gorge se serra.

— Ce n'était pas prévu, c'est arrivé, c'est tout. À Stockholm, j'ai eu une relation et il n'y a jamais eu de problème. Mais cette fois… Je sais, j'ai été stupide, mais…

Lennard se détourna. Je sentais sa colère, mais aussi sa déception. À sa place, j'aurais éprouvé les mêmes sentiments. *La femme que j'aimais et qui m'a repoussé se fait mettre enceinte par un autre et revient me trouver afin que j'endosse la paternité de l'enfant.*

Comment avais-je pu espérer qu'il m'aiderait ? Je n'aurais pas dû venir. La fuite aurait peut-être constitué la meilleure solution.

— Ainsi tu me demandes de t'épouser alors que je sais que tu ne m'aimes pas. Et je suis censé reconnaître l'enfant que tu portes. Voilà tout ce à quoi je suis bon à tes yeux ?

Mes larmes jaillirent en dépit de mes efforts pour les réprimer.

— Excuse-moi, dis-je en me détournant à mon tour. Je ne voyais pas comment m'en sortir. Et je ne voulais pas te mentir. Si tu refuses, je comprendrai très bien. Mais ne dis rien à ta mère, s'il te plaît.

Sur ce, je rebroussai chemin pour retourner au manoir. August ne dormait sans doute pas encore et…

Je fus soudain prise de vertige. Un instant plus tôt, je m'entendais encore sangloter, puis le paysage se mit à tourner, si vite que je perdis l'équilibre. La pelouse humide de rosée se rapprocha à une allure vertigineuse et j'atterris dans l'herbe. Le souffle me manqua, mais je n'éprouvai ni douleur ni peur. Devant mes yeux se forma un voile blanc dans lequel disparut tout ce qui m'entourait.

CHAPITRE 55

— Le voyage a été un peu trop fatigant pour elle.

Ces paroles de Lennard me parvinrent comme à travers un brouillard ouaté. Je sentais une pression à l'endroit de mes côtes et sous mes cuisses. Je compris qu'on me portait. J'ouvris les yeux, mais ne distinguai qu'un mélange confus en noir et blanc.

— Je vais envoyer chercher notre médecin, dit la voix d'Anna.

Lennard la pria d'attendre encore un peu. Puis il y eut un bruit de pas et nous poursuivîmes notre chemin.

Lorsque Lennard m'eut transportée dans une chambre et étendue sur un lit, ma vue s'éclaircit. Je distinguai un baldaquin rose, puis le visage inquiet de Lennard au-dessus de moi.

— Agneta ? dit-il en m'effleurant la joue de ses doigts. Est-ce que tu m'entends ?

Je voulus répondre par l'affirmative, mais ne réussis à émettre qu'un son inarticulé. Peu après, une porte s'ouvrit. Je ne vis pas qui entrait, mais devinai que c'était Anna.

— Comment va-t-elle ?

— Elle reprend lentement ses esprits, répondit Lennard en me caressant les cheveux.

J'eus besoin d'un moment pour me rappeler ce qui s'était passé. J'avais avoué à Lennard que j'étais enceinte. Et il s'était mis en colère.

— Frieda devrait peut-être lui faire un thé.

— Je pense qu'il lui faudrait plutôt un peu de bouillon. Et surtout du sommeil.

De nouveau un bruit de porte, Anna était ressortie.

Lennard me caressa le front.

— Agneta, dit-il à voix basse, tu m'entends ?

J'acquiesçai. À présent, je distinguais clairement son visage et sentais le sang pulser dans mes membres. Sa colère semblait l'avoir quitté, il paraissait plutôt inquiet.

— Excuse-moi de te causer tous ces tracas, dis-je.

Je voulus me redresser, mais Lennard m'obligea avec douceur à rester couchée.

— Tu as besoin de repos, au moins quelques heures. Tu as trop présumé de tes forces.

Il avait raison. Et, surtout, je n'avais plus l'énergie de parler avec lui.

— Pardonne-moi ma réaction, poursuivit-il. Je ne voulais pas me montrer désagréable.

— Tu avais toutes les raisons d'être fâché, répliquai-je. De toute façon, je ne t'ennuierai plus avec ça.

— Chut... Nous en reparlerons quand tu te sentiras mieux. Dors un peu et, lorsque tu te réveilleras, tu commenceras par manger un morceau.

Alors qu'il se levait, je lui pris le bras.

— Lennard, je suis vraiment désolée.

— Plus tard, répondit-il en me caressant de nouveau les cheveux.

Puis il quitta la chambre.

Je dormis d'un sommeil profond et sans rêves, comme si mon évanouissement s'était prolongé. En me réveillant, je mis quelques secondes à me souvenir que j'étais au domaine d'Ekberg, dans la chambre d'amis que j'occupais à chacun de mes séjours au manoir.

Je me redressai. Je portais encore les vêtements dans lesquels j'étais arrivée. Je me rappelai aussi la raison de ma venue et la réaction de Lennard à ma requête. Avait-il mis sa mère au courant ? Dans notre enfance, il n'avait jamais été du genre à rapporter, mais à l'époque, il ne s'agissait pas de choses aussi graves.

Je me levai après m'être assurée que mes jambes n'allaient pas me lâcher. Je défis quelques boutons du col de ma robe et me dirigeai vers la cuvette d'eau posée à côté de la coiffeuse.

Dormir m'avait fait du bien ; je n'avais plus l'air si crispée. Cependant mes cernes n'avaient pas disparu, et sans doute ne s'effaceraient-ils jamais complètement.

Ma toilette terminée, je changeai de robe. Heureusement, j'en avais emporté une deuxième à Stockholm. Elle était très simple – j'avais souhaité passer le plus inaperçue possible – et presque trop légère pour la saison. Je jetai un dernier regard dans le miroir. Il était temps que je descende. Je ne voulais pas attendre que Lennard ou sa mère viennent prendre de mes nouvelles.

Il fallait que je change mon fusil d'épaule. Pas question de réitérer ma demande. Le seul service qu'il pouvait encore me rendre, c'était de ne rien dire à personne. J'irais ailleurs chercher du soutien. Il devait bien y avoir une solution. Je descendis à la salle à manger, où Lennard et sa mère devaient se trouver à cette heure.

Ils étaient à table et commençaient tout juste à dîner. Mon estomac se souleva à l'odeur de la viande. Je sentis que c'était l'enfant : il paraissait ne pas aimer cela, c'était la première fois que je le remarquais.

— Ah, te voilà ! s'exclama Lennard.

Il reposa sa serviette et se leva.

— Comment vas-tu ? Nous ne voulions pas te réveiller. Hilda ?

La domestique accourut.

— Apporte donc du potage pour notre invitée, s'il te plaît.

Lennard m'accompagna à ma place, comme pour s'assurer que je tenais ferme sur mes jambes. Je m'assis et tournai les yeux vers Anna, que je n'avais pas revue depuis mon arrivée.

— Tu te sens mieux ? demanda-t-elle, inquiète.

— Oui, merci. J'ai un peu trop présumé de moi.

À cet instant, je remarquai que Lennard me lançait un regard d'avertissement.

— Je pense qu'Agneta a été submergée par l'émotion quand je lui ai renouvelé ma demande en mariage, dit-il promptement.

Je me sentis comme assommée. Sa demande en mariage ? Mais il avait refusé ma requête pressante ! J'étais paralysée de stupeur et d'effroi. J'aurais voulu le contredire, mais une petite voix me conseilla de ne rien faire, de garder le silence et d'attendre. Anna haussa ses sourcils soigneusement épilés.

— Tu lui as…

Elle s'interrompit, consciente qu'il y avait anguille sous roche. J'arrivais de bon matin en déclarant qu'il fallait que je parle à Lennard, après quoi celui-ci affirmait qu'il m'avait demandée en mariage ?

Un petit sourire aux lèvres, Lennard n'arborait plus son expression furieuse du matin.

J'éprouvai un sentiment de malaise. Que signifiait ce sourire ? Triomphait-il à l'idée d'être finalement parvenu à ses fins ? Voulait-il se venger de ce que je lui avais préféré un autre ? Que j'étais allée jusqu'à coucher avec cet homme ?

— Oui, je lui ai fait une demande en mariage, reprit-il. Je n'ai pas voulu t'en parler en l'absence d'Agneta. Les circonstances ont fait que…

Il me regarda. Figée sur mon siège, j'attendais que la foudre s'abatte sur moi.

— Tu sais qu'Agneta et moi avons passé un peu de temps ensemble lorsqu'elle est venue avec sa mère, poursuivit-il en prenant une mine contrite.

— Et alors ? demanda Anna avec un air inquiet.

— Eh bien, nous nous sommes laissé emporter par la passion et nous avons… Enfin, quoi qu'il en soit, Agneta est venue m'informer qu'elle attendait un enfant. Je lui ai donc proposé une nouvelle fois le mariage et, heureusement, elle a accepté.

À ces paroles, un frisson glacé me parcourut l'échine. L'offensive de Lennard me prenait totalement au dépourvu. Qui plus est, sa mère et lui me fixaient à présent comme s'ils attendaient une confirmation de ma part. Je ne pouvais pas rester silencieuse.

— Oui, répondis-je en regardant Lennard, c'est ce que j'ai fait.

Son expression affichait toujours la même amabilité. Quant à moi, j'étais décomposée.

Anna ne parut pas s'en apercevoir. Bouleversée, elle plaqua sa main sur sa bouche. Comment allait-elle réagir ? Était-elle horrifiée par notre immoralité ? Elle se leva brusquement de son siège, se précipita vers moi et, avant que j'aie pu comprendre ce qui se passait, me serra dans ses bras.

— Mais c'est formidable ! s'écria-t-elle avec un sanglot. Tu vas enfin faire partie de la famille !

J'eus quelque peine à répondre à son étreinte. Ce geste chaleureux me prenait au dépourvu. En regardant par-dessus son épaule, je vis Lennard m'observer. L'éclair que je discernai dans son regard m'inquiéta. Mais, lorsque sa mère me lâcha et se tourna vers lui, cette lueur disparut comme si l'on avait soufflé une bougie pour laisser place à une expression comblée. Je n'aurais jamais soupçonné qu'il puisse être si bon comédien.

Nous passâmes le restant de la soirée à parler du mariage. Par moments, Anna fondait en larmes sous l'effet de la joie. Elle évoqua ses noces avec Gustav et imaginait déjà me donner son voile de mariée, qu'elle avait conservé ainsi que sa robe.

Je me sentais terriblement mal et me demandais ce qui avait incité Lennard à prendre cette décision. Après la scène qu'il m'avait faite, j'avais perdu tout espoir de pouvoir compter sur lui. Je ne cessais de tourner les yeux vers lui à la recherche d'un soutien, cependant il ne laissait rien paraître de ses sentiments. Ne voulant pas éveiller les soupçons d'Anna, je souriais et feignais d'être au comble du bonheur, mais j'aurais voulu rentrer sous terre.

Quand l'heure du coucher fut venue, Lennard m'accompagna jusqu'à ma chambre. Plus nous nous éloignions du salon, plus il devenait froid. Je n'en devais pas moins le remercier de m'avoir sauvée.

— Est-ce que tu aurais un moment ? demandai-je lorsque nous arrivâmes devant la porte. J'aurais souhaité te parler.

— Très bien, répondit-il avec raideur.

Nous entrâmes et je refermai soigneusement la porte – personne ne devait entendre ce que nous avions à nous dire.

— Je voulais te remercier. Ce que tu fais là pour moi est énorme et je ne sais pas comment je pourrai jamais te manifester ma reconnaissance.

— Je t'avais promis d'être à ton côté si tu étais en difficulté.

— Oui, mais… Tu étais tellement en colère, ce que je comprends très bien.

Je me pétrissais nerveusement les mains, sentais très bien ce qui bouillait sous la maîtrise qu'il affichait.

— Je le suis toujours, mais ce n'est plus la question. Il faudra que tu racontes la même histoire à ta mère afin que je ne passe pas pour un menteur.

— Bien sûr. Et quelles sont tes conditions ? Étant donné les circonstances, je ne m'attends pas à ce que tu te montres désintéressé. Devrai-je vivre ici ? Te transférer la propriété de Löwenhof ?

Lennard me regarda comme si je l'avais giflé.

— Je ne veux pas de ton domaine. Et si tu le souhaites tu peux faire établir un contrat de mariage ou ce que vous avez inventé d'autre, tes amies féministes et toi. Je n'ai jamais voulu qu'une chose, c'est toi ! Mais compte tenu de ce que tu m'as raconté, j'ai un peu de mal à me réjouir que tu deviennes ma femme. Si je t'épouse, ce n'est pas parce que tu m'aimes, mais pour aider une amie. Ainsi que nous nous en étions fait la promesse dans notre enfance.

— Et comment comptes-tu me punir ? demandai-je sur un ton de défi.

— Je ne te punirai pas, il ne m'appartient pas de le faire. Mais n'attends pas que je me plie à toutes les obligations du mariage. Je m'occuperai de toi comme il incombe à un mari, mais c'est tout. Et si je rencontre une femme qui m'aime, je me réserverai la possibilité d'engager une relation avec elle. Et tu devras t'en accommoder, tout comme je m'accommode du fait que tu sois enceinte de ce type.

Ses paroles s'abattaient sur moi comme un orage de grêle. J'étais au bord des larmes, pourtant je sentais qu'il n'y avait rien à faire. Il avait raison, j'avais mérité mon sort. Je repensai à Susanna, à l'impression de vide qu'elle éprouvait dans son mariage fictif. Et l'homme qu'elle aimait lui avait été enlevé. Avait-elle mérité d'être punie ? Non. Moi, en revanche, je m'étais comportée de façon minable. Pourtant je pouvais m'estimer heureuse. Je conserverais Löwenhof, je continuerais de vivre comme avant et j'aurais mon enfant.

Toutefois, la possibilité d'épouser un homme qui m'aime me demeurerait à jamais interdite. Et si Max revenait je serais contrainte de le renvoyer.

— Très bien, comme tu voudras, répondis-je enfin.

— Une dernière chose. Je ne veux plus jamais entendre parler de ce type, tu m'as bien comprise ? Nous n'échangerons plus un mot à son sujet. Et s'il trouvait un jour le courage de reparaître à Löwenhof, je le ferais chasser. Il ne t'approchera plus, tu entends ?

Je tressaillis et fus sur le point de répliquer qu'il n'avait pas à m'interdire de parler à qui que ce soit. Sa colère était toutefois si palpable que je n'eus pas la force de me rebeller contre elle.

— Il ne reviendra pas, dis-je. Et à supposer qu'il le fasse, je refuserai de lui parler.

— Bien. Et maintenant repose-toi. Demain, tu as un long voyage qui t'attend. Et il faudra encore que tu annonces la bonne nouvelle à ta mère.

Sur ce, Lennard se détourna.

— Bonne nuit, ajouta-t-il.

— Bonne nuit, répondis-je faiblement.

Je me laissai tomber sur le lit. L'obscurité extérieure me parut tout à coup oppressante. Cela tenait peut-être à la soudaineté avec laquelle la situation s'était dénouée. Ou au fait que je ne parvenais toujours pas à croire que Lennard m'avait sauvée. Peut-être aussi était-ce l'effet de son discours. Pourtant, c'était moi-même qui lui avais conseillé de se chercher une autre femme. Alors pourquoi les conditions qu'il m'avait imposées me blessaient-elles à ce point ? Je frissonnai. Il était sans doute plus sage d'arrêter de réfléchir et de me coucher. Demain serait un autre jour.

CHAPITRE 56

J'avais ignoré jusque-là mes talents de comédienne. Le matin suivant, nous jouâmes devant Anna le rôle du couple amoureux et elle parut parfaitement dupe de cette mascarade. Au moment où je repartais, elle me répéta combien elle était ravie que je fasse enfin partie de la famille. Lennard me donna un baiser passionné auquel j'eus beaucoup de mal à répondre.

Lorsque nous démarrâmes, je me retournai pour saluer Lennard et sa mère, debout sur le perron. Mais quand la calèche s'engagea dans le bois, faisant disparaître le manoir à ma vue, je ressentis du soulagement.

La nuit ne m'avait apporté aucun répit. J'avais eu le temps de prendre pleinement conscience de ma situation et du fait que je m'étais livrée pieds et poings liés aux Ekberg. Et maintenant il fallait que je me prépare à la discussion avec ma mère, qui se demandait sûrement ce qui se passait.

Lorsque nous franchîmes le portail de Löwenhof en fin d'après-midi, j'étais emplie d'angoisse. Comment ma mère prendrait-elle mon souhait d'épouser Lennard ? Si l'affaire n'avait eu un arrière-goût amer, cela aurait été pour elle une source de joie. Notre demeure m'apparut tout à coup comme un baril de poudre susceptible de sauter à la moindre étincelle. Ma mère se réjouirait sûrement de cette nouvelle. Mais elle voudrait savoir ce qui m'avait fait changer d'avis. Devais-je lui expliquer mes raisons ? En voyant naître l'enfant si rapidement après le mariage, elle ne pourrait manquer de se poser des questions.

August arrêta la calèche et m'aida à descendre. Je repensai au jour où j'étais arrivée après avoir reçu le télégramme de ma mère. À ce moment-là, l'appréhension que j'éprouvais était d'une tout autre nature. Cette fois, j'allais devoir mettre Stella devant le fait accompli.

J'entrai dans le vestibule et montai mon sac dans ma chambre. J'aurais pu prier Lena de s'en charger, mais je n'avais pas envie de parler à qui que ce soit. Je venais de le poser à côté de mon lit quand ma mère apparut à la porte.

— Où étais-tu ? demanda-t-elle avec sévérité.

Je sus que j'allais devoir engager la discussion sur-le-champ, que cela me plaise ou non.

— Mais tu le sais, répondis-je. À Stockholm.

— Oui, mais où exactement ? Et pourquoi es-tu partie en catastrophe ?

J'avais pris congé d'elle, mais sans lui laisser le temps de m'interroger.

— Je suis allée voir Marit, expliquai-je, passant sous silence ma visite à Susanna.

— Marit ? La femme qui est venue chez nous il y a un an ?

J'acquiesçai.

— Et pourquoi as-tu raconté à tout le monde qu'il s'agissait d'un voyage d'affaires ?

— Je me suis contentée d'informer Bruns que je m'absentais pour des raisons professionnelles. Tu dis toi-même qu'il y a des choses que les domestiques n'ont pas à savoir.

Ma mère souffla ; elle commençait à perdre patience.

— Cela avait-il un rapport avec le régisseur ? C'est lui que tu recherchais à Stockholm ?

— Non, Mère, je voulais demander conseil à Marit. Ce que j'ai fait.

— Parce que tu as préféré t'adresser à une amie plutôt qu'à ta mère ? Tu as changé depuis le départ de cet homme. Qu'est-ce qui t'arrive ? Il t'avait tapé dans l'œil ? Tu étais tombée amoureuse de lui ?

— Non, mentis-je en baissant les yeux. Mais j'avoue que j'éprouvais pour lui une grande amitié. Cela étant, c'est du passé parce que…

— Parce que quoi ? insista ma mère, qui pâlit.

— Je suis enceinte.

Voilà, c'était dit. Et je n'en ressentis aucun soulagement. C'était maintenant qu'il allait vraiment falloir mentir.

Ma mère en resta bouche bée. Nous demeurâmes un bon moment à nous regarder en silence. Puis elle s'assit sur le bord du lit et se mit à fixer le tapis comme si elle espérait y lire qu'il s'agissait d'une mauvaise plaisanterie ou d'un rêve.

— Quand nous sommes allées au domaine d'Ekberg, j'ai passé un moment seule avec Lennard. Je ne sais pas comment c'est arrivé, mais ça a été plus fort que nous et nous avons…

Je n'allai pas plus loin. Pas parce que cela m'embarrassait, mais parce que c'était un mensonge.

— Lorsque je me suis aperçue qu'il y avait un problème, j'ai consulté le Dr Bengtsen. Il a confirmé mes soupçons. Comme je ne savais pas quoi faire, je suis allée à Stockholm voir Marit.

— Pourquoi n'es-tu pas venue me trouver ? demanda Stella avec froideur. Je suis ta mère. Pourquoi ne m'as-tu pas demandé conseil ?

Parce que je ne savais pas comment réagirait Lennard, me dis-je en mon for intérieur. *Parce que je ne savais pas quoi faire de l'enfant. Et parce que je n'avais pas soupçonné combien Lennard était doué pour inventer des histoires.*

— J'ignorais comment tu prendrais la chose. Je voulais avoir une solution en main et, pour cela, j'avais besoin de l'avis de Marit. En discutant avec elle, je suis parvenue à la conclusion que le mieux était d'épouser Lennard. Aussi suis-je immédiatement partie pour le domaine d'Ekberg.

Lorsque j'eus terminé mon récit, je tremblais de tous mes membres.

Ma mère ne disait toujours rien. Elle continuait à fixer les motifs du tapis comme si elle avait voulu les graver dans sa mémoire. Puis elle leva les yeux.

— Que tu aies frayé avec un homme avant le mariage ne me réjouit guère. Mais tu as pris la bonne décision et je t'en sais gré.

Voilà tout ce qu'elle avait à dire ? Elle allait tout de même être grand-mère !

Sentait-elle que je ne disais pas la vérité ? Avait-elle remarqué que je me rendais en cachette chez Max et que sa disparition m'avait désespérée ?

— Je suppose que tu as déjà parlé à Anna ? poursuivit-elle toujours sur le même ton.

— Mère, je suis navrée de ne pas t'avoir informée, répondis-je en ignorant sa question.

— Ce n'est pas ça. Je suis juste surprise que tu te sois soudainement découvert une passion pour Lennard. Toi qui avais refusé si catégoriquement de l'épouser.

— À l'époque, la situation était différente. Mais maintenant j'attends un enfant. Ton petit-fils ou ta petite-fille. Je pensais que tu en serais heureuse !

— Je suis heureuse qu'après t'être montrée déraisonnable tu aies pris une décision raisonnable. Nous allons devoir faire vite. Dans quelques mois, il ne te sera plus possible de dissimuler ton état. Je vais demander à la couturière de se procurer du tissu pour une robe de mariée. La cérémonie aura lieu dans deux mois et ce qui se passera ensuite ne regarde plus rien ni personne.

Sur ce, elle se leva et quitta la pièce.

Je me sentis profondément abattue. J'avais espéré que ce mensonge faciliterait les choses, mais je m'étais trompée. Stella n'était pas femme à se laisser abuser. Si ma décision de recourir à Lennard et son revirement généreux m'avaient préservée du déshonneur, ma mère, elle, s'était vu conforter dans les craintes qu'elle nourrissait à l'endroit de sa fille.

Cette pensée me fit venir les larmes aux yeux. L'instant d'après, toutefois, je frappai la couverture du poing. Pourquoi en étais-je encore à vouloir conquérir l'amour de ma mère ? N'était-il pas temps de renoncer à quêter son approbation ? N'étais-je pas la maîtresse de Löwenhof ? J'allais épouser un ami de la famille, un aristocrate qui jouissait de l'estime générale. La suspicion se dissiperait avec le temps. Je mènerais ma petite vie en m'occupant du domaine. De toute façon, je ne pouvais rien espérer d'autre.

CHAPITRE 57

Les semaines suivantes furent placées sous le signe de la hâte. Chez nous, cependant, l'heureuse nouvelle du mariage de la dame de Löwenhof fut assombrie par le petit scandale de sa grossesse. Par chance, tout le monde en dehors de ma mère était persuadé que Lennard était le père.

« Ah, les jeunes gens d'aujourd'hui, aurait dit Mme Bloomquist en apprenant que les noces auraient lieu au plus vite. Même pas capables d'attendre le mariage. Mais au moins notre maîtresse a fait un bon choix. »

C'était Lena qui m'avait rapporté ces propos en gloussant.

« Nous sommes si contents pour vous ! avait-elle ajouté, toute rougissante. Ce sera si agréable d'entendre des rires d'enfant dans la maison ! »

Je m'étais efforcée de ne rien laisser paraître, mais j'avais ressenti une sorte de déchirement intérieur. Tout le monde se réjouissait de la nouvelle, alors pourquoi n'étais-je pas heureuse ? Ma réputation était sauve, j'aurais un enfant et la société cesserait de faire la grimace à propos de la dame de Löwenhof qui voulait administrer son domaine sans l'aide d'un époux. Cependant j'avais l'impression d'avoir commis une trahison envers moi-même. Et puis il y avait ma mère, qui m'observait parfois avec méfiance. Se doutait-elle de quelque chose ?

En tout cas, elle ne s'exprimait pas sur la question. En dehors des dispositions que nous avions à prendre pour la cérémonie, nous ne nous parlions guère. J'accomplissais mon travail, m'occupais de la comptabilité, vendais des chevaux et choisissais les juments à faire saillir. J'assistais à la naissance des poulains, je leur donnais un nom et programmais les réserves de fourrage pour les mois à venir. Bref, je menais ma vie comme avant. À cela près que j'avais la peur au ventre. Peur que la vérité n'éclate au grand jour. Peur que Lennard ne fasse machine arrière. Peur aussi que Max revienne.

Oui, à présent, je redoutais cette éventualité. Au début, j'avais refait chaque matin notre promenade, puis j'avais mis fin à cette habitude. En raison de mes nausées matinales, mais aussi pour chasser le souvenir de Max.

Lorsque la couturière vint prendre mes mesures pour la robe de mariée, je compris que nous étions passés aux choses sérieuses. Je pouvais évidemment m'enfuir avant la cérémonie, mais où serais-je allée ? En Allemagne ? C'était hors de question. Il n'était pas non plus envisageable que je me réfugie chez Marit. Elle était sur le point de faire son propre bonheur, ce n'était pas le moment de lui imposer ma présence. Je me pliai donc à l'exercice sans regimber en me demandant si la couturière avait compris pour quelle raison on la priait de travailler si rapidement. Mais c'était absurde, mon ventre était encore plat.

Quand l'enfant avait-il été conçu ? Lorsque cette question me venait, je la repoussais, car elle ajoutait à mon tourment. Mieux valait oublier Max. Cesser d'espérer le revoir ou obtenir une explication, même si je pensais sans arrêt à lui, me demandant si son père avait reçu ma lettre. Pourquoi ne répondait-il pas ? Max le lui avait-il interdit ? Le vieux Bredestein ignorait-il où se trouvait son fils ? Cela lui était-il indifférent ? Ou bien la guerre avait-elle englouti sa réponse ? Il m'arrivait d'agiter ces questions pendant des heures.

Une nouvelle décevante nous parvint : la maison royale nous informa que le prince héritier et son épouse ne pourraient assister au mariage parce qu'ils seraient en Norvège à ce moment-là.

Ma mère en fut très triste.

— On nous tient encore rigueur de l'incendie, dit-elle.

— Ne crois pas ça, Mère. L'affaire a été élucidée, désormais c'est du passé. On ne peut pas attendre de la maison royale qu'elle repousse un voyage prévu de longue date pour assister à un mariage.

— Un mariage concernant une famille à laquelle la rattachent des liens d'amitié. Peut-être avons-nous définitivement perdu leur faveur.

— Je ne vois pas pourquoi. Souviens-toi, la princesse a été ravie de son séjour chez nous l'été dernier. Les enfants ont adoré monter à cheval. Je ne crois pas que nous soyons tombées en disgrâce. C'est la guerre, la maison royale a le devoir de faire acte de présence et de donner des assurances à ses voisins. Gustave-Adolphe et Margaret sont nécessairement de la partie.

L'été passé, les temps me paraissaient déjà difficiles, mais ce n'était rien comparé à ce que nous endurions à présent. Depuis le déclenchement de la guerre, le prince héritier n'avait cessé de voyager, au Danemark, en Finlande. À présent, c'était le tour de la Norvège. Les familles royales et les gouvernements de ces trois pays craignaient que la Suède n'entre en guerre, ce qui les aurait obligés à suivre son exemple. Le roi Gustave demeurait pourtant ferme et refusait d'engager son pays dans le conflit, qui, entre-temps, avait gagné la France et la Flandre. Certains journaux lui en tenaient rigueur et ressassaient sur son compte de vieilles anecdotes de mauvais goût. Mais je faisais confiance à sa constance. Une guerre ne pourrait que porter préjudice à la Suède. Un grand nombre de femmes se retrouveraient à mettre des orphelins au monde.

— Tu verras, ils seront là pour le baptême de l'enfant, dis-je. D'ici là, ils auront le temps d'inscrire Löwenhof sur leur agenda.

Ma mère me lança un regard sombre.

— Il aurait été préférable que je puisse prévoir une meilleure date pour ton mariage. Mais à quoi pensais-tu ?!

Je fus interloquée. Qu'entendait-elle par là exactement ? Me reprochait-elle d'avoir couché avec Lennard ou d'avoir entretenu une relation avec Max ? Après notre discussion dans ma chambre, il n'avait plus jamais été question de ce dernier. Cependant j'avais l'impression persistante que Stella le soupçonnait d'être le père de l'enfant. Ou peut-être était-ce ma mauvaise conscience qui me faisait imaginer des choses.

— Ce qui est fait est fait, répliquai-je. On ne peut pas revenir en arrière. Mais je me marie. C'est tout ce qui compte, non ?

Ma mère eut l'air de vouloir répondre, mais elle se ravisa et retourna à ses préparatifs.

CHAPITRE 58

Un mois plus tard, par une matinée exceptionnellement chaude et ensoleillée de la mi-novembre, l'effervescence régnait au manoir. Les domestiques gloussaient et faisaient des messes basses, certaines se demandaient qui attraperait mon bouquet de mariée. Au cours des dernières semaines, Lennard avait fait de fréquentes apparitions et discuté plusieurs fois en tête à tête avec ma mère. Mais même Stella ne pouvait le percer à jour. Il jouait au futur père et époux comblé et ne laissait place à aucun soupçon.

Pourtant, quand nous étions seuls, la colère bouillonnait sous ces apparences soigneusement maîtrisées. Si autrefois il m'avait aimée, cela ne paraissait plus être le cas. Il assurait son rôle, tenait sa promesse, mais me faisait clairement comprendre que je ne pouvais rien espérer d'autre. Et, à présent que j'avais abandonné mon attitude bravache, je me rendais compte que c'était mieux ainsi.

J'avais la robe de mariée sous les yeux ; elle était magnifique, peut-être un peu démodée, mais la couturière s'était efforcée de l'adapter aux nouvelles coupes en vogue à Stockholm. De la dentelle blanche et de la soie beige qui s'harmonisaient à merveille, un petit bouquet de roses à la taille. Les manches étaient longues, en forme de cloche, la jupe suffisamment ample pour que l'on puisse porter une crinoline par-dessous – ce qui n'était pas mon intention. Le voile, bordé d'une dentelle de prix, était fixé sur un petit diadème orné de pierres précieuses. Il faisait bien deux mètres de long.

Peut-être certaines jeunes mariées faisaient-elles plusieurs essayages avant la cérémonie tant elles étaient impatientes de se montrer à leur époux dans ces atours. Moi, l'agitation que je ressentais n'était pas la nervosité habituelle de l'épousée, mais la crainte de l'avenir. La peur de ce qui m'attendait et le chagrin de ce que j'étais devenue. L'étudiante qui se rendait avec empressement à l'Académie royale des beaux-arts, sa boîte de couleurs sous le bras, n'était plus qu'un lointain souvenir. Tout pesait si lourd qu'il me semblait avoir au moins 40 ans. Une grand-mère à laquelle on faisait enfiler une robe de mariée.

Un coup frappé à la porte m'arracha à mes tristes pensées. Lena venait m'habiller. Sans doute était-elle accompagnée de Linda, que je supportais aussi peu que ma mère en ce moment. Stella avait dû lui révéler quelque chose car, depuis que mon projet de mariage avait été officialisé, elle me regardait presque avec mépris. Elle ne s'exprimait évidemment pas sur le sujet, elle n'aurait pas osé, mais sa désapprobation était patente : la maîtresse de maison, tombée enceinte avant le mariage, lui apparaissait peut-être comme une fille facile. Et qui sait quels autres secrets ma mère avait jugé bon de partager avec elle ?

L'instant était venu où je devais feindre d'être au comble du bonheur.

— Entrez ! lançai-je avec le plus d'entrain possible.

C'était effectivement Linda, suivie de Lena, qui portait un grand coffre en bois.

— Bonjour, Mademoiselle, lancèrent-elles en chœur.

— Les demoiselles d'honneur sont-elles levées ? m'enquis-je.

L'une d'elles était Marit, arrivée la veille par le train du soir, complètement épuisée. J'aurais voulu bavarder avec elle un petit moment, mais les autres m'avaient accaparée. Il s'agissait de jeunes filles issues de maisons choisies par ma mère. Elles attendaient toutes de trouver un époux, la plus jeune venait d'avoir 17 ans.

« Il n'y a pas de meilleure occasion qu'une noce pour nouer des relations », avait fait observer ma mère.

J'ignorais ce qu'elle avait pu dire à ces jeunes filles lorsqu'elle les avait réunies dans son salon. Elle leur avait sans doute fait un cours de bonnes manières, leur rappelant dans la foulée que l'on ne devait pas coucher immédiatement avec l'heureux élu.

— J'ai envoyé Marie les réveiller, mais Mlle Andersson était déjà levée, répondit Lena.

Cela ne m'étonna guère. Marit avait toujours été matinale.

— Quand nous aurons fini, j'aimerais pouvoir lui parler seule à seule. J'espère qu'il n'y a pas de problème avec sa robe ?

— Je ne pense pas, non, répliqua Linda avec raideur.

Marit était la seule de mes demoiselles d'honneur à ne pas être noble. Qui plus est, sa coupe de cheveux mi-longue devait constituer un scandale aux yeux de Linda. Mais c'était mon amie, et je me fichais pas mal des autres.

Lena et Linda se mirent à l'œuvre. Exceptionnellement, j'avais accepté de porter un corset. Elles m'aidèrent à enfiler la robe. Puis elles me posèrent une grande serviette sur les épaules et Linda commença à me maquiller. Je suivais ma métamorphose dans la glace. Je ne sais comment elle s'y prit, mais sous ses mains mes cernes disparurent, mes lèvres et mes joues se colorèrent d'une délicate teinte rose. Elle se montra encore plus magicienne avec mes cheveux, parvenant à dompter mes boucles rebelles et à réaliser une savante coiffure sur laquelle elle fixa le diadème.

— Nous ajouterons le voile juste avant votre départ pour l'église, dit-elle en façonnant quelques bouclettes de ses doigts habiles.

Dans le miroir, je voyais Lena observer avec émerveillement le travail de la femme de chambre de ma mère. Un jour, elle aussi serait capable de réaliser ces prodiges. En attendant, il me fallait avoir recours à Linda.

— Merci, Linda, vous vous êtes surpassée, dis-je en tournant la tête à droite et à gauche pour examiner ma coiffure sous différents angles.

— Merci, Mademoiselle, répondit-elle, flattée. Et si je puis vous donner un conseil…

— Oui ?

— À partir de maintenant, il vaudrait mieux que vous restiez dans votre chambre. Ça vous portera malheur si votre futur époux vous voit dans votre robe avant la cérémonie.

En l'occurrence, il n'y avait guère de risque, car nous devions retrouver Lennard et sa mère directement à l'église à Kristianstad. Linda ne l'ignorait assurément pas. Et puis quel malheur pouvait-il encore m'arriver ? Ce mariage, je le faisais contrainte et forcée. Et si Lennard se comportait comme il m'en avait menacée peu après sa « demande », je ne le verrais peut-être même pas assez souvent pour avoir le sentiment d'être sa femme.

— Merci, Linda, je suivrai votre conseil, répondis-je néanmoins. Pourriez-vous demander à Mlle Andersson de venir me voir ? Le temps me paraîtra moins long.

Linda acquiesça et sortit de la pièce. Lena s'attarda pour faire un peu de ménage.

Je reportai mon regard dans le miroir. Tout était parfait, la coiffure, la robe, et je dois dire que je me trouvai à mon goût. Je ressemblais à une princesse de conte de fées sur le point d'être enlevée par son prince et conduite dans son royaume.

Pourtant ce n'était pas un conte de fées. Sous peu, je serais une femme mariée, ce qui signerait ma rupture définitive avec mon enfance et ma jeunesse. Mon rêve de devenir une peintre reconnue avait disparu dans les lointains lorsque j'étais rentrée à Löwenhof. Désormais, il me paraissait inaccessible.

Löwenhof et moi ne formions plus qu'un et il en serait toujours ainsi.

Mais devais-je renoncer définitivement à mes aspirations et à mes rêves ? N'y avait-il plus que le devoir dans ma vie ?

En entendant frapper à la porte, je repoussai tous ces regrets. Pensant qu'il s'agissait de Linda qui avait oublié quelque chose, j'affichai un sourire. Mais ce fut Marit qui entra.

— Tu es fantastique ! s'exclama-t-elle en s'approchant. Je voudrais bien te serrer dans mes bras, mais tu m'as l'air aussi fragile qu'une poupée de porcelaine, j'aurais peur de faire des dégâts.

Je me levai.

— Tu n'as rien à craindre, répondis-je en l'embrassant.

Du coin de l'œil, je vis Lena se retirer en silence.

— Je n'ai rien d'une poupée, tout ce que tu vois n'est que de la décoration.

Nous nous assîmes sur le bord du lit.

— Est-ce que tu aurais pu croire que ce jour viendrait ? demandai-je.

— Non, en tout cas pas comme ça.

Je jetai un coup d'œil vers la porte, espérant que Lena s'était éloignée.

— Ne t'inquiète pas, dit mon amie en remarquant mon regard. Je sais qu'ici les murs ont des oreilles. Je n'entrerai pas dans le détail, mais permets-moi de dire que j'aurais souhaité que ton mariage ait lieu dans des circonstances différentes.

— Tu as raison. Sans compter que je ne me serais peut-être pas mariée si mon père et mon frère avaient été encore en vie.

— Tu aurais probablement épousé Michael tôt ou tard.

— Oui, mais le sort en a décidé autrement.

Comme il me paraissait loin, ce jour où j'avais reçu le télégramme de ma mère alors que j'étais avec Michael ! Cette scène me paraissait appartenir à une autre vie.

— Et qu'en est-il de…

Marit s'interrompit avec un regard éloquent.

Je soupirai. Je voulais le chasser de mon esprit, mais il ne cessait de s'insinuer dans mes pensées. Comment aurait-il pu en être autrement puisque je portais son enfant ?

— Laissons ça, je vais devenir la femme d'un homme respectable.

— Un homme qui t'a menacée de prendre une maîtresse.

J'avais rapporté à Marit le pacte que nous avions conclu, Lennard et moi. Elle en avait été indignée, mais je lui avais expliqué que cela me paraissait normal. J'aurais pu souhaiter qu'il se montre moins franc, mais il n'avait fait que reprendre ce que je lui avais recommandé : chercher une femme qu'il puisse aimer et dont il soit aimé en retour.

— Les choses sont bien comme elles sont. Grâce à toi, j'ai un avocat compétent qui s'est occupé du contrat de mariage. Je continuerai à mener ma vie comme avant. Lennard a accepté que nous habitions ensemble à Löwenhof, il engagera un régisseur pour administrer son domaine. Il ne me reste plus qu'à essayer d'être une bonne mère pour mon enfant.

— Et qu'en est-il de ta majorité ? Tu la perdras dès que tu seras devenue la femme de Lennard.

— Oui, mais il n'irait jamais jusqu'à me dicter mon comportement. Nous vivrons côte à côte, c'est tout.

— Tu dis ça comme si tu allais à ton enterrement.

— Ce n'est pas un enterrement, mais j'ai réalisé qu'il était inutile de continuer à s'insurger. Nous n'en sommes pas encore arrivées au jour où les femmes pourront décider en toute liberté. D'ailleurs, peut-être que ce ne sera jamais le cas.

— Ne dis pas ça ! Je suis sûre qu'il y aura de nombreux changements. Il faut juste que cette funeste guerre se termine.

Je n'avais pas beaucoup pensé à la guerre au cours des dernières semaines. Je ne voulais pas savoir où se trouvaient les différentes armées. Je ne voulais pas me représenter Max au combat. J'étais seulement heureuse que le roi ait décidé de ne pas s'engager au côté de son voisin allemand.

— Oui, attendons la fin de la guerre. Il est possible que je noircisse le tableau.

Je m'appuyai contre l'épaule de Marit, qui me caressa doucement le bras.

— Les changements surviennent lorsqu'on s'y attend le moins, dit-elle. Comme le bonheur. Tu le constateras peut-être sous peu. Il pourrait se glisser par une petite porte. Ou franchir votre grand et beau portail. Ne te décourage pas. Je suis sûre que tu seras heureuse. Surtout si ton mari te laisse mener la vie que tu souhaites.

— Mais je devrai rester prisonnière de cette union si je veux éviter qu'il claironne mon secret sur les toits.

— Peut-être qu'il finira lui-même par demander le divorce. Cela étant, il ne t'a pas menacée de se séparer de toi. Il a juste dit qu'il prendrait une maîtresse si l'occasion s'en présentait. Mais qui t'empêcherait de chercher de ton côté un amant ?

— Je crois que ça suffit comme ça, répondis-je avec amertume. Tu vois ce qui peut arriver.

— Ce n'est pas une fatalité. Tu ne vas tout de même pas renoncer à l'amour ?

Je secouai la tête, avec prudence afin de ne pas abîmer le travail de Linda.

— À la bonne heure, dit Marit. Et maintenant, parlons d'autre chose. Par exemple, de ces demoiselles d'honneur pleines de morgue qui se demandent déjà quel gentilhomme jettera un œil sur elles.

Je souris.

— En dehors de la tenue que vous porterez, vous n'avez heureusement rien en commun, répondis-je en l'entourant de mon bras.

Ah, si seulement j'avais pu garder mon amie auprès de moi pour toujours !

CHAPITRE 59

Deux heures plus tard, je montai dans la calèche. Comme mon père n'était plus en vie et que je n'avais pas de proche parent masculin qui puisse me conduire à l'autel, il revenait à ma mère de me mener à mon futur époux.

Stella portait une robe vert tilleul avec d'élégants motifs de vrilles de feuille et de la dentelle crème. Cette tenue était presque un peu trop informelle pour l'église, mais elle lui allait à merveille. Linda lui avait relevé les cheveux et les avait disposés en savantes ondulations. Son expression était comme toujours très digne et ne trahissait rien de ses pensées. Normalement, les mères rassuraient leur fille avant le mariage et leur souhaitaient tout le bonheur possible. Stella, elle, se taisait, comme autrefois lorsque nous avions fait des allers-retours entre le domaine et Kristianstad au moment de la mort de mon père et de Hendrik.

Nous étions suivies par les demoiselles d'honneur et nos invités, qui étaient arrivés la veille et avaient passé la nuit chez nous. Lennard, sa mère et leurs propres invités nous attendaient à l'église.

Lorsque nous arrivâmes sur la place de l'église, j'aperçus de nombreux villageois venus nous féliciter et nous exprimer leurs vœux de bonheur. Ma mère me demanda de rester dans la calèche tandis qu'elle-même descendait du véhicule et envoyait August informer le pasteur que la cérémonie pouvait commencer.

Je tournai les yeux vers la voiture où se trouvait Marit, assise entre deux autres demoiselles d'honneur. Liv et Alva, si mes souvenirs étaient bons. Mon amie était nettement plus âgée qu'elles et, lorsque nos regards se croisèrent, elle leva les yeux au ciel. Je n'eus aucun mal à imaginer son agacement.

Ma mère ouvrit alors la portière. Entre-temps, les invités étaient entrés dans l'église. Seuls ceux qui n'avaient pas été conviés à la cérémonie se trouvaient encore sur le parvis.

Lorsque les demoiselles d'honneur eurent gravi les marches, je descendis de la calèche. Ma mère soutint mon voile jusqu'à ce que nous arrivions sur le tapis que l'on avait posé dessus.

J'avais les genoux tremblants. L'organiste entama la marche nuptiale et ma mère m'offrit son bras.

Mon corps se cabra intérieurement et, un instant, je crus que j'allais rester paralysée sur place. Mais Stella m'entraîna. Mes jambes obéirent mécaniquement alors même que je craignais de les sentir se dérober sous moi.

Le jour le plus heureux de la vie d'une femme… Que raconterais-je plus tard à mon enfant ? Mentirais-je en affirmant que j'avais été au comble du bonheur ? Dirais-je la vérité ? Lennard serait-il encore à mon côté ou pourrais-je me montrer sincère parce qu'il aurait disparu depuis longtemps ? L'avenir me paraissait si incertain, si flou ! Il ressemblait à une forêt de troncs épais au travers desquels je ne distinguais rien.

En me voyant entrer, tout le monde se leva. Tous les regards étaient posés sur moi tandis que je me dirigeais vers l'autel, devant lequel Lennard m'attendait avec ses témoins – deux amis proches, que je connaissais à peine. Je les vis se glisser quelques mots à l'oreille. Lennard les avait-il mis au courant ? Ou se faisaient-ils simplement part de leur admiration ?

Lorsque nous fûmes devant l'autel, ma mère me remit à Lennard. Il portait un élégant frac bleu foncé avec une cravate Ascot bleue sur laquelle brillait une épingle en argent. Le revers de sa veste était orné d'un petit bouquet de roses rappelant celui qui était fixé à la taille de ma robe.

Il ne m'adressa pas un sourire, se contenta d'un bref regard avant de se tourner vers l'autel.

La pensée de la fuite me traversa. J'aurais pu me dégager, remonter l'allée en courant, sauter dans la calèche et ordonner à August de m'emmener très loin d'ici.

Pendant que le pasteur débutait son discours, je me représentais la scène. Cela aurait créé un beau scandale. Mais je restai clouée sur place. Les paroles du religieux sur le mariage, ses devoirs mais aussi ses joies, glissaient sur moi. Cette union était de pure nécessité, rien d'autre. Et Lennard semblait partager ce sentiment.

Quand vint le moment de prononcer les vœux de mariage, sa voix parut lasse et un peu triste, comme si lui aussi savait que la vie qu'il avait connue allait prendre fin. Lorsque ce fut mon tour, je sentis la nervosité voleter dans la cage de ma poitrine tel un moineau effrayé.

— « Moi, Agneta Sophia Lejongård, je te prends, Lennard Markus Ekberg, comme époux légitime… »

Ma mère essuyait délicatement ses larmes de joie, je le savais – mais sans doute ne le faisait-elle que par souci des convenances. Le bouleversement d'Anna Ekberg, en revanche, était sincère. Ses espoirs s'étaient réalisés et elle était sincèrement heureuse pour son fils. Si elle avait su combien nous l'avions dupée…

— « … pour le meilleur et pour le pire, je promets de t'obéir et de t'aimer jusqu'à ce que la mort nous sépare. »

Je fermai brièvement les yeux. Le pasteur dut penser, à tort, que c'était l'émotion.

Je n'avais jamais voulu obéir à un homme. Et voilà que c'était précisément la promesse que je faisais à Lennard ! Je repensai à ce qu'il m'avait dit. J'épousais un homme que je n'aimais pas, qui ne m'aimait plus et qui ne tarderait sans doute pas à prendre une maîtresse. Que ne pouvais-je m'enfuir de cette église !

Quand la cérémonie eut pris fin, nous dûmes nous embrasser. Je fermai les paupières et, lorsque les lèvres de Lennard se posèrent sur les miennes, j'imaginai que c'étaient celles de Max, que c'était lui qui m'embrassait au pied de l'autel. J'y parvins si bien que je fus presque surprise en rouvrant les yeux et en voyant le visage de Lennard. Il y eut des applaudissements. Lennard m'offrit son bras, radieux comme s'il venait d'épouser son grand amour. J'étais contente de pouvoir me cramponner à lui, car je craignais de sentir le sol se dérober sous mes pieds.

En sortant de l'église, nous fûmes accueillis par les villageois en liesse. Je promenai mes regards sur la foule. Presque tout le monde était venu. Il ne manquait que les Korven et deux autres familles avec lesquelles mon père avait eu un différend au sujet d'un point d'eau.

Lennard et moi montâmes dans la calèche où nous attendait August, vêtu de son meilleur manteau et coiffé d'un haut-de-forme. Il démarra et j'agitai mécaniquement la main, sans ressentir la moindre émotion.

Je fus heureuse de cette soudaine insensibilité, qui m'aiderait à surmonter la journée. Les danses des jeunes mariés, le banquet, les convives qui s'enivreraient, et ma mère et Anna, comblées de voir leurs enfants enfin unis.

À notre arrivée à Löwenhof, nous nous rendîmes dans la grande salle. Bruns et Mlle Rosendahl avaient fait disposer un peu partout des petits bouquets de roses. Ils étaient intégrés aux magnifiques compositions florales placées sur la table et, ornés de rubans de dentelle blanche, décoraient les fenêtres et les miroirs. Les arrangements de fleurs avaient été réalisés par des femmes du village, que Mme Bloomquist avait même autorisées à apporter des gâteaux. Les villageois avaient leur fête dans le jardin de devant, où l'on avait dressé des tentes. Heureusement, le temps restait doux et la toile de tente offrirait une bonne protection contre la fraîcheur du soir.

Je pris place à côté de Lennard et plaquai un sourire sur mes lèvres, tandis que les hommes le félicitaient et que les femmes me demandaient où nous ferions notre voyage de noces.

« Ce n'est pas encore décidé, répondais-je sur un ton évasif. Mais nous irons probablement dans notre maison au bord de la mer. Il sera toujours temps de voyager, pour le moment il y a beaucoup à faire, à Löwenhof comme au domaine d'Ekberg. »

Cette réponse semblait les satisfaire. En réalité nous n'avions pas prévu de lune de miel. Lennard m'avait annoncé qu'il partirait en voyage d'affaires juste après le mariage. Ce qui me convenait très bien, car je pourrais ainsi vaquer à mes occupations.

Ma seule joie, ce jour-là, fut la présence de Marit. Elle était à la table des demoiselles d'honneur et, quoique exclue des conversations, m'adressait de temps à autre des signes encourageants. Plus tard, quand elle aurait un peu bu, elle tenterait peut-être de rallier ces filles de la noblesse au mouvement pour la défense des droits de la femme. J'espérais pouvoir assister à ce grand moment.

Arriva l'instant où les jeunes mariés devaient ouvrir le bal. L'orchestre sonna la fanfare, Lennard et moi nous levâmes de nos sièges. J'étais légèrement étourdie par le brouhaha qui régnait dans la salle, par les invités qui étaient venus me parler, mais aussi par le vin que j'avais bu. Nous nous avançâmes au milieu de la piste. Je posai une main dans celle de mon époux, il mit son autre main sur ma taille, tandis que je plaçais mon bras sur son épaule. Je me faisais l'effet d'être la figurine en sucre trônant sur notre gâteau de mariage. Une princesse et un prince fragiles.

Lennard était cependant tout sauf fragile. Nous avions déjà dansé ensemble lors de bals et de fêtes. Ce soir-là, toutefois, il me guidait avec plus d'énergie, presque avec passion. Mais il évitait mon regard, comme pour se concentrer sur les pas. Ce dont il n'avait nul besoin. En dépit de l'accablement que je ressentais, nous nous déplacions avec légèreté. J'essayai sans succès d'imaginer que mon cavalier était Max – nous n'avions jamais dansé ensemble. Et il n'aurait sans doute pas été un danseur aussi accompli que Lennard, qui avait eu des années pour se perfectionner.

Lorsque le morceau s'acheva, l'orchestre enchaîna sur une autre mélodie. Je repris mes esprits, comme si je m'éveillais d'une sorte de transe. Lennard me regarda – cette fois très directement –, se demandant sans doute à quoi je pensais. Il eut l'air de vouloir dire quelque chose, mais il se ravisa.

À la fin de l'ouverture, j'aurais normalement dû danser avec mon beau-père, mais ce fut un des témoins de Lennard qui endossa ce rôle. Il me fit un large sourire, comme s'il avait été le marié en personne. Je le gratifiai d'un regard froid tout en m'efforçant d'éviter qu'il me marche sur les pieds.

Après une série de danses qui me parut interminable, je pus enfin me reposer un peu. On pensait communément que, le jour de ses noces, une jeune mariée devait danser jusqu'à user la semelle de ses souliers. C'était probablement ce qu'aurait fait une heureuse épousée, mais pour ma part, j'aurais préféré m'enfermer dans mon bureau et examiner le bilan du mois précédent.

Au bout d'un moment, Marit vint me trouver, un peu grise.

— Hé, comment va notre jeune mariée ? lança-t-elle en levant sa coupe de champagne.

Elle s'assit à la place de Lennard, qui était encore en train de danser.

— Comme d'habitude, répondis-je. Je me demande combien de temps il reste encore avant minuit, que je puisse enfin aller me terrer dans mon coin.

— Mais ta fête n'est pas si mal, répliqua Marit. En tout cas, tes demoiselles d'honneur sont plutôt divertissantes. L'une d'elles croyait que les suffragettes étaient un médicament. Je suis tombée d'accord avec elle, je trouve effectivement que nous constituons un remède à toutes ces absurdités.

Elle fit un geste ample, dont je compris le sens. La morale de notre époque continuait d'être dictée par les hommes, qui en avaient fait l'instrument de leur pouvoir, ainsi que l'affirmait Marit. Ils considéraient comme une traînée la femme qui avait un enfant hors mariage, alors qu'ils étaient les artisans de son malheur.

— Ton Peer n'approuverait sans doute pas que tu qualifies le mariage d'absurdité.

Marit me lança un regard surpris.

— Ah, c'est vrai, tu n'es pas au courant, répondit-elle. Il n'y aura pas de mariage. Cette histoire est terminée.

— Terminée ? me récriai-je.

Pourtant, elle avait paru si heureuse quand je l'avais vue à Stockholm.

— Ses parents ne voulaient pas d'une suffragette dans la famille. Peer a fini par s'incliner.

— Je pensais qu'il t'aimait.

Marit baissa la tête.

— Peut-être, mais il a donné la priorité aux convenances. J'ai prévu de suivre une formation de secrétaire. Je vais de nouveau voler de mes propres ailes. Et que les hommes aillent au diable !

Je la regardais attentivement. Parlait-elle ainsi parce qu'elle avait trop bu ? Pourquoi ne m'avait-elle pas fait part de son chagrin ? Était-ce pour ne pas peser sur moi ? Et moi qui avais cru qu'elle avait enfin trouvé le bonheur !

— Ne t'inquiète pas, répondit-elle. Ça va aller. Un moment, j'ai pensé que j'allais y arriver, et puis je me suis rendu compte de mon erreur. Mon rêve d'avoir une famille… Ce n'est pas pour les orphelins dans le monde où nous vivons…

Ses paroles trahissaient une telle amertume que je la pris dans mes bras et la berçai en me demandant si, demain, elle s'en souviendrait encore.

Lennard, qui revenait à cet instant, parut surpris de la voir dans mes bras. Je lui avais vaguement parlé de mon amie, mais il ne l'avait sans doute pas remarquée.

— Qu'est-ce qui lui arrive ? demanda-t-il.

— Rien de grave, répondis-je en lâchant Marit.

Elle avait le regard vitreux, peut-être était-elle plus ivre que je ne l'avais cru.

— Elle a dû boire un peu trop de champagne. De l'air frais et un café lui feront du bien.

Je me levai et aidai Marit à se redresser. Elle glissa son bras sous le mien et nous nous dirigeâmes vers les hautes fenêtres, que l'on avait entrouvertes.

L'air était frais, mais je préférais encore cela à la froideur de Lennard.

Nous sortîmes sur la terrasse et je baissai les yeux vers les villageois, qui avaient à présent revêtu leurs manteaux. Nous aurions dû aller les trouver, fêter avec eux, mais ce n'était pas le genre de Lennard. Il aimait mieux la solitude et ne voyait les résidents de son domaine que pour parler affaires. Les échanges personnels lui étaient étrangers.

— Qu'en penses-tu, devrions-nous te chercher un époux parmi ces jeunes gens ? demandai-je en désignant trois solides gaillards qui se réchauffaient autour du feu.

Marit s'appuya contre moi.

— Laisse, ça va. Les choses finiront par se tasser, n'est-ce pas ?

— Je l'espère.

Et, tandis que je contemplais la fête pleine d'entrain qui se déroulait devant le manoir, je repensai à la maisonnette où personne ne m'attendait.

À minuit largement passé, alors que je ne sentais plus mes pieds et que des rires avinés résonnaient dans les chambres d'invités, Lennard et moi fûmes conduits dans la chambre nuptiale.

Conformément à une antique tradition qui soumettait la nuit de noces à l'obtention d'une preuve de virginité, nous fûmes accompagnés par Stella et Anna, ainsi que par les demoiselles d'honneur, toutes passablement ivres. Leurs petits rires étouffés trahissaient leurs pensées. Pour ma part, je savais ce qui se passerait. Nous nous glisserions sous la couverture en essayant de faire le vide dans notre esprit afin de pouvoir dormir. La jeune épouse n'avait plus de virginité à perdre.

Quand nous fûmes devant la porte, j'éprouvai un certain malaise. C'était la pièce dans laquelle Hendrik et moi avions été engendrés. Le Saint des Saints, avant que nos parents se retirent chacun dans sa chambre.

Ma mère n'avait rien voulu entendre de mes protestations.

« Tu es la maîtresse de Löwenhof. Maintenant que tu es mariée, il est temps que tu t'installes dans la chambre conjugale. »

Je savais qu'elle n'en démordrait pas. L'heure était venue pour moi de quitter ma chambre d'enfant. J'avais toutefois prié Lena de continuer à faire le ménage dans la pièce et à la chauffer, car je ne me sentais pas encore prête à suivre les traces de mes parents.

Je revins à l'instant présent en entendant ma mère prendre la parole. Je ne compris pas ce qu'elle disait, mais elle ouvrit la porte.

La chambre était telle que j'en avais gardé le souvenir. Le grand lit à baldaquin occupait l'essentiel de l'espace, si bien que tout le reste paraissait petit. Même l'armoire qui, je le savais, était composée de cinquante éléments qui avaient été assemblés sans qu'on utilise un seul clou.

La coiffeuse de ma mère était toujours là, de même que le valet de nuit de mon père. Le souvenir de mes incursions enfantines dans cette chambre s'était estompé, ce qui n'avait rien d'étonnant – elles remontaient à plus de vingt ans.

Obéissant aux directives de ma mère, Mlle Rosendahl et les domestiques avaient merveilleusement aménagé la pièce.

Deux chandeliers garnis chacun de cinq bougies diffusaient une lumière chaude. Des pétales de rose jonchaient le tapis et le dessus-de-lit, et des petits bouquets étaient attachés aux colonnes. Marie et Lena arrivèrent pour préparer le lit, puis se retirèrent. À voir leurs joues empourprées, je devinai qu'elles avaient une certaine idée de la façon dont se déroulerait la nuit.

Heureusement, nul n'attendait de nous que nous nous dévêtions en public. Comme l'on supposait que Lennard m'aiderait à ôter ma robe avant que nous ne nous abandonnions à notre passion, on nous laissa seuls et, pour la première fois de la soirée, je me sentis un peu soulagée. Je pouvais enfin cesser de feindre le bonheur.

Je commençai par enlever mes chaussures, puis retirai mon diadème. Je m'étais débarrassée de mon voile dès le début des festivités, craignant que quelqu'un ne marche dessus. Puis je dégrafai ma robe.

Lennard se déshabillait de son côté. Nous gardions le silence et ne fîmes pas un geste l'un vers l'autre. J'étais fatiguée et, comme je portais l'enfant d'un autre, Lennard n'éprouvait aucun désir pour moi.

Au moment où j'allais enfiler ma chemise de nuit, il se détourna avec tact, comme pour ménager ma pudeur. Je lui en fus reconnaissante. Nous étions mariés et le monde continuerait de tourner comme avant.

Je me glissai sous la couverture, soulagée d'avoir enfin cette journée derrière moi. Lennard souffla les bougies, puis se coucha à son tour.

— Bonne nuit, dis-je.

Il me souhaita la pareille, puis, au bout de quelques minutes, sa respiration se fit lente et régulière.

Je fermai les yeux, mais le sommeil me fuyait. Dormir au côté d'un homme ne m'avait jamais dérangée, cependant la présence de Lennard me tenait éveillée. En irait-il de même chaque soir ? Étions-nous condamnés à ce silence obstiné ? Et pourquoi étais-je déçue ? Mon souhait n'avait jamais été d'épouser Lennard ! Pourtant quelque chose brûlait dans ma poitrine et j'espérais que le sommeil viendrait m'en délivrer.

Il faisait chaud sous la couverture, mon corps devint lourd, comme si j'allais m'enfoncer dans le matelas. Mes paupières se fermèrent enfin et, autour de moi, le monde disparut.

Un rêve angoissant me réveilla en pleine nuit. J'avais vu Max, il se tenait à l'orée du bois et me faisait signe de la main. Tout semblait si réel que, lorsque je m'éveillai en sursaut, je crus être à l'extérieur. Mon cœur battait à coups redoublés et, en distinguant la présence de Lennard à côté de moi, j'eus un instant de frayeur. Puis je me souvins que c'était ma nuit de noces, une nuit qui arriverait bientôt à son terme et déboucherait sur une nouvelle journée.

Et mon rêve me poursuivait, si troublant que je ne pus demeurer couchée. J'avais l'impression que Max était là ; mon corps me signifiait qu'il était revenu et m'attendait à la maisonnette. Une terrible agitation m'envahit, il fallait que j'aille vérifier sur place.

Je m'habillai à la hâte et sortis de la chambre. Il flottait dans l'air une odeur de vin éventé, de cigare froid, de nourriture et de fleurs, et, tel un écho lointain, le bruit des rires. Mais j'étais trop anxieuse pour y prêter attention.

J'enfilai un manteau, sortis du manoir et passai devant les tentes à présent désertes. On les démonterait dans la journée et la fête ne deviendrait bientôt plus qu'un souvenir. De petits nuages blancs se formaient devant mes lèvres, le froid s'insinuait sous mon manteau. Je courus jusqu'à l'endroit où je n'étais pas allée depuis des semaines. L'espoir avait ressuscité dans mon cœur. Max serait-il revenu comme par miracle ? M'expliquerait-il enfin pourquoi il était parti ? La perspective de me retrouver bientôt dans ses bras me donnait des ailes, mais la déception ne tarda guère. La maisonnette apparut devant moi : ses fenêtres étaient sombres. De loin, déjà, je percevais la sensation de vide et l'absence de vie propres aux maisons inhabitées. Je m'arrêtai, aussi perdue qu'une somnambule brusquement arrachée à son sommeil. Les larmes me montèrent aux yeux ; rien n'avait changé. J'eus l'impression que Max me quittait pour la deuxième fois sans une explication. J'essuyai mes joues, puis levai les yeux vers le ciel. L'aube pointait au-dessus des arbres.

Il fallait que je rentre avant qu'on remarque mon absence. J'avais promis à Lennard de ne jamais reparler de Max. Je devais m'efforcer de l'oublier.

CHAPITRE 60

Postée à la fenêtre, je contemplais les arbres nus secoués par le vent. Ce deuxième mois de l'année 1915 apportait un dégel étonnamment précoce. Löwenhof était depuis des jours sous une couverture de nuages plombés et la pluie avait détrempé les allées et le jardin. On voyait encore de la neige sur le bord des chemins, mais si les températures baissaient rapidement, elle ne tarderait pas à fondre.

Ce temps m'accablait. Je m'étais sentie nettement mieux lorsque le soleil brillait sur la neige. À présent, je ne parvenais pas à m'arracher à mes idées noires. Pis encore, j'étais obligée de rester cloîtrée à l'intérieur. Parfois, je me sentais comme un cheval enfermé depuis longtemps, qui cognait contre les murs de son box parce qu'il voulait enfin pouvoir recommencer à courir dans les prés. Mais de toute façon je n'aurais pas été en état de sortir. Mon ventre avait pris tant de volume que j'étais désormais contrainte dans mes mouvements. Le Dr Bengtsen était convaincu que j'attendais des jumeaux.

J'oscillais entre la joie et la crainte. Deux enfants ! Un accouchement difficile en perspective. Je n'étais même pas sûre d'en réchapper. Le médecin et Marit s'efforçaient de me rassurer, mais je savais qu'il pouvait survenir toutes sortes de complications.

Pourquoi Max était-il parti ? Pourquoi m'avait-il abandonnée sans un mot ? Alors que, peu après mon mariage, j'avais réussi à refouler ces pensées, à présent elles revenaient en force. J'éprouvais un regret poignant, mais aussi de la colère. De la colère contre moi-même, contre Max. Pourquoi ne l'avais-je pas écouté lorsqu'il avait préféré demeurer sur la réserve ? Pourquoi nous étions-nous abandonnés à la passion ? Et, surtout, pourquoi avait-il ainsi disparu sans crier gare ?

— Excuse-moi, est-ce que je te dérange ? demanda Lennard, entré dans la pièce sans que je l'aie remarqué.

— Non, répondis-je en passant la main sur mon ventre. J'étais perdue dans mes pensées.

Il ne s'écoulait pas un jour sans que cette vie naissante me rappelle que mon grand amour se trouvait quelque part dans le monde et que je l'avais trahi en épousant un autre homme. Et il ne s'écoulait pas non plus de jour sans que Lennard me fasse sentir que je n'étais pour lui qu'une promesse exaucée qui lui inspirait peut-être du regret. Nous administrions l'un et l'autre nos domaines du mieux que nous pouvions et étions souvent accaparés par nos tâches. Nous nous montrions polis l'un envers l'autre, mais l'affection et la chaleur avaient disparu de nos relations. Le mariage avait fait de nous des étrangers.

— Tu as reçu une lettre, dit-il. Marie me l'a donnée et j'ai voulu te l'apporter sans tarder.

— C'est professionnel ?

Il secoua la tête.

— Vois toi-même. Je vais te laisser.

Tu ne fais rien d'autre, pensai-je.

Puis je regardai le nom de l'expéditeur – il ne m'était que trop connu.

Une lettre de Heinrich von Bredestein ! J'avais presque perdu espoir de recevoir une réponse au courrier que je lui avais envoyé. Voilà pourquoi Lennard s'était montré si sec. Même si nous ne nous parlions guère, j'avais appris à distinguer toutes les nuances de ses silences. Cette fois, il était clairement empreint de mauvaise humeur.

Dans le pire des cas, Bredestein m'avait écrit pour m'informer de la mort de son fils. Il s'était écoulé tant de temps entre ma lettre et sa réponse que cela aurait été tout à fait possible.

Je te retrouverai, quel que soit le temps que cela prendra…

Ces paroles que Max avait prononcées lors de notre première nuit d'amour me traversèrent soudain l'esprit. Était-il mort ? Me reviendrait-il sous la forme d'un papillon ? Cette pensée me fit éclater en sanglots. Les mains tremblantes, j'ouvris l'enveloppe. L'écriture était très irrégulière, comme si le rédacteur avait eu du mal à tenir la plume. La lettre était en suédois – peut-être écrite par la mère de Max ?

Chère comtesse Lejongård,

Je vous remercie de votre lettre de l'année dernière. Excusez le retard avec lequel je vous réponds, mon état de santé ne m'a pas permis de le faire plus tôt.

Vous me demandiez des nouvelles de mon fils Max, ce qui m'a surprise, car Max ne s'est jamais rendu en Suède. Et puis j'ai fini par comprendre ce qui avait pu se passer. Hans, son frère jumeau, a quitté le domaine il y a quelque temps pour Stockholm. Il devait acheter des chevaux et avait déclaré loger chez un ami.

Des frères jumeaux ? Avais-je bien lu ? Je secouai la tête avec incrédulité.

Je suppose que Hans s'est présenté à vous sous le nom de son frère. Vous n'avez sûrement pas pris le temps de vérifier son identité, n'est-ce pas ?

En ce qui concerne Hans, nous n'avons pas eu de ses nouvelles depuis son départ pour la Suède. J'ignore s'il est rentré en Allemagne. Vous dites qu'il s'est peut-être engagé volontaire, je n'ai malheureusement aucune information sur ce point. Sa femme non plus.

Le second coup fut encore plus dur. *Sa femme ?* Max, ou plus exactement Hans, était marié ? Cette lettre était-elle une plaisanterie de mauvais goût ? Un faux, peut-être ?

Non, me répondit ma raison. Pourquoi sa mère aurait-elle fait une chose pareille ? Son fils devait lui manquer tout autant.

Friederike a été dans tous ses états lorsqu'elle s'est aperçue qu'il avait disparu. Nous avons lancé des recherches pour le retrouver. Nous avons écrit à son ami, qui s'est drapé dans le silence, même si je pense qu'il a fait suivre nos lettres à mon fils.

Votre courrier a brisé les derniers espoirs de Friederike.

Vous expliquiez qu'il avait travaillé pour votre famille en qualité de régisseur. A-t-il laissé quelques effets personnels que vous pourriez nous envoyer ? Auriez-vous une photo récente ? Nous vous serions très reconnaissants de tout ce qui pourrait nous aider à retrouver mon fils.

Si nous avons des nouvelles, nous vous en informerons.

Je vous prie de croire, chère comtesse Lejongård, en l'expression de mes sentiments respectueux.

Lotta von Bredestein

Je regardai la lettre avec incrédulité. Ce n'était pas possible. Ainsi, Max n'était pas Max et il avait une femme prénommée Friederike ? Cela ne pouvait pas être vrai.

Mon cœur s'accéléra et le sang afflua à mes oreilles. Prise de vertige, je tentai de me raccrocher à quelque chose, mais mes jambes se dérobèrent sous moi et je perdis connaissance.

En reprenant mes esprits, j'aperçus Lennard, penché sur moi, inquiet.

— Agneta, est-ce que tu m'entends ?

J'acquiesçai et jetai autour de moi un regard désorienté.

— Qu'est-ce qui s'est passé ?

— Tu as dû t'évanouir. C'est à cause de la lettre ?

La lettre. Où la mère de Max m'apprenait qu'il avait revêtu une fausse identité et qu'il était marié. Devais-je mettre Lennard dans la confidence ? Son regard interrogateur me brûlait.

— Je crois qu'elle tombe sous le coup de l'accord que nous avons passé, répondis-je faiblement en me redressant.

— Elle est de lui ? demanda-t-il, tandis qu'un muscle tressautait sur sa joue.

— Tu veux vraiment le savoir ?

— Oui, répondit-il à ma grande surprise. Je veux le savoir.

— Elle est de sa mère.

— Est-il… mort ?

— Non, il… Sa famille ne sait pas non plus où il est.

Je laissai retomber ma main avec accablement, en veillant toutefois à ce que Lennard ne puisse lire ce qui était écrit sur le papier. S'il avait su que Max était un menteur qui s'était fait passer pour son frère jumeau afin d'échapper à sa famille et à sa femme, il se serait peut-être mis en colère.

— Alors tu as essayé de le retrouver ? demanda-t-il.

Tout à coup, j'eus l'impression d'être assise sur un baril de poudre.

— Oui, mais c'était il y a longtemps. J'ai écrit à ses parents peu après sa disparition. Bien avant notre… accord.

Lennard parut se détendre légèrement.

— Ils ne se sont pas pressés pour te répondre.

— Ils espéraient sans doute avoir de ses nouvelles. Sa mère évoque aussi des problèmes de santé. Elle n'a peut-être pas pu le faire plus tôt.

— Tu devrais essayer d'oublier tout ça. Ce serait préférable pour toi et pour nous tous.

— Tu as raison, cela vaudrait mieux, répondis-je en froissant la lettre, ce témoignage de la déloyauté de Max.

J'avais beau être choquée de la façon dont celui-ci m'avait trompée, j'éprouvais un grand désir de comprendre. Pourquoi s'était-il fait passer pour un autre ? Pourquoi n'avait-il pas disparu plus tôt ?

Ne voulant pas m'abandonner à mes sentiments en présence de Lennard, je le priai de bien vouloir me laisser seule un moment.

— Très bien, répondit-il. Tu te sens mieux ?

— Je ne me sentirai vraiment mieux que lorsque j'aurai accouché. Crois-moi, j'en ai plus qu'assez de m'évanouir sans arrêt.

En levant les yeux, je vis une lueur d'inquiétude dans son regard. Mais en quoi cela l'intéressait-il que je vive ou que je meure ? Quand j'aurais disparu, il hériterait du domaine et serait enfin libre.

Lorsqu'il eut quitté la pièce, je restai un moment à ruminer, tenant la lettre dans mon poing fermé.

Soudain, je la jetai avec un cri de colère. Je ne voulais plus souffrir ! Je ne voulais plus penser à lui ! Pourquoi ne parvenais-je pas à l'oublier ?

Parce qu'il ne t'a fourni aucune explication, me répondis-je à moi-même. *Tu ne trouveras la paix que lorsque tu sauras pourquoi il est parti.* Mais pour cela, il ne suffisait pas d'attendre et d'espérer, de retourner sans arrêt à la maisonnette comme s'il s'agissait d'un lieu magique susceptible de le faire réapparaître.

Il me fallait quelqu'un qui sache comment parvenir à le retrouver.

Le lendemain, je fis atteler les chevaux en prétextant que j'avais quelques achats à faire en ville.

— Je peux très bien m'en charger, déclara Lennard lorsque je pris congé de lui. Imagine que tu t'évanouisses en pleine rue ?

— J'emmène Lena, répondis-je en désignant du regard ma femme de chambre, qui se tenait derrière moi.

Ce faisant, je remarquai tout à coup à quel point elle avait désormais l'air adulte.

— Et puis il y a August, il gardera un œil sur moi. Je me sens bien.

Lennard n'en croyait rien, mais il fut bien obligé de céder.

À Kristianstad, nous fîmes halte devant le bureau du télégraphe. Marit connaissait un détective. Si elle avait gardé contact avec lui, elle parviendrait peut-être à le convaincre de travailler pour moi. Je lui écrivis en quelques mots que j'avais besoin des services de cet homme à propos de Max et la priais de me répondre rapidement. L'employé télégraphia le message et me promit d'envoyer quelqu'un me porter la réponse dès qu'elle serait arrivée.

Je la reçus deux jours plus tard. Elle ne venait pas de Marit, mais du détective lui-même. Il me proposait un rendez-vous la semaine suivante, car il serait dans la région pour des raisons professionnelles.

J'en fus à la fois contente et embarrassée. Comment pourrais-je le rencontrer sans que Lennard l'apprenne ?

C'est alors que celui-ci nous informa ma mère et moi qu'il avait prévu d'aller passer quelques jours chez lui. Sa mère était souffrante, il voulait s'occuper d'elle. Sans doute aussi était-il affecté par la lettre que j'avais reçue de Lotta von Bredestein, laquelle ne pouvait manquer de me remettre Max en mémoire. Je n'en avais cure. J'étais fermement convaincue que le détective retrouverait Max. Le même jour, je lui écrivis pour lui proposer que nous nous rencontrions dans un café de Kristianstad.

CHAPITRE 61

Hanno Boregard était un petit homme chauve qui passait facilement inaperçu. Il était vêtu de gris et coiffé d'un chapeau melon, pourtant son apparence insignifiante était démentie par la vivacité de son regard. À Stockholm, le mouvement féministe avait souvent eu recours à ses services lorsqu'il s'agissait d'identifier les points faibles de l'adversaire ou de retrouver un père qui avait pris le large. Il n'y avait pas meilleur détective que lui.

— Ravi de vous voir, comtesse Lejongård, dit-il en me tendant la main.

— Je vous remercie d'avoir pris le temps de venir, répondis-je. Je sais que vous êtes très occupé.

— C'est vrai, mais je ne saurais rien refuser à notre amie commune.

Ils se connaissaient bien et je m'étais parfois demandé s'il n'était pas un peu amoureux de Marit.

— Que puis-je faire pour vous ? demanda Boregard une fois que nous eûmes commandé deux cafés.

Le Dr Bengtsen me recommandait d'éviter les excitants, mais je jugeais cela exagéré.

— Cherchez-vous des informations sur un partenaire commercial ou un concurrent ?

— Ni l'un ni l'autre. J'aimerais que vous recherchiez quelqu'un pour moi.

— Avez-vous une photographie de la personne ?

— Non, mais je peux vous la décrire.

J'eus du mal à le faire sans fondre en larmes. Je le connaissais si bien, chaque centimètre de son corps m'était familier. Pourtant, son âme m'était étrangère, et je ne m'en étais jamais aperçue.

— Il s'est présenté à moi sous le nom de Max von Bredestein. Il a été le régisseur de mon domaine et a disparu peu après l'entrée en guerre de l'Allemagne. Je pense qu'il voulait s'engager. J'ai pris contact avec son père et l'on m'a appris que son vrai nom était Hans von Bredestein et qu'il s'était fait passer pour son frère jumeau. Sa famille ne sait pas non plus où il se trouve. Je souhaiterais que vous le découvriez.

J'eus l'impression de voir les rouages de son cerveau se mettre en marche. Il me regarda et je craignis qu'il ne devine pour quelle raison je m'étais adressée à lui.

— Il a donc mis fin unilatéralement à vos relations de travail.

— Oui.

— Pourquoi voulez-vous le retrouver ? A-t-il dérobé des objets de valeur ou causé un préjudice à votre domaine ?

— Non. Mais je lui avais conseillé de ne pas prendre part à cette guerre.

— Aviez-vous noué des liens d'amitié ?

Son regard effleura mon ventre. Je me sentis tout à coup baignée de sueur. Lorsque Marit faisait appel à lui, c'était généralement pour une question de paternité non assumée. Boregard semblait soupçonner une affaire de ce style. Il avait raison – mais il ne devait pas le savoir.

— En effet, et je m'inquiète pour lui. Normalement, il aurait dû rentrer dans sa famille, ou au moins lui donner de ses nouvelles. Mais il ne l'a pas fait. Et puis il y a cette histoire de faux nom.

— C'est effectivement étrange, convint le détective.

J'aurais donné cher pour savoir ce qu'il pensait.

— S'il avait eu la conscience tranquille, pourquoi se serait-il présenté à vous sous le nom de son frère jumeau ?

— Je n'en ai aucune idée, répondis-je.

À cet instant, je compris soudain pourquoi j'attendais des jumeaux. Cette prédisposition familiale s'était transmise à la génération suivante !

— À l'en croire, il n'avait pas de bonnes relations avec son père, ajoutai-je. Les Bredestein ont une grande propriété terrienne en Poméranie. Il n'a sans doute pas supporté de rester là-bas.

Boregard sortit un calepin et se mit à prendre des notes.

— Vous a-t-il caché autre chose en dehors de son nom ?

— Oui, qu'il avait une femme, elle s'appelle Friederike. C'est du moins ce qui ressort de la lettre que j'ai reçue de sa mère.

— Vous a-t-il promis le mariage ? Ou autre chose ?

Cette question me fit l'effet d'une gifle. Je savais qu'il avait besoin de savoir ce genre de chose, mais je n'en fus pas moins effrayée.

— Non, il n'a rien fait de tel. Comme je vous l'ai dit, je m'inquiète pour lui.

— Et si je le retrouve, que dois-je faire ? Lui transmettre un message ou l'engager à rentrer ?

Je savais ce qui pouvait advenir. Certains pères récalcitrants avaient été contraints de se signaler aux autorités, pourtant je ne voulais pas que Max reçoive une volée de coups. Je souhaitais simplement obtenir une explication et m'assurer qu'il était toujours vivant.

— Non, essayez simplement de découvrir où il est. Je lui écrirai moi-même.

Le détective haussa brièvement les sourcils, puis acquiesça.

— Comme vous voulez.

— Donc vous acceptez de vous charger de cette affaire ?

— Bien sûr, sinon je serais déjà reparti. Vous connaissez le montant de mes honoraires. Par ailleurs, j'aurais besoin d'un supplément pour payer le voyage en Allemagne et, le cas échéant, dans les zones de combat.

— Vous aurez tout ça, lui assurai-je.

— Il me faudrait aussi l'adresse de la famille du disparu. Je prendrai discrètement des informations pour vérifier si ce qu'on vous a écrit correspond à la vérité.

Je lui donnai la lettre de Lotta von Bredestein. Il pouvait la garder, elle ne contenait rien de compromettant.

— Parfait, dit Boregard en glissant l'enveloppe dans sa poche. Si vous avez l'acompte, alors nous sommes d'accord.

Je sortis une enveloppe de mon sac. Nous étions convenus par télégramme que je lui verserais une avance de deux cents couronnes. Ce n'était pas une mince somme, mais avec Boregard cet argent ne serait pas perdu. Le détective prit l'enveloppe et la mit dans sa poche sans l'ouvrir. Sa profession avait pour devise : tu me fais confiance, je te fais confiance. Une éthique à laquelle il ne fallait pas déroger.

— Je vous tiendrai informée de mes recherches. Au cas où j'aurais besoin d'argent, voici une adresse où vous pourrez m'envoyer les fonds. Soyez patiente, je vous prie, les investigations risquent de prendre du temps.

— J'en suis bien consciente.

Nous échangeâmes un regard, puis le détective se leva et me tendit la main.

— Ce fut un plaisir de vous revoir, dit-il. J'espère que, lors de notre prochaine rencontre, je pourrai vous exprimer mes félicitations.

— Je vous souhaite bonne chance pour votre enquête, monsieur Boregard, répondis-je en lui serrant la main. Je compte sur vous.

— Vous ne serez pas déçue.

Il s'inclina brièvement, puis sortit du café.

Pendant que je portais la tasse à mes lèvres, je le vis passer devant la vitrine. Un homme qui n'attirait guère l'attention. Il retrouverait Max, ou plutôt Hans, j'en étais sûre et certaine.

CHAPITRE 62

À mon retour à Löwenhof, je me sentis si fourbue que je dus m'allonger, mais je fus incapable de trouver le sommeil. Les yeux rivés sur le plafond de ma chambre, je me demandais où Max pouvait bien être et quand cette grossesse arriverait enfin à son terme.

Lorsque le jour baissa, je me levai et descendis pour le dîner. Je savais ce qui m'attendait : un repas silencieux avec ma mère perdue dans ses pensées, qui se bornerait à fixer son assiette.

Ses deux enfants l'avaient déçue. Même si notre famille n'en avait retiré aucun discrédit, ces taches ne s'effaceraient jamais. Ce soir-là, ma mère paraissait particulièrement sombre.

— Où étais-tu cet après-midi ? demanda-t-elle.

— À Kristianstad, répondis-je, jugeant inutile de mentir.

— C'est la deuxième fois en l'espace d'une semaine, répliqua-t-elle. Es-tu allée rejoindre un amant ?

— Mère, enfin ! Crois-tu vraiment que j'irais tromper mon mari ?

— Qui sait ? Vous vous comportez l'un avec l'autre en parfaits étrangers. Il y a de quoi se poser des questions.

Cherchait-elle la dispute afin de trouver un exutoire à sa mauvaise humeur ? Essayait-elle de me provoquer pour découvrir quel avait été le motif de mon déplacement ?

— Je respecte et j'apprécie Lennard. Il a été mon ami, à présent c'est mon époux. J'ai pris une décision raisonnable.

— Lorsque tu m'as fait part de tes projets de mariage, tu as déclaré que vous vous étiez laissé emporter par la passion. Est-ce vrai ? Ou bien me cacherais-tu quelque chose ?

— Je ne te cache rien du tout.

— Et pourquoi t'infliges-tu un trajet fatigant dans ton état ? S'agit-il encore de cet individu qui a disparu ?

— Je ne cache rien !

Furieuse, je reposai brutalement ma cuillère sur la table. Très bien, puisqu'elle tenait absolument à le savoir !

— J'ai pris contact avec un détective afin qu'il retrouve Max. Tu es satisfaite ? Je veux savoir ce qui lui est arrivé.

Ma mère me regarda comme si elle avait été frappée par la foudre.

— Et pourquoi veux-tu le savoir ?

— J'ai besoin d'une certitude. Je veux comprendre pourquoi il est parti.

— Parce que c'était un vagabond. Si ça se trouve, il n'était même pas noble. Et toi, tu t'es entichée de lui.

— C'est faux ! criai-je au mépris de la vérité.

— Tu me crois donc aveugle ? J'ai bien vu comment vous vous regardiez l'un l'autre. Et, le soir, tu sortais en cachette pour rentrer au matin. Tu croyais vraiment que je n'en savais rien ?

Je fus abasourdie. Ainsi, elle m'avait espionnée !

— Et sais-tu ce que j'ai pensé quand tu m'as dit, après être allée chez Lennard, que tu voulais l'épouser et que tu étais enceinte ? Je me suis dit : peut-être que ce bon à rien a mis ma fille en difficulté ! Tu as de la chance que Lennard soit d'aussi bonne composition. Au fait, est-il au courant ?

Ses paroles s'abattaient sur moi tel un déluge de grêle. Je ne savais que faire. Tout ce qu'elle disait était vrai. Je m'étais bien doutée qu'elle avait compris, mais j'avais écarté cette pensée. Et, à présent, tout le monde dans la maison devait être au courant.

— Mère, tu vas trop loin ! m'écriai-je. Rien ne t'autorise à me soupçonner.

— Si j'avais pu, j'aurais flanqué ce type dehors, poursuivit-elle, tremblante de fureur. Si tu savais combien de fois j'ai envisagé de le forcer à disparaître et à te laisser tranquille !

— Est-ce toi qui as manigancé sa disparition ?

Si elle était derrière tout ça, je ne lui pardonnerais jamais cet acte inqualifiable.

Soudain, elle se figea et ses yeux s'écarquillèrent.

— Agneta ! lâcha-t-elle d'une voix étranglée.

Son corps se raidit, elle laissa tomber sa cuillère et se cramponna à la nappe, le regard empli d'effroi.

Ma colère se dissipa instantanément.

— Mère ? Qu'y a-t-il ?

— … vertige, articula-t-elle péniblement avant de s'affaisser.

Je bondis de mon siège et la rattrapai juste avant qu'elle ne glisse de sa chaise.

— Au secours ! criai-je, craignant une crise cardiaque.

Bruns accourut et resta comme paralysé sur place.

— Faites appeler le Dr Bengtsen, vite !

Il se détourna et repartit en hâte. Un instant plus tard, Mlle Rosendahl et Marie firent leur apparition.

— Seigneur, que se passe-t-il ? demanda la gouvernante en se précipitant vers nous.

— Ma mère a eu un accès de vertige, puis elle s'est effondrée.

Je lui tapotai les joues, mais elle ne réagit pas. Elle avait le front en sueur, cependant elle respirait. Son pouls était très faible.

Je fus prise de peur. Cela ressemblait à une crise cardiaque. Et c'est moi qui en avais été la cause !

— Maman, réveille-toi, l'implorai-je à voix basse en lui caressant les joues. Je t'en prie ! Tu ne peux pas me laisser seule !

— Nous devrions peut-être la transporter dans sa chambre, suggéra Mlle Rosendahl. Elle sera plus confortablement installée. Marie, vois si M. Bruns est de retour. Sinon, va chercher Linda.

Puis, se tournant vers moi :

— Mademoiselle, vous ne devriez pas vous asseoir ainsi avec votre ventre. Ce n'est sûrement pas bon pour l'enfant.

À cet instant, je ne m'en souciais guère. Ma mère n'avait que la cinquantaine ! Elle ne pouvait pas mourir ! Pas maintenant, avant même d'avoir vu ses petits-enfants ! Tandis que Mlle Rosendahl m'aidait à me lever, Marie et Linda, qui nous avaient rejointes, soulevèrent précautionneusement ma mère. Quand nous fûmes dans le vestibule, nous vîmes Bruns arriver en hâte.

— Peter est en route, il est parti avec un de nos chevaux les plus rapides.

— Bien, répondis-je.

Bruns prit Stella dans ses bras. Mes forces revinrent lentement.

— Portons ma mère dans sa chambre. Mademoiselle Rosendahl, avertissez-nous quand vous verrez arriver le médecin.

— Dois-je rester à son côté ? demanda Linda, livide.

— Non, ce ne sera pas nécessaire, je m'occupe d'elle.

— Mais…

— Linda, je vous en prie. Je me sens tout à fait capable de le faire. Je suis enceinte, pas malade.

— Très bien, Mademoiselle.

Elle était blessée. Mais, en pareil moment, la compagnie de sa femme de chambre n'était pas ce qu'il fallait à ma mère. J'étais sa fille et, même si nos relations étaient difficiles, je voulais faire les choses comme il fallait pour une fois.

Bruns la transporta et nous l'étendîmes sur son lit. Lorsque je m'assis à son chevet, elle n'avait toujours pas rouvert les yeux. Que lui arrivait-il ?

— Puis-je faire autre chose ? s'enquit Bruns.

— Non, mais ne vous éloignez pas trop, s'il vous plaît. J'aurai peut-être besoin de votre aide.

— Très bien.

Il s'inclina légèrement et se retira.

Je caressai doucement les joues de ma mère. Ma peur me faisait oublier mon dos et mes chevilles douloureux.

— Maman, l'exhortai-je tout bas. Maman, réveille-toi, je t'en prie ! Je sais ce que j'ai fait. Mais ce n'était pas pour te rendre la vie difficile. Je l'aimais vraiment et j'ai sincèrement cru que c'était l'homme de ma vie. Je ne pouvais pas savoir que je me trompais une fois de plus.

Comme elle ne réagissait toujours pas, je déboutonnai sa robe. Dessous, elle portait son habituel corset. Celui-ci n'était sûrement pas la raison de son évanouissement, mais je la tournai tout de même sur le côté et la délaçai afin qu'elle puisse respirer. Lorsque je l'eus replacée sur le dos, elle eut un tressaillement et revint à elle avec un profond soupir.

— Agneta ? demanda-t-elle, hébétée. Que s'est-il passé ? N'est-il pas l'heure de dîner ?

— Chut, Maman, reste tranquille, répondis-je tout bas. Nous étions dans la salle à manger, tu as eu un vertige et tu t'es évanouie. Le Dr Bengtsen ne va pas tarder.

— Le Dr Bengtsen ? Mais je vais très bien !

— Ça, c'est lui qui le dira, répliquai-je en l'obligeant avec une douce fermeté à se recoucher.

Ma mère parut étonnée de ma présence.

— Où est Linda ? s'enquit-elle.

Visiblement, elle s'attendait à ce que je cède ma place à sa femme de chambre.

— En bas, très probablement. Je lui ai dit que je m'occupais de toi.

— Mais dans ton état…

Je lui pris la main et la pressai tendrement.

— Dans mon état, je suis tout à fait en mesure de rester auprès de toi. Même si mon dos et mes jambes me le feront payer. Mais ça m'est égal, l'essentiel, c'est que tu te rétablisses.

Ma mère me regarda comme si elle avait une vision. Ou comme si j'étais un troll qui avait pris l'apparence de sa fille.

— Je suis désolée que nous ayons recommencé à nous disputer, poursuivis-je. Je ne voulais pas te fâcher.

Elle se borna à baisser les yeux sans répondre. Un instant, je craignis qu'elle ne perde à nouveau connaissance.

— C'est sans doute la règle entre mères et filles, reprit-elle enfin. Pourtant, les mères ne veulent que le bien de leurs enfants.

À cet instant, on frappa à la porte.

— Oui ? dis-je.

Marie ouvrit et nous annonça que le médecin venait d'arriver.

— Merci, répondis-je. Apporte de l'eau, du savon et une serviette, s'il te plaît, afin qu'il puisse se laver les mains.

— Très bien, Mademoiselle.

— Tu entends ? dis-je à ma mère. Le docteur est là. Il va t'examiner et nous saurons ce que tu as.

Je me levai, mais elle me retint par la main.

— Reste, je t'en prie. Ne me laisse pas seule.

— Ne t'inquiète pas. Je descends juste accueillir Bengtsen et je reviens.

Alors que je sortais de la chambre, je tombai sur le médecin, qui s'était déjà engagé dans l'escalier.

— Ah, comtesse Agneta !

— Bonsoir, docteur, répondis-je en lui tendant la main. Merci d'être venu si vite.

Je le conduisis dans la chambre. Entre-temps, ma mère s'était redressée. Elle avait repris des couleurs. Un simple accès de faiblesse, sans doute. Cependant s'évanouir ne ressemblait pas à Stella Lejongård. Même la mort de mon père n'avait pu la faire faiblir. Et nous avions déjà eu de violentes disputes sans que sa santé en souffre.

— Bonjour, comtesse, dit le médecin en tendant la main à ma mère. Que se passe-t-il ?

— Il vaut mieux que vous posiez la question à ma fille. Je ne me rappelle même pas avoir dîné. Tout ce dont je me souviens, c'est que je suis descendue pour me rendre dans la salle à manger.

Bengtsen se tourna vers moi. Je fus ébranlée par ce trou de mémoire consécutif à sa perte de conscience. Elle ne se souvenait plus de notre querelle ? Son évanouissement avait-il tout effacé ? Était-ce pour cela qu'elle se montrait si indulgente avec moi ? Ou ne voulait-elle pas aborder le sujet en présence du médecin ?

— Nous étions en train de dîner et de discuter, expliquai-je, jugeant préférable de passer la dispute sous silence – après tout, cela ne le regardait pas. Tout à coup, elle a dit qu'elle avait le vertige, puis elle a perdu connaissance. J'ai essayé de la réveiller, mais sans succès. Elle n'est revenue à elle qu'une fois transportée dans sa chambre.

— Combien de temps cet évanouissement a-t-il duré ? s'enquit Bengtsen en prenant le pouls de ma mère, l'œil rivé sur sa montre à gousset en argent.

— Une dizaine de minutes. Ensuite, elle a repris conscience, mais elle ne se souvenait plus de rien.

Le médecin acquiesça et rabattit le couvercle de sa montre.

— Je vous prierais de bien vouloir vous déshabiller autant que vous le jugerez acceptable, dit-il à ma mère.

Puis, s'adressant à moi :

— Si vous le pouvez, aidez-la donc à se défaire de son corset, je vous prie.

— Bien sûr, docteur.

Il se détourna et fouilla dans sa sacoche. J'ôtai son corset à ma mère et l'aidai à retirer sa robe. Dans sa chemise, elle paraissait d'une vulnérabilité que je ne lui avais jamais vue. C'était encore une belle femme, mais son corps portait les traces de l'âge. Ses épaules et son cou donnaient une impression de grande maigreur, la peau n'était plus aussi ferme qu'avant. J'avais devant moi le spectacle de ce que je serais dans une trentaine d'années.

Bengtsen commença à l'ausculter. Il posa son stéthoscope sur sa poitrine, lui tapa dans le dos, lui prit sa tension, puis revérifia son pouls. Après quoi il examina ses yeux, sa gorge, et refit une auscultation de ses poumons. Son expression était indéchiffrable, elle pouvait tout dire et rien dire – simple concentration ou préoccupation. Quand il eut fini, il m'invita à sortir de la chambre avec lui.

— Ne pouvons-nous parler devant ma mère ? demandai-je, tandis que Stella restait étrangement silencieuse, comme si elle savait ce qu'il allait me dire.

— Si, mais d'abord il faut que je vous voie en privé.

Nous quittâmes la pièce. En proie à une vive inquiétude, j'attendais avec appréhension le diagnostic du médecin.

— Alors, docteur ? Dites-moi enfin ce qui se passe.

— Le pouls de votre mère est irrégulier, et j'ai constaté le même phénomène en écoutant son cœur. On dirait qu'il a du mal à garder le rythme. Cela expliquerait aussi pourquoi elle a brusquement perdu connaissance.

— Vous voulez dire qu'elle souffre d'une insuffisance cardiaque ?

— Votre mère s'est-elle plainte de quelque chose, ces derniers temps ? demanda Bengtsen sans répondre à ma question. Un état de faiblesse, peut-être ? Une difficulté à se mouvoir ?

— Ma mère ne se plaindrait jamais. Elle a beaucoup trop de maîtrise pour cela.

— Dans ce cas, vous devriez commencer dès maintenant à lui demander régulièrement comment elle se sent. En exigeant de sa part une réponse sincère. C'est important.

Une réponse sincère ? Ma mère m'assurerait toujours qu'elle allait bien. À moins que je ne la pousse dans ses retranchements, ce qui, au regard du diagnostic de Bengtsen, ne paraissait guère indiqué.

— Il me semble aussi qu'elle a de l'eau dans les poumons. Pas beaucoup, mais quand elle respire c'est perceptible : on entend un râle. Je subodore une faiblesse du ventricule droit, ce qui se répercuterait aussi sur sa respiration.

— Vous voulez dire que ma mère n'absorbe plus assez d'air ? Ne devrait-elle pas avoir le teint bleuâtre dans ces conditions ?

— Pas nécessairement. La détresse respiratoire survient de façon insidieuse et disparaît dès la fin de l'effort physique. Elle ne deviendrait vraiment manifeste que si votre mère s'activait pendant un temps assez long.

C'était rarement le cas, ma mère étant du genre à mesurer le moindre de ses pas. Si l'on exceptait les moments où nous nous disputions.

— L'hôpital de Kristianstad dispose d'un appareil de radiographie, poursuivit le médecin.

— Oui, c'est nous qui l'avons acheté sur les conseils du Pr Lindström.

— Je vais lui prescrire une radio du cœur et des poumons. Cela me permettra de déterminer avec certitude s'il y a effectivement un problème.

Je me sentais assommée. Ainsi, ma mère avait le cœur fragile ? Cela lui ressemblait pourtant si peu !

— Très bien, si vous pensez que c'est utile. Je ne crois pas qu'elle y trouvera matière à objection.

— Parfait, dans ce cas je prendrai contact avec le Pr Lindström.

— Quel sera le traitement si vos soupçons se confirment ?

J'étais profondément secouée. Quelle était ma part de responsabilité dans cette histoire ? Depuis combien de temps ma mère me dissimulait-elle son état ?

— Je lui donnerai des fortifiants et des stimulants. Et il faudra qu'elle se ménage. Je pense aussi qu'il serait bon qu'elle fasse une cure ou un séjour au bord de la mer. Vous avez une résidence à Åhus, n'est-ce pas ?

— Oui. Son état s'améliorera-t-il si elle y passe quelque temps ?

— L'air de la mer lui fera du bien. Et puis il ne serait pas mauvais qu'elle s'éloigne un peu de cette maison où le souvenir de son époux et de son fils est si présent.

— Vous avez raison, docteur. Pourtant je m'interroge… Pourquoi ne m'a-t-elle rien dit ? Elle a bien dû sentir qu'il y avait un problème, non ?

— Peut-être a-t-elle mis cela sur le compte du chagrin. On a souvent tendance à se voiler la face. Jusqu'au jour où l'on est rattrapé par la réalité.

Je serrai les lèvres. Et moi qui n'avais cessé de lui causer du souci. De me disputer avec elle, de me rebeller.

— Retournons auprès de votre mère, si vous le voulez bien, poursuivit Bengtsen. Je serais d'avis de lui témoigner quelque ménagement. À moins que vous ne jugiez approprié de lui dire toute la vérité.

— La connaissez-vous donc déjà ?

Le médecin me lança un regard étonné.

— Vous attendez sûrement d'avoir les radiographies avant de formuler un diagnostic définitif, n'est-ce pas ?

— Bien sûr, comtesse.

— Dans ce cas, faites-lui part de tout ce dont vous êtes certain à cette heure. Elle mérite qu'on lui dise la vérité, ce n'est plus une enfant et elle a toute sa tête.

Bengtsen acquiesça et nous regagnâmes la chambre. Entre-temps, ma mère avait remis sa robe, mais elle s'était dispensée du corset. Quoi d'étonnant à ce qu'elle ait du mal à respirer ? Peut-être parviendrais-je enfin à la convaincre de remiser cet affreux accessoire au fond de sa penderie.

— Alors, de quoi êtes-vous convenu avec ma fille ? s'enquit-elle.

Elle paraissait avoir recouvré sa maîtrise. Son corps mince dégageait une impression de force et de son regard émanait son intransigeance habituelle.

— Je souhaiterais vous envoyer à l'hôpital de Kristianstad pour une radiographie du thorax.

Il lui en expliqua les raisons et elle l'écouta sans rien laisser paraître.

— Parfait, je suis d'accord, répondit-elle. Prenez toutes les dispositions nécessaires.

— Très bien, chère Madame.

Bengtsen paraissait déstabilisé. S'était-il attendu à une résistance ?

— Je ferai tout ce qui est en mon pouvoir pour que vous vous rétablissiez.

— Je vous remercie, docteur.

Ces quelques mots semblaient signifier la fin de la consultation. Le médecin se tourna vers moi.

— Pourriez-vous donner à ma mère quelque chose qui lui évite ce genre d'incident ? demandai-je.

La désinvolture avec laquelle elle semblait accueillir l'éventualité d'une maladie ne me plaisait pas. N'était-elle pas consciente de ce que cela signifiait ?

— Bien sûr, je vais lui prescrire des gouttes. Si mes soupçons se confirment, je vous donnerai de la digitaline. C'est un remède qui renforce le cœur.

— De la digitaline ?

— La digitale pourpre, expliqua le médecin. Vous connaissez sûrement cette plante. Elle exerce une action bénéfique sur le muscle cardiaque. À l'heure actuelle, toute une série de médicaments contiennent ce principe actif. De nos jours, l'insuffisance cardiaque n'est plus aussi dangereuse qu'il y a quelques années. Mais nous commencerons par quelque chose de plus doux. Je me prononcerai une fois connu le résultat de la radio.

— Je vous remercie, docteur.

Je le regardai rédiger son ordonnance. Le nom des composants du remède était imprononçable et l'écriture de Bengtsen n'arrangeait rien, mais le pharmacien saurait quoi faire.

Le médecin prit congé et nous indiqua qu'il nous tiendrait informées de la date à laquelle on pourrait faire la radio.

Après son départ, nous restâmes assises un moment en silence. Ma mère avait le regard tourné vers la fenêtre, d'où l'on avait vue sur les bois, éclairés en cet instant par la lumière du soir. C'était un spectacle paisible, quoique je la sente encore profondément agitée.

— Insuffisance cardiaque, marmonna-t-elle au bout d'un moment. Dans ma famille, personne n'a jamais eu le cœur faible.

— Faute de diagnostic peut-être, répondis-je. Et puis je crois que ça peut aussi survenir à la suite d'événements douloureux. Ces dernières années n'ont pas été faciles pour nous.

Ma mère tourna les yeux vers moi. Son regard était froid, et je compris qu'il serait à-propos de lui présenter des excuses. Son amnésie avait été feinte.

— Je suis désolée, Mère, dis-je. Je ne voulais pas me disputer avec toi. J'aurais dû te dire que je le recherchais.

— Qu'est-ce que cela aurait changé ? Tu n'en fais qu'à ta tête, répliqua Stella avec une forme de tristesse. Tu n'aurais jamais dû t'approcher de lui.

Que répondre à cela ? Elle avait raison. Mais comment faire lorsque le cœur exprimait des désirs qu'il était si doux de satisfaire ?

— Si je découvre ce que… Max est devenu, cela ne voudra pas dire que je lâcherai tout ce que j'ai à présent. J'aimerais simplement recouvrer enfin la paix. Je veux savoir pourquoi il est parti. À ce moment-là, je pourrai tourner la page.

Ma mère ne répondit pas. Elle imaginait probablement à quoi la vie aurait ressemblé si elle s'était déroulée conformément à ses souhaits. Si elle avait pu tout contrôler. Mais cela relevait de l'impossible.

— Dis-moi juste une chose, poursuivis-je. Est-ce que tu lui as parlé ? Tu lui as demandé de s'en aller ?

— Non. J'aurais aimé en avoir la force, je voulais le faire. Mais j'ai renoncé. Pour des raisons que je te révélerai peut-être un jour, mais pas maintenant.

De nouveau elle se tut, les yeux rivés sur l'ourlet de sa robe.

— Veux-tu que je t'apporte quelque chose à manger ? proposai-je.

— Je n'ai plus faim. Mais toi, va te restaurer. Tu as besoin de forces.

Elle regarda mon ventre et, un instant, il me parut qu'elle voulait le caresser. Mais sa réserve l'en empêcha.

— Je remonterai te voir un peu plus tard, déclarai-je.

Une fois dehors, je m'attardai devant la porte. Pour la première fois, je prenais pleinement conscience de la signification des paroles de Bengtsen. Si ma mère ne recevait pas le traitement approprié, elle risquait de mourir.

En bas, je tombai sur Linda, qui était sur des charbons ardents.

— Comment va Madame ? demanda-t-elle avec inquiétude.

— Elle souhaite se reposer un peu. Le mieux serait que vous restiez à la cuisine. Elle sonnera si elle a besoin de quelque chose.

Linda fit une génuflexion et s'exécuta.

Je me remis à table. Les plats avaient eu le temps de refroidir. Je pris tout de même un peu de légumes et de fruits. Je n'avais pas d'appétit, mais je sentais tout à coup la faim des enfants que je portais en moi, leur vitalité. Eux voulaient que je mange.

Les enfants de Max ! Si seulement j'avais su où il était et si même il était encore en vie ! Si j'avais pu lui dire à côté de quelle chance il était passé en quittant Löwenhof ! Si seulement j'avais su pourquoi…

CHAPITRE 63

J'accompagnai ma mère à l'hôpital pour sa radiographie. Ce matin-là, elle si calme d'ordinaire donnait le sentiment qu'on la conduisait à l'abattoir.

— Je n'en comprends pas la nécessité, se plaignit-elle durant le trajet. Le Dr Bengtsen m'a auscultée. Ne se fie-t-il pas à ses propres observations ?

— Je pense qu'il veut simplement s'assurer qu'il ne s'est pas trompé. Par ailleurs, nous avons financé l'acquisition de cet appareil ; que nous puissions en profiter est la moindre des choses.

— Et tout ça parce que mon cœur est fichu ? Et alors ? Ça ne se répare pas et on ne peut pas non plus en changer. Que fera Bengtsen lorsqu'il sera fixé ?

— Il pourra te prescrire les médicaments adaptés et prévoir l'évolution de la maladie.

— Toute maladie conduit inéluctablement à la mort, que ce soit aujourd'hui ou demain.

Elle se tut et, l'air sombre, détourna le regard. Dans la calèche, elle ne prononça plus un mot de tout le trajet.

À l'hôpital, le Pr Lindström nous conduisit personnellement dans la salle où était installé l'appareil de radiographie. Ma mère n'était pas du genre à reconnaître sa peur, mais j'imaginais facilement quelle impression redoutable devait produire sur elle cette gigantesque machine.

— Puis-je l'accompagner ? demandai-je.

Lindström secoua la tête.

— Dans votre état ce n'est pas indiqué. On ne connaît pas encore avec certitude les effets des rayons sur le fœtus, mais dans le doute mieux vaut être prudent. Je vous demanderai donc de bien vouloir patienter en haut. Et si vous le souhaitez, je peux aussi vous examiner rapidement.

— Ce ne sera pas nécessaire, je me sens en bonne forme.

Stella ne laissait évidemment rien paraître devant le personnel de l'hôpital, mais avant d'entrer dans la salle, elle me jeta un regard éloquent.

Oh oui, elle avait peur ! Cela me fit beaucoup de peine.

Je remontai avec Lindström tandis que le radiologue se mettait au travail avec ses assistants.

— Combien de temps vous reste-t-il ? demanda le professeur, qui semblait ne jamais se départir de sa conscience professionnelle.

— Un mois et demi ou deux mois. Le Dr Bengtsen m'a dit que les jumeaux arrivaient parfois un peu plus tôt. Pour être honnête, j'en serais contente.

— Avez-vous déjà décidé où se fera l'accouchement ?

— À la maison, j'imagine. À vrai dire, je n'y ai pas encore réfléchi.

— Vous devriez le faire. Accoucher de jumeaux peut être compliqué. Si votre époux n'y voit pas d'inconvénient, je vous engagerais à accoucher ici, où vous bénéficierez des soins de nos meilleurs médecins.

— Le Dr Bengtsen pourrait tout aussi bien faire le nécessaire à Löwenhof.

Depuis que j'avais vu Hendrik dans une chambre de l'établissement, l'hôpital m'inspirait de la crainte et de la répugnance. Je parvins avec effort à cacher à Lindström le frisson qui m'avait saisie.

— Et que ferait-il si des complications survenaient ? Si l'un des enfants ne s'était pas retourné, il faudrait peut-être procéder à une césarienne. Or, ici, cette opération s'effectuerait dans les meilleures conditions de sécurité possible.

L'entendre parler de m'ouvrir le ventre me retourna l'estomac. Je l'aurais volontiers prié de changer de sujet. Mais il avait raison. Tout pouvait arriver. Et, si une césarienne se révélait nécessaire, Bengtsen ne serait pas en mesure de la faire à Löwenhof. À supposer déjà qu'il ait la compétence d'assurer un acte chirurgical.

— Quels sont les risques ? Aurais-je une chance de survie ?

— Cette technique s'est perfectionnée ces dernières années. Nos médecins ont de l'expérience en la matière. Ce qui ne veut pas dire que vous en aurez forcément besoin. Mais, pour ma part, j'aimerais mieux vous savoir entre les mains de médecins qui s'y connaissent en gynécologie. L'enjeu est important pour votre famille.

En effet. Mon frère était mort, il n'avait pas eu le temps de reconnaître sa fille. Lennard était mon époux, mais ce n'était pas un Lejongård. Si je succombais, qui plus est en entraînant mes enfants dans la mort, notre famille s'éteindrait. Je sentis soudain le poids de mes responsabilités peser encore plus lourd sur mes épaules.

— Je vais en parler à mon mari. Si je décide d'accoucher ici, que faudra-t-il que je fasse ?

— Il vous suffira de m'en informer. Je m'occuperai du reste.

Le Pr Lindström posa sa main sur la mienne avec sollicitude.

— Votre famille a toujours été notre principale donatrice. Sans votre soutien annuel, nous ne pourrions pas maintenir nos activités. Je ferai donc tout ce qui est en mon pouvoir pour que vous accouchiez dans les meilleures conditions.

— Est-ce seulement à cause de nos dons ? demandai-je avec un demi-sourire.

— Non. J'ai une dette envers vous. Votre frère est mort dans mon hôpital. Je ne permettrai pas que la dernière héritière de Löwenhof connaisse le même sort en mettant ses enfants au monde.

Un coup frappé à la porte nous arracha à notre entretien. Une infirmière venait annoncer la fin de l'examen de ma mère.

Nous redescendîmes donc dans la salle, où Stella paraissait désorientée. À voir son air d'insatisfaction, j'allais lui demander comment elle se sentait, mais je me ravisai : elle se faisait violence afin de ne pas extérioriser sa mauvaise humeur.

— Je vais jeter un coup d'œil sur la radio avant de vous la donner, déclara le Pr Lindström. Si vous voulez bien patienter un instant.

L'infirmière nous conduisit dans sa salle d'attente. Dehors, le temps s'était mis au beau et l'air commençait à devenir étouffant. Lorsque nous fûmes assises, je notai que ma mère avait le souffle court et le teint livide. La sueur perlait à ses tempes.

— Comment ça s'est passé ? finis-je par demander. Tu as senti les rayons ?

Elle secoua la tête.

— Non, mais la plaque contre laquelle ils m'ont appuyée était aussi froide qu'un lac gelé. Et j'ai trouvé fatigant de devoir rester debout si longtemps.

— C'est la seule façon de savoir si le Dr Bengtsen a vu juste. Nous devons découvrir ce que tu as. J'ai encore besoin de toi.

Stella souffla avec mépris.

— Tu n'as pas besoin de moi. Tu arriveras très bien à faire ton chemin dans la vie.

— Peut-être, mais j'aimerais avoir de temps à autre le sentiment que je peux compter sur quelqu'un. Quelqu'un à qui je puisse demander conseil.

— Tu ne m'as jamais demandé conseil. Tu as toujours agi comme bon te semblait.

— C'est faux, il m'est arrivé plus d'une fois de te consulter.

— Mais mes réponses ne te plaisent pas.

— Ça ne veut pas dire que je n'y attache aucune importance.

Pourrions-nous un jour parler sans nous disputer ? Ou cette habitude était-elle trop ancrée en nous ?

Heureusement, le Pr Lindström revint rapidement. Il avait à la main une grande image noire qui m'évoqua une linogravure.

— Mesdames, j'ai examiné le cliché avec la plus grande attention.

Un instant, j'espérai l'entendre dire que Bengtsen s'était trompé.

— Je dois malheureusement vous informer que l'intuition de mon collègue était juste. Regardez.

Il leva la radio à la lumière. Au début, je ne distinguai rien que des taches blanches sur un fond sombre. Puis je me rendis compte qu'il s'agissait des poumons de ma mère. Et de son cœur.

— Voici les ventricules, poursuivit Lindström en décrivant du doigt un cercle autour de la zone correspondante. Vous n'y verrez peut-être rien d'inhabituel, mais la radio indique une augmentation très nette de la taille du cœur.

Rien d'inhabituel ? Pour un peu j'aurais pouffé. Ce que nous avions sous les yeux était tout sauf habituel. La vie interne de ma mère…

Dans mon enfance, lorsqu'il arrivait à Stella de me témoigner de la froideur, je me disais volontiers qu'elle n'avait pas de cœur. Pourtant il était là. Plus grand qu'il n'aurait dû.

— Je suppose que ce n'est pas bon signe, dis-je, tandis que ma mère contemplait la radio avec consternation.

— En effet. Cela indique une faiblesse cardiaque, en l'occurrence du ventricule droit. Le Dr Bengtsen a bien fait de vous envoyer chez moi. L'insuffisance peut naturellement se manifester par d'autres symptômes, une difficulté à respirer, par exemple, des jugulaires et carotides tendues ou un râle à la respiration. J'imagine qu'il a identifié ces symptômes, mais à présent nous avons la confirmation de son diagnostic.

Ma mère l'écoutait sans manifester d'émotion. En cet instant, j'aurais aimé qu'il existe un appareil permettant de radiographier les pensées… Cela étant, son inquiétude ne faisait aucun doute.

— Et quels médicaments préconiseriez-vous ?

— Une préparation de digitale et de muguet. J'en aviserai le Dr Bengtsen. Mais je pense qu'il saura quoi faire en la circonstance.

— Cette maladie est-elle mortelle ? demanda soudain ma mère.

— Pas si elle reçoit un traitement approprié. Cependant vous allez devoir aménager un peu votre vie.

— Un séjour à la mer est-il conseillé ? intervins-je, reprenant la suggestion de Bengtsen.

— Assurément ! L'air marin fera du bien au cœur. Et de longues promenades sur la plage le renforceraient indiscutablement.

— Bien, alors nous savons ce qu'il nous reste à faire, Mère, répondis-je.

Elle garda le silence, le regard dans le vide ; il lui fallut un moment pour se ressaisir.

— Je vous remercie, professeur, dit-elle enfin en se levant.

— Je vais vous faire emballer la radio, vous pouvez l'emporter, répondit Lindström en s'éclipsant derechef.

— Alors, que dirais-tu d'un séjour à la mer ? demandai-je.

— Tu veux te débarrasser de moi.

— Non, je veux que tu te rétablisses. L'air revigorant d'Åhus ne te ferait pas de mal. Et à moi non plus d'ailleurs.

— Dans ton état ? Hors de question ! Nous irons là-bas une fois que les enfants seront nés, pas avant ! Je ne veux pas me retrouver coincée avec toi dans notre maison quand les contractions commenceront.

Le retour du professeur me dispensa de répondre comme il se devait. Il me tendit le cliché dûment enveloppé et ficelé.

— Si vous avez besoin d'un conseil, n'hésitez pas, à quelque moment que ce soit. L'une comme l'autre. Et réfléchissez à ma suggestion, comtesse. Je pense que c'est ce qu'il y a de mieux à faire.

— Merci, je n'y manquerai pas, répondis-je en lui tendant la main.

Nous sortîmes de l'hôpital et remontâmes dans la calèche.

— De quelle suggestion parlait-il ? s'enquit ma mère lorsque August eut fait démarrer les chevaux.

— Il m'a proposé d'accoucher à l'hôpital.

— Tous les Lejongård sont nés à Löwenhof !

— Je sais. Mais aucune femme de la famille n'a donné naissance à des jumeaux. Il y a un risque auquel je ne souhaiterais pas m'exposer inconsidérément. Je ne veux pas que mes enfants grandissent sans leur mère.

Ma réponse la fit réfléchir.

— Tu devrais en parler avec ton mari, reprit-elle enfin. S'il pense que c'est approprié, je ne formulerai aucune objection. Peu importe à quel endroit on naît. Ce qui compte, c'est qui l'on est. Or tu es et seras toujours une Lejongård.

Lennard rentra le dimanche suivant. Je ne l'avais pas encore informé de ce qui s'était passé. Ma mère se chargerait sans doute de le faire, puisqu'elle paraissait plus heureuse que moi de son retour. Lui raconterait-elle aussi que je cherchais à retrouver Max ? Préoccupée par son état, je ne m'étais pas rendu compte qu'il s'était déjà écoulé une semaine depuis ma rencontre avec Boregard. Je n'avais pas encore de nouvelles de lui, mais le contraire aurait été étonnant. Se rendre en Allemagne prenait du temps. Et, s'il devait en outre se déplacer dans les zones de combat…

Après le dîner, Lennard et moi nous retirâmes dans notre chambre. J'avais pris un livre que Lena m'avait recommandé, mais je n'arrivais pas à le commencer, me sentant trop inquiète. Ma mère avait demandé à s'entretenir en tête à tête avec Lennard pour lui faire part de son état de santé. S'il était ressorti soucieux de cette discussion, rien n'indiquait qu'il était au courant de ma démarche.

À présent, il était en train d'écrire une lettre assis à son bureau. J'aurais aimé savoir de quoi il s'agissait, mais je n'osai pas l'interroger. Lui non plus ne me posait pas de questions sur ma correspondance.

J'exécrais ce silence qui s'installait entre nous dès que nous étions seuls. D'un autre côté, je ne voyais pas de quoi j'aurais pu parler avec lui. Avec Max, j'avais discuté librement de toutes sortes de choses. Lennard, lui, paraissait toujours attendre que je propose un sujet de conversation. Cette fois, pourtant, j'avais quelque chose à voir avec lui.

— Le Pr Lindström m'a fait remarquer qu'il vaudrait mieux que j'accouche à l'hôpital.

Il reposa aussitôt sa plume et tourna vers moi un regard attentif.

— Il pense que cela nous permettrait d'éviter des conséquences fâcheuses en cas de complications.

Lennard fronça les sourcils.

— Craint-il qu'il y ait des risques ?

— Pas explicitement. Mais le Dr Bengtsen a lui aussi signalé que pour des jumeaux il pouvait être dangereux de s'en remettre à la nature.

— Si tu estimes qu'il vaut mieux pour toi et les enfants que tu ailles à l'hôpital, alors nous le ferons.

— Et si je ne savais pas quoi faire ?

Lennard eut un demi-sourire.

— Tu as toujours su ce que tu devais faire. Bien plus que moi.

— Et si je me trompais ? Si je me trompais une fois de plus ?

Son sourire s'effaça. Il paraissait avoir compris ce que j'entendais par là. Il demeura interdit, puis il se leva et s'approcha de moi, s'agenouilla et me prit la main. Un geste qu'il n'avait jamais eu. En général, nous évitions tout contact physique.

— Agneta, dit-il avec douceur. En décidant d'accoucher à l'hôpital, tu ne fais qu'obéir à la raison. Tu ne peux pas te tromper.

— Et si je mourais lors de l'accouchement ? Tu recouvrerais ta liberté et tu pourrais mener ta vie comme tu l'entends.

Il me regarda comme si je l'avais giflé.

— Arrête de raconter n'importe quoi ! Je veux que ces enfants naissent en bonne santé et que tout se passe bien pour toi. C'est tout ce que tu as à te dire.

Je ne sus que répondre.

— Quoi qu'il en soit, conclut-il en se relevant, je serai à ton côté, comme je te l'ai promis.

Sur ces mots, il retourna à son bureau.

CHAPITRE 64

Les semaines suivantes s'écoulèrent sans incident notable. Les septième et huitième mois étaient passés, mon ventre ne cessait de grossir et, par moments, j'avais les jambes si enflées qu'elles me faisaient l'effet de poteaux.

Lorsque mars arriva, le Dr Bengtsen m'avertit que la naissance pouvait survenir à tout instant. Je voulais toutefois rester le plus longtemps possible à Löwenhof, à cause des affaires du domaine. Je finis tout de même par me rendre compte que plus j'attendrais, plus la situation serait risquée. Je me rendis donc à l'hôpital pour consulter le Pr Lindström, qui m'invita à m'installer à proximité de l'établissement afin d'être sur place lorsque les contractions débuteraient ou en cas de complication. Il proposa aimablement de me loger dans le bâtiment où l'on accueillait les proches de patients de haut rang.

J'acceptai son offre et, le soir, en fis part à Lennard.

— Il ne faudrait pas tarder. Penses-tu que ce soit possible ?

— Bien sûr. Tout est en ordre, Lasse s'occupe très bien des écuries. Et toi et moi avons assuré l'essentiel de la correspondance.

J'en convins. Au cours des derniers jours, j'avais rédigé lettre sur lettre jusqu'à en avoir mal aux doigts.

— Le reste est accessoire, conclut Lennard.

Sur quoi il reprit le cours de ses réflexions.

Le lendemain, nous nous rendîmes à Kristianstad avec Lena. Alors que la calèche s'éloignait du manoir, je sentis un curieux tiraillement dans le ventre, causé non par les enfants, mais par la peur. La peur de ne jamais revoir Löwenhof. Il suffisait d'un incident…

Je jetai un regard à Lennard. Il m'avait assuré qu'il serait à mon côté, mais j'aurais préféré qu'il me prenne dans ses bras pour me réconforter. Lorsque nous parlions de l'accouchement, il discourait comme un médecin cherchant à dissiper mes craintes, ce dont il était incapable en raison de la distance qu'il instaurait entre nous. Au temps où nous étions encore amis, il avait manifesté plus de compréhension et de chaleur. Mais l'aveu que je lui avais fait au domaine d'Ekberg l'avait profondément changé.

La maison, une bâtisse à deux étages, se trouvait juste à côté de l'hôpital. En ce moment, elle était vide ; nous en serions les seuls occupants. Heureusement, les fenêtres ne donnaient pas sur la cour de l'établissement. À l'arrière, il y avait un petit jardin, qui en cette saison n'offrait guère d'agrément, mais ici et là un peu de verdure pointait sur le sol humide.

Je passais à présent beaucoup de temps étendue sur le canapé, dans la position le plus confortable possible. Tous les deux jours, le Pr Lindström et le Dr Neumann, le directeur du service qui accueillait les femmes, me rendaient visite. Ils m'auscultaient à l'aide de leur stéthoscope et jugeaient tous deux les bébés vigoureux et en bonne santé. Mais leur inquiétude ne m'échappait pas. Je les entendis parler à voix basse avec Lennard, lequel m'apprit ensuite que l'un des enfants ne s'était pas retourné.

— Dans le cas de jumeaux, cela n'a rien d'inhabituel, ajouta-t-il. Il est tout à fait possible qu'il le fasse en temps voulu. Il n'y a pas lieu de se montrer pessimiste.

Cette fois encore, il garda ses distances. J'en fus terriblement contrariée. Sa réserve commençait à susciter ma colère. Pourquoi était-il venu ? Sa présence finissait par me faire l'effet d'une punition. Heureusement, je pouvais m'entretenir avec Lena, qui me parlait des livres qu'elle continuait à emprunter dans la bibliothèque de Löwenhof et de son rêve de faire un jour le tour du monde.

Une nuit, je m'éveillai brusquement sans savoir pourquoi. Ces derniers temps, j'avais rarement fait des nuits complètes. Les bébés s'agitaient et il m'arrivait d'avoir du mal à respirer. Les yeux grands ouverts, je fixai le plafond. Que se passait-il ? Je n'éprouvais aucune sensation inhabituelle. Je me redressai péniblement, le dos en feu, et dus rester un moment assise sur le bord du lit afin que mon vertige se dissipe. Des étoiles passaient devant mes yeux comme si on m'avait donné un coup sur la tête. Puis ce malaise se calma.

Lennard dormait d'un profond sommeil. Nous ne nous étions pas dit grand-chose, comme d'habitude. J'en avais du regret car, dans cet endroit, nous aurions eu l'occasion de parler. Mais l'ombre de Max planait sur nous, rendant tout échange impossible. Je contemplai le visage de Lennard. J'y retrouvais quelque chose de l'enfant qu'il avait été lorsque Hendrik, lui et moi courions encore les bois. Désormais, c'était un homme, c'était mon époux. Le serait-il devenu en d'autres circonstances ? Pourquoi n'avais-je pas discerné sa bonté ? Pourquoi n'avais-je pas compris qu'il ferait un excellent mari ?

J'avais rêvé de l'amour, de l'ardent amour du coup de foudre. À présent, je comprenais qu'il en existait d'une autre sorte. Un amour moins manifeste, fondé non sur l'exacerbation des sentiments, mais sur la confiance, l'amitié, les souvenirs partagés…

Prise du soudain désir de lui caresser les cheveux, j'étendis prudemment la main. Mais une brusque douleur me traversa soudain, comme si l'on m'avait plongé un couteau dans le flanc. Elle venait de mon corps. Un deuxième élancement m'arracha un cri. Un liquide chaud glissa le long de ma jambe et se répandit sur le tapis. Était-ce du sang ? À la douleur suivante, je m'affaissai sur les genoux.

À ce moment-là, tout alla très vite. Lena accourut, Lennard m'aida à me relever et me demanda ce qui se passait. C'était probablement le début des contractions. Lena était sens dessus dessous, si bien que ce fut Lennard qui dut m'aider à enfiler ma robe. Puis il s'habilla à son tour, me jeta un manteau sur les épaules, et nous sortîmes de la maison.

Heureusement, nous n'avions pas une grande distance à parcourir. Lennard me soutenait tandis que nous marchions sur les pavés. Chaque pas était une torture. La douleur arrivait par vagues, je n'avais jamais rien connu de tel. À l'hôpital, Lennard me conduisit jusqu'à un banc, puis sonna l'infirmière de nuit.

— Les contractions ont commencé, expliqua-t-il. Avertissez le Dr Neumann et le Pr Lindström !

La femme protesta, mais apprenant que la patiente était la comtesse Lejongård, elle obtempéra.

L'odeur de phénol et de médicaments qui régnait dans l'entrée avait fini par imprégner les murs de l'établissement. Lorsque j'étais venue voir Hendrik, l'angoisse m'avait empêchée de la percevoir. Son esprit était-il là en cet instant ? L'idée que mon frère me voyait, qu'il était auprès de moi, même sous une forme invisible, me redonna un peu de calme.

— Ils ne vont sûrement pas tarder, déclara Lennard en s'asseyant à côté de moi et se frottant nerveusement les mains. Ce sera bientôt fini.

J'esquissai un sourire, mais une nouvelle contraction m'empêcha de répondre.

Si seulement Lennard m'avait prise dans ses bras ! Il demeurait raide comme un piquet à contempler ses mains. Et moi j'étais trop fière pour quémander un signe de tendresse. À cet instant apparut le Dr Neumann.

— Bonsoir, dit-il. Si vous voulez bien me suivre. Je souhaiterais vous examiner une dernière fois avant que nous n'allions dans la salle d'accouchement.

— Puis-je l'accompagner ? demanda Lennard.

J'en fus surprise. En quoi l'accouchement l'intéressait-il ?

— Navré, mais vous devrez attendre ici.

La réponse du médecin me soulagea ; je ne voulais pas de la présence de Lennard à ce moment-là. Il se laissa retomber sur sa chaise, inquiet.

Dans sa salle d'examen, le Dr Neumann s'enquit de la fréquence des contractions et voulut savoir comment je me sentais. Il me palpa le ventre et glissa la main entre mes cuisses. Je le vis froncer les sourcils.

— Il y a un problème ? demandai-je avant de me crisper sous l'effet d'une nouvelle contraction.

— Vous semblez avoir perdu les eaux. J'aurais besoin du conseil du Pr Lindström.

Une infirmière apparut à son coup de sonnette.

— Le professeur est-il arrivé ?

— Oui, il y a un instant.

— Il faut absolument que je lui parle.

Lindström fit son apparition quelques secondes plus tard et les deux médecins sortirent dans le couloir pour se concerter. À présent, il était inutile de dissimuler ma peur : perdre les eaux, voilà qui paraissait mauvais signe. Je les vis revenir tous deux avec la même expression d'inquiétude.

— Alors, comtesse, comment vous sentez-vous ?

— Vous voulez dire au-delà de la sensation d'être un ballon sur le point d'exploser ? répliquai-je pour faire de l'humour.

Lindström s'arracha un sourire qui ne fut guère convaincant.

— Ainsi que vous l'a dit mon collègue, vous avez perdu les eaux. Nous devons agir vite. Or il semblerait que les bébés ne soient pas dans la bonne position. Pour le dire familièrement, l'un des deux bloque la sortie.

Cette fois, ce fut moi qui esquissai un sourire peu convaincant.

— Nous pourrions tenter un accouchement par la voie naturelle, mais ce serait extrêmement risqué. La césarienne serait tout indiquée.

— Une césarienne ? m'écriai-je, affolée.

— Ne vous inquiétez pas, intervint Neumann. Avec l'anesthésie, vous ne sentirez rien.

— L'anesthésie ? répétai-je sans comprendre.

— C'est un procédé qui nous permet de vous faire dormir pendant l'opération. Nous vous administrerons un médicament, le véronal, qui vous plongera dans un profond sommeil et vous rendra insensible à la douleur.

— Est-ce dangereux ? demandai-je.

Les deux médecins échangèrent un regard.

— S'il n'est pas utilisé de manière appropriée, oui. Mais nous avons toute l'expérience requise. Je peux vous l'assurer, nous savons ce que nous faisons.

Je respirai profondément, essayant de lutter contre l'oppression qui m'avait envahie. Ils avaient toute l'expérience requise, mais il n'était pas impossible qu'il y ait un problème.

— Et si je meurs, que se passera-t-il ? insistai-je, voyant à l'air des deux médecins que cette éventualité n'était pas exclue.

— Nous ferons évidemment tout pour que cela ne se produise pas, répondit Neumann.

— Mais si cela arrivait, enchaîna Lindström, nous veillerions à ce que les enfants ne subissent aucun dommage.

J'eus toutes les peines du monde à réprimer un rire amer, qui dut produire l'effet d'un gémissement rauque, et m'efforçai de me calmer.

— Il faut que vous en parliez à mon époux, dis-je. Il est en droit de le savoir.

— Bien entendu.

— Parfait. S'il est d'accord, nous tenterons la césarienne, répondis-je, sachant que Lennard ne formulerait aucune objection. J'ai encore assez de force. Et j'ai pleinement confiance en vous.

Lindström et Neumann parurent soulagés. Sans doute avaient-ils craint que je ne m'entête et n'insiste pour procéder par voie naturelle. Mais j'administrais un domaine où l'on pratiquait l'élevage de chevaux : si je n'avais pas encore enfanté, je savais ce qu'un accouchement exigeait d'énergie et quels en étaient les risques. Retourner un poulain était terriblement douloureux et je ne voulais pas m'exposer à pareille souffrance.

On m'installa peu après sur la table d'opération. Une lampe me projetait dans les yeux une lumière crue. Les deux médecins avaient fait appel à quelques infirmières chargées de les assister. Vêtue de ma seule chemise, je me sentais terriblement vulnérable, et la perspective de me retrouver devant les deux hommes avec le bas-ventre dénudé m'emplissait d'effroi. Toutefois, la fréquence des contractions ayant augmenté, l'heure n'était plus à la pruderie.

Le professeur apparut à côté de moi, muni d'une grande seringue sur un plateau.

— Pour commencer, je vais vous faire respirer un peu d'éther, afin d'atténuer la douleur, dit Lindström en tapotant sur la seringue pour en évacuer les bulles d'air. Après quoi je vous ferai l'injection de véronal. Vous ne sentirez rien et, en vous réveillant, vous serez mère de deux enfants en parfaite santé.

— J'aimerais que vous puissiez me le garantir, déclarai-je. Si je meurs, dites à mon mari que je suis désolée. Il comprendra.

Le médecin acquiesça d'un signe de tête, puis il brandit un masque grillagé qui me parut effrayant et dégageait une drôle d'odeur. Mais, à peine eut-il effleuré mon visage que ma vue se brouilla et je ne sentis plus rien.

Je perçus encore la voix du professeur, mais sans comprendre ce qu'il disait. Le monde s'évanouit.

Ce n'est qu'un rêve, cependant mes sensations me paraissent on ne peut plus réelles. Je suis libérée de mon corps et me dirige vers la lumière, une lumière crue, comme si j'étais une mite s'approchant de la lampe de la salle d'opération.

À l'instant où la lueur s'apprête à m'engloutir, le décor change et je me retrouve dans une prairie d'un vert intense, entourée d'épais buissons. Tout en ressemblant à celles de Löwenhof, elle est complètement différente. Surprise, j'opère un tour sur moi-même. Comment suis-je arrivée là ?

Une silhouette apparaît alors, qui se dirige vers moi. Cette démarche, ces cheveux, ce sourire, je les connais si bien. C'est Hendrik.

Suis-je morte ? Est-ce ainsi que l'on retrouve ceux qu'on aime dans l'au-delà ? Captivée, je le regarde avancer. Arrivé devant moi, il s'arrête.

— Hendrik, dis-je.

Il reste immobile.

— Je suis si désolée, poursuis-je en lui prenant la main. Je ne voulais pas que tu meures. Et j'aurais préféré que tu saches que Père était mort. Mais je n'avais pas le droit de te le dire. On espérait encore que tu t'en sortirais.

Hendrik continue de sourire, mais ne dit toujours rien.

— Cela signifie-t-il que tu me pardonnes ?

Il fait un signe d'assentiment. Pourquoi ne parle-t-il pas ? N'a-t-on plus de voix dans le royaume des morts ?

— Tu as une fille, tu sais ? dis-je en me faisant l'effet d'avoir une foule de nouvelles à lui apprendre. Susanna a eu un enfant de toi. Nous n'avons pas pu l'accueillir dans la famille, mais elle est entre de bonnes mains. Et moi aussi je vais avoir des enfants. Deux, pour être précise.

Toujours aucune réaction de mon frère.

Désespérée, j'éclate en sanglots.

— Hendrik, est-ce que tu es fâché contre moi ? Contre nous ? Dis quelque chose, je t'en prie !

Mais il garde le silence, lève une main et effleure ma joue. La dernière chose que je perçois de lui est un léger hochement de tête, puis une force m'arrache à lui.

Lorsque je repris conscience, tout était clair autour de moi. *C'est à ça que le ciel doit ressembler* fut ma première pensée.

Je vis alors le pied de lit devant moi. *Au ciel, il n'y a pas de lits,* me dis-je. Je revins pas à pas en arrière, jusqu'à retrouver mon premier souvenir : la décision du médecin de procéder à une césarienne. Puis la salle d'accouchement. Puis le trou de mémoire. À un moment, l'obscurité.

À présent j'étais allongée là. Plus ma vue s'éclaircissait, plus je cherchais à discerner des détails. Une horloge qui indiquait 5 h 07. C'était la fin de l'après-midi. Qu'était-il advenu de mes enfants ? Pourquoi n'étaient-ils pas avec moi ?

À côté du lit, j'aperçus un fil relié à une clochette. Je voulus tendre la main pour le saisir, mais ne parvins pas à la lever. Je respirai profondément afin de chasser l'angoisse qui m'envahissait. Les bébés étaient-ils morts à la naissance ? Pourtant, les médecins m'avaient assuré que leur cœur était sain et fort !

Ma crainte devint si forte que je parvins à lever le bras mais je dus m'y reprendre à trois fois pour attraper le fil. Je tirai moins dessus que je ne laissai retomber mon bras. La clochette n'en sonna pas moins. Pour plus de sûreté, je répétai l'opération, puis ma main s'affaissa, sans force.

Peu après, la porte s'ouvrit, livrant passage à une jeune infirmière portant une coiffe amidonnée. Elle m'adressa un grand sourire.

— Bonjour, Madame. Je suis l'infirmière Hilda, je vais avertir le professeur que vous êtes réveillée.

— Attendez ! lançai-je.

Ma langue aussi me paraissait terriblement lourde. Étaient-ce les suites de l'anesthésie ? La substance que l'on m'avait injectée se trouvait peut-être encore dans mes veines.

— Oui ?

— Mes enfants, où sont-ils ? demandai-je, le cœur battant.

S'il y avait eu un malheur, elle me cacherait sans doute la vérité.

— Oh, mais bien sûr, vous ne le savez pas encore, répondit-elle, le regard brillant. Vous avez mis au monde deux garçons en pleine santé. Votre mari nous a dit qu'il attendrait votre réveil pour que vous leur choisissiez un prénom.

Les prénoms ! Nous n'y avions pas réfléchi. Pas même moi ! Entre l'affliction que me causait l'attitude de Lennard, le tourment du souvenir de Max, la santé de ma mère et les affaires du domaine, je n'en avais pas trouvé le temps. Du reste, mon mariage se rangeait lui-même dans la catégorie « affaires »...

J'écartai ces pensées amères pour m'abandonner à ma joie. Deux fils en bonne santé ! La perpétuation de la famille Lejongård était assurée, même si le père des enfants n'était pas celui qu'on croyait. Mais personne ne le saurait en dehors de Lennard et de ma mère. Envahie par un puissant sentiment de bonheur, les larmes me montèrent aux yeux.

— Est-ce que je peux les voir ? demandai-je. J'aimerais tellement !

— Je vais en informer le professeur. Il sera là dans un instant.

Elle ressortit et je me laissai retomber sur mes oreillers, incrédule. J'avais mis deux garçons au monde. Et je n'avais même pas encore de prénom pour eux ! J'en éprouvai de la honte. Pourquoi n'avais-je pas pris le temps d'y réfléchir ? Un bruit de pas m'arracha à mon autoapitoiement. Le Pr Lindström entra.

— Bonjour, comtesse, comment allez-vous ?

— Bien, pour autant que je puisse en juger. Mais je me sens très faible.

— Cela n'a rien d'étonnant, vous avez perdu beaucoup de sang. Dans les prochains jours, je vous donnerai des médicaments qui favorisent la formation des globules rouges ainsi qu'un fortifiant. Mais nous en reparlerons plus tard. L'heure est aux félicitations. Vous avez donné naissance à deux beaux garçons, qui pèsent l'un et l'autre plus de trois kilos, ce qui n'est pas toujours le cas des jumeaux.

— Est-ce normal ?

— Oui, et c'est une excellente chose. Je suis sûr qu'ils vous donneront l'un et l'autre beaucoup de joie.

— Quand pourrai-je les voir ?

— D'un instant à l'autre. Les infirmières sont en train de les emmailloter, après quoi elles vous les amèneront. Vous avez malheureusement manqué le premier repas des nourrissons, vous dormiez encore. Mais, pour le prochain et les suivants, ils seront tout à vous.

J'avais deux fils en bonne santé et j'étais moi-même en vie ! Pouvais-je en demander plus ?

— Votre mari est passé un peu plus tôt, il voulait absolument vous voir, poursuivit Lindström. Malheureusement, vous n'aviez pas tout à fait repris conscience, je suppose que vous ne vous en souvenez pas.

Je n'en avais effectivement aucun souvenir.

— En tout cas, il était très soulagé. Nous aussi. Nous nous sommes permis d'envoyer un télégramme à Madame votre mère. Elle était sûrement très inquiète.

— Merci, professeur.

Heureusement, ils n'avaient pas eu à lui faire parvenir l'annonce de ma mort…

On frappa à la porte.

— Ah, ce sont sans doute les infirmières, dit le professeur en allant ouvrir.

Deux femmes entrèrent, une jeune et une autre plus âgée, chacune avec un couffin.

— Je vous présente les futurs comtes Lejongård !

Une incroyable vague de chaleur m'envahit et, pour la première fois depuis longtemps, mon cœur encore meurtri des blessures des derniers mois ressentit autre chose que de la souffrance et de la déception. Tout l'amour que j'avais éprouvé jusque-là fut éclipsé par ce sentiment qui brillait, tel un soleil, et dissipait toute mon amertume.

Les infirmières me mirent précautionneusement les enfants dans les bras, deux minuscules paquets avec des boucles d'un blond roux plaquées sur le crâne et un petit nez retroussé, qui remuaient péniblement dans leur emmaillotage. Ils avaient de grands yeux bleu clair comme le ciel printanier. Deux petites chenilles qui se transformeraient un jour en magnifiques papillons. Je repensai aux paroles de Max et j'en eus les larmes aux yeux. Il m'était revenu sous la forme de deux petits papillons.

Je repoussai cette pensée afin que l'absence de Max ne me gâche pas cet instant. J'avais mes deux fils dans les bras, deux authentiques Lejongård ! Pendant que je les caressais avec précaution, je sentis mes seins se tendre douloureusement sous la montée du lait.

— Si vous le souhaitez, vous pouvez commencer à les allaiter, suggéra l'une des infirmières. Pendant que vous étiez encore sous l'emprise de l'anesthésie, nous avons eu recours à une nourrice. Mais à présent je ne vois pas pourquoi vous ne pourriez pas essayer.

Elle tourna les yeux vers le professeur, qui opina et se dirigea vers la porte.

— Je repasserai vous voir un peu plus tard.

— Merci, répondis-je faiblement en contemplant le prodige que j'avais dans les bras.

Dans la soirée, une infirmière d'un certain âge vint voir comment je me sentais. L'effet des médicaments antidouleur commençait à s'estomper et j'avais l'impression qu'on m'avait tranché le bas-ventre. Mais mes jambes étaient là, en bon état de marche, même si j'évitais de les bouger en raison de la douleur. L'infirmière Krista s'occupa de moi comme une poule de ses poussins. Elle me redonna un analgésique et m'obligea à prendre quelques gorgées de la soupe de légumes qu'elle m'avait apportée.

— Vous auriez dû voir votre époux, dit-elle, comme si cela pouvait me réconforter. Il était malade d'inquiétude. Il faisait les cent pas et interpellait toutes les infirmières qui passaient. Certaines ont même eu franchement peur pour lui. Quand il a su que l'opération s'était bien passée et que vous et les petits étiez hors de danger, il s'est effondré en larmes. Le médecin l'a envoyé se reposer, il était à bout de forces.

Parlait-elle bien de Lennard ? L'homme que j'avais quitté dans la salle d'attente s'était montré maître de lui et peu expansif. Il ne m'avait même pas réconfortée. Et voilà qu'il avait fait tout un drame dans le couloir de l'hôpital ?

— On voit bien qu'il vous aime par-dessus tout, poursuivit l'infirmière.

Qu'aurait-elle dit si elle avait su à quoi avaient ressemblé les mois qui avaient suivi notre mariage ? Qu'il ne pouvait être question d'amour entre Lennard et moi, pas même d'affection ? Elle me paraissait parler d'un autre homme. De Max peut-être. *Non,* me morigénai-je aussitôt. *Max n'est pas là. Oublie-le ! Voilà six mois qu'il est parti ; il ne t'a jamais donné de signe de vie, fourni la moindre explication. Il ne te mérite pas !* Cette pensée me procura un étrange sentiment de paix.

CHAPITRE 65

Le lendemain matin, je reçus la visite de Lennard, un bouquet de roses à la main. Il paraissait bien reposé, quoique encore un peu pâle. Il était comme toujours maître de lui, cependant sa mine trahissait ses inquiétudes passées. Il avait les joues creusées, des cernes, le regard éteint et la peau grisâtre.

— Bonjour, dit-il avec un sourire timide.

— Bonjour, répondis-je, guère plus en train.

J'étais encore affaiblie par la perte de sang et les médicaments n'apaisaient que partiellement mes douleurs. Cependant j'étais heureuse d'avoir accepté la césarienne. Si je ne l'avais pas fait, je n'aurais sans doute plus été là à cet instant.

— Comment vas-tu ? demanda Lennard en me tendant le bouquet. Je les ai achetées chez le fleuriste, deux rues plus loin. Elles ne sont pas terribles…

— Elles sont magnifiques, répliquai-je en humant leur parfum, qui m'évoqua une chaude journée d'été, lorsque l'odeur des roses, mêlée à celle des blés coupés, se répandait dans le jardin et la maison.

Je restai un moment à respirer ce doux arôme, puis rendis les fleurs à Lennard afin qu'il les place dans un vase.

— L'infirmière m'a rapporté que tu t'étais comporté comme un sauvage, le taquinai-je. Et que tu avais pleuré de joie. C'est vrai ou elle m'a raconté des bobards ?

Lennard me prit la main.

— C'est vrai. Quand j'ai entendu que tu avais perdu beaucoup de sang, j'ai été à deux doigts de saisir le médecin par le collet. Puis, lorsqu'il m'a assuré que l'opération s'était bien passée, j'ai été incapable de me retenir.

— Tu as pleuré. À cause de moi.

— Oui.

Il lâcha ma main pour me caresser doucement les cheveux. Puis, comme s'il s'était brûlé, il se ressaisit et reprit ma main.

— Lennard… dis-je.

— Oui ?

— Si tu veux m'embrasser ou je ne sais quoi, surtout ne te gêne pas. Je vais devenir folle si tu continues à mettre une telle distance entre nous !

Il haussa les sourcils avec surprise.

— Mais je croyais…

Le rouge lui monta aux joues.

— J'ai pensé que tu ne voulais pas.

— Oh que si ! Tu ne sais pas à quel point j'ai désiré, ces derniers mois, que tu me prennes simplement dans tes bras. Que tu me consoles, que tu m'embrasses, dis-je en prenant son visage dans mes mains. Mais je sais que je ne te mérite pas.

— Pourquoi donc ? Je suis là. J'ai toujours été là. Tu ne l'as jamais su, mais je t'aimais déjà quand tu avais 14 ans. La nuit, je restais éveillé et je pensais à toi. Je me suis toujours dit que je n'épouserais personne d'autre que toi.

Il me serra la main et son regard se fit mélancolique.

— Je ne pouvais pas deviner que tu ne m'offrirais pas ton cœur, poursuivit-il. Nous étions si proches, ton frère, toi et moi. Nous étions liés par une affection naturelle. Je ne savais pas que nos sentiments ne seraient jamais les mêmes.

Ses paroles m'atteignirent en plein cœur. Je pris soudain conscience de ses aspirations et de mon égoïsme. Lennard m'avait épousée alors que bien d'autres m'auraient abandonnée à mon sort. M'avaient abandonnée. Michael avait refusé de m'aider à porter le fardeau de mon héritage. Max avait préféré rentrer faire la guerre dans sa patrie plutôt que vivre avec moi. Les hommes que j'avais cru aimer avaient piétiné mes sentiments. Et Lennard, mon ami d'enfance dont je n'avais jamais voulu pour amant, déposait sans condition son cœur à mes pieds.

Je m'étais extrêmement mal comportée à son égard. Il aurait beau dire le contraire, je ne le méritais pas. Et je ne le mériterais jamais. Or je sentais aussi autre chose. Une chose à laquelle je n'avais pas prêté attention, obsédée que j'étais par mon désir de retrouver Max.

— Il se pourrait que je commence à éprouver les mêmes sentiments, dis-je. La froideur de nos relations me fait beaucoup souffrir. Je voudrais que ça change.

— Vraiment ?

— Oui, vraiment. Tous ces mois… Tu ne m'as pas donné beaucoup de possibilités de tomber amoureuse de toi, mais à présent, je remarque un changement lorsque je te regarde. Ou, plus exactement, je me rends compte que je portais déjà tout ça en moi depuis des années. Mais je l'ai sciemment ignoré.

Il se pencha vers moi et m'embrassa. Pour la première fois depuis la cérémonie à l'église, il me donna un vrai baiser. Et je sentis effectivement que quelque chose avait changé. Le baiser que nous avions échangé le jour de notre mariage m'avait paru faux. Celui-là, en revanche, était chaud et pétillant comme des bulles de champagne.

— Il y a tout de même un problème, repris-je lorsque nous nous écartâmes l'un de l'autre.

— Lequel ? demanda Lennard avec une certaine crainte.

— Nous n'avons pas réfléchi au nom que nous voulions donner à nos enfants. Comment les appellerons-nous ?

— Grands dieux, mais c'est vrai, nous n'y avons pas pensé !

— Nous étions tous deux retenus par notre ressentiment, par des idées inutiles. Par conséquent nous en avons oublié le plus important.

— Les noms, compléta Lennard, sincèrement peiné.

Je tendis la main et fis ce que j'avais eu envie de faire la nuit où étaient survenues les premières contractions : je lui caressai les cheveux.

Il eut un mouvement de recul, puis me laissa faire. Un sourire hésitant passa sur ses lèvres.

— Et si nous leur donnions le prénom de nos pères ? suggérai-je. Thure et Gustav ?

Lennard réfléchit, puis secoua la tête.

— Il ne serait pas bon de les placer sous le signe du destin de leurs grands-pères. En deuxième prénom, ce serait parfait, mais il vaudrait mieux que le premier leur appartienne en propre.

Je me demandai quel nom pourrait bien leur convenir. Je ne savais encore rien d'eux !

— Que penserais-tu de Magnus et Frederik ? suggéra Lennard.

Frederik me rappelait trop Friederike. La femme de Max n'avait rien à faire dans ma vie.

— Et Magnus et Hendrik ? proposai-je en retour.

À défaut du nom de mon père, peut-être celui de mon frère ?

Lennard manquait d'enthousiasme.

— Je pense encore très souvent à mon défunt ami, mais j'aimerais autant ne pas avoir à le faire chaque fois que je regarde mon fils.

Mon fils. Mes yeux se remplirent de larmes. Toute cette souffrance, toute cette colère, et voilà qu'il parlait très naturellement de son fils, comme s'il en avait été le père. À cet instant, je sentis mon cœur déborder d'amour.

— Tu te rappelles nos jeux d'autrefois ? Le Viking Ingmar ?

Lennard plissa le front, puis son visage s'éclaira.

— Oui, quand nous étions dans la forêt, près du grand rocher.

— Que penses-tu d'Ingmar ? Ingmar Gustav et Magnus Thure ?

— Ça me paraît très bien. Je vais en informer les infirmières.

— Faisons-le ensemble quand les petits seront là. Pourquoi ne restes-tu pas jusqu'à ce qu'on me les amène ? Les infirmières devraient arriver d'un instant à l'autre.

Lennard sourit et s'assit sur la chaise. Il avait gardé ma main dans la sienne et y déposait de temps à autre un baiser ; il paraissait très heureux.

CHAPITRE 66

On me laissa sortir de l'hôpital une semaine plus tard, avec pour consigne d'avoir régulièrement recours aux soins du Dr Bengtsen. August nous attendait avec la calèche. Il avait comme toujours les cheveux en bataille et son manteau paraissait mal ajusté. Avait-il perdu du poids ? Lorsqu'il vit les deux enfants dans nos bras, ses yeux se mouillèrent.

— Quelle pitié que votre défunt père n'ait pas vécu assez longtemps pour les voir ! Il aurait été très fier de vous.

— Merci, August, c'est très gentil. Comment va ma mère ?

— Oh, elle aussi est ravie. Elle prévoit de donner une petite réception en votre honneur, c'est Marie qui me l'a dit. Mais ne le répétez pas, s'il vous plaît.

— Mes lèvres sont scellées, répondis-je.

Je montai dans la calèche avec Ingmar. Le petit gigotait tant et plus en louchant terriblement, mais on m'avait assuré que cela disparaîtrait avec le temps. Magnus était dans les bras de Lennard et préféra passer son premier voyage à dormir. C'était le plus calme des deux. August referma la portière et grimpa sur le siège du cocher.

— Au fait, demandai-je à Lennard lorsque nous eûmes quitté Kristianstad. Que penses-tu de ces automobiles ?

— Mère dit que ce sont les calèches nauséabondes du diable.

J'éclatai de rire.

— Sur ce point, ta mère rejoint la mienne. Mais toi, comment vois-tu les choses ? Tu ne trouverais pas agréable de pouvoir te rendre plus rapidement à Kristianstad ou au domaine d'Ekberg ? Nous pourrions même apprendre l'un et l'autre à conduire !

J'avais lu dans le journal qu'en Angleterre on formait les femmes à la conduite automobile, à titre de contribution à la guerre. Cela leur permettait d'apporter un soutien aux familles dont les époux et les fils avaient été mobilisés.

— Tu y arriveras sans doute plus tôt que moi, répliqua Lennard. Mais, pour être honnête, je dois dire que le coupé du maréchal von Bergen m'a beaucoup plu.

— Dans ce cas, on regardera si nos finances nous le permettent et, si oui, on s'achètera une voiture de ce genre.

— Mais que deviendra August ? Tu voudrais le mettre au volant de cet engin ?

— S'il le souhaite, pourquoi pas ?

Cela me paraissait toutefois très improbable. August éprouvait pour les automobiles une haine presque aussi grande que ma mère. Mais un jour viendrait où il prendrait sa retraite. Il avait plus de 70 ans, il n'allait tout de même pas rester sur son siège de cocher jusqu'à sa mort !

— Cela dit, je pense qu'il n'en aura pas envie.

— Il ne sera pas ravi d'être remplacé.

— Pourtant, après toutes ces années, il a bien mérité de se reposer, non ?

— Tu as raison.

Il m'attira dans ses bras et m'embrassa. Et, cette fois, je sentis vraiment qu'il m'aimait.

Lorsque nous approchâmes de Löwenhof, il faisait grand soleil, comme si l'astre du jour avait su que l'avenir de notre maison était désormais assuré. Je sentis mes deux fils s'agiter. Ingmar tendit la main tandis que Magnus plissait les paupières pour se protéger de la lumière. Lorsque nous traversâmes une zone d'ombre, il rouvrit les yeux et me regarda. Ingmar fit entendre un gargouillis. Les individus changeaient au fil de leur existence, mais Ingmar semblait déjà être le plus enjoué quand Magnus paraissait plus songeur. Je les contemplai avec bonheur, heureuse de leur voir au premier abord si peu de ressemblance avec Max. Le temps montrerait ce qu'il en était réellement.

Nous franchîmes le grand portail et remontâmes l'allée. Les arbres n'avaient pas encore de feuillage, mais la verdure pointait déjà sur le sol. Des perce-neige montraient leur tête à travers les feuilles mortes de l'automne précédent, de même que les premiers crocus, encore fermés. Lorsque nous fîmes halte devant la rotonde, je vis que toute la domesticité s'était rassemblée sur le perron. Mlle Rosendhal et Mme Bloomquist se tamponnaient le coin des yeux avec leur mouchoir, et même M. Bruns paraissait ému.

Nous descendîmes de la calèche et, aussitôt, des chuchotements se firent entendre, puis tout le monde applaudit. Ma mère n'était pas là, sans doute nous attendait-elle à l'intérieur.

Son intention de donner une réception pour fêter la naissance des enfants était gentille, mais ne témoignait pas nécessairement de ses sentiments personnels. Montrerait-elle à mes fils cette même froideur dont elle avait fait preuve à l'égard de Mathilda ?

Mlle Rosendahl et Bruns vinrent nous présenter leurs félicitations. En tournant la tête, je vis que Lena avait elle aussi les joues rougies par les larmes et me sentais moi-même près de pleurer tant j'étais touchée par la sympathie de nos domestiques.

C'est alors que je vis ma mère à la porte. Elle était vêtue d'une robe beige et avait les cheveux relevés comme si elle se rendait à une réception. Nous échangeâmes un bref regard, puis elle s'approcha de moi et me tendit les bras.

— Bienvenue à la maison, dit-elle.

Elle m'embrassa sur la joue, puis se tourna vers Lennard, sans même accorder une seconde d'attention à mes fils.

— Regarde, Mère, voici Ingmar Gustav, et, dans les bras de Lennard, c'est Magnus Thure, dis-je.

— Vraiment adorables, répliqua-t-elle. Entrez donc, j'ai fait préparer les berceaux.

Sur ce, elle se détourna et nous précéda dans le vestibule.

Je lançai un regard à Lennard, qui ne laissa rien paraître, et nous emboîtâmes le pas à ma mère. J'avais peine à cacher ma déception. Toute autre grand-mère aurait pris les enfants dans ses bras ou les aurait au moins examinés avec intérêt. Ma mère se comportait comme s'il s'agissait d'une affaire enfin réglée.

J'avais fait aménager la chambre d'enfants avant notre départ pour Kristianstad. L'ancienne chambre de mon père m'avait paru tout indiquée pour accueillir les nouveau-nés, puisqu'elle jouxtait notre chambre à coucher.

Les domestiques avaient garni les deux berceaux d'oreillers recouverts d'une taie en dentelle et de minuscules couvertures. À côté, il y avait une commode et une table à langer. De délicats rideaux bleu et blanc étaient suspendus aux fenêtres. Le tapis bleu foncé atténuait le bruit de nos pas. En entrant, nous fûmes accueillis par un doux parfum de lavande. L'été dernier, Marie et Lena avaient cueilli des fleurs de lavande et confectionné de petits sachets odorants. Soudain, la distance entre cette pièce et notre chambre m'apparut si grande que je dis à Lennard :

— Dans les premiers temps, nous devrions peut-être faire dormir les enfants chez nous. Comme ça, je serai tout de suite là quand ils auront faim.

— Je t'ai dit qu'il te fallait engager une nourrice ! déclara ma mère.

— Bruns, faites donc transporter les berceaux dans notre chambre, s'il vous plaît, dis-je sans me préoccuper de sa remarque.

Elle ne témoignait aucune joie quant à la présence de ses petits-fils, aussi ne lui reconnaissais-je pas le droit d'intervenir au sujet de la nourrice. De toute façon, j'avais conscience qu'il me faudrait quelqu'un pour s'occuper des petits. Les médecins m'avaient ordonné de me ménager pendant quelques semaines, toutefois je me sentais assez forte pour remplir mes devoirs de mère.

Bruns s'inclina et sortit. Il revint peu après avec deux valets qu'il avait obligés à se laver soigneusement les mains avant de toucher aux berceaux – on sentait nettement l'odeur du savon.

Les petits lits furent portés l'un après l'autre dans notre chambre, puis nous y couchâmes les enfants. Même Ingmar était trop épuisé par le voyage pour continuer à gigoter. Magnus, lui, poursuivait son somme.

— J'imagine que vous souhaitez prendre un peu de repos après ce long voyage, dit ma mère en se détournant. Nous discuterons plus tard, au déjeuner.

Sur ce, elle quitta la pièce. Je jetai un coup d'œil à Lennard, qui paraissait lui aussi surpris de sa froideur.

— J'espère que ta mère sera plus expansive, dis-je en l'entourant de mon bras.

— Elle est en chemin et sera absolument ravie. En ce qui concerne ta mère, il n'est pas dit qu'elle soit indifférente. Peut-être est-elle seulement dépassée.

Non, elle estime que ces enfants n'ont pas le bon père, pensai-je tout en me gardant bien de le formuler tout haut. Du reste, elle avait raison. Ce qui n'empêchait pas Magnus et Ingmar d'être aussi réellement ses petits-enfants que j'étais sa fille.

— J'espère que tu ne te trompes pas. Il me serait insupportable que mes enfants soient détestés de leur grand-mère. La mienne était comme ça : une personne sinistre. Tu as dû la rencontrer une fois, peu avant sa mort.

— Je n'en ai aucun souvenir, répliqua Lennard en m'attirant à lui et en m'embrassant.

— Tu peux t'estimer heureux de ne pas avoir eu affaire à elle. Je n'ai jamais rencontré quelqu'un de si sombre. Sévère, toujours la Bible à la main, jamais un sourire. Hendrik et moi en avions peur.

— Qui sait ce qui la tourmentait… ? Ma grand-mère à moi était très chaleureuse, elle me gâtait beaucoup.

— Ta mère en fera sûrement autant avec les petits.

Chaque fois que nous parlions d'Anna, j'avais mauvaise conscience. Elle ignorait tout de la situation et pensait qu'Ingmar et Magnus étaient ses vrais petits-fils.

— Je te remercie, dis-je. Pour tout.

— Non, c'est moi qui te remercie. Tu m'as offert deux enfants merveilleux. Tu ne dois plus penser à rien d'autre. Plus jamais.

En serais-je capable ? Je n'en étais pas certaine, mais j'acquiesçai.

— Nous devrions effectivement nous reposer un peu, dis-je.

S'ils avaient besoin de quelque chose, les jumeaux me réveilleraient. Je m'étendis sur le lit, heureuse de pouvoir un temps oublier la déception que m'avait inspirée l'attitude de ma mère.

L'après-midi, après un déjeuner et un café un peu guindés au cours desquels ma mère avait paru absente, je me rendis dans mon bureau. Lennard était à la cuisine avec Mme Bloomquist afin de lui donner ses instructions pour qu'elle prépare le plat préféré d'Anna.

Sur le bureau se trouvait une pile de courrier et, derrière, sur l'étagère, étaient alignés des classeurs soigneusement rangés. Le soleil dessinait des taches claires sur le tapis. Un jour, je montrerais tout cela à mes fils et leur apprendrais comment administrer le domaine. S'ils avaient hérité de mon caractère, ils refuseraient peut-être de le faire. Et s'ils tenaient de Max…

Non, je ne voulais pas penser à lui. En disparaissant, il avait perdu tous ses droits. Et peut-être n'était-il même plus en vie. S'il l'avait retrouvé, Boregard se serait manifesté. Peut-être Max était-il quelque part sur une île déserte des mers du Sud…

Je pris une grande inspiration. *Ne pas penser à Max.* Et puis je n'avais qu'une envie : être auprès de mes enfants, savourer chaque souffle qui s'échapperait de leurs lèvres. Le travail attendrait. Je sortis de la pièce et regagnai la chambre.

La porte, que j'avais laissée entrebâillée, était grande ouverte. On entendait de faibles vagissements. Les garçons semblaient s'être réveillés. Lennard était-il avec eux ?

En approchant, je vis un spectacle auquel je ne me serais jamais attendue : assise sur le grand lit, ma mère avait mes deux fils dans les bras. Elle les berçait en leur parlant tout bas. Complètement absorbée, elle ne semblait pas avoir remarqué mon arrivée.

J'en restai figée sur place et l'émotion me fit monter les larmes aux yeux. Ma mère s'occupait enfin de ses petits-enfants ! Au bout d'un moment, elle sentit ma présence et leva les yeux.

— Je voulais juste les voir, dit-elle comme si elle s'excusait, sans pourtant faire mine de se lever.

— Si tu savais comme j'ai attendu ce moment ! répondis-je. Pourquoi n'as-tu pas réagi quand nous sommes arrivés ?

L'expression de Stella trahit la nostalgie.

— C'est à cause de ton père et de Hendrik. J'ai entendu le nom de Thure et… Tu sais quelle est la date d'aujourd'hui ?

Il me fallut un instant pour m'en souvenir : demain, cela ferait deux ans jour pour jour que mon père et mon frère avaient été victimes de l'incendie qui leur avait coûté la vie. L'excitation et la joie me l'avaient fait oublier.

— Je n'ai cessé d'y penser, reprit ma mère. Je suis si heureuse que les enfants ne soient pas nés le jour de l'anniversaire de leur mort !

Je lui pris Magnus et m'assis à côté d'elle sur le lit.

— Tout cela me paraît si loin, dis-je en caressant la joue du bébé.

Ingmar tenait le doigt de ma mère dans son petit poing, comme s'il ne voulait plus le lâcher.

— Pour moi, c'est comme si c'était hier. Quand j'ai vu les enfants, mon cœur s'est serré à la pensée que Thure ne connaîtrait jamais ses petits-fils, ne saurait jamais que le sort de sa famille et de son domaine était désormais assuré. Et Hendrik… Il se serait sans doute réjoui de la naissance de ses neveux.

— Deux hommes nous ont été enlevés, dis-je. Mais à présent nous avons reçu en cadeau deux garçons. Un jour, ils apprendront qui étaient leur grand-père et leur oncle.

Ma mère acquiesça, et je sentis qu'elle retenait ses larmes.

— Lennard m'a rapporté que tu avais été près de mourir, reprit-elle. Que tu avais perdu beaucoup de sang lors de la césarienne.

— Je ne m'en suis pas aperçue. Mais pendant que j'étais sous narcose j'ai fait un rêve. J'ai vu Hendrik, dans une prairie. Il s'est approché de moi, m'a regardée et, comme je lui demandais de me pardonner de lui avoir caché la mort de Père, il a acquiescé d'un signe de tête. Puis il m'a touchée et… alors je me suis réveillée.

— Ton frère veillait sur toi, déclara ma mère avec conviction. Et ton père aussi, même s'il n'a pas manifesté sa présence.

J'opinai. J'aurais tant aimé croire qu'il existait un endroit où mon père et Hendrik auraient pu être témoins de la vie qui se déroulait ici-bas ! Ils auraient évidemment assisté aux douloureux moments que nous avions traversés. Mais, en cet instant, ils auraient vu qu'à Löwenhof la vie continuait. Je contemplai Magnus et Ingmar, puis tournai les yeux vers Stella.

— Crois-tu que nous parviendrons un jour à oublier tout cela ? demandai-je. Personne ne pourra rien changer aux événements passés, mais si nous essayions de prendre un nouveau départ ?

Ma mère me jeta un regard scrutateur.

— Serais-tu prête à le prendre, ce nouveau départ ? Tu sais qu'à Löwenhof la vie comporte plus d'obligations que de liberté.

— Qui a dit que je devais renoncer complètement à ma liberté ? Les obligations peuvent peut-être devenir une joie. Et toi, Mère ? Pourras-tu oublier que ta fille n'est pas parfaite ?

— Lorsque tu es née, j'ai pensé que tu étais une enfant parfaite, répondit-elle en berçant doucement Ingmar, dont les paupières se fermèrent lentement. Tu étais si belle, je plaçais tous mes espoirs en toi. Mais tu as grandi et tu es devenue une femme. Je n'avais pas abandonné mes espoirs, cependant je me rendais compte qu'ils ne se réaliseraient pas. Sans doute était-ce une erreur d'attendre quelque chose d'un si petit être.

Elle regarda ses petits-fils avec un sourire presque mélancolique.

— Tu es ma fille et tu le seras toujours, ajouta-t-elle. Et ces enfants sont mes petits-fils. Il faudra que j'apprenne à vivre avec ton besoin de liberté et ton obstination. En tout cas, je suis très fière de toi. Alors, oui, essayons de prendre un nouveau départ.

CHAPITRE 67

— N'oublie pas de dire à Lena d'emporter ton chapeau de soleil. Sinon quand nous rentrerons tu auras l'air d'une paysanne.

Je réprimai un soupir.

— Notre départ pour Åhus est dans une semaine, Mère. D'ici là, Lena aura eu le temps de rassembler tout ce dont nous avons besoin. Y compris le chapeau.

Après le bref séjour que le couple princier avait passé à Löwenhof, nous avions décidé de prendre à notre tour quelques jours de repos en août, dans notre résidence d'été en bord de mer. Ma mère s'était montrée réticente, pensant que Löwenhof et le domaine d'Ekberg avaient besoin de nous, mais elle avait fini par céder car, en dépit de la digitaline, son cœur faisait des siennes et l'air marin lui serait sûrement bénéfique.

— Il faut indiquer en temps voulu aux domestiques ce qu'elles doivent prendre, insista-t-elle.

Dans le dressing, elle triait ce qu'elle emporterait.

Mon regard tomba sur les housses suspendues un peu à l'écart. Quelques mois plus tôt, ma mère avait fait ranger nos vêtements de deuil avec de l'antimite. À présent, ils occupaient un coin de la penderie et j'espérais qu'ils y resteraient cantonnés un bon moment.

— Je vais établir une liste détaillée, répondis-je. À Åhus, les soirées sont fraîches, il faudra y penser.

Je n'avais pas envie de rester plus longtemps assise au milieu de tous ces vêtements.

— Tu as encore besoin de moi ? ajoutai-je. J'irais bien rendre une petite visite à Ingmar et Magnus, sinon ils ne sauront même plus à quoi je ressemble.

— Oui, vas-y, ta vieille mère est capable de se débrouiller toute seule.

« Seule » était un peu exagéré. Linda était là, attendant que sa maîtresse lui indique ce qu'elle voulait prendre dans ce fouillis de batiste, de soie et de brocart.

Je sortis du dressing et remontai rapidement à ma chambre, où les garçons devaient être avec la bonne d'enfants. Les jumeaux se déplaçaient déjà à quatre pattes, parfois même presque trop vite. Dès qu'ils voyaient une nappe, ils tiraient dessus. Aussi avais-je prié Bruns d'en attacher les pans aux pieds des tables. Cela manquait d'élégance, mais au moins nous n'avions pas à craindre que les petits reçoivent une saucière chaude sur le crâne. Lorsque je fus devant la porte, je marquai un temps d'arrêt. Le battant étant entrouvert, je glissai un coup d'œil dans la pièce.

Rosalie était arrivée chez nous quelques semaines plus tôt. Elle s'entendait à merveille avec les jumeaux, jouait avec eux comme s'ils avaient été ses enfants, et les chansons qu'elle leur chantait parvenaient à les calmer même en période de cris et de larmes. Au début, son jeune âge m'avait inspiré quelques doutes, mais ceux-ci s'étaient rapidement dissipés. À présent, je n'aurais pas voulu avoir à me priver de ses services.

Magnus et Ingmar jouaient avec les cubes en bois qui avaient autrefois appartenu à Lennard et dont il leur avait fait cadeau. Sa mère les avait conservés par nostalgie et ils vivaient à présent une seconde vie. Comme toujours à la vue des enfants, je me sentis envahie par un profond sentiment d'amour. Il y avait eu bien des changements ces six derniers mois. Mes relations avec Lennard s'étaient améliorées, quoique nous n'ayons pas engagé de rapports intimes en raison des risques que m'aurait fait courir une nouvelle grossesse. Le Dr Bengtsen nous avait expliqué que la cicatrice de la césarienne pouvait entraîner une adhérence potentiellement dangereuse et nous avait conseillé d'être prudents durant les deux années à venir.

J'étais fermement résolue à donner un enfant à Lennard. Il considérait Ingmar et Magnus comme ses fils, mais je sentais qu'il en aurait bien voulu d'autres. Une petite fille qui aurait tenu la bride à ses frères, par exemple. Mais, pour cela, il faudrait encore attendre. Je poussai la porte et entrai dans la chambre.

— Oh, Madame, je ne vous avais pas entendue ! s'exclama Rosalie en se levant et en faisant une génuflexion.

— Je venais juste voir les enfants, répondis-je. Ils n'ont pas envie de faire la sieste ?

— Non, ils ont préféré jouer. Mais Magnus montre déjà quelques signes de fatigue, je ne vais pas tarder à les mettre au lit.

— Parfait ! Ne vous laissez pas avoir par leur numéro de charme.

— J'ai un peu de mal à résister.

Je pris Magnus dans mes bras. Il paraissait effectivement somnolent. Il continuait d'être le plus tranquille, tandis que son frère semblait avoir absorbé de l'énergie pour deux.

— Vous devriez peut-être commencer à réfléchir à ce que vous emporterez à Åhus, dis-je en reposant Magnus pour prendre Ingmar.

Le petit piailla de plaisir et attrapa mes cheveux. Il fallait toujours que je l'empêche de tirer sur mes boucles, sans quoi il ne lâchait plus prise.

Rosalie nous accompagnerait à la mer avec Lena et Linda. Mme Bloomquist serait volontiers venue, mais elle devait assurer les repas de la domesticité et des valets d'écurie. Nous nous contenterions d'une cuisinière intérimaire. Lennard avait proposé de se charger lui-même de la cuisine, mais nous n'avions pas totalement confiance en ses talents.

— Je n'emporterai pas grand-chose. Trois robes, mes livres. Je n'ai besoin de rien d'autre.

Avec son sourire franc, ses boucles blond foncé, elle attirerait sûrement tous les regards masculins à Åhus.

— Si vous pensez à autre chose, dites-le-moi. Mlle Rosendahl se rendra demain en ville pour faire les derniers achats.

— Je vous remercie, Madame, j'ai tout ce qu'il faut.

Elle eut de nouveau un grand sourire chaleureux. Sa frugalité était touchante.

Nous mîmes les deux enfants au lit et Rosalie s'installa entre les deux berceaux. J'embrassai une dernière fois les petits, je quittai la pièce et remontai dans mon ancienne chambre d'enfant, puis m'étendis sur le lit. C'est alors que je remarquai un objet qui m'était totalement sorti de l'esprit depuis une petite éternité.

Mon vieux chevalet délaissé se trouvait toujours à côté des rideaux. Les taches de couleurs s'y étaient assombries, le bois en était sec et décoloré. Je me relevai et le sortis de son coin. Lorsque je l'installai, les charnières grincèrent légèrement. Il paraissait en assez piteux état, mais encore utilisable, et je ressentis tout à coup un picotement au bout des doigts. Je n'avais pas peint depuis si longtemps ! Lors de mon départ forcé de Stockholm, je m'étais juré de ne plus jamais toucher un pinceau de ma vie. Ces derniers temps, toutefois, il m'était arrivé de contempler longuement un paysage en me demandant avec quelles couleurs je pourrais le reproduire sur la toile.

J'effleurai le bois et une curieuse excitation m'envahit. La mer m'offrirait probablement de merveilleux sujets de tableaux. Avoir interrompu mes études ne pouvait m'avoir privée de mon talent. Et si j'essayais, tout simplement ? Si je me laissais pénétrer par les images afin de leur redonner la liberté par l'intermédiaire de ma main et d'un pinceau ?

— Qu'est-ce que c'est ? demanda Lennard lorsque, quelques jours tard, j'apportai le chevalet dans notre chambre, où se trouvait déjà la malle.

— Comme tu le vois, c'est un chevalet, répondis-je avec un brin de raillerie.

Lorsque nous étions plus jeunes, il m'avait parfois vue à l'ouvrage, notamment lors de ses dernières visites avant mon départ pour Stockholm.

— Et qu'est-ce que tu veux en faire ?

— L'utiliser comme portemanteau.

— Arrête de te fiche de moi !

— Tu l'as bien cherché. J'en ai besoin pour peindre, évidemment.

— Mais je croyais que tu avais décidé d'abandonner la peinture ?

— Ma décision a peut-être été un peu précipitée. La mer nous attend, il y aura sûrement de magnifiques levers de soleil. Je dois l'avouer, ces derniers temps, j'ai eu plus d'une fois envie de recommencer à barbouiller.

Je déposai le chevalet à côté de la malle.

— Tu penses qu'on trouvera des toiles à Åhus ?

— Sûrement. Ainsi que des tubes de couleurs pour artistes ambitieuses.

Lennard m'attira sur ses genoux.

— As-tu parfois eu des regrets d'avoir dû renoncer à l'art ?

— Oui, mais je m'étais juré de ne plus jamais toucher un pinceau de ma vie. Je t'ai raconté ce qui s'était passé avec Michael.

Lennard opina. Au cours des mois qui venaient de s'écouler, nous avions beaucoup parlé. À présent, nous étions devenus un vrai couple, même s'il nous manquait encore l'ardeur dévorante des débuts de l'amour. Peut-être celle-ci n'aurait-elle jamais l'occasion de se manifester. Mais nous avions confiance l'un en l'autre et nous nous apportions un soutien mutuel. Je comprenais maintenant qu'une union entre deux personnes ne reposait pas uniquement sur l'amour et la passion, mais aussi sur la confiance, la fiabilité et l'amitié.

— Les tableaux que j'ai détruits ne me manquent pas, poursuivis-je. Mais, maintenant que tout semble peu à peu s'arranger, j'ai envie de retrouver mes tubes de peinture, l'odeur de l'huile de lin et de la térébenthine. Je pourrais faire chaque année le portrait de nos enfants jusqu'à ce qu'ils soient adultes.

— Plus tard, lorsqu'ils feront faire le tour du propriétaire à leur bien-aimée, ils seront sûrement ravis de lui montrer cette galerie, plaisanta Lennard.

— Tu oublies que les tableaux ne sont pas nécessairement de grande taille. On peut en peindre de petits, des miniatures que la mère cache dans son bureau et sur lesquels ses fils tomberont un jour, ce qui suscitera leur hilarité.

Je me laissai aller contre sa poitrine.

— J'aimerais tant me remettre à la peinture.

— Alors il faut que tu le fasses. Je veillerai à ce que tu aies l'équipement nécessaire.

— C'est très gentil, merci.

Je l'embrassai et regardai le chevalet en souriant. L'idée de la petite galerie s'était ancrée dans mon cœur.

CHAPITRE 68

La veille du départ, je me rendis une dernière fois dans mon bureau avant de me consacrer aux ultimes préparatifs. Le flot de courrier ne s'interromprait jamais, mais je pouvais au moins parer au plus pressé. Par ailleurs, un homme de Stockholm m'avait demandé s'il m'intéressait de participer à la création d'une ligue de course hippique. Il avait vu une photo d'Étoile du soir dans un magazine spécialisé. Notre cheval était désormais complètement rétabli, si bien que le vétérinaire nous avait donné le feu vert pour le dressage.

Puisque la guerre en Europe se révélait plus meurtrière et plus sanguinaire que les conflits précédents et semblait ne pas vouloir cesser, l'organisation de courses hippiques me paraissait peu appropriée. Je voulais toutefois lui répondre que je serais de la partie dès que les belligérants auraient déposé les armes. Cela étant, j'ignorais si Étoile du soir pourrait convenir. Je ne voulais pas épuiser ce cheval né le jour de la mort de mon frère en l'obligeant à courir. Il avait droit à une longue, belle et paisible vie.

L'éditorial du quotidien parlait de la guerre et de la baisse de l'enthousiasme belliciste au sein de la population allemande. Je repoussai le journal. L'euphorie qui s'était manifestée en août 1914 avait déjà coûté la vie à des centaines de milliers d'hommes. Combien de victimes y aurait-il encore ? Et combien de temps cette folie durerait-elle ?

Mon regard se posa sur le tableau représentant Löwenhof que j'avais peint dans le temps et rapporté – seul rescapé de ma fureur – au domaine. La menace de l'orage était toujours là, même si j'étais heureuse d'avoir pu retrouver un peu de paix après ces années si éprouvantes.

Dans la pile de courrier, une lettre faillit échapper à mon attention. Je me figeai en lisant le nom de l'expéditeur. Six mois s'étaient écoulés depuis ma rencontre avec Hanno Boregard, et avec tout ce qui s'était passé j'avais presque oublié ma demande. Et voilà qu'il m'avait écrit.

Je restai un instant à contempler la lettre, puis la rejetai comme si je venais de découvrir dessus un insecte répugnant. Voulais-je vraiment savoir ce que Max était devenu ?

Pour l'heure, je menais une vie très agréable. Lennard s'occupait des garçons d'une façon touchante et ma mère ne s'était jamais montrée si douce. Sa maladie y était évidemment pour quelque chose, mais le souvenir de la scène que j'avais surprise dans ma chambre, lorsqu'elle avait pris pour la première fois ses petits-fils dans ses bras, continuait de me réchauffer l'âme. Le cœur de la reine des neiges avait perdu sa gangue de glace, faisant naître une femme chaleureuse. J'ignorais comment mes fils avaient pu réussir pareil prodige.

Et voilà que Max revenait tout à coup dans ma vie. Du moins sous la forme d'une lettre de M. Boregard. Peut-être ne m'envoyait-il qu'une facture, cependant je pressentais autre chose. Un instant, je fus tentée de l'ouvrir, puis décidai de n'en rien faire. Ce courrier détruirait peut-être tout ce qui s'était mis en place dans mon existence. Max m'avait caché tant de choses, qui sait ce que je pourrais encore découvrir ? Voulais-je me gâcher le séjour à la mer ? Je secouai la tête. Non, pas question. Si Boregard avait eu besoin de six mois, cette lettre pouvait attendre. Je l'ouvrirais à mon retour. Je la rangeai dans le tiroir où j'avais autrefois trouvé le contrat de prêt. Puis je me mis à l'examen du courrier.

L'après-midi, ma mère me demanda de venir la voir dans sa chambre. Depuis quelques mois, elle avait pris l'habitude de faire une petite sieste, puis de boire un café au lit. Le tonifiant cardiaque que lui avait prescrit le médecin lui permettait de vaquer à ses tâches quotidiennes, mais, lorsqu'elle s'était reposée, elle avait du mal à se remettre en train.

Elle trônait dans son lit telle une reine. Devant elle, un petit plateau en bois avec de la vaisselle à bordure dorée. Elle avait bu la moitié de son café et, des croissants frais que Mme Bloomquist avait faits le matin, il ne restait que des miettes et un peu de confiture d'airelles.

— Bonjour, Mère, dis-je en approchant une chaise.

Elle n'aurait pas apprécié que je m'installe sans façon sur le bord de son lit.

— Comment vas-tu ?

Elle respira profondément, en faisant entendre cet étrange râle qui l'accompagnait depuis trois mois et ne semblait pas vouloir céder aux médicaments. Fallait-il augmenter la dose de gouttes ? J'en parlerais au médecin dès que nous serions de retour.

— Je voudrais pouvoir dire que je me sens aussi fraîche qu'une jeune fille, mais ce n'est malheureusement pas le cas.

Elle contempla ses mains, puis releva les yeux.

— J'aimerais que tu fasses quelque chose pour moi. Sans en parler à personne.

Je haussai les sourcils. Au cours des dernières semaines, elle m'avait souvent sollicitée, mais cette fois, sa voix était lourde de sens.

— De quoi s'agit-il, Mère ?

Allongeant le bras, elle ouvrit le tiroir de sa table de chevet et en sortit un objet métallique qui se révéla être une clé.

— Tiens. C'est la clé d'un coffre que je possède dans une banque de Kristianstad, une banque privée. Je te donnerai l'adresse. Je souhaiterais que tu m'apportes le coffret qui s'y trouve.

— Qu'y a-t-il dedans ? demandai-je, surprise.

Ainsi, ma mère conservait un secret dans un coffre à la banque ? Son cœur ne lui suffisait-il pas ?

— Je te le montrerai le moment venu, répondit-elle. Va le chercher, s'il te plaît. Aujourd'hui même, si cela t'est possible, ou demain matin tôt. C'est important.

Elle me regardait avec un air si grave que je ne pus faire autrement qu'acquiescer.

Une heure plus tard, munie de l'adresse de la banque en question, Arnulf & Wenders, je montai dans notre nouvelle automobile. Il s'agissait d'une Packard Touring comme celle dans laquelle le comte Bergen nous avait rendu visite autrefois, mais un modèle plus récent, que l'on pouvait utiliser avec ou sans toit. Ni Lennard ni moi n'avions eu le temps d'apprendre à la conduire, mais Tjorven, notre chauffeur, s'y entendait parfaitement.

August avait pris sa retraite, non sans grincer des dents. Pourvu d'une allocation mensuelle, il vivait à présent au village avec une veuve.

Avec la voiture, qui faisait bien du cinquante kilomètres à l'heure, j'étais à Kristianstad en une demi-heure au lieu de l'heure que prenait le trajet en calèche. C'était un grand soulagement. Ma mère continuait d'y voir un engin diabolique, mais elle s'y accoutumerait vite, j'en étais certaine. Pour ma part, j'aimais beaucoup la sensation du vent dans mes cheveux lorsque nous foncions sur la route. Il m'arrivait de prier Tjorven d'effectuer un tour supplémentaire rien que pour en profiter plus longtemps. Durant le trajet, je sortis la petite clé et la fis tourner entre mes doigts. Pourquoi ma mère voulait-elle récupérer le coffret ce jour même ? Il me paraissait peu probable qu'il renferme des bijoux ou autres objets de ce style. Mais son contenu devait avoir pour elle une grande valeur, sinon elle ne l'aurait pas conservé à la banque.

Celle-ci était située dans une petite rue latérale et rien n'indiquait qu'il s'agissait d'un établissement bancaire. Je dus sonner. On semblait veiller à ne pas laisser entrer n'importe qui. Le visage d'un monsieur d'un certain âge apparut dans l'entrebâillement de la porte. Je brandis la clé.

— Mon nom est Agneta Lejongård, dis-je. C'est Stella Lejongård, ma mère, qui m'envoie.

L'homme me dévisagea, puis regarda la clé. Apercevant le numéro qui figurait dessus, il ouvrit la porte et me pria d'entrer.

Le tapis était râpé, comme s'il avait été foulé par des milliers de pieds pressés.

— Je suis Arvid Wenders, un des propriétaires de la banque. Que souhaite votre mère ?

— Elle voudrait récupérer une cassette qui se trouve chez vous.

— Bien, allons voir.

Il me fit signe de le suivre. Nous nous rendîmes dans une petite salle équipée de guichets où il n'y avait personne, ni employés ni clients. Du reste, l'endroit ne donnait pas l'impression d'être en activité.

— Dites-moi, qu'est-ce donc que cette banque ? demandai-je à Wenders tandis que nous nous engagions dans un couloir.

— Vous avez été surprise par cette salle vide, n'est-ce pas ?

J'acquiesçai.

— Autrefois, nous étions une banque ordinaire. Mais, à un moment donné, mon père s'est rendu compte que nous n'avions pas d'avenir et qu'il fallait soit fermer l'établissement, soit le repenser complètement. Il a donc décidé d'en faire une banque dans laquelle on pouvait conserver tout ce qui était vraiment important.

Il eut un sourire énigmatique.

— Nous sommes dépositaires d'objets de valeur et de papiers, mais aussi d'autres objets. Libre à nos clients d'entreposer dans nos coffres tout ce qu'ils veulent savoir en sécurité.

— En connaissez-vous le contenu ?

— Non, notre philosophie consiste à dire que ce n'est pas notre affaire.

— Et si l'un de vos clients y conservait un aveu de meurtre ?

— Dans ce cas, le monde en serait informé le jour où le propriétaire le souhaiterait.

— Et que faites-vous des cassettes oubliées ? Pour lesquelles plus personne ne paie ?

— Elles sont détruites. Avec tout ce qui se trouve dedans. Personne ne les ouvre pour découvrir ce qu'il y a à l'intérieur.

Au bout du couloir se dressait une lourde porte blindée équipée d'une serrure à code. Wenders fit la combinaison – rapidement, afin que je n'aie pas le temps d'en noter les chiffres. La porte s'ouvrit avec un léger craquement. Elle donnait sur une salle remplie d'une multitude de petits coffres s'étageant sur toute la hauteur de la pièce.

— Si vous voulez bien me confier la clé, dit Wenders.

Je la lui donnai. Il entra dans la salle et s'orienta, puis se dirigea sur la gauche et ouvrit un tiroir placé tout en bas.

Je me demandai depuis combien de temps la cassette s'y trouvait. Les dépôts les plus anciens étaient-ils en haut ou en bas ? J'entendis claquer une serrure et Wenders reparut avec une boîte en métal. La détruire serait sûrement difficile.

— Voici la clé pour ouvrir la cassette, me dit le propriétaire de la banque en me tendant une clé identique à celle du coffre, mais nettement plus petite. Nous conserverons celle de votre coffre jusqu'à ce que vous décidiez d'y remettre la boîte. Si vous la videz et désirez résilier votre coffre, renvoyez-nous simplement la boîte en nous informant de votre résolution.

Sur ce, il me tendit le coffret. Il était lourd, peut-être parce qu'il était en acier. Mais cela pouvait aussi tenir à son contenu.

Je remerciai Wenders, qui me raccompagna à la porte.

Nous regagnâmes Löwenhof au crépuscule. Je me débarrassai de mon manteau, que je revêtais chaque fois que je montais en voiture afin de ne pas prendre froid, et me rendis auprès de ma mère. Elle s'était installée confortablement au salon car, chez nous, on servait le dîner uniquement lorsque la famille était au grand complet. Le voyage m'avait creusée et mon estomac en témoigna bruyamment.

— On croirait entendre un ours, dit ma mère sans lever les yeux de sa réussite.

— Il faut dire que je meurs de faim. Mais je voulais d'abord t'apporter ta cassette, répondis-je en posant l'objet sur la table, à côté de ses cartes.

— Merci, dit ma mère sans lui prêter attention.

— Tu ne veux pas l'ouvrir ? demandai-je, dévorée par la curiosité.

— Non, pas maintenant. Quand je serai prête.

— Prête ? Son contenu est donc bien terrible ?

— Non, pas du tout, mais il s'agit de choses auxquelles j'aimerais prendre le temps de réfléchir quand nous serons à Åhus.

— Et tu m'en parleras ?

— Lorsque l'heure sera venue, répliqua ma mère en repoussant son jeu de patience et en se levant. Pour l'instant, allons manger.

Pourquoi donc n'ouvrait-elle pas tout de suite la cassette ? Alors me revint à l'esprit la lettre de Boregard, dont j'avais retardé le moment de prendre connaissance.

Devais-je le faire dès à présent ? Ou attendre d'être au bord de la mer ? Si j'en arrivais à la conclusion que je ne voulais pas la lire, je pourrais l'abandonner aux vagues. Ou la brûler dans la cheminée.

CHAPITRE 69

À Åhus, nous fûmes accueillis par la fraîcheur de l'air marin. Tjorven, notre chauffeur, descendit avec empressement de l'automobile pour nous ouvrir la porte. Ma mère était un peu pâle. Sur tout le trajet, elle n'avait cessé de redouter des incidents.

— Est-ce que ça va ? m'enquis-je.

— Je crois que je ne m'habituerai jamais à cette vitesse infernale, se plaignit-elle tandis que Lennard l'aidait à descendre.

— Mais si, Mère. Et puis, un peu d'animation, c'est bon pour ton cœur. Tu as entendu ce que disait le Dr Bengtsen.

— Bengtsen aime bien s'écouter parler, rétorqua-t-elle.

Je descendis à sa suite et sortis les enfants de la voiture. Lena et Linda nous attendaient déjà. Elles étaient arrivées la veille en train, de même que Rosalie, qui prit aussitôt Magnus et Ingmar dans ses bras.

La maison n'avait guère changé depuis notre dernier séjour. Sur la façade, la peinture s'écaillait par endroits. Mais le couple chargé de l'entretien de la propriété la maintenait en bon état. À l'intérieur, on respirait l'air de la mer, car la plage se trouvait juste à nos pieds. Située un peu en hauteur, notre villa jouissait d'une vue magnifique sur la Baltique. De temps à autre, on voyait passer un chalutier. Des promeneurs déambulaient sur le sable. La saison balnéaire touchait à sa fin.

— C'est magnifique ici, fit remarquer Lennard. Nous aurions dû y venir depuis longtemps.

— Oui, cela aurait été l'endroit idéal pour notre lune de miel, répondis-je en tournant les yeux vers ma mère, qui s'entretenait avec Linda, sans doute pour lui donner quelques directives. Mais nous aurons peut-être l'occasion de rattraper cette occasion perdue.

Lennard sourit.

— Quand les enfants seront un peu plus grands, nous ferons un voyage tous les deux. Ici ou ailleurs.

— Ce serait formidable.

Nous passâmes l'essentiel des deux journées suivantes à nous dorer au soleil. Ainsi qu'il l'avait promis, Lennard m'avait procuré du papier et une boîte de couleurs. À Åhus, on ne trouvait guère de pigments ni d'huile de lin, sans parler de toiles de bonne qualité. Mais cela ne me dérangeait pas, je pouvais tout aussi bien utiliser l'aquarelle. Du reste, cela me semblait plus adapté à la mer. Je peignis des vagues, des traces dans le sable, des coquillages rejetés sur la rive et des galets teintés de rouge et de vert. Ne me souciant guère d'esthétique, je me contentais de suivre mon instinct. Mes images restituaient moins la réalité que les sentiments qu'elle m'inspirait.

Je passais aussi des moments avec mes enfants, des moments doux et paisibles, où je sentais leur chaleur et respirais leur odeur.

Le troisième soir, après un succulent dîner de poisson fraîchement pêché, ma mère me prit à part.

— Ça te dirait un petit verre de schnaps avec moi ?

— Mais tu sais bien que le médecin t'a interdit de boire de l'alcool en soirée !

— Ce n'est pas vraiment la question. Peut-être auras-tu besoin d'un remontant pour t'aider à digérer ce que j'ai à te dire.

Je sus alors que ma mère avait jugé venu le moment d'ouvrir la cassette qu'elle conservait tel un trésor.

Nous attendîmes que tout le monde soit couché, y compris Linda, Lena et Rosalie. J'avais informé Lennard que ma mère voulait me parler et qu'il ne devait pas m'attendre. Nous nous rendîmes dans le petit salon, une pâle imitation de celui qu'elle s'était aménagé à Löwenhof. La fenêtre entrouverte de la cuisine laissait entrer l'air marin. Nous nous enveloppâmes de chaudes couvertures à la lueur des bougies. La cassette était posée sur la table, telle une relique.

Nous restâmes un long moment sans parler. Si j'étais emplie de curiosité, Stella, elle, demeurait songeuse. Elle parut avoir une dernière hésitation, puis elle se pencha en avant et ouvrit la boîte de métal. Celle-ci contenait quelques lettres et un médaillon. Un frisson me parcourut. Qu'est-ce que cela voulait dire ?

— Voilà bien des années que j'ai déposé ces choses dans un coffre chez Wenders, commença-t-elle. Elles devaient rester ignorées de tous. J'aurais pu les jeter au feu, mais je ne le voulais pas. Je ne voulais pas perdre ce que j'avais eu autrefois. Et, maintenant que je sens la mort approcher, j'aimerais solder le passé.

— Mais tu ne mourras pas ! protestai-je avec angoisse. Le médecin a dit…

— Le médecin lui-même ne semble pas savoir quoi faire. Les gouttes qu'il me donne ne m'apportent qu'un soulagement temporaire. Je sens qu'elles ne peuvent remédier à la faiblesse croissante de mon cœur. Un jour, il me lâchera. Un jour, je m'en irai. Probablement dans mon sommeil. Comme je ne veux pas te léguer une clé et une cassette, j'ai décidé de te parler de tout cela dès maintenant.

— Et qu'y a-t-il dans cette boîte ?

La crainte que ma mère puisse mourir m'envahit avec la puissance d'un ouragan. Je ne voulais pas qu'elle s'en aille, pas maintenant !

— L'amour !

Sa réponse m'arracha à mon vertige.

— Pardon ?

— L'amour, répéta-t-elle. Une passion brève, violente, à laquelle je n'ai pu me soustraire.

Ma mère avait eu une liaison ? À quel moment ? Probablement avant d'être mariée avec mon père…

— Je sais ce que tu penses, poursuivit-elle. Enfin, je crois.

Elle marqua une courte pause et je fus incapable de dire quoi que ce soit.

— Quand tu m'as révélé que tu étais enceinte, cela m'a brutalement rappelé dans quelle situation je m'étais trouvée autrefois.

Elle caressa les lettres avec amour et prit le médaillon dans sa main.

— Quelle situation ?

— Un an après la naissance de Hendrik, ton père a eu un grave accident de cheval. Sa monture l'avait jeté à bas et piétiné. Il avait reçu un coup de sabot dans le bas-ventre. Il est resté dans le coma un bon moment ; la gangrène s'était installée. Il lui a fallu six mois pour se rétablir. Lorsqu'il a été de nouveau sur pied, j'ai été folle de joie et je ne pensais pas aux suites de sa chute. Tout ce que je voulais, c'était un deuxième enfant, un frère ou une sœur pour Hendrik. De préférence une sœur, afin d'éviter toute concurrence pour l'aîné. Cependant, en dépit de toutes nos tentatives, je ne parvenais pas à tomber enceinte.

Un vague pressentiment se fit jour en moi. Je l'écoutais en retenant mon souffle, les joues brûlantes alors que je n'avais pas touché au schnaps.

— On a évidemment pensé que le problème venait de moi. Que j'avais été blessée sans qu'on s'en aperçoive lorsque j'avais accouché de Hendrik. Mais les médecins n'ont rien trouvé. Alors ils ont émis l'hypothèse que l'accident de Thure m'avait à ce point traumatisée que ma capacité à procréer s'en trouvait inhibée. Moi, j'avais compris ce qui se passait.

Elle ouvrit le médaillon. Il contenait le portrait d'un jeune homme avec des boucles blondes et une petite moustache.

— Alexander était arrivé chez nous avec la suite du roi, il travaillait à l'état-major du maréchal. Nous avions lancé des invitations pour la chasse d'automne ; à l'époque c'était déjà tout le remue-ménage que tu connais. Et, au cours de ces journées, nous nous sommes épris l'un de l'autre. Alexander était plus jeune, mais il n'avait d'yeux que pour moi. Et, lorsque Thure s'est rendu au village avec quelques hommes, nous avons saisi l'occasion. Nous avons même réussi à nous revoir avant son départ. Il est reparti en me promettant de m'écrire.

Ma mère me regarda.

— Tu es sûre que tu ne veux pas un verre de schnaps ?

Je secouai la tête. Mon cœur voletait dans ma poitrine tel un oiseau et mon estomac se contractait, mais je ne voulais pas faire disparaître ces manifestations d'émotion en avalant de l'alcool.

— Continue, la priai-je.

À quoi avait bien pu ressembler la Stella d'autrefois ? Je connaissais la mère sévère, la ravissante reine des neiges. Sans doute avait-elle été encore plus belle à l'époque.

— Quelques semaines plus tard, je m'aperçus que je n'avais pas eu mes règles. Ayant déjà eu un enfant, je compris tout de suite que j'étais enceinte et je fus prise de panique. J'avais certes eu des relations avec Thure, j'étais emplie de remords et je ne pensais qu'à Alexander. Cependant je devinais que l'enfant n'était pas de Thure.

Je regardai ma mère comme si elle m'avait giflée. Un instant, je demeurai paralysée, incapable de prononcer le moindre mot, tant le choc était violent.

Ainsi j'avais un autre père ? Je n'arrivais pas à le croire. Mon père et moi nous ressemblions tellement à tous égards !

— Tu es sûre ? demandai-je. Père pourrait tout aussi bien être…

— Oui, mais je suis sûre et certaine que ce n'est pas sa semence qui m'a rendue enceinte. Cinq ans après ta naissance, un médecin a établi que Thure était devenu stérile. C'est l'année où nous avons commencé à faire chambre à part.

— Père savait-il ?

— Il se doutait probablement de quelque chose, mais je ne saurais l'affirmer. En tout cas il t'idolâtrait. Tu étais son dernier enfant et il fondait de grands espoirs sur toi. À présent, tu comprendras sans doute mieux pourquoi il a été si déçu lorsque tu as manifesté la volonté de faire des études. Lorsque tu as tenté de t'émanciper de Löwenhof. Il te voyait épouser Lennard, cette union lui paraissait idéale.

Et voilà que, sans le savoir et par des détours imprévus, j'avais exaucé son souhait…

Il me fallut un temps pour digérer ce que ma mère venait de me révéler. Les oreilles bourdonnantes, je me levai et me mis à faire les cent pas. Le plancher craquait sous mes pieds et, à l'extérieur, on entendait hurler le vent.

Son vacarme me parvenait de très loin, obsédée que j'étais par les questions suscitées par le récit de ma mère : ainsi, mon père était un homme nommé Alexander ? Et ma mère lui avait caché les faits ? Pour ma part, j'avais joué franc jeu avec Lennard. Mais il est vrai qu'à l'époque ma mère avait dû faire face à de lourds enjeux : mon existence, la sienne, la réputation de Löwenhof. Si mon père avait eu des soupçons, cela n'avait plus d'importance, il les avait emportés dans la tombe. Il ne m'en sembla pas moins avoir reçu un coup sur la tête. Mon père n'était pas mon père. Ma mère avait eu une liaison. Était-ce possible ? Stella, si froide, si parfaite, si irréprochable ? Elle avait donc été capable d'éprouver de la passion ?

À mes yeux, ma mère n'était plus la femme que je connaissais encore quelques heures plus tôt. Elle m'apparaissait à présent comme une créature impétueuse, telle que je l'avais été voilà quelques années avec Michael. Les chiens ne font pas des chats – le proverbe se vérifiait.

Pourquoi ne m'avait-elle pas parlé plus tôt ? Pourquoi ne m'avait-elle pas manifesté davantage de compréhension ? Cela lui aurait-il causé de l'embarras ? Avait-elle voulu me préserver du remords ?

Et pouvais-je encore voir mon père avec les mêmes yeux ? Peut-être pas, mais c'était un nom que je ne donnerais plus jamais à qui que ce soit. Mon père m'avait appris à monter à cheval, il m'avait consolée lorsque je tombais. C'est avec lui que j'avais mené les combats de ma jeunesse. Je n'avais eu que lui. Je n'en avais pas aimé d'autre.

— Qu'est-ce qui s'est passé ensuite ? demandai-je enfin en faisant halte, toujours sous le coup d'une émotion violente.

— Nous nous sommes écrit, pendant un bon moment. Il m'a envoyé un médaillon avec son portrait et promis qu'il reviendrait. Je ne sais plus si cette perspective me causait de la joie ou de la frayeur. Mais il a été transféré dans le Nord, où il a épousé la fille d'un grand propriétaire terrien. Il m'a écrit une dernière fois pour me dire que nous ne nous reverrions sans doute pas. Cela a été la fin de l'histoire.

Ma mère se tut. Parler lui avait coûté un effort considérable. Puis elle me regarda dans les yeux. Je lui vis des larmes, des larmes de culpabilité et de regret.

— Lorsque j'ai remarqué que tu t'étais éprise de cet homme, je me suis reconnue en toi. Je comprenais ce que tu ressentais, mais dans le même temps, j'aurais voulu t'arracher à lui. Combien de fois ne me suis-je pas promis d'aller le trouver, de le mettre face à ses actes et de le prier instamment de quitter Löwenhof !

J'ouvris de grands yeux. Elle n'avait tout de même pas…

— Non, répondit-elle sans que j'aie besoin de lui poser la question. Je n'ai rien à voir dans sa disparition et j'ignore où il est. Mais son départ m'a soulagée. De même que l'annonce de ta grossesse et de tes projets de mariage. En revanche, quand tu m'as dit que tu avais engagé des recherches pour le retrouver… cela m'a mise hors de moi. Je ne voulais à aucun prix qu'il remette les pieds chez nous. Mais ma colère était aussi dirigée contre Alexander. J'avais rêvé un temps de m'enfuir avec lui, puis était arrivée cette autre femme dont il semblait réellement amoureux…

Une larme glissa le long de sa joue et s'écrasa sur sa main.

— J'éprouve de la gratitude pour chaque jour qui passe sans qu'il te donne de ses nouvelles, crois-moi.

Je ne veux pas que tu aies à apprendre l'existence d'une autre femme.

Je pris la main de ma mère ; elle était glacée et tremblante. J'étais profondément bouleversée, à la fois par la révélation qu'elle m'avait faite et par la pensée de Max. Ou plutôt de Hans, puisque tel était son nom.

— Je sais qu'il a quelqu'un d'autre, répondis-je. Sa mère m'a écrit. Il s'est servi d'un faux nom et m'a caché qu'il avait une épouse en Poméranie.

— Cela ne m'étonne pas.

Je pinçai les lèvres et secouai la tête comme si cela pouvait chasser les pensées indésirables.

— C'est fini. Personne n'y changera rien. Je voulais le retrouver afin d'avoir une explication à ce qui s'était passé. Je me suis laissé emporter sans réaliser quelle chance j'avais avec Lennard. Mais, à présent, je ne veux plus qu'on m'explique quoi que ce soit. Je sais où et qui je suis.

Je repensai à la lettre de Boregard et fus soulagée de ne pas l'avoir ouverte.

Ma mère me pressa la main.

— Je suis heureuse d'entendre cela. Mais je sais que le cœur est inconstant.

— Peut-être, mais en fin de compte tu es restée avec Père.

— Oui, je suis restée. Et, dans les années qui ont suivi, j'ai appris à l'aimer de nouveau. Sa mort a été un coup beaucoup plus dur que l'annonce du mariage d'Alexander.

Je posai la main de ma mère contre ma joue et restai ainsi pendant un moment.

— Que vas-tu faire de la cassette ? demandai-je, rompant enfin le silence. La remettre à la banque ?

— Je ne sais pas encore, répondit-elle en me caressant les cheveux de sa main libre. Peut-être l'emporterai-je dans la tombe. Peut-être aussi brûlerai-je tout cela avant de mourir. J'ai soulagé ma conscience, je t'ai révélé la vérité. C'est tout ce que je voulais.

Nous bûmes finalement un schnaps, surtout pour nous réchauffer, et restâmes encore un bon moment ensemble, plongées dans nos pensées, jusqu'à ce que la fatigue réclame son tribut.

Nous nous levâmes et sortîmes du salon. Ma mère avait le coffret sous le bras. En détruirait-elle sans délai le contenu ou n'aurait-elle pas le cœur de le faire ?

Je ne réalisais pas encore très bien ce que signifiait pour moi être la fille d'un autre. Mais, en fin de compte, le père n'était-il pas celui qui aimait l'enfant et s'occupait de lui ? Voulais-je connaître mon père biologique ? Était-il au courant de mon existence ? C'était peu probable, ma mère avait tenu la chose secrète. En parlerais-je à Lennard ? Ou valait-il mieux ne pas l'encombrer avec cela ? Sans doute ne tarderais-je pas à trouver une réponse à toutes ces questions.

— Bonne nuit, Mère, dis-je, lorsque nous fûmes arrivées devant sa porte.

Son histoire m'avait profondément émue et je ne savais pas si je parviendrais à trouver le sommeil.

Je sentais toutefois la paix qui émanait de ma mère. Si la mort devait effectivement venir, elle partirait au moins le cœur plus léger. J'espérais que ce ne serait pas tout de suite, maintenant que nous commencions enfin à nous comprendre.

— Bonne nuit, Agneta, à demain.

Je m'attardai devant sa porte, puis me détournai et regagnai ma chambre.

Lennard s'était endormi dans le fauteuil à côté des berceaux. *Mes hommes*, pensai-je avec tendresse. Je me couchai et fixai longuement les poutres du plafond.

CHAPITRE 70

Je me réveillai à l'approche du matin après avoir fait un rêve étrange. Trouvant la couverture trop pesante, je me levai, enfilai ma robe de chambre, jetai un coup d'œil sur Magnus et Ingmar et sortis de la pièce. Je me déplaçais telle une somnambule, mais savais parfaitement ce que je voulais faire. Ma mère avait déclaré qu'elle n'ouvrirait la cassette qu'au moment où elle se sentirait prête à le faire. La cassette qui renfermait l'histoire de son amour d'autrefois. De mon père.

À présent, j'étais prête à ouvrir la lettre, qui m'apprendrait peut-être une autre nouvelle choquante. Je sortis du compartiment secret de ma valise la missive de Boregard, que j'avais jointe à mes bagages peu après ma visite à la banque, et me rendis à la cuisine. Là, j'allumai une lampe à huile, je sortis un couteau du tiroir et m'installai sur le banc bien astiqué qui répandait une légère odeur citronnée.

Dehors, l'obscurité était encore profonde. On ne voyait ni lune ni étoiles. La seule chose que j'apercevais était le reflet indistinct de ma silhouette sur la vitre. À la vue de ma robe de chambre, je repensai à celle de l'arrière-grand-père de Max. L'histoire était-elle vraie ? Ou Max l'avait-il inventée de toutes pièces ?

Je pris le couteau d'une main tremblante, respirai profondément pour calmer les battements désordonnés de mon cœur, mais sans succès. Il me semblait me tenir au bord d'une falaise un jour de grand vent. Je glissai la lame sous le rabat et ouvris l'enveloppe. Les doigts glacés, j'en sortis ce qui était un rapport tapé à la machine auquel n'était apparemment jointe aucune demande d'argent supplémentaire.

Vienne, 28 juillet 1915

Chère comtesse Lejongård,

Vous attendez sans doute mon rapport depuis un moment. Je suis désolé de reprendre contact avec vous aussi tardivement. Mes recherches pour retrouver Hans von Bredestein se sont révélées extrêmement difficiles. Je suppose qu'il s'est servi de différents noms pour parvenir à gagner les côtes allemandes. Lorsque j'ai enfin retrouvé sa trace, il avait disparu depuis longtemps.

J'ai donc pensé qu'il avait pu rejoindre le comte von Kranitz. En me renseignant, j'ai appris que le comte était revenu du front grièvement blessé. Il ne m'a pas été possible de m'entretenir avec lui, car ses capacités de penser et de parler ont été endommagées.

La demande d'informations que j'ai adressée à ses supérieurs n'a donné aucun résultat. Le nom Max ou

Hans von Bredestein leur était inconnu. Je me suis rendu dans sa famille. Sa femme Friederike, son père et son frère jumeau n'avaient aucune idée de l'endroit où il pouvait être. Il était porté disparu depuis le début de l'été 1913 et, en dépit de recherches poussées, la police n'avait pas réussi à le retrouver. Le seul repère dont ils disposaient était un voyage à Stockholm entrepris pour le compte de son père. On m'a également cité votre lettre, sur laquelle je n'ai pas besoin de revenir.

J'ai poursuivi mes investigations en divers endroits et me suis de nouveau adressé à tous les capitaines du port de Stockholm. Sans résultat. Je me suis donc une fois de plus tourné vers l'armée. Là aussi, les obstacles ont été nombreux. J'ai passé plusieurs mois à aller d'un régiment à l'autre sans savoir à qui m'adresser.

Il y a trois semaines environ, je suis tombé sur une information intéressante. Un Max Breden, dont le physique correspondait à la description que vous m'aviez faite, s'était engagé volontaire il y a plus d'un an dans un régiment de l'infanterie autrichienne.

Retrouver le régiment en question n'a pas non plus été facile. J'ai parlé aux hommes, qui étaient très marqués par une violente offensive. Ils m'ont dit que Max Breden était tombé lors d'un assaut au col du Stelvio. Il avait pris une balle en pleine tête et était mort sur-le-champ.

Je tressaillis et portai la main à ma bouche. Était-ce possible ? Max pouvait-il être mort ? Étant donné la ressemblance du nom, c'était plausible.

Je ne saurais cependant affirmer en toute certitude qu'il s'agissait bien de Max/Hans von Bredestein. Les hommes de son genre, on en trouve un certain nombre en Allemagne.

Si vous le souhaitez, je poursuivrai mes recherches. Si, à mon retour à Stockholm, je n'ai aucune nouvelle de votre part, je vous enverrai ma facture dans les prochaines semaines.

D'ici là, je vous dis adieu !
Respectueusement,

Hanno Boregard

Je me sentais désorientée. Ainsi, Max s'était vraiment engagé volontaire ? Le souvenir de son enthousiasme naissant me procurait un sentiment de malaise. Ses déclarations m'avaient désagréablement surprise, mais à l'époque, j'étais trop aveugle, trop amoureuse pour m'attarder dessus. Je le croyais tout à fait capable de s'être jeté dans la mêlée des combats et d'avoir utilisé un faux nom.

J'avais dit à ma mère que je n'avais plus besoin d'explications. Que, désormais, je savais où j'en étais. Pourtant, j'aurais préféré que Boregard me fournisse une certitude. Là, je pressentais que Max continuerait à hanter mon esprit.

Si vous le souhaitez, je poursuivrai mes recherches.

Était-ce ce que je voulais ? Cela apporterait-il quelque chose ? Hans von Bredestein était un as du camouflage, un oiseau qui refusait de se laisser mettre en cage. D'une certaine façon, il était ce que j'avais moi-même été autrefois. Mais j'étais désormais plus âgée et j'avais mûri.

Non, je n'écrirais pas à Boregard. Qu'il m'envoie sa facture. Si le destin voulait que je croise de nouveau la route de Max, alors il en serait ainsi. Dans le cas contraire, je resterais à jamais celle que j'étais : Agneta Lejongård, la dame de Löwenhof.

Après être demeurée un moment les yeux rivés sur la lettre, incapable de faire quoi que ce soit ou d'éprouver autre chose que de la déception, je me levai et sortis de la maison.

Le vent était cinglant et le vacarme des vagues particulièrement prononcé ce matin-là. Je gagnai le petit embarcadère tout proche, où l'on sentait le mieux l'âpreté du vent. Je tirai la lettre de ma poche, la regardai un instant, la caressai avec une pointe de mélancolie. Puis je la déchirai en tout petits morceaux que j'abandonnai au vent.

À mon retour, Lennard était dans la véranda. Il avait remarqué mon absence, mais avait eu l'heureuse idée de m'attendre là au lieu de partir à ma recherche. Je montai le perron, m'approchai de lui et le pris dans mes bras. Devais-je lui parler de la lettre ?

Non, mieux valait que tout reste en l'état. Max avait disparu, peut-être pour toujours. Il n'apprendrait jamais l'existence de ses enfants et ne formulerait aucune revendication. Lennard, ma mère et moi conserverions notre secret.

Nous restâmes un moment à contempler la mer, qui avait englouti la lettre.

— Tu es sortie faire une promenade ? demanda enfin mon mari.

— Oui, j'avais besoin de m'éclaircir les idées.

Lennard tourna les yeux vers moi. Son regard était impénétrable.

— Tu sais que je t'aime ? poursuivis-je.

Il parut déconcerté, puis sourit.

— Il y a six mois encore, je n'aurais pas même osé en rêver. Mais à présent je dois avouer que je vois clair en toi.

— J'en suis ravie, répondis-je spontanément.

Je l'embrassai avec passion et, lorsque je le lâchai, il sembla presque surpris. Il devinait quelle idée me venait.

— Nous avons encore un peu de temps avant que ma mère et les petits se réveillent, dis-je.

— Tu es sûre ? Le médecin…

— Ne t'inquiète pas, les possibilités sont multiples, et certaines ne me feront courir aucun risque.

Je lui souris et il parut comprendre. Nos mains se trouvèrent et je l'attirai dans notre chambre. Nos lèvres se joignirent de nouveau et, à cet instant, je sus qu'il n'y avait rien de plus beau que la peau chaude de Lennard contre la mienne.

VOUS AVEZ AIMÉ CE LIVRE ?

Découvrez la suite de la saga des *Héritières de Löwenhof* en lisant le premier chapitre du tome 2 !

Stockholm, 1931.

Depuis la mort de son père quelques années plus tôt, Mathilda Wallin vit seule avec sa mère. Quand cette dernière décède brutalement, Agneta Lejongård, une mystérieuse comtesse, lui annonce qu'elle est désormais sa tutrice et l'emmène dans sa majestueuse propriété de Löwenhof. Rongée par la peur et le doute, la jeune orpheline de 17 ans est projetée dans un monde intimidant de luxe et de raffinement dans lequel elle a bien du mal à trouver sa place.

Prise dans le carcan d'un milieu qui n'est pas le sien, Mathilda décide de tout faire pour découvrir le secret qui entremêle son destin à celui des Lejongård. Mais ses recherches sont rapidement entravées par une nouvelle guerre qui vient menacer l'Europe, bouleversant à jamais la vie au domaine…

Dans le tumulte des années 1930, une saga époustouflante qui trace la destinée d'une jeune femme tiraillée entre ses rêves et sa déchirante histoire familiale.

Disponible en librairie

Je me sentais somnolente. Sur mon pupitre reposait le cahier dans lequel j'étais censée écrire, mais je n'avais pas la force de prendre mon stylo plume et de tracer des mots sur le papier. En dépit de la fenêtre ouverte, l'air était étouffant dans la salle de classe. Pourtant, nous n'étions qu'au début du mois de juin ; l'été était précoce en cette année 1931.

Plutôt que d'assister au cours de Mlle Nyström à la *realskola* de Stockholm, j'aurais préféré être dans le parc municipal. Installée à l'ombre, je me serais abandonnée à mes pensées au lieu d'avoir à écouter une leçon d'arts ménagers tandis que mes camarades m'observaient avec une curiosité importune.

Mes parents avaient tenu à ce que je reçoive une bonne éducation. Mon père m'avait lui-même inscrite dans cet établissement, m'expliquant que ce serait le seul moyen pour moi de faire mon chemin dans la vie. « À notre époque, une femme ne peut plus s'en remettre à l'unique espoir de trouver un bon mari », m'avait-il dit. Ma mère l'avait regardé bizarrement, mais avait ajouté que désormais la beauté ne suffisait plus pour être heureuse.

Je ne voulais pas réduire leurs efforts à néant en séchant les cours. Encore moins en ce moment : l'enterrement de ma mère ne remontait qu'à quelques jours.

La mort était venue de nuit dérober l'âme de Susanna Wallin. J'avais découvert son corps sans vie au matin, après m'être étonnée au réveil du silence qui régnait dans la maison. Ma mère descendait toujours la première dans la cuisine afin d'allumer le fourneau et de préparer le petit déjeuner. Cette habitude ne l'avait jamais quittée, même après la disparition de mon père. Mais ce matin-là, elle avait manqué à la règle. Lorsque j'étais entrée dans sa chambre pour la réveiller, je l'avais trouvée les yeux grands ouverts, semblant fixer le plafond. Je l'avais d'abord crue en pleine réflexion, puis en la touchant j'avais constaté que son corps était rigide et glacé.

Lorsque j'avais compris que personne ne pourrait plus l'aider, quelque chose s'était brisé en moi. Affolée, j'avais couru chez le médecin, qui avait confirmé ma terrible certitude. Tout ce qui s'était passé ensuite avait disparu dans les ténèbres de ma mémoire. J'ignorais comment j'avais réussi à apprendre la nouvelle au pasteur et aux voisines.

La nuit suivante, alors que je reposais dans mon lit, je m'étais aperçue que j'avais dans la main le briquet de mon père. J'avais dû m'en saisir au moment où je pleurais toutes les larmes de mon corps. Il avait pris la chaleur de ma peau et, d'une certaine manière, sa présence m'avait réconfortée.

Mon père avait toujours semblé un peu absent. Quant à ma mère, elle rêvait à un monde auquel je n'avais pas accès. L'un et l'autre s'étaient bien occupés de moi. Jamais je n'avais reçu ne seraitce qu'une gifle. Pourtant, ils me faisaient parfois l'effet d'être de ces mannequins que l'on voit dans les vitrines, qui n'auraient été là que pour me tenir compagnie.

Mon père avait soudainement disparu de ma vie et j'en avais été inconsolable. Un jour, il n'était pas rentré à la maison. Ma mère avait attendu quarante-huit heures pour avertir la police. Des recherches avaient été lancées pour retrouver Sigurd Wallin, mais elles n'avaient pas abouti. Un témoin avait rapporté aux policiers l'avoir vu sur un pont dans le quartier de Gamla Stan et des investigations avaient permis d'établir qu'il s'y était effectivement rendu : on y avait retrouvé son briquet doré décoré d'un élégant motif floral. Il s'en servait pour allumer ses cigarillos et je l'avais toujours admiré. C'est la seule chose qui était restée de lui.

Les autorités en avaient rapidement conclu qu'il s'était jeté du pont. Les recherches s'étaient poursuivies le long de la côte, mais la Baltique était profonde et les courants entraînaient tout au large.

Un an après sa disparition, mon père avait été déclaré mort. Je m'étais alors approprié le briquet, un objet sans intérêt pour ma mère, qui avait rangé les vêtements de son mari sans manifester beaucoup de chagrin, comme si elle tournait une page.

Dans mon affliction, je m'étais cramponnée à l'idée que ma mère, elle, était encore là. Mais à présent, je n'avais plus personne à qui me raccrocher.

Dans les temps qui avaient suivi sa mort, j'avais eu l'impression d'être un fantôme. J'étais insensible, je n'éprouvais pour ainsi dire rien. Si je m'étais un peu ressaisie depuis, j'avais encore du mal à tenir jusqu'à la fin de la journée : j'étais souvent assaillie par des crises de larmes, en général au plus mauvais moment. En pareil cas, je n'avais d'autre solution que de me terrer quelque part. J'errais telle une ombre dans notre maison jaune et dépeuplée de la

Brännkyrkagatan, préférant l'isolement à tous ces gens qui m'entouraient par ailleurs et semblaient dépourvus de soucis. Ma seule consolation était Paul, qui venait me voir pour s'assurer que j'allais bien.

À la disparition de mon père, on m'avait témoigné une compassion prudente. Tout le monde jugeait l'événement terrible et nous plaignait, ma mère et moi. À présent, j'étais orpheline. Mes grands-parents paternels étaient morts depuis longtemps, et ma mère n'avait jamais parlé de ses propres parents. Je ne les connaissais pas. Lorsque je l'interrogeais à leur sujet, elle se bornait à répondre que je n'avais pas de grands-parents maternels.

Les heures que je passais à l'école étaient particulièrement éprouvantes. Je n'avais jamais eu beaucoup d'amies. À l'exception de Daga, aucune fille de ma classe ne m'adressait la parole. Après la mort de ma mère, elles me firent durement sentir ma condition d'orpheline. Chaque fois qu'elles m'observaient en parlant tout bas, c'était comme un coup de poignard. Depuis la disparition de mes parents, j'avais l'impression que plus rien ni personne ne me protégeait.

Un coup frappé à la porte de la salle me sortit brusquement de ma léthargie. C'était M. Persson, le directeur de l'établissement. Il échangea à voix basse quelques mots avec notre professeur d'arts ménagers, puis se tourna vers moi.

— Mathilda Wallin, dit-il, tu veux bien venir avec moi, s'il te plaît ?

Mes camarades se répandirent aussitôt en chuchotements. J'entendis aussi quelques ricanements.

Je me levai le cœur battant, les yeux timidement baissés, mais me ressaisis. Je savais ce que pensaient les autres : elles s'attendaient à ce que, n'ayant plus mes parents, je sois obligée de quitter l'établissement. Et, pour tout dire, c'était ce que j'appréhendais.

Je suivis avec angoisse le directeur, un homme grand et massif. Comme à son habitude, il portait un nœud papillon et une veste mal coupée. Je sentais l'odeur de son eau de Cologne et de la brillantine avec laquelle il tentait de dompter ses mèches noires rebelles.

On n'était convoqué dans son bureau que pour une faute grave ou une mauvaise nouvelle. La dernière fois que je m'y étais rendue, ç'avait été pour l'informer que ma mère venait de mourir et que je serais absente quelques jours. La pièce était vaste – et marron : des étagères marron, des livres reliés en cuir marron, une chaise marron derrière un bureau marron et, sur le sol, un tapis orné de motifs de vrilles marron sur fond beige. Aucune tache de couleur ne venait introduire de la diversité.

Une femme de grande taille, vêtue d'une élégante robe bleu foncé, nous attendait. Ses cheveux blonds étaient ramenés en chignon sur sa nuque et quelques mèches qui s'étaient échappées sur les côtés encadraient son visage aux traits réguliers.

— Permettez-moi de faire les présentations, dit le directeur en adressant un signe de tête à l'inconnue. Comtesse, voici Mathilda Wallin. Mathilda, la comtesse Agneta Lejongård.

Une comtesse ? Que venait-elle faire ici ? Je lui adressai un regard perplexe. Dans les histoires que ma mère me racontait parfois, les comtesses étaient des femmes coiffées d'un diadème et vêtues de robes scintillantes. Celle-là ne portait même pas de chapeau.

Un sourire apparut sur ses lèvres.

— Je suis ravie de faire ta connaissance, dit-elle en me tendant la main.

Je ne sus comment répondre. Devais-je faire une génuflexion ? Elle était noble, tout de même ! Lorsque sa main effleura la mienne je pliai légèrement le genou tout en me demandant ce qu'une femme comme elle pouvait bien attendre de la fille d'un comptable.

— Asseyons-nous, proposa le recteur.

— Je suis navrée que tu aies perdu ta mère. Et ce si vite après la disparition de ton père, me dit alors la comtesse.

Je lui lançai un regard surpris. Comment le savait-elle ? Était-elle de l'Assistance publique ? Travaillait-elle dans un foyer d'accueil ?

— C'est pour cette raison que je suis ici, ajouta-t-elle comme si elle avait deviné mes pensées.

— À cause de mon père ?

Elle secoua la tête.

— Pour toi.

Je tournai les yeux vers M. Persson, mais il ne fit aucun commentaire. On aurait dit qu'il assistait à un spectacle passionnant.

— Tu n'es pas encore majeure, ce qui signifie que tu as besoin d'un tuteur, poursuivit la comtesse.

Une vague de panique me traversa. Elle était donc bien de l'Assistance publique !

— Je m'en sors très bien toute seule, répondis-je. Pendant la maladie de ma mère, je me suis occupée de la maison. Et l'école…

Je m'interrompis en réalisant qu'il allait falloir payer l'établissement. Mon père avait mis de l'argent de côté à cet effet, mais j'étais trop jeune pour y avoir accès.

La comtesse jeta un regard au directeur, puis reporta son attention sur moi.

— Les cours te plaisent ?

— Oui, répondis-je en tripotant nerveusement la manche de ma blouse.

— Le recteur Persson m'a dit que tu étais une bonne élève.

— Elle est un peu faible en travaux manuels et ses résultats en physique pourraient être meilleurs. Mais elle est excellente en arithmétique, ainsi qu'en suédois et en anglais.

— Tu suis des cours d'anglais ?

— Oui, madame.

— Voilà qui pourrait t'être utile dans la vie. Tout comme savoir bien écrire et calculer.

Pourquoi l'Assistance publique s'intéressait-elle à mes résultats scolaires ?

— Qu'est-ce que ça veut dire ? demandai-je avant que mes interlocuteurs ne continuent à passer mes notes en revue. Pourquoi êtes-vous là ? Vous voulez me placer dans un foyer ?

La comtesse haussa les sourcils.

— En aucun cas, répondit-elle tranquillement. Je souhaitais t'informer que je suis désormais ta tutrice.

J'en restai coite. Cette étrangère, qui plus est une aristocrate, allait désormais avoir la haute main sur mon existence ? Jusqu'à ma majorité ?

— Je sais que c'est un peu soudain, poursuivit-elle. Mais je ne voulais pas que tu l'apprennes lors de l'ouverture du testament.

J'étais de plus en plus perplexe. Tutrice ? Testament ? Cette femme que je n'avais jamais vue de ma vie était censée s'occuper de moi ?

— Pourquoi ? laissai-je échapper.

— Pardon ?

— Pourquoi vous ? Pour quelle raison une comtesse devrait-elle assurer ma tutelle ?

— Mathilda ! siffla le recteur pour me rappeler à l'ordre.

— C'est bon, répliqua la comtesse sur un ton apaisant avant de prendre une profonde inspiration. C'est ta mère qui en a décidé ainsi.

— Ma mère ? Qu'avez-vous à voir avec elle ?

— Nous nous connaissions. Depuis longtemps. Peu après sa mort, un notaire m'a envoyé le document dans lequel elle exprimait le vœu que je devienne ta tutrice.

Elle tira une enveloppe de son sac et me la tendit. Je sortis la lettre qu'elle contenait et la dépliai. Je reconnus immédiatement l'écriture de ma mère, les courbes caractéristiques qui débordaient autour du B et du R. La lettre était datée du 19 février de l'année précédente. Pressentait-elle déjà que quelque chose n'allait pas ? Savait-elle alors qu'elle avait le cœur fragile ? Si tel était le cas, elle avait bien donné le change. Nous n'avions jamais évoqué le fait qu'elle puisse être malade.

Je m'arrêtai sur une phrase.

Si je venais à mourir, je souhaiterais que la comtesse Agneta Lejongård assure la tutelle de ma fille Mathilda.

— Pourquoi a-t-elle écrit ça ? demandai-je. Ma mère ne m'a jamais parlé de vous.

Tout à coup, cette comtesse me devenait suspecte. Voulait-elle me vendre ou cela n'arrivait-il que dans les mauvais romans ?

— Mathilda ! me reprit le recteur sur un ton trahissant la colère. Pense donc à ce que cela signifie pour toi ! Tu devrais être reconnaissante de ce cadeau qui t'est fait.

— Oh, mais ce n'est nullement un cadeau, rétorqua la comtesse. Il est de mon devoir de m'occuper de toi. Tu seras bien au domaine de Löwenhof, et peut-être finiras-tu par le considérer comme ton foyer.

Ses paroles s'abattirent sur moi telle une averse glacée : j'allais devoir quitter Stockholm ! Qu'adviendrait-il alors de Paul et moi ? Que deviendrait mon souhait d'entrer à l'école de commerce ? Avec Paul nous rêvions de diriger ensemble son entreprise. Il construirait des meubles, et moi, je m'occuperais de la comptabilité parce que j'étais bien meilleure que lui en calcul.

Je pouvais dire adieu à tout cela ; je devrais me résigner à végéter sur les terres de cette comtesse. Pousser des charrettes de fumier, entasser du foin pour en faire des meules et, le soir, me morfondre au fond de cette cambrousse. Adieu, les clubs de jazz dont je rêvais secrètement de connaître l'ambiance électrique, adieu, la vie trépidante de la ville. Je serais arrachée à tout ce que je connaissais.

Les larmes me montèrent aux yeux.

— Et si je ne veux pas ? rétorquai-je sur un ton de défi.

— Mathilda ! s'échauffa le recteur. On ne te demande pas ton avis !

La comtesse me regarda attentivement.

— Qu'est-ce que tu aurais fait après le lycée si ta mère n'était pas morte ? demanda-t-elle avec une douceur inattendue.

— Quelle importance ? répondis-je en sanglotant.

— Pour moi c'est important. Je ne te connais pas encore, Mathilda. J'ignore ce que tu souhaites. Or, crois-moi, je sais ce que c'est d'avoir des rêves qui ne peuvent pas se réaliser.

Je la regardai avec étonnement et le recteur poussa un soupir irrité ; il me jugeait irrespectueuse, pourtant en cet instant il s'agissait de moi, de ma vie !

Paul était le seul à qui j'avais révélé ce dont je rêvais professionnellement. La plupart des filles aspiraient à trouver un bon mari, un soutien de famille, et ne fréquentaient la *realskola* que pour devenir une ménagère avisée. Si je leur avais exposé mes projets, j'aurais été encore plus marginalisée.

— Je voudrais aller à l'école de commerce, et ensuite travailler dans une grande entreprise, m'entendis-je dire. Les chiffres me fascinent. En tout cas, je veux gagner ma vie, avoir un logement à moi et peut-être aussi une automobile.

Agneta Lejongård opina, puis me regarda droit dans les yeux.

— Ce sont de bons objectifs. Je ne vois pas ce qui pourrait t'empêcher de les atteindre.

— Je suis orpheline et je n'ai pas d'argent pour payer l'école de commerce ! Et si en plus je vais à Löwenhof…

— Löwenhof n'est pas le bout du monde, répliqua-t-elle en riant. Kristianstad est tout près. Et là-bas aussi il y a une école de commerce.

Je m'abstins de répondre que Paul n'y serait pas.

— Tu n'as pas besoin de décider sur-le-champ, reprit la comtesse après un instant. Excuse-moi de t'être tombée dessus comme ça. En tout cas, sache que je t'aiderai à réaliser tes rêves.

J'acquiesçai. De toute façon, je n'avais pas le choix ; le recteur Persson avait raison. Ma mère avait voulu que cette femme soit ma tutrice, je ne pouvais pas refuser.

— Voici une convocation chez le notaire pour demain matin. Il ouvrira le testament de ta mère. Je serai à ton côté.

Agneta Lejongård me tendit la lettre, se leva et se tourna vers le directeur.

— Elle est libérée de cours pour la journée, n'est-ce pas ?

— Bien entendu, madame, répondit Persson en bondissant sur ses pieds.

— Parfait, alors on se revoit demain matin, dit la comtesse en prenant congé de moi.

J'aurais bien aimé savoir où elle était descendue à Stockholm, mais cette question me vint trop tard.

Une fois dans le couloir, je passai la main sur l'enveloppe, les yeux encore brûlants de larmes. La convocation pour l'ouverture du testament de ma mère. Cela semblait tellement irrévocable… Si je m'étais écoutée, j'aurais couru me réfugier à la maison. Mais, à cet instant, la cloche sonna et les élèves se déversèrent dans le couloir.

Daga accourut.

— Mathilda, qu'est-ce qu'il y a ? demanda-t-elle avec inquiétude en voyant mes joues rougies.

Je glissai l'enveloppe dans la poche de ma jupe.

— Rien, je… je suis juste un peu déboussolée, répliquai-je en essuyant mes larmes.

Cependant je ne pouvais pas tromper Daga.

— Mauvaise nouvelle ? voulut-elle savoir.

Et, comme je ne répondais pas tout de suite, elle inspira bruyamment.

— Ils ne t'ont tout de même pas renvoyée ?

— Non. J'ai… j'ai fait la connaissance de ma tutrice.

— Une petite mémé guindée qui travaille dans un foyer d'accueil ?

— Non, une comtesse.

Daga en resta bouche bée.

— Une comtesse ? Quel rapport avec toi ?

Je vis les filles de ma classe se diriger vers nous. Pas question de pleurer devant elles ! De toute façon, elles devaient déjà casser du sucre sur mon dos.

— Cherchons un endroit où nous ne serons pas dérangées, chuchotai-je en me dirigeant vers le petit mur d'enceinte du lycée, côté sud.

PEFC PEFC/14-38-00277

Cet ouvrage est composé de matériaux issus de forêts gérées durablement certifiées PEFC™.

Achevé d'imprimer en décembre 2022
par Novoprint
Dépôt légal : janvier 2023
Imprimé en Slovaquie